KB070505

강철
무지개

강철
무지개
STEEL RAINBOW

최인석
장편소설

한겨레출판

차례

강철 무지개
011

겨울은 강철로 된 무지갠가 보다

— 이육사

S T E E L

강철
무지개

R A I N B O W

1

 지니의 세계는 건조하고 기계적이었다. 그녀의 침묵은 묵처럼 되고 콘크리트처럼 견고했다. 그것은 그녀의 침묵이라기보다 세계의 침묵이었다. 말을 할 일도, 말을 할 사람도 없었고, 그래서 말은 차츰 그녀로부터 물러나 원경으로 사라졌다. 어서 오세요. 할부인가요? 몇 달로 해드려요? 영수증 여기 있습니다. 고맙습니다. 안녕히 가세요. 그런 것은 말이라 할 수 없었다. 차라리 말이 말일 수 없도록 만들고, 그녀의 침묵을 더욱 되고 견고하게 만드는 촉매였다.

 지니는 SS 울트라마켓에서 계산원으로 일했다. 회사의 의장(意匠) 도안과 같은 보라색 줄무늬 블라우스에 붉은 넥타이, 보라색 원피스의 제복을 입고, 가슴에 플라스틱 명찰을 달았다. Jinnie Cha. 차지연.

 지하 세 개 층의 주차장을 포함하여 전관 9층, 연면적 2,500제곱미터에 달하는 SS 울트라마켓 매장은 아침 6시부터 자정까지 손님들로 북적거렸다. 온종일 콩나물부터 컴퓨터까지 상품을 가득 실은 화물 트럭이 드나들고, 그 상품을 구매하려는 고객들과 그들의 차량이 드나들었다. 꼭두새벽부터 주방에서는 생선과 정육, 과일과 채소를 손질하고 포장하는 직원들로 분주했고, 매장 안에서는 청소를 하고, 조명을 조정하고, 상품정보 모니터를 기록하고, 확인하고, 특가상품의 사인보드를 새로 쓰고, 장식하고, 혹은 떼어내거나 붙이느라 바빴으며, 안드로이드 경비들은 주차장과 정문, 후문과 계산대 앞뒤를 오가며 컴퓨터와 모니터와 쇼핑 수레의 바코드 판독기를 검색했다. 가끔 판매대에 붙은 붙박이형 안드로이드들이 2,099원, 하고 외치며 지글지글 카피를 쏟아냈다. 고객들이 상품을 가득 실은 손수레를 밀고 계산대 앞으로 몰려들기 시작하면 눈코 뜰 새가 없었다. 식사시간은커녕 잠시 짬을 내어 화장실 다녀오기가 힘들었다. 우유 통을 들어 바코드를 찍고, 시금치를 들어 바코드를 찍고, 닭튀김을, 호박을, 달걀을, 플라스틱 그릇을, 여성용 속옷을, 운동화를, 식빵을, 사과를, 방향제를, 소주를, 맥주를, 매장에 가득 쌓여 있던 온갖 상품들 가운데 수레에 실려 계산대 위로 올라온 그 무수한 상품들이 각기 지닌 바코드를 찍고, 계산기의 단추를 재빨리 누르고, 총액을 확인하고, 카드를, 또는 현금을 받고, 할부인가요, 몇 달로 해드려요, 사인하시겠어요, 고맙습니다, 안녕히 가세요, 인사를 하고, 다시 우유를 들어 바코드를 찍고, 눈앞의 카메라들이, 천장에 붙은 카메라들이 그 모든 광경과 그녀의 일거수일투족을, 표정을, 손가락을, 그녀가 받아 드는 카드와 지폐, 상품권을 모두 읽고, 계산하고, 거스름돈을 정확히 헤아려 동전 저울 위에 올려놓았으며⋯⋯.

누가 기계가 손의 연장(延長)이라 한 것일까? 바코드 판독기와 계산기는 팔의 연장일 리가 없었다. 그녀야말로 그 기계들의 연장이었다. 고객들마저 그 기계들의 연장이었다. 그게 아니라면 어찌 이다지 정연하게 그 크고 무겁고 불편한 수레를 끌고, 그 온갖 상품들을 스스로 운반하여, 그 비좁은 통로로 찾아들어, 줄을 지어 늘어서서 순서를 기다리다가, 고분고분 때로는 은행 신용카드를, 때로는 작업카드를, 때로는 현금을 지불하고 사라질 수 있을 것인가. SS 울트라마켓은 9층 건물 크기의 정연한 기계였고, 그들은 그 속으로 들어가 일부는 잠깐 사이 무엇인가를 소모하고, 혹은 소모당하고 빠져나왔고, 또 다른 일부는 하루 가운데 대부분을 그 가운데에서 소모하고, 또는 소모당하고 빠져나왔다. 소모하는 것은 소모당하는 것과 크게 다르지 않았다. 소모당하면서 소비한다고 믿었고, 소비하면서 소모당한다고 불평했다. 또는 자랑스러워했다. 섭취와 배설이 살아남기 위해 필수적인 생리적 과정이라면, SS 울트라마켓에서 벌어지는 진지하고 기계적인 행사 역시 살아남기 위해서는 누락시킬 수 없는 사회적·기계적 과정이었다.

하루 근무시간이 최소 열두 시간, 길 때는 열여덟 시간이었다. 때로 자정을 넘기며 연장근무를 했다. 매장의 문을 닫아걸고 뒤처리를 하다 보면 퇴근이 새벽 1, 2시를 넘기는 경우가 많았다. 그런 날이면 지니는 근처 무비베드에 가서 천장의 텔레비전을 쳐다보다가 잠들어, 서너 시간을 자고 깨어나 출근했다. 집으로 갔다가 돌아오는 것은 휴식시간을 빼앗기는 어리석은 짓일 뿐이었다. 때로는 이틀을 연달아 무비베드에서 자고 깨어나, SS 울트라마켓 PB(자체 제작) 제품 팬티를 사 입고 일을 해야 하는 날도 적지 않았다. 휴일은 명목상으로는 일주일에 하루였으나, 그나마 눈치가 보여 한 달에 한두 번은 자진하여 휴일을 반납하고 기꺼이 출근했다. 기꺼이. 참으로 재미있는 장난이었다. 매니저는 말했다. 여러분이 기꺼이 휴일을 반납하고 출근해주신 덕분에 지난주 매출이 2퍼센트 증가했습니다. 여러분이 **기꺼이** 휴일을 반납하고 출근했음에도 불구하고 지난주 매출은 3퍼센트 떨어졌습니다. 근처 인터마트의 매출은 5퍼센트 증가했습니다. 여러분이 빼앗긴 겁니다. 여기에서 거기로 간 고객들이 무엇을 구매했는지, 빅데이터를 통해 분석했습니다. 먼저 라면, 이건 가장 중요한 상품 가운데 하납니다⋯⋯.

계산에 오류가 생기면 교정되기까지 판매장의 모든 직원들은 퇴근을 금지당했다. 책임자는 차액을 임금에서 물어내야 했고, 경우에 따라서는 바로 그 자리에서 작업카드를 빼앗겼다. 작업카드를 빼앗긴다는 것이 무슨 뜻인지 직원들은 너무나 잘 알았다. 그것은 출근이 허용되지 않는다는 것을, 즉 해고를 뜻했으나, 단순히 거기 그치지 않았다. 지난해 봄, 고객과의 다툼으로 작업카드를 빼앗긴 판매원 스텔라가 2층 의류 판매장 한가운데에서 분신을 하는 일이 벌어졌다. 불길은 스텔라를 반쯤 태우고, 티셔츠와 점퍼, 머플러와 모자 따위 상품을 태우고, 천장과 바닥에 그을음을 남기고 꺼졌다. 그 이후 회사에서는 작업카드 회수 매뉴얼을 개정했다. 해당 직원을 보안 과장 방으로 호출, 두 명의 보안 직원이 동석한 가운데 작업카드를 회수한 다음, 그 보안 직원들이 해당 직원을 보호, 회사 바깥으로 안내하는 것이 개정된 매뉴얼의 내용이었다.

지니는 스텔라가 몸에 불을 지르는 것을, 그 몸이 타들어가면서 불꽃이 지글거리는 것을, 그녀가 엎어지자 매장의 티셔츠와 모자에 불길이 옮겨붙는 것을 목격했다. 지니는 불이 매장 전체로, SS 울트라마켓 전체로 옮겨붙기를 바랐고, 바라지 않았다. 한 덩이의 화염이 되어 사방으로 뛰어다니는 스텔라가 무섭고 또 부러웠다. 그런 생각을 하는 자신이 생경하고 또 유쾌했다.

스텔라와 그녀의 인연은 짧았다. 지니는 갓 입사했을 때, 집이 너무 멀어 스텔라의 숙소에서 일주일 정도 머무른 적이 있었다. 스텔라의 침대 아래에 지니가 담요를 깔고 누우면 그만 발 옮길 틈마저 옹색한 곳이었다. 숙소에 돌아오면 두 사람 다 씻고 자기 바빴다. 스텔라는 늘 얼굴이 어두웠고, 표정이 없었다. 자기 전 컴퓨터를 켜고 값이 엄청난 화장품을 구경하며 영국 여왕이 이 립스틱을 샀대, 영화배우 맥더프의 여자친구가 이 아이라이너를 애용한대, 하고 속삭이는 것을 좋아했다. 꼭 한 번 두 사람이 같이 술을 마시고 이미 밤이 깊어 사람이 별로 오가지 않는 거리를 헤맨 적이 있었다. 그때 깡통 맥주를 손에 쥐고 길바닥 화단에 쪼그리고 앉아 스텔라는 말했다. 집이라는 생각이 안 들어. 회사의 부속실 같아. 아니면 창고? 여기에서 회사까지는 요지부동의 통로로 연결되어 있어. 잘 봐. 우리가 회사까지 갈 때 타는 지하철 있지? 누구나 다 타고 다니니까 착각할 수 있지만, 사실은 통로일 뿐이야. 다른 사람들, 지하철, 거리, 그런 것들, 다 그 통로의 장식일 뿐이야. 지니가 그녀에게서 그처럼 긴 얘기를 들은 것은 처음이었다. 또한 마지막이었다. 잘못 조립된 스피커를 통해 나오는 소리처럼 기이한 잡음 같은 것이 섞인 음성으로 그녀는 계속해서 말했다. 거의 완벽하게 폐쇄된 통로. 우린 다른 데로 빠져나갈 수가 없어. 통로를 통해 집과 침대를 오갈 뿐이야. 이 스타킹 같아. 스텔라는 다리의 스타킹을 두 손가락으로 집어 끌어당겼다가 놓았다. 우린 이런 식으로 갇혀 있어. 의식하지 못하는 것뿐이야. 우린 스타킹을 신은 게 아니야. 스타킹에 갇힌 거야.

지니는 이해할 수 없었다. 그녀는 이제 직장을 얻었으므로 남자 친구를 만들고, 연애를 하고, 여행을 하고, 아카데미 같은 데 다니며 연기 공부도 하고, 연극도 보고, 극단에 들어가서…… 그런 꿈에 부풀어 있었다. 부지런하기만 하면 얼마든지 그렇게 살 수 있으리라 믿었다. 결국 배우가 될 수 있을 것이라 생각했다. 일주일 뒤 스텔라의 숙소에서 나온 지니는 회사 근처 무비베드로 옮겨 다시 보름쯤을 더 지낸 다음에야 비로소 회사에서 한 시간 거리의 원룸을 얻을 수 있었다.

오래지 않아 지니는 스텔라의 말을 완전히 이해하게 되었다. 늘 시간이 부족했다. 남는 시간을 찾아낼 수 없었다. 보고 싶은 영화가 개봉을 해도 극장 갈 시간 내기가 쉽지 않았다. 친구에게서 청첩장이 날아와도 대개의 경우 참석하지 못했다. 오, 연극이라니. 오, 아카데미라니. 꿈도 꿀 수 없었다. 지니는 이해할 수 없었다. 저들은 도대체 어떻게 시간을 만들어 남자를 만나고, 연애를 하고, 결혼까지 하는 것일까. 집으로 돌아가 잠들기까지 텔레비전을 쳐다보거나 휴대전화 속의 음악을 듣는 것, 그것이 지니의 거의 유일한, 만일 그런 것도 여흥이라면, 여흥이었다. 가끔은 드라마를, 가끔은 SS 올트라마켓의 행사상품처럼 가수와 개그맨 들이 무더기로 쏟아져 나와 이 소리 저 소리 떠들어가며 정신없이 웃어대는 쇼를 보다 잠들었다. 혼자 있을 때도 무심코 입을 열면 사인해주세요, 안녕히 가세요, 따위의 말이 치약 거품처럼 밀려 나왔다. 더 상냥하게, 더 부드럽게. 어서 오세요. 할부인가요?

지니에게는 두 개의 원룸이 있었다. 하나는 바코드 판독기와 모니터, 계산기와 철제 돈 통, 카메라가 상하좌우에 배치된 원룸, 다른 하나는 침대와 텔레비전과 작은 옷장과 한 칸짜리 개수통이 있는 주방, 변기와 세면대, 샤워 꼭지가 하나씩 설치된 화장실로 이루어진 원룸이었다. 그 사이사이의 틈을 연결하는 것은 매번 허겁지겁 뛰어들어야 하는 12번 지하철과 5123번 버스였고, 지하철과 버스가 달리는 동안 휴대전화의 아슬아슬 흔들리는 화면 가운데 떠오르는 인기 드라마 〈천년의 입맞춤〉, 멋진 남자애들로 구성된 밴드 렛 락스의 달콤한 노래들, 그것들을 보거나 듣다가 이내 빠져드는 쪽잠, 쉬는시간 겨우 짬을 내어 급히 입 안에 쑤셔 넣는 복숭아 시리얼, 가끔 사치하듯 거기 흩뿌리는 초콜릿 크러스트나 아몬드 크러스트, 한 백 년에 한 번쯤 회사 제품 창고 구석에 동료들과 쪼그리고 둘러앉아 피자 두어 판을 늘어놓고 상사들 흉보고, 성질 더러운 손님들 욕하고, 잘생긴 손님이나 남자 직원들에 대한 소문을 열렬히 떠들어대며 보내는 시간, 소중한 휴일 점심때쯤 깨어나 SS 울트라마켓 PB 제품인 SS 라면과 SS 리소토, SS 두부, SS 달걀 따위로 지어 먹는 밥, SS 치약과 칫솔과 비누와 샴푸를 사용하여 SS 플라스틱 의자에 SS 타월을 깔고 앉아 게으름을 피우며 뜨거운 물이 떨어지는 샤워 꼭지 밑에서 보내는 시간, 역시 SS 이불과 담요, 베개로 이루어지는 늘 부족한 잠…… 그런 것들이었다.

그녀 자신이 SS 울트라마켓 PB인 것 같았다. 때로 그런 생각이 들었다. 그녀와 동료들, 어쩌면 거기 크고 작은 차를 몰고 드나드는 손님들까지도 모두가 SS 울트라마켓 PB 제품인데 아직 누구도 그 사실을 의식하지 못하는 것뿐인지도 모른다. 아무도 모른다. 어쩌면 회사 높은 사람들마저도 모른다. 아니, 어쩌면 그들은 SS 울트라마켓이라는 거대한 플랜트에서 기획, 행정, 생산 또는 유통, 판매, 소비 따위의 각기 다른 부문을 담당하고 있는, 역할이 다르고 생김새가 다른 안드로이드에 불과한 것은 아닐까.

그녀의 침묵은 기계의 소음과 다를 바 없었고, 그녀의 말 역시 기계의 소음과 같았다. 손님들이 하는 말도, 그들의 표정도, 그들이 부스럭부스럭 내미는 할인카드나 할인쿠폰 역시 소음과 같았다. 당연했다. 그렇지 않다면 차라리 이상했다. 어서 오세요. 할부인가요, 일시불인가요? 몇 달로 해드려요? 사인해주세요. 고맙습니다. 안녕히 가세요. 기계어가 자동적으로 흘러나오는 그녀의 목구멍과 혓바닥 역시 기계와 같았다. 그 이상의 말은 별로, 거의, 전혀 필요치 않았다.

한 달에 두어 번의 휴일이 그녀가 그나마 맘 편히 놀 수 있는 유일한 시간이었다. 대개는 밀린 빨래를 하고 청소를 하면 그만 날이 저물었고, 그러면 참으로 억울하고 허망했다. 밤이 깊어진 뒤 오직 억울한 심사를 위로하기 위해 일부러 버스를 타고 시내로 외출을 나가본 적도 있었다. 오랜 시간이 걸리지 않아 그녀는 시내에 나가서 할 일이 많지 않다는 것을, 냉정하게 보면 거의 전혀 없다는 것을 깨달았다. 그런 곳은 그녀의 세계가 아닌 것 같았다. 낯설고 외로웠다. 어디에 들어가 무엇을 할 것인지 짐작할 수도 없었다. 커피 한 잔이 600원, 그녀의 시급이 550원이었다. 그러나 그녀는 어디건 들어가 앉아야 했으므로 용기를 내어 한 커피 체인점으로 들어갔다. 가게 입구에 커피 한 잔이 600원이라고 써 붙인 것은 어찌 보면 사실이 아니었다. 가장 싼 커피가 600원이었다. 고개를 꺾고 쳐다봐야 하는 벽면의 호사스러운 메뉴판에는 650원, 700원, 800원…… 따위 숫자들이 나열되어 있었다. 그녀는 600원짜리 커피 한 잔을 받아 들고 탁자로 가서 앉았다. 커피를 어찌 마실지, 이 동네엔 커피 마시는 특별한 방법이라도 있는 것은 아닌지, 저기 열댓 개나 놓인 색색의 시럽들이 어째서 저다지 많아야 하는 것인지, 저것들이 그녀가 아는 그 시럽들과 같은 것인지, 각기 어떤 맛인지, 그 가운데 어떤 시럽을 넣어야 할지, 아예 넣지 말아야 할지, 빨대를 꽂은 채 마실지, 뽑아버리고 마실지 알 수 없었다. 의자에 앉아, 커피를 놓고, 빨대를 뽑고, 뚜껑을 열고, 커피 잔을 들고, 입으로 가져가고, 한 모금을 빨아들이고, 삼키고, 커피 잔을 내려놓고…… 그 하나하나의 동작이 다 바른지 그른지, 그녀가 온전히 하고 있는지 아닌지, 어쩌면 뭔가 빼먹은 것은 아닌지, 멍청한 짓을 하는 것은 아닌지, 아아, 이 동네에서는 커피를 입으로 마시는 것이 아니라 머리 위에 들이부어버리는 것은 아닌지…… 온갖 것에 대한 온갖 의구심이 들면서 불안하고 불편해졌다. 펄 속에 힘겹게 주저앉아 있는 것 같은 기분이었다. 그녀는 남들을 훔쳐보며 아무쪼록 그들을 따라

하기 위해 애썼다. 그러나 그 역시 쉽지 않았다. 저 눈부신 웃음, 쉬지 않고 재잘거리는 창가의 저 두 여자, 희고 가는 손가락, 거기 반짝이는 보석, 길고 호사스러운 저 다리…… 저런 것을 도대체 어찌 따라 할 수 있단 말인가. 창가에 앉은 남녀가 그녀를 훔쳐보며 낄낄거리는 것 같았고, 판매대의 소녀가 그녀를 비웃는 것 같았으며, 그 옆의 푸른 넥타이를 맨 반듯한 남자는 왠지 그녀를 감시하는 것 같았고…… 어색하고 어설펐다. 진땀이 나고 좀이 쑤시고 눈치가 보이고 일도 없이 애가 탔다. 그 비싼 커피를 다 마시지도 못한 채 그녀는 쫓기듯 600원짜리 지옥에서 빠져나왔다.

극장이 보였다. 심야 영화 한 편을 보는 데에는 1,200원이었다. 외출의 목적이 영화를 보는 것이었던가. 그녀는 매표구 앞에서 잠시 망설였으나 돌아섰다. 그곳 역시 1,200원짜리 지옥일 뿐일지도 모른다는 것이 두려웠으나, 그보다는 영화를 보고 나오면 집에 가기 위해서는 택시를 타야 할 것이요, 극장 입장료의 두 배가 넘는 택시비를 지불해야 하리라는 것이 생각나자 들어갈 수가 없었다. 그녀는 140원짜리 깡통 맥주를 하나 사 들고 극장 옆 공원으로 들어갔다. 입장료를 낼 필요가 없는 곳이었다. 아니, 입장료가 있는지도 모른다……. 낯설고 두렵고 서글프고…… 억울했다. 공원은 나무들로 울창했으나 그녀는 좀처럼 편해지지 않았다. 누군가 어둠 속에서 그녀를 흘끗거리며 쟨 왜 여길 왔지, 하고 투덜거리는 것 같았다. 그녀는 잘못 들어와 있었다. 그녀의 원룸으로, SS 울트라마켓으로 돌아가야 했다. 누군가 불쑥 나타나 입장료 3만 원입니다, 하고 말하기 전에. 아니면 지니, 넌 여기 무슨 볼일로 왔어, 하고 추궁하기 전에. 무엇보다도 버스가 끊기기 전에.

그녀가 그럭저럭 편한 마음으로 외출을 기대하게 된 것은 나이트 클럽을 알게 되면서부터였다. 처음에는 직장동료 바이올렛과 함께 갔다. 바이올렛의 옷을 빌려 입었다. 엉덩이를 겨우 가리는 길이에 형광색 허리띠가 달리고, 속옷처럼 아슬아슬한 어깨끈이 달린 검은색 드레스였다. 속이 비칠 듯, 금세 찢어질 듯, 흘러내릴 듯 엷고 가벼워 또 하나의 속살 같은 그 드레스를 입자 벌거벗고 선 듯한 기분이었고, 그러자 알 수 없이 몸이 절로 달아올랐으며, 그 기분이 사뭇 낯설고 두려우면서도 설레었다. 새벽에 SS 울트라마켓에 나와서 생선을 다듬고 포장하고 온종일 생선 판촉에 시달린 바이올렛은 몸에 밴 비린내를 지우기 위해 몇 번이나 샤워를 하고 향수를 뿌린 끝에 검정 미니스커트에, 붉은색 킬힐 차림으로 집을 나섰다.

나이트클럽이란 놀라운 곳이었다. 지니는 그런 광경을 처음 보았다. 그토록 넓은 공간에 그토록 많은 남녀가, 그토록 모두 성장을 하고 모여들어, 몇 시간 동안이나 계속하여 춤을 추고 술을 마시고 춤을 추고 술을 마시고…… 춤을 추고 소리를 질렀다. 한 시간 사이에 지니는 술 때문에, 클럽 안을 깨부수는 듯 요란한 굉음으로 이어지는 음악 때문에, 탁한 공기 때문에 머리가 아팠으나 떠나고 싶은 생각은 결코 들지 않았다. 아무리 둘러봐도 그곳에서 두통을 느끼는 사람은 그녀뿐인 것 같았다. 남자들이 다가와 바이올렛에게, 지니에게 춤을 청했고, 그들은 즐겁게 거기 응했다. 바이올렛은 잠시 엉덩이를 붙이고 앉기만 해도 거울을 꺼내 얼굴을 들여다보며 눈썹을 다시 그리고 입술을 다시 그렸다. 마치 그것이 마술의 주문인 듯 그때마다 어김없이 남자들이 다가와 그녀의 손을 잡고 춤추는 무리 속으로 끌고 들어갔다.

　무심코 화장실에 가기 위해 비좁은 복도로 들어서는 지니의 옆구리를 쿡, 찌르며 한 소녀가 물었다. 코카인? 아니. 얼굴 한쪽에만 아프가니스탄의 카펫 문양처럼 기묘한 문신을 새겨 넣은 어린 소녀의 얼굴을 쳐다보며 지니는 고개를 저었다. 뽕도 있어, 언니. 필요 없어. 약은? 바륨, 바르비투르산은? 서툰 발음, 외국 여자아이였다. 어쩌면 아프가니스탄에서 온 테러리스트의 딸인지도 모른다. 곁을 스쳐 지나가려 하자 소녀는 지니의 팔을 붙잡았다. 왜 이리 급해, 언니? 엑스텐션도 있어. 바머, 벤조디아제핀도 있어. 새로 나왔어. 아주 좋아. 한 알만 먹어도 머리가 비스킷이 된 것 같아. 그녀는 혼자 낄낄거렸다. 굉장해. 머리가 비스킷이 되어버리는 기분은 어떤 것일까. 지니는 궁금하여 잠시 소녀를 쳐다보았다. 소녀는 눈을 반쯤 감고 황홀한 표정을 떠올리며 지니를 비스듬히 쳐다보다가 또 말했다. 아이스 컨디셔너는 어때? 소문만 들어봤지? 바로 이거야. 관심 없어? 정말 이상하다, 이 언닌. 무슨 재미로 살아? 싸구려도 있어. 이그질레이터. 두 알에 1,000원. 화장실 어느 구석에서 섹스를 벌이는지 교성이 낭자하게 흘러나오고, 벽에 기대어 선 두 여자가 알약을 입에 넣고 버석버석 깨물어 먹었으며, 갑자기 덩치가 산만 한 남자가 나타나 카펫 문신을 한 소녀의 목을 틀어쥐어 화장실 바닥에 동댕이치고 다신 오지 말라고 했지 이 상년아, 하고 고함을 질렀고, 지하로 이어지는 계단에는 오물과 찢어진 팬티가 널브러져 있었으며, 낙서가 뒤엉킨 벽면에 형광빛의 페인트로 양키 새끼들 꺼져라,

오랑캐 새끼들 죽어라, 쪽발이 새끼들 뒈져라, 베트콩들 꺼져라, 마호메트 종자들 죽이자, 한국 놈들도 죽이자, 하는 구호들이 덕지덕지 붙어 있었고, 한 여자가 계단 밑에 엎어져 구역질을 하고 있었으며, 그 모든 것들의 표면에 붉고 푸른 형광빛의 조명이 번득거렸고, 진땀같이 묵직하고 끈적끈적한 음악이, 세상의 껍질을 박박 긁어 한 꺼풀씩 뜯어 내리는 듯한 소리가, 날카롭게 유리창을 긁어내리는 듯한 소리가, 목청이 발기발기 찢겨나가는 듯한 금속성의 발악이 울려 퍼졌고, 지니는 음악에 맞춰 고개를 까딱거렸고, 소변을 보았으며, 쉴 새 없이 명멸하는 붉고 푸른 조명으로 그녀의 얼굴은 반쪽은 죽고 반쪽은 산, 옛이야기 속의 괴물 같았고, 비명 같은 웃음을 터뜨리며 여자들이 화장실로 들어섰고, 그 새끼들 다 양아치들이야, 아는 척도 하지 마, 너 벌써 걔랑 잤잖아, 누가 그래, 다른 데로 갈까, 하고 떠들어댔으며, 저 개새낄 내가 오늘 죽여버릴 거야, 하고 고함을 지르며 한 여자가 화장실로 들어서자마자 울음을 터뜨렸고, 카펫 문신의 소녀가 어느새 그녀에게 다가와 약을 내밀자 그녀는 얼른 돈을 꺼내주고 약을 받아 이빨 사이에 밀어 넣었고, 어디선가 팬티 입어 이 미친년아, 하고 외치는 소리가 들렸으며, 그 모든 것들 위로 굉음이, 조명이, 음악이…… 번득이고 부서지고 번득이고 부서지고……. 화장실에서 나오자 지니는 마치 형형색색의 진창에서 빠져나온 기분이었다.

나 가야 해. 춤추는 무리 속에서 갑자기 튀어나온 바이올렛이 핸드백을 찾아 쥐고 말했다. 어디로? 지니가 묻자 바이올렛은 윙크를 했다. 그런 거 묻는 거 아니야. 잘 가. 옷은 내일 회사로 가져와. 머리칼을 빗자루처럼 가닥가닥 땋아 묶은 흑인 남자의 팔에 허리를 맡기고 사라지는 그녀를 지니는 물끄러미 쳐다보고 앉아 있었다.

지니! 누군가 그녀를 소리쳐 불렀다. 돌아본 그녀는 깜짝 놀랐다. 회사의 부지점장 브라운이었다. 그는 위아래로 지니를 훑어보더니 멋진데, 다른 사람 같아, 하고 감탄했다. 두 사람은 춤을 추고 술을 마시고 춤을 추고 술을 마셨다. 나갈까? 그가 물었고, 지니는 고개를 끄덕였다.

브라운은 카드로 모텔의 현관문을 열고, 카드로 승강기 문을 열어 10층으로 올라가자 카드로 객실 문을 열었다. 방에 들어서자마자 그는 지니에게 덤벼들었다. 지니의 옷은 벗길 필요도 없이 스르르 그녀의 몸에서 흘러내렸다. 밤 내내 그녀가 기다린 것은 이렇게 옷이 흘러내려 벌거벗는 순간이었던 것 같았다. 후련했다. 브라운은 말없이 그녀의 몸을 탐했고, 그녀는 응했다. 그들은 이미 오래전부터 이렇게 만나 섹스를 주고받은 사이인 것도 같았고, 난생처음 만나자마자 서로에게 덤벼든, 이름도 성도 알지 못하는 오입쟁이들인 것도 같았다. 상관없었다. 그들의 몸은 이미 성기를 제외하고는 사라져버렸다 해도 좋았다.

브라운은 카드로 냉장고를 열어 족발과 맥주를 꺼내 탁자에 늘어놓고, 카드로 전자레인지를 열어 족발을 데우고, 카드로 텔레비전을 켰다. 지니의 카드로는 그런 일은 불가능했다. 출퇴근시간을 기록하고, 지하철이나 버스를 타고, 연쇄점에서 외상 거래를 하고, 은행 거래를 하는 정도가 고작이었다. 고향이 어디야? 부점장님은요? 브라운이라고 해. 머나먼 섬나라. 서울. 취미는? 책 읽는 거. 음악

듣는 거. 브라운이라고 하라니까. 오, 어떤 책? 아, 어떤 음악? 어머, 나도 그거 좋아하는데. 그래, 걔들 노래 잘하더라. 춤도 잘 추고. 우리 딸내미도 걔네들 좋아한다지, 아마. 집은 어디고? 회사 바로 옆 동네. 전철로 한 시간 거리. 키는? 164. 179. 신발은? 235. 280. 브라운, 브라운이라고 해. 사실이었으나 서로를 이해하는 데에는 별로 도움이 되지 않는 얘기들이었다. 사실이라고는 하지만 진실과는 거리가 먼 그런 얘기들을 씩둑꺽둑 주고받다가, 텔레비전에서 간호사들의 삼각 모자를 쓴 여배우가 옷을 입고 벗기를 반복하며 섹스를, 섹스를, 또 섹스를 하는 것을 쳐다보다가 그들은 다시 서로에게 덤벼들었다. 차라리 그것이 말에 가까웠다. 차라리 그것이 진실에 가까웠다.

지니가 책을 읽는다고 한 것은 어느 정도는 사실이라고 할 수 있었다. 《꽃말, 꽃의 전설》이 그 증거였다. 사실은 1년 내내, 아니, 벌써 2년째 읽는 중이었다. 책장은 구겨지고 겉장은 낡아 너덜거렸다. 2년 전 우연히 동네 지하철 출입구 앞의 노점을 지나다가 제목에 혹해서 멈춰 섰다. 《사주와 운명》, 《세계의 종말은 어디쯤 와 있는가》, 《밤손님》 따위의 책들, 오래된 패션 잡지들을 늘어놓고 한 남자가 쪼그리고 앉아 손님을 기다렸다. 꽃말, 꽃의 전설은 얼마나 낭만적이고 아름다운가. 또한 얼마나 실용적인가. 나중에 남자친구가 생기면 예쁜 꽃이 눈에 띌 때마다 그 꽃에 관한 전설을 들려줄 수 있을 것 아닌가. 적지 않은 돈을 지불하고 책을 사 들었으나, 집에 돌아와 몇 페이지를 읽고 나서 그녀는 곧 실망했다. 꽃의 전설은 아름답지도, 낭만적이지도 않았다. 슬프고 고통스럽고 심란했다. 꽃다운 처녀가 시집을 간다. 남편은 멀리 돈 벌러 간다. 시어미가 며느리를 괴롭히기 시작한다. 밥도 주지 않는다. 허기진 며느리는 부엌에 쪼그리고 앉아 부뚜막의 밥풀을 걷어 먹다가 시어미에게 들킨다. 시어미는 며느리를 마구 두들겨 팬다. 며느리는 입 안의 밥풀을 넘기지도 못한 채 쓰러져 죽는다. 그녀가 죽은 자리에 꽃이 피어난다. 꽃며느리밥풀에 관한 전설이었다. 그 예쁜 보라색 꽃에 이런 을씨년스러운 이야기라니. 지니는 정나미가 떨어졌다. 또 무슨 끔찍스러운 이야기가 나올지 두려웠다. 더 이상 읽고 싶은 생각이 들지 않았다. 속았다는 생각뿐이었다. 의욕적으로 시작된 꽃의 전설에 대한 탐구는 그렇게 끝났다.

어쩌면 그것은 핑계였는지 모른다. 집에 돌아오면 그녀는 씻고 자기 바빴으니까. 책 읽을 시간이란 없었다. 늘 잠이 부족했다. 아무리 노력해도 하루 너덧 시간 이상 자기란 불가능했다. 그녀는 늘 두통에 시달렸고, 늘 우울했다. 늘 외로웠으나 자신이 외롭다는 것을 알지 못했고, 어째서 가끔은 타야 할 버스가 지나가는데도 멍청히 서서 그것을 지켜보기만 하는지도 알지 못했다.

여전히 지니는 잠을 청할 때면 어김없이 그 책을 집어 들었다. 아무 페이지나 펼쳐 읽기 시작하여 대개 두 페이지를 넘기지 못한 채 잠에 떨어졌다. 책은 그녀의 손에서 굴러떨어져 이부자리 밑에, 베개 밑에, 그녀의 뺨 밑에 처박혔다. 책장이 구겨지고 더러는 찢어졌다. 전화를 받다가 메모지가 눈에 띄지 않으면 페이지의 여백에 아무렇게나 메모를 했고, 그 페이지를 찢어 주머니에 넣고 나가기도 했다.

그녀는 다시는 책을 사지 않았다. 책을 사는 것은 낭비에 지나지 않는다는 것을 알게 되었으니까. 책의 제목 따위는 광고의 카피처럼 대개 거짓말이었다.

브라운과 헤어져 새벽에 출근하는 사람들 사이를 헤치고 지칠 대로 지쳐 원룸으로 돌아온 지니는 고꾸라져 죽은 듯 잤다. 저녁 무렵 배가 고파 깨어난 그녀는 컵라면을 끓여 먹었다. 짠 라면 국물을 마시는 사이 이유 없이 눈물이 한두 방울 흘러내렸으나 그녀는 무심하게 눈물을 훔쳤다. 그런 걸 상관할 필요가 없다는 것을 그녀는 이미 알고 있었다. 그런 걸 상관하기 시작했다가는 무슨 일이 벌어질지 알 수 없게 되리라는 것도 그녀는 짐작하고 있었다.

꿈을 꾸었던가. 희미하게 누군가의 얼굴이 떠올랐다. 누군가 나타나 그녀의 어깨를 쓸고 조용히 떠나간 듯한 기분이었다. 빨래를 해야 할까? 청소를? 귀찮았다. 비좁은 방, 청소를 해봐야 널린 잡동사니들을 어딘가에 쑤셔 넣는 것이 고작이었고, 잠시 후 돌아보면 잡동사니들은 어느새 다시 나와 있었다. 이튿날 아침 일찍 출근하려면 또 자야 했다. 다시 누웠다. 그녀는 《꽃말, 꽃의 전설》을 펼쳐 들었고, 한 페이지를 채 다 읽지 못하고 잠들었다.

그날 밤 꿈에서 지니는 스텔라를 보았다. 그녀는 엉뚱하게 간호사 가운을 입고 간호사 모자를 쓰고 있었다. 스텔라는 말했다. 널 지켜줄 거야. 왜? 넌 니 몸에 불 지르면 안 되니까. 난 그런 짓 하지 않을 거야. 지니가 말했으나 스텔라는 엄격한 어조로 꾸짖었다. 거짓말하지 마. 비로소 지니는 스텔라가 찾아온 것이 이번이 처음이 아니라는 것을 깨달았다. 몇 번인가 그녀를 본 적이 있는 것 같았다. 무슨 말을 하고 싶은 것일까? 나에게 무엇을 원하는 것일까? 지니는 간호사 모자라는 것이 이미 한 세기 전에 사라진 물건이라는 것을 상기했다. 요즘은 포르노 영화에 등장하는 여자 배우들이나 그런 것을 썼다. 간밤 브라운은 그 삼각 모자를 쓴 여자가 섹시하다고 찬탄했고, 남자들은 간호사, 여교사, 여장교 등의 직군에 대한 성적 판타지를 지닌 경우가 많다고 말해주었다. 포르노 배우에 대해서는 어떤가? 지니가 묻자 그는 웃어대다가 족발이 목에 걸려 캑캑거렸다. 스텔라가 꿈에서 맡은 역할이 간호사였는지 포르노 배우였는지, 지니는 아리송했다.

이튿날 아침 회사에서 마주쳤을 때 브라운은 바로 앞을 스쳐가면서도 지니를 알은체하지 않았다. 어쩌면 진정 알아보지 못한 것인지도 모른다. 이거 봐라, 이거 봐. 시리얼이 이게 진열이 뭐냐. 더 쌓아. 더 올려. 천장에 닿게 올리란 말이다. 다시 진열해. 세일 사인도 다시 써. 글자가 풍선처럼 터져나가도록. 그런 글자체로. 지니도 그를 알은체하지 않았다. 그들은 직원과 부지점장일 뿐이었다. 어쩌면 옷을 벗고 서로의 체온과 침과 체액을 교환하던 순간에도 마찬가지였을 것이다. 간밤의 일은 모두 꿈같았고, 그녀는 이미 꿈이 잘 기억나지 않았다. 그들은 서로 소모하고 소모당했다. 그것은 언제부턴가 인간과 인간이 만나는 가장 전형적이고 편하고 유서 깊은 방식이 되었다. 그가 카드를 밀어 넣자 깡통 커피처럼 지니가 튀어나온 것인지도 모른다. 브라운에게서 가장 인상 깊었던 것은 바로 그 카드였다. 그의 카드는 마술처럼 전능했다.

바이올렛은 얼마 후 사라졌다. 한 달 뒤였는지 1년 뒤였는지, 지니는 기억하지 못한다. 어느 날 문득 돌아보니 그녀는 그 자리에 없었다. 해고당한 것인지 전근을 간 것인지, 아무도 알지 못했다. 직원들은 꾸준히 들어오고 나갔다. 더구나 아르바이트 직원들은 매일매일이 달랐고, 흔히 직원들, 특히 비정규 직원들과 구별하기가 쉽지 않았다. 얼마 뒤 바이올렛이 옐로스트리트 매춘 업소에서 일하는 것을 보았다는 막연한 소문이 떠돌았으나, 심각하게 받아들이는 사람은 없었다.

지니는 틈만 나면, 어떻게든 틈을 내어 나이트클럽을 찾아다녔다. 화장품도 사고 드레스도 장만하고 킬힐도 마련했다. 갈 때마다 브라운 같은 남자가 그녀에게 접근했고, 그때마다 지니는 브라운들을 따라 모텔에 가서 잤다. 브라운들은 그녀와 다시 만나기를 원치 않았다. 그들에게는 다른 지니들도 무수했으니까. 그녀 역시 같은 브라운을 다시 만나고 싶지 않았다. 브라운들은 나이트클럽에 늘 넘쳐났으니까. 어쩌면 그들은 서로에게 나이트클럽 코지의 PB 제품과 같았다. 싼 맛에 사고, 한 번 쓰고, 버릴 뿐이다. 미련도 애착도 생길 리 없다.

나이트클럽 코지에서 지니와 제임스는 처음 만났다. 같이 춤을 추다가 새벽녘에 클럽에서 나왔다. 지니는 당연히 모텔로 가게 될 것이라고 기대했다. 그러나 제임스는 어째선지 머뭇거리는 듯하다가 해장국이나 먹으러 갑시다, 하고 말했다. 그녀가 실망했던가? 제임스는 해장국집과 모텔 사이에서 망설였을까? 얼마쯤이나? 지니는 그의 망설임이 싫지 않았다. 해장국집과 모텔 사이에는 어떤 차이가 있었을까? 그녀는 아직 알지 못했다.

해장국집으로 가는 동안 지니는 처음으로 제임스의 얼굴을 이모저모 살펴볼 수 있었다. 이마가 넓어 머리가 벗겨진 듯 보였다. 아무렇게나 기른 머리칼은 별로 깨끗해 보이지 않았다. 콧날이 제법 또렷했으나 코끝은 둥글게 뭉그러져 있었다. 입술이 두툼하고 콧수염이 지저분했다. 면도를 하지 않았을 뿐 수염을 기르는 것 같지는 않았다. 나이는 지니보다 예닐곱쯤 많은 것 같았다. 발을 내던지듯 터벅터벅 소리 내어 걸었다. 표정이 어두웠다. 지칠 대로 지쳐 아무 데나 쓰러져버리기를 원하는 사람 같았다. 하기야 지친 것은 그녀 역시 마찬가지였다. 이런 데 자주 와요? 자주 못 와요. 더 자주 오고 싶어요. 오랜만에 왔더니 고막이 터져버린 것 같네요. 제임스는 굵은 손가락을 귓속에 쑤셔 넣고 함부로 후볐다. 고개를 꼿꼿이 들고, 느리게, 걸음을 크게 떼어 그는 골목으로 들어섰고, 한두 걸음 뒤처진 지니를 위해 해장국집 출입문을 붙들고 기다려주었으며, 지니는 그런 대접을 받아보는 것이 처음인 것처럼 기꺼웠다.

해장국집은 근처의 술집에서 빠져나온 사람들로 붐볐다. 제임스는 두리번거리지 않았다. 마치 텅 빈 곳에 혼자 들어와 있는 사람 같았다. 표정도, 몸짓도 그랬다. 그 많은 탁자를 놔두고 하필 한가운데 있는 탁자에 가서 앉았다. 기껏 해봐야 뼈해장국, 우거지해장국, 선지해장국 따위가 전부인 메뉴를 그는 진지하게 너무 오래도록 들여다보았다. 메뉴를 보고 있지만 머릿속으로는 딴생각을 하는 듯 보였다. 아니면 그저 정신을 놓고 있는 것 같기도 했다. 기다리다 못해 지니가 말했다. 선지해장국, 선지 빼고. 그는 천천히 고개를 들어 낯선 사람을 보듯 지니를, 역시 지나치게 오래 쳐다보고 있다가 말했다. 우거지. 검정 앞치마를 단정히 걸친 종업원이 우거지 하나, 선지 빼고 하나, 주문하셨습니다, 하고 멀어져갔다. 제임스가 소주도, 하고 물었고, 지니는 고개를 끄덕였다. 제임스는 종업원의 등에 대고 말했다. 소주 하나요. 종업원이 반복했다. 소주 하나, 주문하셨습니다.

카드예요, 현금이에요? 지니가 물었다. 돌연 장난기가 발동한 탓이었다. 자신에게도 낯선 그런 장난기는 적어도 일부는 제임스 탓이었다. 그의 무엇인가가 지니를 자꾸 가볍게, 유쾌하게 만들었다. 제임스의 느린, 무거운 움직임과 반응을 보고 있으면 누군가 자꾸 그녀를 간질이는 것 같았다. 그는 이번에도 지나치게 오래 지니를 쳐다보았다. 낯선 지방의 지도를 읽기 위해 애쓰는 듯한 얼굴이었으나 그 얼굴에 대고 지니는 다시 말했다. 일시불이에요, 할부예요? 곧 제임스의 얼굴에 슬며시 미소가 떠올랐다. 신속배달 안전보장입니다. 두 사람은 곧 알아들었다. 이 여자는 계산원이다. 이 남자는 배달기사다. 그들의 말은 그들이 입는 제복 같았다.

2

날씨가 요란스러웠다. 빗줄기가 흩날리다가 진눈깨비가 쏟아지고, 바람이 휘몰아쳐 가로수가 쓰러졌다. 난층운으로 뒤덮인 7,000미터 상공의 하늘이 시시각각 모습을 바꿨다. 서울클라우드익스프레스 하남 출장소 별관 사무실의 엉성한 유리창 하나가 우박에 깨어져나가더니, 바람이 덤벼들어 문짝을 떼어낼 듯 요동쳤다. 서류 조각과 비닐 봉투, 달력과 먼지 따위가 한꺼번에 날아올랐다.

백스터의 호들갑스러운 재촉에 재선은 플라스틱 조각을 찾아 유리가 깨어져나간 창을 가리고 테이프를 덕지덕지 붙여 고정시켰다. 잠깐 사이에 사무실 바닥이 빗물로 흥건해졌다. 재선의 옷이 비에 흠뻑 젖었다. 백스터는 휴지로 책상의 물기를 닦아내며 투덜거렸다. 빌어먹을 날씨네. 어디서 사고 나는 거 아닌지 모르겠네. 그는 컴퓨터 앞에 앉아 이동 중인 모든 차량에 단체문자를 보냈다.

비바람 주의 운전 주의

잠깐 머뭇거리다가 그는 다시 문자를 보냈다.

안전은 최상의 정책

문이 노크도 없이 벌컥 열리자 그와 함께 비바람이 밀려들어 또다시 실내를 휘저었다. 재선은 누가 들어왔는지 알아보지도 못한 채 바람을 등지고 몸을 틀었다. 길게 자란 그의 머리칼이 사방으로 어지럽게 흩어졌다. 문이 닫히자 실내의 바람은 곧 잦아들었다. 재선이 돌아섰을 때 문 앞에는 한 사람이 우뚝 서 있었다. 붉은 야구모자를 쓰고 두툼한 외투를 입은 남자, 아니, 여자였다. 아니, 남자인가? 등에 멘 배낭이 흠뻑 젖어 있었다. 야구모자는 크게 걸음을 떼어 책상 앞으로 다가서더니 주머니에서 함부로 접힌 서류를 꺼내 백스터에게 내밀었다. 백스터는 서류를 펴 읽었다.

"두 사람, 오늘 사수와 부사수."

백스터는 서류를 책상 위에 떨어뜨렸다. 야구모자와 재선은 잠깐 시선을 교환하는 것으로 인사를 대신했다. 야구모자의 당당한 시선, 단단한 턱은 인상적이었다. 표정도 눈길도 여자 같지가 않았다.

하남 출장소장 백스터 박 Baxter Park. 백스터의 책상 위에 버티고 앉은 명패에는 그렇게 기록되어 있었다. 아직 그런 위압적이고 고색창연한 인조자개 명패를 사용하는 자들은 칠전팔기 끝에 당선된 구청장 따위 공직자뿐이었다. 백스터는 하남 출장소장으로 진급한 지 이틀 만에 어디에서 마련했는지 스스로 그 명패를 들고 나타나 책상 끝에 턱 올려놓았다. 수시로 닦고 광을 내어 그 명패는 그의 이마보다 더 번쩍거렸다.

"뭐 하고 있어? 화물 챙겨."

백스터가 재촉했다. 재선은 버티고 선 채 되물었다.

"차는?"

"6869 끌고 가라니까."

"승용차 하나 내놔봐. 이번에 차 몇 대 바꿨다면서."

백스터는 출장소가 운영하는 차를 번호까지, 연식까지, 사고와 고장, 수리 이력까지 훤히 꿰뚫고 있었다. 심지어 인조가죽 시트에 담배 구멍이 몇 개인지, 언제 어떤 자가 그런 짓을 저질렀는지까지 잊지 않았다. 말단 비정규직 기사로 입사한 지 7년 만에 서울클라우드익스프레스에서 가장 큰 규모라는 하남 출장소장으로 진급했다. 재선과 더불어 밤새 운전에 시달리다가 꼭두새벽 고속도로 휴게소에서 허겁지겁 멸치국수로 허기를 때우던 것이 불과 2년 전이었다. 재선이 보기에 그는 언제까지나 동료 운전기사였고, 백스터가 보기에 재선은 배달기사를 면할 길 없는 한심한 비정규직이었다. 그래서 둘 사이에는 다툼이 잦았다.

백스터는 인터컴을 누르고 지시했다.

"6869 화물 가져와."

재선은 난로에서 물러나 소파에 앉았다. 이를테면 야구모자에게 난로 앞을 양보한 셈이었다. 한 걸음 옮기면 난로, 물러나면 소파였다. 백스터는 책상 서랍에서 스테인리스스틸 플라스크를 꺼내 두어 모금을 마시고 다시 서랍에 밀어 넣었다. 소주였다. 야구모자는 난로 앞으로 다가서지 않았다. 소파에 앉지도 않았다. 창문 앞에 우뚝 선 채 묵묵히 백스터와 재선 사이에 오가는 수작을 지켜보고 있었

다. 낯선 곳에 들어선 주제에 스스럼도, 두려움도 없이 자약한 태도
였다. 일하러 왔으나 기죽지 않겠다는 오기 같은 것이 엿보였다. 모
자 차양에서 아직 빗물이 뚝뚝 떨어졌으나 모자를 벗을 생각도 하
지 않았다. 여자가 분명했다. 단호하고 고집스러운 무표정에도 불
구하고 코에서 입술로, 뺨에서 턱으로 흘러내리는 선은 부드러웠
다. 반면 눈매는 날카롭고 전투적이었다. 이를테면 일회전을 맞는
권투선수의 눈빛 같았다. 키가 컸다. 두툼한 국방색 누비 외투를 걸
치고 낡아빠진 등산화를 신고 있었다.

케냐 소년 움바스가 두 개의 화물을 가져왔다. 150센티미터 길이
의 둥근 상자 하나, 가로세로 50센티미터가 채 되지 않는 직육면체
의 상자가 하나였다. 그것을 본 재선은 다시 말했다.

"봐라. 화물이라고는 겨우 저건데 트럭은 무슨 트럭이냐?"

백스터는 대꾸하지 않았다. 움바스는 슬금슬금 눈치를 보더니 난
로 옆에 붙어 섰다. 두툼한 입술이 퍼렇게 얼어 있었다. 재선은 그
의 어깨를 붙잡아 끌어당겼다. 밥 먹었어? 뭐 먹었어? 햄버거. 오징
어버거. 열두 살. 서울클라우드익스프레스에 들어온 지 다섯 달이
었다. 어머니 뭐 하시냐, 하고 물으면 늘 애 키워, 하고 대답했다.
하남 출장소에서 잔심부름을 하며 정비 일을 배웠다. 잠은 정비창
구석에 간이침대를 하나 놓고 잤다. 그는 햄버거를 좋아하고 라면
을 좋아했다. 뷔페식으로 식단이 관리되는 식당에서도 밥을 먹은
다음에 꼭 햄버거나 라면을 먹었다.

"그 녀석 참. 승용차면 되는 거지?"

백스터가 양보할 듯 물었다.

"그럼. 나도 승용차 좀 써보자."

백스터는 서랍에서 열쇠를 하나 꺼내 책상 위에 동댕이쳤다. 재선은 열쇠를 집어 들었다. 4671호. 그는 실망하여 열쇠를 내려놓았다.

"이런 똥차로 가다가 사고라도 나면 어떻게 하냐? 국경을 몇 번을 넘나드는 길인데. 길도 미끄럽고."

10년이 넘도록 굴러먹은 차였다. 주행거리가 아마 100만 킬로미터가 넘어갔을 것이다. 그 정도면 사고 이력이 대여섯 번은 될 것이다.

"정비 끝났어요. 잘 나가요."

읍바스가 나섰다.

"승용차면 된다더니 또 무슨 잔말이야. 싫으면 그냥 6869로 가. 자동주행장치도 신품으로 싹 바꿨어. 잘 나가."

"성능 좋아요. 단추만 누르면 그냥 저 혼자 가요."

읍바스가 또 끼어들었다.

"너 뭐 하고 있어? 어서 안 가?"

백스터의 말이 끝나기도 전에 소년은 비바람 속으로 뛰쳐나갔다. 바람에 날린 문이 거칠게 닫혀 컨테이너가 통째로 우르르 뒤흔들렸다. 백스터는 거대한 몸뚱이를 의자에 부려놓았다. 의자가 부서질 듯 찌걱거렸다. 거대한 두 팔을 허공에 엉거주춤 들어 올리고 그는 두 손가락으로 자판을 하나 또 하나 누르기 시작했다.

하남 출장소장의 커다란 명패에 비해 사무실은 작고 초라했다. 허례를 배격하고 실질을 중시한다는 서울클라우드익스프레스의 방침이 말단까지 관철된 결과였다. 고객이 드나드는 화물 접수창구는 깨끗하고 호사스러웠다. 본관이라 불리는 그 건물은 통유리와 대리석, 샹들리에와 카펫, 로비에 내걸린 거대한 세계지도와 거기 촘촘히 붙어 각국 현지시간을 알리는 시계들로 장식되어 있었고, 에스컬레이터와 이동식 복도, 승강기가 소리 없이 작동했으며, 군데군데 이정표가 보기 좋게 붙어 각종 업무 장소를 누구라도 쉽게 찾아갈 수 있었다. 모든 직원은 푸른 정장에 넥타이까지 맨 차림으로 고객을 맞았다. 수위도 경비도 청소부도 정장 차림이었다. 청소부의 경우 회사에서는 정장을 입힐 것이냐, 작업복을 입힐 것이냐를 놓고 오랜 시간 논쟁을 벌였다. 넥타이를 매고 걸레질을 한다는 것이 얼마나 불편하고 이상스럽게 보일 것인가? 작업복이 낫다. 그러나 회장은 좀 다른 관점을 내놓았다. 걸레질? 요즘 청소부들이 정말 걸레질을 하는가? 청소기를 이용하지 않는가? 넥타이를 매고 청소기를 타고 이동하며 청소를 하는 것이 그다지 이상한가? 이상하다면 청소기 디자인을 바꿔라. 그렇게 하여 서울클라우드익스프레스의 청소기는 스포츠카 같은 앙증맞은 디자인으로 바뀌었고, 본관의 모든 청소부까지 정장 차림으로 근무하게 되었다.

그러나 그것은 본관뿐이었다. 본관 건물 바로 뒤는 창고였고, 그 너머가 정비창, 그 너머에 넓은 주차장, 다시 창고, 그리고 별관 사무실이 자리 잡고 있었다. 본관 창문에서 보면 별관은 정비창에 가려 거의 보이지도 않았다.

소장실은 물론 본관 4층에 자리 잡고 있었다. 그러나 백스터는 출퇴근할 때 잠깐 그곳을 이용할 뿐, 일상적으로 별관에서 근무했다. 얼마 전까지는 주차장 북쪽에 붙은, 벽돌로 지은 2층짜리 별관이 하나 더 있었다. 그러나 그 건물은 일곱 달 전 노동자들의 시위

때 화염병 공격으로 불타버렸다. 일은 하루도 쉴 수 없었고, 당장 사무실이 필요했으므로 백스터는 주차장 동쪽에 컨테이너를 하나 가져다 놓고 그곳을 별관 업무용으로 사용했다.

"이름이……."

백스터는 야구모자를 흘끔 쳐다보았다.

"안영희. 멜라니."

야구모자가 무뚝뚝하게 대답했다. 백스터는 자판을 두들기다 말고 흐으, 웃으며 고개를 들어 야구모자를 쳐다보았다. 그의 넓적하고 누런 이가 드러났다. 두툼한 그의 입술이 히죽, 뒤틀렸다.

"아가씨 이름이 안녕히네, 안녕히."

제법 재치를 발휘한 농담이었으나 멜라니는 웃지 않았다. 백스터의 얼굴에서도 곧 웃음이 사라졌다. 그는 굵은 손가락으로 자판을 하나하나 톡톡 내리쳤다. 손가락에 가려 자판이 온전히 보이지 않았으므로 그는 눈으로 일일이 확인해가며 자판을 쳤다. 쳐다보고 있으면 엉덩이 사이가 근질근질, 좀이 쑤셨으므로 재선은 전화를 꺼내 들여다보았다. 돈을 빌려주겠다는, 도박을 하라는, 섹시한 어린 여자와 섹스를 하라는 광고가 들어와 있었다. 그는 하나하나 광고를 지우고, 번호를 스팸으로 등록하고……. 마침내 백스터는 카드를 뽑아내어 멜라니에게 내밀었다. 그녀는 성큼 다가서 작업카드를 받고 재빨리 뒤로 물러났다. 신병처럼 절도 있는 움직임이었다. 카드 위의 황금색 홀로그램이 잠깐 허공에서 빛났다.

이용 후 폐기. 카드 전면에 커다랗게 기록되어 있었다. 일회용 카드라는 뜻이었다. 작업이 종료되는 것과 동시에 폐기되는 카드, 회사에서는 흔히 종이카드라고 했고, 그 카드를 지닌 자들 사이에서는 장판, 또는 비닐장판으로 통했다. 그 종이카드를 지닌 동안만 멜라니는 서울클라우드익스프레스의 직원, 비정규 직원이었고, 그 카드가 폐기되는 순간 비고용 실업자의 신분으로 되돌아갈 것이다. 그리하여 그들은 스스로를 폐기용 작업자, 폐기용 노동자라 불렀다.

같은 처지의 노동자로 마주쳤을 때 재선과 백스터는 서로의 카드를 비교한 적이 있었다. 너 작업카드 내놔봐. 카드 없지? 여기 있다. 그럴 줄 알았어. 장판이잖아. 난 그래도 한 달짜리다. 난 이래 봬도 여섯 달짜리다. 같은 장판끼리 뭔 서운한 소리냐. 너나 나나 일회용인 건 마찬가진데. 그들의 운명은 카드와 더불어 세분되어 있었다. 한 달짜리, 석 달짜리, 여섯 달짜리, 1년짜리……. 2년짜리가 가장 긴 장판이었다. 2년이 지나면 대개의 경우 새로운 작업카드를 발급받았다. 발급받은 다음에야 그들은 자신이 일회용인지, 한 달짜리인지 알 수 있었다. 한 달이나 여섯 달이나 폐기되는 건 마찬가지다. 누군들 폐기용 아니냐? 대통령도 임기 끝나면 폐기된다. 대통령이랑 너랑 같냐? 폐기는 폐기다. 폐기가 되어도 그놈은 나라에서 평생 연금 받는다. 죽을 때까지 나라에서 경호도 해준다더라.

서울클라우드익스프레스가 그들에게 허용한 것은 일회용 작업과 일회용 식사, 일회용 관계였다. 재선이 지닌 것은, 다행히, 한 달짜리 카드였다. 하루건 한 달이건 일회용이기는 마찬가지였다. 1년을 계속 일해도, 2년을 계속 일해도 일회용이었다. 그 1년은 하루로, 한 달로, 석 달로…… 분할되고 또 분할되었다. 그들의 시간은 같지만 서로 달랐고, 서로 다르지만 크게 다르지 않았다. 그들은 고용될 때마다 어김없이 폐기되었고, 그러나 폐기될 때마다 어김없이 다시 고용되지는 않았다. 지난 총회에서 전국비정규직노동조합연맹 대표가 내건 구호는 일회용 고용 폐기였다. 노동자 동지 여러분, 제가 목숨을 걸고, 최단 고용 기간을 최소한 한 달로 연장하겠습니다. 한 달, 인간이 최소한 자신의 삶을 계획할 수 있는 기간이 한 달이 아닙니까, 여러분. 그러나 사용자들은 허용하지 않았다. 그것은 전비노련이 내건 목표였으나 사용자들의 목표와는 거리가 멀었고, 노동자들의 기대와는 거의 아무런 상관도 없었다. 노동자들은 임금을 받을 때마다 0.1퍼센트를 조합비로 지출했지만, 그것으로는 전비노련의 지부 하나도 운영할 수 없었다. 정부의 정책 보조금과 사용자 단체의 지원으로 전비노련은 경비의 대부분을 감당했다. 누가 대표가 되건, 대표가 어떤 목표를 내세우건 별로 달라지지 않았다. 전비노련이 어떻게 운영되는지 노동자들은 관심을 갖지 않았다. 반면 사용자들은 큰 관심을 기울였다. 노동자들은 투덜거렸다. 대표를 왜 우리가 뽑아? 사용자들이 모여서 뽑으라고 해야지.

노동자들에게는 일회용 고용인지, 한 달짜리 고용인지는 별로 중요하지 않았다. 때로는 한 달짜리 고용이 오히려 더 불편했다. 한 달이라지만 붙박이 생활을 하기 위해서는 필요한 것들이 적지 않았다. 하루하루 연명하는 경우 그럭저럭 몸뚱이 하나만으로 못 버틸 것도 없었다. 정착한 자와 정착할 수 없는 자 사이의 차이였다.

"시위는 어떻게 돼가나?"

재선이 묻자 백스터는 시위해봤자 무슨, 하고 중얼거렸으나 곧 텔레비전을 켰다. 화면 가득 시위군중과 그들을 포위한 진압경찰이 떠올랐다. 군중으로 뒤덮인 광화문 네거리 뒤쪽으로는 경찰 버스와 최루탄 트럭, 물대포가 버텨 서 있었고, 그 뒤쪽에 다시 진압경찰이 배치되어 있었다. 붉은 깃발과 검정 깃발, 노란 깃발이 나부끼고, 군중의 함성이 가득했다. 그 모든 것 위로 빗줄기가 쏟아지고 바람이 몰아쳤다.

"그러니까 이 새끼들이 오늘 밤 그놈의 법안을 날치기할 작정이라는 거지?"

재선의 말에 대답하는 사람은 없었다. 시위는 연초에 노동력 조정에 관한 법안이 발의되었을 때부터 시작되었다. 전국 각지의 도시마다, 공장마다 시위군중이 모여들어 법안을 폐기하라고 요구했다. 정부는 꿈쩍하지 않았다. 국회 역시 마찬가지였다. 전비노련은 애매한 성명을 몇 차례 발표했을 뿐 시위군중과 거리를 두려 애썼다. 가끔 대표가 시위에 참석하여 연설을 했으나 돌아갈 때는 시위 지도부에게 교통비를 요구했다. 시위군중은 차츰 지쳐갔고, 국회는 쓸 시간이 얼마든지 있었다.

정부가 법안 심의를 요구하며 마지막 시한으로 내놓은 날이 오늘이었다. 여당 국회의원들은 그날 안에 법안을 표결에 부치겠다고 공언하고 있었다. 노동당 의원들 몇이 표결 연기를 주장하며 국회의사당 본회의실에서 철야를 시작했다. 시위군중이 여의도와 광화문으로 밀려들었고, 진압경찰이 덤벼들었다. 그것은 한국 사회의 유서 깊은 통과의례 가운데 하나, 날치기를 위한 절차였다.

문이 벌컥 열렸다. 머리부터 검정 비닐 커버를 뒤집어쓴 남자가 들어섰다. 커버에서 빗물이 주르르 흘러 떨어졌다. 백스터가 버럭 소리쳤다. 노크할 줄 몰라? 그러나 비닐 커버는 듣지 못한 것 같았다.

"말 좀 해봅시다, 소장님. 내가 어째서 작업카드 불법 사용잡니까? 내가 무슨 불법 사용을 했다는 겁니까?"

재선은 그를 알아보았다. 오가며 마주친 적이 있었으나, 인사를 나눈 적은 없었다. 역시 배달 트럭 운전기사, 아마도 파키스탄 출신일 것이다. 백스터는 그를 흘긋 쳐다볼 뿐, 대꾸 없이 자판과 모니터와 서류를 번갈아 쳐다보며, 꾸물꾸물 일을 계속했다.

"나 좀 살려줘요, 소장님. 나 그 카드 가지고 나가서 밥 두 번 사먹고, 모텔에서 잠 한 번 자고, 그게 전부입니다. 모텔에서 잔 것 때문이라면 내가 물어내겠습니다. 제발 불법 사용자라는 딱지만 붙이지 말아줘요. 부탁입니다."

백스터는 텔레비전을 껐다. 비닐 커버를 입은 남자가 애걸했다.

"여기서 쫓겨나더라도 다른 데 가서 밥은 먹고 살아야지요. 네? 부탁입니다."

백스터는 컴퓨터에서 작업카드를 뽑아내 책상 끝에 밀어놓았다. 재선은 카드를 받아 들여다보았다. 역시 한 달짜리였다. 장판에 지나지 않았다. 그러나 파키스탄 출신의 불법 사용자 앞에서 그 카드는 돌연 값진 물건이 되었다. 백스터는 그를 흘겨보며 중얼거렸다. 경비 낭비하지 마. 다 지켜보고 있어. 재선은 그것이 차라리 저 비닐 커버에게 하는 말이라는 것을 짐작했다. 그는 알고 있었다. 백스터는 비닐 커버의 불법 사용자 딱지를 떼어주지 않을 것이다. 그는 회사가 움직이는 방식을 조금은 알았다.

"출발하라니까. 밤새도록 거기 서 있을 거야?"

백스터가 쏘아붙였다. 더 이상 차를 가지고 불평할 계제가 아니었으므로 재선은 사무실을 나섰다. 망할 놈, 한 달짜리가 뭐란 말이냐.

사무실을 나서자 차디찬 빗줄기가 얼굴을 후려쳤다. 재선은 얼른 점퍼 후드로 머리를 가렸다. 뒤에서 멜라니의 등산화가 철벅거리며 빗물을 걷어차는 소리가 따라왔다. 어두워지기 시작하는 하늘 끝에서 바람이 원한에 찬 짐승처럼 울부짖으며 덤벼들었다. 재선은 밤새 갔다가 되돌아와야 하는 길과 거리를 생각했다. 국경을 몇 번이나 넘나들어야 하는 길이었다. 한 번, 두 번, 세 번……. 그는 세다가 집어치웠다. 비무장지대와 그 북쪽 지역은 조계(租界)와 관할이 제멋대로 뒤엉켜 도로나 행선지에 따라 국경 통과가 다섯 번이 될 수도 있었고 여섯 번이 될 수도 있었다. 폐쇄되는 길, 열리는 길이 날마다 달라졌다. 막상 가봐야 어떤 도로를 통해 어떻게 조계를 통과할지 판단할 수 있게 될 것이다. 어떤 경우에는 간단히 넘어설 수 있었지만, 어떤 경우에는 한 시간 두 시간, 졸면서 먹으면서 하염없이 기다려야 했다. 그놈의 기다리는 일은 생각만 해도 신물이 났다. 비좁은 운전석에 꼼짝도 못한 채 앉아 몇 시간을 버티다 보면 몸뚱이가 콘크리트 덩어리처럼 굳어가는 것 같았.

정비창 쪽에서 굉음이 울려 퍼졌다. 주차장 북쪽 끝이었다. 작업자 몇이 달라붙어 지붕에서 태양열 집열판을 뜯어내고 있었다. 웁바스가 어느새 거기 매달려 있는 것이 보였다. 어머니 뭐 하시냐? 아기 키워. 소년은 지난해 여름 새벽, 경비에게 발견되었다. 정비창 문 앞에 엎드려 자고 있었다. 아무리 쫓아내도 되돌아왔다. 백스터가 데려와 몇 마디 말을 시켜보고 거기 머무는 것을 허락했다. 고용한 거 아니다. 넌 미성년이기 때문에 고용하면 법률 위반이야. 넌 특별훈련 직원이야. 알았어? 따라 해봐. 특별훈련 직원. 옳지. 돈 조금 주고 밥 줄 테니까 열심히 배워. 움바스는 어느새 한 사람 몫의 일을 훌륭히 해냈고, 두 사람 몫의 밥을 먹어치웠다.

이 야밤에, 쏟아지는 빗줄기에 몸을 맡기고 두꺼운 집열판을 뜯어내는 저들의 주머니에는 장판이 아니라 적어도 골드카드가 간직되어 있을 것이다. 저들이 비록 회사가 지시하면 언제라도 밤을 새워야 하는 처지라 할지라도 저들은 재선을 사람으로 보지 않을 것이다. 백스터 이 자식. 정규직 한자리 마련해달라고 부탁한 것이 벌써 언제던가. 1년짜리 작업카드라도 감지덕지였다. 3개월짜리 카드를 반납한 것이 다섯 달 전이었다. 이유를 알 수 없었다. 도대체 무엇을 기준으로 한 달을, 석 달을, 여섯 달을 고용하는 것인지 재선은 짐작이 가지 않았다. 언젠가 백스터에게 물었더니 그는 이렇게 대답했다. 아웃 오브 마이 리치. 무슨 뜻인지는 잘 모르지만, 그 역시 잘 모르겠다는 대답인 것 같았다. 사무실에서 백스터의 우렁찬 고함 소리가 터져 나왔다. 몰라! 나가!

타이어 태우는 냄새가 허공에 짙게 떠돌았다. 보일러에 폐타이어를 밀어 넣은 것이 분명했다. 불법인데도 방치되는 까닭은 돈이 절약되는 불법이라는 것을 백스터가 알기 때문일 것이다. 비닐 커버가 카드를 가지고 어떤 짓을 했는지는 모르지만, 불법 행위는 공장에서도 벌어졌다. 어쩌면 내일쯤 백스터는 그것을 빌미로 보일러공의 카드를 빼앗고 대신 일회용 장판을 내밀지도 모른다. 아시아에서, 아프리카에서, 전란이 그치지 않는 중동에서 노동자들이 꾸준히 몰려들었다. 그들은 조계로 갈가리 분할된 북한 지역으로 입국한 다음, 어떻게든 남으로 내려왔다. 부족한 일자리를 놓고 내외국인 노동자들이 뒤엉켜 경쟁을 벌였고, 임금 사정은 날이 갈수록 더 악화되었다.

어두운 하늘을 꿰뚫고 곤두선 굴뚝에서 벌건 불꽃이 솟구칠 때마다 주차장 뒤에 꼿꼿이 서 있는 미루나무들이, 야산 능선에 울타리처럼 늘어선 풍력발전기들이, 그 너머의 검은 숲이 얼핏얼핏 드러났다. 풍경이 찢어진 누더기처럼 나부꼈다.

6869 트럭을 찾아내자 재선은 차 주위를 돌며 타이어를 골고루 걸어차보았다. 공기압은 충분했다. 정비는 철저히 했을 것이다. 백스터라는 자는 차 관리에 더없이 꼼꼼했다. 하남 출장소의 차량관리 매뉴얼은 작년 서울클라우드익스프레스 전 조직의 베스트 문서에 선정되어, 각 출장소와 지사에 보급되었다. 정비기사들은 그 문서를 신경질 매뉴얼이라고 불렀다. 서울클라우드익스프레스의 모든 운전기사와 정비기사 들이 아는 사실이지만 백스터는 모를 것이다.

멜라니는 조수석 문 옆에 서서 무표정한 낯으로 재선을 지켜보고 있었다. 두 사람의 시선이 잠시 마주쳤다. 빗줄기가 트럭 운전석의 등짝을 난타하는 사이, 그들은 눈으로 얘기를 주고받았다. 운전 니가 먼저? 내가 먼저? 아무래도 상관없어. 그들의 어깨 뒤로 어둠은 산을 타고 속히 밀려들었고, 산 정상에서 탐색등 불빛이 어둠을 가르고 막막한 허공을 가로질렀다. 우아, 어디선가 아이들이 환호하는 소리와 함께 컹컹, 개들이 짖는 소리가 이어졌다. 주차장 옆

비탈진 도로를 롤러블레이드를 탄 아이들이 미끄러져갔고, 그 뒤를 따라 개들이 서너 마리 내달았다. 거대한 덩치의 방울나무들이 품을 열어 그들을 한껏 끌어안았다. 바람이 빗줄기와 더불어 아이들을 위협적으로 몰아붙였으나, 아이들은 오직 환호하고 또 웃음을 터뜨리며 주르르 끝도 없이 미끄러져갈 뿐이었고, 아이들의 환호는 분방하고 거칠고 가차 없었으며, 비탈길은 길고 길어 롤러블레이드는 끝도 없이 굴러갈 것 같았고, 세상의 끝까지라도 굴러갈 것 같았으며…….

빗줄기는 점점 더 굵어지고, 바람은 더 사나워졌다. 지붕에서 집열판 한 장이 팔랑팔랑 나뭇잎처럼 떨어져 박살이 났고, 사이렌 소리가 요란하게 울려 퍼졌으며, 읍버스가 허겁지겁 지붕에서 사다리를 타고 밑으로 달려 내려왔고, 우우아아, 아이들은 거침없이 롤러블레이드를 타고 비탈길을 굴러가고 있었다.

전화벨이 울렸다. 백스터였다. 전화를 받자마자 재선은 투덜거렸다. 비 허벌나게 쏟아진다. 백스터는 사고 조심, 도난 조심, 고장 조심, 하고 소리쳤다.

"내가 이 노릇 한두 번 하나?"

"피곤하면 어디든 들어가서 쉬어. 무리하지 말고. 내가 그런 정도는 봐줄 수 있으니까."

"알았다, 백스터 소장. 걱정 마."

재선은 시동을 켰다. 번쩍, 실내등이 켜지고, 이내 내비게이터가 깨어나고, 무인자동주행장치 모니터가 눈을 떴다. 안녕하세요, 주식회사 서울클라우드익스프레스입니다. 목적지까지 안전하게 안내

해드리겠습니다. 잠시만 기다려주십시오. 지도와 교통정보를 업데이트하는 중입니다. 현재 주행장치는 수동 모드입니다. 내비게이터가 고도 2만 4,000킬로미터 상공의 정지위성 '하이 KST 로미오'와 데이터를 주고받아 디지털의 2진 기호를 부지런히 문자와 그림과 소리로 조합하고 교체하는 사이 재선은 화물 상자에 화물을 넣고, 연료전지를 확인하고, 헤드램프를 켜고, 안전벨트를 매고…… 다시 한번 멜라니를 돌아보았다. 그녀는 조수석에 느른히 기대어 빗줄기를 멀거니 내다보고 있었다. 재선은 묻고 싶었다. 교대는 두 시간마다? 아니면 세 시간? 그러나 입을 열 수 없었다. 그녀는 이미 잠옷으로 갈아입고 침대에 누운 사람 같은 태도였다.

롤러블레이드를 타는 아이들은 다시 비탈길을 걸어 올라가고 있었다. 진돗개 두 마리, 셔틀랜드 시프도그 한 마리가 꼬리를 흔들어대며 앞서거니 뒤서거니 언덕을 달려갔다. 아이들은 오로지 드르르, 미끄러져 내려가기 위해 저 긴 비탈을 걸어 올라가는 것이다. 그것은 무구한 즐거움이었고, 그 즐거움에 대한 무구한 열중이었다. 언제 저 아이들처럼 환호한 적이 있었던가. 기억도 나지 않았다.

하늘이 우르르, 발버둥 쳤다. 아이들이 항의하듯 하늘을 향해 고함을 질러댔고, 개들까지 컹컹 짖어댔다. 내비게이터가 말했다. 업데이트가 끝났습니다. 안전 운행하시기 바랍니다. 현재 주행장치는 수동 모드입니다. 앞 유리창에 홀로그램으로 지도가 펼쳐지고, 목적지까지의 거리가 표시되었다. 896킬로미터. 시속 100으로 쉬지 않고 달려도 아홉 시간 거리였다.

경비 두 사람이 빗줄기 속을 허우적거리며 급히 달려와 별관 사무실로 들어갔다. 곧이어 검정 비닐 커버가 경비들에게 끌려 나왔다. 그는 버둥거리며 고함을 질러댔다. 내가 뭘 잘못했냐고. 말을 하라고. 내가 왜 불량이야. 그는 한국인 못지않게 유창하게 한국어를 말하고 있었으나, 그 외침은 빗소리에, 폐타이어 타는 냄새에, 정비창에서 터져 나오는 굉음에 섞여 토막토막 절단되어 여기저기 빗물 웅덩이에 흩어졌다. 사무실 문은 어느새 닫혔다. 백스터는 이미 플라스크의 소주를 빨고 있을 것이다.

트럭 6869의 사수와 조수는 명함을 교환했다. 재선의 명함을 들여다보는 멜라니는 귀찮고 지루하다는 표정이 역력했다. 제임스 재선 윤. James J. Yoon. 그 아래 전자우편 주소와 휴대전화 번호가 나열되어 있었다. 그 옆에 유치하고 과감한 붉은 활자로 '베스트 드라이버 베스트 딜리버리'라고 새겨 넣은 것은 옛날, 지연의 아이디어였다. 먹고살자면 기억되어야 했으니까. 가장 값싼 종이로 이천 장을 인쇄한 것이 5년 전이었는데, 겨우 이십여 장이 남아 있었다. 멜라니의 명함도 비슷했다. 멜라니 영희 안. Melanie Y. Ann. 그 아래 전자우편 주소와 휴대전화 번호. 재선의 명함과 다른 점이 있다면 이름 옆에 해바라기 한 송이가 노랗게 피어 있다는 점이었다. 작고 보잘것없는 장식이었으나, 그것으로 두 명함은 판이한 물건처럼 보였다. 세 시간씩? 재선이 물었다. 멜라니가 고개를 끄덕였다. 두 시간씩? 멜라니는 이번에도 고개를 끄덕였다. 제임스도 고개를 끄덕였다. 오케이. 세 시간씩.

그들이 서로를 재선이니 영희니 하고 부를 일이란 없을 것이다. 그들은 오늘과 내일, 무박이일, 배달을 하는 동안만, 꼭 그 시간만 서로에게 필요한 존재였다. 일회용 배달, 일회용 관계, 곧 폐기되고 잊힐 관계였다. 제임스와 멜라니로 충분했다.

제임스는 안전벨트로 스스로를 결박하고 가속기를 밟았다. 내비게이터의 홀로그램이 창에서 순간적으로 경련하며 꿈틀거리다가 되살아났다. 무수한 차들 사이의 통로를 천천히 빠져나오는 동안, 6869 트럭은 경비들에게 끌려나가는 파키스탄 청년을 스쳐 지나갔다. 그는 여전히 필사적으로 버둥거리며 고함을 질러댔으나, 제임스에게는 들리지 않았다. 차창은 굳게 닫혀 있었고, 비가 쏟아지고 있었으며, 내비게이터의 디지털 여성은 같은 말을 반복하고 있었다. 200미터 앞 우회전입니다. 150미터 앞 우회전입니다. 멜라니는 목을 늘여 파키스탄 청년을 쳐다보다가 혼자 투덜거렸다. 씨발, 불량품 많다. 그 어조에 제임스는 기가 질렸다. 그것은 여자의 말투가 아니라 남자의 말투, 그것도 오랜 세월 길바닥에서 굴러먹은 자의 말투였다. 그런 것이 멜라니가 택한 보호색일지도 모른다는 생각이 들었다. 제임스는 헛웃음을 내놓았다. 많지. 이놈의 차도 불량품 아닌가 몰라, 젠장.

3

아무 이상 없습니다. 유기홍 박사는 걱정할 것 없다는 말로 시종했다. 건강하십니다. 신체 연령이 40대 초반이시라구요, 회장님. 그렇게 말하는 유 박사는 지루한 낯이었다. 그는 건강염려증 환자에게 충고하듯 한창수 회장을 다독거렸다. 한 회장은 전혀 만족스러운 기색이 아니었다.

엄살이 아니었다. 과민도 아니었다. 증상은 분명히 존재했다. 통증은 규칙적이었다. 잠에서 깨어나는 순간 헛구역질과 함께 찾아왔다. 짧을 때는 20여 초, 길면 2, 3분을 그는 아침마다 복통과 구역질에 시달렸다. 오후 3시 무렵의 통증은 그처럼 심하지는 않았으나 역시 규칙적이었다. 가벼운 현기증으로 시작되어 속이 뒤틀리는 듯한 통증이 왔고, 입 안에 변 냄새가 가득 차오르며 곧 구역질로 이어졌다. 유 박사를 찾아가 한두 가지 검사를 받고 아무런 이상도 없다는 진단을 받기를 세 차례 반복한 끝에 의사와 환자는 종합검진을 받아보기로 결정했다. 일주일 전 한 회장은 사흘 동안 입원하여 종합 검진을 받았다. 그 결과를 가지고 유 박사는 오후에 한 회장을 방문했다.

25층 건물의 꼭대기 층에 자리 잡은 한 회장의 방은 고급 호텔의 스위트룸 규모였다. 두 개의 침실, 두 개의 욕실, 그리고 커다란 서재와 응접실, 널찍한 주방이 갖춰져 있었다. 상당한 규모의 연회를 치러내기에도 부족할 것이 없었다. 응접실은 쾌적하고 조용했으나 유 박사 앞에 마주 앉은 한창수의 얼굴은 근심으로 어두웠다.

창밖으로 탁 트인 시야 가득 눈부신 햇살이 부서져 내렸다. 멀리 웅크린 해발 620미터의 삼지산에는 짙은 녹음이 뭉클거렸으나 그 산은 사방에서 목을 조르듯 덤벼드는 고층 건물들 속에 고립되어 이제 산이라기보다는 도심에 자리 잡은 작은 인공의 녹지대처럼 보였다. 산의 정상 부근에서 북서쪽을 향해 이어지는 능선에 늘어선 풍력발전기들이 느릿느릿 날개를 꾸물거리고 있었다.

"위치 선정이 잘못됐어."

창수는 혼잣말처럼 중얼거렸다. 기홍이 물었다. 네? 제대로 움직이는 적이 없어. 저래가지고 무슨 전기를 만들어내겠어? 흉물스럽기만 하지. 기홍은 이 양반이 숨을 헐떡이는 건가, 하고 생각하며 그를 조용히 관찰했다. 일주일 전에는 볼 수 없었던 증상이었다. 생각 같아선 당장 뽑아 던지고 싶지만 저게 그래 봬도 국가가 운영하는 거라더군. 뻔하지. 언놈들끼리 서로서로 몇 푼씩 주고받고 하는 사이 현장 조사도, 위치 선정도, 설계에 공사까지, 그럭저럭 뭉개고 넘어간 거지. 더러운 놈들. 내 회사 직원이라면 당장 모가지야.

탁자에는 기홍이 병원에서 가져온 몇 장 서류와 엑스레이 사진 따위가 놓여 있었다. 그는 창수가 무엇을 염려하는지 알고 있었다. 2년 전 그는 간 이식수술을 받았다. 유 박사가 집도했다. 수술은 성공적이었다. 창수는 건강을 회복했고, 그 이래 잔병치레 한번 없이 건강하게 생활했다. 적어도 다섯 달 전까지는 그랬다. 쉰 살의 환자는 입 밖에 내지는 않았으나, 사실은 의사에게 묻고 있었다. 2년 전 수술의 부작용인가? 혹시 부적응증 같은 것은 아닌가? 기홍은 입 밖에 내지는 않았으나, 그 질문에 분명히 대답하고 있었다. 수술 부작용은 전혀 없다. 부적응증도 없다. 지금 창수의 몸에는 아무런 이상도 없고, 만일 이상이 있다 할지라도 그것은 2년 전의 수술과 전혀 상관없다.

맘껏 즐기셔도 됩니다, 회장님. 연애도 하시고 여행도 하시고 사업도 하시고……. 술도 자제만 되신다면 어느 정도 즐기셔도 좋고…….

"유 박사, 이런 노래 들어봤어요?"

한 회장은 장에서 옛날 음반을 꺼내 뒤적거렸다. 에스피 음반들, 레코드가 처음 이 나라에 도입되던 무렵의 골동품들이나 다름없는 음반들이었다. 그는 오직 그 음반들을 듣기 위해 빅터사의 옛날 축음기를 따로 마련했다. 기홍은 그런 음반을 듣고 싶은 생각은 전혀 없었으나, 기다리는 수밖에 없었다. 한 회장이 음악을 즐겨 듣는다는 것을 그는 알고 있었다. 한 회장은 축음기의 몸통에 달린 자전거 페달처럼 생긴 손잡이를 한참 동안 돌려댄 다음에 비로소 톤 암을 풀어 바늘을 판 위에 올려놓았다. 기홍은 기다렸다. 책상 양쪽에 거대한 보스 스피커가 장중하게 버티고 서 있었다. 그러나 그 스피커를 통해 흘러나오기 시작한 소리는 기홍의 기대와는 전혀 다른 잡음이었다. 텔레비전이나 컴퓨터가 고장 났을 때 밀려 나오는 잡소리에 가까웠다. 고장이 난 것일까? 기홍은 실망하여 한 회장의 눈치를 살폈다. 한창수는 진지하게 진공관의 희미한 불빛을 지켜보고 있었다. 이따위 잡음을 듣기 위해 이 양반은 얼마나 많은 돈을 들였을까. 잡음은 계속되었다. 마침내 음악이 흘러나오기 시작했으나 잡음은 여전했다. 노래가 시작되는데도 잡음은 그치지 않았다.

청승맞은 여자의 음성이 느릿느릿 노래하기 시작했다. 광막한 황야에 달리는 인생아 너의 가는 곳 그 어데냐 쓸쓸한 세상 험악한 고해에 너는 무엇을 찾으려 가느냐…… . 한결같은 느린 곡조였다. 어디선가 들어본 적이 있다는 생각이 났다. 아마 방송 같은 데서 흘러나오는 것을 들었을 것이다.

"윤심덕이야."

한 회장이 뚝벅 말했다. 윤심덕이 누구인지 기홍은 알지 못했다. 다만 무척이나 고통스럽고 지루한 노래라는 생각이 들 뿐이었다. 목소리가 크게 대단한 것처럼 여겨지지도 않았다. 이건 소프라노일까? 이런 청승맞은 것도 소프라노일 수 있다는 것이 신기했다.

"일본에서 돌아오는 길에 사랑하는 남자와 현해탄에 몸을 던졌어. 정사(情死)를 한 거지."

"어째서요?"

하고 물은 것은 궁금해서라기보다는 한 회장에 대한 예의 때문이었다.

"사랑하던 남자가 유부남이었고, 신분의 벽이 있었고…… 그렇다지, 아마."

더 이상 할 말이 생각나지 않았으므로 기홍은 음반이 꽂힌 사진첩처럼 생긴 앨범을 뒤적거렸다. 음반 표지에 '1926년. 日東 렉코드'라고 적혀 있는 것을 그는 보았다. 까마득한 일제시대에 이런 노래를 불렀다면, 그리고 저런 음반을 냈다면 이름깨나 날린 사람이 분명했다.

"1926년이라구요? 이게 그럼 180년이 된……. 이게 골동품이군요!"

그 아득한 세월에 잠시 현기증이 났다. 그러고 보면 노래는 청승맞다기보다 현대적이라고 해야 하는 것인지도 모르겠다는 생각이 들었다. 현대적이라고? 그는 혼돈을 느꼈다. 눈물로 된 이 세상에 나 죽으면 그만일까 행복 찾는 인생들아 너 찾는 것 설움……. 노래는 그렇게 끝났다. 기홍은 지글거리는 소리가 계속 밀려 나오는 음반을 이제 그만 끄고 싶었다. 집무실 벽면에 가득한 판소리 등 국악으로부터 서양 고전음악까지, 차근차근 정리된 시디와 엘피판, 에스피를 그는 두리번거렸다. 이것들이 모두 저런 지글거리는 소리나 청승맞은 소리가 아니라는 것은 참 다행스러운 일이었다.

낙지 같은 얼굴이 되어 방 안을 두리번거리는 기홍을 쳐다보다가 한창수는 이 사람이 그의 애기에도, 노래에도 전혀 흥미를 느끼지 않는다는 것을 알게 되었다. 아직 해줄 수 있는 이야기가 얼마든지 있었으나, 그는 그만두기로 했다. 노래는 그렇다 치고, 이런 이야기에 흥미를 느끼지 못하는 유 박사를 그는 이해할 수가 없었다. 사랑하는 남녀라거나, 정사 같은 것이 아니라 기껏 음반이 오래되었다는 것에 감탄하다니. 감수성이 어지간히 무딘 인간이었다.

한창수는 음반을 정성 들여 닦아 케이스에 넣어 정리했다. 하필 저런 사람이 자신의 몸을 열어젖히고 내장을 주물럭거렸으리라는 것을 생각하자 기분이 편치 않았다. 원인불명의 통증과 구역질을 그 탓이라고 한다면 억지일까. 그는 혼자 빙긋이 웃었다. 어처구니없는 생각이었다. 그러나 재미있는 생각이었다. 이제 그 감수성이 무딘 낙지를 데리고 나가 저녁을 먹어야 할 차례였다.

"수고했어요, 유 박사. 여기까지 오셨으니 저녁이나 같이합시다."

싱싱한 회와 청주로 식사를 마친 그들은 밤이 이슥해질 무렵 룸살롱으로 자리를 옮겼다. 젖가슴과 다리를 한껏 드러낸 어린 여자아이들이 들어와 노래와 춤과 앙탈과 애교와 발버둥과 교성으로 사내들을 홀렸고, 더스틴과 백스터는 기꺼이 같이 옷을 벗어 던지고, 허리띠를 목에 걸고, 넥타이는 벗어 팔에 묶고 이마에 묶고, 디지털 음악에 맞춰 노래 부르듯 고함을 지르고 춤추듯 발버둥 쳤으며, 창수는 스물두 살짜리 버지니아를 끌어안고 그녀가 입 안에 쏙쏙 넣어주는 밤과 혓바닥을 깨물고 핥으며 그들의 재롱을 즐겼고, 기홍은 품 안으로 파고드는 어린 비둘기 같은 스물한 살짜리 코코가 깃털 같은 손길로 이따금 그의 사타구니를 아는 듯 모르는 듯 스치는 것과 함께 당밀 같은 침을 그의 입 안에, 때로는 귓속에도 능란하게 은밀하게 흘려 넣는 바람에 혼이 들락날락할 지경으로, 술에, 욕정에 취하여 그의 비둘기가 잠시라도 한눈을 팔지 못하도록 굳게 붙들고 앉아 그녀가 권하는 것이 21년짜리 밸런타인인지, 보름 전 이 집 지하실에서 소주와 캐러멜과 수돗물과 침을 섞어 만든 지하실 표 양주인지 도무지 구별할 수가 없게 되고 말았다.

한창수 회장이 일어나 버럭 고함을 질렀다. 267번! 그는 마이크를 쥐고 있었다. 여자아이들이 우르르 따라 일어서고, 그의 졸개들도 따라 일어섰다. 강태기 사장이 노래방 기계의 번호판을 누르기도 전에 센서가 노래를 찾아내어 모니터에 제목을 뽑아 올렸다. 살짜기 옵서예. 그 옆에 괄호가, 괄호 안에 1966년, 이라 쓰인 것을 본 버지니아가 비명을 질렀다. 백 살이 넘은 노래야! 여자애들이 웃어댔다. 백 살? 이런 노래 알아? 여자아이들이 다시 환성을 쏟아냈다. 백 살? 정말? 그런 노래도 있어? 창수는 마이크를 붙들고 노래를 시작했다. 당신 생각에 부풀은 이 가슴 살짜기 살짜기 살짜기 옵서예…… 여자아이들이 우우, 아아, 고함을 질러댔다. 창수의 굵은 바리톤은 우람하고 차졌으며 감정 또한 제법 곡진하여 노래는 호소력이 있고 아름다웠다. 이년들이 오줌을 질질 싸네. 태기가 소리쳤다. 왁자지껄 웃음이 터져 나왔다. 오줌만? 오줌만? 하고 덤벼드는 것은 아니타라 불리는 계집이었다. 오빠 노래 안 해? 오빠도 한 곡 해봐. 응? 기홍의 비둘기가 졸라댔다. 그러나 그는 킬킬 웃으며 소파에 머리를 기대고 길게 몸을 눕혔다. 더 이상 술도 여흥도 감당할 수가 없었다. 저 비둘기 같은 코코를 끌어안고 어디 비둘기 털 같은 침대에 쓰러져버리고 싶은 생각뿐이었다. 창수가 부르는 노래를 어디선가 들어본 적이 있는 것 같은데, 어디서였는지 기억이 가물가물했다. 하지만 상관없었다.

희한한 사람이다, 하고 기홍은 생각했다. 창수가 문화재단을 운영하고 있다는 것을 그는 알고 있었다. 기업이 재산 은닉, 또는 탈세나 홍보를 위해 흔히 사용하는 수단이었다. 창수도 그런 짓을 하는지 알 수 없으나 적어도 그의 문화재단 현견(見見)은 실질적으로 활발히 문화를 지원하는 활동을 했다. 해마다 각 분야의 젊고 재능 있는 예술가들을 선정하여 아무 조건 없이 2년 동안 집을 빌려주고 생활비를 전액 지원했다. 1년에 한 차례 전국의 쟁쟁한 오케스트라를 초빙하여 현견 음악제를 개최했다.

창수는 지치지를 않는 것 같았다. 간 수술을 받은 지 2년쯤 지난 건가. 어쩌면 그는 간이 망가지면 또 수술을 받으면 그만이라고 생각하는지도 모른다. 그는 술잔을 쥐고 쾌활하게 떠들어대고 있었다. 내가 말이다, 이 나라 역사에서 가장 안타깝게 생각하는 게 뭔지 아냐? 뭡니까, 회장님? 기생이라는 제도가 없어졌다는 거다. 권번이라고 해야 하나? 기생이라구요? 어머, 제가 기생 하면 안 돼요? 나 얼마든지 할 수 있어요. 기생이라는 건 그냥 술집 작부나 호스티스가 아니라 하나의 문화였거든. 여기 이 강남 바닥에 술집들이 좀 많냐. 거기 아무 데나 문 열고 들어서면, 황진이나 홍랑 같은 기생이 치마꼬리 살짝 들고 나타나 어서 오세요, 하고 맞아준다면 그 술맛이 어떻겠냐. 나 그럴 수 있어요, 오빠. 나도요. 코코와 아니타가 번갈아 나섰다. 그 눈곱만 한 치마에 치마꼬리가 어디 붙어나 있겠냐. 창수는 웃어댔다. 너희가 부족하다는 말이 아니다. 나 같은 늙은이에게 과분하지. 과분하고말고. 태기가 끼어들었다. 잘 들어둬, 이것들아. 느네들의 선배 언니 말씀이다. 오, 황진이 언니. 이런 개년들 말하는 것 좀 보게. 개년들 아닌데요. 딸년이에요. 그의 개년들인지 딸년들인지가 속 편히 웃어댔다. 계집들하고 마주 앉아 옷 벗는 놀이를 하는 것도 좋겠다만, 시문을 논하고 예술을 논한다면 그 재미가 어떻겠어. 여자의 속치마에 난초를 쳐줬다거나, 시를 한 수 휘갈겨줬다거나, 그런 얘기 종종 나오잖냐. 오빠, 나 속옷 벗을까? 시 한 줄이라도 써줄래요? 그 손바닥만 한 속옷에 한 글자라도 제대로 쓰겠냐? 백스터가 여자의 목을 끌어안고 쓰러뜨렸다. 아, 그놈 과격하네. 그렇게 되면 우리도 너저분한 술꾼에 그치지 않고, 풍류객이 되는 거겠지. 그럼요. 내일부터 이년들이라도 데리고 한 번 시문 교육을 시켜볼까요? 태기가 여자들을 위아래로 훑어보며 물었다.

그렇다. 창수를 한량이라고도 할 수 있을 거다. 풍류객이라고도 할 수 있을까. 기홍은 소파에 길게 드러누워 눈을 감은 채 그들의 얘기를 들었다. 그런 풍류가 없으니 이게 떳떳하지도 못하고 자칫 매춘이니 뭐니 험담을 들어도 할 말이 없는 것 아니냐. 결국은 오입 아닌가요, 뭐. 아니타가 말했다. 기홍은 생각했다. 고년 속 시원히 말 잘한다. 그게 제일 좋은 건데. 코코가 웃어댔고, 버지니아도 아니타도 킥킥거렸다. 이 어린 가스나들이 벌써 뭘 좀 아는 겐가. 아까 누가 그랬던가요. 그분 말씀이 딱 맞습니다. 이년들이 딸년들이 아니라 개년들입니다. 그럼요. 결국은 오입이지요, 회장 오빠. 이런 오입쟁이 같은 것들. 저야 몽둥이 들고 다니다가 맘에 드는 여자 눈에 들어오면 몽둥이로 후려쳐 동굴로 끌고 들어가던 혈거인하고 다를 게 없는 놈입니다. 그게 딱 제 수준이라니까요. 너 몽둥이 하나

필요하냐? 점잖은 척해봐야 우리가 다 알아요. 사랑이니 결혼이니
가족이니, 재고 따지고 위로 쳐다보고 아래로 깔아봐도 결국은 그
게 다……. 이번에도 아니타였다. 기홍은 혼자 요 당돌한 년, 하고
미소 지으며 잠에 빠져들었다.

그를 깨운 것은 강태기 사장이었다. 여전히 룸살롱의 객실이라는
것이 기홍은 서운했다. 탁자 위에 안주와 술병과 잔이 어지러웠으
나 여자들은 보이지 않았다. 갑자기 섭섭해져서 그는 이년들 다 어
디 갔냐, 하고 소리쳤다.

"얘기 좀 합시다."

태기가 말했다. 그는 언제 술을 마셨더냐, 하는 멀쩡한 낯이었
다. 한 회장도 더스틴과 백스터도 마찬가지였다. 온종일 그 자리에
서 지루한 회의라도 했다는 듯 진지한 태도였다. 취한 것은 기홍뿐
인 것 같았다. 할 얘기가 있거든 술을 마시기 전에 할 일이지 이게
무슨 짓이란 말인가. 한잠 자고 일어났더니 오히려 술이 더 당겼다.
그는 남은 양주병을 끌어당겨 잔에 따라 단숨에 삼켰다. 난 너희 직
원 아니다, 하고 말하고 싶은 기분이었다. 창수가 그를 웃으며 쳐다
보고 있었다. 술에서 썩은 냄새가 났다.

더스틴은 검은 금속 상자를 문 아래에 놓고 스위치를 켰다. 작고
푸른 불빛이 하나 들어와 반짝거리기 시작했다. 그는 반대편 벽으
로 가서 그 밑에도 같은 상자를 내려놓고 스위치를 켰다. 태기가 물
었다. 됐어? 네, 됐습니다. 더스틴은 탁자로 돌아와 손바닥 크기의
모니터를 들여다보았다. 오실로스코프, VU 미터, 스펙토그램 따위
의 각인 아래 작은 모니터들이 푸른빛으로 깜빡였다. 각 모니터에

서 짧고 날카로운 파장들이 나타나 명멸하다가 그가 스위치를 움직이자 곧 잠잠해졌다. 완벽합니다, 하고 그가 말했다.

태기가 전화기를 꺼내며 물었다.

"내가 녹음해봐?"

더스틴은 자신 있게 말했다.

"불가능합니다."

태기는 전화의 단추를 몇 개 눌렀다. 그러나 전화는 켜지지 않았다.

"안 되네."

"당연하지요. 반경 30미터 정도, 어떤 전자기기도 작동이 불가능합니다."

태기는 전화기를 주머니에 넣고 돌아서더니 불쑥 말했다.

"아이리스를 찾는 사람이 나타났습니다."

기홍은 무슨 말인지 알아들을 수 없었다. 아이리스가 나타났다고? 아이리스가? 어떻게? 잠이 덜 깨어설까. 얼음덩이를 통째로 꿀꺽 삼키고, 그는 자신도 모르는 사이 반문했다.

"아이리스가?"

"아이리스가 아니라 그 여자를 찾는 사람이 나타났다는 겁니다."

기홍은 실감이 나지 않았다. 창수는 얼음이 담긴 컵에 양주를 찔끔 따라 넣고 잘그락잘그락 잔을 흔들어댔다. 그는 이미 알고 있었다. 물론 강 사장은 가장 먼저 그에게 보고했을 것이다.

"제 말로는 아이리스의 애인이라고 주장하는데……"

아이리스의 애인이라는 자가 그 여자의 행방을 추적하고 있다는 것이었다. 비로소 그것이 의미하는 바가 명확해졌다. 기홍은 답답하고 화가 났다. 왜 이런 일이 벌어지는 거냐. 왜 너희들이 해결하지 못하고 나를 끌어들이는 거냐. 그는 강 사장에게 눈으로 추궁했다. 알아들었건, 알아듣지 못했건 태기는 아랑곳하지 않았다.

"병원에선 별일 없지요?"

태기가 물었다. 기홍은 그것도 불만스러웠다. 왜 나에게 묻는 것이냐. 그렇다. 아이리스는 그의 밑에서 일하던 간호사였다. 어쨌다는 거냐? 내가 책임져야 한다는 거냐? 긴장감으로 갑자기 목이 뻣뻣해졌다.

"무슨 일 말입니까?"

"아이리스와 관련해서 말입니다."

"없습니다."

그의 어조는 터무니없이 단호했다. 그는 성가시고 짜증이 났다. 좋은 술 마시고 이런 얘기나 들어야 한다니. 그런데 그 애인이라는 자는 이제껏 뭘 하고 있다가 2년이 다 지난 다음에야 그녀를 찾는다는 것인가?

"만나보셨어요?"

태기는 고개를 저었다.

"그런 놈을 뭐하러 만납니까?"

"무슨 조사가 시작되는 건가요? 경찰이 캐고 다닌다거나."

백스터가 깜짝 놀라 그들을 두리번거렸다. 그런 일이 벌어진다면…… 그것은 재난이었다. 태기는 고개부터 흔들어댔다.

"그런 일은 생기지 않아요."

"그놈이 경찰에 신고라도 하는 날이면……."

기홍이 중얼거렸다. 태기가 날카롭게 받았다.

"뭘 신고해요?"

기홍은 멀거니 그를 쳐다보았다. 이 사람이 모르고 하는 소린가. 태기는 계속했다.

"신고할 게 뭐가 있어야 말이지요. 그놈은 아는 게 아무것도 없습니다. 그러니까 그 여자를 찾아다니는 거지요. 안다면 그 여자를 여기서 찾아다니겠습니까?"

무슨 말인지 알 듯 모를 듯했다. 아는 게 없는 자라면 그들이 걱정을 하는 이유가 없는 것일까? 지금 몰라도 내일 뭔가를 알아낼 수도 있지 않은가? 말장난이었다.

"만일 누군가 와서 물어본다 해도 걱정할 것 없습니다."

어째서? 강 사장은 무엇을 근거로 그렇게 자신 있게 말하는 것인가? 백스터와 더스틴 역시 걱정스러운 눈으로 그를 쳐다보고 있었다.

"아이리스는 실종된 겁니다. 그뿐입니다."

강 사장이 말했다. 아, 그거. 그렇다. 그녀는 실종되었다. 멕시코 시티, 인터컨티넨탈 호텔 근처에서. 그들은 무고했다. 적어도 그 점에 관해서는 그들은 모두 결백했다. 그들은 기다렸으나 그녀는 돌아오지 않았다. 결국 그녀 없이 귀국할 수밖에 없었다.

"그 위험한 곳에서 살 수는 없는 노릇이니까요. 그렇지 않습니까?"

태기는 다짐이라도 받겠다는 듯 먼저 기홍을, 다음으로는 더스틴과 백스터를 하나하나 바라보았다. 그렇지요, 하고 백스터가 말했고, 더스틴이 그럼요, 하고 대답했다. 기홍은 고개를 끄덕였다. 그렇다. 그들은 아이리스가 실종되었다는 것을 안다. 그것뿐이다. 더 이상은 알지 못한다. 그녀가 죽었다고 추정할 근거도 없고, 그녀가 죽지 않았다고 말할 만한 근거 또한 없다. 그들이 마지막으로 아이리스를 보았을 때 그녀는 살아 있었다.

"멕시코에서 실종되는 사람은 1년에 수만 명에 달합니다. 납치되는 사람들도 엄청나다고 합니다. 통계를 낼 수가 없을 지경으로 흔하다는 거지요. 아이리스도 그중 하나였을 겁니다. 꼭 납치라는 게 아닙니다. 실종인지 납치인지 우리가 어찌 알겠습니까? 어쩌면 국경을 넘어 미국으로 들어가버렸는지도 모르지요. 국경을 넘어가다 안드로이드 병사가 쏜 총에 맞아 죽어버렸는지도 모르구요. 우리가 어떻게 알겠습니까?"

아이리스의 방에는 짐이 고스란히 남아 있었다. 그녀가 들고 나간 것은 휴대전화와 지갑뿐이었다.

"우린 그것만 잊지 않으면 됩니다."

기홍은 잊고 싶었다.

"2년 전 우리가 왜 멕시코에 갔지요?"

태기가 물었다. 그야 수술 때문이라고 대답하려다가 기홍은 곧 입을 다물었다. 그것은 정답이 아니었다. 그런 대답은 그를 함정에 빠뜨릴 것이다.

"조사차 출장을 갔지요."

더스틴이 대답했고, 백스터가 덧붙였다.

"멕시코시티에 서울클라우드의 사업을 확장하기 위해서요."

"유 박사님은 회장님의 주치의로 동행하셨고, 아이리스 역시 간호사로서 따라간 겁니다."

백스터가 멍한 눈으로 기홍을 쳐다보고 있었다. 기홍은 그의 눈빛이 못마땅했다. 왜 쳐다보는 것이냐, 저 녀석은?

"그것만 기억하고 있으면 됩니다."

한동안 아무도 입을 열지 않았다. 침묵이 견디기 힘들어 기홍은 얼음을 빠드득 깨물었다. 창수는 잘그락잘그락 잔을 흔들었다. 백스터는 굵은 손가락을 따닥 꺾었고, 더스틴은 기민하게 눈을 굴려 회장님과 사장님을, 그리고 유 박사를 번갈아 쳐다보았다. 아직 무슨 결론이 났는지 알 수 없는 것 같았다.

"덧붙일 말 없지요?"

태기가 물었다. 우물우물, 백스터와 더스틴이 없다고 대답했다. 기홍은 고개를 저어 없다는 의사를 분명히 전했다. 태기가 결재를 바라는 듯 한 회장을 바라보았다. 창수는 딱 소리와 함께 잔을 대리석 탁자에 내려놓았다.

"너희들, 노래 하나 불러봐라. 아주 신 나는 걸로. 술도 더 가져오라 하고. 여자애들은 어디 갔냐? 분위기가 이래서 쓰겠냐? 무슨 큰일 벌어진 것도 아닌데. 어서 들어오라고 해."

그렇게 강 사장은 결재를 얻었다. 그는 인터컴을 들어 큰 소리로 떠들어댔다. 야야, 여기 계집애들 어디 갔냐? 이렇게밖에 못 하겠냐? 술도 가져오고. 창수가 말했다. 라면 어떠냐? 안주로 나쁘지 않을 것 같은데. 백스터가 환호했다. 태기는 인터컴에 대고 분주히 지시했다. 라면도 좀 끓이고. 달걀 탁, 풀어서. 창수가 덧붙이자 태기는 고스란히 반복했다. 달걀도 넉넉히 풀어 넣고. 김치랑 파랑 소시지도 듬뿍 넣고. 전화를 끊으려다 말고, 태기는 덧붙였다. 야야, 아예 찬밥도 좀 가져와라. 더스틴은 전자기기를 가방에 쑤셔 넣으며 비실비실 침처럼 웃음을 흘려놓았다. 사장님, 거 찬밥이 압권입니다. 입 안에 금세 침이 흥건해지네요.

태기가 술잔을 들어 올리고 외쳤다. 인터클래스! 백스터와 더스틴도 술잔을 들어 올리고 소리쳤다. 만세. 인터클래스! 만세! 한창수가 따라 일어서자 기홍도 엉거주춤 일어섰다. 그들은 다 같이 외쳤다. 인터클래스 만세.

4

지역장 더스틴으로부터 전화가 온 것은 트럭 6869가 출발한 지 한 시간쯤 지난 뒤였다. 백스터는 퇴근 준비를 하고 있었다. 더 이상 배송할 화물도 없었고, 배차할 차량도 없었다. 잠깐 본관에 들러 가방을 챙기고 웁바스에게 늘 하는 것처럼 동전을 하나 던져주고……. 어쩌면 회사 식당에서 저녁을 먹고 가야 할까. 혼자 밥집에 들어가 꾸역꾸역 저녁밥을 먹는 것보다는 나을지 모른다.

"지금 퇴근하는 길입니다."

"트럭 6869에 실린 화물이 뭐지?"

백스터는 화물의 일련번호를 불러주었다. 더스틴을 그는 이해할 수 없었다. 모니터를 몇 번 터치하는 것만으로 화물번호와 정보는 곧 알 수 있었다. 회사 어느 곳에서나 마찬가지였다. 보안코드를 지닌 직원은 누구나 검색할 수 있었다. 백스터가 알려준 다음에도 더스틴은 신중히 반복했다.

"SED 351229 XS-24. SED 351229 XS-27. 이게 6869에 실린 화물
이라는 거지?"

백스터는 그렇다고 대답했다.

"운전자는 두 사람?"

"늘 그렇죠."

역시 검색 가능한 정보였다. 빗줄기가 강하게 창을 난타했다. 플
라스틱 조각과 비닐로 가린 창이 너덜거렸다. 유리를 갈아 끼울 직
원은 아직 오지 않았다. 비바람이 몰아치면 사무실 안이 난장판이
되고 말 것이다. 퇴근하는 길에 직원을 찾아 채근해야 했다. 탕탕,
정비창에서 망치질 소리가 요란했다. 태양열 집열판 교체를 재촉한
것도 백스터였다. 발전효율이 형편없었다. 집열판을 신형으로 바꾸
면 1년 안에 비용을 상회하는 전기요금을 절약할 수 있었다. 계산은
빤했으나 아무도 나서는 사람이 없었던 것이다.

"운전자들 인적 사항은?"

백스터는 모니터에 떠오른 운전자 정보를 불러준 다음, 투덜거
렸다.

"거기서 검색해보면 다 나오는 정본데, 왜 이러는 겁니까?"

차를 몰고 강가에나 가볼까. 지붕이 나직한 오두막에 자리 잡고
앉아 예쁘장한 주모와 밤새 술을 퍼마시다가 기분이 그럴듯해지면
젖가슴이 주글주글한 그녀를 안고 잠들어도 좋을 것이다. 백스터는
마음이 급해졌다.

"멜라니는…… 여자로군. 서울클라우드익스프레스에 오늘 처음
출근했고."

"하지만 경력을 보세요. 짱짱합니다."

나가는 길에 태양열 집열판 교체 작업을 하는 자들에게도 들러봐야 할 것이다.

"음, 부산에서 1년, 경주에서 2년."

"그렇더군요. 남잔지 여잔지 구별할 수가 없을 정도였습니다만."

"음? 왜? 코리안 코리안? 차이니스 코리안이나 재퍼니즈 코리안 아니고, 노스 코리안도 아니고?"

"둘 다 100퍼센트 코리안 코리안. 하나는 서울 출생, 다른 하나는 충북 출생. 멜라니라는 여자는 최초 작업카드 발급기록이 2091년으로 되어 있는 걸 보면……."

"미스터 백스터, 미스터 백스터……."

그의 말을 자르고 더스틴이 중얼거렸다.

"왜요?"

"너 정말 암것도 모르는구나."

"뭘요? 아무 하자 없이 화물 발송되었고, 천재지변이 없는 한 예정시간에 배달 완료될 겁니다."

"전화로 얘기할 수도 없고……. 위에서 너무 심각하게 보안을 요구하는 바람에 너에겐 미처 얘기를 못 했는데…… 어쩐다……."

백스터는 기다렸다. 차가 한 대 들어오는지 헤드램프 불빛이 창을 스치고 지나갔고, 우레가 짐승처럼 울부짖으며 멀어졌다. 속히 남한강변, 몇 번 드나든 적이 있는 예쁜 주모에게 달려가고 싶어 안달이 났다. 망치질 소리가 다시 쩌렁쩌렁 울려 퍼졌다.

"잠깐 나에게 왔다 가라, 백스터."

더스틴은 서울 동북부의 세 개 출장소 현장을 관리하는 지역장, 백스터의 직속 상관이었다. 불행히도 그는 잠실 한복판, 하남 출장소에서 60여 킬로미터 떨어진 도심 터미널에 근무했다. 퇴근시간의 차량 행렬에 끼었다가는 두어 시간이 걸릴 것이다. 운전면허도 갖지 않은 자들이 끌고 다니는 자동주행장치 차량들이 삐뚤빼뚤 끼어들어 난장판을 만들기 시작하면 도로는 교통경찰 일개 소대가 출동해도 정리하는 데에 두어 시간은 소모될 것이다. 더구나 시위대와 마주치는 경우에는……. 요즘은 시위대들이 기습시위를 곧잘 벌이고 다녔다. 진압경찰과 마주치면 싸우는 것이 아니라 지하철로 이동, 엉뚱한 곳에 나타나 갑자기 도로를 점거하는 식이었다.

"지금 도로 사정이 아마……."

그가 머뭇거리자 더스틴은 다행히 곧 마음을 바꿨다.

"내 말 잘 들어."

"네."

"얼마 전 인터클래스 모임에서 나온 말 생각나지? 아이리스의 남편, 아니 남자친구."

백스터는 곧 기억해냈다. 그런 술집에 간 것은 그때가 처음이었다.

"그자가 트럭 6869에 탔어."

백스터는 놀랐다. 트럭 6869에? 아이리스의 남자친구가? 그렇다면, 그렇다면……. 재선이, 제임스라는 놈이 아이리스의? 갑자기 머릿속이 시끄러워졌다. 그럴 리가 없었다. 더스틴은 계속해서 말했다.

"이건 몇 시간 전 들어온 정본데…… 게다가 그자는 반정부 테러리스트야. 불법카드 사용 전과는 말할 것도 없고."

제임스가? 도저히 믿을 수가 없었다. 그러나 백스터는 입을 다물었다. 제임스의 작업카드 기록은 그가 알기로는 깨끗했다. 사고 한 번 친 적이 없었다. 다만 몇 년 전 갑자기 일을 그만두고, 전화까지 다 팔아치우고 종적을 감춘 적이 있었다. 그것뿐이었다. 다소 성격이 굼뜨고 불평이 많고 침울하긴 했으나, 착해빠진 배달 운전기사일 뿐이었다. 서울클라우드익스프레스에서의 경력이 벌써 10여 년이었다. 백스터 자신이 그와 함께 일회용 작업자로 배달 트럭을 몬 것이 그 무렵부터였다. 그를 속속들이 안다고 자신할 수 있었다. 테러리스트라니. 만일 그가 테러리스트라는 것이 사실이라 해도 회사에서 이제껏 그런 위험한 전력을 모르고 있었다는 것 또한 앞뒤가 맞지 않았다. 서울클라우드익스프레스의 정보 능력은 국가정보원에 버금가는 수준이었다. 그렇지 않고서는 동북아시아와 러시아, 때로는 중앙아시아 각지를 넘나드는 신속대인 배달 사업에서 경쟁력을 확보할 수 없었다. 테러리스트? 제임스가 테러리스트라면……. 이들은 지금 테러리스트를 조작해내려는 것인가? 어째서? 아니, 그 또한 말이 되지 않았다. 그들의 목표는 아이리스의 남자를 속히 찾아내는 것이었다. 그가 꼭 테러리스트일 필요는 없었다. 오히려 조작해내면 찾아낼 수 없을 것이다.

백스터는 곧 자신의 경력 역시 위기에 빠질 수 있다는 것을 깨달았다. 회사에서 백스터와 제임스의 관계를 모를 리 없었고, 안다면 간과할 리 없었다. 자칫 공범으로 오인될 것이다. 그는 일단 말을 줄여야 한다고 판단했다. 제임스를 고용한 것이 그의 잘못으로 귀

착될 수도 있었다. 억울하지만, 조직에서는 위계에 따라, 권력의 시소게임에 따라, 유불리에 따라 얼마든지 벌어질 수 있는 일이었다. 나중에 진상이 밝혀진다 해도 이미 백스터는 어딘가 변두리 쓰레기 집화소 같은 곳에서 플라스틱 조각이나 골라내고 있을 것이다. 더스틴은 믿을 만한 친구인가? 천만에.

"그자가 그토록 악착스럽고 악랄했던 것이 이제 설명이 되는 것 같지 않아?"

얼마 전부터 제임스는 의정부 출장소로 옮겨달라고 요구하고 있었다. 의정부 출장소는 1번 국도가 주 영업 경로였다. 어떤 의도가 감춰진 요구였을까? 제임스가 오래전 헤어진 여자친구를 찾아다니고 있다는 것은 비밀이 아니었다. 그는 3번 국도 주변은 충분히 찾아보았으니 이제 1번 국도 주변을 살펴봐야겠다고 말했다. 그 여자친구가 아이리스였던가? 그럴지도 모른다. 좋다. 제임스는 아이리스의 남자친구다. 그러나 테러리스트?

"트럭 6869 철저히 모니터해. 철야하는 일이 있더라도."

철야라니. 제기랄. 금세 남한강변의 오두막과 주모가 날아가버렸다. 트럭은 각국의 조계로 갈가리 찢긴 북한 지역을 가로질러 함경북도 꼭대기의 한중 국경을 넘어, 내일 새벽쯤이나 되어야 비로소 중국과 러시아, 한국이 국경을 맞댄 하산 국제자유공업단지에 이르게 될 것이다. 백스터는 제임스에게 화가 치밀었다. 이 멍청한 놈이 도대체 무슨 짓을 하고 다니다가 이런 봉변을 당하게 된 것일까.

"무슨 일 생기면 즉각 보고해. 시간은 상관없어. 나도 철야나 마찬가지야."

"알았어요."

"혼자 있기 싫으면 여기로 건너오든지. 같이 맥주나 마시거나 아니면……."

천만에. 백스터는 그럴 생각 없었다.

"길바닥에 시위대하고 경찰이 엄청날 텐데요."

"바로 이 앞에도 시위대가 한바탕 휩쓸고 지나가더라."

백스터는 기다렸다.

"암튼 나에게 보고하는 것 외엔 입 꽉 다물어. 넌 배달 업무 외엔 아무것도 몰라. 그렇지?"

"아무것도 모릅니다."

"우리 같은 말단이 뭘 알겠냐."

그들은 전화를 끊었다.

백스터는 우두커니 앉아 사태를 정리하기 위해 노력했다. 제임스, 아이리스, 작업카드 불법 사용자, 테러리스트……. 그 넓적한 얼굴에, 찌그러진 콧날에, 하는 소리라고는 신차 내달라고 졸라대는 것이 전부인 녀석이……. 사실이라면 무섭고 완벽한 위장이었다.

손가락으로 모니터를 찌르자 지도가 나타났다. 붉은 아이콘, 푸른 아이콘이 모니터 가득 반짝거렸다. 모두가 현재 배달 작업 중인 차량이었다. 검색창에 6869를 쳐 넣자 지도가 확대되면서 6869의 위치가 선명히 떠올랐다. 출장소에서 두어 블록 떨어진 네거리에서 붉은 점이 깜빡거리고 있었다. 저기, 작업카드 불법 사용자가 있었다. 테러리스트가 있었다. 백스터의 직속 운전기사였다. 친구였다. 이런 제기랄. 현재 서울클라우드익스프레스의 작업카드를 지니고 있었다. 그것은 불법카드가 아니라 한 시간 전 백스터 자신이 발급해준 카드였다. 그는 서랍에서 플라스크를 꺼내 소주를 벌컥벌컥 들이켰다. 갑자기 진땀이 났다. 어쩌다 이렇게 된 건가.

그는 제임스가 두렵기도 하고, 불쌍하기도 하고…… 심사가 복잡했다. 지금 저놈에게 전화해서 돌아오라고 하면 어떨까. 아니, 현명한 짓이 아니었다. 지역장 더스틴이 원하는 것도 아니었다. 어째서 그들은 제임스가 작업에 투입되는 것을 방치했을까. 그렇다. 이 지점 어딘가에 회사의 의도를 읽을 수 있는 코드가 감춰져 있었다. 그들은 알고 있었다. 알면서 방치했다. 회사의 모든 단말기에서 트럭 6869의 위치, 거기 탑승 예정인 직원의 인적 사항, 그들이 지닌, 또는 그들에게 발급될 예정인 작업카드, 그들이 배달할 화물 등의 정보에 접근할 수 있었다. 그들은 알면서도 책임자인 백스터에게 알리지 않은 채, 테러리스트 제임스가 트럭 6869에 탑승, 하산으로 출발하는 것을 방치했다. 어쩌면 그렇게 조작했는지도 모른다.

그러나 왜? 어째서 미리 잡지 않고 방치한 것인가? 저들은 무엇을 계획 중인가? 그는 알지 못했다. 사장이나 회장은 알 것이다. 더스틴 역시 알까? 트럭 6869는 도로 위를 무당벌레처럼 얼룩덜룩 깜빡이며 기어가고 있었다. 지금이라도 덮치면 되는데. 덮쳐버리면……. 다른 작업자는 얼마든지 있으니까.

덮치지 않는다 해도 경찰에 신고하면 되는 일 아닌가? 테러리스트라면 당연히……. 그제야 백스터는 깨달았다. 경찰에 신고하는 것은 서울클라우드익스프레스도 인터클래스도 감당할 수 있는 일이 아니었다. 만일 제임스가 공개적으로 아이리스와 멕시코 출장에 대해 떠들어대기 시작하면 문제는 더 복잡해질 것이다. 인터클래스로서는 당연히 막아야 했다. 고발하지 않고, 최대한 조용히 처리하는 방법을 인터클래스는 찾아야 했다. 부르르, 몸서리가 나 백스터는 다시 소주를 들이켰다.

그는 제임스에게 알려주고 싶었다. 돌아오지 말라고, 달아나라고. 친구라면 그렇게 하는 것이 도리일 것이다. 그러나 테러리스트였다. 아니, 테러리스트는 아니었다. 그렇게 오인받고 있을 뿐이었다. 오인하고 있는 사람들이 권력자들이요, 더 큰 권력자들의 친구라는 것이 문제였다.

그는 일어서려다가 엉거주춤, 다시 주저앉았다. 이건 이상하다. 앞뒤가 맞지 않았다. 그들 인터클래스가 멕시코에 다녀온 것은 이태 전이었다. 제임스가 엉망으로 취해 여자친구를 찾아야 한다고 고함을 질러댄 것은 적어도 4년 전의 일이었다. 그것이 무슨 뜻이냐 하면, 무슨 뜻이냐 하면…… 아이리스가 절대로 제임스의 여자친구일 수가 없다는 뜻이었다. 이게 무슨 일인가? 무슨 일이 벌어지고 있는 것인가?

그는 더스틴에게 알려야 한다고 생각했다. 전화통을 붙잡아 번호를 누르다 말고 그는 어두운 창에 비친 자신의 꼴을 쳐다보았다. 창밖에 눈보라가 몰아치고 있었고, 눈보라 속에 그의 거대한 몸뚱이가 식욕을 잃은 짐승처럼 무력하게 웅크리고 있었다. 그들이 모를까? 이미 알고 있는 것 아닐까? 이게 도대체 무슨 일이란 말인가?

전화벨이 울렸다. 모니터에 떠오른 이름은 멜리사였다. 그녀와 약속이 있었다는 것을 그는 그제야 기억해냈다. 그는 전화를 받았

다. 어디로 갈까? 정말 영화 볼 거야? 모니터 위의 붉고 푸른 기호
들이 무엇인지 멜리사는 알지 못할 것이다. 테러리스트니 인터클래
스니 따위에는 관심도 없을 것이다. 그러니 보안을 염려할 필요는
없었다. 제기랄, 설마 멜리사가 테러리스트는 아닐 것이다. 여기로
와. 어딘지 알지? 빨리 와. 전화를 끊고 그는 다시 소주를 목구멍에
들이부었다. 길고 지루한 밤, 이 축축한 밤의 철야, 매춘부가 필요
할 것이다.

5

여긴 귀신들이 들끓는다. 에이고, 무섭다. 에이고, 지겹다. 어머니가 늘 입에 달고 살던 말이었다.

무당이 굿이라도 벌이는 날이면 어머니는 거기 매달려 밤을 꼬박 새워 시중을 들어야 했다. 당연히 집에는 들어올 수 없었다. 다행히 영희네 집은 무당네 집에서 두어 발자국 너머였다. 그녀는 언제라도 마음만 먹으면 어머니를 보러 갈 수 있었다. 가서 들여다보면 어머니는 무당네 집 부엌에서 전을 부치고, 밥을 짓고, 시루떡을 찌고, 가마솥에서 뜨거운 돼지머리를 건져 올리고 있었으며, 때로는 굿청에 나가 앉아 징을 두들기는가 하면 아예 무당과 나란히 서서 굿거리장단에 으애애애, 으으애애, 넋인 줄을 몰랐더니 오늘 보니 넋이로구나 신인 줄을 몰랐더니 오늘 보니 신이로구나, 애으으, 으으애애, 소리까지 거들었다. 그래서 영희는 어머니가 새끼 무당쯤 되는 모양이라고 생각했고, 동네 꼬마들 역시 그녀를 귀신 붙은 계집애라고 놀려댔다. 억울한 노릇이지만, 어쩌면 다행스러운 일인지도 모르지만, 어머니는 새끼 무당이 아니었다. 무당네 집에서 식모살이를 하고 있을 뿐이었다.

어머니는 전이나 떡을, 때로는 아예 돼지머리를 통째로 들고 집으로 돌아와 먹어라, 하고 내놓았다. 돼지머리는 언제 봐도 끔찍스러웠다. 어머니는 칼로 돼지머리를 아무렇게나 쓱쓱 썰어 고깃점을 그릇에 담아주었으나 영희는 먹을 수 없었다. 저년이 배아지가 불러 먹는 것을 가리네. 어머니는 손가락으로 돼지 귀를 집어 소금을 찍어서 이빨로 뚝뚝 떼어 먹었으나, 딸은 그것을 보는 것만으로도 소름이 끼쳤다.

아버지? 아버지는 처음부터 존재하지 않았다. 영희는 아버지라는 사람을 본 적이 없었다. 이름도 알지 못했다. 사진 한 장 구경한 적이 없었고, 어머니가 그에 대해 얘기해준 적도 없었다. 어머니가 빌어먹을 놈, 하고 내뱉는 것을 몇 번 들어본 적은 있었다. 그 빌어먹을 놈이 애 만들어놓고 감쪽같이 사라져버렸어요. 물론 영희에게 해준 얘기는 아니었다. 예쁘게 차려입고 앉아 대마초를 피우는 무당 앞에서 어머니가 멸치 똥을 발라내며 그렇게 떠벌리는 것을 본 것뿐이었다.

어린 시절, 영희가 아버지에 대해 물으면 어머니는 말했다. 니 아버지는 굉장히 똑똑한 사람이다. 그것으로 끝이었다. 좀 더 나이 든 뒤에 그녀가 다시 물었을 때 어머니는 말했다. 그 양반이 무서운 사람이야. 좀 더 세월이 흐른 뒤에 어머니는 화를 버럭 내며 말했다. 그 빌어먹을 놈은 사람도 아니다. 어머니의 기억 속에서 아버지는 빌어먹을 놈에서부터 똑똑하고 무서운 사람을 거쳐, 사람도 아닌 존재로 엎치락뒤치락했다.

어머니는 무당이 되고 싶어 했다. 무당 되면 돈 벌고, 선생님 소리 듣고, 우리 불쌍한 아버지 귀신, 어머니 귀신 다 만나보고…… 좀 좋냐. 저 밴댕이를 사람들이 예뻐서 선생님, 선생님, 하며 쫓아다니는 줄 아냐. 무당이라서 그런 거다. 어머니는 무당 흉내를 곧잘 냈다. 세상이 연꽃 한 송이다. 연꽃 한 송이가 이 세상이고 우주야. 니 머리칼 끝에 온 세상이 매달려 있다. 이런 알 수 없는 소리를 늘어놓을 때면 반쯤은 무당이 되어버린 듯했다. 니 애비, 기억도 안 난다. 다 잊었어. 기억한다 한들 그게 뭔 소용이겠냐. 없는 걸 있는 듯 꾸미는 게 거짓말이라면 기억이 바로 거짓말이다. 꿈이고 헛것이다. 어린 영희로서는 알아들을 수 없는 소리였으나, 무당이라면 그런 희한한 소리를 지껄이는 법이라는 것을 그녀는 알고 있었다. 때로 굿에 사람이 부족할 때 소복 챙겨 입고 무당 옆에 서서 애으으으, 시왕극락 가자스라 왕생극락 가자스라…… 하고 소리를 할 때는 무당 못지않았고, 어머니는 그것을 자랑스럽게 여겼다.

그러나 끝내 어머니는 무당이 되지는 못했다. 무당이 되려다 죽어버렸다. 그녀는 무당이 외출한 틈에 몰래 작두 타는 연습을 하다 고꾸라지는 바람에 작두에 목이 베었다. 베어진 머리로 그녀는 며칠 동안 무당에게 악담을 퍼붓고, 세상을 저주하고, 억울하다고 비명을 질러대고, 영희를 불러댔다. 영희야, 영희야. 이년아, 어미 이 꼴 됐는데 밥이 목구멍으로 넘어가냐, 이년아. 내가 오만 구만 광년 저 너머에 날아다니는 혜성 오리온 페가수스 C21을 끌어다가 이 동네에 처박아 느그들을 싹 몰살시켜버릴 거다. 알아듣냐, 이 썩을 밴댕이 무당 년아. 내가 억울해서 못 죽겠다. 느그 집에서 식모살이만 몇 년이냐. 느그들이 월급을 제대로 줬냐, 사람 취급을 온전히 해줬냐? 서방 놈 잘못 만나 애 하나 기르느라 세상 구경도 온전히 못 해 봤다. 그런데 죽으란 말이냐? 안 돼. 못 죽는다. 기가 막혀서 난 못 죽어. 그녀의 욕설과 비명이 쩌렁쩌렁 울려 퍼져 동네 사람들이 잠을 자지도 못하고 먹지도 못한 채 부들부들 떠는 날이 계속되었다. 한낮에 먹구름이 끼어 해를 볼 수 없고, 돌풍이 불고, 우박이 쏟아졌으며, 한여름인데 상추밭, 콩밭에 서리가 내렸다. 밴댕이 무당은 굿당에 어머니의 머리를 모셔놓고 날을 밝혀가며 두 손을 비비고 또 비벼댔다. 닷새가 지난 뒤 그 머리는 에고, 영희야, 영희야 이년아, 어쩌냐, 이년아, 불쌍해서 어쩐다냐, 하고 외치더니 비로소 눈을 감고 입을 다물었다. 그제야 밴댕이 무당은 그 머리를 몸뚱이에다 조심스레 꿰매어 붙인 다음, 씻김굿을 제법 크게 하고, 장례도 치렀다.

무당은 고아가 되어버린 영희를 가끔 찾아와 들여다보았다. 떡도 가져다주고 쌀도 가져다주었다. 빨래도 해주고 청소도 해주었다. 어느 날 밴댕이 무당이 찾아와 사과와 감을 한 바구니 내놓고 어린 영희에게 말했다. 니 어미 귀신이 널 찾아올 거다. 그러면 넌 세상에 용한 무당이 될 수 있을 거야. 어린 것이 여기 혼자 살면서 고생할 것 없다. 우리 집으로 들어와라. 들어와 같이 살자. 날 어미인 듯 생각해라. 잘 생각해봐. 여기 혼자 있으면 공무원들이 널 잡아서 고아원으로 끌고 갈 거다. 나랑 사는 게 낫지. 니 어미라면 어쩌라고

할 것 같냐?

영희는 그 말이 무슨 뜻인지 알 것 같았다. 어머니가 죽었으니, 이제 니가 어미 대신 무당 집으로 들어와 빨래도 하고, 청소도 하고, 돼지머리도 삶으라는 뜻이었다. 굿이 벌어지면 북도 치고 장구도 치라는 뜻이었다.

영희는 생각해보지 않았다. 그날 밤 몰래 집을 나와 복사골을 떠났다. 귀신들이 들끓고, 작두가 사람의 목을 대번에 베어버리고, 베어진 목이 몇 날 며칠 욕설을 퍼붓는, 그런 일이 벌어지는 곳은 들여다보고 싶지도 않았다. 하물며 새끼 무당이 되어 그런 곳에 들어가 돼지머리 고기나 베어 먹으며 평생을 살 생각은 눈곱만큼도 없었다. 아직 세상이 그보다 훨씬 더 무시무시하고 참혹하고 망측한 곳이라는 사실을 알기 전이었다.

안영희의 나이 열한 살이었다.

편의점이나 식당 같은 데 가서 일을 하겠다고 하면 나이를 물어보고는 곧 내쫓았다. 열한 살은, 영희가 아무리 열다섯 살이라고 우겨봐도, 어디에서도 일을 하여 돈을 벌 수 있는 나이가 아니었다.

사흘을 굶었다. 우연히 구걸하는 사람을 보았다. 그녀는 흉내를 내기로 했다. 종각역 구두 가게 앞에 종이컵 하나를 놓고 엎어져 있었다. 행인들이 이따금 동전을 떨어뜨렸다. 재미있었다. 떡볶이를 사 먹었다. 김밥도 사 먹었다. 그러나 오래가지 않았다. 한쪽 눈에 안대를 붙인 험상궂은 아저씨가 나타나 그녀의 종이컵을 걷어찼다. 누구 허락받고 이러고 있냐? 니가 죽고 싶어서 이러냐, 뒈지고 싶어서 이러냐? 결국 그는 영희의 주머니를 탈탈 털어 사라져버렸다. 을

지로 지하도에서는 경찰이 나타나 그녀를 쫓아냈다.

하지만 먹는 것은 그럭저럭 해결하는 방법을 찾아냈다. 적어도 사흘에 한 번, 점심은 따뜻한 밥과 국을 마음껏 먹을 수 있었다. 서울역에 예수님 밥차가 찾아와 노숙자들에게 밥을 나눠줬다. '예수님 사랑의 군대'라 커다랗게 쓰인 세 대의 밥차 앞에 늘어선 노숙자 아저씨, 아주머니 들의 줄이 남대문까지 이어질 기세였다. 영희도 그 틈에 끼어 밥을 얻어먹었다. 일주일에 한두 번은 스님이 운영하는 남영동 식당에 가서 밥을 얻어먹었다. 스님은 신발이나 옷도 내주었고, 가끔은 물을 펄펄 끓여 목욕탕도 열어놓았다. 용산에 있는 교회에서는 아침 예배가 끝나고 나면 7시 반을 전후하여 돈을, 10원짜리 동전을 하나씩 나눠주었다.

문제는 잠자리였다. 서울역이나 종각역 같은 데 가서 자는 수밖에 없었는데, 한여름에도 새벽이면 몸이 부들부들 떨렸다. 자고 있는데 저리 꺼져, 하고 소리치며 걷어차는 아저씨들에게 쫓겨 자리를 옮겨 다녀야 했다. 먹는 것, 자는 것이 다 싸움이었다. 며칠 잠을 온전히 자지 못하자 온종일 정신을 차릴 수가 없었다. 어디에서건 궁둥이를 붙이기만 하면 잠이 쏟아졌다. 아무 데서나 잤다. 가을이 지나고 겨울로 접어들자 아무 데서나 자는 것도 불가능했다. 따뜻한 방에서 이부자리 깔고 덮고 온전히 잠을 잘 수만 있다면 무슨 짓이라도 할 것 같았다.

영희는 집으로 숨어들기로 마음먹었다. 집은 비어 있을 것이다. 그러니 아무도 모르게 들어가 잠을 자고 아무도 모르게 슬며시 빠져나오면 될 것이다. 밴댕이 무당에게만 들키지 않으면 그만이라고

그녀는 생각했다. 그러나 복사골로 찾아갔을 때 영희가 발견한 것
은 폐허였다. 골목 입구 미장원도, 편의점도, 어린이 놀이터도 감쪽
같이 사라져버렸다. 그녀의 동네는, 복사골은 깨어지고 흩어져버렸
다. 어머니의 악담대로, 혜성 오리온 페가수스 C21이 날아와 동네
를 휩쓸어버린 것 같았다. 동네 입구에는 커다란 전광판이 하나 서
있었고, 그 전광판에 커다란 문자들이 깜빡이며 흘러갔다. 에너지돔
29지역 시공 예정지. 시공사가 어디고 시공 날짜가 언제고 따위 문자
들이 연이어 휘황하게 번쩍이며 흘러갔으나, 그녀는 그것이 의미하
는 바를 알 수 없었다.

결국 영희는 하룻밤 편히 잘 곳을 찾는 데 실패하고 거리로 돌아
왔다. 종이 상자와 신문지를 모으고, 팔에 안고, 등에 짊어지고, 그
녀는 잘 만한 장소를 찾아 헤맸다. 하루는 종각역 지하도에서, 하루
는 을지로3가 지하도에서 잤다. 아침에는 전철역 화장실에 들어가
찬물을 대강 찍어 바르는 것으로 세수를 대신했다. 오래지 않아 세
수 따위 무시해버리고 살 수 있게 되었다.

며칠 후 영희는 친절한 한 남자를 만났다. 종각역 구석에 신문지
를 깔고 누운 그녀의 얼굴을 내려다보며 그는 물었다. 잘 데 없냐?
나랑 같이 가서 자자. 깨끗한 얼굴의 젊은 남자였다. 그는 천사 같
았다. 영희가 일어나자 그 천사는 그녀의 손을 잡았다. 나는 제리
다. 제리 아저씨라고 불러. 제리 오빠라고 하든지.

제리가 그녀를 데리고 간 곳은 새하얀 돌로 지어 올린 새하얀 건
물이었다. 승강기 안의 안내판에는 서울테크놀로지, CK 엔지니어
링 등 회사 이름이 가득 붙어 있었다. 제리와 같이 들어간 집 안도

하얀빛으로 가득했다. 사흘 동안 영희는 먹고 자기만 했다.

옷 사줄까? 화장품도? 신발이 그게 뭐냐? 구두도 사야겠다. 제리는 그녀에게 온갖 것을 선물했다. 새하얀 드레스도 주었다. 갈아입어. 그녀가 갈아입자 그는 위아래로 그녀를 살펴보았다. 웨딩드레스처럼 생긴 옷이었다. 팔과 다리, 허리와 어깨가 다 드러났다. 입은 듯 벗은 듯하여 온전한 옷 같지가 않았다. 제리는 그녀에게 말했다. 니 이름은, 니 이름은…… 이제 마리아, 마리아? 아니, 마릴린 먼로다. 멋지지? 대답해봐. 마릴린. 네. 마릴린은 대답했다. 제리는 벽을 마릴린 먼로라는 여자 배우의 벌거벗은 사진들로 장식했다.

낯선 할아버지가 들어왔다. 머리가 홀렁 벗겨진 데다 주글주글한 피부에 검은 반점이 그득했다. 이리 와라. 마릴린이라고 했냐? 이름 좋구나. 씩씩, 코로 힘겹게 숨을 몰아쉬는 소리 때문에 불쾌했다. 그는 마릴린의 드레스를 벗기고 자신도 옷을 벗어 던졌다. 허연 거웃이 들러붙은 흐물흐물한 성기에 그 할아버지는 칙칙이를 뿌렸고, 그러자 성기가 풍선처럼 금세 커져 벌떡 일어났다. 그는 끽끽거리며 웃었다. 웃는 소리가 고장 난 창문을 억지로 밀어 여닫는 소리 같았다. 이것 봐라. 굉장하지? 마릴린은 무섭고 징그러워 아무 말도 할 수 없었다. 그녀는 울기 시작했다. 죽여라. 죽여버려. 그녀의 뱃속 어딘가에서 그런 소리가 들렸다. 우는 그녀를 보며 그 할아버지는 기분이 더 좋아졌다. 웃음소리가 더 커졌다. 이것 보라니까. 울 것 없어. 이게 얼마나 좋은 건데. 이게 신제품이다. SS 화학에서 새로 나왔어. 우리 사위가 SS 다니는데, 그놈이 갖다 주더라. 뿌리기만 하면 삶아놓은 라면 가닥도 경주마 앞다리처럼 곤두선다는 바로 그거다. 봐라. 만져봐. 괜찮아. 만져보라니까. 얼마나 딴딴하냐.

매일, 아침저녁으로, 시간마다 다른 할아버지가 나타났다. 배불뚝이 할아버지, 말라깽이 할아버지, 악취로 찌든 할아버지, 향수로 범벅을 한 할아버지, 중절모를 쓴 할아버지, 술 취한 할아버지까지 그들은 어김없이 칙칙이를 뿌려 커다란 소시지를 만들어낸 다음 그것을 움켜쥐고 길길이 날뛰었다. 마릴린에게는 그들이 사람으로 보이지 않았다. 어머니가 칼로 쓱쓱 썰어 먹던 돼지머리가 차라리 사람다웠다. 그들의 몸뚱이는 흐물흐물하여 썩은 고깃덩이 같았는데, 하나같이 마릴린을 눕혀놓고 앉혀놓고 뒤집어놓고 온갖 이상한 짓들을 해치웠다. 그들이 돌아가고 나면 이번에는 제리가 덤벼들었다.

몇 달이 지난 뒤 마릴린은 제리에게 말했다. 못 하겠어요. 제리는 말했다. 개소리 마. 길바닥에 굴러다니던 거지 년을 데려다 놨더니. 하기 싫어요. 그럼 뭐 해서 먹고살 거냐? 돈 좀 줘요. 돈이 어딨어. 너 처먹고, 입고, 집세 내고. 돈은 그런 게 돈이다. 어디 돈 좀 구경해보자. 나 나갈래요. 가긴 어딜 가? 니 빚이 얼만지나 알아? 1,980만 원이다. 빚 갚아. 다 갚으면 보내줄게. 개새끼, 하고 마릴린이 소리 질렀다. 제리는 허리띠를 풀어 그녀를 난타했다. 때로는 며칠마다, 때로는 한두 달마다 비슷한 일이 반복되었다. 마릴린은 나가겠다 하고 제리는 두들겨 팼다. 마릴린이 그에 맞서서 아직 덜 여문 주먹을 휘두르면 제리는 그녀를 번쩍 들어 벽에 동댕이치고 함부로 짓밟았다. 마릴린이 울다 쓰러지면 그는 소시지를 꺼내 들고 덤벼들었다.

마릴린은 궁리했다. 빠져나갈 길이 없는가? 없을 리 없었다. 집도 버리고 나온 그녀였다. 죽여. 죽여버려라. 누군가 그녀에게 말했다. 어머니였다. 어디엔가 어머니가 살아 있었다. 하기야 나가려면 죽이는 수밖에 없을 것 같았다. 며칠 동안 그녀는 틈만 나면 부엌의 식도를 갈고 또 갈았다. 날카롭게 더 날카롭게. 제리가 소시지를 움 켜쥐고 발버둥을 친 다음, 술을 마시고 깊이 잠든 밤, 누군가 마릴 린을 불렀다.

영희야. 그녀는 일어나 앉았다. 붕대를 감은 팔꿈치가 쓰라렸다. 허리띠의 금속 버클이 파고든 자취였다. 어머니는 그녀의 횡격막 바로 위, 거기 암세포처럼 찰싹 달라붙어 있었다. 왜요, 엄마? 거긴 왜 들어갔어요? 그녀가 묻자 어머니는 말했다. 칼을 가져와. 이놈 을 죽일 차례다. 마릴린은 무서웠다. 어떻게요? 내가 하라는 대로만 하면 된다. 어서 칼을 가져와라. 어머니는 마릴린의 횡격막에서 점 점 더 커져 그녀의 배를 가르고 금세 튀어나올 것 같았다. 어서. 지 금 순서가 그 순서다. 순서라구요? 그래, 순서. 니가 죽거나 그놈이 죽거나. 그래야 다음 순서가 진행될 거다. 마릴린은 이해할 수 없었 다. 무슨 순서가 그래요? 일월성신(日月星辰)이 뜨고 지는 데에도 순 서가 있고, 처녀귀신 몽달귀신 과부귀신 홀아비귀신이 사잣밥을 먹 는 데에도 순서가 있다. 니가 그놈을 죽이지 않으면 그놈이 널 죽이 고, 그렇게 순서가 바뀌면 내일 뜨는 일월성신이 더 이상 오늘 같지 가 않을 거다. 그래서야 되겠냐. 어머니의 얘기를 듣는 동안 마릴 린은 차츰 그를 죽여야 하는 이유를 알 것 같았다. 벌써 몇 달 전부 터 제리를 죽여야 한다고 생각하지 않았던가. 그러나 생각하는 것 과 하고 싶은 것과는 전혀 달랐다. 그녀는 죽이고 싶지 않았다. 엄 마가 죽이면 안 돼? 니가 칼을 가져와라. 니가 몇 날 며칠 갈았잖아,

그 칼. 마릴린은 부엌으로 갔다. 서랍을 열자 시퍼렇게 날이 선 칼이 생선처럼 벌떡 튀어 올라 그녀의 손에 들러붙었다. 죽여. 어서. 어머니는 끈질기게 소리쳤다. 죽여. 마릴린은 제리의 몸뚱이에 올라탔다. 제리는 눈을 뜨지 않았다. 그녀는 단번에 제리의 목덜미를 찔렀다. 어떤 영화에선가 그런 것을 본 기억이 났다. 그러나 영화에서와는 달리 제리가 벌떡 일어나는 바람에 그녀는 뒤로 나동그라졌다. 어머니는 죽여, 죽여, 죽여, 하고 소리쳤으며, 마릴린은 이를 악물고 그에게 덤벼들어 닥치는 대로 베고 찔렀다. 침대와 방을 온통 피바다로 만든 다음에야 제리는 쓰러졌다. 죽은 제리는 산 제리보다 훨씬 얌전하고 조용하고 사람 같았다. 횡격막의 어미는 그제야 잠잠해졌다. 잠잠해진 어머니는 더 이상 아무 도움이 되지 않았다. 마릴린은 부들부들 떨며 그곳에서 빠져나왔다.

갈 곳이 없었다. 처음에는 경찰을 찾아갈 생각이었으나 곧 생각을 바꿨다. 제리의 하얀 감옥에서 나오자마자 제 발로 또 다른 감옥으로 들어가기는 억울했다. 제리의 하얀 집에서 찾아낸 돈은 푼돈에 지나지 않았고, 그 돈을 다 쓰자 마릴린은 다시 서울역으로 가는 수밖에 없었다.

다행히 서울역에는 여전히 노숙자들이 드나들었고, 예수님 밥차도 여전히 찬송가를 우렁차게 틀어놓고 밥을 나눠주었으며, 마릴린이 그 줄에 끼어드는 것은 처음처럼 어려운 일이 아니었다.

겨울이 다가오는 날, 밥을 타기 위해 예수님 밥차 앞의 줄에 끼어 늘어서 있을 때였다. 방패와 십자가가 수놓인 앞치마를 입은 젊은 여자가 그녀에게 물었다. 몇 살? 마릴린은 나이를 묻는 사람을 일단 경계했다. 그들은 대개 마릴린 같은 쓰레기들을 거리에서 치우는 것을 업으로 삼는 공무원들이거나, 고아원 같은 시설에 아이들을 채워 넣기 위해 혈안이 된 업자들이었다. 이 여자는 어느 쪽일까? 마릴린은 열다섯 살이라고 대답했다. 그녀에게 열다섯은 거리에서 살아가기 위한 최저의 나이였다. 학교는? 마릴린은 알아듣지 못한 척 대꾸하지 않았다. 길바닥에서 밥을 얻어먹는 그녀에게 학교를 묻다니. 열두 살짜리 아이보다 세상 물정을 알지 못하는 사람이 분명했다.

마릴린은 보도 한쪽에 설치된 화단 옆에 식판을 놓고 쪼그리고 앉아 밥을 먹었다. 이쪽저쪽에서 아저씨, 아주머니 들이 국물을 들이마시고 무김치를 씹어 넘기는 소리로 서울역 광장은 제법 거대하고 우애로운 식당이 되어버린 것처럼 보였다. 밥차에서 틀어놓은 찬송가가 울려 퍼지고, 예수님은 사랑이십니다, 사랑으로, 오직 사랑으로 사람을 분별하고, 오직 사랑으로 이 세상을 심판하십니다, 하고 수다스럽게 떠들어대는 남자의 설교가 터져 나오고, 또 예수 이름으로 예수 이름으로 승리를 얻겠네, 찬송가가 울려 퍼졌다. 빈 식판을 밥차에 반납하고 마릴린은 화단으로 돌아왔다. 배가 그들먹해지자 밤새 한데서 날을 새워 돌멩이처럼 딴딴해진 몸뚱이가 게게 풀리면서 졸음이 쏟아졌다.

잠깐 졸았던가? 앞치마를 입은 여자가 마릴린 앞에 서 있었다. 가자. 그녀는 마릴린의 손을 잡았다. 예수님한테 가자. 가서 목욕도 하고, 깨끗한 옷 갈아입고, 맛있는 것도 먹고, 친구들도 만나고, 학교도 다니고 그러자. 왠지 밴댕이 무당이 우리 집에 들어와 같이 살자, 하던 것이 생각나는 말이었으나, 마릴린은 앞치마의 손을 뿌리치지는 않았다. 일단 가보고, 성가시면, 또는 겨울이 지나 날이 따뜻해지면 다시 뛰쳐나오면 될 것이라고 생각했다. 길바닥보다는 낫지 않겠는가. 그곳 역시 시설에 불과하겠지만 경찰의 추적을 피하는 데에는 유리할 것이라는 생각도 들었다. 앞치마 여자는 젊고 예쁘고 깨끗했다. 더구나 손이 따뜻했다. 한번 붙잡자 다시는 놓고 싶지 않았다.

그 따뜻한 손에 이끌려 마릴린이 들어간 곳이 예수님 사랑의 학교였다.

오십여 명의 아이들이 있었다. 여덟아홉 살 먹은 아이로부터 열아홉 살 먹은 애어른까지, 학년의 구분도 없고, 반의 구분도 없이 한 교실에서 같이 배웠다. 하루 다섯 시간 수업을 했는데, 그 가운데 두어 시간이 성경과 찬송가였다. 나머지 역시 이스라엘 역사, 십자군 역사, 루터의 종교개혁 이야기 등 기독교에 관련된 수업으로 구성되었다. 앞치마 여자는 교사 가운데 한 사람, 찬송을 가르치는 에스더였다. 마릴린에게 나오미라는 이름을 준 사람도 에스더였다. 나오미는 무슨 이름이건 상관하지 않았다. 어차피 그곳을 떠나면 버릴 이름이었다.

오후에는 작업을 하거나 체육을 했다. 남녀와 나이를 가리지 않고 한데 어울려 축구를 하고 농구를 하고 제식훈련을 했다. 앞으로 갓! 뒤로돌아 갓! 줄을 지어 운동장으로 행진하여 강당으로 들어가 태권도를 배우고 권투를 배우고 무에타이를 배웠다. 궁술도 사격술도 배웠다. 장난 같기도 하고 군사훈련 같기도 했다. 일어나 나가자 사탄의 군대가 밀려온다 너는 방패 나는 총칼 전선으로 출동이다 사랑의 군대 예수님 군대 사탄에 맞서 지옥에 맞서 너의 피 나의 뼈로 길 닦고 계단 만들어 이 길이 천국으로 가는 길 예수님 모시는 길이다……. 큰 소리로 합창하며 운동장을 뛰었고, 총검술을 익혔다. 청군, 백군으로 나뉘어 침투훈련, 방어훈련을 했다.

〈사랑의 군가〉는 귀에 못이 박히도록 들었다. 아침에 일어날 때도 그 찬송가가 우렁차게 터져 나왔고, 아침밥을 먹을 때에도, 저녁밥을 먹을 때에도, 축구를 하거나 태권도를 할 때에도 그 노래를 합창했다. 나오미는 남몰래 가사를 한두 군데 바꿔 부르기를 즐겼다. 일어나 나가자 비렁뱅이 서울역에 출동이다 너는 거적 나는 깡통 지하도로 출동이다 사랑의 밥차에 맞서 비렁뱅이 군대야 나가 처먹자……. 합창에 묻혀 그녀의 장난은 끝내 발각되지 않았다.

모두가 서로를 형제, 자매라고 불렀다. 교사가 학생을 호칭할 때도 나오미 자매, 요한 형제, 였다. 학생들은 교사들을 선생님이라 불렀지만, 그것이 차라리 예외적 호칭이었다. 교사들끼리도 서로를 자매님, 형제님, 하고 불렀다. 예수를 믿지 않는 자들에 대한 호칭은 짧게는 이방인, 길게는 사탄의 수족이었다.

일주일에 사흘, 때로는 나흘, 공장으로 나가 작업을 했다. 대개 작업은 오후에 시작되었으나, 때로는 아침 일찍 아예 공장으로 출동하는 날도 있었다. 공책 공장, 연필 공장, 봉제 공장, 그렇게 세 개의 공장이 한 울타리 안에 자리 잡고 있었다. 그들이 〈사랑의 군가〉를 부르며 공장으로 들어가면 일하던 어른들 역시 같은 찬송가를 부르며 그들을 맞았다. 어른들 역시 신자들인 것 같았다. 어쩌면 어제까지 나오미처럼 밥차에서 밥을 얻어먹던 사람들인 것도 같았다. 어린 학생들은 대개 공책에 스프링을 끼우거나 연필을 포장했고, 좀 더 나이 든 형제자매들은 옷에서 실밥을 떼어내거나 다림질을 했다.

그곳에서 지낸 4년 사이 나오미는 가장 빼어난 학생 가운데 한 사람이 되었다. 사격술에서는 언제나 최고 점수를 받았다. 총검술 격투나 실전 격투에서도 언제나 마지막 단계까지 살아남는 사람 중 하나였다. 가끔은 오락시간 같은 때면 찬송가를 경건한 행진곡풍이 아니라 트로트풍으로, 힙합풍으로 불러 형제자매들을 즐겁게 해주는 한편, 늘 경건한 엄숙주의자들을 당황하게 만들었다. 그곳의 자매들이 대개 마찬가지였지만, 머리를 짧게 깎고 작업복을 걸친 그녀는 거의 여자처럼 보이지 않았다. 형제들이 장난으로 그녀의 가슴을 건드리면 그녀는 다른 자매들과는 달리, 부끄러워하기는커녕 그 녀석들의 사타구니를 움켜쥐었고, 그들이 항복할 때까지 놓아주지 않았다.

만 열여섯 살이 되는 해에 나오미는 특수반으로 진학했다. 특수반에는 스무 명의 학생들이 있었고, 그 가운데 다섯이 자매들이었다. 나오미가 가장 어렸다. 가장 나이가 많은 형제가 스물다섯 살이었다. 이름이 요한, 그가 반장이었다. 하루 24시간 성경을 읽고 생각하고, 예수를 기다리고 기도하며 사는 형제였다. 여전히 성경과 기독교 역사가 중요 과목이었으나, 그와 더불어 지리, 정보분석, 정보공학, 첩보전술, 군사전략 따위의 과목이 추가되었다. 독도법과 탄도학, 폭발물 제작과 해체, 조립 등도 배웠다. 왜 이런 것을 배워야 하는 것일까? 나오미가 묻자 늘 군복을 입고 다니는 늙은 교사 베냐민은 대답했다.

"사탄과의 최후의 싸움 아마겟돈에 대비하기 위해서다. 예수님이 재림하시면 또다시 십자가에 처형하려는 자들이 들끓을 것인데, 누가 그것을 막을 수 있겠는가? 바로 우리다. 우리는 예수님을 지키는 결사대요, 불과 유황으로 최후의 심판을 실행하는 총사령관 예수님의 전사가 될 것이다."

그의 답변이 끝나자마자 요한이 부르르 떨며 일어나 고함치듯 찬송가를 부르기 시작했다. 일어나 나가자 사탄의 군대가 밀려온다 너는 방패 나는 총칼 전선으로 출동이다……. 모든 형제자매들이 노래를 따라 부르는 바람에 강의실 안이 돌연 떠들썩해졌다. 사랑의 군대 예수님 군대 사탄에 맞서 지옥에 맞서……. 발을 구르고 책상을 치며 그들은 고래고래 고함을 질렀다. 노래가 아니라 발악이었다. 당장 뛰쳐 일어나 사탄의 군대를 쳐부수러 나설 것 같은 기세였다. 너의 피 나의 뼈로 길 닦고 계단 만들어 이 길이 천국으로 가는 길 예수님 모시는 길이다…….

나오미는 종종 기시감에 사로잡혔다. 저 우렁찬 찬송가는 옛날, 복사골에서 들은 밴댕이 무당의 굿거리 소리와 크게 다르지 않은 것 같았다. 발을 구르고 책상을 치는 저들은 장구를 치고 북을 치며 춤추던 저 무당과 어머니를 닮은 것 같았다. 다행히 이곳에는 작두 같은 것은 보이지 않았다. 그러나 누군가 감춰뒀던 작두를 들고 뛰쳐나온다 해도 그녀는 전혀 놀라지 않았을 것이다. 그들이 그처럼 엄숙해져서 길길이 날뛸 때마다 나오미는 왠지 우습고 어색하고 부끄럽고 권태로웠다. 오래 계속되면 지루하고 짜증이 났다.

그럭저럭 재미있는 수업도 있었다. 그녀가 가장 좋아한 과목은 무에타이였다. 앞뒤 돌아볼 것 없는 강렬한 파괴력이 마음에 들었다. 태권도나 합기도는 잔소리가 많았다. 서로 공경하라는 둥 사람으로서의 도리를 다하라는 둥 분노와 욕심을 버려야 한다는 둥 예의를 지켜야 한다는 둥, 가리는 것도 따지는 것도 많았다. 차라리 도를 닦는 편이 나을 것 같았다. 나오미가 보기에는 다 헛소리에 지나지 않았다. 무에타이에는 그런 헛소리가 없었다. 단순했다. 이기기 위해 파괴하는 것, 몸을 무기로 단련하여 가장 단순한 동작으로 적의 가장 큰 허점을 공격하여 무너뜨리는 것, 그것이 무에타이의 목표였다. 팔꿈치로 적의 정수리를 내리치는 쏙쌉이나, 뒤로 한 바퀴를 회전하여 팔꿈치로 적의 급소를 후려치는 쏙크랍 같은 공격술은 진정 매혹적이고 파괴적이었다. 단 한 차례의 공격으로 적의 두개골을 부수거나 심장을 터뜨릴 수 있었다. 이런 것을 미리 알고 있었더라면 나오미는, 아니, 마릴린은 제리를 죽이기 위해 식도를 휘둘러 집 안을 피바다로 만드는 멍청한 짓을 저지르지는 않았을 것이다. 지금쯤 제리를, 이방인 제리를 만난다면 나오미는, 아니, 마릴린은 훨씬 더 매력적으로, 훨씬 깔끔하게 그의 목을 베어버릴 수 있을 것이다. 아마 경찰은 현장에서 단서 같은 것도 찾을 수 없을 것이다.

어쩌면 어린 영희를 처음으로 벌거벗기고 칙칙이를 뿌려 거대해진 소시지로 폭행한 저 대머리 할아버지를 찾아내어 죽여버리는 것도 재미있을 것이다. 그다음 순서에 따라 배불뚝이 할아버지를, 말라깽이 할아버지를, 악취를 풍기던 할아버지도, 향내를 뿜어내던 할아버지도, 중절모를 쓴 할아버지와 지팡이를 짚은 할아버지도, 그 무수한 할아버지들과 아저씨들과 오빠들을 차근차근 찾아내어 예수님 사랑의 학교에서 배운 무수한 살해 동작을 하나하나 적용해보는 것도 재미있을 것이다. 그들은 사탄은 아니지만, 뭐 어떻단 말인가. 어차피 사탄만 죽어 나자빠지는 세상도 아닌데. 아니, 그들이야말로 사탄인지도 모른다. 나오미는 사탄과 원한을 맺은 적은 없었으나 저 하얀 방 시절 그녀의 몸속을 멋대로 드나든 자들과는 원한 관계라 해도 무방하다고 생각했다. 배운 것은 어디에서건 써먹어야 할 것 아닌가.

에스더는 꾸준히 나오미를 찾아왔다. 올 때마다 작은 선물을 했다. 때로는 곰보빵 하나, 때로는 작은 로션 한 병, 때로는 예쁜 양말 한 켤레였다. 그 선물은 언제나 에스더, 라고 이름을 쓴 붉은색 리본으로 묶여 있었다. 학교 뒷산에 올라가면 떡갈나무와 밤나무, 들꽃이 지천이었다. 두 자매는 토끼풀을 뜯어 시계를 만들고 반지를 만들어 서로의 팔목에, 손목에 채워주고, 얘기를 주고받으며 한 덩이의 곰보빵을 오래오래 뜯어 먹었다. 에스더는 나오미의 짐작과는 달리, 그들이 처음 서울역에서 만났을 때 열아홉, 이제 스물넷의 처녀였다.

숲 속에서 에스더가 그녀에게 처음 입을 맞췄을 때 그것은 나오미에게는 당연한 일, 이미 오래전 예정되었던 일처럼 여겨졌다. 에스더는 그녀에게 때로는 언니 같았고, 때로는 어머니보다 더 어머니 같았다. 에스더의 가슴은 눈부셨다. 아직 보송보송 부풀 듯 말 듯 머뭇거리는 나오미의 가슴에 비해 그녀의 가슴은 들판처럼 풍요롭고 따뜻하고 또 뜨거웠다. 거기 엎드려 영원히 떠나고 싶지 않았다.

저녁 식사가 끝난 뒤에는 종종 특수반 형제자매들 사이에서 토론이 벌어졌다. 예수의 재림을 어떻게 준비할 것인가? 만연한 우상숭배를 어떻게 저지시킬 것인가? 그런 것들이 주제가 되었다. 토론이 격해질 때면 우상들을 눈에 보이는 대로 즉시 파괴해야 하고, 우상숭배자들을 살해해야 한다고 주장하는 형제자매들이 나타났다. 구체적으로 불국사를 파괴하는 효과적인 방법이라거나, 이태원의 이슬람 사원을 파괴하는 최선의 전술, 한국의 전통과 사탄 사이의 미신적 친연(親緣) 관계를 적발하고 분쇄하는 방법론에 대해 적극적으로 논의를 시작해야 한다고 주장하는 이들도 있었다. 요한이 '우상(싯다르타 고타마) 생일을 기념하는 제례행렬 분쇄전술'이라는 제목으로 주제를 발표하고, 형제자매들이 그에 대해 토론을 벌인 적도 있었다. 기독교 이외의 모든 종교가 우상이요, 우상숭배였다. 국가와 민족 또한 우상이었고, 전통 역시 우상이었으며, 때로는 예술 또한 우상이었고, 모든 우상은 파괴의 대상이었다. 예수가 재림하는 길을 예비하기 위하여 미리 그 모든 것들을 제거하는 것이 그들 사랑의 병사들의 임무였다.

세계가 하나가 될 것입니다, 하고 베냐민은 말했다. 국경이 없고, 전쟁이 없고, 군대가 없고, 부자도 가난한 자도 없고, 범죄가 없고, 슬픔과 절망, 고통이 없으며, 오직 사랑과 행복만이 충만할 것입니다. 죽음이 없고, 질병이 없으니, 병원 또한 불필요할 것입니다. 하루에 서너 시간 일하고, 남는 시간에는 놀거나, 공부를 하거나, 세계 곳곳 여행을 다닐 것입니다. 여권도 비자도 없이, 돈도 없이, 하늘의 비행기, 물의 배, 거리의 자동차, 모든 것을 무료로 이용하며, 누구든지, 얼마든지 여행을 다닐 것입니다. 어디로 여행을 가건, 그곳에서 하루 서너 시간 일을 하면 그것으로 숙식과 교통이 모두 해결될 것입니다. 만일 서너 시간도 일하기 싫다면 어쩌면, 몰래 공짜로 버스나 배를 탈 수도 있겠지요. 기차표니 비행기표니 나부랭이를 검사하는 사람이란 존재하지 않을 테니까요. 의심이 없는 세상이니까요. 만일 들켜도 서너 시간 일하는 것으로 처벌은 끝날 것입니다. 웃으며 벌하고, 웃으며 벌받고, 아마도 점심이나 저녁 식사를 대접받은 다음, 버스 터미널에서 배웅을 받으며 다음 목적지로 떠날 수 있을 것입니다. 그것이 재림하시는 예수께서 바로 이 땅 위에 지으실 천국입니다. 예수께서는 우리와 함께 천국을 만들고, 우리와 함께 그 천국에서 사실 것입니다.

"예수가 언제 오시는데요?"

나오미가 물은 적이 있었다. 그 대답은 언제나 같았다. 곧. 언제? 곧. 곧이란 언제인가? 내일? 내년? 5년 뒤? 베냐민은 말했다. 인간의 시계로 예수 그리스도의 시간을 잴 수는 없습니다. 한 달, 10년…… 이런 것은 불완전한 인간의 어리석은 계산입니다. 그러니까 그 곧이란 당장 벼락처럼 내리치는 심판일 수도 있었고, 무한으로 연장되는 기다림일 수도 있었다. 무한의 기다림, 혹은 무한의 실망……. 그것은 어쩌면 인간의 시간에는 예수 그리스도나 천국이란 존재할 수 없다는 뜻이었다. 인간의 시간에 존재하지 않는 예수나 천국이라면 인간 외의 시공을 알지 못하는 나오미에게 무엇을 의미할 수 있을 것인가?

나오미는 그렇게 질문할 수는 없었으나 그 애매함에 실망하고, 저들의 저 진지함과 엄숙함이 오직 그 애매한 것에 대해서라는 사실에 충격을 받았다. 복사골의 무당 밴댕이가 인간에게 가장 적당한 신 같았다. 굿을 해라. 병이 나을 것이다. 장구를 치고, 돼지머리를 바쳐라. 신랑이 돌아올 것이다. 북을 울리고, 잘 말린 북어와 두툼한 지폐를 내놔봐라. 귀신들이 평안히 잠들 것이다……. 얼마나 단순하고 얼마나 어리석은가. 얼마나 분명하고 얼마나 쉬운가.

그 진지함과 어리석음 사이의 거리가 얼마나 되는 것인지 나오미는 알 수 없었다. 그 진지함, 또는 어리석음으로 그들이 어떤 신의 어떤 천국에 이르게 될지, 역시 알 수는 없었다. 그러나 그녀가 알 수 있는 일도 없지는 않았다. 적어도 그 진지함과 어리석음은 바로 이곳, 그녀의 면전에서 벌어지는 인간의 일이었다.

한겨울이었다. 며칠 동안 계속해서 눈이 쏟아졌고, 눈으로 뒤덮인 운동장은 얼어붙었다. 밤이면 뒷산에서 눈 때문에 나뭇가지가 찢기는 소리를 종종 들을 수 있었다. 계단도 길도 얼어붙어 더 이상 산에 올라갈 수도 없었다. 한밤에 갑자기 비상집합 명령이 떨어졌다. 운동장에 탐색등 하나가 떨어져 있었고, 빛 무더기 안에 에스더와 몇몇 형제자매들이 서 있었다. 에스더는 자다가 갑자기 끌려나온 듯 산발한 머리칼에 속옷 차림으로 오들오들 떨고 있었다. 나오미는 그녀와 눈이 마주칠까 두려워 뒤로 물러났다. 누군가 그녀의 등을 떠밀었고, 누군가 소리쳤다. 에스더 자매가 간통을 저질렀습니다. 그녀는 무릎을 꿇고 주저앉았다. 나오미는 놀랐다. 에스더와 자신의 관계를 지적하는 줄 알았다. 누군가 당장 그녀의 목덜미를 붙들어 에스더 옆에 동댕이칠 것만 같았다. 다리가 부들부들 떨리고 머리가 아팠다. 그녀의 뱃속에서 누군가 또 소리 지르기 시작했다. 죽여. 다 죽여버려. 으으, 신음하며 나오미는 가슴을 쥐어뜯었다. 간통한 여자를 돌로 치라는 것이 하나님의 법입니다. 그 말이 끝나자마자 어디선가 돌이 날아와 에스더의 머리를 쳤고, 그녀가 눈밭 위에 널브러졌다. 또 돌이 날아와 그녀의 등에 떨어지고, 또 날아와 그녀의 어깨를, 또 머리를 쳤다. 에스더는 두 팔로 머리를 가리고 웅크렸다. 더 이상 돌은 없었다. 누군가 눈을 뭉쳐 던지기 시작했고, 곧 모든 사람들이 눈을 뭉쳐 던졌다. 그제야 나오미는 자신이 들킨 것이 아니라는 사실을 확인했고, 눈을 뭉쳐 에스더를 향해, 막연히 그쪽을 향해 던졌다. 바보짓이다, 하고 생각하며 던졌고, 비열하다, 생각하며 던졌고, 미안해요 에스더 자매, 하고 생각하며 던졌다. 그때마다 팔이 오그라드는 것 같았다.

돌이 없었던 것은 어쩌면 다행이었다. 눈 뭉치로 맞듯 돌로 맞았다면 에스더는 살아남지 못했을 것이다. 에스더의 몸뚱이가 눈 뭉치에 거의 뒤덮일 무렵 베냐민이 나타났다. 그는 큰 소리로 부르짖었다. 마가복음 18장 21절을 낭독하겠습니다. 그때에 베드로가 나와 가로되, 주여, 형제가 내게 죄를 범하면 몇 번이나 용서하여주리이까? 일곱 번까지 하오리이까? 예수께서 가라사대, 네게 이르노니, 일곱 번뿐 아니라 일흔 번씩 일곱 번이라도 할지니라. 형제자매 여러분, 에스더 자매를 용서하여 주님의 은혜로 회개토록 하는 것이 어떻겠습니까? 주님의 뜻이 어디에 있으리라 생각하십니까?

형제자매 서넛이 눈 뭉치를 치우자 그 안에 엎드린 에스더가 나타났다. 머리가 깨어져 피가 낭자했고, 속옷이 찢어져 처참한 몰골이었다. 정신을 잃은 그녀를 형제자매들이 떠메고 계단을 올라갔고, 그 뒤를 베냐민이 따랐다. 나오미는 눈 위의 핏자국을, 형제자매들의 어깨 위에서 사지를 늘어뜨린 에스더의 모습을 쳐다볼 수가 없었다. 누군가 그녀를 쏘아보고 있는 것만 같았다. 얼어붙은 하늘 끝에서 처벌처럼 차디찬 눈송이가 떨어지고, 바람이 불어 얼굴을 쳤다. 어느 순간 나오미의 뱃속을 한 가지 의문이 송곳처럼 예리하게 찔러왔다. 에스더는 누구와 간통을 한 것일까? 그 상대는 어디에 있는가? 어째서 그에게는 처벌이, 또는 용서가 없는 것인가?

그 뒤로 다시는 에스더를 볼 수 없었다. 그녀가 징계를 받아 학교를 떠났다는 소문이 들렸다. 학교를 떠난 것이 아니라 깊은 수도원으로 들어가 기도에 정진 중이라는 소문도 있었다. 그녀가 누구와 간통을 했는지는 끝내 알려지지 않았다.

교사들 숙소에 불이 난 것은 그 겨울이 다 가기 전이었다. 세 명의 교사가 죽고 네 명이 화상을 입었다. 낡은 한옥 목조건물은 거의 전소되었다. 학교에서는 소방서에 연락하지 않았다. 방화라는 소문이 났다. 더 놀라운 소문도 있었다. 불이 난 숙소의 몇몇 문에 장애물이 설치되어 있었다는 것이다. 대단한 장애물은 아니었으나, 안에서 열 수 없도록 돌멩이, 나무토막, 물통, 의자 같은 것이 문을 막고 있었다는 얘기가 밑도 끝도 없이 떠돌았다.

학교 당국은 조사 결과를 발표했다. 누전으로 인한 실화(失火)였다. 나오미는 혼자 웃었다. 그녀는 진실을 알고 있었다. 그녀만이 진실을 알고 있었다.

봄에 나오미는 서울역에 나가는 예수님 밥차에 봉사자로 자원했다. 에스더처럼 그녀도 방패와 십자가가 새겨진 흰 앞치마를 입고 노숙자 형제자매들에게 밥을 퍼주고 국을 떠주었다. 몇 년 만에 보는 서울역 광장은 여전히 낯익고 눈부시고 참혹했다.

나오미는 찬송가가 요란한 예수님 밥차 안에서 설거지를 하며 차창 너머로 거리를 내다보다가 문득 식판과 행주를 내려놓고 밖으로 나섰다. 더 크고 더 높고 더 호사스럽고 더 험상궂어진 거리가 그녀를 맞았다. 자신 역시 더 크고 더 험상궂어졌다는 것을 나오미는 알았다. 두려울 것도 설렐 것도 없었다. 커졌건 작아졌건 거리는 벗어서 잠시 거기 떨어뜨렸던 옷처럼 아무렇지 않았다. 영희―마릴린―나오미는 그녀의 키보다 더 긴 이름을 끌며 그 거리 속으로 편안히 걸어 들어갔다.

6

    멕시코 출장은 갑작스럽게 결정되었다. 적어도 처음 백스터는 그렇게 믿었다. 비정규직 배달기사일 뿐인 그에게 출장이라니? 그는 믿을 수가 없었다. 더스틴은 긴 얘기를 해주지 않았다. 짐꾼으로 따라가는 거라고 생각해둬. 아니면 경호원이라고 생각하든지. 짐꾼이라면 모르지만, 경호원은 한참 잘못 짚은 인사였다. 그는 평생 싸움이라는 것을 세 번쯤 해봤을 뿐이었다. 그것도 대개 일방적으로 얻어맞는 것으로 일관했다. 군대에 갔을 때는 고문관 칭호를 얻었고, 사격하는 날에는 총을 쏘기보다 어깨에 짊어지고 오리걸음으로 연병장을 도는 일이 더 잦았다.

    그는 물었다. 멕시코에도 우리 회사 지점이 있습니까? 더스틴은 책상 위에 다리를 뻗어 올린 채 고개를 젖혀 그를 물끄러미 쳐다보다가 말했다. 이번에 하나 만들지도 모르지. 백스터의 반응을 살피던 그가 다시 물었다.

100

"왜? 싫어? 다른 사람으로 데려가?"

백스터는 화들짝 놀라 두 손을 흔들어댔다. 아닙니다. 가야죠. 그런데 어디라구요?

"멕시코시티."

멕시코시티. 백스터는 그것이 어디쯤 붙어 있는 나라, 아니면 도시인지도 알지 못했다. 축구를 좋아하는 고장이라는 것은 얼핏 기억이 났다. 어딘가, 아주 멀고, 아주 무덥고, 아주 지저분한 곳이라는 짐작이 이어졌다. 뉴욕이나 파리 같은 곳이 아니라 하필 멕시코시티란 말인가. 한 달쯤 걸릴 거라고 더스틴은 말했다. 8일 정오 여객기로 출발할 예정이었다. 아직 보름쯤 남아 있었다.

"강태기 전무님이 인솔 책임자야."

강태기 전무라는 사람을 백스터는 이제껏 볼 기회가 없었다. 출장 목적은? 대외비였다. 기껏 배달계 팀장 주제에 더스틴은 고위 간부라도 되는 듯 고개를 신중히 끄덕이며 거드름을 피웠다.

"아주 중요한 기회야, 미스터 백스터. 전무님 눈에 들기만 하면 보너스는 물론이요, 정규직에 골드카드에…… 평생이 보장될 거야."

백스터는 가슴이 설레었다. 정규직이라니, 골드카드라니. 너무 멀고 너무 아득하여 그와는 인연이 없는 것들이라 포기한 지 오래였다. 더스틴은 전화를 들어 단추를 꾹꾹 눌러대고 말했다.

"배달계 더스틴입니다. 협조 부탁드립니다. 미스터 백스터 명의로 카드 나와 있는지 확인해주시겠습니까? 음, 그래요? 사람을 보낼 테니까 내주시기 바랍니다."

백스터는 날 듯이 인사과로 달려갔고, 난생처음 골드카드라는 것을 발급받았다. 출장을 다녀온 것도 아닌데, 출장 명령을 받은 것만으로 이미 정규직으로 승급한 셈이었다.

퇴근하는 길에 백스터는 일부러 음식점에 가서 저녁을 사 먹고 방금 받은 카드로 지불했다. 고맙습니다, 손님. 계산대의 직원이 영수증과 함께 카드를 돌려주며 말했다. 결제는 문제없이 처리되었다. 신기했다. 그의 이름이 늘씬하게 기록된 그 골드카드는 틀림없이 그의 소유였다. 꿈이 아니었다. 그는 우쭐하여 생맥줏집으로 갔고, 맥주 한 잔과 안주 한 접시를 주문하여 천천히 먹고 마셨다. 한모금 마실 때마다 나는 골드카드 소지자다, 골드카드 소지자다, 하고 생각하며 좀 더 의젓하고 좀 더 당당하게 술집 안을 둘러보았다. 역시 카드로 지불했다. 종업원은 90도로 허리를 꺾으며 인사를 했다. 안녕히 가십시오. 또 오십시오, 손님. 상의 안주머니에 간직한 카드가 갑옷처럼 든든했고, 그의 발걸음은 장수처럼 늠름했으며, 세상은 더없이 아름다웠다.

며칠 동안 백스터는 하루 24시간 발기한 듯한 고양감 속에서 살았다. 세상과 사랑에 빠진 것 같았다. 전철을 탈 때에도 버스를 탈 때에도 누구에게든지 이것이 단순히 장판이 아니라 골드카드라는 것을 알려주고 싶었다. 장판을 들고 전철에 오르는 사람을 보면 사람으로 보이지 않았다. 불과 2, 3일 사이의 변화였다.

보름 뒤 그는 멕시코로 가는 여객기에 올랐다. 일행은 백스터와 더스틴, 강태기 전무, 그리고 한창수 회장, 또 한 사람의 중년 남자와 젊은 여자, 이렇게 여섯이었다. 공항에서 마주친 강 전무가 회장님께 인사드려, 하고 말한 순간 백스터는 얼어붙었다. 한 회장이 그를 보는 듯 마는 듯 시선을 옮겨버린 것은 백스터를 위해서는 오히려 다행이었다. 성마르고 피로한 안색에 뺨이 부어 욕심스러운 인상의 한 회장은 썩은 사과처럼 입술이 시커멓게 타들어가고 있었다.

더스틴은 멋진 로고가 새겨진 푸른 셔츠를 멋들어지게 차려입고 있었다. 백스터는 자신의 후줄근한 검정 티셔츠를 내려다보며 다림질이라도 해 입을 걸 그랬나, 하고 생각했다. 가방 안에는 제법 깨끗한 옷이 들어 있었으나, 갈아입을 곳을 어디에서 찾을 수 있을지 걱정스러웠다.

백스터와 더스틴은 이코노미석에, 다른 네 사람은 비즈니스석에 탑승했다. 거대한 몸집을 지닌 백스터에게 이코노미 좌석은 숨이 막혔다. 거기 몸을 구기박지른 채 열두 시간을 견딜 생각을 하니 벌써 온몸이 결렸다. 그러나 오래지 않아 스튜어디스가 찾아와 그들의 자리를 비즈니스석으로 옮겨주었다. 강 전무가 말했다. 같이 가는데 자리도 같아야지. 더스틴은 머리를 조아리며 말했다. 고맙습니다, 전무님. 나중에 더스틴은 백스터의 귀에 대고 속삭였다. 내가 처음부터 우리 좌석까지 비즈니스석으로 예약했더라면 어떻게 되었을 것 같냐. 건방지다는 소리 들었을 거다. 하지만 이코노미로 해놓으니까 높은 사람이 직접 나서서 비즈니스로 옮겨주잖냐. 이런 게 세상살이라는 거다. 백스터는 무슨 말인지 알아들을 것도 같고 영 모를 소리 같기도 했다. 그러나 기억해두기로 했다. 다 피가 되고 살이 되는 얘기일 것이다. 그는 자신보다 높은 지위를 지닌 모든 사람들의 모든 것들을 존경하고 배울 각오가 되어 있었다.

안전벨트를 풀 수 있게 되자 강 전무는 일행을 한 사람 한 사람 소개해주었다. 정체를 알 수 없었던 중년 남자와 젊은 여자는 의사 유기홍 박사와 간호사 아이리스였다. 아이리스는 육감적 몸매의 미녀였다. 단정한 흰색 원피스에 흰색 구두를 신고, 무릎을 여객기의 담요로 덮고 있었다. 백스터와 더스틴을 향해 고개를 까딱, 했을 뿐, 곧 모니터로 고개를 돌려 거기 펼쳐지는 총격전을 지켜보았다. 골 빈 미녀다, 하고 더스틴은 생각했다. 간호사라니. 천만에. 한 회장의 정부일 것이다. 아무 근거도 없이 그는 그렇게 단정 지었다. 그러자 묘하게 마음이 편했다.

베니토 후아레스 국제공항은 마치 명절 무렵의 시외버스 터미널 같았다. 짐꾼들, 호객꾼들, 장사꾼들, 시골에서 올라온 촌놈들, 그런 것을 구경하러 온 관광객들, 그런 것들 등쳐먹으러 나온 사기꾼들과 도둑놈들은 물론이요, 못마땅한 놈들은 누구건 체포하기 위해 끼어든 형사들과 경찰관들이 얽히고설켜 난장판에 드잡이질에 고함질과 싸움질에 도둑질까지, 벌어지지 않는 일 빼고는 다 벌어지고 있는 것 같았다. 이게 국제공항이란 말이냐. 더스틴이 투덜거렸다. 백스터는 숨이 막혔다. 더위와 먼지, 그리고 이해할 수 없는 요란한 언어와 간판들 때문이었다. 강 전무는 오직 지시할 뿐이었다. 저기, 짐 찾아와. 저기로 나가. 줄을 서야지, 줄을. 회장님 모셔. 앞서 가. 어서.

짐은 어마어마한 규모였다. 커다란 가방이 스무 개가 넘었다. 무게도 엄청났다. 한 손으로 들기가 힘에 부칠 정도의 가방이 열 개 정도였다. 백스터만이 아니라 더스틴 역시 짐꾼에 지나지 않았다. 그들 두 사람은 어깨에 가방을 짊어지고, 양손으로 가방이 가득 쌓인 수레를 밀며, 공항의 인파에 떠밀리며, 강 전무의 지시에 떠밀리며, 사방을 돌아볼 여유도 없이, 진땀을 흘리며, 허둥지둥 분주히 움직였다.

다행히 그들을 마중하는 사람들이 있었다. 멕시코 남자 둘이었다. 강 전무는 키가 작달막하고 뚱뚱한 남자와 반갑게 포옹했다. 몸집이 장대하고 얼굴이 시커먼 또 한 남자는 옆에서 묵묵히 그것을 지켜보고 있었다. 강 전무와 뚱뚱한 남자가 주고받는 현란한 스페인어는 때로는 노래 같고 때로는 악다구니 같았다. 나중에는 귀가 따가울 뿐이었다. 인사가 끝나자 두 남자가 앞장서 공항의 소용돌이를 막무가내로 헤치고 밀어붙이며 걷기 시작했다. 백스터와 더스틴은 일행을 놓치지 않기 위해 손수레를 밀고 끌며 부지런히 뒤따랐다. 짐에 치여 잠깐 머뭇거리다 고개를 들면 이미 일행은 저만큼 인파 속으로 사라져가고 있었다.

그들이 가까스로 도로변에 이르렀을 때 한 회장과 유 박사, 아이리스는 검정 승용차에 올라 혼란스러운 거리 너머로 사라졌다. 그들은 먼지 구덩이 속에 남았다. 이번에는 강 전무와 두 멕시코 남자가 사라졌다. 더스틴의 푸른 셔츠는 구겨질 대로 구겨지고 땀에 젖어 처참한 몰골이었다. 땀이 허리띠로 흘러내려 바지를 적시는 중이었다. 그는 손바닥으로 얼굴의 땀을 훔쳐 길바닥에 뿌리기를 반복했다. 백스터는 손수건을 꺼내 그에게 건넸다. 더스틴은 아, 하고 손수건을 받아 얼굴과 목을 문질렀다. 손수건이 곧 땀으로 흥건해졌다. 이걸 어떻게 하지? 더스틴이 내미는 손수건을 백스터는 가방 손잡이에 묶었다. 가는 동안 마르면 좋고 마르지 않아도 그만이었다. 더스틴이 재빨리 대마초를 말아 내밀었다. 백스터는 반갑게 한 모금 깊이 빨아들였다. 정신이 좀 드는 것 같았다. 더위도 소음도 한결 견딜 만해지는 듯 여겨졌다. 두 사람은 갑자기 백년지기라도 된 듯 믿음직스러운 선배를, 후배를 바라보며 대마초를 나눠 피웠다.

강 전무와 두 남자는 갑자기 다시 나타났다. 그들이 이끄는 대로 가다 보니 노란색 승합차 앞이었다. 거대한 몸집의 남자가 승합차의 트렁크를 열었다. 백스터와 더스틴은 가방을 거기 실었다. 아무도 도와주지 않았다. 강 전무도 두 멕시코 남자도 물끄러미 지켜볼 뿐이었다. 백스터는 자신이 진정 짐꾼으로 따라온 것이라는 사실을 깨달았다. 더스틴 역시 마찬가지 짐꾼이었다. 두 사람이 차에 짐을 모두 옮겨 싣는 데에 30분 이상이 걸렸다. 공간은 비좁고 가방은 크고 무거웠다. 트렁크가 닫히지 않아 가방을 내렸다가 다시 싣기를 거듭한 끝에 겨우 짐을 다 싣고 트렁크의 문을 닫았다. 온몸이 땀으로 젖고, 목이 마르고, 숨이 막히고, 다리가 후들거리고, 현기증으로 눈앞이 어둑어둑해졌다. 더스틴이 작은 소리로 중얼거렸다. 어디 가서 시원한 맥주 한잔 사와라, 하고 고함을 지르고 싶다만…….

백스터 역시 같은 심정이었다. 코 안에서도 입 안에서도 모래 같은 것이 서걱거렸다. 사람과 차 들이 뒤엉켜 벌 떼처럼 웽웽거리는 소리가 귓속에서 어마어마한 크기로 증폭되었다. 쨍쨍한 열대의 햇빛 아래 백스터는 몸살에라도 걸릴 듯한 피로와 부조감(不調感)에 시달렸다. 그들이 차에 오르려 하자 강 전무가 제지했다.

"카트 제자리에 갖다 둬야지."

이번에는 백스터가 혼자 여러 개의 손수레를 밀고 끌고 공항 건물로 향했다. 백년지기가 된 더스틴이 곧 따라와 도와주었다. 백스터는 자신과 더스틴 사이의 넘어설 수 없을 것 같던 차이를 순식간에 없애버린 이 멕시코의 국제공항이 잠깐, 마음에 들었다.

호텔에 들어 짐을 다 풀기도 전에 강 전무는 백스터와 더스틴을 호출했다. 호텔 레스토랑으로 들어서자 강 전무는 두 사람에게 묻지도 않고 맥주를 주문해 건네주었다.

"이곳에서 지내는 동안 작전을 완수할 때까지의 행동요령을 알려주겠다. 잘 기억해두고 따르도록. 첫째, 여기 물 마시지 마. 잘못하면 죽는다. 생수 사 마셔라. 될 수 있는 한 여기 맥주도 마시지 말고. 수입 맥주 마셔."

그는 탁자에 놓인 맥주를 가리켰다. 버드와이저였다. 백스터는 맥주병을 들고 마셨다. 더스틴도 마셨다. 맥주는 미지근했다. 얼음 생각이 간절했다. 그때 강 전무가 말했다.

"얼음 찾을 생각도 마. 그 얼음 뭐로 만들 것 같냐? 미국이 가깝다고 거기서 물 공수해와서 만들 것 같냐?"

그는 맥주를 벌컥벌컥 마셨다.

"밤에 혼자 나가지 마. 둘이서도 나가지 마. 죽어. 알았냐? 코카인, 아편, 암페타민, 메타돈, 그런 거 절대로 하지 마. 여긴 길바닥에 그런 게 널렸다. 죽어. 길에 살인자, 범죄자 들이 널렸어. 조심해. 두 사람이 걸어가면 한 놈은 살인자고 또 한 놈은 범죄자다. 경찰? 특히 경찰 믿지 마. 잘못하면 쥐도 새도 모르게 합법적으로 죽어. 눈하고 귀는 활짝 열어두고, 입은 꽉 다물고 지내. 알았냐? 말을 모르니 입 열어봐야 아무 소용도 없겠지만."

강 전무는 그들에게 호텔 명함을 한 묶음씩 나눠주었다.

"늘 갖고 다녀. 어디를 가더라도 한 장 이상은 꼭 지니고 다녀. 호텔 리셉션에 얼마든지 쌓여 있으니까 한 주먹씩 챙겨. 길 잃어버리면 택시 잡아타고 기사한테 이 명함 내밀어. 말 필요 없어. 택시도 골라서 타. 좀 비싸지만 초록 택시만 타. 싸다고 노란 택시 타지 마. 죽어."

죽어, 죽어, 로 연속되는 강 전무의 행동강령은 10여 분이나 계속되었다. 백스터는 주눅이 들어 눈도 돌릴 수 없었다.

"매일 기상은 0700시, 취침은…… 그날의 작전이 완료되는 시각. 아침 회의 0800시, 저녁 회의는 2000시."

강 전무는 신병들에게 명령하는 중대장처럼 꼼꼼했다. 그러나 막상 백스터와 더스틴은 그들의 작전이 무엇인지 아직 알지 못했다.

"곧 알게 돼. 서두를 거 없어. 너희는 눈 크게 뜨고 입 다물고 내 지시만 따르면 돼."

그는 휴대전화를 꺼내 두 사람에게 하나씩 건넸다. 멕시코산 15달러짜리 제품이었다.

"전화가 오면 어디서든, 자다가도, 먹다가도, 싸다가도 받아. 받기 전엔 죽지도 마."

강 전무는 스스로의 재담에 취해 웃어댔다. 백스터는 그의 얘기를 들을수록 머리가 지끈거렸다. 귀에 탕탕, 못질을 당하는 것 같았다. 맥주 한 병을 다 마시기가 힘겨웠다. 어서 눕고 싶은 생각뿐이었다.

"내 번호, 유 박사 번호, 아이리스 번호, 너희들 번호, 다 들어 있어. 유기홍 박사는 한 회장님 주치의야. 유 박사하고 간호사 아이리스는 회장님 건강 때문에 따라왔어. 마주치면 인사하고, 늘 공손히 대해. 너희도 몸 아프면 아무 약이나 퍼먹지 말고 유 박사나 아이리스에게 상의해. 언제라도 찾아와도 좋고, 전화해서 진단을 받아."

백스터는 몸에 물이라도 끼얹고 싶어 안달이 났다. 그러나 강 전무는 얘기를 끝낼 생각이 없는 것이 분명했다.

"후안하고 페르난도 전화번호도 들어 있어."

후안은 공항에서 만난 두 남자 가운데 키가 작고 똥똥한 사람, 페르난도는 몸집이 거대한 남자였다. 후안이 보스, 페르난도가 졸개였다.

"그 멕시코 놈들도 조심해. 마주칠 때마다 인사해. 후안과 마주칠 일은 별로 없을 거야. 느네들은 페르난도하고 친하게 지내는 게 좋아. 무슨 일 생기면 지체 없이 그 친구에게 연락해. 아무리 사소한 일이라도 모르겠으면 전화해서 물어봐. 단축번호로 저장해놔. 택시를 못 잡겠어? 전화해. 화장실을 못 찾아? 전화해서 물어봐."

알았습니다, 하고 더스틴이 대답했다. 제발 고만하자는 호소였으나 강 전무는 알아듣지 못했다.

"아무리 중요치 않은 일이라도 즉각 나에게 보고하고. 알았냐? 전화 장난감으로 주는 거 아니야. 서울에 전화해서 여자친구랑 노닥거리라고 주는 거 아니라고. 알았어?"

그는 맥주를 더 주문했다. 백스터는 포기하고 맥주라도 마시는 수밖에 없겠다고 판단했다. 강 전무는 할 얘기를 다 하기 전에는 그들을 놓아주지 않을 것이다. 그에게는 할 얘기가 많았다.

"멕시코라는 나라가 어떤 곳인지 잠깐 말해줄까. 여기 오래 있을 건 아니지만, 상식이니까 알아두는 게 좋을 거다."

국가권력이 붕괴되어가는 곳이었다. 국회의원이, 장관이 백주에 범죄자들에게 암살당하거나 납치당했다. 2년 전에는 대통령이 마약 장사꾼들과 연루되었다는 이유로 탄핵당했다. 갱 조직이 도시와 지역을 장악하고 거의 공식적으로 주민들로부터 세금을 걷어가는가 하면, 검사와 경찰 간부 들을 살해하고, 그 아내와 딸 들을 끌어가 강간하고 매음굴에 팔아치우는 일이 벌어져도 주민들은 크게 놀라지 않았다. 수사를 시작해도 오리무중, 아주 가끔 범인이 잡혀도 거리는 안전해지지 않았다. 이 도시와 저 거리를 장악한 갱 조직이 장갑차와 로켓포와 무장헬기를 동원하여 시가전을 벌였다.

"그래도 국경이 남아 있고, 공무원 봉급이 나오는 거 보면 참 신기하잖냐."

도대체 회사는 이런 곳에서 무슨 사업을 하려는 것인가? 백스터는 만일 그의 골드카드의 대가가 이곳에서 배달기사로 일하는 것이라면 어떻게 할 것인지 걱정스러웠다.

"그러니까 후안이나 페르난도 같은 놈들, 정부 공권력보다 더 힘이 셀 수도 있어. 정부에선 못 해도 이놈들은 해낼 수 있거든. 무슨 일이든 일단 상의해."

강 전무는 두 개의 봉투를 꺼내 하나씩 나눠주었다.

"여기, 돈이다. 멕시코 화폐야. 넣어둬. 달러 쓰지 마. 유로도 쓰지 마. 한국 돈도 쓰지 마. 죽어. 도둑놈들 눈에 띄면 그 자리에서 골목으로 끌려 들어가 최소한 실종이야. 카페나 음식점 들어가면 팁 듬뿍듬뿍 줘. 돈 아끼지 마. 그게 목숨 아끼는 길이니까. 돈 떨어지면 언제든 얘기해. 얼마든지 있어. 여권, 작업카드, 잘 간수해. 분실하면 그 즉시 해고, 그날로 추방이다. 여권은 복사해서 가지고 다녀. 원본은 호텔 금고에 맡겨두고. 알아듣냐?"

강 전무가 자리를 비우자 더스틴은 투덜거렸다. 저 사람 육사 출신이라더니 객지 나오니까 성질 나오네. 우리가 군인이냐. 어째서 졸병 다루듯 하냐. 임무는 뭐고 작전은 또 뭐야.

강 전무는 잠시 후 낯선 멕시코 남자를 데리고 돌아왔다. 몸집이 운동선수처럼 당당했다. 그는 자신을 가리키며 나초, 나초, 하고 말했다. 백스터와 더스틴도 각기 이름을 말하고 그와 악수를 했다. 나초의 눈은 하수도처럼 탁했다. 더러운 색깔의 콘택트렌즈라도 쓴 듯 보였다. 그 눈으로 똑바로 직시당하면 몹시 기분이 나쁘고…… 으스스했다. 강 전무가 말했다. 나초 전화번호도 거기 들어 있어. 더스틴이 나초, 나초, 라는 게…… 하고 얘기를 꺼내자 그는 시, 시, 나초, 코메르, 코메르, 하고 반색하며 먹는 시늉을 했다. 두 사람은 백년지기라도 되는 듯 손을 마주 잡고 웃어댔고, 강 전무는 안도하는 표정으로 그것을 지켜보았다.

사건은 바로 그 순간, 조용히, 적어도 백스터가 보기에는 소리 하나 없이, 완벽한 침묵과 정적 속에서 벌어졌다. 자전거 헬멧을 쓴 남자가 하나, 그리고 스타킹 같은 청바지에 검정 등산 모자를 쓴 여자 한 사람이 레스토랑으로 들어와 저편 식탁으로 갈 듯 걸어오더니, 갑자기 남자가 총을 꺼내 나초의 목덜미에 겨누고 발사했다. 나초의 목에서 피가 솟구쳐 올랐다. 그의 상체가 나무토막처럼 쓰러졌다. 여자도 어느새 총을 꺼내 강 전무에게, 백스터에게, 더스틴에게 번갈아 겨누며 고함을 질렀다. 퍼커스! 머더퍼커스! 백스터는 몸이 부들부들 떨려 숨을 쉴 수가 없었다. 으으아아, 금세 비명이 터져 나올 것 같았다. 더스틴은 꼼짝도 못하고 나초의 몸을 지켜보고 있었다.

그 와중에도 백스터는 바의 종업원이 조용히 스탠드 밑으로 사라지는 것을 보았다. 구석에 앉아 있던 네 사람의 일가족이 놀라지도 않은 듯 지극히 자연스럽게 식탁 밑으로 기어들어 이쪽을 외면한 채 기도라도 드리듯 고개를 숙이고 앉아 있는 것을 보았다. 출입구 너머로 보이는 로비의 모든 사람들이 총소리에 잠시 이쪽을 돌아보았다가 곧 일사불란하게 움직여 모습을 감추는 것을 보았다. 그 모든 움직임이 지극히 조용히, 마치 오랜 연습으로 능란히 이루어지는 리허설처럼 진행되었다. 총소리를 들었던가, 그마저 의심스러웠다. 총잡이 남자와 여자는 되돌아서서 빠르지도 느리지도 않은 걸음으로 태연히 걸어나갔다. 탁자에 널브러진 나초의 몸뚱이는 여전히 피를 뿜고 있었으나, 바텐더는 어느새 일어나 이쪽에는 눈길도 주지 않고 칵테일을 만들고 있었고, 구석의 일가족은 아이의 옷을 입히고 떠날 준비를 하고 있었다. 더스틴이 어 씨발, 어 씨발, 하고 투덜거렸다. 강 전무가 말했다. 조용히 해, 이 사람아. 더스틴은 듣지 못한 채 계속 중얼거렸다. 어 씨발, 어 씨발.

강 전무는 전화를 하여 잠깐 스페인어로 얘기를 주고받은 다음, 백스터와 더스틴에게 올라가 있어, 하고 말했다. 백스터는 아직도

112

눈을 이글거리며 알 수 없는 소리를 중얼거리는 더스틴을 끌고 승강기에 올랐다.

샤워를 하고 나온 더스틴은 그제야 정신을 차린 듯 말했다.

"젠장, 환영 인사 한번 요란하네."

그들이 샤워를 마치고 깡통 맥주를 꺼내 한 모금씩 마시고 있을 때 다시 강 전무가 그들을 호출했다. 내려오라는 것이었다. 어디로? 레스토랑이었다. 다시 그곳으로?

레스토랑에는 피의 자취도, 총질의 흔적도 보이지 않았다. 사업가들, 관광객들, 그리고 오입쟁이와 창녀 들이 어느새 군데군데 자리를 차지하고 앉아 스테이크를 자르고, 포도주를 마시는 중이었다.

다른 테이블에 강 전무가 또 하나의 멕시코 남자와 함께 앉아 있었다. 구스만, 하고 그 멕시코 남자는 자신을 소개했다. 몸집이 가늘고 머리가 사정없이 곱슬곱슬한 젊은 남자였다. 강 전무가 말했다. 나초 전화번호 지우고 구스만 전화번호 넣어. 그는 구스만의 전화번호를 불러주었고, 백스터와 더스틴은 번호를 저장했다. 그들은 강 전무의 어떤 말이건 무작정 복종할 각오가 되어 있었다. 이곳이 어떤 곳인지 바로 조금 전 목격했던 것이다.

구스만의 눈은 잔꾀와 장난기로 번들거렸다. 눈동자가 쉴 없이 사방팔방으로 흔들려 사시(斜視)가 아닌데도 사시처럼 보였다. 시종 웃었다. 말을 꺼내면 두 손이 따라 움직여 허공에서 팔랑팔랑 흔들렸다.

페르난도가 들어왔다. 레스토랑 안의 시선이 그에게 일제히 집중되었다가 조심스럽게 흩어지는 것을 백스터는 보았다. 강 전무가 페르난도와 악수를 했다. 백스터와 더스틴이 손을 내밀었으나 그는 거들떠보지도 않고 의자에 앉았다. 너희들 따위와 악수 주고받으며 살 일 없다, 하는 기색을 노골적으로 드러냈다. 진정 그런 자와 악수 주고받으며 살 일이 없었다면 얼마나 좋았을 것인가. 백스터는 그와 눈이 마주치자 얼른 외면했다. 그는 구스만에게 귓속말을 했다. 구스만이 시, 시, 시 미스터, 하고 일일이 대꾸했다. 페르난도는 얼굴이 유난히 검고 눈은 사납고 예리했으며, 콧수염이 지저분했다. 몸집이 육중하고 목이 짧고 굵었다. 더스틴이 중얼거렸다. 저 새끼 수염으로 방석 만들어도 되겠다. 두 개 만들어도 되겠다. 구스만이 더스틴에게 춤을 추고 술을 마시는 흉내를 내며 떠들어댔다. 디비에르테테, 디비에르테테! 강 전무가 일어섰다. 오늘은 얘네들하고 친하게 노는 게 작전이다. 실컷 놀고 와. 꼭 이 두 사람이랑 붙어 다니고.

강 전무는 조금 전 바로 이곳에서 벌어진 일을 까맣게 잊은 것 같았다. 영문을 알 수 없어 그를 쳐다보는 백스터와 더스틴에게 강 전무는 갔다 와, 하고 사라졌다. 더스틴이 나직하게 투덜거렸다. 아, 제기랄.

구스만이 호들갑스레 떠들어대는 소리를 들으며, 살벌한 페르난도의 침묵에 떠밀려 그들은 호텔을 나와 낡은 승용차에 올랐다. 유리창 하나는 고장이 나 올라가지도 내려가지도 않았고, 뒷좌석에는 총구멍 같은 것이 여럿 뚫려 있었으며, 지붕은 차가 구른 적이 있는 듯 여기저기 일그러져 있었다.

악몽처럼 좁고 복잡한 거리를 차는 기우뚱거리며 굴러갔다. 구스만은 운전을 하면서도 두 손을 팔랑거리며 떠들어대기를 그치지 않았다. 페르난도가 가끔 한마디 고함을 지르면 조용해졌으나 곧 다시 떠들어대기 시작했다.

컴컴한 거리 모퉁이에 차가 섰다. 군데군데 창문이 깨어져나간 낡은 콘크리트 건물 앞이었다. 불이 켜진 창문은 하나도 보이지 않았다. 거기 나이트클럽이 있다는 것을 알리는 네온사인이 하나 희미하게 깜빡일 뿐이었다. 깡패 같은 시커먼 녀석들이 지하로 내려가는 계단을 지키고 서 있었고, 그 앞에 사람들이 줄을 지어 늘어서 있었다. 페르난도가 우뚝 서서 거만하게 지켜보는 가운데, 구스만이 입구를 지키는 놈들과 하이파이브를 하고, 어깨를 치고, 포옹을 하며 요란하게 인사를 교환한 끝에 그들 일행은 그 긴 줄과 상관없이 계단을 내려갔다.

험상궂은 콘크리트가 그대로 노출된 엉성하고 넓은 공간이었다. 벽을 따라 계단을 만들고, 난간을 만들고, 복도를 만들고, 바를 설치하고, 탁자를 예닐곱 개 설치하고, 중앙에 무대와 플로어를 꾸몄을 뿐이었는데, 사람들이 들끓고 있었다. 요란한 비트와 굉음이 머리를 꿰뚫을 듯 날카롭고 무거웠다. 자극적인 조명이 눈 속을 파고들자 시차적응에 실패한 젊은 한국인들의 지각신경이 비명을 질러댔다.

그들은 벽에 의지한 탁자에 자리 잡았다. 가슴과 허리만을 겨우 가린 멕시코 여자들이 나타나 환호하며 더스틴과 백스터 옆에 끼어앉고, 페르난도는 비로소 더스틴과 백스터를 쳐다보며 잔을 들어 건배를 제안했고, 여자들까지 한꺼번에 독한 위스키를 마셨고, 여자들은 일도 없이 우아, 환호하기를 즐겼으며, 더스틴과 백스터는 여자들에게 이끌려 춤을 추러 나갔고, 산드라와 벨린다는 둘 다 검은 피부에 커다란 눈, 커다란 코, 어마어마한 엉덩이와 가슴을 지니고 있었으며, 그 커다란 엉덩이와 가슴을 있는 대로 휘저어대며 춤을 추었고, 산드라는 백스터의 귀를 핥을 듯 입술을 붙이고, 영어와 스페인어를 뒤섞어, 미국에서 일주일 전에 추방되었다고, 다시 돌아가야 한다고, 돈을 벌어야 한다고 말했고, 100달러를 빌려달라고 했으나, 백스터는 그 순간 달러 쓰지 마, 죽어, 하던 강 전무가 생각났고, 그래서 없다고, 달러는 없지만 페소는 줄 수 있다고 말하자, 산드라는 실망하여 그의 귀를 깨물었고, 구스만과 페르난도는 틈만 나면 건배를 제안했고, 그 바람에 백스터와 더스틴은 잠깐 사이에 금세 취해버렸고, 구스만이 대마초를, 페르난도가 코카인을 권했고, 백스터는 코카인을 거절했으나 더스틴은 거절할 수 없었고, 어쨌건 그들은 잠시 후에는 대마초를, 코카인을 들이켜고 또 들이켰으며, 허공에 코카인 가루가, 대마초 연기가 가득한 듯 여겨졌으며, 산드라가 이끄는 대로 백스터는 비좁고 캄캄한, 방인지 창고인지, 아니면 그냥 복도인지 알 수 없는 곳으로 들어갔고, 튀긴 고기와 마늘과 위스키와 곰팡이와 땀과 오줌 냄새에 찌든 소파에서 벌거벗은 산드라의 거대한 젖가슴에 매달려 쥐처럼 재빨리 섹스를 해치웠고, 콘크리트 벽이 무너져 내리는 것 같은 요란한 음악이 그들이 헐떡이는 소리를 지웠으며, 산드라가 으으아아, 신음하자 옆 방에서 누군가가, 어쩌면 구스만이, 어쩌면 더스틴이, 어쩌면 벨린다가, 어쩌면 그들 모두가 발정한 고양이들처럼 요란하게 소리를 내질렀고,

아니, 신음이 아니라 노래인 것 같았으며, 아니, 노래가 아니라 비명인 것 같았고…….

　탁자로 돌아갔을 때 더스틴이 물었다. 했냐? 백스터가 대답했다. 네. 미친놈. 했어요? 더스틴은 찜찜한 낯으로 그렇다고 대답했다. 백스터가 물었다. 콘돔은? 너 콘돔 가져왔냐? 산드라가 갖고 있던데요. 벨린다는 그런 거 안 갖고 다니더라. 유 박사한테 독한 약 좀 달래서 드세요. 젠장. 기분 드럽다. 구스만이 다가와 손짓 발짓과 함께 떠들어댔다. 결국 그가 하는 말은 이런 뜻이었다. 저년들 엉덩이와 가슴이 어째서 저렇게 큰지 아냐? 뱃살을 뜯어내서 엉덩이랑 가슴에 쑤셔 넣었다더라. 백스터는 기분이 더욱 더러워졌다. 그러니까 그가 매달려 얼굴을 문질러댄 그것이 젖가슴이 아니라 뱃살이었다는 뜻이었다. 그들의 표정을 보며 구스만은 신이 나 킬킬거렸다.

　그들은 다시 술을 마시기 시작했으나 백스터의 기억은 거기에서 중단되었다. 깨어났을 때 그는 멕시코에 도착한 지 하루가 지났는지 이틀, 사흘이 지났는지도 온전히 생각나지 않았다. 산드라, 벨린다, 구스만 등과 함께 멕시코시티의 캄캄한 진창길을 끝도 없이 헤매고 다닌 기억이 나는 것 같았고, 그러나 그것이 꿈인 것 같기도 했다. 더스틴은 침대에 엎드린 채 물었다. 너 했냐? 네. 누구랑? 이름이 뭐더라? 사만타? 산드라? 팀장님은 했어요? 아, 하지 말걸. 유 박사님한테 독한 약 좀 지어달라 하세요. 그렇게 말하다 말고 백스터는 언젠가, 불과 얼마 전에 같은 말을 더스틴에게 한 적이 있다는 것이 기억났다. 언제였는지는 기억나지 않았다. 무슨 약? 더스틴이 물었다. 무슨 약인지 백스터는 알 수 없었다. 왜 약을 먹어? 왜 약을 먹어야 할까. 백스터는 알 수 없었다. 어떻게 팀장과 그런 식의 격의 없는 얘기를 주고받을 수 있게 되었는지도 짐작이 가지 않았다. 어쩌면 순전히 착각일 뿐인지도 모른다는 생각도 들었다. 백스터가 물었다. 우리가 여기 온 게 어젭니까? 오늘이 며칠이냐? 날짜변경선을 넘어와선지 뭐가 뭔지 모르겠다. 날짜변경선을 수십 번 넘나든 것 같습니다, 팀장님. 더스틴은 휴대전화를 꺼내 들여다보았다. 거기 찍힌 숫자가 무의미하다는 것을 그는 곧 깨달았다. 29일이면 어떻고 30일이면 어떻다는 것이냐. 시간이 모래처럼, 먼지처럼, 그 아무것도 아닌 것처럼, 피부 바로 바깥에서, 눈가에서, 손끝에서 흩어져가는 것 같았다. 그와 더불어 현실감도, 그들 자신도 그렇게 부서져 내리는 것 같았다. 그들이 이 꼴이 된 것을 보면 여기 온 지 한 서너 달은 지난 것 같았다.

강 전무는 이번에는 호텔 라운지로 그들 두 사람을 호출했다.

"그놈들이 하자는 대로 해. 먹자면 먹고 마시자면 마시고 놀자면 놀고. 회사가 다 돈 지불한 거니까 너희들은 즐겨."

그렇게 다시 더스틴과 백스터는 구스만과 페르난도에게 맡겨졌다. 오후의 태양은 뜨거웠고, 대기에 가득 찬 먼지가 숨을 쉴 때마다 허파에 밀려드는 것 같았으며, 입 안이 햇빛으로 바삭바삭 말라 비스킷처럼 부서지는 것 같았다. 택시와 승용차와 버스와 그 경적소리와 차들에 덤벼드는 승객들과 짐꾼들과 행인의 팔을 무작정 잡아끄는 택시 운전수들과 그 사이를 요리조리 뚫고 다니며 물을 팔고 꽃을 팔고 담배를 파는 아이들과 수상쩍은 표정으로 알 수 없는 약물을 꺼내놓는 소년과 행인들의 손가방을 낚아채 달아나는 날치기와 급히 그들을 추격하는 깡패와 경찰과 노골적으로 그들의 발을 거는 공범 들이 뒤섞여 거리는 당장에라도 폭발할 듯 부글거렸다.

구스만은 노점에서 파는 타코를 사서 그들에게 나눠주었다. 한국에서 온 두 남자는 고기 국물이 뚝뚝 떨어지는 타코를 베어 먹으며 두 사람의 멕시코 깡패를 따라 부글거리는 거리 속으로, 온 세상의 상품들이 다 모여든다는 멕시코시티의 거대한 테피토로 걸어 들어갔다. 구스만은 영어와 스페인어를 섞어가며 열심히 떠들어댔다. 카다 투리스타 테피토, 투어리스트 패이버리트, 어쩌고 하는 말로 보아 관광객들이 이곳 시장을 제일 좋아한다는 얘기인 것 같았다. 백스터는 말해주고 싶었다. 우린 관광객 아니다. 지쳐 쉬고 싶은 회사원이다. 구스만은 어린 여자애들은 이따가 만나러 가자고 떠들어댔다. 무슨 얘기인지 알아들을 리 없는 백스터와 더스틴은 무작정 시, 시, 하고 고개를 끄덕였다. 더스틴은 휴대전화에 통역 앱을 설치하고 급히 몇 마디 얘기를 한 다음, 그것을 구스만에게 들려주었다. 구스만은 때때로 시, 시, 하며 듣고 알앤알, 알앤알, 하고 떠들어댔으나 그뿐이었다. 그들은 프로그램대로 움직이는 기계 덩이 같았다.

어디선가 요란스레 폭죽이 터지고, 오토바이가 굉음을 울리며 그들 곁을 스쳐 달리고, 자동소총으로 무장한 경찰관 대열이 모퉁이를 돌아 행진하고, 그 바람에 백스터가 기겁을 하여 뒷걸음질하다가 구스만의 비웃음을 사고, 온 세상의 중고품 운동화들을 다 모아놓은 듯한 가게에서 운동화들이 온 세상의 먼지와 함께 길바닥으로 쏟아져 내리고, 청바지 가게에서 켜놓은 커다란 음악에 맞춰 배와 가슴과 엉덩이가 불룩한 중년의 남녀가 손을 붙잡고 허리를 붙안고 춤을 추고, 노점 앞에서 젊은 여자가 불쑥 나타나 더스틴의 얼굴에 대고 타코가 얼마, 하고 소리를 질러댔다.

결국 구스만이 찾아 들어간 곳은 봉제완구 노점과 티셔츠 가게, 색안경을 파는 트럭 사이 옹색한 공간에 파라솔을 펴놓고, 그 밑에 플라스틱 탁자와 의자를 늘어놓은 노점이었다. 페르난도 한 사람이 들어가 앉자 가게가 가득 찼다. 그 옆에 백스터가 그 거대한 몸뚱이를 앉히자 가게 안에는 더 이상 빈틈이 없었다. 플라스틱 의자가 비명을 지르더니 깨어져버려 백스터는 뒤로 나동그라졌다. 더스틴과 구스만은 킬킬거렸으나 페르난도는 손을 내밀어 그를 일으켜 세웠다. 그가 백스터의 뱃살을 툭툭 두들기더니 엄지손가락을 번쩍 치켜들며 말했다. 따봉! 구스만과 더스틴은 사탕수수 주스를, 페르난도는 맥주와 메뚜기볶음을, 백스터는 커피를 주문했다. 물을, 얼음을 먹지 말라는 강 전무의 말이 생각나 그는 진땀을 흘리면서도 뜨거운 커피를 마셔야 했다.

지저분한 청바지를 입은 젊은 녀석 둘이 다가와 구스만과 페르난도에게 정중하게 인사를 건넸다. 부에나스 타르데스. 구스만은 그들에게 맥주를 한 병씩 사주었고, 그들은 낯선 한국인들을 흘끗거리며 단숨에 맥주를 마셔치웠다. 갑자기 페르난도가 물었다. 스페인어와 영어를 섞어 뭐라 뭐라 떠드는데 알아들을 수가 없었다. 더스틴이 고민 끝에 그 질문을 해석했다. 이 자식이 아이리스가 예쁘다고 하는 것 같은데. 보스의 깔치냐고 묻는 것 같아. 그는 아니라고, 아이리스는 간호사라고 말했으나, 페르난도는 알아듣지 못했다. 손짓 발짓을 해도 소용이 없었다. 주사 놓는 시늉을 하면 구스만은 드럭, 코리안 러브 히로뽕, 하고 물었고, 메스로 배를 가르는 흉내를 내면 엉뚱하게 섹시, 섹시, 하고 소리쳤다. 휴대전화를 꺼내 통역을 불러내려고 하면 어김없이 손을 휘둘러 피했다. 두 청년은 페르난도에게 예의를 갖춰 인사를 하고 먼지 구덩이 속으로 사라졌다. 아직 아이리스의 정체를 이해하지 못해 의문에 사로잡힌 페르난도의 무릎을 스치며 차들이 지나가고, 경적을 울려대고, 상인들은 허공에 대고 소리를 지르고, 군데군데 가게에서 켜놓은 음악들이 뒤엉켜 기괴한 소음을 만들어냈다.

의사소통이 되지 않는 대화가 중단되었다. 백스터는 커피를 쏟아버렸다. 정신을 차려보니, 커피 맛이 탄 종이 맛이었다. 구스만이 사탕수수 주스를 권했다. 먹을 만해요? 더스틴은 침울한 낯으로 그렇다고 대답했다. 백스터는 사탕수수 주스를 한 잔 주문했다. 지금 할 수 있는 일이란 그것 외에 아무것도 없는 것 같았다. 더스틴이 갑자기 큰 소리로 물었다. 구스만 저거 몇 살이나 됐을 거 같냐? 스물하나쯤? 내가 보기엔 스물도 안 됐다, 저 양아치 새끼. 어린놈이 어른한테 욕질이나 하고. 구스만과 페르난도가 주의 깊게 그를 살피고 있었으나, 더스틴은 그치지 않았다. 저놈 크면 뭐가 되겠냐. 크기나 하겠냐. 어른도 되기 전에 총알 먹고 시궁창에 코를 박고 자빠질 거다, 아마. 페르난도가 물었다. 아이리스? 아이리스? 더스틴은 그것도 못마땅했다. 이 새끼들이 집단으로 아이리스한테 반한 거냐, 뭐냐. 깡패 새끼들. 그는 휴대전화를 꺼내 간호사, 하고 크게 외친 다음, 거기 떠오른 스페인어를 페르난도의 눈에 들이밀었다.

엔페르메라! 그제야 페르난도는 고개를 끄덕였다. 오, 엔페르메라.

그때 페르난도의 전화벨이 울렸다. 그가 전화를 받자마자 전화기 속에서 비명 같은 소리가 터져 나왔다. 그는 전화를 끊자 벌떡 일어나 다짜고짜 구스만의 목덜미를 후려쳤다. 구스만은 의자에서 나자빠졌다. 페르난도가 고함을 질러대며 구스만을 발로 걷어찼다. 구스만은 허둥거리며 일어나자마자 두 한국인에게 아웃, 아웃, 고, 고, 하고 소리쳤다. 페르난도는 그 큰 몸집을 기우뚱거리며 뛰기 시작했다. 구스만은 거듭 백스터의 등을 떠밀며 소리쳤다. 아웃, 아웃!

그들이 허겁지겁 차를 세워둔 대로변에 이르렀을 때였다. 따당, 따당, 총성이 터져 나왔다. 행인들이 그 자리에 엎어져 사방을 두리번거렸다. 페르난도와 구스만은 엎드리지 않았다. 발걸음을 재촉할 뿐이었다. 백스터와 더스틴이 놀라 멈춰 서자 구스만은 그들을 떠밀며 재촉했다. 바로 지척에서 총성이 몇 발 더 들리더니, 타타타타, 자동소총이 난사되고, 무엇인가가 폭발하는 소리가 이어졌다. 골목골목에서 무장한 경찰관들이 나타나 총성이 들리는 쪽으로 달려갔다. 장갑차가 어느새 나타났고, 무장한 경찰관들이 뛰어내려 시장으로 달려 들어갔다. 더스틴이 중얼거렸다. 이러다 우리 여기서 총 맞아 뒈지는 거 아니냐.

구스만이 운전을 시작하여 테피토 영역을 벗어나기까지 페르난도는 입을 꾹 다물고 창밖을 살폈다. 창밖으로 테피토 전철역이 스쳐가자 갑자기 그는 고함을 지르며 구스만의 목덜미를 무자비하게 내리쳤다. 한 번, 두 번, 세 번……. 구스만은 메 두엘레, 메 두엘레, 하고 소리칠 뿐 피하지도 않았고 저항하지도 않았다. 페르난도가 팔을 휘두를 때마다 허리춤에 꽂힌 권총이 드러났다. 백스터는 기가 질렸다. 더스틴이 머리를 설레설레 저으며 속삭였다. 난 그거 시장에서 벌써 봤다. 이 새끼들 살인자들 아니냐?

그날 밤, 미국의 폭스 뉴스가 몇 시간 전 테피토에서 벌어진 일이 무엇이었는지를 설명해주었다. 멕시코시티의 갱들이 경찰을 습격했다. 다섯 명의 경찰이 피살당하고 아홉 명이 부상당했다. 이어서 벌어진 총격전에서 갱 조직원 여섯이 죽고 열두 명이 부상당했으며, 스물세 명이 체포되었다. 최근 경찰이 벌이고 있는 갱들에 대한 수사에 불만을 품고 갱들이 저지른 짓이라는 것이 기자의 관측이었다. 테피토의 주민 일부는 경찰과 갱 조직 사이의 이권 다툼에서 벌어진 싸움이라고 주장했다. 오 해피 데이, 라는 프린팅이 빛나는 티셔츠를 입은 뚱뚱한 여자는 두 손을 휘저어대며 불만을 토로했다. 우린 세 군데 세금을 냅니다. 나라에, 경찰에, 갱에. 그러니 먹고살기가 점점 힘들어질 수밖에요. 경찰과 갱 조직 사이의 전면전으로 악화될 소지가 있다는 예측으로 보도는 끝을 맺었다.

"페르난도는 이미 알고 있었던 것 같습니다."

묵묵히 듣고 있던 강 전무가 말했다.

"위험수당 500퍼센트로 올리자."

"고맙습니다, 전무님."

"저놈들 조직이 헤수스다. 멕시코시티 3대 갱 조직 가운데 가장 클 거다."

그런데 강 전무는 어떻게 그런 갱들과 손이 닿은 것인가? 그들과 더불어 무슨 일을 하려는 것인가?

123

"후안하고 내가 웨스트포인트 동기야."

웨스트포인트라면 미 육군사관학교 아닌가? 객쩍은 농담 같았다.

"물론 후안이나 나나 정규 과정이 아니라 특수 과정 생도였어. 거기서 죽이 맞아 친하게 지내다가, 각기 귀국한 뒤에도 가끔 연락 주고받으며 살았지. 벌써 10여 년 전 얘기다."

그러니까 후안 역시 멕시코 육군 장교였다는 것인가?

"그럼. 전도유망한 청년 장교였지. 그런데 오랜만에 소식 들으니까 헤수스의 우두머리가 되어 있더라니까."

유망한 청년 장교가 몇 년 사이에 갱 두목이 되어 경찰관들을 습격할 수도 있다는 것을 한국의 예비역 소령 강태기는 어렵지 않게 현실로 받아들이는 것 같았다.

"나도 놀라긴 했다만, 이곳이 그런 사회인가 봐."

어쩌면 그런 것이 이곳 젊은이들이 동경하는 출세의 과정인지도 모른다. 육군사관학교, 장교 임관, 미 육사 특수 과정 유학, 귀국, 그리고 승진하여 장군이 되거나, 그게 안 되면 다른 조무래기 갱들을 싹쓸이 해치우고 새로운 갱 조직을 만들어 우두머리가 되거나. 크게 다를 게 없는 것일까.

"게네들 총도 품고 다니던데요."

강 전무는 웃었다.

"이런 데선 나라도 총 품고 다니지. 무슨 일이 벌어지는 곳인지 봤잖아. 게다가 그놈들이 갱들이라니까."

"그냥 우리끼리 다니면 안 되나, 싶은 생각도 들구요."

강 전무는 물끄러미 두 남자를 쳐다보다가 물었다.

"서울로 돌아가고 싶냐?"

더스틴은 기대에 차서 강 전무를 바라보았다. 그는 우물쭈물 중얼거렸다. 꼭 그런 건 아니지만…….

"가고 싶으면 말만 해. 당장 비행기표 끊어줄 테니까. 가고 싶어?"

"죄송합니다, 전무님."

강 전무는 일장 연설을 늘어놓았다. 출장이다, 출장. 잊지 마. 아직 우리 작전은 시작도 되지 않았다. 여기 와서 너희가 한 일이 뭐가 있냐? 관광도 힘들더냐? 노는 것도 힘들어? 그렇다면 돌아가라. 서울에는 여기 오고 싶다는 사람들이 줄을 서 있다. 작전을 준비하는 과정이 있고, 작전이 있고, 후처리가 있고, 마침내 철수가 있다는 것을 모르는가? 나와 유 박사가 요즘 무슨 일을 하고 다니는지 알기나 하는가? 나나 유 박사라 하여 저 깡패 새끼들 상종하는 것이 아주 기분이 흐뭇한 줄 아는가?

그 말을 듣자 백스터의 눈앞에 서울, 저 서울클라우드익스프레스의 굳게 닫힌 철문, 그 문이 열리기를 기다리며 몇 시간이나 발끝으로 뭉개 다지던 진흙 바닥, 을씨년스러운 주차장과 낡은 트럭들, 매번 배달 때마다 발급받는 장판 카드, 그 장판과 운전대를 목숨처럼 소중히 움켜쥐고 오가던 저 길고 어둡고 지루한 도로들, 그 장판마저 빼앗기고 회사를 나설 때의 허전함, 무비베드에 들어가 천장의 텔레비전에서 흘러나오는 포르노를 쳐다보며 뒤척이던 저 막막하던 밤들…… 그런 것들이 한순간에 모조리 떠올랐다. 안 될 일이었다. 그는 발급받은 지 한 달이 채 지나지 않은 골드카드를, 그것으로 할 수 있는 모든 일들을 상기했다. 돌아가다니? 그는 큰 소리로 말했다. 아닙니다, 전무님. 그는 목숨을 걸고 다시 한번 말했다. 돌아갈 생각 없습니다. 더스틴은 고개를 숙인 채 중얼거렸다. 죄송합니다, 전무님. 제가 생각이 부족했습니다.

강 전무는 책임감, 충성심, 서울클라우드익스프레스의 미래와 운명에 대해 장광설을 늘어놓은 끝에 결론을 맺었다.

"끽소리 말고 가서 기다려. 기다리는 것도 업무야. 놀고, 술 퍼먹고, 오입질하고. 무슨 불평이야? 평생 이런 기회가 또 올 줄 아나? 이놈들이 무슨 복이 굴러들었는지 알아보지도 않고 불평이네. 알아들었으면 썩 꺼져."

강 전무의 방에서 나오자 더스틴은 괜히 백스터의 어깨를 떠다밀었다. 말 꺼냈다가 본전도 못 건졌다. 그는 킬킬거렸다. 오입이나 열심히 합시다. 백스터가 받아넘겼다. 그래, 평생 할 오입 이번에다 하고 가자. 백스터는 아무도 없는 복도에 대고 소리쳤다. 구스만이놈아, 어딨냐. 손님 모셔라.

교외의 오래된 개인 병원을 송두리째 빌린 것은 후안이었다. 병원의 의사에서부터 청소부와 수위까지 모든 직원들을 깨끗이 내쫓은 것은 페르난도와 그의 졸개들이었다. AK 자동소총과 권총, 마체테로 무장하고 모든 출입구를 봉쇄하여 출입을 막은 것도 그들이었다. 그렇게 수술실, 수술 장비와 약품 일체가 마련되었다. 서울에서 공수해온 의료 로봇을 조립한 것은 아이리스였다. 아담을 거기 데려다 놓은 것은 구스만이었다. 나흘 전 오후 이 병원 2층의 한 진료실에서 유 박사에게서 건강검진을 받고 혈액검사를 받은 바로 그 소년이었다. 아담은 이튿날부터 매일 맥도날드의 슈퍼맥 세트와 사탕수수 콜라를 킹사이즈로 얼마든지 먹을 수 있으리라는 기대에 부풀어 조용히 유 박사를 기다리다가 그에게 몸을 맡겼다.

소년을 마취한 것도, 그의 배를 가른 것도 물론 유 박사였다. 겸자를 설치하고, 배춧속처럼 깨끗하고 싱싱한 간을 반쯤 절단하고, 팩에 보관하고, 신속히 밀봉했다. 마취당한 소년은 내내 평화롭게 호흡했다. 당연했다. 마취란 그런 것이니까. 어려울 것은 없었다. 서울에서도 늘 하던 일이었다. 평생을 해온 일이었다. 아이리스가 거들었다. 그녀 역시 침착하고 능란하게 수술에 임했다. 늘 해온 일이었으니까. 유 박사가 그녀를 가장 신임하는 이유였다. 언제나 조용하고 대담했다. 한발 앞서 준비하고 대처할 줄 알았다. 의료 로봇을 능란하게 다루었다. 그녀라면 한 명만으로도 부족할 것이 없었다.

의식을 잃은 소년의 몸을 구스만이 바퀴침대에 실어 복도로 끌어냈다. 그는 길고 어두운 복도를 지나, 승강기에 침대를 실어 주차장에 이르자 혼자서 병원 앰뷸런스에 침대를 옮겨 싣고, 텅 빈 변두리의 캄캄한 거리로 사라졌다. 운전을 하는 동안 그는 내내 휘파람으로 〈라쿠카라차〉를 불러댔다.

이식수술은 여섯 시간 만에 끝났다. 유 박사는 기다리던 강 전무에게 말했다. 됐어요. 끝났습니다. 강 전무가 그의 가운을 벗겨주었고, 두 사람은 굳게 포옹했다. 이미 창밖이 훤했다. 그들은 서로 말했다. 고맙습니다. 수고하셨습니다. 이제 푹 쉬어요.

"아담은 어디 있어요?"

아이리스가 물었으나 유 박사는 듣지 못한 채 가벼운 발걸음으로

127

수술실을 떠났다.

여전히 마취에서 깨어나지 못한 채 한 회장은 앰뷸런스에 실려 호텔로 돌아왔다. 페르난도가 운전했다. 호텔 주차장에서부터는 백스터와 더스틴이 한 회장이 실린 바퀴침대를 운반했다. 강 전무는 조심해, 천천히, 하며 옆에서 종종걸음으로 쫓아왔다. 후안은 호텔에서 기다리고 있었다. 오케이? 그가 물었고, 오케이, 강 전무가 엄지손가락을 번쩍 추켜올리며 대답했다. 유 박사 옆에서 따라오던 아이리스를 후안이 유심히 살펴보았다. 그녀는 유 박사와 함께 승강기 속으로 사라졌다. 후안이 강 전무에게 물었다. 키에네세라? 엔페르메라? 강 전무가 대답했다. 맞아. 간호사. 후안은 잠시 후 제법 진지한 낯으로 고개를 저었다. 노, 노. 엘라 예수나 벨레사. 강 전무는 웃어댔으나 후안은 웃지 않았다. 벨레사, 벨레사, 하고 다시 반복했다. 그것은 뷰티, 미녀라는 소리였다. 후안의 눈빛은 몽롱했다. 총기(聰氣)도 사나움도 보이지 않았다. 초점이 온전히 맺히지 않은 듯한 눈. 그러나 그 눈을 잠시라도 자세히 들여다본 사람은 곧 거기 담긴, 온 세상에 대한 무자비한 무관심을 발견하고 소름이 끼쳤다.

유 박사와 아이리스는 한 회장 옆에 붙어 앉아 날밤을 새웠다. 유 박사는 소파에 누워 잠깐씩 눈을 붙였으나 미녀는 꼬박 이틀을 새웠다. 아이리스는 한두 번 눈물을 흘렸으나 그것이 무슨 의미인지는 그녀 자신도 알지 못했다. 강 전무와 후안은 낮부터 시작하여 호텔 바에서 밤늦게까지 옛날 웨스트포인트 시절을 얘기하며 술을 마셨다. 당시 양키들이 때로는 은밀히, 때로는 노골적으로 저지른 인종차별 행위에 대해 얘기할 때는 둘 다 또다시 화가 치밀어 목청이 높아졌다. 지금도 다를 거 하나 없어, 하고 후안은 단언했다. 그야 물론이지. 강 전무도 맞장구쳤다. 저기 멕시코-미국 국경에서 사람이 얼마나 죽어가는지 알아? 거기 미국 놈들이 드론을 설치하고, 안드로이드 전투병들을 배치했다는 걸 알아? 안드로이드는 뭐든 움직이기만 하면 그냥 쏴. 그는 부르짖었다. 이건 인종 말살이라고. 제노사이드야. 해마다 수천 명이 거기서 죽어. 기계가 사람을 쏴 죽인다니까. 강 전무는 고개를 끄덕였다. 여전히 한 줌밖에 안 되는 와스프 새끼들이 세상을 좌지우지하고 있어. 장관이니 뭐니 하는 것들은 그 미국 놈들 좆 빨기 바쁘고. 우린 거기 저항하지 않으면 안 돼. 후안은 흥분하여 탁자를 내리쳤다. 그들에게 서비스하기 위해 바의 직원 다섯 명이 퇴근을 하지 못한 채 기다렸다. 백스터와 더스틴, 구스만과 페르난도 역시 테피토 근처 클럽에서 밤새워 술을 마시고 춤을 추고 어린 여자애들을 괴롭혔다.

출장은 성공적으로 끝나는 듯 여겨졌다. 이튿날 더스틴은 호텔 식당에서 시리얼을 우유에 말아 들이마시며 홀가분한 표정으로 말했다. 이제 돌아가는 일만 남은 셈이다. 백스터도 그렇게 믿었다. 마침내 이놈의 데에서 벗어나 서울로 돌아가 저 아름다운 골드카드를 자랑스럽게 휘두르고 다닐 수 있게 될 것이다. 그러나 그들의 기대와는 달리 서울로 돌아가는 길은 멀고 험했다.

7

어디 가? 어디 가는데?

그녀를 생각하면 가장 먼저 떠오르는 것이 그 아이 같은 질문이었다. 안 가. 그가 대답해도 그녀는 다시 물었다. 어디 가? 그는 웃었다. 말간 얼굴에 그린 듯 선명한 그녀의 눈과 입술을 바라보는 것만으로도 그는 충분히 즐거웠다. 어디 가? 그녀가 또 묻고 또 웃었다. 그 웃음소리, 갓 씻은 딸기처럼 싱그러운. 한동안 그녀는 진정 그렇게 웃을 수 있었다.

바닷가에는 빈집이 널려 있었다. 그 가운데 하나를 골라잡아 정리를 하고 대강 수리를 하는 데에는 그다지 오랜 시간이 걸리지 않았다. 가게 앞에 버려진 평상을 주워와서 그 위에 이부자리를 올리자 그럭저럭 쓸 만한 침대가 되었다. 해먹도 주워와 집 앞의 나무 그늘에 설치했다. 유리가 깨어져나간 창문에는 비닐을 늘어뜨리고 판자 쪼가리를 덧붙였다. 전기는 끌어올 수 없었다. 근처에 전선이 작동하는 가구가 없었다. 자동차 배터리에 겨우 작은 전구 하나만 연결했다. 화덕을 만들어, 나무토막을 줍고 문짝을 떼어내고 옷장 따위 가구를 깨뜨려 연료로 썼다. 그것으로도 크게 불편한 것은 없었다. 가끔 버려진 차를 찾아 배터리를 떼어오는 일은 매일 24시간이 온전히 그들의 몫인 재선과 지연에게는 성가실 것 없는 심심풀이였다.

갈 데가 없었다. 아니, 어쩌면 갈 데는 너무 많았다. 바닷가, 모래밭, 개펄, 모래바람에 무너져가는 상점, 방치된 펜션과 붕괴되어가는 호텔. 마을의 집들은 모두 비어 있었다. 저희끼리 몰려다니는 개들, 고양이들은 그들을 발견하면 재빨리 달아났다. 자전거로 한 시간쯤 달려야 비로소 아직 사람이 사는 동네가 나오고, 그 동네의 가게에 들러야 라면이나 쌀, 막걸리 따위를 살 수 있었다. 그러니까, 어디 가, 하는 지연의 물음은 장난이거나 놀이였고, 때로는 호소였다. 아무 데도 갈 곳이 없다는 서글픈 확인이었다.

새벽에 해가 떠오를 무렵, 해가 져 어둑어둑할 무렵 그들은 즐겨 몸을 섞었다. 천천히, 소의 되새김질처럼, 서로의 눈을 들여다보며, 서로의 이마에 배어나는 땀을, 눈썹에 맺히는 눈물을 핥으며, 그들은 세상의 모든 시간을 다 소모할 수 있을 것 같았다. 그렇게 오래오래 서로를 탐하고 위로했다. 서로의 몸에서 떨어지는 순간 그만 사라져버리고 말 것만 같은 그것, 지금 오직 그들 둘만이 만들어낼 수 있는 그것을 결코 놓아 보내고 싶지 않았다.

저녁 무렵 재선과 지연은 호미를 하나씩 찾아 들고 펄로 나갔다. 다행히 바다는 조금씩 회복 중이었다. 잠시 자갈을 뒤적이고 펄을

131

뒤적이면 어렵지 않게 맛조개나 세발낙지 같은 것을 찾아낼 수 있었다. 그것들은 잠시 후 국이나 구이가 되어 그들의 저녁 식탁에 올랐다.

처음에는 그들은 먹기 전에 긴장했다. 먹어도 될까? 20년이 더 지났어. 사고가 난 게…… 언제였더라. 그들에게는 휴대전화가 없었고, 그래서 검색해볼 수도 없었다. 기억에 의존해야 했다. 20년 이상이 지난 것은 분명했다. 텔레비전에서 이 지역의 생태계가 되살아나는 중이라는 보도를 본 기억도 났다. 그러나, 먹어도 될까.

그들은 먹기로 했다. 적어도 겉으로 보기에는 조개도 세발낙지도 멀쩡했다. 황홀한 맛이었다. 한번 먹기 시작하자 거리낌도 없어졌다. 맛조개와 세발낙지는 곧 그들이 가장 즐기는 찬이 되었고, 펄은 그들의 무궁무진한 사냥터가 되었다.

서늘한 바닷바람 속에 나가 앉아 조개나 낙지를 구워놓고 마시는 막걸리는 달고 흐뭇했다. 해가 기울 무렵 해먹 위에 몸을 포개듯 누워 바라보는 석양은 아름답고 슬펐다. 그것은 충만이었다. 세상의 모든 것을 버리기로 작정한 뒤에야 비로소 그런 충만을 맛볼 수 있다는 것은 서글펐으나, 그런 충만이 여기 존재한다는 것을, 그들 스스로 만들어낼 수 있다는 것을 깨달은 것은 참으로 다행스러운 일이었다. 그들은 세상의 끄트머리, 세상의 벼랑 끝에 아슬아슬하게 서 있었고, 비로소 저녁놀처럼 충만은 다가왔다.

재선과 지연은 한순간도 후회하지 않았다. 그들에게 실상 아무런 작정이 없다는 것마저 걱정하지 않았다. 아니, 작정이 전혀 없는 것은 아니었다. 최종적 결정, 결정적이고 돌이킬 수 없는 작정을 그들은 간직하고 있었다. 그것은 세계에 대한 복수였고, 그러므로 자신들에 대한 복수이기도 했다. 복수는 무슨. 그저 이놈의 세상 무시해버리는 거야. 이를테면 말 안 듣는 강아지 버리는 것과 별로 다를 거 없어. 복숭아 그릇에 옮겨 담고 복숭아 깡통 버리는 것과 마찬가지야. 복숭아라니. 이 세상이라는 깡통에서 복숭아 같은 것 맛본 적 있어? 글쎄. 지금? 저곳을 버리고 난 뒤에 난생처음. 세계를 떠난 뒤 그들은 비로소 삶을 발견했다. 다시 그곳으로 돌아간다면 그것은 이런 충만감을 버리고, 이 충만을 만들어낼 수 있는 스스로를 파괴하는 짓이었다. 자살보다 더 무의미하고 무모했다.

그래서 그들은 자신들이 피신한 그곳을 세상 끝이라고 불렀다. 세상이 버렸으므로 세상 끝이었고, 세상을 버리기 위해 그들이 찾았으므로 세상 끝이었다.

지연에게 의구심이 전혀 없었던 것은 아니었다. 그녀는 재선이 보물섬에 들어온 것을 후회하지나 않을까, 걱정스러웠다. 그러니까 그녀가 어디 가, 하고 물을 때 그것은 순전히 장난이나 농담만은 아니었다. 그녀가 SS 울트라마켓 PB 제품 가운데 하나가 되어버린 자신을 발견했을 때 그가 나타났고, 그녀는 그를 통해 PB 상표를 떼어 던질 수 있는 길을 찾았다. 그러나 재선에게는 어떨까. 그는 지연을 위해 세상을 버릴 수 있을까. 그녀가 보기에 재선은 PB 상품 같은 처지는 아니었다. 국경을 넘어, 때로는 블라디보스토크까지, 베이징을 넘어 장자커우까지 넘나든 전력이 있는 사람이었다. 어쩌면 블라디보스토크나 장자커우 같은 데 머물러 살 수도 있었을 것이다. 그래서 그가 장작을 구하기 위해 집을 나선다는 것을 뻔히 알면서도 지연은 물었다. 어디 가? 저기. 저기 어디? 모스크바? 아니. 타슈켄트? 아니. 땔감 가지고 올 거야. 언제 와? 금방. 금방 언제? 금방.

이건 뭐지? 재선의 짐 가운데 아주 작은 색동 장갑이 있었다. 색동 양말도 있었다. 앙증맞고 예뻤다. 재선은 굳이 그 양말에, 장갑에 손가락 발가락을 억지로 끼워 넣으려 애쓰는 짓을 즐겼고, 그것을 보며 지연은 웃어댔다. 어머니가 떠주신 거야. 나 어릴 때, 아마내가 갓난아기였을 때 뜬 건가 봐. 어떻게 이런 걸 다 간직하고 있었어? 지연은 감탄했다. 내가 가져도 돼? 재선은 고개를 끄덕였다. 지연은 색동 장갑을 택하고 색동 양말은 남겨뒀다. 이건 당신 거, 이건 내 거. 그 색동 장갑은 지연의 셔츠나 손가방에 매달려 늘 달랑거리며 그녀를 따라다녔다. 때로는 목걸이처럼 목에 걸려 있기도 했고, 때로는 팔찌처럼 손목에서 대롱거렸다.

바다는 바라보는 것만으로도 충분히 흐뭇했다. 비록 그 바다가 완전히 되살아나기 위해서는 앞으로 어떤 세월이 필요할지 아무도 알 수 없다고는 하지만, 바다는 더 이상 검지 않았다. 악취도 사라졌다. 우린 물고기였나 봐. 바다가 이렇게 편안하다니. 지연이 말했고, 그는 웃었다.

만날 시간도, 연애할 시간도 없다는 것을 깨달았을 때 그들은 낙담했다. 재선은 한번 배달을 떠나면 이틀, 사흘이 걸리는 일이 적지 않았다. 지연은 아무리 애를 써봐도 한 달에 두어 번 회사 근처의 무비베드를 이용하는 일을 줄일 수 없었다. 같이 살기로 결정하고 집을 SS 울트라마켓 근처로 옮긴 뒤에도 형편은 별로 나아지지 않았다. 재선이 배달 중에 교통사고를 당해 병원에 한 달 동안 누워 지내는 사이, 지연은 혼자 조용히 결정했다. 그들에게 최악의 장애 물은 직장이었다. 그들이 연인으로서, 혹은 나아가서는, 부부로서 온전히 생활하기 위해서는 직장을 때려치우는 수밖에 없었다. 재선 이 버는 것만으로 생활비가 충분한가? 물론 충분할 리 없었다. 그러 나 두 사람이 번다 하여 생활비가 충분한가? 충분하지 않았다. 그렇 다면 어째서 두 사람이 모두 직장에 시달려야 하는가?

퇴원하여 집으로 돌아온 재선에게 지연이 직장을 그만두겠다고 말하자 그는 묵묵히 앉아 눈을 이리저리 굴리다가 뚜벅 물었다.

"우리 죽어버릴까?"

지연은 곧 알아들었다. 설명이 필요치 않았다. 그들에게 허용된 삶의 방식은 단 한 가지뿐이었다. 그것은 그들 자신도, 삶도 부정해 야만 비로소 가능해지는, 삶이 없는 삶, 이를테면 캄캄한 삶, 삶이 아니라 생존이었다. 삶을 버려야만, 그들 스스로를, 자신의 모든 것 을 포기해야만 비로소 아슬아슬 생존이라는 밧줄에 매달려 있을 수 있었다. 그들 자신을 긍정하려 들면 세계가 그들을 부정했다. 그들 자신이 존재할 틈이 없었다. 세계에는 그들의 삶이 포함될 겨를이 없었다. 그들은 세계에 버림받았고, 세계에 매달려 있는 사이 그들 자신에게서도 버림받았다. 그들 자신을, 삶을 긍정하는 유일한 길 은 이 세계를, 그곳에서의 생존을 부정하는 것이었다. 생존의 밧줄 을 놓아버리는 길뿐이었다. 기묘한 일이지만 명백한 사실이었다.

그래도 앞으로는 좀 더 나아지지 않을까? 좀 더 열심히 일하면?

좀 더 세월이 흐르면? 봉급이 오르면? 승진을 하면? 야당이 집권하면? 대출을 받아 작은 집이라도 마련하면? 아아, 전쟁이라도 나서 확 뒤집어지면? 테러리스트들이 혁명에 성공하면?

천만에. 그들은 알고 있었다. 그런 길은 없었다. SS 울트라마켓에도, 서울클라우드익스프레스에도 늙은 고참 직원은 많았다. 그들의 삶이 어떠한지 재선과 지연은 늘 보고 있었다. 나아지지 않는다. 결국 사고를 당하거나, 해고당하거나, 병이 들거나…… 죽어 사라진다. 더러는 범법자가 되기도 한다. 회사의 비품을 훔쳤다거나, 작업 카드를 불법적으로 사용했다거나, 마약을 사용하고 거래했다거나.

지연이 대답이 늦어지자 재선은 농담이라고 얼버무렸다. 그는 다시 출근하여 중강진으로 배달을 떠났고, 그곳에서 새로운 작업지시를 받아 블라디보스토크로 떠났다. 그 며칠 동안 지연은 생각하고 또 생각했다. 생각할수록 재선의 제안은 매력적이었다. 재선이 돌아오기로 예정된 날, 그녀는 된장찌개를 끓이고, 꽁치를 굽고, 쌀밥을 짓고, 포도주를 한 병 얼음 통에 꽂아놓고 그를 기다렸다. 자정 무렵 재선은 전화를 했다. 그는 블라디보스토크에서 새로운 작업지시를 받아 베이징으로 가는 길이었다. 혼자 쌀밥에, 꽁치 조각을 얹어 밥을 먹다가 지연은 결정적으로 마음을 굳혔다.

이튿날 밤 재선이 귀가했을 때 그녀는 집에서 그를 맞았다. 이미 사표를 내고 귀가한 뒤였다. 그녀의 결심을 재선은 묵묵히 받아들였다.

그들은 지니고 있던 모든 것을 팔아치웠다. 월세방을 내놓고, 보증금을 챙기고, 보잘것없는 예금통장을 헐고, 빈 통장을 범죄자들

에게 팔았다. 휴대전화를 정지시키고 전화기를 중고품 시장에 팔았
다. 그렇게 모은 돈으로 서울을 떠나 이곳으로 왔다. 꼭 바다를 찾
은 것은 아니었으나, 사람이 없는 곳을 찾다 보니 결국 이곳이었다.

해변에는 오직 그들 두 사람뿐이었다. 한낮에 거침없이 벌거벗고
물속에 뛰어들어도 좋았다. 화덕에 불을 피우고 조개를 구워 소주를
마시며 졸다 깨다 하면 해가 저물어 석양이 바다로 침몰하는 것을
볼 수 있었다. 한밤, 눈앞에 가득 펼쳐진 찬란한 별들의 군무(群舞)
는 숨 막히게 아름다웠다.

심심해지면 그들은 김밥이나 주먹밥을 만들어 폐허가 되어버린
관광 시설을 이곳저곳 기웃거리며 시간을 보냈다. 녹이 슨 회전목
마는 을씨년스럽고 서글펐다. 장난감 총들이 버려져 모래 속에 묻
혀 있었고, 꽃신이나 등산화가 외짝으로 굴러다녔다. 캡슐이 매달
려 있던 자리를 희부연 허공이 차지한 페리스 휠은, 추락한 여객기
처럼 모래밭에 삐딱하게 처박혀 스스로가 만들어낸 검고 푸른 녹
속으로 붕괴되어가는 중이었다. 페인트가 벗겨진 범퍼카들이 기울
어진 자이로스핀 위에 뒤집혀 있고, 커다란 보트 위에 다리가 부러
진 목마 하나가 오뚝하니 올라서 있었다. 텅 빈 모텔 방에서는 고
양이와 쥐 들이 부산스레 이리저리 뛰어 사라졌고, 매트리스가 썩
어가는 침대에서는 커다란 나방이들이 갑자기 날아올라 유리가 깨
어져나간 창문으로 사라졌다. 냉장고도 썩어가고, 냉방기도 썩어가
고, 카펫도 썩어가고, 벽에서는 곰팡이가 거미줄과 함께 난해한 불
연속 무늬를 엮어가고 있었다. 출입구의 문이 뜯겨나간 쇼핑몰에는
빈 쇼핑 수레들이 여기저기 나뒹굴고, 판촉 광고지와 할인권이 수

백 장씩 고무줄에 묶인 채 창틀에, 계산대에, 쇼핑 수레에 떨구어져 있었으며, 석고보드가 두어 장 금세 떨어져 내릴 듯 위태롭게 덜렁거리는 천장에 비닐 주머니들이 달라붙어 이따금 그곳까지 스며든 바람에 흐느적거렸다. 늘어진 전선 끝에 형광등이 대롱거렸고, 모자이크가 피부병처럼 너덜너덜 일어나 벗겨지는 유리창으로 흘러든 햇살이 바닥에 고인 더러운 물에 번득거렸으며, 계단의 금속판이 뒤집혀 내장을 드러낸 채 멈춰선 에스컬레이터 위에 갈매기들이 몇 마리 머물다가 퍼드덕 날아올랐다. 물이 찰랑거리는 쇼핑몰 바닥에서 선반으로 물뱀이 기어올랐고, 아직까지도 쇼핑몰의 로고와 바코드가 선명한 비닐 주머니와 종이 상자 들이 떠다녔다. 우람한 진열대와 선반에 먼지와 그림자와 텅 빈 시간이 머물러 있는 그곳은 거대하고 공허한 부재(不在)의 메아리를 끝없이 만들어냈다.

바퀴벌레가 새처럼 날아올라 천장의 구멍으로 사라졌다. 저거 봐. 중국 바퀴벌레야. 상하이에서 바다를 건너 날아온다는 주먹만 한 바퀴벌레였다. 사실인지 아닌지는 알 수 없었으나, 상하이에 바퀴벌레가 창궐하여 생존경쟁에서 밀려난 바퀴벌레들이 바람을 타고 서해안으로 날아든다는 소문이 있었다. 황해 오염 이후부터 떠도는 소문이었다. 주먹만 했으나 날개를 펴고 날아오르면 비둘기처럼 컸다. 바다를 건너올 수 있다고 믿을 만했다. 지붕에, 벽에, 하수구에 구멍을 뚫고 들어가 살았다. 모든 폐허에 바퀴벌레가 있었고, 바퀴벌레가 또한 폐허를 만들었다.

붕괴 중인 쇼핑몰에 들어서면서 지연은 말했다. 여긴 SS 울트라마켓이야. 똑같아. 저 수납 모니터, 저 계단, 에스컬레이터……. 지연이 소리 지르자 텅 빈 공간 저쪽에서 메아리가 날아왔다. 똑같아……모니터……에스컬레이터……. 하하, 그녀가 웃어대자 메아리가 따라 웃었다. 너 누구야? 누구야 누구야 누구야……. 그림자와 거미줄이 함께 너울거렸다.

SS 울트라마켓도 언젠가는 여기와 마찬가지 꼴이 되겠지. 지연이 말했다. 재선이 물었다. 왜 그렇게 생각해? 내가 블라디보스토크에 가니까 거기에도 SS 울트라마켓이 서 있던데. 평양에도 있고, 모스크바에도 있고, 북경에도 있고……. SS 울트라마켓은 전 세계로 뻗어나가는 중이야. 지연은 음울한 낯으로 말했다.

"언젠가는."

재선을 쳐다보다가, 몇 장씩 늘어진 천장의 석고보드를 쳐다보다가, 구멍 난 창으로 흘러드는 죽어가는 햇빛을 쳐다보다가 그녀는 덧붙였다.

"언젠가는. 틀림없어."

지연은 작은 소리로 불러보았다. 스텔라. 스텔라. 스텔라? 그게 누구야? 그렇게 묻는 재선의 커다란 코는 누군가 그의 얼굴에 세운 순진함의 기념물처럼 보였다.

"코가 왜 그렇게 커?"

재선은 코를 주물럭거렸다. 지연은 쇼핑 수레를 드르륵, 끌고 가 에스컬레이터에 밀어버렸다. 우당탕, 요란한 소리와 함께 수레가 고장 난 철제 시설물 위로 굴러떨어졌다. 아, 시끄러워. 재선이 투덜거리자 지연은 그를 쏘아보았다.

"다른 소린 안 들려?"

무슨 소리? 지연은 손을 들어 쇼핑몰 여기저기를 가리켰다. 저기, 내가 앉아 있던 자리야. 하루 종일 꼼짝도 못하고 카드예요 현금이에요, 하고 반복하던 자리. 저기, 화장실. 아무리 오줌이 마려워도 교대하기 전엔 갈 수 없는 아프리카보다 먼 화장실. 저기, 온종일 날 감시하던 카메라. 저기, 주위의 모든 사람들을 도둑이라고 여기는 의심과 감시의 화신 안드로이드. 재선은 쇼핑 수레를 끌고 와 난간 밑으로 동댕이쳤다. 수레는 허공을 날아, 요란한 소리를 내며 계단에 부딪고, 선반에 떨어졌다.

폐허가 되어버린 그 모든 쇼핑몰과 무수한 호텔은 훌륭한 보급창고였다. 쇼핑 수레에 나무토막이나 광고 전단, 책 같은 것을 싣고 방파제 끝으로 밀고 나가서, 수레를 화덕 삼아, 나무토막이나 전단으로 불을 피워 밥을 짓고 낙지를 구웠다. 그을음이나 기름때로 지저분해지면 질질 끌고 가 쇼핑몰에 던져버리고, 다른 수레를 하나 끌고 돌아오면 그만이었다. 그곳에 가장 흔한 것이 있다면 바로 쇼핑 수레였다.

호텔 역시 훌륭한 약탈 대상이었다. 시트와 비누, 칫솔과 타월, 향수와 베개 같은 것이 창고 가득 쌓여 있었다. 복도에 방치된 서비스 카트에 스푼과 포크, 나이프, 접시와 컵을 가득 싣고 집으로 돌아와 한 번 쓰고는 다시 카트에 쌓아두었다. 설거지는 하지 않았다. 다시 호텔로 실어가 수영장에 쏟아버렸다. 식기는 흔했으나 물은 귀했으니까. 객실용 가운을 걸치고 다니다 깔고 앉았고, 덮고 잤다. 'WELCOME'이라 수놓인 바닥 깔개를 비품실에서 찾아내어 여러 장을 실어와서 창을 가리고, 문을 가리고, 바닥에도 깔았다. 묵직하여 바람에 흔들리지 않았고, 두툼하여 발에 밀리지 않았다. 집 안팎이 'WELCOME'으로 도배가 되었으나 찾아드는 것은 바람과 모래뿐이었다. 창고에서 찾아낸 비상발전기는 연료 소모가 심해 무용지물이었다. 구둣솔, 구둣주걱, 슬리퍼, 휴지와 메모지 따위를 모래밭에 함부로 쌓아놓고 불을 피웠고, 어둠 속에서 빛이, 빛 속에서 그림자가 출렁거리는 것을 보며, 같이 너울너울 춤을 추고, 발버둥 쳤다. 사무실에서 발견한 고배율 망원경으로 달을 샅샅이 살펴보고, 아무것도 보이지 않는 바다의 어둠 속을 살펴보았다. 이따금 먼 바다에 불빛이 깜빡이는 것을 발견한 날은 마치 보물이라도 발견한 듯 반가웠고, 멀리 중국의 동해안으로부터 출렁출렁 밀려온 파도는 깊은 한숨 소리와 함께 방파제에 부딪혀 깨어졌다. 세계는 충분히 멀었고, 그들은 충분히 외로웠다.

"우리는 유령 같아."

지연은 말했다. 재선은 고개를 끄덕였다. 그의 얼굴에 스쳐가는 그림자가 모닥불이 만든 것인지, 그의 의구심이 만든 것인지 알아보기 힘들었다. 호텔 가운을 펄럭이며 모닥불과 함께 춤을 춘 것은 이미 그들이 아니었던 것 같았다. 그들은 모래밭에 누워 캄캄한 하늘을, 그 하늘에 눈부시게 반짝이는 별을, 성운을, 밤보다 더 검은 암흑물질 들을 바라보았다. 아득히, 시간이 지워지고, 세계가 지워지는 것 같았다. 그들의 삶이나 세계 따위, 아득히 멀어지고 또 멀어져, 아무 관심도 없이 흐르다 사라지는 별똥별처럼, 저 암흑물질 속으로 사라져버려도 좋을 것 같았다.

여기 어디야? 우린 어디 와 있는 거야? 그들이 그 어둠 속을 암흑물질과 함께 유영하는 것 같은 착각에 지연은 잠시 몸을 떨었다. 어디라면 어떤가. 그들은 스스로 만들어낸 세계에 들어와 있었다. 그들이 만들어낸 세계, 그들이 만들어낸 삶, 그들이 만들어낸 존재였다. 그들은 완벽하게 이 세계의 지배로부터 벗어나 자유가 되었다. 비록 한순간에 그치는 것이라 할지라도 그것은 이제껏 그들이 꿈꿔본 적도 없는 호사였다.

유령이라면 어떤가.

캄캄한 하늘 서쪽에서 별똥별이 둘, 사선을 그리며 날아들어 잠시 빛을 내며 타오르다가 수평선 너머로 사라졌다. 지연은 자신이 그처럼 타들어가며 이내 사라져버린 듯 여겨졌다. 지금 여기 모래사장에 앉아 그것을 바라보고 있는 그녀는 전혀 다른 존재가 분명했다. 새벽 1시 반쯤, 캄캄한 거리로 나와 허겁지겁 무비베드를 찾아 들어가, 서둘러 동전을 쑤셔 넣고, 몇 시간 뒤의 출근을 걱정하며 속히 잠들기 위해 안간힘을 쓰던 SS 울트라마켓의 직원과 지금 여기 앉은 지연이 어떻게 같은 사람일 수 있단 말인가. 여기 빛나는 별 무리 가운데 누워 온 세계를 당당히 대면하고 있는 이 남자는 차량정비에 애를 태우며 하루 한 번의 작업을 더 얻어내기 위해 안달하던 사람과 결코 같은 사람일 리 없었다.

그는 장엄했다. 그녀는 성스러웠다. 그녀는 피조물이 아니었고, 그는 스스로 조물주 같았다. 남자가 여자의 손을 움켜쥐었고, 서로를 향해 두 사람의 눈이 별처럼 타올랐으며, 여자가 남자의 몸을 삼키고, 남자가 여자의 몸을 꿰뚫었다. 여자의 머리칼 사이로 별이 빛나고 바람이 흩어졌으며, 남자의 발밑에서 파도가 갈기를 세우고

142

세계를 향해 덤벼들었다. 여자의 가슴이 영원을 품었고, 남자의 손이 우주를 가리켰다.

오직 그들만이 존재했다. 자신의 전 존재를 온전히, 자신의 손바닥에 올려놓은 듯 의식할 수 있다는 것, 자신의 의지에 따라 그것도 가능해졌다는 것, 그리고 그것을 안다는 것, 그것은 전혀 새로운 경험이었다. 남자는 여자가, 여자는 남자가 그것을 경험하고 있다는 것을 알았다. 온 세계가 그들을 축복하고, 온 세계가 그들을 질투하는 것 같았다. 그 축복과 질투 가운데 그들은 외롭고 동시에 행복했다. 그 외로움마저 충만의 원인이 되었다.

"참 이상하지?"

"이상해."

그 이상함을 그들은 음미하고 즐겼다. 그런 즐거움이 있다는 것을 그들은 처음 알았다. 누가 믿을 것인가.

"아무도 믿지 않을 거야."

그들은 그것을 알기 이전으로 결코 되돌아갈 수 없으리라는 것을 알았다. 그들은 다리를 건넜고, 그 다리는 끊겼다. 그 다리를 건너는 사이 그들은 일종의 기화(氣化)를 체험한 것 같았다. 그들이 배운 적 없는 낯선 가능성의 영역이 품을 열어 그들을 받아들였고, 그들은 마침내 그 품속을 들여다보았다. 그리하여 인간이 어떻게 살 수 있는 존재인지를, 인간이 무엇일 수 있는지를 온몸으로 깨달았다.

그것은 그들이 서로에게 할 수 있는 최선의 선물, 두 번 받을 수 없는 선물이었다.

2075년 5월 17일 자정 중국 동해안 옌타이 항을 떠난 중국의 8,000톤 급 컨테이너 화물선 인쥐호가 군산시 서쪽 270킬로미터 지점 황해 공해상에서 침몰했을 때 한국 해양부는 구조선을 급파하여 예닐곱 명의 선원을 구조하였다. 곧이어 나타난 중국 해군은 한국 구조선의 활동을 악착스레 막고 방해했다. 통신을 통해 그들은 자신들이 구조하겠으니 떠나달라고 요구했다. 위급한 해난 상황에서는 찾아보기 힘든 기묘한 반응이었다. 한국 구조선은 멀찍이 떨어져 지켜보았고, 중국 함정들은 부지런히 선원들을 구조하였으나 09시 12분 결국 인쥐호는 침몰하였다.

화물선 한 척이 침몰한, 그저 작은 사고일 뿐이었다. 국내 신문은 단신으로 사건을 보도했다. 사건은 곧 잊혔다.

한 달 후 황해에서 이상반응이 발생했다. 물고기들이 죽어 바다 위에 떠올랐다. 서해안 전체에서 유사한 현상이 관측되었다. 대연평도 앞바다에 죽은 게들이 무더기로 떠올랐다. 여객기가 인천공항을 이륙하면 눈 아래로 물고기 떼의 주검으로 뒤덮인 바다를 볼 수 있었다. 그것으로 그치지 않았다. 강화도 관광에서 석모도를 오가는 유람선은 관광객들에게 가장 인기 있는 여정이었다. 유람선을 타고 갑판에 서서 몰려드는 갈매기들에게 과자를 던져주면서 관광객들은, 특히 어린이들은 즐거움을 맛보았다. 그러나 그 무렵부터 갈매기들은 유람선 근처에 나타나지 않았고, 이따금 네댓 마리 갈매기들이 날아왔다가 돌연 바다 위에, 또는 갑판 위에 떨어져 죽었다. 들여다보면 눈에, 귀에, 겨드랑이에 검고 붉은 혹이 나 있었다. 갈매기들의 죽음은 교동도와 주문도 등에서도 광범위하게 관찰되었다. 곧이어 이북 지역 옹진 해안이 죽은 물고기들로 뒤덮이는 사건이 벌어졌다. 치우고 또 치워도 물고기들의 사체는 끝도 없이 밀려들었다. 곧 비슷한 일이 서해안 전역에서 벌어졌다. 군산에도, 신안에도, 진도에도, 태안에도 죽은 물고기들이 끝없이 밀려들었다. 해주와 남포와 철산도 마찬가지였다. 바다가 거대한 폐기물이 되어 버렸다.

황해를 사이에 둔 중국 대륙의 동해안에서도 비슷한 현상이 관측되었으나 중국은 침묵을 지켰다. 중국의 중앙 언론 매체들은 사건을 보도하지 않았다. 지방 매체들이 두어 번 단신으로 사건을 보도했으나 그것마저 중단되었다.

어선으로 들끓던 황해가 텅 빈 죽음의 바다가 되었다. 해양학자들의 조사 결과 놀라운 사실이 드러났다. 엄청난 양의 핵물질이 발견되었다. 바닷물 1밀리리터당 세슘 농도가 20만 베크렐에서 심한 경우 50만 베크렐에 달했다. 심각한 핵 유출이 있었던 것이 분명했다. 보다 긴밀한 조사가 이루어졌고, 그 결과 군산에서 동쪽으로 250킬로미터 지점 공해가 세슘 농도 100만 베크렐로 가장 심각히 오염되어 있다는 것이 밝혀졌다.

가장 먼저 혐의를 받은 시설은 한국 서해안의 영광 핵발전소였다. 그러나 엄격한 조사에도 불구하고 핵물질의 누출은 일상적인 수준 이상이 아니었다. 세슘 오염은 오히려 영광 핵발전소로부터 멀어질수록 더 높아졌다. 다음으로 혐의를 받은 시설이 중국 동해안에 자리 잡은 20여 기의 핵발전소였다. 중국 당국은 핵물질의 누출을 부인했다. 한국은 중국에 공동조사를 제안했으나 중국은 거절했다. 이틀 후 중국은 일방적으로 조사한 결과를 발표했다. 어떤 지역에서도 핵물질의 유출은 발견되지 않았다. 어느 지역 핵발전소를 조사해봐도 세슘 오염 농도는 발전소에서 멀어질수록 더 높아졌다.

진상은 중국의 핵과학자 까오지에의 양심선언으로 드러났다. 5월 18일 새벽 황해 공해상에서 침몰한 인쳐호에 핵폐기물이 가득 실려 있었던 것이다. 발전소 노동자들이 사용한 장갑이나 장화 등 저준위 물질이 아니라 고준위 핵물질이 대부분이었다. 한국의 한 일간 신문이 인쳐호의 목적지가 아프리카 남부의 한 항구였다는 것을 밝혀냈다. 신문은 중국이 핵폐기물을 수출하려 시도한 것이라고 추측했다. 중국은 침묵으로 일관했다.

고준위 핵폐기물이 황해에 투기되었다는 사실이 알려지면서 한국의 서해안 지역은 공포가 엄습했다. 당국의 철수경고는 필요가 없었다. 이미 주민들은 전 해안에서 철수하고 있었다. 고심 끝에 당국은 안산 이남의 전 해안에서 어업을 금지하고 주민을 소개(疏開)하는 포고령을 발령했다.

여섯 달 뒤 군산 앞바다에서 꼬리 부분에 변형된 아가미가 포도처럼 주렁주렁 매달린 물고기들이 관측되었고, 한 달 뒤에는 유리창처럼 투명한 등딱지를 지닌 거북이가 해안에서 발견되었으며, 입 옆에 항문이 나란히 붙은 가오리가, 1톤에 달하는 물메기가 나타났다. 몸에서 빛을 내는 심해어가 해안에 나타나 십여 개에 달하는 이빨을 모두 토해놓고 죽어갔다.

시커멓게 썩은 파도가 해변에 밀려들었다 밀려갔고, 그때마다 기괴한 꼴로 죽은 물고기들이 해안으로 밀려들었으며, 주민들이 철수한 뒤로는 거기 쌓인 채 썩어갔다. 그것은 죽은 바다의 선물, 혹은 저주 같았다.

소개한 주민들에게서 버림받은 개나 고양이 들이 덤벼들어 그 썩은 물고기들을 먹었다. 그 개와 고양이 들이 근처 도시나 마을에 출몰하면? 주민들의 우려가 커지자 당국은 그것이 별로 의미 있는 대책이 되지 못하리라는 것을 뻔히 알면서도, 경찰에 그 개와 고양이 들을 사냥하라고 지시했다. 흰 방호복을 입은 경찰들이 무리를 지어 나타나 텅 빈 해안 지방을 순회하며 온종일 개와 고양이 들을 쏴 죽였다. 밤이 되면 그들은 죽은 개와 고양이 들을 해변가에 쌓아놓고 불태웠고, 기압이 낮은 날이면 짐승들의 살 타는 냄새는 연기와 함께 낮은 포복으로 전개하여 근처의 마을과 도시에 안개처럼 자욱이 뒤덮였으며, 주민들은 커다란 마스크로 얼굴을 가리고 다니다가 기르던 개나 고양이 들을 몰래 유기했다.

8

도로는 미끄러웠다. 허공에서는 빗줄기가, 도로에서는 얼음 부스러기가 흩날렸다. 날이 저물면서 적도에서 흘러들던 동남풍은 희미해지고, 시베리아의 차가운 대기가 꾸준히 밀려들어 급히 기온이 떨어졌다. 북쪽으로 올라갈수록 기온은 더 떨어지고 도로는 더 미끄러워질 것이다.

"운전하기 더러운 날이네."

도로변 전광판들은 현란한 빛으로 교통정보를 쏟아내고 있었다. SS 울트라 안전운행 정보입니다. 전방 30킬로미터 양호, 전방 50킬로미터 양호, 전방 100킬로미터 양호……. 이미 그 정보는 트럭 6869 앞 유리창에 홀로그램으로 떠 있었다. 제임스는 시속 70킬로미터의 속도를 유지하기 위해 노력했다. 밤을 새울 각오였으나, 어쩌면 잠시 무비베드 같은 데라도 들어가 쉴 수 있을 것이다. 백스터가 그 정도는 해주겠다고 약속했으니까.

전광판의 문자가 바뀌었다. SS 울트라돔, 여러분을 기다립니다. 의식주 무상. 교육 무상. 직장 보장. 의료 보장. 세금이 없습니다. 요람에서 무덤까지, 여러분의 평생을 보장합니다. SS 울트라돔.

그 광고를 볼 때마다 제임스는 눈이 시렸다. 지연이 혹시 저런 곳에 들어간 것은 아닐까. 만일 그렇다면 도대체 무슨 수로 그녀를 찾아낼 것인가? 그러나 그때마다 그는 고개를 저었다. 그럴 리가 없었다. SS 울트라와 그녀 사이의 악연을 생각하면 더욱 있을 수 없는 일이었다. 전광판이 다시 바뀌었다. 작업카드 불법 사용자는 테러리스트입니다 불법 사용자는 테러리스트입니다 테러리스트입니다…….

"재주들도 좋아. 어떻게 작업카드를 위조해서 쓴다는 건지. 차를 사는 놈도 있고 휴대전화를 사는 놈도 있다니."

멜라니는 대꾸하지 않았다. 그녀는 온몸에 가면이라도 쓴 듯 무표정했다. 그 가면은 말하고 있었다. 난 아무 말도 하고 싶지 않아. 날 좀 내버려둬.

"배달기사 일은 언제부터 했어요?"

하고 물은 다음 제임스는 곧 후회했다. 말을 걸지 말아야 하는 건데. 제법 시간이 흘러 제임스가 대답 듣기를 포기한 뒤에야 그녀는 고개도 돌리지 않은 채 짤막하게 대꾸했다.

"오래됐어요."

"얼마나?"

그녀의 대답은 심드렁한 어조와는 달리 날카로웠다.

"신입 취급이 뭔지는 알 정도로."

신입 아니니까 닥치라는 소리였다. 신입이 아니라는 것은 다행이었다. 적어도 그녀가 운전하는 동안 마음 놓고 잘 수는 있을 테니까. 그러나 예의 없는 신입이었다. 친한 척 어깨를 두드려가며 우스갯소리라도 주고받는 식으로 먼 길과 긴 시간의 지루함을 견디는 것이 이런 일의 요령이었다. 멜라니는 그럴 생각이란 아예 없는 것 같았다.

측면에서 들이치는 바람이 거세지면서 차체가 이따금 요동을 쳤다. 자동주행장치가 종알거렸다. 속도를 줄이십시오. 이 차량은 현재 수동주행 중입니다. 체적에 비해 무게가 덜 나가는 트럭 6869가 감당할 수 없는 돌풍이 곳곳에서 휘몰아쳤다. 5킬로미터 전방에서 좌회전하면 고속도로 진입로입니다. 5킬로미터 전방에서 좌회전하면 고속도로 진입로입니다. 고속도로로 들어서면 운전을 자동주행장치에 맡겨도 무방할 것이다. 그다음부터는 운전자가 할 일이란 별로 없었다. 계기판을 들여다보고, 자동주행장치의 신호를 살펴보는 것이 고작이었다. 좀 덜 피곤하여 좀 더 지루하겠지만, 결국에는 훨씬 더 지치게 될 것이다. 자동주행장치에 의존하면 결국 그렇게 되고 말았다. 영화를 볼 수도 있고, 잡담을 할 수도 있고, 금지되어 있다고는 하지만, 술을 마시거나, 섹스를 했다고 주장하는 자들도 있었다. 그러나 운전을 마칠 때쯤이면 이제껏 신경이 얼마나 날카로웠는지를 깨달을 수 있었다. 운전자가 시종 지켜보고 있어야 한다는 점에서 아직 완벽한 기술이라고는 할 수 없었다.

제임스는 혼자 다짐했다. 명랑해져야지. 쾌활해지자. 그러나 다시 지연이 생각났다. 에너지돔의 집합거주지구에 들어가느니 지연은 아마…… 죽어버리는 쪽을 택했을 것이다. 정말 그런 선택을 한

150

것은 아닐까. 살아 있으면 만날 수 있으리라는 그의 믿음은 시간이 흐를수록 흔들렸다. 어딘가, 운동 조직에 들어간 것인지도 모른다. 오히려 그쪽이 더 가능성이 높았다. 그러나 노동조합연맹 쪽으로 알아보아도 그녀의 종적은 찾을 길이 없었다.

오른쪽 언덕 위에 설치된 거대한 전광판에서 유명한 영화배우가 거대한 몸집으로, 거대한 미소를 지으며, 거대한 손을 들어 찍어 누를 듯 그를 가리켰다. 당신의 안전, 서울클라우드가 보장합니다. 서울클라우드보험, 서울클라우드금융, 서울클라우드보안, 서울클라우드익스프레스. 귓속에서 이명이 물처럼 차올랐다. 서울클라우드익스프레스의 한 달짜리 노동자 제임스는 역겨워 고개를 돌렸다.

해외로 나간 것은 아닐까. 일본이나 중국, 러시아, 혹은 하와이나 유럽……. 한국 국적 노동자에 대한 국제적 수요는 꾸준히 증가하고 있었다. 남성 노동자보다 여성 노동자에 대한 수요가 더 높았다. 단순 노무직에서부터 고학력 노동에 이르기까지 한국인 노동자들은 최고 수준의 능력과 근면성을 지닌 것으로 평가되고 있었다. 만일 지연이 해외로 나갔다면 찾을 수 있는 가능성은 더 희박했다. 그러나 끈질기게 추적하면 어디로 떠났는지 알게 될 것이요, 알게 되면 만날 날도 있을 것이다.

다시 돌풍이 차를 후려쳤다. 제임스는 속도를 줄이지 않았다. 완만한 구릉으로 이어지는 도로에서 제임스는 서서히 차의 속도를 높였다. 이 바람 속을 시속 200킬로미터 정도로 밟아나가면 이까짓 1톤 트럭 같은 것은 비닐봉지처럼 허공으로 날아오를 것이다. 가속기 위에 올린 발이 경련했다. 밟아. 밟지 마. 밟아. 밟지 마. 밟아. 밟지 마……. 자동주행장치가 또 잔소리를 했다. 속도를 줄이십시오. 4킬로미터 전방에서 좌회전하면 고속도로 진입로입니다. 그의 발이 어느 쪽의 명령에 따를지 알 수 없는 순간들이 지나갔다. 바로 이 너머에, 이 너머에서 그것이 나타날 것이다.

언덕으로 올라서자 마침내 우람한 에너지타워가 나타났다. 비행접시 모양의 둥근 돔 꼭대기에 'SS ULTRA'라는 거대한 문자가 번쩍거렸다. 돔 아래 수많은 에너지 안테나들이 어둠 속에서 반짝거렸다. SS 울트라돔 집합거주지구였다. 제임스와 멜라니는 홀린 듯 그 광경을 지켜보았다. 빛의 기둥처럼 에너지타워는 찬란했다. 그 찬란한 빛 너머에는 현실의 모든 것을 초월한 공간이 자리 잡고 있을 것 같았다. 현실은 극도로 희박해지고, 빛은 지극한 밀도로 집중되어 스스로 발광하는 공간이 거기 존재하고 있을 것 같았다. 그 공간이 요람에서 무덤까지, 하고 그들에게 손짓하고 있었다.

씨이발. 멜라니가 내뱉는 소리에 제임스는 놀라 고개를 돌렸다. 그녀가 에너지타워를 흘겨보다가 고개를 반대쪽으로 꺾으며 중얼거렸다. 도로 바로 옆에 저런 공해 시설을 허락해도 되는 거야? 교통사고 나면 누가 책임질 건데? 제임스는 웃었다. 그것을 공해 시설이라고 부르는 사람은 멜라니가 처음이었다. 그 공해 시설은 환상적이고 아름다웠다. 도저히 부정할 수 없는 압도적 아름다움이었다. 그것을 볼 때마다 제임스는 잠시 장님이 되어버리는 것 같았다. 오직 찬탄을 허용할 뿐 다른 모든 판단을 무장 해제시키는 아름다움이었다.

"저게 지하가 몇 층까지 있는지 알아요?"

멜라니가 물었다. 그가 뭐라 대답도 하기 전에 그녀가 스스로 대답했다.

"14층이랍디다."

14층이라니. 과장이라는 생각이 들었다. 그의 반응에는 관심도 없다는 듯 그녀는 또 투덜거렸다.

"물론 저놈들은 14층이라 하지 않고, 15층이라고 한다지만. 미친 놈들 아닙니까. 땅을 그렇게 파고 들어가? 저놈의 데서 언젠가 용암이 쏟아져 나와 이 동네를 싹쓸이해버리는 날이 올 거요."

20만 가구에 50만 주민이 사는 시설이었다. 50만이라지만 그곳에 수용되는 주민의 숫자에는 사실상 제한이 없었다. 한주 기업집단이 안양에 건설한 에너지돔과 집합거주지구는 30만 가구에 100만 인구 규모였으나, 작년 초에 이미 인구가 110만을 넘어섰다. 알면서 지방자치단체도 국가도 방치했다.

에너지돔 아래 집합거주지구의 건물들이 보였다. 깨끗하고 단정했다. 넓은 공원, 나직한 아파트, 휴양지처럼 차분하고 한적한 거리와 상가, 거리의 신호등이 울긋불긋 정겹게 반짝거렸다. 투명한 전망 승강기가 붉고 푸른 빛을 반짝이며 오르내리고, 모노레일이 장난감처럼 천천히 시가지를 가로질렀다. 동화 속의 세계 같았다.

제임스가 사는 집은 녹아 부스러져 내리는 콘크리트 건물이었다. 지은 지 50년이 지났다. 복도에서도 계단에서도 비가 줄줄 샜다. 수도꼭지에서는 한 달에 보름은 녹물이, 보름은 흙탕물이 쏟아졌다. 보일러는 늘 점검 중이었다. 승강기는 자주 고장이 나 움직이지 않았다. 정상적으로 작동 중일 때에도 주민들은 승강기에 잘 타지 않았다. 승강기가 멎어도 문이 온전히 열리지 않거나, 움직이는 도중에 문이 스르륵 열리는 일이 잦았다. 그러나 제임스는 저 집합거주지구의 아름다운 아파트와 바꾸지 않았을 것이다. 이사도 가지 않았을 것이다. 지연이 결국 돌아올 테니까. 그가 지키고 있어야 했다. 그의 믿음은 매일 흔들렸으나, 그럴수록 그는 더욱 맹목이 되었다. 그러나 결국 그는 그 아파트를 지킬 수 없었다. 아파트 단지는 송두리째 철거되었다. 그는 무비베드를 전전하며 다른 셋집을 찾아야 했다.

비는 어느새 진눈깨비가 되어 흩어지고 있었다. 북쪽에는 눈보라가 심해지는 것 같았다. 제임스는 속도를 낮추고 흩날리는 진눈깨비 너머로 앞을 주시했다. 앞선 차들이 붉은 미등을 반짝이며 멈춰서는 것이 보였다. 도로 차단기와 트럭, 장갑차, 그리고 푸른 제복을 입은 병사들이 도로를 막고 서 있었다.

그가 차를 세우자 소총으로 무장한 세 명의 병사들이 세 방향에서 차를 에워싸고, 한 병사가 트럭 발판에 올라섰다. 제임스는 창을 내렸다. 그 병사가 정중히 말했다.

"테러 대비 보안검문을 실시하겠습니다. 협조해주시기 바랍니다."

다음 병사는 전혀 정중하지 않았다. 그는 창으로 얼굴을 디밀며 버럭 소리쳤다.

"작업카드, 화물카드, 신분카드."

제임스는 그가 요구하는 것들을 내밀었다. 멜라니는 눈을 뜨지도 않은 채 투덜거렸다. 군인도 아닌 것들이. 제임스는 그녀의 입을 막아버리고 싶었다. 그들이 군인이 아니라는 것은 제임스도 잘 알고 있었다. 그러나 이곳은 SS 울트라 에너지돔의 영역이었고, 그들은 SS 울트라의 보안경비 직원이었으며, 무엇보다도 총을 지니고 있었다. 저들이 트집을 잡아 끌어내린다면 그들은 속절없이 구금당해 몇 시간이 걸리건 테러리스트가 아니라는 것을 입증한 다음에야 비로소 풀려날 수 있을 것이다. 백스터가 무슨 잔소리를 해댈지 생각만 해도 끔찍스러웠다. 저들이 테러니 보안이니 따위의 이유를 내걸고 할 수 있는 일의 한계가 어디까지인지는 제임스나 멜라니 따위로서는 짐작조차 불가능했다. 저들의 귀에 멜라니의 욕설이 들어가 좋을 일이 없었다. 그러나 멜라니는 트럭 옆에 서서 카드 판독기와 폭발물 탐지용 모니터를 판독하는 병사들을 흘겨보며 다시 중얼거렸다. 산적 같은 새끼들. 그들은 감색 제복에 하늘색 셔츠, 붉은 머플러와 붉은 모자, 붉은 군화를 단정히 착용하고 있었고, 제복 여기저기에 색깔이 다를 뿐, 육군 계급장과 유사하지만 더 크고 화려하게 번쩍이는 계급장을 주렁주렁 매달고 있었다. 군인은 아니었으나 지정된 영역에서 군인의 역할을 했다. 합법적 활동이었다.

기관총과 카메라, 탐색등으로 무장한 드론 검색기 다섯 대가 검문소 인근 상공을 나직하게 순회 비행하고 있었다. 차량이 접근하면 두 대의 드론이 먼저 다가가 차량 전후좌우에서 보안 위험물질이나 보건 위험물질을 탐색했다. 보안 위험물질, 보건 위험물질, 그렇게 알려져 있었다. 그러나 그 로봇 비행물체가 인간이나 차량의 정보를 어느 부분까지 탐지하여 어느 부분까지 축적, 또는 보관하는지는 일반 시민들에게는 알려져 있지 않았다. 트럭 6869 바로 앞까지 날아온 드론 검색기의 모니터에서 디지털 기계 문자들이 파르륵 숨 가쁘게 넘어갔다. 사진과 문자, 지도와 서류 들이 한없이 넘어가고 또 넘어갔다. 인간이 아닌 기계만이 대처할 수 있는 속도였다.

어쩌면 서울클라우드익스프레스의 드론 보안기들과 SS 울트라의 드론 검색기들 사이에 일종의 데이터베이스 공유가 이루어지는 것은 아닐까. 그들은 드론 소프트웨어를 공유하고, 그 데이터를 공유하고, 노동자 한 사람 한 사람에 관한 모든 정보를 축적하여 분석하고, 가공하고, 공유하고, 작업 능력과 실적을 공유하고, 평가하고, 그를 토대로 하여 그들에게 제공할 작업카드의 종류를 선택하고……. 그것이 결국 드론이 아니라 인간들이 하는 일이라는 것을 알면서도 제임스는 드론을 볼 때마다 입맛이 쓰고 두려웠다. 그리하여 제임스는 영영 종이카드에서 벗어날 수 없을지 모른다.

작업카드를 발급받을 때마다 언제나 세상 끝에서 보낸 기간이 문제가 되었다. 어디에도 기록이 없군요. 7개월, 8개월이 넘는 기간인데요. 어디에서 뭘 했습니까? 몸이 아파 휴양했습니다만. 그런 기록도 없습니다. 진단 기록, 휴양소에 들어간 기록, 의료 서비스 제공 기록, 투약 기록…… 아무것도 없어요. 입원이 아니라 휴양이었습니다. 어디에서? 집에서요. 집이라…… 집에 대해서도 아무런 기록이 없어요. 휴대전화 기록도 없고, 공공 서비스, 전기, 수도, 데이터 사용, 교통 시설 이용…… 어떤 기록도 잡히질 않아요. 어디 청와대라도 들어가 계셨나……. 비자 발급 기록이 없으니 외국에 나갔다 온 것도 아닌 것 같고……. 생명설계 시설에도 기록이 없고……. 도대체 어떻게 된 일입니까? 통장, 통장이 범죄자 수사에서 증거물로 발견된 기록이 하나 있기는 한데…… 뭐, 범죄에 이용되었다는

156

기록은 없군요.

"차렷!"

갑자기 우렁찬 고함이 터져 나왔다. 모든 병사들이 온몸을 뻣뻣이 곤두세워 부동자세를 취했다.

"받들어총!"

그 외침과 함께 모든 병사들이 충성, 하고 외쳤다. 동시에 검정 승용차 다섯 대가 검문을 기다리는 차량들 옆으로 나타나더니, 열린 차선을 통해 어둠 속으로 사라져버렸다. 멈춰 서지도 않았고 검문을 받지도 않았다. 잠깐 제임스는 착각에 빠졌다. 무슨 장군이라도 지나간 것인가? 그럴 리 없다는 것을 그는 곧 깨달았다. 저들은 장군의 병사들이 아니었다. 사장의 병사들, 회장의 병사들이었다. 어쩌면 이 모든 검문 소동은 바로 저 사장이나 회장의 원활한 통행을 위한 준비에 지나지 않았을지도 모른다. 멜라니가 눈도 뜨지 않은 채 투덜거렸다. 병정놀이하는 사내새끼들. 꼴 보기 싫어.

임시 검문소를 빠져나온 차들이 경쾌한 속도로 어둠과 진눈깨비 속을 질주했다. 트럭 6869도 그 속에 끼어들었다. 이대로 고속도로로 진입하여 남북 분계선까지 달릴 수 있다면 검문을 당하느라 빼앗긴 시간을 벌충할 수 있을 것이다.

"먹고 갑시다."

멜라니가 들릴 듯 말 듯 중얼거린 것은 고속도로에 들어서기도 전이었다. 그녀는 저기, 하며 길가의 휴게소 이정표를 가리켰다.

"벌써? 조금만 더 가면 아주 맛있는 한식을 내놓는 집이 있어요. 고등어조림이 아주 기가 막힌데."

제임스가 이쪽으로 나설 때마다 잊지 않고 꼭 들르는 집이었다. 곱게 늙은 할머니가 어린 손녀를 데리고 간판도 없이 밥을 짓고 나물을 무치고 생선을 조리하여 내놓았다. 마루에 놓인 식탁은 넷뿐, 그러나 언제나 손님으로 붐볐다. 이 시간에 가면 아마 가마솥 누룽지까지 한 아름 얻어 나올 수 있을 것이다. 먼 길 가는 동안 심심할 때나 졸음이 쏟아질 때 뚝뚝 떼어내어 우물거리면 달콤하기도 하고 졸음도 물리칠 수 있어 좋았다. 멜라니는 들은 척도 하지 않고 퉁명스레 내뱉었다.

"배고파 뒈지겠네."

그 어조가 무척 절박했다. 제임스는 이쁜이 할머니네 고등어조림을 포기하는 수밖에 없었다.

휴게소 식당에 들어서자마자 멜라니는 접시에 음식을 쓸어 담았다. 밥, 김밥, 김치와 불고기와 꽁치, 닭튀김과 탕수육까지 접시 가득 음식을 담아 계산대로 가져갔다. 회사에서 한 끼 식사로 저런 비용을 지불하는 것을 용납할 것인지, 제임스는 잠시 걱정스러웠으나, 곧 자신이 할 걱정이 아니라는 것을 깨달았다. 그는 밥과 콩나물국, 고등어 한 토막과 김치 한 접시만을 담아 멜라니가 차지한 식탁으로 갔다. 회사에서는 그들이 지금 식사를 시작했다는 것을, 심지어 그들의 메뉴까지 훤히 들여다보고 있을 것이다. 내일쯤 백스터란 놈이 이 메뉴를 보고 펄펄 뛸 생각을 하니 고소하기도 하고, 멜라니를 위해서는 다소간 걱정스럽기도 했다.

어느새 접시를 다 비운 멜라니는 다시 팥죽을 한 사발 떠와 설탕을 쏟아붓더니 맹렬히 퍼먹었다. 싸구려 식료를 가져다가 조미료와 방부제로 범벅을 하여 만들어낸 음식이었다. 맛이 있을 리 없었다. 그러나 멜라니는 사료에 덤벼드는 개처럼 그릇에 머리를 들이박을 기세였다.

식당은 썰렁했다. 손님은 예닐곱뿐이었다. 커다란 텔레비전에 아랍 통일연맹 전쟁장관이 나와서 유럽을 오렌지처럼 짜서 대서양에 던져버리겠다고 위협했고, 대응책을 묻는 기자에게 유럽연맹의 외무장관은 이제 막 포도주라도 한잔 마신 듯 여유로운 미소를 지으며 오렌지 짜는 연습을 아주 많이 해야 할 거라고 응수했다.

아이스크림과 케이크 한 조각을 더 먹은 다음에야 멜라니는 고개를 들고 만족스럽게 웃으며 그를 쳐다보았다. 48시간을 굶었어, 하고 그녀가 말했다. 왜 굶었을까? 그녀의 대답은 간단명료했다. 돈도 없고, 카드도 없고.

휴게소 주차장은 한적했다. 트럭과 트레일러, 대형 버스가 몇 대서 있고, 승용차들이 예닐곱 대쯤 띄엄띄엄 엎드려 있었다. 부산스러운 것은 휴게소 바깥을 에워싼 전광판들이었다. 수배령이 떨어진 카드 불법 사용자들의 얼굴과 이름 들이 커다랗게 떠올랐다. 남자, 여자, 젊은 사람, 늙은 사람, 어린아이까지, 검은 사람, 흰 사람, 붉은 사람, 노란 사람, 프랜시스, 압둘, 존, 아이작, 뉴먼, 자크……. 카드 불법 사용자는 테러리스트입니다, 하는 말이 꼬리처럼 따라다녔다. 자수하여 평화, 신고하여 안전. 상금도 받으세요.

제임스는 계단 위에 서서 물끄러미 그 전광판을 바라보았다. 멜라니가 다가와 턱짓으로 그것을 가리키며 물었다. 왜? 관심 있어요? 관심이라니. 카드 하나 줘요? 카드를? 폐기카드 많아요. 그녀는 뒷

주머니에서 카드를 열댓 장 꺼내 펼쳐 들었다. 이건 SS 울트라 카드, 이건 한주 카드, 이건 은행 카드……. 골라잡아요. 이 많은 카드를 두고 어째서 48시간을 굶었다는 것인가? 그녀는 웃었다. 다 써먹은 거거든요. 한 번 이상 쓰면 위험해서. 꼭 필요할 때가 아니면…….

카드를 사용하는 순간 그 기록은 초속 64기가의 속도로 전국을 아우르는 열두 군데의 데이터베이스 센터로 날아갔고, 그것이 불법적인 사용으로 판단되면 그 즉시 그 정보가 전국의 모든 단말기로 전송되었다. 그 카드가 다시 판독기에 물리는 순간 경찰과 보안 회사, 카드 회사에 경보가 발령되고, 경찰관이 즉각 현장에 출동하여 불법 사용자를 검거했다. 그런데도 카드 불법 사용자들의 명단은 줄어들지 않았다.

멜라니는 코웃음을 쳤다.

"다 방법이 있어요."

해커들은 기회가 생기는 대로 결코 놓치지 않고 카드를 복제했다. 한국에서 복제한 카드를 그린란드에서, 하와이에서 복제한 카드를 상트페테르부르크에서 팔아먹었고, 범죄자들 역시 한번 사용한 카드는 잊지 않고 폐기했으며, 불가피하게 두 번째 사용할 때는 간단히 조작을 하거나, 극도로 조심스러운 방법을 썼다. 데이터베이스 업데이트가 느린 소규모 가게나 영업장 들, 손님으로 들끓어 출납 직원이 데이터베이스의 연결을 일부 해제한 영업장, 그런 곳이 대상이었다.

멜라니는 그런 것을 어떻게 그리 잘 아는가? 그녀는 웃었다. 무슨 수를 쓰든 굶어 죽지는 말아야 하니까. 기껏 좋은 회사 골드카드를 마련했는데, 밥 한 끼 먹고 폐기할 때는 참 속이 쓰리지요. 하지만 어쩌겠어요? 두 번째라는 것은 없는 거나 마찬가진데. 그녀는 카드를 접어 주머니에 쑤셔 넣었다. 비상용으로 쓸 수 있는 카드를 적어도 한 장은 늘 가지고 다녀야 해요. 그래야 마음이 놓이거든. 마치 가을에 감 따듯 아무 데서나 카드를 얻을 수 있다는 듯한 어조였다. 그런 걸 다 어디에서 마련하는가?

"컴퓨터만 있으면 애들 장난입니다. 1분이면 뚝딱. 끝. 아까 사무실에서 봤잖아요. 소장 아저씨 카드 만드는 거. 글자 몇 개 쳐 넣으니 다 끝났잖아요."

그야 그에게는 정보가 있었다. 합법적인 기기, 합법적인 권한. 멜라니는 킬킬 웃었다.

"정보가 합법적인 정보만 있는 건가, 어디? 그럼 이 세상 벌써 파라다이스가 됐겠네. 합법적 정보가 있으면 비합법적 정보도 있고, 합법적 기기도 있고 법외적 기기도 있고. 진짜가 있으면 가짜도 있고."

그녀는 대마초에 불을 붙여 내밀었다. 제임스는 허파 가득 연기를 빨아들이고 그녀에게 돌려주었다.

"일회용 카드는 해킹이 어려워요. 하지만 한 달짜리를 1년짜리로 만드는 거나, 1년짜리를 골드카드로 만드는 건 간단해. 해봤자 큰돈 안 되고, 귀찮으니 안 하는 거지. 걸려서 저런 데 얼굴 내걸리면 살기도 피곤하고."

범법 행위라는 것 때문이 아니라 그저 귀찮아서 안 한다는 어조였다. 제임스는 허풍이라고 생각했다. 그런 배짱과 기술이 있다면 48시간 굶고 지냈을 리가 없지 않은가.

트럭으로 돌아오자 멜라니는 앞서 운전석에 올랐다. 아직 교대할 시간이 아니었으나, 제임스는 조수석으로 옮겨 탔다. 시동을 걸고, 자동주행장치와 내비게이터를 켜고, 안전벨트를 한 그녀는 제임스를 돌아보고 말했다.

"갑니다, 고객님. 걱정 말고 편안히 주무세요."

멜라니는 눈보라 속으로 차를 몰았다.

"내가 너무 많이 처먹어서 식곤증으로 졸까 봐 걱정이 될지도 모르겠는데, 걱정 마요, 사수. 지난 48시간 동안 내가 뭘 하고 지냈을 것 같아요? 배가 고플 땐 자는 게 최선입니다. 자고, 깨면 배 터지도록 물 마시고, 또 자고……. 아마 40시간은 잤을걸."

그녀의 운전은 성급하지만 능란했다. 고속도로에 올라선 다음에도 자동주행장치를 켜지 않았다. 순식간에 200킬로미터 가까이 속도를 높였다. 측면에서 몰아치는 바람에, 고속으로 질주하는 무수한 대형 트럭들 사이에서 트럭 6869는 도주하듯 위태롭게 질주했다. 차가 들썩거리고, 네 바퀴가 모두 허공에 뜬 채 바람을 가르는 것 같은 순간이 이어졌다. 제임스는 속도를 줄이라고 말하려다 일단은 더 기다려보기로 했다. 그녀가 말했다. 술 없어요, 사수? 한잔해요. 감춰둔 술이 있었으나 제임스는 꺼내지 않았다. 내비게이터가 잔소리를 시작했다. 속도를 줄이십시오. 시속 120킬로미터 구간입니다. 멜라니는 손을 뻗어 내비게이터마저 꺼버렸다. 앞 유리창의 홀로그램에 붉은 경고등이 명멸했다. 모든 차들을 추월하고 또 추월하며 멜라니는 달렸다. 능란하지만 거칠고 호전적인 운전이었다. 눈보라가 창으로 밀려들어 시야가 불완전했으나 그녀는 속도를 줄이지 않았다. 앞이 보여도 달리고, 보이지 않아도 달렸다. 휘파람을 불다 노래를 부르고, 그러다 다시 휘파람을 불었다. 돌아보면 아무도 보이지 않고 저녁놀 빈 하늘만 눈에 차누나…….

"빨리 가야지. 빨리 가야 해. 평양에 들러야 할지도 모르니까."

제임스가 놀라 물었다. 평양엔 왜? 그녀는 웃어댔다.

"그냥. 시간 나면 한번 들러볼까, 하는 생각이 들어서."

어처구니없는 소리였다. 회사의 모니터가 일각일각 트럭 6869의 이동 경로를 지켜보고 있었다. 제임스는 그녀가 한 얘기들이 비현실적이라는 생각을 지울 수 없었다. 48시간 아무것도 먹지 못했다는 것부터 무슨 소설 같은 불법카드 얘기에다가, 이번엔 평양이라니. 멜라니는 밥을 먹고 나서부터 전혀 다른 사람이 되어버린 것 같았다. 말이 많고, 지나치게 쾌활했으며, 막무가내였고, 폭력적이었으며……. 두 시간 전 사무실에서 본 조용하고 신중한 사람과는 전혀 딴판이었다.

금세 국경이 나타났다. 남한 쪽 검문소를 통과하자 이내 북한 쪽 검문소였다. 조선민주주의인민공화국에 오신 것을 열렬히 환영합니다. 붉은 구호가 전광판 위를 번쩍이며 흘러가고, 별과 망치와 낫이 새겨진 깃발이 눈보라 속에 펄럭거렸다. 이미 사라진 나라, 그러나 상징은 여기저기 남아 눈을 끌었다. 그들의 트럭은 곧 차단기와 장애물, 탐색등이 탑재된 지프, 기관총좌와 장갑차, 그 앞에 마네킹처럼 뻣뻣이 버티고 선 북한군 병사들에게 포위되었다. 국경을 수없이 넘나들었으나 제임스는 이 남과 북 사이의 국경을 통과할 때는 늘 마음이 불편하고 불안하고 역겨웠다. 그가 넘나든 모든 국경 가운데 가장 가까운 국경이었고, 가장 삼엄한 국경이었으며, 외국어가 필요치 않은 유일한 국경이었다.

북한군 병사가 다가오는 것을 보며 멜라니는 말했다. 100원짜리 동전 하나 있어요? 좀 줘봐요. 제임스는 동전을 꺼내주었다. 북한군 병사 한 사람, 그 뒤에 베레모를 쓴 스위스 병사 한 사람이 트럭 옆으로 접근했다. 스위스 병사가 우쮸 마인드, 하고 말을 꺼내자마자 멜라니는 두 사람의 작업카드와 신분카드, 화물카드를 넘겨주었다. 스위스 병사가 카드를 조회하는 동안 북한군 병사는 손전등을 켜 트럭 안을 구석구석 검사했다. 이기 무스그 냄새요? 멜라니는 웃으며 대답했다. 대마초. 한 대 줘, 젊은 양반? 북한군 병사는 눈을 커다랗게 뜨고 사방을 두리번거렸다. 멜라니는 100원짜리 동전과 함께 대마초를 내밀었고, 그것들은 병사의 소매 사이로 재빨리 사라졌다. 히죽 웃으며 병사는 트럭에서 떨어졌다. 스위스 병사가 차창으로 카드를 넘겨주었다. 오케이. 고 온.

곧이어 폴란드 검문소가 나타났다. 총좌도 장갑차도 없었다. 병사 둘이 서 있다가 다가오는 차들을 향해 손전등으로 신호를 보냈다. 정차할 것 없이 계속 진행하라는 뜻이었다. 멜라니는 트럭을 몰아 그들 앞을 스쳐 지나며 창밖을 향해 소리쳤다. 땡큐, 브라더스!

검문소를 넘어서면 곧 폴란드 조계였다. 강원도 일원, 손바닥만 한 넓이였다. 그러나 북한 지경(地境)에서는 가장 자유분방한 곳으로 알려져 있었다. 한반도에서 가장 먼저 대마초와 매춘이 합법화

된 곳이었다. 이 작은 지역에 카지노가 열다섯, 최고급 호텔이 스물 두 개가 자리 잡고 있었다. 한반도 남과 북의, 중국의, 태국과 러시 아의 매춘부들이 쏟아져 들어왔다. 그들은 이곳으로 들어오기 위해 국경 관리자들에게 뇌물을 바치기를 주저하지 않았다.

제임스는 처음 폴란드 조계에 들어서던 날을 아직 기억하고 있었다. 10여 년 전이었던가. 도로가 차들로 뒤덮여 꼼짝을 하지 않았다. 한참 뒤에야 매춘부들이 국경으로 통하는 국도에 드러누워 시위를 벌이고 있다는 것을 알게 되었다. 무슨 시위? 제임스의 사수가 말했다. 세율을 인하해달라는 모양이네. 두 시간 정도를 지체한 끝에 차가 움직이기 시작했다. 엉덩이와 가슴을 한껏 드러낸 여자들이 피켓을 들고 행진하는 것이 보였다. 42%! Tax Murderers! Worse than Mobs! 관광객들에게는 그 자체가 구경거리였다. 아이스크림을 핥으며, 핫도그를 씹으며 그들은 여자들을 향해 카메라를 들이댔다. 42퍼센트의 세율이 그 후 얼마나 낮아졌는지 제임스는 알지 못했다. 그에게 폴란드 조계는 언제나 목적지에 닿기 위해 속히 통과해야 하는, 그러나 쉬 통과하기 어려운 장애물 같은 거리일 뿐이었다.

3번 국도가 폴란드 조계 지역에서 언제나 정체에 빠진다는 것을 알면서도 조계 당국은 우회도로를 건설하거나 고속도로를 만들 생각을 하지 않았다. 차량들이 이곳에서 지체한다는 것을 특별히 관광에 해로운 요소로 여기지 않는 탓이었다. 차량이 지체하면 관광객들이 여기 머무는 시간도 늘 것이다. 물 한 통, 샌드위치 하나라도 더 구매하게 될 것이다. 혹시 아는가. 그사이 카지노나 매춘부의 유혹에 빠져들 수도 있지 않은가. 그것이 조계 당국의 계산인 것 같

165

았다.

역시 정체하고 있는 차량의 줄이 길었다. 교차로마다 신호등이
차를 세웠고, 행인들은 아무렇게나 차도를 가로질러 길을 건넜으
며, 인도와 차도를 넘나들며 한가롭게 쇼핑을 하고 산책을 즐겼다.
차들이 경적을 울려대도 행인들은 크게 신경 쓰지 않았다. 람보르
기니와 재규어 따위 값비싼 차종에서부터 화물 트럭과 트레일러까
지, 온갖 차들이 비좁은 4차선 도로에 빽빽이 늘어서 정체가 풀리
기를 한없이 기다려야 했다.

멜라니는 좌우를 두리번거리며 무엇인가를 찾는 눈치였다.

"사수, 여기서 얼마나 놀아봤어요?"

제임스는 그런 적 없다고 대답했다.

"여기 옐로스트리트에 한 번도 안 가봤다고?"

얘기는 무척 많이 들어보았다고 그가 말하자 멜라니는 나직하게
중얼거렸다.

"거기가 내 옛날 직장인데."

제임스는 무슨 뜻인지 잠시 알아듣지 못했다. 옐로스트리트, 직
장, 그것이 의미하는 바를 조립해내는 사이 그는 혼란을 느꼈다. 그
렇다면 이 여자는? 그녀는 제임스를 빤히 쳐다보며 고개를 끄덕였다.

"맞아요. 놀라긴. 거기서 일했어. 한 2년. 전 세계에서 몰려든 별
의별 미친놈들을 상대했지."

제임스는 어떻게 대꾸를 해야 할지 알 수가 없었다. 어디까지가
사실이고 어디까지가 헛소리인지 짐작도 할 수 없었다. 생각도 하
기 싫었다. 그녀에게 조롱당하는 기분이 들기도 했고, 그녀가 두렵

기도 했다.

도로 양쪽으로 클럽과 바, 카페와 호텔, 고급 브랜드 상점 들이 즐비했다. 교차로를 지날 때마다 얼핏 보이는 샛길에는 마사지 업소와 수상쩍은 사우나 간판이 번쩍거렸다. 그 모든 것들 너머 어둠과 혼돈을 꿰뚫고 높다란 간판을 세운 것은 SS 울트라마켓이었다. 차들이 줄지어 그곳 지하 주차장으로 밀려드는 것이 보였다. 어느 도시에 가도, 어느 거리에 가도, 가장 번화한 거리에, 가장 거대한 면적을 차지하고, 가장 높다랗게 간판을 세우는 기업이 SS 울트라였다. SS 울트라가 간판을 세우면 사방 50킬로미터, 100킬로미터의 소비자들이 승용차를 타고, 버스를 타고, 자전거를 타고, 두 다리로 걸어서 기를 쓰고 그곳으로 밀려들어 쇠고기를 사고, 양말과 구두를 사고, 휴대전화와 시계, 컴퓨터와 면도기를 샀다. 인간이 살 수 있는 모든 것이 거기에 있다고 사람들은 믿었고, SS 울트라마켓은 그 믿음을 팔았다.

도로는 충분히 넓었으나 옷과 구두, 공예품과 액세서리, 휴대전화와 시계, 핫도그와 샌드위치 따위를 파는 노점들이 줄줄이 거리를 차지하는 바람에 관광객들은 노점을 피하고, 서로를 피하여, 아슬아슬하게 비켜서고 스쳐가며, 떠밀고 떠밀리며 오갔다. 행복해지기로 작정한 그들의 얼굴을 거리의 울긋불긋한 조명이 물들였고, 디지털의 인공조명을 반사하는 그들의 치아와 이마는 어떤 단단한 즐거움이라도 부숴 먹겠다는 의욕으로 번들거렸다. 그들을 사로잡기 위해 가게마다 세계 각국의 신용카드 표지와 함께 coffee+hot dog+water=5.99€, BAR BAR BAR, 1+1 1+2 1+3, sale today

167

only 등의 쪽지를 내걸었다.

노인 한 사람이 불쑥 차창으로 팔을 들이밀었다. 손에 신문지로 싼 물건을 쥐고 있었다. 그는 피로에 지쳐 곧 감길 듯한 눈으로 멜라니를 흘끗 쳐다보았다. 대마초. 최고 품질이야. 그녀는 좋아요, 하고 대마초를 받았다. 사수, 돈 좀 내. 노인이 황급히 말했다. 카드는 안 돼. 얼만데요? 멜라니가 물었다. 300유로. 원화는 안 받아. 노인의 말이었다. 대마초를 1킬로그램이라도 살 수 있는 돈이었다. 제임스는 물론 그런 돈을 갖고 있지 않았다. 사고 싶지도 않았다. 그는 대마초를 멜라니에게 돌려주었다. 신문은 구겨져 있었으나 〈노동신문〉의 표제가 선명했다. 멜라니가 대마초를 내밀자 노인은 그것을 거칠게 잡아채더니 눈을 번득이며 욕을 퍼부었다. 이런 창녀 같은 년이 어디서 노인을 놀려. 돈도 없는 것들이 왜 남의 물건을 탐을 내냐고. 그는 점점 더 소리를 높여 버럭버럭 고함을 질러댔다. 양아치 같은 놈이 깡통 같은 차에 창녀 하나 싣고 다니니까 간이 배 밖에 나왔냐. 노인은 트럭을 걷어차고 침을 뱉었다. 멜라니는 웃으며 말했다. 할아버지, 집에 가서 약이나 빨고 자빠져 자. 그녀는 끊임없이 킬킬거렸다. 노인은 더욱 크게 고함을 지르며 날뛰었다. 이런 더러운 것들. 나라 꼴이 엉망이 되니까 별 오랑캐 같은 것들이 다 몰려드네. 그는 주먹으로 유리창을 펑펑 내리쳤다. 멜라니도 지지 않았다. 어서 가서 해골이나 굴리라고. 베개에 굴리건 묏자리에 굴리건 알아서 하시라고. 구경꾼들이 꼬여들었다. 멜라니는 아랑곳하지 않았다. 노인은 제 가슴을 펑펑 두들겨대며 욕설을 퍼부었다. 저 더러운 년, 저 도둑년.

네거리에 이정표가 서 있었다.

DMZ 기념관. DMZ Park. 10km.

다행히 신호가 바뀌어 차들이 움직이기 시작했다. 그러나 차는 속도를 낼 수 없었고, 노인은 곁을 따라오며 차를 계속 걷어찼다. 구경꾼들은 제임스와 멜라니가 노인에게 무슨 큰 잘못이라도 저지르고 달아나는 중이라고 믿는 것 같았다. 멜라니가 투덜거렸다. 아, 참 성가시네, 그 늙은이. 저걸 죽여버릴까. 그녀의 어조가 무척 진지하여 제임스는 그것이 농담인지 진담인지 알 수가 없었다. 내 저걸 죽여버리는 수밖에 다른 길이 없어. 어이, 영감. 죽고 싶어? 그만하면 오래 산 것 같은데. 이제 살기 싫지? 노인은 두 팔을 휘두르며 버럭버럭 욕설을 퍼부었다. 저 천하에 머리를 벗겨 늑대한테 던져줘도 모자랄 개간나……. 니가 노인한테 이런……. 멜라니는 웃으며 쳐다보다가 한마디씩 툭툭 내뱉었다. 늙은이 목청 좋네. 노래하나 불러봐. 각설이타령 같은 거. 그럼 동전 하나 던져줄게. 노인은 원통해 못 살겠다는 듯 부르짖었다. 이 쌍간나, 너덜거리지 말라. 당장 내가……. 300유로는 안 돼, 이 늙어터진 자식아. 50전. 노래 한 자락 잘하면 하나 더 주고. 웃어가며, 아무렇지도 않게 욕설과 농담을 함부로 내뱉는 멜라니가 제임스는 무섭고 징그러웠다.

9

나는 더 이상 그를 사랑하지 않는다. 그녀는 걸을 때마다 그렇게 중얼거렸다. 나는, 그를, 사랑하지, 않는다, 나는, 그를, 더 이상, 사랑하지, 않는다…….

영업은 8시에 끝났다. 그로부터 30분 정도 뒤처리를 하고 지연은 식당을 나섰다. 15분쯤 걸으면 집이었다. 식당가와 주택가 사이에는 도로가 있고, 제법 고요한 공원이 있고, 도로변에 미루나무와 은행나무, 방울나무 들이 늘어서서 공원 못지않게 쾌적한 산책로가 있었다. 아침저녁으로 출근할 때마다 그녀는 이 산책로를 이용했다. 출퇴근시간에만 운영하는 모노레일을 이용하면 순식간이었으나, 그녀는 걷는 쪽을 좋아했다. 공원에는 사람이 없었으나, 작은 개울물이 흐르고, 바람이 나뭇잎들을 희롱하고, 싱그러운 풀냄새, 흙냄새가 나고, 나무들이 오랜 친구들처럼 조용히 서서 그녀를 지켜보았다. 나는, 그를, 사랑하지, 않는다……. 공원 바깥 도로에서 치안행정 차량이 한 대 천천히 지나고, 어디선가 〈라 트라비아타〉의 서곡이 희미하게 들려오고, 그 슬픈 하모니가 그녀의 마음에 깊이 스며들고, 나는, 더 이상, 그를, 사랑하지, 않는다……. 그 노래 때문에 그녀의 발걸음은 박자를 잃어 흔들렸다.

사랑한다면 어떻게 얼굴까지 잊을 수 있단 말이냐. 사랑한다면 어떻게 그 오랜 세월 동안 꿈을 꾸어도 얼굴 한번 볼 수 없단 말이냐. 사랑한다면 어떻게 온종일 전혀 생각도 나지 않고, 보고 싶지도 않단 말이냐. 그러니까 그녀는 이제 마침내 재선을 잊은 것이 분명하다.

아파트 광장에서 지연은 또다시 성준과 마주쳤다. 안녕, 이제 퇴근해요? 술 한잔 할래요? 아뇨. 들어가 쉬어야겠어요. 며칠 전에는 영화였고, 그 전에는 커피, 그 전에는 클럽이었다. 그녀는 상냥히 웃으며 거절했고, 성준은 별로 무색해하지 않으며 받아들였다. 그것이 여섯 달째 계속되고 있었다. 그는 세탁소에서 일했고, 간혹 세제와 기름 냄새를 피우며 돌아다녔다. 지연에게서는 콩나물 냄새, 새우젓 냄새가 날지도 모른다. 콩나물 냄새와 세제 냄새는 썩 잘 어울릴 것 같지는 않았다.

승강기 앞에 아기를 안은 부부가 서 있었다. 한 달이 채 되지 않은 것 같은 아기를 조심스레 붙안고 여자는 승강기에 올랐고, 남자는 지연을 위해 문을 붙들고 기다려주었다. 여자의 얼굴에 홍조가 짙었다. 젊은 어머니구나, 하고 지연은 생각했다. 아이가 아기를 안고 있는 것 같았다. 그 어린 얼굴이 사랑과 행복감으로 빛났다. 저렇게 사는 사람도 있는 것이다. 재선과 지연은 아기를 낳는 일 같은

171

것은 꿈도 꾸어본 적이 없었다.

39층에서 지연은 젊은 부부와 인사를 교환하고 내렸다. 슬롯에 카드를 넣었다 빼자 문이 열리고, 전등이 켜지고, 공조기 전원이 들어왔다. 방 한 칸, 거실 한 칸, 그 밖에 주방과 욕실. 넓지는 않았으나 혼자 살기에는 충분했다. 그녀가 이제껏 살아온 어떤 집보다 깨끗했다. 임대료는 없었다. 그녀의 소유가 아니었으나 그녀의 소유나 다름없었다. 청소나 소독 따위 명목으로 소액의 관리비가 청구되는 것이 전부였다.

집에 들어서면서 그녀는 우편물을 먼저 챙겼다. 행정본부에서 보낸 행정우편물이 둘, 그리고 울트라돔 아카데미의 홍보지였다. 아카데미에 새로운 강좌, '우주개발의 새로운 상상력'이 개설되었다는 소식이었다. 두 달 과정, 우주인 케네디 박사가 담당 교수였다. '우주개발의 상상력'이 폐강된 지 1년여가 지난 듯했다. 지연은 깡통 맥주를 하나 꺼내 들고 화장실로 들어갔다. 욕조에 뜨거운 물이 쏟아지는 동안 그녀는 맥주를 한 모금씩 마시며 아카데미의 홍보지를 읽었다.

'우주개발의 상상력'은 과거 울트라돔 아카데미의 고정 강좌였다. 지연도 한 차례 수강한 적이 있었다. 그러나 그때의 교수는 케네디가 아니라 당대의 천재로 알려졌던 브래드포드 박사였다. 블랙홀을 실험실에서 소규모로 만들어내고, 그것을 산업적으로 이용하는 방법을 고안한 것은 그의 나이 스물두 살 때의 일이었고, 그것이 그의 최고의 업적이었다. 그의 블랙홀은 국제 학회에서 브래드포드 홀이라는 호칭을 얻었다. 한국인으로 태어나 해외에 나간 적도 없이 오직 한국 대학에서 공부하고 연구한 그는 스물일곱 나이에 나사(NASA)의 초청을 받고 미국으로 건너가 제5차 '문샤인 프로젝트'의 최고기술경영자(CTO)로 취임했고, 나사의 우주정거장 '모닝팬'에서 1년을 거주하며 연구와 식민지 건설을 지휘했다. 식민지 건설은 실패했으나, 그것은 나사만의 일은 아니었다. 미국이 우주 식민지 건설을 포기한 이후 중국이, 러시아가, 프랑스와 독일이 연이어 우주 식민지 건설 사업에서 철수했다. 우주의 제국주의자들과 과학자들은 달에, 화성에, 그리고 유로파에 무수한 쓰레기 더미들을 남기고 빈손으로 돌아왔고, 일부는 막막한 우주의 검은 공간 속에서 실종되어버렸다. 영국과 일본, 중국만이 아직까지 우주 식민지 건설에 지지부진한 투자를 계속하고 있었다.

우주에 인간이 살 곳이란 결국 이 폐기 직전의 작은 별 지구밖에 없다는 것을 알게 된 이후에도 인류는 삶의 방식을 바꾸지 않았다. 개발과 소비는 문명의 유일한 방식이었다. 아무도 의심하지 않는 것 같았다.

브래드포드 박사는 언젠가 그 실종된 이들과 만나게 될지도 모른다고 말했다.

"시간은 우리가 흔히 생각하듯 일방향적인 것이 아닙니다. 어쩌면 시간이란 전혀 존재하지 않는지도 모릅니다. 우리의 체험 속에서만 존재할 수도 있습니다. 그러나 우리의 체험은 어디에 존재하는 것입니까? 그것은 과연 현존하는 것인가요? 오직 우리의 기억에 존재할 뿐인 겁니까? 기억이란 무엇입니까? 존재란 무엇인가요? 형이상학적 탐구의 과제였던 이런 질문은 이미 오래전부터 중요한 과학적 탐구의 대상이 되었습니다. 전 세계의 수많은 유능한 물리학자들이 이 문제에 대한 수학적, 논리적 공식을 찾아내기 위해 지금도 실험실에서 암중모색, 연구를 거듭하고 있습니다. 나의 존재와 체험의 존재, 그리고 기억과 시간의 존재란 어떻게 같거나 다른 것일까요? 나의 기억과 타인의 기억은? 두 사람, 세 사람의 공통된 기억은? 공통된 기억이란 존재할까요? 존재하지 않던 것이 존재할 수 있는 것일까요? 존재하던 것이 존재하지 않을 수 있는 것일까요? 내일이 오늘이 되고 오늘이 어제가 되는 것을 보십시오. 내일이 오늘이 되었다는 것은 사실일까요? 내일은 어디에 있다가 갑자기 나타난 것일까요? 오늘이 과거가 되었다면 그 과거가 존재하는 곳은 어디일까요? 정말 존재하는 게 확실할까요? 누구 입증할 수 있습니까? 상상해보십시오. 이 수많은 의문들, 이것들이 아주 간단한 하나의 공식, 아인슈타인의 공식 $E = mc^2$과 마찬가지로 아주 단순하고 명쾌한 하나의 공식으로 해결되는 날이 머지않아 올 겁니다. 당장 내일이 될 수도 있습니다. 여러분 가운데 누군가가 그 공식을 찾아낼지도 모릅니다."

그는 울트라돔 아카데미에서 강연을 마치고 귀가하는 길에 둔촌동의 집 앞에서 피살당했다. 당국은 한 달 뒤 PeC라는 조직을 사건의 주모자로 발표했다. PeC는 세계적인 규모로 암약하는 테러 조직이었고, 그들이 오래전부터 변민수, 즉 브래드포드 박사를 지목하여 암살을 계획해왔다는 것이었다. 어째서 한 사람의 과학자가 테러리스트들의 표적이 된 것일까? 수사 당국은 나사가 우주개발을 위해 지구에서 모집하여 데려간 노동자들의 문제를 언급했다. 나사에서 동원한 노동력은 3만 명, 지구로 귀환한 인원은 5,000명이 채 되지 않았다는 소문이 있었다. 비극적인 사고로 일부 인명이 피해를 본 것은 사실이지만, 그렇게 많은 사람은 아니었다고 나사는 주장했으나, 테러리스트들은 거짓이라고 비난했다. 나사가 비용 때문에 그들을 포기했으며, 그런 결정의 책임자가 바로 브래드포드였다는 것이 그들의 주장이었다.

브래드포드 박사의 논리를 따르자면, 아마도 죽었다거나 죽지 않았다거나, 귀환했다거나 실종되었다거나 하는 얘기는 고대적 시간관, 고대적 존재론에 의지한 사고일 따름일 것이다. 어쩌면 그는 저 어마어마한 우주개발의 실패 가운데, 세계 각처에서 브래드포드홀이 축적하고 있는 어마어마한 비중 가운데 여전히 활발하게 존재하고 있을지도 모른다. 그가 주장한바, 스물두 겹 우주의 스물한 번째 우주에서 새로운 아카데미를 열어 새로운 브래드포드홀을 연구하고 있을지도 모른다. 어쩌면 그 브래드포드홀의 축적된 비중을 통해 그 스물한 겹의 우주를 꿰뚫고 어느 날 홀연히 이곳에 나타날지도 모른다.

물이 반쯤 차자 지연은 알몸으로 욕조 안으로 들어갔다. 욕실의 작은 텔레비전에서 소행성 아이손이 지구를 향해 돌진하고 있다는 소식이 흘러나왔다. 온몸을 간질이는 따뜻한 물의 감촉에 절로 만족스러운 한숨이 새어 나왔다. 뜨거운 물속에 들어가 앉을 때마다 지연은 호사란 이런 것이라는 생각이 들었다. 텔레비전 속의 과학자들은 얘기했다. 이번에는 염려할 필요가 없는 것이, 지난번 코르테스301 행성과는 방향이 많이 다르고, 속도 역시 위협적인 수준이 아닙니다. 지구의 인력권에서 그 궤도가 얼마나 멉니까?

산다는 일은 이처럼 조용하고 한가할 수도 있었다. 그녀가 울트라돔에 들어와 살면서 가장 감탄한 점이었다. 무리할 일이 없었고, 성가실 일이 없었으며, 다툴 일 또한 없었다. 주택 배정에서부터 직장 선정과 임금 결정, 주민 신고와 카드 발급, 아카데미 수강 등의 절차가 물 흐르듯 자연스러웠다. 행정본부의 직원들은 더없이 친절했다. 꼭 필요한 조언을 적절한 때에 해주었다. 아카데미라뇨? 생활의 지혜? 우주개발의 상상력? 공부라면 난 신물 나거든요. 이걸 왜 해야 해요? 그녀가 말하자 50대의 남자 직원은 미소 지으며 네, 안 하셔도 됩니다, 하고 말했다. 그는 푸른색의 양복을 정중히 입고 있었으나, 어째서인지 그 깨끗한 양복은 병원의 의사나 간호사가 입는 가운 같은 느낌이 들었다. 하지만 필요하실 거예요. 일종의 오리엔테이션 과정이거든요. 이를테면 울트라돔 주민들에게 국세와 지방세가 면제되는 것은 아시죠? 어떤 절차를 통해 면제되는지 궁금하지 않으세요? 간혹 그 절차를 잊고 지내다가 나중에 세금 고지서가 나왔다고 당황하는 주민들이 있습니다. 물론 그렇다 해서 세금을 내야 하는 것은 아니지만 입주 초기에 절차에 따라 처리하는 것보다는 다소 복잡하고 귀찮아집니다. 카드 발급 절차, 사용 범위 같은 것도 아셔야 할 거구요. 아파트 문 개폐에서부터 자전거, 대중교통, 은행, 병원, 직장, 도서관, 극장, 아카데미, 카페, 오락 시설, 시장, 심지어는 교회나 사찰 등 거의 모든 곳에서 사용이 가능하거든요. 아주 편리하구요. 일주일에 한 번, 한 달만 들으시면 됩니다. 그 다음부터는 자유롭게 결정하세요. 아무도 간섭하지 않아요. 듣고

176

싶은 강좌가 있으면 들으시고, 없으면 그만두시고.

지연은 울트라돔의 오리엔테이션 과정으로 알려진 '생활의 지혜'를 한 달 들은 뒤 또 다른 강좌에 등록했다. '꽃말, 꽃의 전설'이라는 강좌였다. 어디선가 본 적이 있는 것 같은 제목이었다. 알고 보니 옛날 그녀가 거리에서 샀지만 결코 다 읽을 수 없었던 책을 쓴 작가가 개설한 강좌였다. 그가 얘기해주는 꽃의 전설은 서글프고 아름답고 환상적이었다. 같은 책이었으나 읽는 맛은 전혀 달랐다. 어쩌면 지연 자신이 달라진 탓일까.

퇴근시간과 공휴일이 철저히 지켜지기 때문에 가능한 일이었다. 공휴일에 암암리에 출근을 권고하거나 강제하는 사람은 없었다. 흔히 다운타운이라 불리는 지역에는 극장과 클럽, 카페, 술집과 오락실이 자리 잡고 있었는데, 늘 손님으로 북적거렸다. 가끔 싸움이 벌어지면 치안경비가 순찰차를 타고 나타나 신속히 처리했다. 거주지구 동쪽에는 화요일 도서관, 남쪽에는 목요일 도서관이 있었고, 각기 일주일에 한 번, 화요일 도서관은 화요일에, 목요일 도서관은 목요일에 휴관했다. 편의점들은 대부분 24시간 영업했고, 두어 개의 클럽과 음식점, 카페도 하루 종일 문을 열어놓고 있었다. 손님과 종업원이지만, 또한 동료라는 것을 그들 모두가 알고 있었다. 세탁소에서 일하는 성준이 지연이 일하는 콩나물국밥집에서 저녁을 먹을 수 있었고, 지연이 원피스를 들고 세탁소에 찾아갈 수 있었다. 그래서 특별한 경우를 제외하고는 손님과 종업원 사이는 우호적이었다. 그 모두를 울트라돔이 직접 운영했다.

SS 울트라가 서울에서 몇 개의 에너지돔을 운영하고 있는지 알아? 둘이야. 지방에 하나. 언젠가 재선이 들려준 얘기였다. 그들은 도봉산에 올랐다 내려와서 막걸리를 마시고 있었다. 바로 건너편 울트라돔 도봉의 거대한 탑 꼭대기에서 푸른 불빛이 은은히 어둠을 물들이고 있었다. 재선은 에너지돔을 볼 때마다 깊은 혐오감과 두려움을 나타냈다.

"SS 울트라의 에너지돔에 사는 주민들만 120만이야. 사실상 인구 120만의 영토나 다름없어."

그들은 갈 곳이 없었고, 며칠째 무비베드를 전전하고 있었다. 세상 끝에서 떠나온 후 그들은 살기가 죽기보다 힘들다는 것을 생생히 체험하고 있었다. 재선은 주민등록지를 찾아가 복지노동을 했고, 지연은 24시간 영업하는 식당에서 야간작업을 했다. 그것도 운이 좋은 경우 일주일에 하루 이틀 정도가 고작이었다. 도봉산에 오른 것은 근처 맥줏집에서 지연이 시간제 노동을 해야 했기 때문에 남는 시간을 보내기 위한 방편이었다.

울트라돔의 사인보드가 얘기하고 있었다. SS 울트라돔, 여러분을 기다립니다. 의식주 무상. 교육 무상. 직장 보장. 의료 보장. 세금이 없습니다. 요람에서 무덤까지, 여러분의 평생을 보장합니다. 그것은 유혹적인 제안이었다. 몇백 미터를 걸어 저 돔 안으로 들어가기만 하면 당장 그들은 집과 직장을 얻게 될 것이다. 재선이 그런 얘기를 꺼낸 것은 저 거대한 사인보드의 유혹에 대한 반발이었을 것이다.

"세금이 없다니, 사기꾼 새끼들."

재선이 투덜거렸다. 세금이 없는 것은 아니었다. 국가는 주민들에게 세금을 부과하지만, 그 세금을 기업이 대신 납부하는 것뿐이었다. 그 과정에서 에너지돔은 국가로부터 일부 행정과 조세의 권한을 양도받았다. 물론 국가의 항시적 감독이라는 단서가 있었으나, 사실상 무용지물이었다. 국가와 기업은 긴밀했고, 서로를 위해 주고받아야 할 것이 무엇인지를 왼손과 오른손처럼 잘 알았다. 국가는 좀 더 가벼워지고, 기업은 좀 더 무거워졌다.

에너지돔이 있는 지역에서는 국회의원이나 시장, 구청장이 기업의 의지에 좌우되는 경우가 많았다. 에너지돔 집합거주지구에서는 흔히 몰표가 나왔고, 선거에서 결정적 영향력을 행사했다. 누구나 아는 그 사실은 결국 당연한 일이 되었다. 기업은 단순히 에너지돔의 행정을 좌우하는 것에 그치지 않고, 그 지역의 행정과 권력까지 지배할 수 있었다.

"국회의원, 도지사, 시장이나 구청장이 아니라 사장이나 전무, 상무가 모든 행정의 최고 책임자겠지."

지연은 자고 싶었다. 그러나 무비베드에 들어가면 오직 자는 일만 할 수 있었다. 무비베드는 모두 일인실이었고, 따라서 따로 자야 했다. 그들은 늘 무비베드에 들어가는 시간을 미루기 위해 노력했다. 집을 마련하기까지는 어쩔 수 없었다. 언제 집을 마련하게 될 것인가. 그들에게는 아무런 계획도 마련도 없었다. 언제까지 무비베드를 전전하게 될 것인가. 그들은 스스로에게 그런 질문은 하지 않았다. 그들에게 너무나 어려운 질문이었다.

그들의 눈앞에 거대한 문자들이 흘러가고 있었다. 의식주 무상. 교육 무상. 직장 보장. 의료 보장. 그들은 에너지돔의 거대한 광고판에서 눈을 옮길 수 없었다.

"기업에 봉건 영토를 준 것과 다름없어. 그 영토에서 무슨 일이 벌어지는지 온전히 아는 사람은 회사의 고급 간부들뿐이야."

기업에는 영지, 주민들에게는 식민지였다. 어둠 속에 거대한 높이로 곧추선 에너지타워의 푸른 고리는 싸구려 맥주를 마시는 그들을 내려다보며 속삭였다.

요람에서 무덤까지, 여러분의 평생을 보장합니다.

재선은 투덜거렸다.

"SS 울트라의 노동자에 그치는 게 아니라 속민(屬民)이 되는 거야."

"지금은 속민이 아닌가?"

지연이 물었다. 재선은 할 말을 잃었다. 속민이 아니다, 하고 대답할 수가 없었다. 어쩌면 속민이 차라리 나을지도 모른다. 그들을 보호하는 깡패라면, 그 깡패가 뭐라 불리건 무슨 상관이란 말인가. 국가가 또 하나의 깡패에 불과하다고 그들은 믿고 있었다. 어쩌면 국가와 기업은 점점 더 구별하기 어려운 깡패들이었다.

지연이 이처럼 선명히 기억하는 것은 아마도 그날, 그녀가 가장 큰 유혹을 느꼈기 때문이었을 것이다. 그녀는 지쳐가고 있었다. 세상 끝에서 온 우주를 차지했던 장엄하고 성스러운 연인들은 사라졌다. 어디에서도 찾아볼 수 없었다. 그들은 작고 무력하고 굶주리고 지친 실업 노동자에 불과했다. 잘 데도 없었다.

그들의 모든 우려는 기우에 지나지 않았던 것인가. 지연은 욕실에서 나와 옷을 갈아입고 집을 나섰다.

재선 역시 그녀를 잊었을 것이다. 잊지 않았다 해도 노예가 되어버린 그녀를 더 이상 사랑하기는커녕 혐오감을 드러낼 것이다. 어

180

쩌면 그를 기다리는 것은 어리석은 짓이었다. 노예는 클럽으로 갔다. 한 달에 두 번쯤 휴일을 앞두고 그녀는 클럽에 갔다. 집에서 다소 멀긴 하지만 클럽 카오스가 더 마음에 들었다. 클럽 유니버스는 젊은 아이들 차지였다. 그녀는 더 이상 젊지 않았다.

두 달쯤 전 지연의 직장동료 로버트가 결혼을 했다. 결혼식은 교회에서 목사의 주례로 이루어졌다. 젊은 신부는 목요일 도서관 사서였다. 울트라돔 행정 당국은 그들 새로운 부부에게 집과 유급휴가, 그리고 특별융자 등의 혜택을 제공했다. 발리의 휴양지에서 신혼여행을 마치고 돌아오자마자 로버트는 차를 샀다. 차를? 차를. 차 타고 돌아다닐 곳이 어디 있어서? 로버트는 역외 외출 때문에, 하고 대답했다. 역외 외출? 집합거주지구 밖으로 나가는 것을 그들은 역외 외출이라 부른다는 것을 지연은 처음 알았다. 그제야 지연은 울트라돔에 들어온 이후 바깥에 나가볼 생각을 한 번도 하지 않았다는 것을 깨달았다. 기이한 일이었다. 아니, 어쩌면 당연한 것일까. 울트라돔 안에서만 생활해도 전혀 불편할 것이 없었으니까. 그녀에게 저 바깥은 지긋지긋하고 고통스러운 재앙에 지나지 않았으니까.

로버트는 아버지에게 다녀올 때마다 너무 힘이 든다고 말했다. 버스 타고, 전철 타고, 다시 버스 타고……. 그의 아버지는 혼자 동대문에 살고 있었다. 시장에서 작은 신발 가게를 했다. 한 달에 두어 번 아버지를 방문할 때마다 로버트는 울트라돔으로 같이 들어가자고 권했으나 아버지는 거부했다. 내가 벌어 내가 먹고산다. 남의 신세 지는 게 공짜가 어딨냐. 이제 결혼을 했으므로 아버지를 설득할 수 있게 되기를 로버트는 기대하고 있었다. 그의 얼굴은 밝았다.

그처럼 밝은 얼굴을 지연은 저 바깥에서는 별로 본 적이 없었다.

그녀는 재선을 생각하지 않을 수 없었다. 그의 얼굴이 저렇게 밝아지는 것을 볼 수 있을까. 재선과 이곳에서 결혼한다면? 그녀는 잊지 않기 위해 다시 상기해야 했다. 나는 결혼하기 위해 여기 들어오지 않았다. 그녀는 세상 끝을 떠나며 불태운 슈퍼마켓을 떠올렸고, 더불어 그 불길 속에 던져버린 많은 것들을 생각했다. 어쩌면 그녀는 그 불길 속에 재선과의 관계마저 던져버렸는지도 모른다. 의식하지 못한 채 그 역시 지연과의 관계를 거기 불태우고 떠난 것인지 모른다.

그러나 그녀는 로버트가 부러웠다. 그녀의 신부가 부럽고, 그가 타고 나타난 멋진 닛산 승용차가 부러웠다. 로버트가 승용차를 사기 위해 은행에서 상당한 융자를 받아야 했다고는 하지만, 그 융자마저 부러웠다. 저 바깥에서는 그들 같은 신분으로서는 융자 같은 것은 꿈도 꾸어볼 수 없는 것들이었다.

PeC, PeC라고 했다. 지연은 그들이 어쩌면 바로 이곳, 울트라돔 하남에 은신해 있을지 모른다고 생각했다. 그들을 만나게 될지도 모른다. 그들을 만나게 되면 그녀는 한 가지 제안을 할 것이다. 그녀에게는 분명한 목표가 있었고, 그들을 설득할 자신도 있었다. 그러나 그들은 도대체 어디에 있는 것일까? 브래드포드를 죽인 뒤 모두 사라져버린 것은 아닐까? 수사에 쫓겨 모두 국외로 탈출한 것일까? PeC에 대한 소식은 전혀 들을 길이 없었다.

뱃속까지 두들겨대는 강한 비트에 지연은 몸을 맡겼다. 난 이제 그를 사랑하지 않는다. 그 역시 이제 날 사랑하지 않는다. 난 그를 잊었다. 그도 날 잊었다. 그런 생각을 할 때마다 비트보다 더 강하게 몸이, 가슴이 경련했다. 더 이상 잃을 것이란 없는데도 모든 것을 잃어버리는 기분, 이미 재선을 잃은 지 오래인데도 오히려 재선보다 더 귀중한 것을 빼앗기는 것 같아 두려웠다. 남자들이 접근했으나 그녀는 물리쳤다. 혼자 저 비트와 두려움 속에서 스스로를 조각내듯 격렬하게 온몸을 비틀고 흔들었다. 번득이는 흰 조명 속에서 그녀는 분절되고 또 분절되는 자신을 보았다. 보잘것없다, 보잘것없다, 하고 그녀는 되뇌었다. 그녀는 보잘것없고 보잘것없고 또 보잘것없는 존재였으나, 재선이 말한 대로 기업에 판매된 노예였으나, 적어도 자신이 그런 보잘것없는 존재라는 것은 잊지 않고 있었고, 그러나 그것을 잊지 않고 있다는 것이 얼마나 의미 있는 일인지에 대해서는 점점 자신이 없어져가고 있었다.

자정을 넘겨 그녀는 클럽에서 나왔다. 형형색색의 특수 전구들로 장식되었으나 어둠보다 더 깊고 더 야릇한 어둠으로 뒤덮인 계단을 빠져나와 한적한 거리의 서늘한 바람 속에 서자 그녀는 그 조용함을 견디기 힘들었다. 그 조용함이 원치 않는 곳으로 그녀를 데려갈 것 같았고, 그녀는 그것이 두려웠다. 되돌아서서 다시 클럽으로 돌아가고 싶었다. 아직 클럽의 비트가 몸 구석구석에 남아 그녀는 발걸음이 여전히 춤처럼 뒤흔들리는 것 같았다.

그러나 그녀는 텅 빈 4차선 도로를 건너갔다. 속히 집으로 돌아가 술을 좀 더 마시고 고꾸라져 잘 것이다. 더 이상 사랑하지 않는 재선 따위 생각에 시달리지 않을 것이다.

"지니."

하고 부르는 소리를 들었을 때 그녀의 온몸이 뒤흔들렸다. 그 목소리를 향해 돌아설 수가 없었다. 그것은 분명히 재선의 음성이었다.

"지니, 맞지?"

다시 그가 불렀다. 지연은 천천히, 영영 돌아서고 싶지 않다고 생각하며, 거기 재선이 서 있기를 기대하며, 거기 재선이 서 있지 않기를 기대하며 돌아섰다. 그가 왜 이곳에 들어와 있을 것인가. 그런데 지니라니. 지연이 아니라 어째서 지니란 말인가.

재선이 아니었다. 얼마나 다행인가. 그러나 그가 아니라는 것을 알게 된 순간 지연은 발밑이 1미터쯤 무너지는 것 같았다. 구깃구깃한 코듀로이 재킷에 푸른 체크무늬의 남방을 걸친 남자는 브라운이었다. 어딘가 달라진 것 같기는 했으나 분명히 나이트클럽 코지의 브라운, SS 울트라마켓의 부지점장 브라운이었다. 그는 입술을 깨물며 다가와 지연의 얼굴을 빤히 들여다보았다.

"당신 지니지? 나 알아보겠어?"

지연은 그 순간 엉뚱하게, 소행성 아이손이 그들의 머리 위 까마득한 거리에서 차가운 진공의 공간을 가르며 질주하는 것을 상상했다.

10

주차장으로 들어선 차가 멎었다. 운전기사가 차에서 내려 문을 열어주기를 기다리지 않고 한창수 회장은 스스로 차에서 내렸다. 피로감과 두통이 묵직하게 머리를 눌러오고 있었다. 에너지돔, 에너지돔, 하고 그는 혼자 중얼거렸다. 종일 그에 대한 회의에 시달렸다. 회사의 운을 승부하는 기획이었다. 메타물질의 제조기술을 수입해야 했다. 그러나 그것이 쉽지 않았다. 에이전시는 엄청난 특허 사용료를 요구했다. 어떤 식으로건 문제를 해결하지 않으면 기획은 실패였다. 시장에 알려지면 그날로 회사의 주가는 곤두박질할 것이다. 비밀리에 구입하여 해외의 창고에 차곡차곡 비축하고 있는 메타물질의 양을 더 늘려야 할 것이다.

창수는 알고 있었다. 결국 세계는 에너지돔과 에너지돔이 연결된 네트워크로 이행될 것이다. 시간은 걸리겠지만, 결국 국가는 조정기구 정도로 축소될 것이다. 국가가 네트워크 속으로 흡수될지도 모른다. 에너지돔 집단을 대표하는 기구, 즉 기업집단의 이익을 대변하는 기구, 그 기구는 대외적으로는 국가로 유지되겠지만, 실질적으로는 기업의 대리인 역할이 가장 중요한 기능이 될 것이다. 과거 한때 부르주아는 국가를 건설했지만, 앞으로 오래지 않아 부르주아는 국가를 매입하여 소유하게 될 것이다. 그것이 기업과 국가의 운명, 부르주아의 운명이었다.

그것은 에너지돔을 지니지 못한 기업은 도태되거나 흡수된다는 것을 의미했다. 에너지돔을 건설하지 못한다면 서울클라우드익스프레스는 그 많은 자본과 매출, 부채와 이익, 그 무수한 계열사들에도 불구하고, 에너지돔을 지닌 다른 기업에 흡수되거나 붕괴되는 운명을 맞을 것이다. 에너지돔을 포기할 수 없는 이유였다. 이미 한발 늦었다고도 할 수 있었다. 메타물질 E29가 아무리 비싸도, 계약이 아무리 불공정하더라도, 메타물질 E29가 아직 완벽한 것이 못된다 할지라도, 특허를 매입하지 못한다 할지라도, 매번 메타물질 E29의 완성품을 구입해야 하는 불편하고 불안정한 조건이라 할지라도, 어떤 식으로건 메타물질을 손에 넣어야 했다.

승강기를 향해 부지런히 발을 옮기는 그의 등을 향해 운전기사 장정식이 깊이 허리를 굽혔다. 편히 쉬십시오, 회장님. 그래, 미스터 장도 어서 들어가.

그때였다. 그림자 하나가 화살처럼 그들을 향해 날아들었다. 채찍 같은 것이 장정식의 얼굴을 후려쳤다. 그는 통증으로 비명을 지르며 물러섰다. 두 팔을 휘두르며 막아보려 했으나 채찍은 거듭 그의 얼굴을, 다리를, 몸뚱이를 내리쳤다. 회색 후드가 달린 운동복을 입은 괴한은 거듭 그를, 주로 그의 얼굴을 난타했다. 금세 얼굴이 부어오르고 이마가 찢어졌다. 그가 두 손으로 얼굴을 가리고 쓰러지자 그림자는 그의 두 팔과 얼굴에 연달아 채찍을 휘둘렀다. 채찍이 얼굴을 내리칠 때마다 쩍, 소리와 함께 살이 찢어졌다.

창수는 잠깐 얼이 빠졌으나 곧 테러라는 것을 알아채고 승강기를 향해 달렸다. 승강기가 22층에서 대기 중이라는 것을 확인하자 이번에는 계단을 향해 내달렸다. 그러나 그가 계단으로 통하는 문에 이르기도 전에 그림자가 달려와 채찍으로 그의 종아리를 후려쳤고 그는 비명과 함께 쓰러졌으며, 다음 순간부터 그의 얼굴과 목과 손과 팔에, 그리고 그가 고통을 이기지 못해 버둥거리며 엎드리자 그의 등과 목과 머리통을 향해 가차 없이 채찍이 날아들었다. 창수의 입에서 그가 지르는 것이라 믿어지지 않는 가련한 비명이 터져 나와 자동문과 대리석과 철판으로 밀폐된 지하의 로비에 메아리쳤다. 그림자는 단 한 마디도 하지 않은 채 숨을 헐떡이며 단호히 채찍을 휘둘렀다. 오래지 않아 창수의 엷은 양복이 찢어지고 셔츠가 찢어지고 살이 갈라지고 피가 튀기 시작했다. 괴한은 숙제라도 하듯 진지하게 가차 없이 채찍질을 계속했다.

정식은 정신을 차리자 승강기 쪽으로 달려가 뒤에서 회색 후드에게 덤벼들었다. 그러나 회색 후드가 채찍을 휘두르자 이내 신음과 함께 쓰러져버렸다. 회색 후드는 정확히 그의 얼굴만을, 얼굴을 가린 손과 팔만을 다섯 차례 더 내리친 다음, 돌아서서 또 창수를 난타했다. 창수의 비명과 회색 후드가 헐떡이는 숨소리, 채찍이 공기를 가르고 살을 파고드는 소름 끼치는 소리가 은빛 간접조명과 대리석, 실용적인 삼파장 엘이디 전구들과 철제문으로 장식된 로비에 음산하게 메아리쳤다.

창수가 정신을 잃자 회색 후드는 채찍질을 멈췄다. 그가 숨을 헐떡이는 소리가 바람 소리처럼 드셌다. 정식은 다시 한번 일어나려 시도했으나 회색 후드는 선 채로 돌아서서 그에게 채찍을 휘둘렀고, 채찍은 정확히 정식의 이마와 뺨과 눈을 찢으며 파고들었으며, 이내 다시 그의 무릎에 휘감겼다가 떨어졌고, 정식은 견디지 못하고 다시 쓰러졌다. 쓰러지면서 정식은 비로소 그 채찍의 정체를 알아보았다. 그것은 채찍처럼 길고 가늘고 둥근, 회초리처럼 부드럽고 유연한 금속 물체였다. 괴한은 양손에 그 금속의 채찍을 쥐고 있었으며, 오른손에 쥔 채찍은 길었고, 왼손에 쥔 채찍은 짧았다. 그는 검정 장갑을 낀 양손을 번갈아 휘둘렀으나 주로 심각한 상처를 입히는 것은 오른쪽 채찍이었다. 정식이 쓰러지자마자 괴한은 재빨리 돌아서서 다시 창수를 난타하기 시작했다. 금속 채찍이 번득이며 가차 없이 창수의 얼굴, 머리, 머리를 감싼 두 팔과 손, 목과 다리를 겨냥하고 떨어졌고, 그때마다 옷이 찢어지고 살점이 튀었다.

정식은 괴한의 얼굴을 보려고 애썼다. 후드가 얼굴의 위쪽 반을 가리고 있었고, 검정 머플러가 얼굴의 아래쪽 반을 가리고 있었다. 이마와 눈만이 보였다. 그 눈은 차갑고 침착하게 사냥감을 쏘아보고 있었다. 괴한은 등산화를 신은 발을 들어 창수의 얼굴과 목을 한꺼번에 밟더니 무슨 말인가 하려는 듯 허리를 굽혀 희생자의 피투성이 얼굴을 살펴보았다. 그러나 창수는 깨어날 기미가 보이지 않았다. 괴한은 주머니에서 카드를 한 장 꺼내 창수의 몸뚱이 위에 떨어뜨리고 재빨리 돌아서 자동문의 단추를 눌렀다. 그는 정식을 돌아보지도 않았다. 뛰지도 않았다. 걸어갔다. 마치 급히 화장실이라도 찾아가는 사람처럼, 바쁘기는 하지만 허둥거리는 기색은 보이지 않았다. 태연한 걸음걸이였다. 적당히 살이 붙은 당당한 몸집이었으나 움직임은 들고양이처럼 재빠르고 유연했다.

정식은 사라져가는 그의 발소리를 들으며 휴대전화를 꺼냈다. 한쪽 눈을 뜰 수가 없어서 번호를 신속하게, 온전히 누를 수가 없었다. 빨리 좀 내려오세요. 회장님, 회장님이 지금…… 습격을 당했습니다. 피를 뒤집어쓴 한 회장을, 손등 쪽으로 꺾인 그의 손가락들을, 찢어지고 뭉그러진 살 틈으로 비어져 나오는 피를 쳐다보던 어느 순간 그는 손으로 자신의 얼굴을 더듬었고, 찢어져 너덜거리는 입술에 손이 닿자 뜨거운 통증에 몸서리치며 주저앉았다.

그제야 그는 회장의 몸뚱이 옆에 떨어진 카드를 발견했다. 명함 크기의 카드에는 딱 한 마디가 적혀 있었다.

아이리스.

11

6시, 괘종시계가 쳤다. 복도에서 간호사 제인이 외치는 소리가 들렸다. 투모로, 어게인. 여자들이 투덜거리는 소리와 함께 병원을 떠나는 부산스러운 발걸음 소리가 이어졌다.

아이리스는 약장을 닫고 일어나 창가로 갔다. 빗줄기가 흩어지고 있었다. 멀리서, 탱고가 들려왔다. 저 야릇하게 설레게 만드는 음률, 반도네온이라던가. 관광지에 밤이 다가오고 있었다. 그녀는 욕실로 들어가 알코올과 솜을 사용하여 팔꿈치까지, 손톱 끝을 특히 세밀히 닦아낸 다음 비누칠을 다시 하여 세수를 했다. 목덜미와 귀 뒤를, 다시 한번 손가락 사이사이를, 주름 하나하나를 파낼 듯 세밀히 닦아냈다. 제인이 들어와 화장실로 뛰어 들어갔다. 소변을 쏟아내며 그녀는 큰 소리로 떠들어댔다.

"에바 봤어? 정말 미인이잖아. 오늘은 새빨간 티셔츠를 입었는데, 와, 내가 여자지만 까딱하면 반하겠어. 정말 근사해. 어쩌다 하필 그런 일을 하게 된 걸까."

에바를 봤던가? 아이리스는 기억이 나지 않았다. 그녀는 여자들의 피와 오줌과 엉덩이를, 그리고 성기와 자궁을 보았다. 여자들의 얼굴은 잘 기억이 나지 않았다.

화장실에서 나온 제인은 아이리스의 옆에 붙어 서서 눈 화장을 시작했다.

"같이 가는 거지? 닥터 화이트가 저녁 산대. 사슴갈비를 먹기로 했어."

사슴갈비는 금지된 음식이었다. 사슴 사냥이 금지되었으니까. 옛 비무장지대 전역이 사시사철 사냥금지 구역이었다. 그러나 은밀히 밀렵이 이루어졌다. 닥터 화이트는 사슴갈비 중독이었다. 이곳에 와서 처음 맛보았다고 하는데, 그가 평생 맛본 어떤 고기와도 비교할 수 없다고 단언했다.

아이리스는 욕실에서 나와 옷을 갈아입었다. 따라갈 것인가? 아파트로 돌아가 혼자 텔레비전을 쳐다보며 억지로 꾸역꾸역 밥을 쑤셔 넣는 고역스러운 노릇을 피할 수는 있을 것이다. 그러나 저녁을 먹으면서 동료들은 술을 마시기 시작할 것이요, 술은 2차로, 3차로 이어질 것이다. 멀리 영국에서 이곳까지 찾아와 공중보건의로 일하는 젊은 닥터 화이트는 이상주의자인지는 모르지만, 금욕주의자는 결코 아니었다. 한국의 술 풍속을 무척 좋아했다. 쓰러질 때까지, 모두가 쓰러질 때까지. 그가 가장 즐기는 한국말이었다.

휴게실에 들렀다가 아이리스는 자신의 책상에 놓인 작은 종이 쇼핑백을 보았다. 이게 뭐지? 제인이 웃음을 터뜨렸고, 그와 더불어 다른 간호사 두엇도 같이 웃어댔다. 아까 미스터 프랭크가 너에게 전해달라고 맡기고 갔어. 미스터 프랭크? 킬리만자로에서 일하는 그 아저씨 말이야. 너 좋아하나 봐. 멋진 아저씨잖아. 와, 좋겠다, 아이리스. 간호사들이 깔깔거렸다.

미스터 프랭크라면 아이리스는 한두 번 얼핏 본 적이 있었다. 킬리만자로라는 매춘 업소의 상무라지만 기실은 기둥서방이었다. 그는 종종 거기서 일하는 여자들을 데리고 병원에 드나들었으나, 아이리스와 직접 마주칠 일이란 거의 없었다.

아이리스는 이해가 되지 않았다. 어째서 그 사람이 이런 걸 나에게 남겼을까? 돌려보내야 한다고 그녀는 생각했다. 한번 열어봐. 뭔가 보자. 제인이 덤벼들었다. 아이리스가 막을 틈도 없이 그녀는 쇼핑백에 손을 넣어 상자를 꺼냈다. 작은 흰색 상자, 거기 붉은 리본이 감겨 있었다. 그 리본을 발견한 순간, 아이리스는 얼어붙었다. 설마…… 그렇지는 않을 것이다. 그렇게 생각하면서도 그녀는 한달음에 다가가 제인의 손에서 상자를 빼앗았다.

그 붉은 리본, 그것을 들여다본 아이리스의 가슴이 거칠게 고동치기 시작했다. 그녀는 잠시 다른 아무것도 생각할 수 없었다. 다른 간호사들이 어떤 눈으로 그녀를 보고 있는지 의식할 수도 없었다. 얼굴이 창백하게 질리고 온몸이 떨렸다. 숨을 쉴 수가 없었다. 눈앞으로 현기증이 밀려들었다. 그녀는 캄캄해지는 시야를 무릅쓰고 가까스로 리본을 세밀히 살펴보았다.

틀림없었다. 까마득한 날, 그녀가 기다란 포장용 끈을 가위로 잘라 만든 물건이었다. 한쪽 끝에 나오미, 다른 쪽 끝에 에스더라 쓰인 글자가 희미했으나, 분명히 그녀가 쓴 이름들, 잊을 수 없는 이름들이었다. 어떻게 이 리본이, 어떻게 그 기둥서방의 손에 들어갔을까? 아이리스는 반가운 한편 두려웠다. 끔찍스러운 소식을 듣게 될 것 같았다.

아이리스는 한순간에 그녀가 에스더라 불리던 시절, 예수님 사랑의 학교에서 보낸 날들로 되돌아갔다. 아아, 그 참혹한 처벌과 추방. 변명 한마디 할 여유도 없이 신속히, 무자비하게 그녀는 추방당하고 말았다. 그들은 이방인, 이라고 외치며 그녀를 몰아냈다. 그 작고 외로운 소녀, 나오미에게 작별 인사 한마디 전할 수 없었다. 그녀는 기억하고 있었다. 캄캄한 운동장, 나오미가 그 무리 가운데 서서 눈 뭉치를 쥐고 그녀를 쏘아보고 있었다.

눈물이 날 듯하여 그녀는 얼른 상자를 쇼핑백에 담으며 큰 소리로 말했다. 미쳤나 봐. 돌려줘야 해. 간호사들은 중구난방으로 떠들어댔다. 나라면 한 번쯤 만나보겠다. 덩치 크고 행동거지가 우악스러워서 그렇지, 잘 보면 얼굴은 굉장히 부드러워. 그 사람 전과가 29범이래. 아니야. 태권도, 합기도, 유도 다 합해서 29단이라는 거야. 나이가 스물아홉이라던데. 킬리만자로에서 일하는 프랑스 여자, 이름이 뭐더라, 베티? 그래, 베티랑 동거한다던데. 여기 옐로스트리트에서 일하는 여자들 한 달 수입이 몇만 유로가 넘어간대. 무슨, 다 헛소문이야. 사는 꼴을 봐. 그게 몇만 유로 버는 여자들이냐? 잘 버는 여자들도 있고 못 버는 여자들도 있겠지. 1년 일하고 지들 나라로 돌아가면 번화가에 가게 하나씩은 거뜬히 마련한다던데. 그 여자들이 다 그런 수작에 속아 넘어가서 거기 들어가 일하는 거 아닌지 몰라.

그들은 닥터 화이트가 운전하는 차를 타고 식당으로 갔다. 식당이라기보다는 가정집이었다. 상호도 없었다. 은밀히 아는 사람들끼리만 드나드는 밥집이었다. 사슴갈비와 구이, 순두부, 달걀찜, 밥과 동치미, 마지막으로 눌은밥과 숭늉이 나왔다. 소주와 맥주, 막걸리가 한꺼번에 돌았다. 닥터 화이트는 술을 가리지 않았다. 듣기로는 여자도 가리지 않았다. 옐로스트리트의 단골이었다. 이곳 공중병원에 근무하는 동안 1번 가게부터 199번 가게까지, 답사를 완료하는 것이 목표라고 공공연히 떠들어댔다. 농담처럼 진담을, 진담처럼 농담을 하는 사람이었다. 틈만 나면 어린 간호사들을 집적거렸다. 그에게 섹스는 감출 이유도 진지할 것도 없는, 신 나는 장난이었다.

아이리스는 술맛도 고기맛도 알 수 없었다. 수수께끼를 해결해야 한다는 생각뿐이었다. 미스터 프랭크가 한때 그런 업소에서 나오미를 데리고 있었던 것은 아닐까. 그렇다면 지금 나오미는 어떤 곳을 헤매고 있을까. 가슴이 아팠다.

2차를 가자는 동료들을 뿌리치고 아이리스는 집으로 가는 택시를 잡았다. 차 안에서 다시 선물 상자를 꺼내 붉은 리본을 풀었다. 상자 안에는 곰보빵이 하나 들어 있었다. 고소한 냄새가 차 안에 가득 떠돌았다. 도대체 어떻게 된 일일까. 미스터 프랭크는 어떻게 이런 일까지 다 알고 있는 것인가. 그녀는 당장 미스터 프랭크를 찾아가 묻고 싶었다. 그러나 킬리만자로를 찾아갈 생각을 하면 두려움이 앞섰다.

아파트 안에 들어선 그녀는 창문이 열린 것을 발견했다. 출근할 때 잊었던 것일까. 비가 들이치지는 않았을까. 그녀는 부지런히 다가가 창을 닫았다. 여전히 빗줄기가 떨어지고 있었으나 빗물이 들이친 것 같지는 않았다. 멀리서 윙윙거리는 관광지의 소음에 아파트 전체가 미세하게 흔들리는 것 같았다. 종종 그녀가 느끼는 착각이었다. 가만히 서 있으면 발바닥을 통해 아파트 전체가 미세하게 경련하는 것이 느껴졌다. 그것은 안간힘으로 전하는 구조 신호 같았다. SOS, SOS……. 땅은 신음하고 부들부들 떨며 구원을 호소하고 있었다. 욥은 사라진 지 오래였으나 소돔은 여전히 번성하고 있었고, 그녀는 소돔의 병든 여자들을 치료하는 것으로 밥벌이를 하고 있었다. 서글픈 일이지만, 어느새 밥벌이가 되고 말았다.

아이리스가 전등을 켜기 위해 돌아서는데, 책상 위의 스탠드가 번쩍 켜졌다. 놀라 그녀는 멈춰 섰다. 그 전등 앞에 미스터 프랭크가 서 있었다. 두 사람은 꼼짝도 않고 오랫동안 서로를 바라보았다. 가죽점퍼를 입은 프랭크는 팔짱을 끼고 책상에 기대어 서서 묵묵히, 어쩌면 초조히 그녀가 무슨 반응이든 나타내기를 기다렸다. 비명을 지르려던 그녀의 입이 얼어붙고, 온몸이 사시나무 떨듯 하던 순간들이 지나고…… 여전히 그녀는 프랭크를 바라보고 있었다. 이윽고 그녀의 눈에서 눈물이 흘러내리기 시작했다. 물어볼 필요가 없었다. 그가 누구인지 그녀는 알았다. 무어라 부를 것인가? 미스터 프랭크가 기다리지 못하겠다는 듯 가죽점퍼를, 이어 스웨터를 벗어 던졌다. 그의 가슴을 단단히 결박한 붕대를 아이리스는 보았다. 그녀는 더 이상 망설이지 않았다. 나오미. 미스터 프랭크를 향해 다가가며 그녀는 속삭였다. 에스더. 미스터 프랭크가 다가서며 속삭였다.

　나오미와 에스더는 서로를 굳게 끌어안았다. 나오미. 에스더. 나
오미. 에스더. 그들은 서로의 얼굴을, 머리칼을, 팔과 어깨를 어루
만지고, 또 쓸며, 거듭 서로의 옛 이름을 속삭이며, 끝없이 서로를
확인했다. 나오미. 에스더. 그들은 서로의 몸에서 옷을 떼어냈다.
아이리스도 미스터 프랭크도 그 옷과 함께 사라졌다. 에스더가 나
오미의 가슴을 결박한 붕대를 풀어내자 크고 당당한 가슴이 드러났
다. 옛날 나오미가 그녀의 가슴에 얼굴을 묻었듯 이제는 에스더가
그 가슴에 얼굴을 묻었다. 벌거벗은 몸과 몸이 만났다. 나오미는 이
제 소녀가 아니었고, 더 이상 두려워하지도 망설이지도 않았다. 그
녀는 능란하게, 기운차게 에스더의 사랑을 요구했으며, 에스더는
기꺼이 모든 것을 그녀에게 주었다. 빗줄기가 숨을 죽이고 그들을
훔쳐보았고, 밤은 더 은밀해졌다.

　에스더가 물었다. 전과가 스물아홉 개인가? 아니었다. 영희—마
릴린—나오미—프랭크는 전과 7범이었다. 폭행, 사기, 다시 폭행,
공연법 위반……. 건달들의 손아귀에 떨어져 또다시 매춘부로 팔릴
처지에서 그녀는 건달들의 문법으로 싸워 건달들 가운데 하나가 되
었으며, 당당히 남자의 자리를 차지하고 살아남았다. 살아남기 위
해 무슨 짓이든 가리지 않았다. 적의 다리를 부러뜨리고, 팔꿈치를
부쉈다. 신분카드와 작업카드를 훔치고 위조하고 밀매하였으며, 마
약을 운반하고 팔고 수출하여 한때는 제법 큰돈을 만진 적도 있었
다. 건달 조직에서 중견으로 성장하여 옐로스트리트의 가게를 하나
차지하기에 이르렀다.

196

에스더 선생님은? 그녀는 예수님 사랑의 학교에서 쫓겨나 집으로 돌아갔다. 그녀는 죽은 것 같았다. 스스로 죽었다고 여겨졌다. 예수님 사랑의 학교를 떠나면서 그녀는 존재 자체를 빼앗겼다고 생각했다. 먹지 않고, 자지 않고, 움직이지 않았다. 가끔 오래 울었다. 부모의 오랜 설득과 도움으로 그녀는 학교로 돌아갈 수 있었고, 간호사 자격증을 얻었다. 가장 가난하고 무력한 이들을 위해 봉사하겠다는 생각으로 그녀는 북한의 오지에 지원하여, 중강진과 혜산, 평양 근교 빈민굴의 공중병원을 떠돌았다. 옐로스트리트의 공중병원으로 발령받은 것은 이태 전이었다. 종교는? 예수님 사랑의 학교의 전투적 신앙생활과는 멀어졌으나, 여전히 그녀의 중심에는 예수 그리스도라는 놀라운 존재와 기독교가 있었다. 이 세계는 심판 앞에서 비로소 존재한다는 생각은 그간의 경험을 통해 더욱 뿌리 깊은 확신이 되었다. 심판이 존재하지 않는다면 이 세계를, 이 세계의 무지막지하고 참혹한 존재 방식을 무엇으로 회복시킬 것인가? 심판이 있으므로 비로소 이 세계는 유의미했다. 이 세계가, 그곳에서 버둥거리는 인간이 의미를 획득하는 유일한 길이 바로 심판이었다. 심판이 없다면 인간도 세계도 더불어 나약하고 동시에 사악한, 나약하므로 사악할 수밖에 없는 쓰레기였다. 안타깝지만, 심판 없이는 연민도 사랑도 무의미했다.

"회복이라니요? 어디로? 무엇으로?"

"낙원으로. 낙원의 천진난만함과 아름다움으로."

프랭크는 고개를 저었다.

"그런 건 없어요. 존재한 적도 없어요."

프랭크는 더 이상 작은 소녀가 아니었다. 자신의 경험과 생각으로 가득 차 터질 듯 팽팽했다.

"하지만 심판이야말로 세계를 의미 있는 것으로 만드는 유일한 방법이라는 생각은 마음에 들어요."

그가 생각하기에는 심판은 매일 벌어지고 있었고, 매일 벌어져야만 했다. 내일의 심판이란 무의미했다. 내일 심판한다 하여 더 좋은 심판이, 더 큰 심판이 되리라는 보장은 어디에도 없었다. 의미 있는 것은 오직 오늘의 심판, 아무리 작아도, 그것뿐이었다.

"심판은 아무도 대신할 수 없어. 오직 예수 그리스도만이 하실 수 있는 거야."

프랭크는 믿을 수 없었다. 이 여자는 어떻게 아직까지 그런 것을 믿을 수 있는 것일까? 진정으로 믿는 것일까? 제기랄, 심판이라니.

"그때까지 어떻게 기다려요? 2,000년을 기다렸는데, 또 기다려요? 난 못 기다려요. 안 기다려요."

심판이건 아니건, 인간은 멸종되는 것이 최선이라고 그는 말했다.

"인간은 심판을 통하여 구원되는 거야."

그는 고개를 저었다.

"만일 신이 있다면, 그가 이 세계를 만들고, 또 지옥을 만들었다면, 그가 만든 세계는 여기가 아닐 겁니다. 여기는 그가 만든 지옥이에요."

그날 밤, 아이리스는 꿈을 꾸었다. 출산이 임박했다. 그녀가 비명을 지를 때마다 그녀의 남편 프랭크는 우어우어, 기괴한 노래를 불렀다. 징과 북, 장구와 날라리 소리가 들려오고, 허공에서 흰 꽃 붉은 꽃이 어지럽게 흩날렸으며, 엉뚱하게 무당이 나타나 덩실덩실 춤을 추며 너도 먹고 물러가라, 하고 소리를 지르고 쌀을 흩뿌리는 가 하면, 예수님 사랑의 학교 직원들이 우르르 몰려들어 그녀의 침 상에 돌멩이를 던졌고, 프랭크가 그들을 붙들어 나무젓가락 꺾듯이 그들의 허리를, 목을, 다리를 꺾어 동댕이쳤으며, 그녀의 남편은 점 점 더 커져서, 거대한 나무처럼 지붕을 뚫고 솟아올라 달과 별 사이 에 서서 그녀를 굽어보았고…… 그는 결국 그녀의 두 다리 사이에 앉아 피투성이가 되어 아기를 받아냈다. 쌍둥이였다. 프랭크는 하나 는 니 거, 하나는 내 거, 하고 외치더니, 아기를 하나 안고 하늘 높이 솟구쳐 사라져버렸고, 아이리스는 남은 아기 하나를 안고 매춘 업소 를 기웃거리며 껌을 팔아 연명했으며, 킬리만자로 앞에서 마주치자 프랭크는 그녀의 면전에 동전을 내던지며 꺼져, 하고 소리쳤다.

날이 밝기 전 프랭크는 조용히 아이리스의 아파트를 떠났다. 매 춘 업소의 기둥서방이 공중병원 간호사의 집에 드나든다는 것이 알 려지면 아이리스에게 좋을 일이란 없을 것이라고 그는 생각했다. 그들은 남몰래 만나야 할 것이요, 그것은 전혀 마음에 들지 않았다. 그녀를 얻기 위해서는 어쩌면 이곳을 아예 떠나야 할지도 모른다. 그는 자신이 흔들리고 있다고 느꼈고, 그것 또한 마음에 들지 않았 다. 그에게 그런 것은 낯선 일이었다. 생존을 위협당하는 기분이었 다. 위험했다.

아이리스가 잠에서 깨어났을 때 프랭크는 보이지 않았다. 날이 밝아오고 있었으나, 빗줄기는 여전히 흩날리고 있었다. 어지러운 꿈 때문에 그녀는 찔끔 눈물을 흘리며 잡초처럼 멋대로 웃자란 그녀의 나오미를, 세상의 지붕을 뚫고 집을 깨뜨리며 멋대로 커버린 프랭크를 생각했다. 아이리스는 그를 감당할 수 있을 것인가? 아이리스가 감당할 수 있는 영역에서 그가 살아낼 수 있을 것인가? 세상에, 매춘 업소의 기둥서방이라니, 건달이라니.

그로부터 며칠, 프랭크는 아이리스를 찾아가지 않았다. 그는 가게 뒷방에 처박혀 술을 마시고, 자고, 베티에게 트집을 잡아 돈을 내지 않고 달아나려는 인도 관광객 하나를 붙들어 죽도록 두들겨 패고, 또 술을 마시고, 고꾸라져 잤다.

공중병원에서 에스더를 목격했을 때 프랭크는 몇 번이고 그녀가 분명한지를 확인했다. 아이리스라 불리는 저 여자가 분명히 에스더인가? 에스더는, 아니, 아이리스는 그를 쳐다보면서도 전혀 동요하지 않았다. 누구인지 알아보지 못하는 것이 분명했다. 그사이 그는 어른이 되었고, 뿐만 아니라 적어도 외면적으로는 전혀 다른 성이 되었다. 당연한 일이었으나 그는 서운했다. 그는 가게로 돌아가자 언젠가부터 늘 끌고 다니던 가방을 뒤엎었다. 그들의 옛 이름이 쓰인 붉은 리본을 찾기 위해서였다. 어떻게 하겠다는 계획 같은 것은 없었다. 그 리본을 찾아냄으로써 그는 자신과 아이리스를 이어주는 결연 같은 것을 확인하고 싶었다. 길바닥에 굴러다니면서 그는 몇 번이나 임의로, 또는 타의로 생활을 바꾸고 몸을 바꿔야 했다. 돌연 체포되어 교도소에 갇힌 적도 있었고, 수배령이 떨어지면 아무것도 지니지 못한 채로 살던 집을, 동네를 떠난 적도 있었다. 그런 때마다 그가 잊지 않고 꼭 챙긴 물건이 바로 그 리본이었다. 그 리본은 때로는 그의 팔목에 묶여 있었고, 목걸이의 로켓에 간직되어 있었으며, 때로는 휴대전화에 고리와 함께 묶여 있었다. 때에 절어 시커 멓게 변색되었으나 그는 빨지 않았다. 빨면 거기 쓰인 이름들이 지 워지고 말 것이요, 그렇게 되면 그 리본은 아무것도 입증할 수 없을 것이다.

가방 맨 밑바닥에서 찾아낸 그 리본은 더 이상 붉지 않았다. 시커 멨다. 그들의 이름도 거의 보이지 않았다. 그는 화장실에 가서 세숫 비누로 그것을 빨았다. 리본은 붉은색을 되찾았다. 그의 걱정과 달 리 그들의 이름은 사라지지 않았다. 희미하기는 했으나 여전히 알 아볼 수 있었다.

그는 그 후로도 오래 망설였다. 망설임은 황홀했고, 그 황홀한 기 분에 그는 매혹되었으며, 때로는 이 황홀함만으로도, 그녀를 찾아 가 만나지 못한다 할지라도, 좀 더 즐겁게 살아낼 수 있을 것 같았 다. 언제 어떻게 그녀를 찾아갈 것인가. 어떻게 자신의 모습을 드러 낼 것인가. 그녀는 어떤 반응을 나타낼까. 매일 매 순간 그것을 상 상했다. 차가운 외면으로부터 눈물겨운 재회까지, 그의 상상은 소 설처럼, 영화처럼 온갖 변수를, 온갖 변덕을 따라 매번 다르게 전개 되었다. 상상할수록 그는 더욱 그녀 앞에 나서는 것이 두려워졌다. 그 두려움마저 황홀했다. 날이 갈수록 그의 상상은 극단적인 방향 으로 전개되었고, 그의 황홀함은 강렬해졌으며, 그는 더 이상 참을 수가 없었다.

그녀를 만난 이후 그 두려움은 없어졌다. 그러나 아이리스를 생 각할 때 걷잡을 수 없이 그의 가슴을 채우던 황홀감은 이제 불안이 되었다. 그가 변하려 하고 있었다. 어느새 이미 변하기 시작하고 있

201

었다. 건달들의 세계에서 그가 일구어낸 당당함은 그녀 앞에서는 헛것이었다. 그는 옛날, 겁에 질린 어린 소녀보다 더 연약했다. 그녀가 불면 그는 날려가고 말 것이다. 어째서? 왜? 그는 이해할 수 없었고, 또한 단번에 이해했다. 이해했으나 억울했다.

아이리스는 매일 그를 기다렸다. 밤에 집에 들어가 불을 켤 때마다 기대를 품고 사방을 둘러보았으며, 그때마다 실망하여 무릎이 꺾이는 기분으로 주저앉았다. 뭔가가 그에게 필요하다는 것을 아이리스는 짐작할 수 있었다. 또한 그녀 자신에게도 무엇인가가 필요하다는 것은 분명했다. 그러나 그것이 무엇일까? 어쩌면 아이리스에게 필요한 것은 프랭크가 이미 지니고 있었고, 그에게 필요한 것 또한 그녀에게 이미 간직되어 있었다. 손을 내밀면 잡을 수도 있을 것이다. 그러나 그것은 과연 얼마나 항구적인 것인가? 그들은 너무 오래 헤어져 있었던 것일까? 지금 손을 내밀어 서로 주고받을 수 있다 할지라도, 그것이 항구적일 수 없다면, 그것을 주고받았다 할 수 있는 것일까? 어쩌면 이미 지니고 있으나 줄 수 없는 것, 그들이 서로에게 원하는 것은 그런 게 아닐까?

마침내 보름 뒤 그녀의 아파트에 다시 나타났을 때 프랭크는 말 한마디 없이 섹스에 열중했다. 오직 그것만을 원했다는 듯, 줄 것은 오직 그것뿐이라는 듯, 숙제라도 하듯 그는 정성을 기울였고, 싸움이라도 하듯 공격적이었다. 그는 아이리스가 입을 열면 막았고, 일어서면 붙들었다. 그의 두 팔 안에 그녀를 결박하고 장난감처럼 접고 펴고, 눕히고 앉혔으며, 밀고 당기고, 세우고 끌어안았다. 아이리스는 처음 그들이 만났던 밤의 충만감은 이미 사라진 것을 느꼈다. 그렇다. 그녀는 이미 그 이상을 요구하고 있었다. 프랭크 역시 마찬가지라는 것을 그녀는 알았다. 그들이 필요로 하는 것이 무엇인지는 이미, 그들이 보름 전 만난 그날 명백해졌다. 그들이 미처 알지 못하는 사이에 그들 자신보다 훨씬 더 질긴 그들의 관계는 이미 알고 있었으며, 벌써 그것을 욕망하기 시작했다. 그들이 보지 않으려 한 것뿐이었다.

밑도 끝도 없이 프랭크는 한 친구 이야기를 꺼냈다.

"내 건달 후배 가운데 엄청난 사기꾼이 하나 있어요. 우린 그런 애들을 접시꾼이라고 부릅니다."

그의 이름은 스미스였다. 8년 전 스미스는 필리핀산(産) 싸구려 우주선을 하나 사놓고, 신문에 대대적으로 광고를 했다. 두 달 동안의 우주여행, 달과 화성, 목성까지 갔다가 돌아오는 것이 일정이었다. 정원은 열 사람. 한 사람당 8억 원. 정원은 사흘 만에 찼다. 한 달 뒤에 스미스는 파키스탄의 허름한 민간 우주 발사기지를 임대하여 열 사람의 관광객이 탄 우주선 코지도어호를 쏘아 올렸다. 그리고 바로 그날 밤 파키스탄을 탈출하여 자취를 감췄다.

코지도어호에 오른 관광객들은 영영 돌아오지 못했다. 귀환하기로 예정된 날짜가 지나도 그들이 돌아오지 않자 가족들이 경찰에 신고를 하고, 관광부에도 신고를 하고, 방송에 나와 호소하고, 그렇게 하여 다시 석 달이 지난 뒤에야 경찰이 수사를 시작했다. 코지도어호에는 처음부터 귀환을 위한 프로그램이 존재한 적이 없었다는 것이 드러났다. 연료가 다할 때까지 오직 직진하는 것이 유일한 프로그램이었다. 코지도어호는 그 외에는 아무것도 없는 깡통이었다.

1년 반이 지난 뒤에 스미스는 이스탄불에서 체포되어 국내로 끌려들어왔다. 기자들이 코지도어호에 승선한 관광객들이 지금쯤 어떻게 되었을 것 같으냐고 질문하자 그는 처음에는 모르겠다고 대답했다. 같은 질문이 거듭되자 나중에는 귀찮다는 듯 이렇게 대꾸했다.

　"그런 걸 알면 내가 접시꾼이 아니라 우주 과학자가 되지 않았겠습니까."

　아이리스는 불안하게 웃었다. 프랭크가 말했다.

　"나도 어쩌면 그렇게 살 수 있을지도 몰라요."

　아이리스는 알아들었다. 프랭크는 킬리만자로를 그만두는 일에 대해 얘기하고 있었다. 그러나 매춘 업소와 사기꾼 사이에 얼마나 큰 거리가 있다는 것인지 아이리스는 알 수 없었다.

　얼마 전 스미스가 만기 출소하여 프랭크를 찾아왔다. 그는 프랭크가 생물학적으로 여성이라는 것을 알면서도 그를 형이라고 불렀다. 그가 말했다. 형, 내가 감옥살이 6년 동안 머리를 굴리고 또 굴려 짜낸 프로젝트가 하나 있어요. 아직 완전히 공개할 수는 없지만, 기가 막히는 프로젝트입니다. 지난번 코지도어 프로젝트와 비슷해요. 피해자들을 영영 날려 보내는 겁니다. 도망 다니다가 네팔에서 금광을 하나 보았어요. 폐광된 지 오래되었다더군요. 더 이상 금이 없다는 거죠. 하지만 난 거기서 금을, 어마어마한 금을 보았어요. 세상에서 오직 나만이 보고, 나만이 캐낼 수 있는 금이지요. 어떻게? 아직은 알려드릴 수 없지요. 형이 투자를 결정하면 자세히 설명해드리지요. 초기 투자가 한 3,000 정도면 충분할 겁니다. 코지도어 프로젝트는 고객 일인당 8억이었지만, 이번엔 그 정도가 아니에요. 일인당 50억은 거뜬합니다. 열 명만 잡아도 500억 아닙니까. 도망갈 시간은 지난번엔 두 달 정도였지만, 이번엔 한 1년 정도는 될 겁니다. 달나라까지라도 갈 수 있습니다. 기가 막힌 아이디업니다. 버스 떠납니다. 후회 마시고 얼른 타요.

아이리스는 기다렸다.

"내가 그 버스에 타기를 바랍니까?"

아이리스의 대답은 명료했다.

"아니. 그런 짓 하지 마."

아이리스는 세상의 문법 안에서 얘기하고 있었고, 프랭크는 이미 오래전부터 그러했듯, 세상의 문법에는 아무런 관심도 없었다. 아이리스는 세상 밖에서 사는 듯했으나 세상에 매달리고 있었고, 프랭크는 세상에 매달리는 듯했으나 세상으로부터 벗어난 지 오래였다.

날이 희미하게 밝아오기 시작했다. 여명으로 희붐한 방 안에서 프랭크는 천천히 붕대를 압박하여 그 거대한 젖가슴을 가렸고, 아이리스는 그것을 안타깝게 지켜보았다. 능숙하게 단단히 붕대를 감으며 그는 말했다. 나는 프랭크예요. 나오미가 아닙니다. 나오미, 당신이 준 이름이지요. 다시 나오미가 될 수는 없어요. 이미 지나온 이름입니다. 나에게 정말 필요한 것이 무엇인지, 아무리 궁리해봐도 아직은 알 수 없지만, 적어도 나오미는 아닙니다. 그런 건 기대하지 마요. 아이리스는 말했다. 알아. 프랭크는 '안다구요?' 하고 반문하듯 오래 그녀를 쳐다보고 있다가 얘기를 계속했다.

"당신은 화가 나 있어요. 옛날에도 그랬지만 지금은 더 화가 난 것 같아요. 옛날이나 이제나 당신은 별로 말이 없지요. 차분하고 조용합니다. 하지만 당신의 가장 깊은 밑바닥에는 사랑이라기보다 분노가 들끓고 있어요. 오래 끓인 물처럼 소리 없이, 하지만 무시무시하게 끓고 있어요. 기다리고 있지요. 심판을 기다리는 거지요? 너 극악하여 중상을 당할 이스라엘 왕아, 네 날이 이르렀나니 곧 죄악의 끝 때니라. 나 주 여호와가 말하노라. 관을 제하며 면류관을 벗길지니라. 그대로 두지 못하리니, 낮은 자를 높이고 높은 자를 낮출 것이니라. 내가 엎드러뜨리고 엎드러뜨리고 엎드러뜨리려니와 이것도 다시 있지 못하리라. 네, 기억하고말고요. 거기서 배운 것들이 나에게 얼마나 깊게 새겨졌는지 모릅니다. 사람 죽이는 법까지요. 그러니까 사실 당신은 이 세계의 멸망을 기다리는 것과 같아요. 전쟁광이 세계가 불타버리는 날을 고대하듯이. 근본적으로는 당신도 마찬가집니다. 다만 전쟁광이 전쟁이라는 형식의 파괴를 기다리는 것이라면 당신은 심판이라는 형식의 파괴를 기다린다는 점, 그게 다를 뿐입니다. 파멸을, 저 욕심스럽고 잔인하고 사악한 인간과 세계에 대한 결정적인 파괴를 간절히 기다리는 겁니다. 예수 그리스도가 사랑이라고, 당신 마음의 근본에도 사랑이 있다고 나에게 말하지 마요. 내가 예수님 사랑의 학교에서 본 것이 무엇인지는 당신도 잘 알 겁니다. 내가 그 어린 시절 성경에서 본 게 무엇인지 역시 설명할 필요는 없을 겁니다. 당신의 기독교라는 게 이놈의 세상에서 이제껏 저질러온 일이 무엇인지 내가 새삼 상기시킬 필요도 없겠지요. 심판이라구요? 분노, 이 세계에 대한 돌이킬 수 없는 무시무시한 분노와 복수, 절대적이고 최종적이고 회복 불가능한 파괴, 그런 것을 심판이라는 이름으로 포장한 거지요."

그 아름다운 가슴을 붕대로 다 가리고 밋밋해진 몸뚱이로 프랭크는 셔츠와 상의를 걸쳤다.

　"당신과 나 사이의 거리는 저 세상 사람들이 보듯이 그렇게 멀지 않아요. 내 생각엔 그래요. 나도 이놈의 세상, 뒤엎어버리고 싶거든요. 심판이건 전쟁이건…… 이……."

　그는 당장 불이라도 붙이고 싶은 듯 이글이글 타는 눈으로 어둠 속을 넘겨다보았다. 그 눈에 갑자기 눈물이 비쳤다. 그는 나가려다 말고 말했다.

　"이 동네를 떠날 겁니다. 킬리만자로는 스미스에게 넘겨주기로 했어요. 인수인계 끝나는 대로 가버릴 겁니다."

　킬리만자로를 그만두기로 했다면 왜 떠난단 말인가? 아이리스는 잠시 이해할 수 없었다. 그녀는 왜, 하고 물으려다가 어디로, 하고 물었다. 그러나 그 말은 목에 걸려 차마 나오지 못했다. 그사이 이미 프랭크의 발걸음은 복도에서 멀어져가고 있었다.

　며칠 후 프랭크는 옐로스트리트를 떠났다. 그러나 그가 계획한 대로는 되지 않았다.

　'서울 폭격 평양 점령 폭동'은 8월 13일 시작되었다. 신주사파가 주동이 되었고, 스탈린주의자들, 무정부주의자들이 합세했다. 아침 8시, 출퇴근 차량이 거리로 쏟아져 나올 무렵, 폴란드 조계 외학시 중앙의 3번 국도를 시위대가 점령했다.

　서울 폭격! 평양 점령!

　서울 폭격! 평양 점령!

구호는 그렇게 외쳤으나 그들은 서울을 폭격하지도 않았고, 평양을 점령하지도 않았다. 그럴 힘이 있을 리 없었다. 폴란드 조계 외학시 일부 지역을 점거했을 뿐이었다. 그들은 구호를 외치며 거리에 연좌했고, 대열에 끼어든 차를 뒤엎고, 쓰레기통과 벤치, 상점의 판매대와 간판 같은 것들을 떼어 바리케이드를 설치했다. 폴란드 조계의 경찰이 출동을 준비할 무렵, 대형 트럭 한 대가 경찰서 앞으로 돌진하여 차량 출입구를 막고 멈춰 섰다. 경비 근무 중이던 젊은 경찰관이 운전자에게 차를 빼라고 지시했으나 트럭 운전자는 대꾸도 않고 느릿느릿 차에서 내려 트럭을 등지고 열 발자국쯤 걸어간 다음, 가방에서 화염병을 꺼내 불을 붙여 트럭에 던졌다. 트럭이 곧 화염에 휩싸였고, 이어 트럭에 실려 있던 몇 개의 연료 통이 터져나갔다. 경비 근무자가 빤히 지켜보는 가운데 트럭 운전자는 휘파람을 불며 어슬렁어슬렁 걸음을 떼어 달아나려 했다. 경비 근무자는 그의 앞을 막아섰다. 트럭 운전자는 머리로 그를 들이받고 달아났다. 불이 경찰서로 옮겨붙었으나 근처의 소방서에서는 소방차를 보내지 못했다. 소방 차량 앞에 수십 명의 시위대가 누워 버티고 있었다. 그들 역시 같은 구호를 외쳐댔다.

서울 폭격! 평양 점령!

서울 폭격! 평양 점령!

그사이 다섯 군데 파출소, 한 군데의 무기고가 화염병 공격을 당했고, 시위대는 스물두 정의 M4 소총을 탈취했다. 3번 국도가 마비되면서 외학시의 모든 도로가 기능을 상실했다. 경찰은 눈을 씻고 찾아봐도 보이지 않았다. 그들은 봉래호에 집결하고 있었다. 그날

아침 테러리스트들이 봉래호를 파괴하여 조계 지역에 홍수를 일으키고, 에너지 공급을 차단하려는 음모를 꾸미고 있다는 첩보가 들어왔고, 경찰청장은 모든 병력을 급히 봉래호에 파견했던 것이다. 시내에 남은 경찰 병력으로는 겨우 조계 청사를 지킬 수 있을 뿐이었다.

중앙로의 상가에 화염병이 날아들기 시작했다. SS 울트라마켓이 가장 먼저 불탔다. 이어 마이크로소프트와 필립스의 전시관, DMZ 기념관이 화염병 공격을 받았다. 거리거리에 '서울 폭격 평양 점령'이라 쓰인 붉은 깃발이 나부꼈다. 시위대는 경찰 병력을 효과적으로 봉래호와 조계 청사에 묶어두고, 시내 전체의 목표물을 파괴하고 점거했다. 라디오 방송국 WPOU가 점령당한 것은 조계 당국의 가장 큰 실책 가운데 하나였다.

북조선해방연합이라 자칭하는 자들이 공중전파에 정치 선전을 방송하기 시작한 것은 9시부터였다. 조계 총독 파베우는 당장 방송국을 탈환하라고 명령했다. 그러나 경찰 병력은 청사로부터 한 발자국도 움직일 수 없었다. 적어도 세 시간 동안 WPOU는 정체불명의 '서울 폭격 평양 점령'이라는 구호와 함께 각 조계 당국이 한반도의 조선민주주의인민공화국 영역을 분할 점령하고 있는 현실의 부당성, 그 지역에 지체 없이 자치정부가 수립되어야 하는 이유, 사태 해결에 미온적일 뿐 아니라 미국과 중국에 대해 비굴한 자세로 일관하는 남한 당국에 대한 비난 등으로 구성된 논설을 한국어, 영어, 일본어, 중국어, 그리고 프랑스어로 반복하여 방송했다.

파베우 총독은 1400시에 인근의 중국 조계 당국에 도움을 요청했다. 1420시에 중국 조계 소속 헬기 다섯 대가 청사 앞 광장에 착륙하였고, 헬기에서 내린 병력이 작전 지역의 안전을 확보했으며, 곧이어 중국 조계 경찰 병력이 수송기에 실려 속속 도착했다. 가장 먼저 방송국으로 쳐들어간 그들은 최루탄과 실탄을 퍼부어 시위대를 제압하고 방송국을 탈환했다. 방송국은 1450시부터는 정규 편성 시간표에 따라 쇼팽의 〈녹턴〉을 방송하기 시작했다.

외학시 3번 국도에서부터 사태는 악화되기 시작했다. 진압에 나선 중국 조계 병력은 착검한 소총에 곤봉으로 무장하고 시위대에 덤벼들었다. 정찰용 드론이 낮게 비행하며 시위대의 위치와 무장 정도, 도주 방향을 낱낱이 본부에 보고했다. 순식간에 피와 비명으로 거리가 뒤덮였다. 시위대의 머리가 터지고 뼈가 깨어졌다. 달아나는 시위대는 총격을 당했다. 특수 고무탄이었으나 피를 뿌리며 쓰러지는 피해자를 목격한 시민과 관광객 들이 실탄으로 오인하기에 충분했다. 머리가 깨어지고 눈에서 피를 흘리는 피해자들이 병원으로 실려갔다. 시위대 가운데 일부 무정부주의자들이 지도부의 만류에도 불구하고, 오전에 조계 당국으로부터 탈취한 M4 소총을 들고 나와 진압 병력에게 총탄을 퍼부었고, 중국 조계 병력은 즉각 실탄으로 응사했다.

나중에 '외학시 사변' 또는 '외학시 학살'이라고 알려진 사태의 시작이었다. 나흘 동안 시민과 학생 서른아홉 명, 중국 경찰 네 명, 폴란드 경찰 세 명이 피살당하고, 백구십여 명이 부상당했다.

프랭크는 스미스를 기다리고 있었다. 가게 매매를 위한 잔금을 가지고 오기로 한 날이었다. 도로가 막혀 차가 움직이지 않는다는 연락이 왔다. 외학시 곳곳에서 시위가 벌어진 것은 이미 알고 있었으나, 시위는 늘 그렇듯이, 곧 끝나리라고 프랭크는 생각했다.

그러나 오후가 되면서 시위는 더욱 격렬해지고, 중국 병력이 배치되면서 거리는 공포로 뒤덮였다. 서울에서 연합시위를 위해 숨어든 수십 명의 학생들이 사살당했다는 소문에, 전투용 드론과 안드로이드 장갑차가 투입될 것이라는 소문, 이미 투입되었다는 소문, 중국 특수부대가 투입 대기 중이라는 소문에다가 안드로이드 장갑차가 수십 구의 시체들을 실어 봉래호에 던져버렸다는 소문까지, 온갖 흉흉한 소문들이 횡행했다. 총독 파베우는 성명을 발표하여 시민들을 위무하는 한편, 2000시부터 다음 날 0700시까지의 임시 통행금지를 발표했다. 국경은 봉쇄되었다.

프랭크는 이튿날 오후 거리로 나섰다가 푸른 제복을 입은 군인인지 경찰인지 알 수 없는 자 둘이 곤봉으로, 소총 개머리판과 구둣발로 젊은 남자 하나를 무자비하게 구타하는 것을 목격했다. 주변에서 시민들이 때리지 마, 죽일 작정이냐, 하고 외치며 항의하자 진압병력은 허공에 실탄을 난사하며 위협했다.

프랭크는 순간적으로 그들에게 덤벼들어 목덜미를, 무릎을 후려쳤다. 그들이 균형을 잃은 순간 급소를 가격하여 쓰러뜨렸다. 시민들이 그 틈을 타 쓰러진 남자를 데리고 사라졌다. 곧 새로운 진압병력이 밀려들었고, 프랭크는 시민들 사이로 몸을 감췄다. 진압 병력은 시민들에게 소총을 겨누고 고함을 질러댔다. 어떤 놈들이냐? 어떤 놈들이 공권력에 저항하는 거야? 중국 조계 경찰이었으나 그들은 지휘관 몇몇을 제외하고는 거의가 조선민주주의인민공화국 주민 출신이었다. 시위대는 이미 도주했고, 아직 거리에 나와 있는 것은 대부분 시민과 관광객 들이었다. 프랭크가 그곳을 떠나려는 순간, 뒤에서 그의 다리를 걸어 쓰러뜨리는 자가 있었다. 시민들 사이에 숨어 있던 경찰이었다. 프랭크는 그자를 붙안고 함께 쓰러져 목을 조였다. 진압경찰이 덤벼들었다. 프랭크는 경찰로부터 곤봉을 빼앗아 휘두르기 시작했다. 치고 물러나고 차고 돌아섰다. 무에타이의 기술을 응용하여 팔꿈치로 급소를 가격하고, 무릎으로 턱을 날렸으며, 덤비는 자의 목을 차고, 그들의 팔꿈치를, 무릎을 마음껏 짓밟았다. 목격자들의 증언에 따르면 그는 노련한 한량의 춤처럼 자유롭게, 바람처럼 시원하게 적을 농락했고, 그 춤사위를 따라, 그 바람을 따라 경찰들은 뜨거운 물속에 떨어진 국수 다발처럼 속절없이 무너졌으며, 시민과 관광객 들은, 나중에는 경찰들마저 턱을 떨어뜨리고 넋을 잃은 채 그것을 구경했다.

그러나 총질을 하며 덤벼드는 경찰들에게는 속수무책이었다. 총성과 함께 그는 고꾸라졌다. 허벅지에서 피가 쏟아지는 것을 보고서야 그는 총격을 당했다는 것을 알았다. 놀랐다기보다는 어째선지 웃음이 났다. 이게 뭐란 말이냐. 백주에 다른 나라 경찰 놈들이 쏜 총을 맞다니. 어처구니가 없었다. 혹시 전쟁이라도 벌어진 거냐? 경찰들이 그에게 무수히 덤벼들어 곤봉과 개머리판을 휘두르고 짓밟기 시작했다.

프랭크는 시위에 가담한 적이 없었다. 누가 서울을 폭격하건 평양을 점령하건 관심이 있을 리 없었다. 그는 다만 경찰이라는 놈들

둘이 이미 땅바닥에 쓰러져 뒹구는 한 남자를 곤봉에 개머리판까지 동원하여 무자비하게 두들겨 패는 꼴이 보기 싫었던 것뿐이었다. 그는 폭동 가담자로 분류되어 경찰청으로 끌려갔다. 조사 과정에서 그는 자신이 서른일곱 명의 경찰에게 크고 작은 부상을 입혔다는 것을 알게 되었다. 열여섯 개의 갈비뼈를 부러뜨리고, 열두 개의 복사뼈를 박살 냈으며, 아홉 개의 팔꿈치와 열두 개의 무릎뼈를 부수고, 열한 개의 손목, 스물세 개의 손가락을 부러뜨렸다는 것이었다. 사흘 뒤 그는 공무집행방해에서부터 반사회적범죄조직결성, 폭행, 절도, 방화, 탈세, 폭행사주, 살인미수 등의 긴 죄목을 달고 검찰로 끌려갔고, 그곳에서 다시 조사를 받은 끝에 안영희라는 이름으로 재판에 회부되었다.

망설임 끝에 아이리스는 면회를 가기로 했다. 내비게이터의 지시대로 외학시 교외의 콘크리트 포장도로를 따라 한 시간 남짓을 달렸다. 어마어마한 규모의 풍력발전 단지를 지나자 하늘을 가리고 치솟은 콘크리트 벽이 나타났다. 마치 이쪽 하늘과 저쪽 하늘을 분리하기 위해 세워놓은 벽 같았다. 군데군데 망루가 설치되어 있었고, 망루마다 탐색등이 각기 다른 방향을 노려보고 있었다. 분명 교도소 같기는 했으나 어디에도 그런 간판이나 안내판 같은 것은 보이지 않았다. 철문 옆에 '외학 ASIS 생명설계 센터(주)'라는 자그만 팻말이 서 있는 것이 보일 뿐이었다. 생명설계 센터라니. 교도소는 어디 있는 것일까? 이 생명설계 센터 안에 교도소가 있는 것일까? 아이리스는 휴대전화로 '외학 ASIS 생명설계 센터(주)'를 검색해보았다.

외학 ASIS 생명설계 센터(주)가 다름 아닌 외학 교도소였다. 수용 인원 1만 명 규모, 라고 교도소 홈페이지는 설명하고 있었다. 자동차 타이어 공장, 주물 공장, 휴지 공장, 볼트와 너트 공장, 기술 학교와 교양 아카데미, 수영장, 축구장과 농구장 등이 센터 안에 자리 잡고 있었다. 수감된 범죄자들에게 직업교육을 하고, 선진 시민으로서 살아가는 데 필요한 교양을 교육하는 것이 센터의 목표였다. 중국과 미국의 조계 지역에서 이곳으로 위탁하는 수감자들의 숫자가 해마다 증가 추세였고, 그것은 SS 울트라 기업집단의 방계 기업인 외학 ASIS 생명설계 센터(주)의 시설과 교육의 우수성이 두루 입증되었기 때문이었다.

다시 간판을 살펴본 끝에 아이리스는 비로소 거기, '법무부 인증 시설'이라는 작은 글귀를 발견했다. 아이리스는 거대한 콘크리트 건물 귀퉁이에 혹처럼 붙은 작은 벽돌 건물로 들어갔다. 건물 입구 옆 기둥에 네모난 간판이 붙어 있었고, 그 간판에는 '외학 ASIS 생명설계 센터(주) 고객 편의실 법무부 시설 인증기관'이라는 긴 글귀가 여섯 줄로 나뉘어 음각되어 있었다. 면회실이라는 뜻이었다.

면회실 안에 들어간 뒤에도 아이리스는 프랭크를 찾기 위해 한참 헤매야 했다. 결국 그녀는 프랭크가 여자 사동에 수감되어 있다는 사실을 알고 깜짝 놀랐으며, 또한 불안했고, 그가 나탈리라는 이름을 사용하고 있다는 것을 알게 되었을 때에는 충격을 받았다. 어째서 안영희도, 나오미도, 프랭크도 아니고, 나탈리란 말인가? 그녀는 프랭크가 남자인지 여자인지, 나오미인지 프랭크인지, 아니면 나탈리인지, 또는 그도 저도 아니고 전혀 다른 사람인지, 잠시 혼란스러웠으나, 그 혼란이 법무부 인증기관에 호소할 일은 아니라는 것을 곧 깨달았다. 아무튼 그녀는 그를 만나야 했다.

잠시 후 버저가 울리고 그녀의 접수번호가 전광판에 떠올랐다. 아이리스는 수납창구로 갔다. 거기에서 그녀는 다시 한번 충격적인 소식을 들었다. 면회를 할 수 없다는 것이었다. 왜요? 그녀가 묻자 푸른 투피스를 입은 여자 직원은 텔레마케터처럼 사근사근하고 기계적인 어조로 대답했다.

"고객께서 면회를 거부하십니다."

고객이라니? 거부라니? 누가 고객이고, 누가 거부를 한다는 것일까? 왜? 아이리스의 얼굴이 의문과 당혹감으로 무참히 일그러지는 사이 여자 직원은 열댓 명의 면회객들을 거느리고 철문 너머로 사라져버렸다. 어찌할 바를 알지 못한 채 면회실 안을 서성거리던 아이리스는 SS 울트라마켓, 이라는 간판을 발견했다. 교도소에 SS 울트라마켓이라니? 그녀는 영문을 알 수 없었으나, 곧 그 안으로 들어갔다. 작은 규모였으나 분명히 SS 울트라마켓이었다.

아이리스는 속옷을, 처음에는 남성용 속옷을, 한동안 망설인 끝에 여성용 속옷까지 잔뜩 사서 모두 그/그녀의 이름으로 영치해준 다음, 이제 전과 8범이 될 안영희―마릴린―나오미―프랭크―나탈리를 저 거대한 벽 너머에 남겨둔 채 돌아서야 했다.

12

　고등학생들의 노래 경연이 끝나고, 시상식이 시작되었다. 3등을 발표하겠습니다. 3등에게는, 아, 상품이 아주 푸짐합니다. 스포츠 양말 백 켤렙니다! 관중들은 왁자지껄 웃음을 터뜨렸다. 스피커에서 사회자의 입심 좋은 말소리가 우렁우렁 터져 나와 거리까지 울려 퍼졌다. 브라운은 잠시 저 상품이 적절한가, 하고 생각해보았다. 스포츠 양말 백 켤레. 누구에게든지 나눠주라는 배려였다. 한 사람 앞에 열 켤레쯤이 돌아가면 상을 받은 당사자는 친구에게든 아우에게든 나눠주게 되리라는 것이 축제준비위원회의 판단이었다. 울트라돔의 모든 주민들이 즐겁게 선물을 나눠 가질 수 있는 축제를 만드는 것이 축제준비위원회의 목표였다.

　3등, 3등 발표하겠습니다. 제12회 울트라돔 봄 축제, 저 꽃 저 하늘, 얼마나 아름답습니까. 그러나 어느새 봄은 더위에 자리를 내주고 있었고, 먹구름이 남쪽에서 밀려들고 있었다. 차츰 어두워오는 하늘 저편 에너지타워 꼭대기의 거대한 푸른 고리가 선명했고, SS 로고는 눈부셨다. 그 순간 보안등이 여기저기 반짝 켜졌고, 관중들이 그것을 보며 다시 오오, 환성을 내놓았다.

축제는 직장 단위, 학교 단위의 경연이 대부분이었고, 행정 당국 축제준비위원회가 초청한 외부 전문 공연단체의 연극과 연주회, 특산물 할인판매 행사 등으로 구성되어 있었다. 노래 경연, 연극 경연, 춤 경연, 연날리기 등 갖가지 장기(長技) 경연이 공원과 광장, 거리 곳곳에서 펼쳐졌다.

지니와 브라운은 아이스크림을 핥으며 구경을 다녔다. 푸른 하늘 군데군데 낮게 드리운 구름이 차츰 두꺼워지고 있기는 했으나, 날씨는 쾌적했다. 한낮에는 햇살이 제법 따가웠으나, 해가 기울면서 서늘한 바람이 불어와 더 바랄 것이 없는 날씨였다.

관중들의 웃음 가운데 사회자는 목청을 높였다. 이 멋진 계절에 이 즐거운 축제를 마련해주신 여러 관계자 여러분께 우렁찬 박수를 부탁드립니다. 박수가 터져 나왔다. 이제 정말 발표하겠습니다. 3등, 3등은…… 부상이 뭐라고 했죠?

브라운은 다시 걸음을 떼어놓았다. 지니는 그의 팔에 매달려 걸었다. 집합거주지구 전체가 축제의 무대였다. 모퉁이를 돌아가자 새로운 경연이 펼쳐졌다. 요란한 록 음악이 귀를 때렸다. 춤 경연이었다. '특별상 유니버스 클럽 1년 무상출입권'이라는 문자가 번쩍거리는 커다란 전광판이 펼쳐져 있었고, 그 아래 무대에서는 네 명의 젊은이가 관절이 고장 난 로봇처럼 기괴스럽게 몸을 비틀어대고 있었으며, 관객들은 의자에, 계단에, 땅바닥에 앉아 박수를 치고 환호했다. 브라운과 지니는 그들을 등지고 또 걸었다.

하늘에 각양각색의 연들이 날았다. 형광물질로, 비닐 건전지로 만든 연들이 화려한 색깔로 하늘을 수놓았다. 무선장치로 연을 날리기 시작한 이래 연의 모양은 더 다양해지고 화려해졌다. 연과 조종자 사이를 연결하는 것은 실이 아니라 보이지 않는 디지털 신호였다. 실이 끊겨 연을 분실할 염려 같은 것은 하지 않아도 좋았다. 그리하여 차츰 연을 날리는 기술이라기보다 제작기법과 프로그래밍, 소프트웨어를 경연하는 대회로 발전했다. 학교마다 연을 날리는 서클이 만들어져 가장 인기 있는 서클로 자리 잡았다. 경연 대회 초기에는 중·장년층의 잔치 같던 연날리기 대회는 그렇게 중·고등학생들이 학습과 놀이를 경연하는 대회로 발전했다. 대회가 열릴 때마다 다른 연들을 찢거나 파괴하는 기능을 가진 전투적인 연이 등장하는 것도 흥미로웠다. 그런 연이 수상하는 경우는 드물었으나 축제준비위원회의 조사 결과, 관객들에게 가장 큰 재미를 선사하는 것이 그런 연이라는 사실 또한 재미있는 현상이었다. 매년 기상천외의 연이 등장했다. 작년 가을 축제에서는 리모컨을 따라 이동하는 연, 리모컨의 전원이 꺼지면 미리 입력된 장소로 이동하여 착륙하는 연이 최고상을 수상했다.

축제준비위원회는 매년 브라운이 참석해야 하는 중요한 기구 가운데 하나였다. 위원장은 당연직, 울트라돔 하남의 대표이사 매카시였다. 그는 각 경연 대회의 상품 하나하나까지 챙겼다. 그 바람에 불필요하게 회의가 길어졌으나, 불평하는 사람은 없었다. 백 켤레의 스포츠 양말을 상품으로 선택한 것도 매카시였다. 회의는 순조로웠으나 축제가 시작되기 일주일 전 비상사태가 발생했다. 연구동을 포함하여 집합거주지구 일부 지역에 반체제 유인물이 살포되었다.

브라운이 잠자리에 들었다가 회의에 참석하라는 비상연락을 받은 것이 새벽 2시 무렵, 따뜻한 지니의 품에서 벗어나 회의장에 도착한 것이 3시 30분이었다. 연구동 귀퉁이에 자리 잡은 대표이사의 관사는 복도와 무빙워크를 통해 업무 센터로 곧장 연결되어 있었다. 매카시는 파자마에 침실 슬리퍼를 신은 채 회의 책상 앞에 서서 고함을 질렀다. 어떻게 이런 일이 벌어졌어? 어떻게 범인을 모를 수가 있어? 어떻게 감시 장비들이 그걸 포착을 못 해? 매카시는 부들부들 떨며 부르짖기를 그치지 않았다. 잡아, 잡으라고! 당신들 하는 일이 뭐야? 로봇이 장난감이야? 지금 무슨 일이 벌어졌는지 아직도 모르겠어? 치안경비 실장과 보안경비 실장은 그 앞에 앉아 얼굴을 들지 못한 채 진땀을 흘렸다.

살포된 유인물은 이백여 장. 연구동 부근에서 백여 장, 하남 SS 울트라 공연 센터 부근에서 백여 장이 발견되었다. 다행히 치안경비가 즉시 발견, 수거하여 배포된 것은 지극히 소량에 불과할 것이라고 경비 실장이 보고하자 매카시는 또 고함을 질렀다. 이백 장인지 이천 장인지 당신이 어떻게 알아? 조사해봤어? 확인했어? 이천 장이 살포되었는데, 천팔백 장이 주민들 주머니로 사라진 게 아니라고 단언할 수 있어? 치안경비 실장이 머뭇머뭇 말했다. 드론이 내놓은 자료에 따르면……. 그러나 그는 말을 계속할 수 없었다. 그놈의 드론이 다 해킹당해 반병신이 되었다면서? 그것도 모르고 당신들은 역외에 나가 회식했다면서?

울트라돔 하남의 모든 드론이 두 시간 동안, 1800시부터 2000시까지 먹통이 되어 있었다는 것은 매카시의 호통이 벼락처럼 울려 퍼지는 가운데 행정실 직원들의 조사를 통해 드러났다. 전산실의 모든 직원들이 비상 출근하여 누가 어디에서 어떤 방식으로 네트워크에 침입했는지를 알아내기 위해 컴퓨터 앞에 매달려 있었다. 그러나 그로부터 24시간이 흐른 뒤에도 알아낸 것은 별로 없었다. 해킹의 자취가 없다는 보고만이 연이어 올라와 매카시의 고함 소리는 더욱 커졌다.

드론이 현재 아무런 이상 없이 작동한다는 것은 확인되었다. 드론을 현장에 다시 배치할 것인가를 놓고 행정위원회와 축제준비위원회의 합동회의가 열렸으나 결론을 내리지 못했다. 흔적을 찾을 수 없었다 하여 거기 해킹 툴이 남아 있지 않다고 자신할 수 있는가? 매카시의 그 질문에 대답할 수 있는 사람은 없었다. 전혀 완전히 새로운 프로그램을 짜서 작동이 가능한 드론만을 업무에 배치하기로 결정했다.

축제가 공식적으로 시작되기 아홉 시간 전에야 해킹의 자취가, 어쩌면 유일한 자취가 발견되었다. 행정본부 데이터베이스에서 원래 존재하지 않던 한 줄의 메시지가 발견되었다. 드론을 통제하는 프로그램도, 보안 안드로이드, 또는 치안 안드로이드를 통제하는 프로그램도 아니었다. SS 울트라돔 하남의 연구동 출입문을 통제하고 개폐를 기록하는 데이터베이스였다. 딱 한 줄이었다.

반가워요. 또 봐요.

그것은 다시 해킹하겠다는 선언이었다. 뿐만 아니라 연구동까지 드나들 수 있다는 위협이었다. 매카시의 지시로 데이터베이스는 폐기되어 네트워크에 연결되지 않은 장치로 옮겨졌다. 새로운 데이터베이스는 아직 준비되지 않은 채 기초적인 데이터베이스를 운용해 데이터만을 축적했다. 일부 드론이 작동하고 있기는 했으나 성능은 불완전했다. 그리하여 축제가 시작되었을 때 현장에 배치된 드론은 쉰아홉 기에 지나지 않았고, 아직 전산실의 모든 직원은 초빙된 전산 전문가들과 함께 여전히 프로그램을 만드는 일에 시달리고 있었다. 연구동의 출입은 임시로 치안경비와 보안경비 요원들이 담당하기로 했다.

공원 쪽에서 대마초 냄새가 물씬 풍겨왔다. 가로등 근처에서 뭉게뭉게 피어나는 연기가 보였다. 작은 입간판이 서 있었고, 거기 '울트라돔 영화·연극제'라 쓰여 있었다. 지니는 그쪽으로 걸음을 떼어놓았고, 브라운이 그 뒤를 따랐다. 공연장 옆 숲에 배우들처럼 보이는 사람들이 앉고 서서 얘기를 나누고 있었다. 그 부근에서 대마초 연기가 뭉클거렸다. 광막한 황야에 달리는 인생아……. 누군가 노래를 부르고, 남녀 서넛이 합세했다. 너의 가는 곳 그 어데냐……. 가사가 너무 촌스러워. 한 여자가 한탄했다. 아무리 그래도 바꿀 수가 없잖아. 그 여자가 직접 쓴 가산데.

브라운은 잠시 생각했다. 저 배우들 가운데 유인물을 뿌린 자들이 숨어 있을지도 모른다. 외부 공연단체가 초빙되었고, 그들은 벌써 보름 전부터 공연장을 드나들며 연습을 하고 있었다. 이미 축제준비위원회에서 논의되어 조사에 들어간 사항이었다.

공원의 보드워크 바닥에 일정한 간격을 두고 화살표가 붙어 있었고, 난간에는 띄엄띄엄 공연 중인 영화와 연극의 포스터가 붙어 있었으며, 가면을 쓴 배우와 자원봉사자 들이 군데군데 서서 표와 프로그램을 팔았다. 옥외 공연장 입구에 '뮤지컬 현해탄을 아십니까'라는 제목이 쓰인 커다란 포스터 현수막이 바람에 나부꼈다. 복고조의 공연은 요즘 울트라돔 집합거주지구의 트렌드였다. 아카데미에 민요와 판소리, 풍물놀이반이 생기고, 몇몇 아마추어 풍물반이 생겨 축제에서도 공연을 했다.

공연장 벽에 붙은 갖가지 포스터들을 구경하며 천천히 걷다가 지니는 그것을 발견했다.

Bread and Circuses.

포스터의 검정 바탕에 흰 스프레이로 아무렇게나 휘갈겨 쓴 글귀였다. 지니가 물었다. 저게 뭐예요? 공연 제목인가요? 브라운은 고개를 갸웃거렸다. 글쎄. 그런 것 같지 않은데. 누군가 낙서를 한 거 아닐까. 그들은 공연장을 한 바퀴 돌아, 옥외 무대에 이르렀다. 공연이 진행 중이었다.

부모 노릇을 해보지 않은 사람이 훨씬 행복한 사람입니다. 애를 갖지 않은 사람은 저주가 있을지 축복이 있을지 앞날을 근심할 필요도 없잖아요. 한 배우가 말했고, 이어 집시 차림의 여자 배우가 신경질적으로 웃어대며 외쳤다. 내 말이 그 말입니다. 그러니 어미 노릇을 해야 하는 날 동정해주세요. 다른 배우가 뛰어들었다. 메데이아, 어서 피하세요. 어쩌다 그런 끔찍스러운 짓을 저질렀어요. 비행기를 타건 잠수함을 타건 어서 달아나요. 탈출하라구요. 무슨 끔찍스러운 일이 있었다는 거요? 죽었어요. 당신 독약 때문에 공주님과 부왕이 함께 죽었다구요. 그러자 메데이아는 환호했다. 아아, 이 얼마나 아름다운 소식인가요? 이 기쁜 소식을 가져온 당신은 제 영원한 벗이에요. 메데이아는 북을 치고 하모니카를 불며 노래를 불렀다. 그대는 나의 친구 나의 영원한 친구 부모 노릇에서 벗어났으니 행복해지겠네 노예 같은 부모 형벌 같은 그 노릇 난 행복하겠네…….

관객들의 웃음을 등 뒤로 들으며 지니와 브라운은 또 걷기 시작했다.

그 연극은 축제준비위원회 회의에 올라왔을 때 초청을 보류해야 한다는 주장이 있었다. 어미가 자식을 죽이다니. 그것도 끔찍스러운데, 그것을 코미디로 만들다니. 대본을 읽어본 심사위원이 두엇뿐이어서 논의가 진행되지 않았다. 다음 회의에서는 논란이 더 심각해졌다. 공연을 금지해야 한다는 주장이 많았다. 브라운은 어이가 없었다. 그것이 그리스의 고전이라는 것을 이들은 모르는 것일까? 게다가 이미 상업 무대에서 수백 회의 공연을 통해 성취를 인정받은 작품이었다. 무엇이 문제란 말인가? 그는 말없이 지켜보기만 했다. 온건론도 있었다. 몇몇 대사를 없애거나 수정하는 선에서 통과시키는 것이 어떤가. 울트라돔에서 말썽이 생겼다고 하면 여론이 좋지 않을 것 아닌가. 여론? 무슨 여론? 매카시가 갑자기 브라운의 의견을 물었을 때 그는 간단히 대답하는 것이 최선이라고 판단했다. 길게 얘기해봐야 경청할 사람도 없었고, 그럴 분위기도 아니었다. 재밌더군요. 공연일 뿐입니다. 매카시는 더 얘기해보라고 권했다. 수천 년 전 대본이라면서요? 연출자가 번안을 했다고 하던

데……. 작년 관객들이 꼽은 최고의 공연 가운데 세 번째로 꼽혔답니다.

회의가 끝난 후 매카시는 브라운을 불렀다. 신문과 방송, 공연에 대한 모니터를 맡아달라는 것이었다.

"당신처럼 핵심을 놓치지 않으면서 대범한 사람이 필요해. 난 그게 잘 안 돼."

브라운은 거절했다. 에너지돔 일만으로도 바쁘다고 그는 말했다. 모니터라는 것이 실상 검열일 뿐이라는 것을 그는 잘 알고 있었다. 지난 2년 동안 그런 회의가 열릴 때마다 입을 다물고 지켜보기만 했다고는 하지만, 그는 의무적으로 참석을 해야 했고, 매번 속에서 치미는 신물을 꾸역꾸역 삼켜야 했다. 중구난방의 온갖 헛소리들이 난무하는 것이 그 모니터, 혹은 검열이었다. 게다가 그는 행정회의에서 위원이라기보다는 참관자에 가까웠다. 그는 차라리 그것이 편했다.

그가 거절했으나 명분은 분명했다. 매카시에게는 그를 강제할 수 있는 수단이 없었다. 에너지돔 관리와 대중공연 모니터, 혹은 검열은 종횡으로 휘둘러봐도 관련이 있을 리 없는 업무였다.

행정지도 차량에서 내린 두 직원이 포스터를 떼어내는 것을 본 것은 공연장을 떠나 한참을 걸은 뒤였다. 버스 정류장 근처, 게시판이었다. 거기 붙은 축제 공고에 역시 흰 스프레이로 휘갈긴 낙서는 'Bread and Circuses'였다. 버스 정류장을 지나는 사이 그들이 주고받는 얘기가 들려왔다. 다른 건 벌써 다 철거했을걸. 어떤 자식이 귀찮게 이런 짓을……. 이게 벌써 몇 장째지? 가져오라는 거야, 없애라는 거야? 과장님이 버리지 말고 가져오라던데.

어디선가 트럼펫 소리가 들려왔고, 지니와 브라운은 그 소리를 따라 걸음을 옮겼다.

축제의 일부일 것이라 추측했으나 그렇지 않았다. 관객은 없었다. 털모자를 쓴 남자가 공원 뒤쪽, 축제의 불꽃과 소음으로부터 충분히 멀리 떨어진 벤치 근처에 서서 홀로 트럼펫을 불고 있었다. 조용하고 서글픈 곡조였다. 나무들 사이로 남자의 모습이 보이자 지니는 발을 멈췄다. 그 옆에 브라운도 멈춰 섰다. 멀리 떨어진 가로등 불빛이 나무들 사이로 스며들어 가끔 트럼펫이 번쩍였으나 연주하는 남자의 얼굴은 어둠에 가려 보이지 않았다. 바람이 지나며 나뭇잎이 흔들리면 그에 따라 남자의 얼굴이, 콧날이, 뺨이 얼핏얼핏 드러났다 사라지고, 그가 입은 남방셔츠와 짙은 색깔의 바지, 모자 밑으로 비어져 나온 머리카락이 잠깐 보였다 다시 어둠에 묻혔다. 인위적으로 만들어낸 무대장치보다 훨씬 더 극적인 무대처럼 보였다. 느리게, 조용히 트럼펫은 한 마디 한 마디 어둠 속에 말을 건네는 듯했다.

또 한 대의 행정지도 차량의 헤드램프가 지니와 브라운을, 이어 트럼펫을 부는 남자를 감시라도 하듯 천천히 스치고 사라졌다. 박자는 왈츠 같았으나, 곡조는 서글펐다. 지니로서는 처음 듣는 곡이었다. 더 지켜보는 것이 그의 프라이버시를 침해하는 짓이 될 것 같았으므로 지니와 브라운은 조용히 그곳을 떠났다.

그들은 화원에 들러 물만 주면 어떻게든 잘 자라는 스킨답서스와 산세비에리아를 사고, 펍에 들러 SS 울트라 생맥주를 한 잔씩 마시고, 길가의 벤치에 앉아 인공으로 조성된 물가에서 이제 막 시작된 불꽃놀이를 구경하고, 서로의 어깨와 허리에 팔을 감고, 서로의 엉덩이가 이따금 부딪는 것을 즐거이 의식하며 걷다가, 어두운 하늘에서 화려하게 너울거리는 연을 구경하고, 또 걷다 멈춰 서서 수레에서 꽃빵을 파는 중국 음식점 주방장의 재주를 구경했다.

지니가 브라운의 집으로 이사를 들어온 지 어느새 여섯 달이었다. 처음 클럽 카오스 앞에서 마주친 그날, 그들은 브라운의 집으로 와서 섹스를 했다. 그 이래 거의 매일 만났고, 만나면 서로의 집을 오가며 섹스를 했으며, 대개 같이 잤다. 섹스는 그들에게는 조금은 뜨거운 시선을 교환하는 행위, 혹은 살갑게 손을 마주 잡는 행위와 크게 다르지 않았다. 그들이 처음 만났을 때부터 그랬고, 지금도 그랬다. 처음 나이트클럽 코지에서 만난 것이 까마득한 옛날 일인 듯 여겨졌다. 그사이 지니가 건너온 세상 끝, 혹은 죽음의 바다 역시 한 세기쯤 전의 일 같았다.

옛날 당신은 종이 인형 같았어, 하고 브라운이 말한 적이 있었다. SS 울트라마켓 시절의 얘기였다. 구겨진 작은 종이 인형처럼 그녀에게서는 생명의 부피 같은 것이 느껴지지 않았다.

"지금은? 구겼다 편 종이 인형?"

지니는 궁금했다. 지금은 어떨까?

"다행히 종이 인형 같지는 않아. 하지만……."

지금은 책상 모서리에 놓인 컵 같다고 그는 말했다.

"금방 떨어져 깨어져버릴 것 같아. 왠지 위태로워 보여."

지니는 웃었다. 긴 섹스 끝에 아직 숨이 가빠선지 그녀의 웃음소리는 조금은 신경질적이었다.

"당신은? 당신은 어땠는지 알아요?"

"안드로이드 같았어?"

그가 불안하게 웃으며 반문했다.

"당신은……."

오히려 근래의 그에게서는 살아 있는 사람의 냄새가 났다. SS 울트라마켓 시절의 그는 잘 다려진 바지의 날 같았다. 살아 있는 존재라기보다는 그렇게 날카롭게 각을 잡고 세워진 사물 같은, 쇼윈도에 그렇게 서 있는 것 자체가 목적인 그런 존재.

"살아가기에는 너무 분주한 사람 같았다고 할 수 있을까요."

"지금은 살아가는 사람 같아? 게을러서?"

무엇보다 큰 변화는 그의 눈빛이나 몸짓이 한가해졌다는 점이었다.

"너무 오래 입은 바지 같아요."

브라운은 웃음을 터뜨렸다. 지니는 웃으며 덧붙였다.

"한 번쯤 다림질을 해야 할 것 같기도 하고."

브라운에게 그동안의 삶이란 짧고 고통스럽고 혼란스러운 추락이었다. 무척이나 사나운 아내의 갑작스러운 요구로 순식간에 이혼을 해치웠고, 그 과정에서 아이들 양육권을 포기했으며, 술을 마시지 않으면 하루도 온전히 잘 수 없을 정도로 심한 불면증에 시달렸고, 선물 투자를 시작했다가 큰 손해를 보았으며, 부채와 이자를 감당하느라 허덕였고, 덕분에 나이트클럽 출입을 중단하는 수밖에 없었고, 결국 이혼 뒤에 남은 유일한 재산이던 집을 팔아야 했으며, 또다시 주식에 손을 댔다가 본전은 물론 대출금까지 날려 신용 상태가 바닥이 되었고, 봉급에 차압이 들어올 정도로 재정이 엉망이 되었으며, 어느 날 점심 식사 직후 위스키를 한두 잔 마셨는데 갑자기 지점장이 들어서는 바람에 들통이 나 징계를 당했고, 그런 계제에 본사에서 호출이 와서 올라갔더니 간부들이 둘러앉아 그에게 두 장의 사령장을 내밀었다. 하나는 공주 교도소장, 다른 하나는 울트라돔 하남의 에너지 소장이었다.

"교도소장이라구요?"

ASIS 교도소 체인은 SS 울트라 기업집단의 자회사였다. 왜 SS라 이름을 붙이지 않았을까? 기획실은 SS 울트라 기업집단의 이미지가 훼손되는 것을 우려한 나머지, 교도소 체인만을 호칭하는 새로운 이름을 만들어냈다. 그것이 ASIS 생명설계, 라는 모호한 이름이었다. 공통점은 확연했다. 두 개의 S. 어째서 SS 울트라 같은 기업이 교도소까지 해요? 드러내지 않기 위해 애를 쓰기는 했으나, 교도소는 적지 않은 장점을 지닌 사업이었다. 매 분기마다 어김없이 어마어마한 국가 예산이 수입금으로 들어왔다. 현금이었다. 게다가 수감자들을 노동력으로 동원, 몇 가지 3D 업종의 공장을 돌릴 수 있었고, 거기에서 나오는 수입 역시 만만치 않았다. 수감자/노동자들에게 지급한 임금의 대부분을 SS 울트라마켓의 교도소 지점이라 할 수 있는 매점을 통해 고스란히 회수할 수 있었다. 수감자/노동자들은 과시하기 위해 비싼 음료수와 과자를 사 먹고, 비싼 시계와 반지를 사고, 비싼 양말과 속옷을 샀다. 교도소 내에서 신분을 과시할 수 있는 유일한 길이 그런 것이었다. 교도소가 수감자/노동자들에게 임금을 지불하는 것은 사실이었지만, 수감자/노동자들의 친지가 영치해주는 돈을 포함하여, 모든 돈의 통로는 하나뿐이었고, 그리하여 단 하나의 금고로 회수되었다.

브라운은 며칠 궁리 끝에 자포자기의 심정으로 울트라돔을 택했다. 간부들은 다시 한번 생각해보라고 권고했다. 공주의 ASIS 생명설계 센터 소장이 훨씬 좋은 자리라는 것이었다. 교도소장은 운영실적에 따라 SS 울트라의 다른 자리로 이동하는 기회를 만들 수 있는 자리였다. 교도소에 근무하는 직원들을 포함하여, 교도소 내의 공장을 관리하는 직원들에 대한 인사권을 온전히 행사할 수 있었다. 무엇보다도 현금이 오가는 곳이었다. 회사에 매년 이익금을 갖다 바칠 수 있었다. 반면 울트라돔 에너지 소장에게는 이익금이 생길 리 없었다. 직원들에 대한 인사권마저 온전한 에너지 소장의 몫이 아니었다. 퇴직 때까지 이동이나 승진 또한 기대할 수 없었다.

"여긴 우리 같은 관리자에게는 경력의 무덤이야. 사형선고. 마침표. 은퇴할 때까지 여기 갇혀 사는 것과 다름없어."

브라운은 스스로 알거지라고 말했다. 알거지라니? 문자 그대로 재산이 전혀 없다는 뜻이었다. 그게 아니면 내가 울트라돔이라는 데를 뭣이 낫다고 들어오겠어? 에너지돔 관리 책임자라는 직책은 한직이었다. 울트라돔 내 각 분야 최고 관리자 가운데 한 사람이라고는 하지만, 본질적으로는 기술직이었으므로 행정이나 정책 같은 업무에 관여할 일이란 거의 없었다. 한 달에 서너 번 최고 관리자 회의에 참석하는 것은 행정적 절차에 불과했다.

집합거주지구에서 가장 중요한 시설은 남동쪽 특수 연구동 건물들이 자리 잡은 지역이었다. 메타물질 연구와 제조, 실용화와 제품

개발 연구가 울트라돔 하남의 가장 중요한 사업이었다. 소규모의 제작 공장이 시제품을 만들고, 스트레스 실험을 계속했다. 무장 안드로이드가 24시간 경비를 하고, 각종 드론이 배치되어 상공을 선회 비행하며 만일의 침입에 대비하는 한편, 모든 직원들의 일거수일투족을 촬영하고 녹음했다. 행정본부의 가장 중요한 업무는 사실 연구동의 원만한 운영이었다. 인구 정책, 증가, 또는 감소 예측, 그에 따른 직장 수요와 에너지 수요 예측, 노동자 적성 파악과 직장 배치, 범죄 예측과 예방, 치안경비와 보안경비 수요를 예측하고, 인원을 고용하고, 지휘하고, 대책을 수립하는 모든 작업이 일차적으로 연구동의 운영과 편의에 종속되었다. 울트라돔 하남 전체가 바로 그 특수 연구소와 공장을 위해 존재했다.

에너지돔 소장이 하는 일은 그 모든 것과 무관했다. 에너지 생산과 운용이 그의 업무의 전부였다. 자동화 과정은 80퍼센트에 가까웠다. 메타물질의 피로도, 기능 장애, 수요 등이 세 시간 간격으로 엑셀 표식으로 출력되었다.

"메타물질이 태양열에 반응하여 고효율의 에너지를 생산하는 것도 사실이고, 에너지 소모율이 제로에 가깝다는 것도 사실이지. 하지만 EM, 또는 익스트림 모듈이라 불리는 그 메타물질은 제작 공정이 무척 복잡하고, 제작에 경비가 너무 많이 들어. 일단 제작하여 발전에 투입되었다 할지라도 그 내구성은 정말 아슬아슬한 수준이야. 아직 완성된 기술이라 할 수가 없어."

울트라돔 하남의 에너지타워에서는 72만 세제곱미터의 EM이 가동 중이었다. 그런데 매 분기마다 그 가운데 12만 세제곱미터의 EM

을 교체해야 했다. 석 달에 한 번 그 엄청난 EM을 제작하여 투입하고, 교체하는 것은 간단한 일이 아니었다. 무역 분쟁이 생기거나, 전쟁이 벌어지거나, 천재지변이 발생하여 EM 공급에 차질이 생기는 경우 곧 에너지 생산율이 급격히 떨어지고, 그와 함께 집합거주지구는 순식간에 기능을 상실하고 말 것이다. 그런 일이 벌어지지 않도록 늘 적정량의 EM을 확보하고 있어야 했다. 그러나 에너지돔 건설이 세계적으로 붐을 이루면서 늘 공급이 수요를 따라가지 못했다. EM 확보 경쟁이 치열해지고, 그에 따라 단가가 치솟고, 투기꾼들이 덤벼들어 거품이 끼면서 가격은 더욱 가파르게 상승하고……. EM 생산기술을 지닌 것은 아직 다섯 개 나라, 여덟 개 기업뿐이었다. 그 가운데 하나가 SS 울트라디지털이었다.

메타물질이 개발되었으므로 세계 에너지 문제가 해결될 날이 머지않았다고 믿은 사람들이 있었다. 대중매체가 그렇게 떠들어대고, 일부 정부가 그렇게 선전했다. 그러나 그것은 환상, 또는 속임수였다. 여전히 세계는 화석연료에 크게 의존하고 있었고, 미국은 온갖 군사력과 외교를 동원하여 중동을 장악하고 있었으며, 페르시아 만에는 미국 항공모함이 언제나 대기 중이었다.

"울트라돔 하남이 지금 보유하고 있는 메타물질이 겨우……."

브라운은 갑자기 얘기를 중단했다. 지니는 알아들었다. 그의 얘기가 기밀 부분으로 넘어갔을 것이다. 그녀는 더 이상 묻지 않았다.

"난 여기에서 그저 한 사람의 전기공일 따름이야. 울트라돔 행정에 관한 한 난 전혀 발언할 이유가 없어. 발언할 일이 없는데 회의에 꼬박꼬박 참석하는 것도……."

그는 머뭇거리다 덧붙였다.

"참······ 속 좋은 일이야. 참 심심하기도 하고. 그렇다고 안 갈 수 도 없고."

알코올중독에 대한 두려움으로 그는 지극히 조심스럽게 술을 마 셨다. 위스키는 전혀 마시지 않았다. 맥주만 마셨다. 하루에 두어 잔을 넘기지 않았다. 과거의 그를 기억하는 지니가 보기에 그것은 놀라운 자제력이었다. 패배한 투견처럼 엎드려 자신의 상처를 핥는 브라운에게 지니는 연민을 느꼈다. 자칫 사랑으로 변질될지도 모르 는 위험한 연민이었다. 지니는 연민을 지우기 위해 보란 듯 맥주를 벌컥벌컥 들이켰다.

"장님이 활을 쏘고 다닌 셈이야."

브라운이 말했다. 지니는 알아듣지 못했다. 그러나 반문하지 않 았다.

"나 말이야. 이제까지 장님 주제에 사방에 활을 쏘고 다녔다니 까. 너도 어쩌면 내 화살에 다친 적이 있는 사람인가?"

그가 지니의 벗은 등을 쓸었다. 그녀는 브라운의 손길을 무심하 게 감당하려 애썼으나 곧 그럴 수 없으리라는 것을 알았다. 잊고 살 았던 말들이 새록새록 떠올랐다. 그 손길을 뿌리치지 못한다면 자 칫 그런 말들이, 어느 누구에게도 할 수 없었던 말들이 갑자기 쏟아 져 나올 것 같아 두려웠다. 그녀는 무심한 듯 일어나 화장실로 들 어갔다. 무엇이 두려운가? 왜? 차라리 반가워해야 할 일 아닌가? 알 수 없었다. 그저 두려웠다.

그들이 살림을 합치는 데 장애가 될 것이란 없었다. 브라운의 집

232

은 에너지돔 지척의 단독주택이었다. 집을 나와 천천히 걸어도 10여 분이면 에너지돔에 닿았다. 그가 드나들 때면 보안경비들이 우렁차게 충성, 하고 고함을 질러가며 경례를 붙였고, 그는 평생 군대에 가본 적이 없건만 마치 장군이 된 듯한 착각에 빠졌다. 차를 쓸 일이 없어 주로 자전거를 이용했다. 에너지돔 안에는 제법 널찍한 광장이 있어 브라운은 그곳에서 지니에게 자동차 운전을 가르쳤다. 브라운과 자동주행장치의 도움으로 지니는 몇 시간 만에 운전을 배웠다. 슈퍼마켓에서 손수레를 끌고 다니는 것과 별로 다르지 않았다. 모니터를 계속 들여다보아야 한다는 것이 다소 지루했다. 수동운전을 익히려면 보다 긴 시간 운전을 배워야 하겠으나, 차를 끌고 집합거주지구 안을 돌아다니는 데에는 지장이 없었다.

에너지돔은 과학이 아니야. 여기 과학은 없어. 몇 번이나 브라운은 말했다. 만들 때까지는 과학이지만, 만든 뒤에는 관리일 뿐이야. EM 또는 열을 배출하지 않는 메타물질의 개발과 상품화, 대량생산, 태양열 에너지와 EM의 결합, 에너지 무선전송 기술의 발전이 에너지돔 건설의 견인차였다. 전 세계가 인류 최고의 난제였던 에너지 문제에 해결의 길이 열렸다고 과장하여 떠들어댔으나 곧 그것이 만만치 않은 과제를 안고 있다는 것이 드러났다. 그럼에도 불구하고 정부 당국은 온갖 법적, 경제적 지원을 내걸고 에너지돔 건설을 독려했다.

에너지돔 건설은 기업에는 질적 발전의 교두보가 되었다. 에너지돔을 가진 기업과 가지지 못한 기업, 그렇게 산업군은 분류되었다. 에너지돔 소유 기업은 정부로부터 갖가지 지원을 받았을 뿐 아니라 언제든지 임의로 처분, 이동시킬 수 있는 안정적인 노동력을, 조직도 파업도 없는 복종적인 노동력을 확보했으며, 더불어 그들 노동력을 통제할 수 있는 기초적 행정권과 사법권을 양도받았다. 에너지돔 주민의 일인당 지엔피가 언제나 국가 평균 일인당 지엔피의 100퍼센트 이상 초과하는 것은 어쩌면 당연한 일이었다. 그것이 어떻게 분배되는지 정부 당국은 관여하지 않았고, 기업은 발표하지 않았다. 정부는 20만, 많게는 100만 이상의 인구를 기업에 양도하면서 그와 더불어 복지와 의료, 교육과 치안 등의 문제까지 떠넘겨 놓고 안심했으나, 기업이 손해나는 짓을 할 리 없었다. 50만 인구를 데리고 살건, 100만 인구를 먹여 살리건, 그들은 사기업이었고, 이윤은 그들을 추동하는 유일한 엔진이었다.

정부 당국이 허용했으나 정부 당국은 에너지돔을 더 이상 통제할 수 없었다. 통제하지 않아도 무리 없이 운영되는 듯 보였으나, 그 안에서 무슨 일이 벌어지는지 실상은 아무도 알지 못했다. 에너지돔 집합거주지구 안에서도 신문과 방송은 소비되었으나, 신문과 방송의 출입은 까다롭게 규제되었고, 오래지 않아 에너지돔 행정 당국은 스스로 운영하는 신문과 방송사를 만들어 뉴스와 여론의 생산자가 되는 길을 택했으며, 그리하여 뉴스는 더 밝고 더 깨끗하고 더 재미있고 더 화려해졌다. 그들은 자신의 방송사를 위해 멋진 구호를 만들어냈다. 울트라돔 공동체는 새로운 가족입니다. 울트라 가족을 위한 울트라 방송 UBS. 방송이 시작될 때마다 끝날 때에도, 뉴스가 시작될 때마다 끝날 때에도, 그들은 그 구호를 반복했다. 그들이 만든 행정은 스스로 권력이 되었고, 권력은, 거의 항상 그렇듯, 오래지 않아 돌이킬 수 없는 체계가, 스스로가 아니면 통제가 불가능한 체계가 되었으며, 권력이란 대개 스스로를 통제하는 데에는 관심이 없었다.

브라운은 지니에게 직장을 옮기는 게 어떻겠는지 물은 적이 있었다. 국밥집 일이 고단하지 않은가? 더 편한 직장, 더 깨끗한 직장을 원하지 않는가? 지니는 그때 자신의 정체를 확인했다. 그 말을 들었을 때 지니가 먼저 느낀 것은 거부감, 강한 혐오감이었다.

"나한테서 콩나물이나 새우젓 냄새 나요?"

브라운은 웃었다.

"백화점? 경력도 있으니까. 아니면 극장? 좋아하는 영화 실컷 볼 수 있을 거야. 아니면…… 행정본부 부속실 같은 데는 어때?"

국밥집 종업원은 신경이 쓰이지만 극장 종업원은 괜찮다는 것인가? 지니는 농담처럼 물었다.

"울트라돔은 어때요?"

"그것도 나쁘지 않은 생각이긴 한데……."

브라운은 머뭇거리다가 덧붙였다.

"서로 거북하지 않을까?"

만일 지니가 고집을 부렸다면 울트라돔으로 직장을 옮길 수 있었을지 모른다. 그러나 그녀는 고집하지 않았다.

에너지돔 꼭대기의 관측실에서 그들은 종종 점심을 먹었다. 비번일 때마다 지니는 도시락을 싸 들고 브라운을 찾아갔다. 처음에 에너지돔 내부에 들어설 때는 안드로이드 경비가 그녀의 얼굴 사진을 찍고, 양쪽 눈을 세 번에 걸쳐 정밀 촬영했으며, 안드로이드의 배 속에서 철커덕 나타난 푸른 소형 형광 모니터가 그녀의 열 손가락의 지문을 채취했고, 지니는 문이 있는 곳마다 멈춰 서서 브라운의 이름과 자신의 이름을, 생년월일과 직장을 진술하고, 작업카드를 제시하는 일을 반복해야 했으나, 두 번째부터는 그런 모든 일들이 다 생략되었다. 원래 절차가 그러한지, 브라운이 손을 쓴 것인지 지니는 알지 못했다.

관측실이라고 하지만 실상은 전망대였다. 세 방향의 벽면 전체가 투명한 유리였다. 네 번째 방향 역시 거대한 콘크리트 기둥을 제외하고는 유리였다. 그 유리 벽에 예닐곱 개의 모니터와 전화가 설치되어 있었고, 철제 책상이 하나, 그 위에는 낡은 담요가 하나, 낡은 가죽 소파가 하나, 콘크리트 벽면에는 서류 캐비닛과 책장이 자리 잡고 있었다. 그 큰 공간이 휑뎅그렁했다. 책장도 거의 비어 있었다. 군용 벙커처럼 실용적이고 꾸밈없고 또한 살벌했다. 네 개의 커다란 망원경이 네 방향을 향해 설치되어 있었으나, 굳이 망원경이 필요치 않았다. 에너지돔은 100여 미터 높이였고, 관측실의 높이는 90여 미터에 지나지 않았으나, 세상이 눈 아래 내려다보였다. 하남시 전체가, 그리고 멀리 서울의 동쪽, 아차산과 뚝섬의 숲, 워커힐, 잠실, 그 너머 강남과 용산, 그 사이로 구불구불 흘러가는 한강의 검은 물줄기가 내려다보였다.

관리되지 않는 건물들은 그 높이에서도 금세 눈에 띄었다. 시커멓고 유리창이 깨어지고 심지어는 전선줄 같은 것들이 짐승의 내장처럼 창 바깥으로 빠져나와 바람에 너울거렸다. 불황과 파산, 도심의 거대한 건물이 폐허가 되는 일은 언젠가부터 흔한 일이 되었다.

236

실업자와 노숙자 들, 범법자들이 거리에 넘쳐났다. 관리할 수 있는 한계를 넘어서자 정부는 방치하는 수밖에 없었다. 그 틈을 파고든 것이 바로 에너지돔과 집합거구지구였다.

"한때 이 관측실이 내 아파트였어."

한동안 그는 퇴근 후에도 사택으로 돌아가지 않고 그곳에서 산 적이 있었다. 여기에서? 왜요? 브라운은 그때 심사가 그랬다고 대답했다. 나에게 이보다 더 잘 어울리는 집이 어디 있겠냐는 생각이 들었거든. 세상과 뚝 떨어져, 허공에 대롱대롱 매달린 이 을씨년스러운 공간……. 그는 낡은 가죽 소파를 가리켰다. 저기서 자고, 먹고, 일하고, 혼자 노래도 부르고, 헛소리도 하고, 욕설도 하고, 벽에다 영화 비춰놓고 쳐다보며 술 마시다 잠들고…….

지니는 때로는 도시락을 들고, 때로는 케이크나 쿠키, 생과일주스를 들고, 가끔은 그의 주문에 따라 넥타이를 들고, 화분 하나를, 또는 국화 한 송이를 들고 브라운을 찾아갔고, 그는 즐겨 지니를 데리고 관측실로 올라갔다. 평균 초속 10미터의 강풍을 콘크리트와 유리로 막아놓은 공간 안에서 레고 블록처럼 알록달록한 서울의 건물을 내려다보며 섹스를 하는 것이 그들의 습관이 되었다.

김밥 몇 줄, 몇 모금의 대마초와 깡통 맥주 하나라도 그곳에서는 충분히 호사스러운 기분이었다. 거기 올라가면 어딘가 결정적인 목표에 이르기 위하여 한고비를 넘어선 것 같은 기분이 들어 그녀는 늘 기분이 들떠 올랐다.

"높이가 당신을 들뜨게 한다는 것을 몰랐어."

지금은 그것이 섹스로 이어지지만 나중에는 무엇으로 이어질 것인지 그녀 자신도 알 수 없었다.

"어쩌면 벌거벗고 뛰어내리는 것으로?"

"같이?"

브라운이 물었다. 두 사람 사이에 잠시 긴장감이 흘렀으나, 곧 그들은 웃어대는 것으로 그 긴장감을 부숴버렸다.

"저기, 성남 우주연구 센터."

브라운이 손으로 가리켰다. 한때 군용 활주로가 있던 곳에 높이 반짝이는 것은 로켓 발사 시설이었다. 이따금 로켓이 불을 뿜으며 허공으로 날아가는 것이 보였다. 그 많은 로켓들, 저기 어딘가, 뭔가 철커덕거리면서 우리 머리 위를 돌고 있다는 거지. 첨단의 첨단의 첨단으로 무장한 모든 장비들……. 뭘 하겠어? 브라운은 혼자 묻고 대답했다. 감시야. 인간들을 감시하는 것. 그게 그것들의 가장 중요한 임무야.

처음 로켓을 쏘아 올린 자들은 인류에 대한 감시가 우주개발의 가장 중요한 임무가 되리라고는 상상도 할 수 없었을 것이다. 그러나 그렇게 되고 말았다. 그것 또한 인간의 욕망이었다. 빛을 반사하며 뜨겁고 투명하게 반짝거리는 로켓 타워는 인간의 욕망처럼 무의미하게 꼿꼿이 발기하고 서 있었다. 허공을 향해 사정(射精)을 하고 또 하고, 거듭함으로써 그것은 우주와 교접을 시도했다. 그러나 우주가 인류에게 허용한 것은 아직은 불모지의 한 귀퉁이에 지나지 않았다.

"언젠가 우리도 저걸 타볼 수 있을 거야. 어딜 가볼까? 달에? 화성에? 일주일쯤?"

나사와 록펠러재단이 달의 이면에 세웠다는 호텔은 그 자체가 하나의 관광지가 되었다. 매년 하릴없고 돈 많은 5만여의 선남선녀가 오직 그 호텔을 구경하기 위해 거기 올라가 거기서 잤다. 그곳에도 카지노가 있고, 극장이 있고, 클럽이 있었다. 다른 볼 것이 별로 많지 않았으므로, 그런 시설은 장사가 아주 잘되었다.

　지니는 고개를 저었다. 차라리 인간이 없는 곳이라면 호기심이 생겨 가보고 싶을지 모른다. 인간이 있다면 거기 또한 이 세계의 연장에 불과할 것이다.

　점심시간이 끝나 그가 일하기 위해 복귀한 뒤에도 지니는 거기 혼자 남아 책을 읽다가, 졸다가, 거대한 도시 서울을 내려다보다가…… 알 수 없는 구름 같은 계획을, 가끔은 폭발적이고 으스스한 계획을 세웠고……. 을씨년스러운 공간에 그녀가 가져다 놓은 책, 화분, 사진 같은 것들이 하나둘 꽂히고 장식되었다.

　발전설비는 어디에 있을까? 송전설비는? 조정실은? 거대한 퓨즈 같은 것이 있는 것은 아닐까? 어디에? 어디에서 무엇을 깨뜨리면 이 거대한 에너지돔 전체가 작동을 중지하고 거대한 콘크리트 쓰레기가 될까? 무엇인가를 파괴하는 것으로 이 거대한 건물이 종이 상자처럼 쓰러져버리는 그런 일이 벌어질 수도 있지 않을까? 지니는 언젠가, 이 에너지돔을 파괴해야 하는 날이 올지도 모른다는, 무척이나 막연하고 어처구니없으며, 무척이나 대담한 공상에 빠졌다. 이 견고한 철근 콘크리트 탑을 파괴하기 위해서는 어떤 폭발물이 필요할까? 저 무수한 안드로이드들을 피하여 폭발물을 반입하기 위해서는 어떤 준비가 필요할까? 폭발물은 어디에 어떻게 설치해야 할까?

브라운은 말한 적이 있었다. 이 에너지돔의 전체 무게가 얼마나 되는지 알아? 45만 톤이야. 지니로서는 짐작도 할 수 없는 무게였다. 쇠고기 600그램, 쌀 10킬로그램, 그런 정도가 그녀가 짐작할 수 있는 무게의 전부였다. 45만 톤이라니, 그런 것은 실감도 짐작도 불가능했다. 미국 최대 항공모함이 10만 7,000톤이야. 브라운은 말했다. 그 다섯 배가 넘어.

브라운이 결혼 얘기를 꺼낸 것은 그 축제의 밤이었다. 우리 결혼할까? 그래야 할 것 같지 않아? 그녀가 조심스럽게 피임을 하고 있다는 것을 브라운이 알아챈 것 아닌가, 하는 생각이 들었다. 그러나 지니는 뻔뻔해지기로 마음먹었다. 그녀는 아무 대답도 하지 않았다. 브라운은 대답을 얻지 못하자 혼자 중얼거렸다. 난 아무래도 좋아. 결혼, 이라는 위태로운 비눗방울이 두 사람 사이에 애매하게 떠다니고 있었고, 그들은 말을 잃은 채 맥주를 한두 잔 더 마시다가 침대에 들어 각기 왼쪽, 오른쪽으로 돌아누워, 서로의 숙면에 방해가 되지 않도록 조심하면서, 조용히 잠을 청했다. 결혼 이야기가 나오자 그들이 갑자기 이미 결혼 생활을 오래 한 부부가 되어버린 것 같아 브라운은 얘기를 꺼낸 것을 후회했다. 첫 번째 결혼은 그의 방탕과 술과 주식 투자로 파탄이 났다. 두 번째 결혼은 얘기를 꺼내자마자, 시작도 하기 전에 파탄이 나고 있었다. 언제부터인가 나는 결혼에 어울리지 않는 사람이 되어버렸어. 그것이 그의 결론이었다.

브라운이 잠들자 지니는 조심스럽게 일어나 전화기를 꺼내 몇 줄 편지를 썼다. 오래전 그녀 자신이 만들었으나 암호를 잊어 꺼내볼 수 없는 이메일 주소로 편지는 날아갔다.

240

그대, 잘 지내시지요. 저도 잘 지냅니다.

오늘 어떤 남자가 저에게 청혼을 했습니다. 누군지는 아실 겁니다. 제가 몇 번인가 이 편지로 얘기한 적이 있으니까요. 받아들여야 할까요?

당신은 돌아오지 않을 건가요? 아니, 제가 당신을 떠났던가요? 당신은 그렇게 기억하고 계신가요?

이제야 고백하지만, 몇 년 전 꼭 한 번 당신이 일하던 곳에 몰래 가본 적이 있습니다. 차들이 드나드는 출입구와 주차장 전경이 내려다보이는 산에 올라가 오래오래 앉아 있었습니다. 당신은 볼 수 없었지만 당신의 무수한 동료들을 보았습니다. 당신이 거기서 일을 하는지 아닌지마저 알지 못하는 형편인데도 당신을 만난 듯 그들 모두가 반가웠습니다. 하지만 거기 앉아 있는 동안 점점 몸을 짓눌러오는 슬픔으로 무척 힘들었습니다. 그 뒤로는 거기 올라가는 일이 두렵습니다. 왜냐하면 그때나 지금이나 저 혼자만의 슬픔으로도 살아내기가 버겁거든요.

어디쯤 계신가요? 낡은 트럭을 타고 멀고 먼 블라디보스토크나 하바롭스크를 헤매고 계신가요? 아니면 만리장성이라도 넘어가고 계신가요?

보고 싶습니다, 그대. 저를 데려가주세요. 제발. 제가 어떤 남자의 청혼에 넘어가기 전에, 제발, 꼭, 절 데려가주세요. 저 세상 끝이건, 지옥의 해변이건, 녹물이 쏟아져 내리며 무너져가는 아파트라 할지라도 어디든 따라나서겠습니다.

여긴 혼수(昏睡)처럼 편안하고 숙제처럼 지루합니다.

당신의 지연.

13

한밤중 병사들이 불쑥 나타나 총구를 들이댄 것은 겨울로 접어들어 밤이면 한기가 밀려드는 무렵이었다. 그들은 재선과 지연의 주민카드를 빼앗고, 집 안을 수색했다. 수색할 것이란 정말 많지 않았으나, 마땅히 수색은 그러해야 한다는 듯 병사들은 집 안의 모든 물건들을 깡그리 뒤엎고 짓밟고 부쉈다. 마치 적진을 점령한 병사들 같았다. 난장판을 만들고 나서, 그들은 떠나갔다. 두 사람의 초병이 문 앞에 버텨 서서 재선과 지연의 출입을 제한했다.

재선도 지연도 집 안을 치울 생각 같은 것은 하지 않았다. 도대체 무슨 일이 벌어진 것인지, 이해가 되지 않았다. 그들은 뒤집힌 평상에 주저앉아 기다렸다. 무엇을? 그들은 알지 못했다.

잠시 후부터 밖에서 무지막지한 캐터필러 소리, 확성기에서 쏟아져 나오는 군가 소리가 들려오기 시작했다. 지연은 창으로 가 커튼을 밀어내고 밖을 내다보았다. 어둠 속에, 여기저기 자동차 헤드램

242

프가, 탐색등이 밝혀져 있었고, 그 가운데 기중기와 불도저와 포클레인, 지프와 장갑차 등이 서 있었다. 멀리 방파제 근처에서 병사들이 줄을 지어 늘어서 정신, 통일, 정신, 통일, 외치며 물로 뛰어들었고, 웃통을 벗어부친 또 다른 일단의 병사들은 막사를 짓고, 포대를 세우고, 레이더를 설치했으며, 그 위에 위장막을 설치했다. 헬기들이 내리고, 뜨고, 안드로이드 장갑차가 물에 빠질 듯 해변까지 전진하다가 갑자기 멈춰 서서 빙글 허리를 틀자 머리에 부착된 탐색등 불빛이 지연의 눈을 파고들었다. 일도 없이 해변가 모래사장을 뛰어다니던 병사들이 줄을 맞춰 일어섰다 앉았다를 반복하며 하나, 둘, 셋, 넷, 숫자를 헤아리고, 군가를 불러대며 구보를 하고, 저희끼리 패고 맞았다. 스피커에서 욕설이 터져 나왔다. 이 새끼들아, 빨리빨리 못 하냐. 해 뜬다, 해 떠. 1소대, 이 개새끼들, 정신 못 차려. 날이 훤히 밝기까지 그들은 잠시도 쉬지 않는 것 같았다.

지연은 바닥에 털썩 주저앉으며 말했다. 우리 집이 점령당했어. 무슨 일이 생긴 거지?

재선이 알 리 없었다. 전쟁이라도 준비하는 것일까. 어디선가 이미 전쟁이 벌어진 것일까. 그는 쇼핑몰에서 가져온 와이파이 팰릿에 축전지를 연결하고 기다렸다. 잡음이 쏟아졌다. 그들은 이제껏 그 팰릿을 하드디스크에 연결하여 음악을 듣는 데 사용했다. 공중파나 인터넷 방송에 연결하여 뉴스를 들어본 적이 없었다.

먼바다에 전함이 떠 있는 것이 보였다. 전함 위에서 헬기가 떠올라 이쪽으로 날아들었다. 해변의 풍경은 매 순간 바뀌었다. 마을로 이어지는 도로 쪽에 어느새 초소가 건설되고, 그 앞을 안드로이드 전투병들이 지키고 서 있었다. 그들이 손에 거머쥔 것은 보통 병사들이라면 결코 들 수 없었을 거대한 기관총이었고, 그들의 등에는 10센티미터 길이의 탄환이 산더미처럼 쟁여져 있었다.

키가 작달막한 병사 한 사람이 느릿느릿 다가와 초병 일, 하고 나직하게 말했다. 안드로이드 하나가 고개를 돌리고 그를 주시했다. 초병 이. 초병 삼. 초병 사. 초병 오. 병사가 호출할 때마다 안드로이드 전투병은 고개를 꺾어 그를 주목했다. 전방 12시 방향 전선 탑까지 구보 앞으로! 그의 지시가 떨어지기 무섭게 안드로이드 전투병들이 달리기 시작했다. 무서운 속도였다. 땅을 뒤흔드는 굉음과 함께 그들은 달렸다. 고개를 들자 어느새 안드로이드 전투병들은 전선 탑 밑에 도열하여 마을 쪽에 기관총을 겨누고 서 있었다. 원위치! 병사가 소리치자 그들은 또다시 우르르, 달려 초소 앞에 집결했다. 병사는 사주경계, 하고 지시하고 그 자리를 떠났다. 안드로이드 전투병 넷은 초소를 중심으로 거리를 두고 늘어서 마을 쪽을 향했고, 하나는 다름 아닌 지연과 재선의 집 쪽을 향했다.

재선은 충격을 받았다. 자신들이 경계 대상이라니.

"뭐 해?"

지연이 물었다. 재선은 와이파이 팰릿을 집어 채널을 이리저리 돌렸다. 잡음과 음악, 음악과 잡음이 간헐적으로 반복되었다. 그들이 다시 뉴스를 기다리게 되리라고는 생각해본 적이 없었다. 뉴스를 기다린다는 것은 마치 실패를 자인하는 것 같았다.

"뉴스를 들어보려고."

지연은 눈물을 흘렸다.

"떠나야 하는 건가?"

"어디로?"

또 다른 바닷가를 찾아? 이번에는 산속으로?

"아직은 알 수 없어. 좀 기다려보고⋯⋯."

"전쟁인가?"

"쿠데타일 수도 있고."

그러나 쿠데타라면 이런 한산한 곳에 병력을 배치하는 짓은 하지 않았을 것이다.

오후에 대위 한 사람이 나타났다. 서커스의 게으른 곰처럼 배가 불룩 튀어나온 함영호 대위는 은빛 지휘봉을 휘두르며 태평양 전쟁과 국가 안보에 대해 떠들어댔다. 태도만으로는 사성장군으로 부족할 것이 없었다.

"언제부터 여기 살았습니까?"

그는 지연의 원피스 아래 드러난 다리를 흘끗거리며 질문을 시작했다. 뭐 하는 사람들이오? 나이가 몇이고? 직장은? 서울에 살다가 왜 이런 데를 찾아와요? 여긴 사람이 살지 못하게 되어 있는 곳이라는 걸 몰랐어요? 살던 사람들도 다 떠난 곳인데, 왜 굳이 여길 찾아와? 직장도 좋은 데 다녔네. 한 사람은 SS 울트라, 한 사람은 서울클라우드. 재선이 죄지은 적 없으니 죄인 다루듯 하지 말라고 저항하자 그는 눈을 부라렸다.

"여긴 군 위수 지역이란 말이오. 민간인 출입금지 구역이고. 그런데 여기 들어와 있으니 어찌 된 일인지 알아보겠다는 거요. 쏴버려도 우리한테 잘못했다고 하는 지휘관은 없을 거요."

마치 기다렸다는 듯 바깥에서 드르륵, 짐승이 울부짖는 소리처럼 소총 소리가 들려왔다. 재선은 기가 질렸다. 지연이 나섰다.

"이 나라 군대는 자기 국민을 쏴 죽이는 군대인가요? 그게 할 말이에요?"

"누가 쐈다고 그래요? 누가 어디 총 맞았어요? 아 참, 그 언니 성질 대단하시네."

함 대위는 벌떡 일어났다.

"즉각 퇴거하시오."

그는 한마디를 남기고 발을 구르며 떠나갔다.

와이파이 팰릿이 지글거리는 소음을 뱉어내더니, 낭랑한 여자 아나운서의 음성을 전했다. 국회 법사위가 에너지돔진흥법안을 상정했습······. 그러나 곧 다시 잡음이 이어졌다. SS 울트라마켓에서 새로운 노동조합이 설립되었습니다. SS 울트라마켓 창신동 지점 박태원 계장 외 12인은 동대문구청에 새로운 노조 설립을 신고······. 다시 잡음이 아나운서의 음성을 뒤덮어버렸다. 노조라고? 재선이 반색했다. 지연은 믿지 않았다. 아직 그는 저 세계가 노조 따위로 무슨 변화 같은 것을 만들어낼 수 있는 곳이라고 생각하는 것일까? 지연에게는 그런 것은 뉴스가 아니었다. 노조는 언제나 존재했으나, 그들이 존재하는 곳은 노동자들의 소망과는 전혀 상관없는 자리였다. 그들에게 필요한 것은 차라리 그런 노조를 파괴하기 위한 노조였을 것이다. 전혀 새로운 노조, 그러니까 대표이사와 지점장들의 목을 따기 위한 노조 같은 것.

다 버리고 여기 들어왔으므로 적어도 죽는 날까지는 살 수 있으리라 믿었으나, 이 지경이 되고 말았다. 어떻게 해야 하는 것일까?

"다 태워버리고 싶어."

지연이 막사 쪽을 내다보며 말했다. 재선은 고개를 끄덕였다.

"알아."

헬기가 요동을 치며 모래사장에 내려앉았다. 그들의 집이 모래바람에 휩싸였다. 재선은 밖으로 나가 출입을 막고 있는 두 병사 가운데 한 사람에게 무슨 일이 생긴 것인지 물었다. 아직 솜털이 보송보송한 어린 병사는 무뚝뚝하게 대꾸했다.

"전쟁입니다. 중일전쟁."

제기랄. 전쟁이었다.

일본이 댜오위댜오(釣魚島)에 항구를 건설하기 시작한 것은 7월 초였다. 일본은 여객선 접안 공사라고 발표했다. 중국은 공사를 당장 중단하라고 요구했으나 일본은 내정간섭이라고 반박했다. 타이완 동부 해안지대에 자리 잡은 평안진 군사기지에서 발진한 중국 전투기가 인근 해역에 대해 초계비행을 시작했다. 일본은 기다렸다는 듯 항공모함 예치고호를 동중국해 입구에 배치했다. 항공모함 예치고호에서 발진한 전투기 편대가 댜오위댜오 상공을 순회 비행했다.

그 와중에 접안 공사가 시작되었다. 헬기를 통해, 선박을 통해 중장비들이 운반되어 속속 상륙하고, 육상·해상 자위대와 노동자들이 상륙했으며, 숙박 시설과 사무실 건물이 건설되었다. 오래지 않아 그것이 단순한 여객선 접안 공사가 아니라 군사기지라는 것이

드러났다. 중국은 그곳이 미사일 기지라고 주장했고, 결코 용납하지 않겠다고 거듭 선언했다. 일본은 일본 영토에 항구를 건설할 뿐이라고 반박했다. 몇 차례 중국과 일본 사이에 성명전이 오가고, 양국 함정과 전투기 들이 충돌 직전의 상황에 이른 적도 있었으나, 공사는 꾸준히 계속되었다.

중국이 2079년 타이완 정권과 통일을 성취했을 때 당시 미국 대통령 해리슨은 중국이 돈 한 푼 들이지 않고 타이완라는 거대한 항공모함을, 결코 침몰하지 않는 항공모함을 건조했다고 한탄했다. 실제로 중국은 타이완에 거대한 규모의 공군기지를 건설하고 세 군데 항구에 해군기지를 건설했다. 타이완는 중국을 위해서는 태평양으로 진출하는 거대한 항공모함이자 전진기지였고, 또한 동중국해에서 태평양으로 진출하는 바다를 가로막고 있는 요나구니, 하토마, 이시가키, 다라마 등 일본의 섬으로 이루어진 만리장성을 무력화시키는 고속도로였다. 일본이 실질 점령하고 있는 댜오위다오의 지척이었을 뿐 아니라 미국의 중요한 군사기지가 위치한 오키나와 인근이었다.

9월 15일 0600시, 타이완의 평안진 군사기지를 이륙한 전투기들이 댜오위다오의 공사 현장을 급습했다. 모습을 드러내던 접안 시설이 파괴되고, 건설 중장비들이 불탔으며, 해상 자위대 병력 열네명, 노동자 열일곱 명이 사망했다.

중국은 자신의 의지를 대내외에 과시하는 것으로 군사작전을 제한했다. 그것으로 충분하리라 믿었다. 그러나 일본은 그럴 생각이 없었다. 작전을 마무리한 중국 전투기들이 댜오위다오 현장으로부터 귀환하기도 전에 동중국해에 배치되어 있던 항공모함 예치고호에서 전투기들이 발진, 타이완 동부 해안의 아름다운 항구도시 이란을 폭격하기 시작했으며, 그와 동시에 인근 이시가키 섬에 정박 중이던 상륙함과 전투함 들이 이란 시 인근 동가오로 몰려들었다. 일본이 오랜 기간 이런 작전을 준비해왔음이 드러났고, 중국은 제대로 대비하고 있지 못했음이 입증되었다. 정오 무렵 이란 시 영역 대부분이 일본 자위대에 점령되었고, 더불어 타이완가 자랑하던 일주 철로의 일부가 폐쇄되었다.

그것이 일회적 공격이 아니라 점령이라는 것은 오래지 않아 드러났다. 일본은 이란 시가지 곳곳에 지휘부를 설치했다. 상륙함과 헬기, 수송기 들이 꾸준히 드나들며 군사물자를 운반했고, 전투함들이 속속 입항했으며, 시 요충지 곳곳에 포대와 레이더 기지가 설치되었다. 방송국이 점령되자마자 '타이완 민주주의 시민단체' 명의의 지극히 겸손하고 신중한 어조의 성명이 발표되었다. 2079년 중화민국과 민주주의가 중국 대륙 공산당 독재 정권의 군홧발에 무참히 점령당하는 것을 우리는 비통한 마음으로 지켜보았습니다, 라는 문장으로 시작된 그 성명을 통해 세계는, 특히 중국은 일본의 대만 점령 의지가 확고하다는 것을 확인했다. 일주일 후 일본 자위대 이란 시 점령사령부는 타이완에 비밀·보통·직접·평등 선거가 실시되는 것을 적극 지지한다고 발표했고, 그로부터 일주일 사이에 타이완 공화당과 중화민주당이 이란 시민회관과 이란 고등학교 강당에서 각기 창당을 선언했다.

이튿날 정오 중국이 일본에 대한 선전포고를 발표했다. 같은 시각 열다섯 기의 미사일이 발사되어 나고야와 교토, 센다이를 강습했다. 일본 역시 중국에 대해 선전포고령을 발표했고, 상하이와 난징, 톈진과 탕산 등 공업지구에 대한 공습을 시작했다.

전투가 아니라 전쟁이었다. 세계 언론은 이를 제3차 중일전쟁의 시작이라 보도했다.

한국 정부는 두려움을 품고 사태의 발전을 지켜보았다. 역사적으로 중일전쟁은 항상 한국을 무대로 시작되었다. 제1차 중일전쟁은 1592년의 전쟁, 한국인들이 임진왜란이라 부르는 전쟁이었다. 당시 일본이 조선에 요구한 것은 명을 치러 가겠으니 길을 내놓으라는 것이었다. 조선 왕은 일찌감치 궁궐도, 한양도, 백성도 버리고 머나먼 신의주로 도주하였고, 아직도 두려워 명으로 들어갈 것인지를 궁리했다. 상륙한 지 며칠 사이에 파죽지세로 한양을 점령한 일본군은 끈질기게 왕을 추격했다. 그제야 중국 황제가 보낸 명군이 조선에 들어와 일본군과 본격적인 전투가 시작되었다. 결국 일본의 패배와 철수로 전쟁은 끝났다. 제2차 중일전쟁은 1894년의 전쟁, 흔히 청일전쟁이라 불리는 전쟁이었다. 이때는 청이 돌이킬 수 없을 지경으로 패배했고, 이로써 조선에 대한 모든 전통적 권한을 포기했으며, 일본은 이를 자신들이 획득한 것으로 간주했다.

이제 제3차 중일전쟁이 시작되었다. 무대는 태평양. 그러나 한국에서 그다지 멀리 떨어진 해역이 아니었다. 황해로부터 동중국해는 지척이었다. 일본이 어떤 핑계를 대고 한반도에 상륙을 시도할지 알 수 없는 노릇이었고, 중국이 무엇을 빌미로 밀고 들어올지 불안한 형국이었다. 더구나 중국도 일본도 각기 북한 지역에 조계를 지닌 국가들이었다. 중국과 일본이 서로의 조계를 오가며 전투를 벌이기 시작한다면? 곧 북한 전체가, 자칫 한반도 전체가 전란의 소용돌이에 휘말리고 말 것이다.

한국 정부는 서둘러 중립 원칙을 발표했다. 동시에 만일의 사태를 막기 위한 조처를 취했다. 그 가운데 하나가 인구가 많지 않은 지역, 관광객들이 드문 지역, 넓은 땅과 훈련장을 확보할 수 있는 지역을 찾아 기지를 건설하고 방어망을 구축하는 일이었다. 당연히 동중국해를 마주 보는 서해안 중남부 지방이 후보지로 상정되었다. 더구나 그 지역은 핵폐기물 오염으로 주민들이 소개된 후 방치된 지 20여 년이 지난 텅 빈 땅이었고, 군사기지로는 최적이었다.

당장 짐을 꾸려야 했다. 어디로 가건 일단 그곳을 떠나야 한다는 것은 분명해졌다. 낡은 배낭에 짐을 꾸리다 말고 지연은 말했다.

"살아서 이곳을 떠나는 일은 없을 줄 알았는데."

그녀는 재선의 색동 장갑을 자신의 배낭에 정성 들여 묶었다. 재선의 배낭에는 색동 양말을 묶어주었다. 잊어먹지 마, 하고 그녀는 당부했다.

차의 연료 통에 넣고 남은 기름으로 그들은 세 개의 화염병을 만들었다. 털털거리는 차를 간신히 몰고 해변가를 떠난 그들은 마을로 들어가는 길을 지나 해변가의 도로를 한동안 달렸다. 늘 걸어서 오가던 길이었다. 오래지 않아 거대한 쇼핑몰 건물이 나타났다. 지연은 화염병을 두 개 들고 차에서 내렸다. 사무실은 2층에 있었다. 그곳에 탈 것이 가장 많았다. 재선이 남은 화염병 하나를 들고 차에서 내렸을 때 지연은 이미 2층으로 올라가는 계단을 달려 올라가고 있었다. 재선이 닿기도 전에 지연은 화염병을 사무실 책꽂이에 던졌다. 불꽃이 터지고 책과 서류 뭉치와 잡지 들이 타들어가기 시작했다. 지연은 홀린 듯 불꽃을 바라보았다. 사무실 가득 불꽃이 넘실거리기 시작할 무렵 지연은 또 하나의 화염병을 복도에 쌓인 상자에 던졌다. 불길은 금세 복도의 천장까지 치솟아 깨어진 유리창을 넘어 험악하게 바깥으로 솟구쳤다.

지연이 말했다. 우린 사회적으로는 이미 그날, 여기로 들어온 날 죽었어. 재선은 고개를 끄덕였다. 지연은 불꽃을 바라보며 계속해서 말했다. 작업카드를 팔았잖아, 범죄자들한테. 휴대전화도 팔고. 예금통장도 팔았어. 역시 범죄자들 손에 들어갔을 거야. 그것들이 그걸로 무슨 짓을 했을지 어떻게 알아? 폭탄을 샀는지 마약을 거래했는지. 우린 테러리스트 누명을 쓰고 감옥에 들어갈 거야. 차라리 지금 가다가 낭떠러지 같은 데 굴러버리는 게 나을지도 몰라.

건물 전체가 거대한 하나의 화염으로 변해갔다. 재선은 불덩이를 보며 생각했다. 어쩌면 그럴지도 모른다. 어찌할 것인가? 그들은 세계를 버렸으나 세계는 그들을 버리지 않았다. 세상 끝은 세상 끝이 아니었다. 지연의 얼굴이 불꽃으로 물들었다. 불꽃은 와아아아, 함성을 지르고, 먹을 것을 찾아 달리고, 튀고, 기고, 허공을 삼켰다.

지연의 얼굴이 화염으로 물들었다. 그녀는 홀린 듯한 눈으로 화염을 바라보며 물었다. 돌아갈까? 돌아가서 저놈들 막사에 불을 놓아버릴까? 재선은 대답하지 않았다. 음? 지연이 대답을 재촉했다. 재선은 말했다.

"나중에."

"나중에? 나중에 언제?"

"나중에. 우리가 하지 않아도 저희들끼리 전쟁을 벌여 다 태워버
릴지도 몰라."

쥐들이 튀어나와 달아나기 시작했다. 상하이 바퀴벌레들이 날개
를 펴고 날아오르다가 불의 혓바닥에 사로잡혀 순식간에 사라졌다.
불꽃이 3층으로 번져 올라가고 있었다. 그곳에 서점이 있었다. 아직
책꽂이 가득 책들이 꽂혀 있었다.

쇼핑몰을 나서면서 재선은 화염병을 지연에게 건넸다. 지연은 그
것을 받고 이미 거대한 불덩이로 화한 쇼핑몰을 돌아보았다. 거기
에 그 화염병을 던진다는 것은 무의미한 짓이었다.

"이건 SS 울트라마켓에 쓸 거야."

그들은 쇼핑몰을 등지고 차를 몰아 그곳을 떠났다. 쇼핑몰 건물
은 하나의 거대한 불덩이가 되어 하늘을 태우고 있었다. 불자동차
소리는 들리지 않았다. 그들은 소방서에 가본 적이 있었다. 폐허가
된 지 오래였다. 불자동차는 녹 덩어리가 되어 무너져 내리는 중이
었고, 잡초가 우거져 있었으며, 꼽등이와 쥐와 비둘기가 멋대로 드
나들었다. 버려진 땅이었다. 언제라도 적들의 미사일이 날아와 잿
더미로 만들 수 있는 곳이었다.

"왜 돌아가는데?"

지연이 물었다. 왜 돌아가는가? 재선에게 대답이 있을 리 없었다.

"왜 저 바다로 뛰어들면 안 되는데?"

재선 역시 스스로에게 묻고 있었다. 왜 안 되는가? 저 세상에서

어떤 괴물이 그들을 기다리는지 이미 충분히 알지 않는가.

뒷거울 속에서 멀어지는 불기둥을 넘겨다보며 재선은 생각했다. 한 도시에 불을 지르기 위해서는 네로 나부랭이면 족하다. 한 대륙에 불을 지르기 위해서는 히틀러 같은 자가 필요했다. 하나의 세계에 불을 질러야 한다면 무엇이 있어야 할까?

"이미 죽었다고 생각할까?"

지연이 물었다. 이미 죽었다고 생각하면 무슨 짓이든 다 저지를 수도 있지 않을까? 도둑질, 강도질, 창녀질, 테러, 범죄, 공갈, 협박……. 그녀의 눈에서 갑자기 눈물이 흘러내렸다. 흐느끼지도 않고 그녀는 울었다. 재선은 아는 체하지 않았다. 위안이 될 법한 말 한마디가 생각나지 않았다.

낡은 차가 굴러갈수록 그들이 버린 괴물 같은 세계가 가까워지고 있었다. 갈 곳이 그곳뿐이라는 것이 분명해졌고, 어제오늘의 일이 아니라는 것은 더욱 분명했다. 가는 수밖에 없지 않는가. 울면서도 가고, 붙들려서도 가고, 끌려서도 가고, 미쳐서도 가고, 발악을 하면서도 가고, 살아서도 가고, 죽어서도 가고…… 가야 하는 것이다.

제 발로 악어의 아가리 속으로 들어가는 자는 마땅히 악어를 죽일 각오를 하지 않으면 안 된다. 그런 각오가 없다면 그는 먹이가 될 뿐이다. 한껏 입을 벌린 거대한 악어가 다가오고 있었다. 재선은 물었다. 나는 어떤 각오를 지니고 있는가?

14

 차는 도시를 벗어나 비포장도로를 따라 달렸다. 시가지를 벗어나 황량한 들판 가운데를 달리고 또 달렸다. 사람도 풀도 나무도 보이지 않았다. 붉은 흙만이 끝도 없이 펼쳐졌고, 그 사이 오직 차들이 달리면서 다져진 진흙 도로가 금세 사라질 듯 한 줄기 아슬아슬 이어졌다. 구스만은 말없이 차를 몰았고, 페르난도는 언제나 그렇듯 뚱한 얼굴로 창밖을 내다보고 있었다. 더스틴이 투덜거렸다. 이 새끼들이 우릴 어디로 끌고 가는 거냐? 백스터가 알 리 없었다.

 페르난도가 더스틴과 백스터의 눈앞에 휴대전화를 들이밀었다. 모니터에 한글로 한 문장이 떠올라 있었다.

 선생님들은 언제 귀국하실 예정입니까?

 더스틴이 중얼거렸다. 나도 가고 싶어. 가고 싶어 미치겠어. 우리가 좋아서 너희들하고 맨날 이따위 헛짓이나 하고 다니는 줄 아냐. 페르난도는 알아듣지 못했다. 백스터가 말했다. 아이 돈 노. 페르난도는 어디론가 문자를 보내고 휴대전화를 쑤셔 넣었다.

두 시간 가까이 달린 끝에 구스만이 차를 세운 곳은 사막이었다. 나무 한 그루, 풀 한 포기 없었다. 붉은 흙, 바람에 흩날리는 흙먼지, 군데군데 햇빛을 쨍, 하고 반사할 듯 단단한 바위들, 멀리 기어가다가 고스란히 말라 죽은 것 같은 도마뱀 형상의 바위 언덕, 하늘마저 시뻘건 낯선 풍경이었다. 붉은색 비가 쏟아져도, 다리가 일곱 개쯤 달린 붉은색 피부의 티라노사우루스가 흙을 헤치고 기어 나온다 해도 이상하지 않을 것 같았다. 붉은 사막의 정적 속으로 그들은 걸어 들어갔다. 햇빛이 직각으로 그들의 머리통 위에 떨어졌다. 그림자가 녹아내릴 듯 그들의 발끝에서 흐느적거렸다. 완벽한 정적, 완벽한 공허, 하늘과 땅이 완벽하게 결합한 듯한 초현실적 풍경 속에 그들은 서 있었다. 사람의 출입이 어색해지는 영역 같았다. 더스틴이 카메라를 꺼내 드는 것이 백스터에게는 왠지 외람된 짓인 듯 여겨졌다. 더스틴은 아무 데나 대고 사진을 찍어댔다. 이런 건 찍어두는 거야. 남는 것 사진밖에 없다잖아.

구스만은 차에서 커다란 가방을 두 개 꺼내 땅바닥에 떨어뜨렸다. 페르난도가 가방을 열었다. 총들이, 총신이 길고 짧은 무수한 총들이 가득 담겨 있었다. 페르난도는 기다란 총을 하나 꺼내 허공에 겨누었다. 구스만이 철커덕, 노리쇠를 당겼다 놓았다. 그가 말하면 그가 목에 건 휴대전화에서 어여쁜 여자의 음성이 통역을 해주었다.

AK47. 이 나라에 제일 흔한 총입니다.

그는 엔진 뚜껑에 총을 내려놓고 다른 총을 꺼내 들었다. 이건

256

AK101. 칼라시니코프의 손자가 만든 건데, 할아버지 솜씨만 못해. 그럭저럭 쓸 만하지. 장점이라면 그저 가볍다는 것. 분해결합이 간단하다는 것. 명중률도 제법 괜찮고. 그는 또 하나의 총을 꺼냈다. 이건 파마스. 프랑스 놈들이 만들었어. 멋지지? 프랑스 놈들 닮았나 봐. 이건 K21. 이건 알지? 몰라? 한국 제품이야. 아주 튼튼해. 총신이 길어. 명중률이 높아. 페르난도는 갑자기 허공에 대고 총을 난사했다. 탄피가 다다다다 밀려 나오고, 10여 미터 떨어진 바윗덩이가 부서지며 돌덩이가 튀었다. 부에노, 부에노. 개머리판을 주물럭거리며 페르난도가 중얼거렸다. 구스만은 총을 소개하느라 분주했다. 이건 MKX. 이건 마이크로 타보르. 이스라엘 놈들이 만들었어. 가볍고 파괴적이야. 사람이 맞으면 배가 갈라져버려. 몸뚱이 전체가 두 동강이 나버리는 수도 있지. 통쾌하지. 특공작전 같은 때 좋을 거야. 분해조립도 아주 간단해. 한국 갈 때 하나 가져가. 사장 놈지랄하면 갈겨버려. 자동차 엔진룸 위에 함부로 뒤엉켜 있는 총들은 너무 많아 총이 아니라 장난감처럼 보였다.

이틀 전 구스만에게 총을 쏴볼 기회가 있겠느냐고 물은 것은 더스틴이었다. 그는 취할 대로 취해 있었고, 입에서 나오는 대로 아무말이나 지껄이는 중이었다. 구스만은 얼마든지 쏠 수 있다고 장담했다.

그가 다른 가방을 열자 그 안에서는 각종 총탄과 탄창이 쏟아져나왔다. 기다란 은색 탄창을 하나 꺼내 들고 그가 떠들어대자 목에 걸린 휴대전화가 통역했다.

이게 제일 예쁩니다. 총알이 오십 발 들어가는 탄창입니다.

구스만은 더스틴에게 K21을 건넸다. 더스틴은 바위에 대고 방아쇠를 당겼다. 다다다다…… 굉음과 더불어 그는 뒤로 나자빠졌다. 총탄이 허공으로 날아가고, 페르난도가 고함을 지르며 차 밑으로 몸을 던졌다. 구스만은 재빨리 그 뒤를 따랐다. 백스터가 숨기 위해 그 거대한 몸을 움직이기 시작했을 때 K21의 탄창은 이미 비어 있었다. 구스만은 한참 동안 잔소리를 했다. 쏠 때는 총구를 아래로 지그시 눌러라. 개머리판을 어깨에 강하게 밀어붙여라. 방아쇠는 힘으로 당기는 게 아니다. 슬며시 부드럽게 스치기만 해도 사격이 시작된다. 다음에는 백스터가 AK101을 잡았다. 그는 몸집이 커서 뒤로 나자빠지지는 않았으나 총구가 위로 들려 허공으로 난사되는 것을 막을 수는 없었다. 그는 더 이상 총을 쏘고 싶은 생각이 들지 않았다. 총성이 들리면 언제나 그만 귀가 먹먹하고 가슴이 후들거리고, 딱 염증이 나면서 귀찮아졌다. 군대에서 처음 사격을 배울 때부터 그랬다. 총을 쥐고 있기가 싫었다. 더구나 그는 멕시코시티에 도착한 바로 그날, 그들 면전에서 총알을 맞고 쓰러진 나초가, 그의 목덜미에서 꾸역꾸역 쏟아지던 핏덩이가 생각났다. 더스틴은 달랐다. 그는 큰 총 작은 총, 총을 바꿔가며 허공에 대고 함부로 총질을 해댔다. 개머리판을 옆구리에 턱 붙이고 총구를 허공으로 향해 들고 서서 휴대전화를 꺼내 사진을 찍었다. 백스터, 이리 와. 같이 찍자. 백스터는 거절했다.

그들은 차 안으로 기어들어 구스만이 꺼내놓은 점심을 먹었다. 부리토와 파히타, 핫도그와 콜라, 사탕수수 주스가 메뉴였다. 기이한 식욕으로 그들은 고깃덩이와 빵 덩이를 분주히 씹어 삼켰다.

식사가 끝난 뒤 페르난도와 구스만은 진지하게 사격 연습을 했다. 붉은 흙 위로 군데군데 튀어나온 바위들이 표적이 되었다. 앉아서 쏘고, 서서 쏘고, 엎드려 쏘고, 걸으며 쏘았다. 바위가 부서지고 붉은 흙먼지가 자욱하게 피어올랐다. 탄환이 핑, 엉뚱한 방향으로 튀어나갔다. 더스틴은 그들 옆에 나란히 서서 총질을 했다. 그는 더 이상 뒤로 나동그라지지 않았다. 두 다리를 굳건히 땅에 뿌리내리고 마치 평생 총질을 한 사람처럼 능란하게 탄창을 내던지고 새 탄창을 끼워 넣었다. 백스터는 그들을 구경했다. 귀가 먹먹하고 머리가 아팠다. 그곳을 떠나고 싶었으나 불가능했다. 언제까지 기다려야 하는 것일까? 총은 많았고 탄환은 더 많았다. 페르난도가 가끔 구스만에게 잔소리를 했다. 구스만은 듣는 둥 마는 둥 총질에 열중했다. 텅 빈 사막의 정적이 총성으로 갈기갈기 찢어지고, 바위가 찢어지고, 붉은 하늘이 찢어졌다.

페르난도가 돈내기 사격 시합을 하자고 제안했다. 구스만은 바위 위에 콜라병, 주스 깡통, 플라스틱 물통, 병뚜껑을 올려놓았다. 물통은 10달러, 콜라병은 20달러, 깡통은 30달러, 병뚜껑은 50달러. 됐지? 명중시키는 사람에게 나머지 사람들이 돈을 주기로 했다. 먼저 더스틴이 쏘았다. 명중률이 높다는 AK101로 쏘았으나 표적은 꿈쩍도 하지 않았고, 탄환은 어디로 날아간 것인지 자취가 없었다. 백스터는 쏘고 싶지 않았으나 페르난도는 그의 가슴에 MKX를 들이밀었다. 백스터는 할 수 없이 받아 들었다. 개머리판이 손바닥에 착 달라붙었다. 그는 자신이 없었다. 아무리 쏴도 맞지 않을 것이다. 돈을 그냥 줘버리는 것이 나았다. 그러나 페르난도는 대꾸도 않고 그를 쏘아보며 기다렸다. 그의 손에서도 늘씬한 총 한 자루가 번들거리고 있었다. 백스터는 쏘았다. 단발로 쏘다가, 연발로 쏘았다. 표적은 단 하나도 쓰러지지 않았다. 왠지 수치스러웠다. 더스틴이 중얼거렸다. 대한민국 사나이들이 이거 창피스러워서 쓰겠나. 구스만은 단발로 놓고 표적을 겨냥하여 신중하게 한 발 또 한 발 쏘았다. 물병이 하나 깨어졌다. 페르난도가 마지막으로 쏘았다. 그는 단발로 쏘지 않았다. 표적을 등지고 서 있다가 총을 들어 올리자마자 돌아서서 연발로 갈겼다. 대번에 나머지 표적들이 다 날아가버렸다.

우나 베스 마스, 우나 베스 마스! 구스만은 한 번만 더 해보자고 애걸했다. 백스터도 더스틴도 내기를 또 하고 싶은 생각은 전혀 없었으나, 페르난도와 구스만은 저희끼리 합의를 하여 내기 금액을 올렸다. 100달러, 200달러, 300달러, 500달러. 차 안에는 빈 병이 얼마든지 굴러다녔다. 백스터가 하지 않겠다고 하자 페르난도는 총을 거머쥐고 다가와 눈을 부라렸다. 백스터는 갑자기 그 총이 두려워 고분고분 내기에 응하기로 했다. 총이 무서워 총질을 하다니, 바보 같은 짓이었다. 처음과는 달리 탄환은 열 발로 제한되었다. 구스만은 탄환이 담긴 탄창을 소총에 쑤셔 넣고 백스터에게 건넸다. 백스터는 격발장치를 단발에 놓았다. 그는 페르난도를 흉내 내어 표적을 등지고 서 있다가 돌아서면서 연달아 방아쇠를 당겼다. 물병이 날아가고, 콜라병이 산산조각 나고, 깡통이 허공으로 튀어 올랐다. 그것을 보면서도 그는 믿어지지 않았다. 내가 쏜 것인가? 누군가 보이지 않는 곳에 숨어서 대신 쏘아준 것이 아닌가? 페르난도와 구스만은 얼이 빠져서 날아가버린 표적들을 눈으로 좇았다. 페르난도가 묵직하게 박수를 치기 시작했다. 마그니피코, 마그니피코! 구스만은 백스터의 등을 후려치며 환성을 올렸다. 티라도, 부엔 티라도! 남은 표적은 병뚜껑뿐이었다. 더스틴과 구스만이 순서대로 쏘았으나 표적은 꿈쩍도 하지 않았다. 마지막으로 나선 페르난도가 단발에 병뚜껑을 날려버렸다.

구스만이 돈을 걷어 백스터에게 건넸다. 그가 받지 않으려 하자 억지로 그의 주머니에 쑤셔 넣었다. 페르난도는 휴대전화를 그의 눈앞에 들이밀었다.

당신은 타고난 총잡이입니다, 선생님. 존경합니다.

더스틴은 그것을 보고 킬킬거렸다. 페르난도는 제법 흥분하여 떠들어댔다. 그런 사람들이 있다. 고정된 표적보다 움직이는 표적에 더 능란한 총잡이들, 타고난 살인자들이다. 너도 나도 그런 살인자들이다. 백스터는 살인자라는 말에 어이가 없었다. 아직도 숨이 가쁘고 손이 떨리는데 총잡이에 살인자라니. 구스만이 바꿔 말했다. 살인자가 아니라 전투원. 페르난도는 코웃음을 쳤다. 그거나 그거나.

페르난도와 구스만은 총을 바꿔가며 끝도 없이 사격을 했다. 다다다다…… 온몸에 금속을 쓰고 태어난 짐승이 앙칼지게 울부짖는 것 같은 소리가 사막에 울려 퍼졌다. 붉은 흙 위에 솟아 있던 바위가 속절없이 흙덩이로 부서져 내리고 저주처럼 붉은 먼지가 흩날렸다. 바위가 너무 작아지자 그들은 좀 더 큰 바위로 표적을 바꿨다. 줄로 다듬은 듯 표면이 매끈매끈한 바위가 흙바닥에 박혀 있었다. 길고 넓적하고 컸다. 페르난도가 거기에 총을 쏘자 마치 탄환이 철판을 꿰뚫지 못하고 튀어나가는 듯 쨍쨍한 소리가 울려 퍼졌다. 바위 표면이 부스러지는 것이 아니라 조금씩 깨어져 유리 파편처럼 흩어졌다. 곧이어 구스만이 사격을 시작했고, 그 뒤를 이어 더스틴이, 마지막으로 백스터도 쏘기 시작했다. 먼지가 별로 나지 않았다. 바위에 가로로 길게 금이 가기 시작하자 그들은 소리를 지르며 더 열불이 나서 총질을 해댔다. 붉은 먼지로 뒤덮인 그들의 얼굴에서 눈만이 번들거렸다. 탄피가 발밑에 수북이 쌓였다. 탄약이 떨어지면 차로 돌아가 탄창을 바꾸고 다시 대열로 돌아와 쏴댔다. 사격은 가로로 생겨 차츰 굵어지는 금에 집중되었다. 구스만이 탄창을 바꾸고, 페르난도가 바꾸고, 더스틴이 바꾸었다. 백스터 역시 그들과 함께 총알을 난사하는 기분에, 어깨에 딱딱 부딪혀오는 개머리판의 반동에, 눈 속으로 파고드는 날카로운 햇살에, 귓속을 파고드는 총성에 마비된 듯 총을 쏘고 또 쏘았다. 금 간 부분의 바위가 부스러져 내리기 시작하자, 그것이 중대한 성취인 듯 구스만이 히야호오, 하고 고함을 질러대며 한 발자국 앞으로 다가가 총질을 계속했고, 페르난도가 그 옆으로 다가갔고, 더스틴과 백스터도 한 발 더 바위를 향해 접근했다.

어느 순간 쿵, 소리와 함께 바위가 갈라져 위쪽이 떨어졌다. 바위 틈에서 먼지가 자욱하게 쏟아져 나와 흩날렸다. 그들은 총질을 멈추었다. 흙먼지에 가려졌던 시야가 차츰 열리자 그들 눈앞에 나타난 것은 분리된 바위만이 아니었다. 바위 옆에 기괴한 물체가 하나 놓여 있었다. 눈만이 빼꼼히 드러난 구스만이 오, 오, 하고 부르짖었다. 에스테, 에스테……. 그는 말을 잇지 못했다. 페르난도가 갑자기 마른기침을 뱉어내며 허리를 꺾었다. 케 에스 에소? 그는 희미하게 흩날리는 먼지 속으로 걸어 들어갔다. 그 뒤를 더스틴이 따랐다.

시체였다. 조각나 떨어진 바위 옆에 시체 하나가 널브러져 있었다. 바위가 깨어지면서 그 안에 감춰져 있던 시체가 튀어나온 것 같았다. 뼈와 가죽만 남은 시체에 붉은 흙이 뒤덮여, 그것은 마치 붉은 물감을 뒤집어쓴 목제 조각품 같았다. 악문 이빨도 붉었다. 퀭한 눈구멍마저 붉었다. 손가락 마디마디가 붉었고, 뼈를 앙상하게 뒤덮은 피부가 다 붉었다. 백스터는 뒷걸음질했다. 달아나야 한다는 생각이 들었다. 그러나 어디로? 사방이 사막이었다. 붉은 흙이었다. 그는 두리번거리다가 차 안으로 들어갔다. 온몸이 땀으로 뒤덮여 있었다. 입에서 녹슨 쇳가루 냄새 같은 것이 났다. 몸이 부들부들 떨렸다. 아아, 집에 가고 싶었다.

구스만이 시체를 향해 한 걸음 다가섰다. 페르난도는 고개를 숙이고 시체에서 눈을 옮기지 못했다. 더스틴은 꼼짝도 못한 채 서 있었다. 그 시체가 저 바위 속에서 나왔다는 것을 믿을 수 없었다. 어디에서 이 시체가 나타난 것인지 영문을 알 수 없었다. 구스만이 중얼거렸다. 에소, 에소…… 포르 케……. 그들은 붉은 시체를 꼼짝도 못하고 들여다보았다.

막막한 하늘. 바람이 겨우 오갈 통로만을 남기고 그 하늘에 바짝 들러붙어버린 사막. 거기 숨 쉴 공간마저 남기지 않고 꽉꽉 들이찬, 이상한, 알 수 없는, 고통스러운 침묵. 그 한가운데 돌연 나타난 한 구의 시체. 그 위로 한낮의 뜨거운 햇빛이 작열하고 있었다.

15

수강생은 열두 명, 모두 여자였다. '도서관의 역사'라는 제목의
강좌, 넷째 날이었다. 강사는 서울중앙도서관 관장 강유임, 철학 박
사였다. 근처 도서관 탐방이 그날의 과제였다. 수강생들은 근처 도
서관이라면 당연히 하남시 도서관이라 짐작했는데, 그것이 아니라
울트라돔 안에 있는 두 도서관 가운데 하나, 목요일 도서관이었다.
아카데미 강의실이 있는 곳이 목요일 도서관이었으니까 계단을 내
려가는 것으로 탐방은 시작되었다. 늘 드나드는 도서관을 새삼 탐
방한다는 것이 싱거운 노릇이었으나, 강유임 박사는 마이크에서 수
강생들의 리시버로 직접 전달되는 열렬한 강의를 멈추지 않았다.

"과거의 도서관에는 여기, 이 부근에 널찍한 공간이 있었고, 거
기에 도서분류카드 상자가 즐비했습니다. 우리가 지난 시간에 슬라
이드로 본 바로 그 대형 철제 서랍들, 또는 목제 서랍들 말입니다.
이용자는 듀이 십진분류법에 따라 기호로 정리된 카드를 보고, 작

가와 제목, 분류기호를 확인하여 원하는 도서를 찾아낼 수 있었습니다."

지니는 한쪽 귀에만 리시버를 꽂은 채 수강생 꽁무니를 따라다녔다.

"오늘날에도 듀이 십진분류법은 여전히 유효합니다. 다른 여러 분류법들이 나와 있습니다만, 그 기본은 여전히 듀이 십진분류법입니다. 하지만, 둘러보세요. 이제 그 거대한 분류카드 서랍은 어디에도 보이지 않습니다. 왜일까요? 그렇습니다. 모든 도서분류가 QR코드로 이루어지기 때문입니다. 스캐너로 코드를 찍는 것만으로 우리는 책의 제목, 작가, 주제 등의 서지학 정보와 책이 현재 꽂힌 위치를 정확히 알 수 있습니다. 원하는 경우에는 대개 책의 대출까지 한번에 이루어집니다. 여러분의 전화기에 있는 스캐너로 한번 찍어보기만 하면 그만입니다."

지니는 몇 차례 도서관을 드나든 적이 있었으나 휴대전화의 스캐너를 이용해본 적은 없었다. 책을 어떻게 찾았던가? 제목과 작가 이름으로 검색을 하면 그다음 곧 책의 기호를 알 수 있었다. 그것이 듀이 십진분류법과 관련이 있었던가?

"과거에는 도서관마다 이 서책의 QR코드가 달랐습니다만, 요즘에는 전국 도서관이 다 똑같은 QR코드를 사용합니다. 하나의 기호로 전국에서 똑같은 서비스를 받을 수 있습니다."

그놈의 QR코드는 그들의 작업카드나 신분카드에도 달라붙어 있었다. 위조가 불가능하고 복사가 불가능한, 각기 굵기와 모양이 다른, 열여섯 줄 곱하기 열여섯 줄의 홀로그램으로 이루어진 QR코드 역시 전국 어디에서나 찍기만 하면 그 QR코드의 소유자가 어디에서 무엇을 하고 있는지, 실시간으로 탐색이 가능했다. 사람이나 도서나 취급 방법이 같다는 것을 지니는 처음 알았다. 어쩌면 편리하고 어쩌면 참혹한 일이었다.

지니는 강 박사와 수강생들을 따라 복도를 지나 정기간행물실로 들어섰다. 서가와 책상, 컴퓨터와 신문 들이 가지런히 정리되어 있었다.

"작가가 출판사로 원고를 보내면, 출판사에서는 갖가지 편집과 디자인 작업을 통하여 책의 형태를 갖춰 출판합니다. 일부는 종이책이 되고, 다른 일부는 전자책이 됩니다. 때에 따라 종이책을 먼저 출간하고, 나중에 전자책을 출간하기도 합니다. 경우에 따라서는 전자책만을 출간하기도 합니다. 요즘 점점 그런 책들이 많아지는 추세지요. 그 책들이 서점과 도서관으로 전송되고, 결국 소비자와 독자에게 전달되는 거지요. 전자책의 출판이 늘어나면서 환경파괴가 현저히 줄어들었다는 것은 현대 도서관의 발전과 함께 빼놓을 수 없는 중요한 점입니다."

2층으로 내려가는 계단 벽면에 커다란 구호가 붙어 있었다.

노동은 빈곤, 따분함, 부도덕이라는 세 가지 악덕을 몰아낼 수 있다.

그것은 목요일 도서관이 선정한 이달의 표어였다. 지니는 코웃음이 났다. 그 표어를 이렇게 바꾸고 싶었다.

노동은 틀림없이 빈곤, 따분함, 분노 외에 많은 악덕을 초래한다.

그녀의 경험이 그것을 입증했다. 그녀와 같은 부류의 집단적 경험이 그것을 입증했다.

266

"또 하나 중요한 발전은 과학기술로부터 왔습니다. 과거에는 종이를 만드는 유일한 원자재가 나무였습니다. 오늘날에는 온갖 방법으로 종이가 만들어집니다. 석유나 석탄이 종이를 만드는 중요한 원자재로 등장했고, 폐섬유와 폐고무로 종이를 만드는 기술도 개발되었습니다. 이제 책을 만들기 위해 나무를 베는 일은 별로 많지 않습니다. 또한 종이책보다 전자책이 출판, 보급되는 비율이 점점 더 높아지는 추세입니다."

강의를 마치자 강 박사는 자유체험시간을 주었다. 도서관을 탐색하고 책을 찾아보고 읽으라는 것이었다. 그들은 커다란 서고가 늘어선 거대한 공간으로 들어섰다. 높다란 벽에 책들이 가득 꽂혀 있었고, 소파와 탁자가 여기저기 배치되어 있었으며, 길게 줄을 지은 책상 위에는 모니터와 검색기 들이 자리 잡고 있었다.

안녕하세요? 젊은 여자가 지니에게 다가와 인사를 건넸다. 어디선가 본 적이 있는 것 같기는 한데, 기억이 나지 않았다. 눈썹 위에서 가지런히 자른 앞머리, 양쪽 귀 아래에서 찰랑거리는 단발머리가 귀여웠다. 국밥집 단골손님인가? 그녀가 웃으며 말했다.

"저 로버트하고……."

지니는 그제야 기억해냈다. 직장동료인 로버트의 아내였다. 이름이 재니스라 했던가. 그렇다. 아내의 직장이 도서관이라고 들은 기억도 났다. 그들이 결혼할 때 지니는 이해가 되지 않았다. 이런 데서 결혼이라니. 그녀에게 집합거주지구가 유형지에 불과하던 시절이었다. 두 사람은 작은 소리로 몇 마디 얘기를 교환했다. 여기서 근무하시는군요? 네. 아카데미 강의 들으시나 보죠? 네. 여기 참 좋네요. 놀러 오세요. 그래도 돼요? 그럼요. 차 한잔쯤은 언제든 대접할 수 있어요. 도와드려요? 아뇨, 괜찮아요. 재니스는 커다란 책이 가득 실린 수레를 밀고 거대한 서가 사이로 사라졌다.

지니는 천장에 닿는 높다란 서가들이 즐비한 공간으로 천천히 걸어 들어갔다. 책과 서가에 가려 사람은 별로 보이지 않았다. 고색창연한 유적지에 소풍이라도 나온 듯한 기분, 아니면 인적 드문 숲으로 들어서는 것 같은 기분이 들었다. 공원보다 더 한적했다. 지니는 구석진 곳으로, 더 구석진 곳으로 찾아 들어갔다. 희미하게 전해지던 인기척마저 차츰 멀어졌다. 그녀는 서가와 서가 사이의 공간에 쪼그리고 앉았다. 이런 식으로 세상 모든 것으로부터 감쪽같이 숨어버릴 수도 있겠다는 생각이 들었다. 여기 숨어 도서관이 끝나는 시간이 지나도록 나가지 않을 수도 있지 않을까.

그때 지니는 그것을 발견했다. 서가 꼭대기에 반짝이는 작은 물체, 카메라였다. 저 너머에서 누군가가 그녀를 지켜보고 있을 것이다. 고개를 젖혀 찾기 시작하자 무수한 카메라들이 모습을 드러냈다. 서가 꼭대기, 천장, 모서리, 창틀…… 보이지 않는 자리에서도 무수한 카메라들이 디지털의 눈과 귀를 번득이고 있을 것이다. 공원도 숲도 사라지고, QR코드와 카메라, 그리고 그 아래 여지없이 적발당한 피사체가 남았다.

지니는 통로에 드문드문 자리 잡은 소형 검색기 앞에 앉았다. 울트라돔 하남 목요일 도서관 검색 시스템, 이라 쓰인 모니터에 검색창이 반짝거렸다. 검색창으로 빠르게 광고가 지나갔다. 테러리스트 신고하고 보상금 받으세요 울트라돔 하남 치안행정실 테러리스트

268

신고하고……. 지니가 검색창에 커서를 가져가 스페이스를 누르자 광고는 사라졌으나, 그녀가 머뭇거리는 사이 다시 재빨리 나타났다. 지니가 문득 'Bread and Circuses'라는 글귀를 상기했다.

그녀는 '빵과 서커스'라고 써넣었으나, 검색창은 스스로 'Bread and Circuses'라 교정하더니 곧이어 검색 결과를 제시했다. 웹 문서들이 줄줄이 떠올랐다. 지니는 하나를 펼쳐 읽기 시작했다. 그것이 얼마나 오랜 숙어인지를 그녀는 비로소 알게 되었다. 로마, 풍자시인 유베날리스, 로마는 빵과 서커스로 통치된다, 그 풍자를 뻔뻔스레 인용한 히틀러와 나치들……. 그러니까 저 축제의 날 누군가 휘갈겨 쓴 'Bread and Circuses'라는 낙서는 울트라돔 하남에 대한 고발, 혹은 거기 들어와 조용히 엎어져 살아가는 주민들에 대한 야유였다. 아니, 울트라돔 하남에 대해서만이 아니었을 것이다. 지니는 궁금했다. 누가 왜 그런 짓을 했을까?

다음 순간 지니는 불현듯 깨달았다. 그 답은 명백했다. 울트라돔 하남의 아카데미에서 강의를 끝내고 귀가하던 길에 테러로 숨진 브래드포드 박사가 생각났고, 지난봄 축제 직전 연구동 인근에 유인물이 살포된 사건이, 그리고 울트라돔 하남의 네트워크가 해킹당한 사건이 생각났다. 우연일 리가 없었다.

누군가가 있었다. 조직적으로 저항을 시도하는 조직이 있었고, 그들이, 또는 그들을 지지하는 주민이 저 낙서의 장본인이었다.

가슴이 두근거렸다. 지니는 일어서야 한다는 것을 알았다. 천장 구석구석에 감춰진 카메라들이 그녀를 주목하고 있을 것이다. 검색기에 감춰진 카메라는 이미 그녀의 얼굴을 촬영했을 것이고, 검색기의 센서는 그녀의 신분카드에 새겨진 QR코드를 인식하여 그녀의 신분을 일목요연하게 정리하여 그녀의 사진과 함께 어딘가 치안행정실의 데이터베이스로 전송했을 것이다. 이미 서울시경의 데이터베이스에까지 날렸을지도 모른다. 그런데도 그녀는 일어설 수 없었다.

"차 한잔 하세요."

누군가 말했다. 지니는 놀라 돌아보았다. 재니스의 얼굴이 생글생글 웃으며 그녀를 내려다보고 있었다. 지니는 차라리 안도감을 느끼며 검색기 앞에서 일어섰다. 그들은 리셉션 데스크로 갔다. 재니스가 홍차를 내놓았다. 붉은색이 감도는 달콤한 홍차를 마시는 사이, 어쩌면 저 귀여운 얼굴의 재니스 역시 저 거대한 감시체계의 일부분일 수도 있겠다는 생각이 들었고, 소름이 끼쳤으나 지니는 내색하지 않았다. 그녀가 안드로이드는 아닌지, 갑자기 궁금해졌다. 그렇다면 로버트는 어떨까. 그 역시 감시체계의 한 부분 아닐까. 그런 생각을 하자 절로 미소가 떠올랐다. 안드로이드라니, 안드로이드와 인간의 혼인이라니. 아직 그런 얘기는 들어본 적이 없었다. 인간으로 위장할 정도로 정교한 안드로이드가 제작되었다는 얘기도 들은 적이 없었다. 인간은 인간 사이의 결혼과 그에 파생되는 문제들도 해결하지 못하고 있었다. 뭐하러 안드로이드에게까지 결혼을 시켜서 새로운 숙제를 떠안을 것인가. 그러나 어쩌면 위장은 가능할지 모른다. 로버트와 재니스는 부부로 위장하여 동료와 주민들을 감시하기 위해 투입된 울트라돔 보안행정, 또는 치안행정의 앞잡이다……

재니스는 홍차를 마시면서도 커다란 책의 낙서를 지우고 있었다.

"낙서를 하는 사람들이 종종 있어요. 발견할 때마다 지우지만, 우리가 발견하지 못한 낙서가 얼마나 많은지는 아무도 모르는 일이죠. 요즘 도서관에 납품되는 책은 아예 낙서가 불가능한 종이를 써서 만들지만요."

재니스의 책상 위에 작은 모니터들이 무수히 놓여 있는 것을 지니는 보았다. 그 모니터 가운데 하나에 지니가 조금 전 앉아 있던 바로 그 검색기가 비치고 있었다. 그 검색기 앞에는 중년의 남자 한 사람이 앉아 있었으며, 그가 검색창에 기록하는 어휘가 고스란히 모니터에 떠올랐다. 20세기 포르노그래피 일본. 지니가 무엇을 검색하는지 재니스가 여기 앉은 채 빤히 지켜보고 있었다는 뜻이었다. 단순히 홍차를 같이 마시는 것이 재니스가 원한 것이 아니었을지도 모른다는 생각이 들었다.

재니스가 그 모니터를 보며 생긋 웃었다.

"다 보이는 건 아니에요. 우리가 다 보는 것도 아니구요. 일을 해야 하는걸요."

그녀가 말했고, 지니는 웃으며 대답했다. 재니스가 그녀의 검색어들을 들여다본 것이 분명했다.

"할 수 없죠, 뭐."

"아무리 카메라가 많아도 사각지대는 언제나 있어요. 그 때문에 드론을 운영하긴 하지만요."

지니가 대답할 말을 찾지 못한 채 머뭇거리는 사이, 재니스는 고개를 들어 그녀를 똑바로 쳐다보며 말했다.

"백과사전이 최고예요."

컴퓨터 검색은 기록이 남았다. 휴대전화 검색도 기록이 남았다. 당국이 기록을 통해 그녀를 추적하는 일은 간단했다. 지니는 늘 감시를 의식하며 살았다.

에너지돔 주민들이 거의 모두 그랬다. 전선(電線)도 없이 집으로 파고드는 에너지처럼, 누구에게나 제공되는 세금 혜택처럼, 집처럼, 직장처럼, 감시는 당연하고 당당했다. 폐쇄회로 카메라는 거리마다, 모퉁이마다, 복도마다, 승강기마다, 벽에, 계단에, 천장에, 문틀에 박혀 있었다. 음성과 소리까지 녹음했고, 소리와 동작을 향해 줌인되었으며, 소리와 동작을 찾아 초점을 바꾸고, 소리와 동작을 따라 목표물을 추적했다. 민감한 시설에는 안드로이드 감시 장비가 근무했으며, 더욱 민감한 시설에는 무장한 안드로이드 전투병과 무장한 드론 감시 장비가 배치되어 있었다. 실내외를 가리지 않고, 밤과 낮을 가리지 않고, 잠자리형의, 나비형의, 참새와 까치형의 드론이 날아다녔다. 매우 정교하여 드론인지 생물인지 구별하기가 쉽지 않았다.

감시를 꼭 적대시할 필요는 없었다. 감시가 에너지돔에서만 이루어지는 일도 아니었다. 나쁜 짓을 하기로 작정한 것이 아니라면 감시란 범죄로부터, 위험으로부터, 이를테면 테러리스트로부터 시민을 보호하는 우군(友軍)이었다. 감시는 또한 보호였다. 에너지돔 주민들은 그렇게 믿는 듯했다. 온 세상 사람들이 그렇게 생각하는 듯했다.

지니는 백과사전을 찾아 서가 밑에 쪼그리고 앉았다. 'Bread and

Circuses'를 통해 'Panem et Circenses'를 찾아냈다. 아까 검색기를 통해 읽은 내용과 유사했으나 훨씬 더 깊고 자세했다. 읽는 동안 몇 번이나 그녀는 얼어붙었다가 감격하고, 감격했다가 다시 얼어붙었다. Panem et Circenses는 Bread and Circuses의 라틴어 표기, 원전이었다. 2,000년 전의 원전, 그러니까 2,000년 동안 세상은 본질적으로 변하지 않은 것일까. 그녀는 그 항목을 몇 번이고 읽고 또 읽었다. 반갑고 두려웠다. 두렵고 반가웠다. 가슴이 터져나갈 듯 두근거리는 것이 두려움 때문인지, 반가움 때문인지 알 수 없었다.

그 항목을 읽어 내려가다가 지니는 시커멓게 먹물로 지워진 부분에 이르렀다. 검열이었다. 먹물로 지워진 내용은 길게 이어져 세 페이지에 달했다.

"PeC는 Panem et Circenses의 머리글자를 따 이루어진 약어다. 2087년, 서울과 평양, 베이징과 위구르, 인디아, 네팔, 팔레스타인과 레바논의 활동가들이 모여 결성한 반자본주의, 반체제……."

먹물로 지워지기 전 마지막 줄이었다.

PeC, PeC…….

본 기억이 있는 약어였다. 텔레비전이나 신문이 테러리스트에 대해, 전쟁과 파괴, 무정부적 붕괴에 대해 얘기할 때면 거의 항상 PeC가 더불어 언급되었다. 그것이 의미하는 바를 이제 처음으로 그녀는 깨달았다. 2087년이었다. 그 뒤로 지워진 부분이 커다란 판형의 백과사전 세 페이지에 이른다면 그들이 이제껏 얼마나 길고 오랜 싸움을 해온 것인지 짐작할 수 있었다. 지니는 손바닥에 쓰고 또 썼다. PeC, PeC, PeC…….

깊이 은폐된 폭발물처럼, 백과사전의 무게에 짓눌린 커다란 서가 밑에 지니는 작게 움츠리고 앉아 있었다.

16

역시 배우들이 잘 놀아. 한창수 회장은 눈꼬리의 눈물을 닦으며 말했다. 기홍 역시 웃어대느라 허리가 아플 지경이었다. 윤심덕을 연기한 배우 한 사람이 〈심청전〉 중에 뺑덕어멈 나오는 대목을 걸쭉하게 불렀던 것이다. 이때에 마을에 서방질을 일쑤 잘하여 밤낮 없이 흘레하는 개새끼겉이 눈이 벌게서 댕기는 뺑덕어미란 년이 있는디, 아 글씨, 이년이 심 봉사가 돈도 많고 양식도 많은 줄을 알고, 자원을 하여 첩이 되어 살았겄다. 이년의 입버르재기가 또한 보지 버릇과 별로 다른 데가 없어서 한시 반때도 쉬려고를 않는 년이라. 쌀 퍼주고 고기 사 묵기, 벼 내주고 술 받아 묵기, 정자 밑에 낮잠 자기, 이웃집에 밥 부치기, 마을 사람더러 일없이 욕질하기, 일꾼들과 싸움질에, 술 취하여 주정하기, 빈 담뱃대 손에 들고 보는 대로 담배 청하기, 총각 유인하여 자빠뜨리기, 왼갖 악증을 다 겸하였으되, 심 봉사는 여러 해를 주린 판이라, 그중에 끼고 자빠져 자는 즐거움에 눈이 팔려 이것저것 모르는 사이 집안 살림이 점점 줄어드니······.

박수 소리가 잦아들자 극단 대표 유민서가 일어나 야구모자를 벗어 대머리를 드러냈다. 배우들이 깔깔거리며 웃어댔다. 민서는 험험, 목을 가다듬고 얘기를 시작했다. 우리 극단이 가장 어려울 때, 지금 젊은 단원들은 아직 들어오기도 전일지 모르는데, 그때 우리 극단을 도와주신 분이 여기 와 계십니다. 우리가 쓰는 극장, 우리 소유인 줄 아는 사람들이 많습니다. 아닙니다. 임대한 겁니다. 1년 임대료가 얼마인지 아십니까? 1,000원입니다. 말이 안 되는 금액이지요. 우리가 어려울 때 바로 이 극장을 통째로 사서, 아무런 조건 없이, 우리 극단에 1년 임대료 1,000원으로 10년 기한 임대해주신 분이 바로 여기 와 계신 한창수 회장님이십니다.

우르르, 박수가 터져 나왔다. 배우들이 환호했다. 기홍은 깜짝 놀랐다. 대학로 한복판에 이런 건물이라면 어마어마한 재산이었다. 한 해 임대료만으로도 웬만한 건물을 몇 개 구입할 수 있을 것이다. 1년 임대료가 1,000원이라니? 그는 한창수라는 사람이 정신이 있는 사람인가, 의심스러워졌다. 그러나 곧 정리를 했다. 아마 뭔가 다른 꿍꿍이가 있으니 그런 짓을 할 것이다. 무엇일까? 어여쁜 여배우라도 하나 데리고 사는 건가? 극단 대표의 연설이 계속되고 있었다.

그 10년 기한이 5년 전 다시 10년 연장되었습니다. 제가 임대료를 100퍼센트 올려드리겠다 했더니 안 된다고 하셔서 임대료는 그대롭니다. 웃음과 박수 소리가 또 한참 이어졌다. 그 15년 사이 우리 극단은 이만큼 성장했습니다. 끊겼던 박수와 환호가 다시 이어졌다.

276

창수는 손을 휘저으며 유민서 대표에게 그만두라고 손짓했으나 그는 그만두지 않았다.

오늘 막을 내린 우리 공연 〈뮤지컬 윤심덕〉 역시 한 회장님의 지원이 없었다면 이루어질 수 없었을 겁니다. 백만 분의 일, 천만 분의 일도 안 되겠지만, 우리가 한 회장님께 선물 하나 드리려 합니다. 〈뮤지컬 윤심덕〉의 주제가, 합창입니다. 모두 일어나요. 한 회장님께 바치는 노랩니다. 오십여 명의 배우들이 일어나 합창을 시작했다. 광막한 황야에 달리는 인생아 너의 가는 곳 그 어데냐 쓸쓸한 세상 험악한 고해에 너는 무엇을 찾으려 가느냐……. 한창수도 일어나 같이 노래를 불렀다. 눈물로 된 이 세상에 나 죽으면 그만일까…….

노래가 끝나자 유민서 대표는 다시 일어섰다.

"마지막으로 한 말씀만 더 드리겠습니다. 한 회장님은 평양 대동강변에 에너지돔을 건설할 예정입니다. 평양 조계 당국과 이미 합의가 끝났다고 합니다. 에너지돔 부설 기관 중에 문화센터가 있다고 합니다. 그 문화센터의 한가운데에 공연장이 있는데, 한 회장께서는 그 공연장의 운영을 바로 우리 극단이 맡으면 어떻겠냐고 제안하셨습니다. 극단 단원 여러분들의 의견을 듣고자 합니다. 어떻게 할까요?"

새로운 박수와 환호로 극장 안이 요란했다. 유민서는

"우리 단원들의 허가를 받았습니다, 회장님. 저희가 최선을 다하여 운영해보겠습니다."

하고 말하고, 새로이 터져 나오는 박수와 환호 속에서 고개를 숙여 한 회장에게 인사를 했다. 한 회장이 일어나 건배를 제안했다. 모두 술잔을 들고 소리쳤다. 회장님, 고맙습니다. 어린 여자 배우가 소리쳤다. 회장 오빠, 멋져요! 한창수가 엉거주춤 일어나 대답했다. 고마워요, 예쁜 누이님.

남들 앞에 나설 때마다 그는 이마와 뺨의 흉터에 민감해졌다. 그것은 한창수의 자의식이 되었다. 생소하고 엄중한 자의식이었다. 잠시 잊고 있는 동안에도 그 흉터는 날카롭게 도드라져 그가 훔쳐서 꿰매 붙인 간을, 멕시코에서의 그의 행적을 광고라도 하는 것 같았다. 간이 배 속 깊이 감춰진 자율신경 덩이라는 것은 진정 얼마나 다행스러운 일이냐. 그는 한숨을 내쉬며 술잔을 비웠다.

기홍은 일행에게 양해를 구하고 먼저 극장에서 빠져나왔다. 그에게는 아직 또 하나의 약속이 있었다. 더구나 오래 앉아 있고 싶은 자리가 아니었다. 한창수 회장에 대한 찬사와 칭송만으로 한 시간이 넘어가자 진이 빠졌다. 강태기 사장이야 그의 밑에서 일하는 사람이니까 어쩔 수 없다고 하지만, 기홍은 전혀 다른 입장이었다.

거리에 나서자마자 그는 재채기를 터뜨렸다. 짙은 최루액 냄새 때문이었다. 시위군중이 밀려다니고 있었다. 그들이 든 현수막에도, 깃발에도 '종합인적자원조정회사법 폐기'라 기록되어 있었다. 회사법 폐기! 인조회사 반대! 시위군중들이 주고받으며 외쳤다. 그들의 머리 위로 무수한 깃발들이 휘날렸다. 비노조운동연합, 비타협노조연맹, 사회주의노동자연맹, 무정부주의연합, 주체사상창당위원회, 전국학생연맹…… 깃발들은 저마다 허공에 대고 고함을 질러대는 것 같았다. 진압경찰은 시위군중들 앞에 버텨 서서 방패로 그들을 밀어냈다. 시위대가 더 움직여봐야 혜화동 네거리였다. 왜 막는 것인지 이해할 수 없었다. 갑자기 경찰과 시위군중이 맞붙은 지점에서 고함과 비명이 터져 나오고, 최루가스가 살포되고, 해산하지 않으면 체포하겠다는 경찰의 방송이 우렁우렁 퍼져나가고, 우르르 사람들이 사방으로 치닫고…….

택시는 어디에도 보이지 않았다. 지하철을 타기 위해 출입구로 갔으나 진압경찰 대오가 봉쇄하고 있었다. 들어가겠다고 그가 고집하자 어린 경찰관이 꼿꼿이 선 채 말했다. 무정차 통과 중입니다. 다음 역을 이용해주십시오. 그는 어쩔 수 없이 돌아섰다. 머리 위에서 물대포가 물을 쏟아내기 시작했다. 비명과 함께 시위 대열이 흩어지는 듯했으나 곧 그들은 대열을 다시 정비했다. 물대포 반대! 물대포 반대! 폭력경찰 물러가라! 민주경찰 동참하라…… 군중들은 끈질기게 외쳐댔다. 기홍은 얼른 골목으로 뛰어들었다. 젖은 옷자락을 털어내며 그는 부지런히 걸음을 옮겼다. 골목을 통해 택시가 다니는 큰길까지 걷는 수밖에 없을 것 같았다.

요즘 보기 드문 대규모 시위였다. 종합인적자원조정회사법이라고? 전국에 무질서하게 흩어져 있는 노동력을 원활히 산업 현장에 배치하기 위한 법안이라고 신문이 설명하는 것을 읽은 기억이 났다. 그런데 왜 노동자들이 반대하는 것일까? 노동자는 직장을 찾고, 공장은 노동자를 찾는다면 서로가 시간을 절약하고 시행착오를 줄일 수 있는 일 아닌가? 실업률이 줄고, 산업이 활성화되고, 소비가 늘고, 경제가 활황이 되고……. 얼마나 좋은 일인데 그것을 어째서 반대하는 것일까? 암튼 이놈의 나라에는 반대 귀신이 씐 놈들이 있다니까.

그가 막 골목 모퉁이를 돌았을 때, 어둠 속에서 돌연 우다다다 발자국 소리들이 덤벼들었다. 헐떡이는 숨소리와 황급한 몸짓으로 그들이 쫓기는 시위대들이라는 것을 짐작할 수 있었다. 기홍은 얼결에 벽에 붙어 섰다. 시위대가 골목 저편으로 사라지기 바쁘게 이번에는 진압경찰들이 덤벼들었다. 거기 서, 이 새끼들. 잡아, 잡아. 경찰들은 시위대를 쫓아 사라졌다. 그러나 두 사람의 경찰은 기홍에게 덤벼들었다. 너 뭐야? 기홍은 돌아서서 지나가는 중이라고 대답했다. 이 새끼, 너 뭐냐고 했잖아. 동시에 방망이가 그의 이마를 후려쳤다. 기홍은 쓰러졌다. 빨리 와, 이쪽이야. 건너편 어둠 속에서 부르는 소리가 들리자 경찰은 그를 버려두고 달려가버렸다.

기홍은 일어서려다 다리가 풀려 주저앉았다. 다시 일어서려 했으나 현기증과 함께 그는 벽에 의지했다가 또 나동그라졌다. 이건 달팽이관 문제다, 하고 그는 생각했다. 몸의 균형을 잡을 수가 없었다. 그는 우두커니 앉아 어둠 속을 쳐다보았다. 괜히 강북으로 넘어왔다, 하고 그는 생각했다. 팔자에 없는 연극을 보겠다고 나섰다가 이게 무슨 꼴이냐. 시간이 얼마나 됐을까. 어여쁜 비둘기 코코가 기다리고 있을 것이다. 부지런히 가야 했다. 코코의 뽀얗고 탱탱한 속살이 못 견디게 그리웠다.

전화벨이 울렸다. 모니터에는 그의 딸 승연의 얼굴이 떠올라 있었다. 음, 승연이냐? 웬일이냐? 그러나 저쪽에서 유기홍 박사, 하고 대꾸하는 사람은 그의 딸이 아니었다. 디지털로 변조된 음성, 남자의 음성이었다. 기홍은 섬찟하여 누구요, 하고 물었으나, 그의 말이

채 끝나기도 전에 그의 입을 주먹으로 내리치듯

"당신 딸내미 몸매가 아주 죽이네."

하는 말이 튀어나왔다. 기홍은 아무 생각도 대답도 할 수 없었다. 이놈들이 누구인가. 어째서 내 딸을, 내 딸의 몸을…… . 가슴이 뛰기 시작했다. 그는 벌떡 일어섰다가 또다시 현기증과 함께 벽으로 뒷걸음질했다. 그 와중에도 험악한 상상이 꼬리를 물고 머리를 스쳐갔다.

"우리가 단체로 감상을 좀 했지, 당신 딸내미의 누드를."

그의 목구멍으로 간신히 한마디가 빠져나왔다.

"당신들…… 누구야?"

"잘 들어. 당신 딸내미 운명이 당신한테 달렸어, 유기홍."

승연이가 오늘 어디를 간다고 했던가? 생각이 나지 않았다. 다 큰 딸년, 학교에 다닌다는 것을 그는 알 뿐이었고, 늘 그것으로 족했다.

"옐로스트리트에 팔아버릴까."

디지털 목소리는 킬킬 웃어댔다. 기홍은 머리에 쥐가 나는 것 같았다. 치가 떨렸다. 안 돼. 그는 부르짖었으나 말이 되어 나오지 않았다. 숨이 가빴다. 겨우

"왜, 왜…… ."

하는 말이 새어 나왔다.

"아이리스 어떻게 했어?"

디지털 목소리가 고함을 질렀다. 아아, 아이리스. 기홍은 아무런 할 말이 생각나지 않았다. 승연이, 우리 승연이가 아이리스 때

문에……. 오직 딸의 이름만이 입 안을 맴돌았다. 승연아, 승연
아……. 캄캄한 구덩이가 입을 벌리고 그를 삼켜버렸다. 온몸이 조
여들었다. 숨을 쉴 수가 없었다. 억억, 그는 신음을 내며 벽을 내리
쳤다. 벽이 놀라 뒤를 돌아보지 않는 것이 원망스러웠다. 그는 버둥
거리며 벽에 의지하여 한두 걸음을 움직였다.

"가긴 어딜 가. 가만있어."

기홍은 얼어붙었다. 꼼짝도 할 수 없었다. 이놈이 어디선가 나를
지켜보고 있는 것인가. 디지털 목소리가 다시 낄낄거렸다.

"꼼짝 말고 거기 가만 서 있어, 유 박사."

기홍은 사방을 두리번거렸으나 보이는 것은 골목의 어둠, 그리고
저편 모퉁이에서 흘러나오는 가로등 불빛, 상점의 간판, 그런 것뿐
이었다. 저 어둠 속 어딘가 그놈이 숨어 이쪽을 지켜보고 있다는 것
이 무섭고 징그러웠다.

"옐로스트리트에서 한 1년 굴리다가 멕시코 같은 데 끌고 가서
내던져버릴 수도 있고."

기홍은 비명을 지르고 싶었다. 멕시코, 멕시코? 멕시코! 하필 멕
시코라니…… 왜……. 그는 사방을 두리번거렸다. 이놈이 어디 있
는 것일까? 그제야 그는 머리에서 피가 흘러내리고 있다는 것을 알
게 되었다. 얼굴 반이 피에 젖어가고 있었다. 머리가 깨진 것이 분
명했다. 아아, 이놈들이 방망이로 그를 내리쳤던 것이 또렷이 기
억났다. 아니, 그렇지 않았다. 그의 머리를 깬 것은 이놈들이 아니
라……. 원 세상에, 왜 경찰이 그를 내리쳤을까? 아아, 세계가 순식
간에 지옥이 되어버린 것 같았다. 우아우아, 거리에서 함성이 들려

오고, 체포하겠습니다, 스피커의 잡음이 들려오고, 반대, 폐기, 반대, 폐기, 다시 외침이 들려오고…….

딸을 돌려달라고 말해야 한다는 생각이 들었다. 내 딸을 돌려다오. 그렇게 말해야 할까? 어리석은 소리처럼 들렸다. 내 딸 내놔라, 이놈아. 내 딸 돌려주세요. 제기랄. 어떻게 말해야 할 것인가? 그는 버럭 고함을 질렀다. 야, 이놈들아! 킬킬, 웃어대는 소리가 전화 저편에서 건너왔다. 다시 한번, 그는 부르짖었다. 이 나쁜 놈들아. 골목 저편을 지나가던 여자가 흠칫 놀라 이쪽으로 고개를 틀었다가 더욱 바삐 발걸음을 떼었다. 다시 소리를 지르게 될 것 같아 그는 두려웠다. 도대체 내가 그 여자에게 무슨 짓을 했다고 이러는 것이냐. 도대체 내가 아이리스를 어떻게 했다는 것이냐. 그는 간곡히 말했다.

"난 몰라요. 난 정말 모릅니다."

말을 하자 곧 후회가 이어졌다. 이놈들이 승연이를 어떻게 할지 모르는데, 너무 경솔했던 것 같았다. 그는 황급히 덧붙였다.

"미안합니다. 미안합니다."

광막한 황야에 달리는 인생아……. 공연장에 울려 퍼지던 배우들의 합창이 생각났다. 그 젊고 아름다운 배우들, 그 눈부신 활력, 어쩌면 시위군중의 머리 위에서 펄럭이던 무수한 깃발들에서도 그가 본 것은 활력인지도 모른다. 그런데 내 딸내미는 지금…….

"좋다, 유기홍. 당신 딸을 옐로스트리트에 팔아치우는 건 일단 유보하겠다. 그 대신 니 집에 불을 질러야겠어."

전화가 끊겼다. 기홍은 어리둥절했다. 이게 무슨 소린가? 장난인가?

그는 딸에게 전화를 했다. 디지털 음성이 전화를 받았다. 그러나 이번에는 여성이었다. 전화기의 전원이 꺼져 있다는 것이었다. 이 놈들이 통화를 끝내자마자 전화를 끈 것인가. 기홍은 집으로 전화를 했다. 그의 아내 정선이 전화를 받았다. 욕조에라도 드러누운 듯 한가롭고 나른한 목소리가 흘러나왔다. 공연 재미있었어요? 나도 내일쯤 구경 갈까? 그는 급히 물었다.

"무슨 일 없어?"

"무슨 일요?"

"승연이에게 전화해서 당장 집에 들어오라고 해."

"걔 친구들하고 엠티 갔어요. 내일 늦게나 돌아올 거예요."

그는 버럭 고함을 질렀다.

"전화해! 어서! 오라고 해!"

정선은 깜짝 놀라 왜 그래요, 하고 물었으나, 이미 전화는 끊긴 뒤였다.

더 놀랄 일은 다음 순간 벌어졌다. 거실 유리창이 박살이 나면서 화염병이 날아들었다. 불길이 터져 나오고, 순식간에 거실 소파에, 커튼에, 바닥에, 탁자에 불이 옮겨붙었다. 비명을 지르며 정선은 밖으로 뛰쳐나갔다. 뜰 가운데 후드를 쓴 남자가 우뚝 서 있는 것을 발견한 정선은 기겁을 하여 주저앉아 엉덩이를 끌며 뒤로 물러났다. 남자는 그녀를 본 척도 않고 가방에서 화염병을 꺼내 불을 붙이더니, 집 안으로 던졌다. 정선은 눈앞에서 이런 일이 벌어지고 있다는 것을 믿을 수가 없었다. 무슨 엉뚱한 영화 같은 데 잘못 들어와

284

있는 것 같았다. 집 안에서 불길이 다시 무섭게 치솟았다. 후드를 쓴 남자는 정선 앞으로 다가와 그녀를 내려다보며 말했다.

"딸 간수 잘해."

어딘가 부자연스러운 음성이었다. 정선은 그게 무슨 말인지 알 수가 없었다. 딸이 무슨 잘못을 저질렀다는 것인가? 남편은 어째서 그 아이를 찾아오라는 것인가? 도대체 승연이에게 무슨 일이 벌어진 것인가? 도대체 어째서 이 사람은 남의 집에 쳐들어와 불을 지르는 것인가? 정신이 나지 않았다. 후드를 쓴 남자는 태연히 집에서 걸어나갔다. 집 안에서 비로소 비상벨이 왱왱거리더니 곧이어 전화벨이 울렸다. 아마도 비상연락을 받은 소방서나 보안업체에서 전화를 하는 것 같았다. 그녀는 전화를 받을 길이 없다는 것이 난감했다. 휴대전화도 집 안에 있었다. 그녀는 달아나지도 못하고 뜰에 엎어진 채 창밖으로 뭉클뭉클 밀려 나오는 불길을 쳐다보고 있었다.

잠시 후에야 골목에서, 이웃에서 사람들이 불이야, 하고 외치는 소리가 들리기 시작했다. 그녀는 비로소 황급히 골목으로 뛰쳐나왔으나, 두 다리가 체중을 떠받들기를 거부하는 바람에 다시 쓰러졌다. 목구멍을 비집고 울음이 터져 나왔다.

이튿날 새벽, 한창수 회장과 강태기 사장은 서울클라우드 1호 헬기로 평양으로 날아갔다. 간밤에 만났을 때 당장 한 회장을 찾아가겠다고 소리를 질러대는 기홍을 진정시키기 위해 태기는 새벽까지 기홍의 집에 붙들려 있어야 했다. 기홍이 잠든 다음에야 태기는 근처 호텔의 사우나에 들러 잠시 눈을 붙이고 곧장 회사로 달려와 한

285

회장을 맞았고, 그 즉시 헬기에 올랐다.

한 시간 뒤에 그들은 평양 교외 대동강변에서 헬기를 내렸다. 햇빛 아래 길게 드러누운 대동강이 요염하게 뒤척이며 그들을 맞았다. 창수는 뜨거운 눈으로 한참 동안이나 강과 그 너머 숲을, 띄엄 띄엄 선 호텔과 음식점을 바라보았다. 산들바람이 불자 물결이 비늘처럼 일어나 반짝거리고, 휘청 늘어져 물에 잠긴 버드나무 가지들이 하느작거렸으며, 바람은 그제야 날아와 그의 머리칼을 훑고 달아났다.

태기는 임대계약이 체결된 대지와 설계 도면을 대조하면서 도로 계획, 집단거주지구 배치 계획 등을 설명했다. 이미 입체 영상과 버추얼 모니터를 통해 충분히 현장의 생김생김을 파악하고 있었으므로 긴 설명은 필요치 않았다. 전날 미리 도착한 직원들이 천막을 치고 브리핑 준비를 하고 있었으나, 창수는 그쪽은 쳐다보지도 않았다. 그는 강과 주변 마을, 강을 따라 이어진 비좁은 비포장도로를 넘겨다보다가 갈대와 잡초를 헤치고 강변으로 걸어갔다. 태기가 그 뒤를 따랐다.

"평양까지 차로 한 시간 거립니다."

창수는 음, 하고 대꾸했다.

"지하철 계획은 아직 없습니다. 시 당국자를 설득할 수 있을지 타진 중입니다."

평양 조계 당국은 서울클라우드의 가칭 에너지돔 평양 계획을 열광적으로 지지했다. 세제 혜택, 간접자본 건설, 값싼 공유지 제공 등 적극적으로 협조하겠다고 약속했다. 문제는 한국의 정부 당국이

286

었다. 금세 면허를 내줄 듯하면서 차일피일 미루고 있었다. 위험은 서울클라우드가 떠안을 것이다. 정부 당국은 북한 원조와 개발이라는 아름다운 명분을 챙길 수 있을 것이다. 그런데 어째서 미루는 것인가? 뇌물이 더 필요한가? 시기를 조절할 필요가 있다고 보는 것인가? 정치적 거래가 필요한 것인가? 그 이유를 창수와 태기는 어느 정도 짐작하고 있기는 했다. 실제적 이익은 평양 조계 당국이 챙기고, 한국 정부 당국에 떨어지는 것은 명분뿐이었다. 그에 대한 저울질이 여전히 진행 중인 것 같았다.

위험은 서울클라우드의 몫이었다. 북한 지역 가운데 중국이 차지한 평양-신의주 지역이 정치적으로 가장 불안정했다. 그 지역에 지점을 설치했다가 실패한 회사들이 하나둘이 아니었다. 조계를 따라, 정치적 타협에 따라 여기저기 갈라진 국경으로 행정과 정치의 경계가 모호해진 사이 오히려 온갖 극단적·불법적 정치집단과 종교집단 들이 그 경계를 오가며 극성스럽게 서식하고 창궐했다. 그 가운데 가장 위험한 집단이 신주사파, 통일애국전선, 그리고 예수천국파였다. 그들은 납치와 테러, 살인과 방화를 일상적 정치·종교 선전의 도구로 삼았다. 일부 지방에서는 부패한 행정 당국과 결탁, 밀수와 인신매매, 무기와 마약 거래로 돈을 끌어모았다. 통계에 따르면, 중국과의 밀무역이 매년 300퍼센트씩 증가하고 있었다. 서울클라우드의 기획부가 파악한 정보에 따르면, 북한 지역에 존재하는 연대 규모의 군사 조직만 해도 다섯이었다. 그들 조직이 이동하는 지판처럼 끊임없이 이합집산을 거듭했고, 그때마다 지진 같은 전투가 벌어져 사람들이 죽어나갔으며, 정치적 책임을 놓고 국내적·국

287

제적 다툼과 논쟁이 이어지고, 명분 싸움이 계속되었다. 평양의 조계 당국은 그 모든 것을 알면서도 한 번도 선명한 태도를 취한 적이 없었다.

그러니까 평양에 에너지돔을 세우는 것은 누가 봐도 모험, 실패 확률이 높은 모험이었다. 합리적 기업이라면 결코 시도하지 않을 것이다. 그러나 조계 당국의 적극적 협조와 보장, 막대한 수익이라는 미끼가 있었다. 위기 가운데 기회가 있다는 말이 있지 않은가. 그러나 위기는 압도적이고 기회는 모호했다. 에너지돔 평양은 합리적 선택이라고 할 수 없었다. 위험한 도박이었다.

"그러니까 규모를 작게, 인구 한 10만 정도로 시작하는 거야. 위치는 평양 교외, 앞으로의 확장을 염두에 두고, 대지는 넉넉하게 잡고."

창수는 강변을 서성거리며 위아래를 가리켰다.

"주변 토지를 은밀히, 꾸준히 매입하면서 때를 기다려야지. 국제적 환경이 안정되는 때, 보다 우호적인 정권이 들어서는 때, 경제적 지원이 평양에 집중되는 때. 장기적으로는 실패할 리 없는 기획이야. 평양이 북한의 수도야. 한반도 제2의 도시라니까. 확장성이나 발전 가능성은 서울보다 훨씬 더 높아."

그가 서성거릴 때마다 아침 햇살을 타고 그의 윤곽이 불꽃처럼 노랗게 이글거리는 것을 태기는 보았다. 그의 몸 자체가 하나의 뜨거운 에너지돔이 된 것 같았다.

"기다리면 돼. 시간은 내 편이야. 만에 하나 실패해도 최소한 땅은 남아. 90년 사용권 계약이라고 했지? 그 정도면 매매나 마찬가지야. 우리 영토야. 모험이라면 모험이지만 장기적, 종합적으로는 실패할 리가 없는 모험이라니까. 한두 해야. 승부 나는 건 그사이야. 그 시기만 지나면 우후죽순처럼 이놈 저놈 다 평양에 에너지돔 건설하겠다고 덤벼들 거야. 틀림없어."

지금 현재도 평양 교외의 토지 사용료나 임대료는 과소평가되어 있는 것이 사실이었다. 게다가 큰 비용 없이 서울클라우드익스프레스 평양 지사를 설치할 수 있게 될 것이요, 평양 인근의 거의 모든 화물을 서울클라우드익스프레스가 독점할 수 있을 것이다. 잠재적 수요까지 계산에 넣으면 오래지 않아 광주나 대구 지사 규모의 인원과 장비가 필요하게 될 것이다.

허공으로 끝없이 떠오르는 창수를 태기는 땅으로 끌어내렸다.

"그러나 그와 더불어 경쟁이 시작될 겁니다. 이익은 금세 반감할 겁니다."

"그때쯤 우린 이미 에너지돔을 지니고 있을 거야. 최소한 10만의 노동인구도."

"그곳에 에너지돔을 건설하려면 첫 삽 뜨는 날부터 군사 조직은 절대 필요조건입니다."

창수는 놀라지 않았다.

"알아. 내가 장담하는데, 그 문젠 조금도 걱정할 필요 없어. 내가 그 분야 전문가를 한 사람 알아. 강태기 사장이라고, 나와 아주 친한 사이지."

태기는 말문이 막혔다. 머지않아 서울클라우드익스프레스의 사장 자리를 빼앗기는 것뿐 아니라 존재마저 불확실한 아지랑이 같은 에너지돔 평양의 먼지 구덩이에 파묻히게 될지도 모른다는 것을 그는 비로소 깨달았다. 어쩌면 용병대장쯤의 자리로 밀려날지도 모른다는 생각까지 들었다. 더욱 에너지돔 평양이 두려워졌다. 그것은 자칫 서울클라우드 전체를, 태기 자신의 운명까지 먼지 구덩이에 파묻어버릴 수도 있었다.

"메타물질, 그러니까 EM을 안정적으로 확보하는 문제도 있습니다. 세계적으로 그 시장은 과열 상탭니다. 투기가 엄청납니다."

"걱정 마, 강 사장. EM을 확보하기 위해 이미 은밀히 태스크포스를 꾸렸어. 해외 창고에 보관 중인 EM이 이미 상당량이야."

그런데 어째서 태기가 모르고 있었을까? 태기는 다시 한번 불안감에 사로잡혔다. 중요한 결정이 만들어지는 자리에서 어느 틈에 그가 탈락하고 있는 것 아닐까.

"사업이 아니라 도박이라고 비판하는 임원도 있습니다."

태기가 조심스럽게 말하자 창수는 큰 소리로 웃었다.

"그 녀석 꼭 평양으로 데려가서 도박을 어떻게 하는 건지 잘 가르쳐."

태기는 더 이상 할 말이 없었다. 창수는 묵묵히 강을 넘겨다보다가 건너편을 가리켰다. 음식점과 호텔이 두엇 서 있고, 강을 따라 도로가 가늘게 이어져 있었다.

"저쪽 토지이용 계획도 알아봤지요?"

"별다른 계획이 없었습니다."

"저쪽도 임대할 수 있으면 좋을 것 같은데……."

태기는 알아보겠다고 대답했다. 창수는 말했다.

"위험해, 위험해."

위험하다고 맞장구치려다가 태기는 기다렸다. 창수는 유기홍 박사 저택 방화 사고에 대해 물었다. 태기는 간단히 대답했다. 집은 많이 타기는 했으나 복구가 불가능한 정도는 아니었다. 당분간 거처할 아파트를 마련해주기로 했다. 회사의 예비비를 써야 하겠으나 회계상 큰 어려움은 없을 것 같다.

"유 박사 딸이 납치되었다고 하더니 그건?"

기홍의 딸은 납치된 적이 없었다. 그 시간 양평의 펜션에서 친구들과 장작불을 피워놓고 유쾌하게 술과 고기를 즐기고 있었다. 범인은 속임수로 유기홍 박사를 위협한 셈이었다. 박사의 딸을 납치할 수도 있다는 강한 암시였다. 그것이 단순한 암시가 아니라는 것을 태기는 알았다. 승연은 휴대전화를 분실했다가 두 시간 남짓 만에 되찾은 것으로 밝혀졌다. 그러나 그 전화에는 기홍의 전화로 통화한 기록이 없었다.

"어떻게 생각해, 강 사장?"

창수는 강변을 거닐었다. 바람을 따라 물결이 찰랑거리고 갈대가 누웠다 일어섰다. 샛길을 두고 창포와 달뿌리풀이 무수히 펼쳐져 있었으며, 그 너머는 주민들의 밭이었다. 멀리 엎어져 밭을 갈던 농부 한 사람이 밀짚모자를 벗어 들고 이쪽을 넘겨다보며 손짓했다. 태기도 손짓으로 답했다. 모터보트가 강 위를 달려가고, 금세 또 한 대가 반대쪽으로 스쳐갔다. 근처 어딘가 유원지가 있는 것 같았다.

"경찰이 먼저 범인을 잡으면 골치 아파질 거야. 우리가 잡아야 해. 그건 알지요?"

"압니다, 회장님."

그러나 어떻게? 태기는 반평생을 전투병과 장교로 살았다. 두 차례 실전 경험도 있었다. 그런 그에게도 이것은 낯선 싸움이었다. 그러나 이 승부가, 목숨을 건 승부가 되었다는 것은 분명했다. 며칠 전 그는 간직하고 있던 개량형 베레타280을 꺼내 손질했다. 탄창에 탄환을 넣고 서랍에 넣은 다음, 그 위에 서류를 덮어두었다. 지니고 다니기에는 무거웠다. 그러나 필요하다면 지니고 다녀야 할 것 같았다.

"잡으면 어떻게 처리해야 할까?"

범인을 잡기 위해서는 수사가 필요했다. 그러나 수사할 인원은 전혀 없었다. 경찰의 도움 없이 어떻게 잡는다는 것인가? 태기는 군대에서 친하게 지내던 헌병 장교를 두엇 떠올렸다. 그들이 어디에서 무엇을 하고 있는지 수소문할 수 있을까. 오직 막연할 뿐이었다.

"일단 잡고 봐야지요."

"그놈이 돈을 요구하면 줘야 하는 건가?"

그런 식으로 타협이 가능해지기를 태기는 바라고 있었다.

"우리 목숨을 요구하면 그것도 쟁반에 고이 받쳐서 내주고?"

태기는 긴장하여 입을 다물었다. 이미 답을 내포한 질문이었다. 그의 머릿속이 분주해졌다. 탁 트인 대동강변이 답답해졌다. 여기까지 와서 이런 얘기를 나누고 있다는 것이 믿어지지 않았다. 귀퉁이에 비스듬히 흉터가 남은 창수의 입에서 또 무슨 말이 튀어나올지 두려웠다. 그가 질문할 때마다 태기는 무엇인가를 빼앗기는 것 같았다. 빼앗기고 또 빼앗겼다. 주고 싶지 않은 것도 빼앗기고, 더

292

이상 줄 것이 없는데도 빼앗겼다. 한 회장은 아귀 같고 걸귀 같았다.

그 아귀가 다시 입을 열었다.

"믿을 만한 사람 있어요?"

태기의 생각을 고스란히 읽고 있는 사람의 질문이었다. 창수는 범인에게 돈도 목숨도 주지 않겠다고 작정하고 있었다. 그렇다면 어떻게 처리할 수 있을 것인가? 방법은 하나뿐이었다. 태기는 뻔히 보이는 그 길이 두려웠다. 그는 소리치고 싶었다. 회사 직원들은 다 믿을 만한 사람들이었다. 또한 다 믿을 수 없는 자들이었다. 그것을 누구보다 잘 아는 사람이 바로 한창수였다. 무슨 믿을 만한 사람들을 말하는 것인가? 무엇을 해주기를 바라는 것인가? 그러나 불행히도 태기는 창수가 원하는 것이 무엇인지 알고 있었다. 자신이 안다는 것이 두려웠다. 결국 그것마저 창수에게 빼앗기고 말 것이다.

"전문가를 동원할 때가 된 것 같지, 강 사장?"

전문가라니? 무슨 전문가 말인가? 강 건너편을 묵묵히 쳐다보던 창수는 조용히 말했다.

"멕시코 친구들에게 연락해봐요."

태기의 심장이 부르르 경련했다. 아무 말도 할 수 없었다. 그는 결코 후안에게 연락하고 싶지 않았다. 다시는 그와 상종하고 싶은 생각이 없었다. 한 회장은 계속해서 말했다.

"그놈들이 싼 똥이라고 할 수 있잖아. 그놈들더러 치우라고 하는 거야. 그게 최선이야."

밀짚모자를 쓴 농부가 어느새 다가와 태기에게 손을 쑥 내밀었다. 그 손에 풋고추가 열댓 개 쥐어 있었다.

"된장에다 찍어 먹어봐요. 맛나요. 된장도 좀 드려?"

태기는 엉거주춤 고추를 받아 들었다. 창수는 벌써 돌아서서 헬기 쪽으로 걸어가고 있었다.

17

한창수 회장은 깊이 잠들어 있었다. 그의 호흡은 편안하고 규칙적이었다. 안색도 눈에 띄게 좋아졌다. 불과 보름 사이의 변화였다. 누렇던 뺨이 붉게 홍조를 띠고, 거무스레하던 이마가 훨씬 깨끗해졌다. 말라서 가닥가닥 일어나던 입술도 붉은 혈기를 되찾았다. 그 얼굴을 볼 때마다 기홍은 흐뭇했다. 수술이 성공적이었다는 것이 확인되었고, 그의 솜씨가 어떤 악조건에서도 무리 없이 발휘된다는 것이 입증된 셈이었다.

한 회장의 침대 옆에 놓인 의자에는 아이리스가 앉아 있었다. 그녀는 하루 종일 거의 그 방에서 꼼짝도 하지 않았다. 책을 뒤적이고, 물끄러미 텔레비전을 보고, 기도라도 하는 듯 한동안 눈을 감고 앉아 있다가, 잠시 허리를 펴고 두 팔을 뻗어 올려 기지개를 켜고, 이내 고개를 꺾어 책을 들여다보았다.

참 신통한 여자였다. 기홍은 그녀를 곁눈질하며 생각했다. 20세기 중반 무렵의 영화에서 걸어 나온 듯 소박하고 꾸밈없는 차림에 단발머리, 험한 일에 단련된 굵은 손가락, 투박한 손톱, 그리고 손목도 발목도 가늘었고, 손발 또한 작았다. 장식이라면 목에 걸린 가느다란 은제 목걸이, 거기 매달린 작은 목제 십자가와 붉은 리본이 다였다. 화장을 거의 하지 않았고, 머리칼도 별로 꾸미지 않았다. 사람이라기보다 종이로 오려놓은 인형 같다고나 할까. 인간적이라기보다는 식물에 더 가까운 모습이었다. 그녀의 몸속에서는 심장이나 허파꽈리, 십이지장 같은 것들이 꾸물거리는 것이 아니라 투명하고 가슬가슬한 대롱들이 조용히 빛을 발하며 수액을 빨아들이거나 운반하고 있을 것 같았다.

아이리스의 일솜씨가 깔끔하고 완벽에 가깝다는 것은 병원에서는 잘 알려져 있었다. 그러나 인기가 있는 편은 아니었다. 말이 너무 없어 속을 알 수 없고, 친해지기 어려우며, 매사에 지나치게 엄격해 보이고, 그러니 같이 지내기가 불편하다는 것이 중론이었다.

"아담에게 가봐야 하지 않을까요?"

처음 아이리스가 물었을 때 기홍은 그게 무슨 말인지 이해하지 못했다.

"음? 아담? 그게 누구야?"

그다음에야 검은 얼굴의, 웃자란 수수깡처럼 껑충하던 소년이 생각났다.

"아, 그 아이? 왜?"

아이리스는 대답하지 않은 채 그를 빤히 쳐다보았다. 그 눈빛만으로 대답은 충분했다.

296

"걱정 마요. 현지 병원에서 다 처치했겠지."

그의 대답은 자신이 듣기에도 불만스러웠다. 아이리스의 눈빛은 달라지지 않았다. 그의 대답을 믿지 않는 것이 분명했다. 수술 이후 처음으로 그는 아담에 대해 생각해보았다. 그날 밤, 아담은 어디로 실려갔을까? 집으로? 다른 병원으로? 수술 후 회복 처치를 받았을까? 만일 적절한 회복 처치를 받지 못했다면? 회복 후 처치를 받았다 할지라도 길게는 1년, 최소한 3개월은 병원에 드나들며 진료를 받는 것이 이상적이었다. 아담이 순조롭게 그런 진료를 받을 수 있을까?

기홍은 여기에도 의사는 있다, 하고 생각했다. 그가 걱정할 일이 아니었다. 아이리스가 그런 걱정을 한다는 것이 오히려 외람스러웠다. 그들은 이곳에 개업하러 온 것이 아니다. 그들의 목적은 오직 하나, 한창수의 치료였다.

이틀 뒤 식당에서 돌아오는 기홍을 아이리스가 복도에서 기다리고 있었다.

"선생님이 바쁘시면 저 혼자라도 다녀오겠습니다."

"어딜?"

"아담에게요."

기홍은 짜증이 나 큰소리를 냈다.

"어디 있는지나 알아요?"

"여기, 도와주신 현지 분들에게 여쭤보면……."

여기 도와주신 분들이라니. 그자들의 정체가 무엇인지 이 여자는 전혀 짐작도 하지 못하는 것일까.

"알지도 못하면서 무슨 수로 가? 당신 일은 한 회장을 보살피는 거야. 엉뚱한 일에 신경 쓰지 마요."

아이리스는 전혀 동요하지 않았다. 빤히 그를 쳐다볼 뿐이었다.

"쓸데없는 소리 말고 밥이나 먹고 와요."

아이리스는 움직이지 않았다. 그녀를 떠밀며 기홍은 객실로 들어섰다. 그 광경을 승강기에서 내린 태기가 보았다. 아이리스가 승강기에 올라 사라지자 그는 기홍에게 물었다. 간호사와 무슨 일 있는 겁니까, 유 박사님? 기홍의 설명을 들은 태기는 터무니없이 큰 소리로 웃었다. 무슨 소리야? 우리 간호사가 어째서 그 아이를 진료하겠다는 거야? 그 여자가 멕시코 간호사 자격증 있어? 아니, 의사 자격증이 필요한 거 아냐? 그러나 그렇게 말하는 사이, 그는 무언가 새로운 문제가 싹트고 있다는 것을 의식했다. 전혀 예상하지 못했던 일이 벌어지는 경우, 그것은 준비 부족을 의미했다. 평생을 통해 그는 체득했다. 그가 가장 싫어하는 사태였다. 아담에 관해서는 후안에게 맡기면 될 것이라고 생각했고, 전적으로 그를 믿었다.

"한두 번 그러다 말 겁니다. 강 전무님은 그 소년이 어디 사는지, 지금 어디에 있는지 아십니까?"

태기는 고개를 저었다.

"모르시잖아요. 지가 무슨 수로 찾아갑니까?"

태기는 후안을 통해 그 소년의 행방을 알아봐야겠다고 생각했다. 그러나 곧 생각을 바꿨다. 물어볼 필요는 없었다. 물어보기 두려웠다. 후안에게는 아무것도 물어보고 싶지 않았다. 더구나 그 소년에 대해서는 아무것도 알고 싶지 않았다. 만일 물어본다 해도 무엇을 알게 될 것인지, 그것 또한 두려웠다. 생각하고 싶지 않았고, 생각할 필요가 없기를 바랐다. 후안이 알아서 했을 것이다. 앞으로도 그가 알아서 할 것이다. 그는 후안과 주고받을 것을 정확히 주고받았다. 거래는 끝났다. 그의 일은 거래, 유 박사의 일은 수술, 후안의 일은 준비와 뒤처리. 그들 세 사람은 각기 자신이 맡은 일을 성공적으로 끝냈다. 끝. 더 이상 돌아볼 필요는 없었다.

그는 잊기로 했다. 그러나 뜻대로 되지 않았다. 후안은 아담과 어떤 거래를 했을까? 그의 졸개들은 그 밤중에 아담을 어디로 데려갔을까? 수술 후 처치? 오, 그런 것은 없었을 것이다. 태기는 그렇게 생각했다. 그런 게 있다는 것마저 알지 못했을지도 모른다. 아담이라는 이름마저 이미 잊었을지 모른다.

후안을 만나 술을 마시다가 그가

"아담은 어떻게 됐어요?"

하고 물은 것은 전혀 궁금해서가 아니었다. 화제가 떨어진 데다 어지간히 술에 취했고, 그 순간 문득 생각난 것뿐이었다. 그의 짐작과는 달리 후안은 아담이 누구인지 잘 알고 있었다.

"아담?"

후안은 잠시 그런 걸 묻다니, 하는 낯으로 태기를 멀뚱히 쳐다보고 있다가 대답했다.

"아, 아담? 이브 남편이지, 그 사람이? 그 사람 옛날에 에덴에서 쫓겨났잖아. 그 뒤론 종적이 묘연하다지, 아마."

태기는 웃었다. 후안도 웃었다. 그들의 웃음은 장군의 웃음처럼 점잖고 유쾌했다. 태기도 후안도 만나면 서로에게서 장교를 발견하려 했고, 장교를 발견했다. 그들은 여전히 고급장교로 서로를 체험했다. 특히 단둘이 있을 때는 더 그랬다. 고급장교들에게 아담 따위가 적절한 화제일 리가 없었다. 후안은 적절치 못한 화제에 대해 적절한 농담을 구사하고 있었다.

"그 사람 자식 놈들이 서로 죽고 죽이는 바람에 한참 동안 아주 골머리를 썩였다고 하던데."

그들은 껄껄, 유쾌하게 웃고 잔을 부딪쳤다.

이튿날 저녁 식사를 하는 자리에서 태기는 기홍에게 나직하게 말했다. 유 박사, 하루라도 빨리 귀국합시다. 두 사람의 눈이 마주쳤다. 기홍은 태기의 얼굴이 거무죽죽 시들어버린 것을 보았다. 파히타를 입에 넣고 우물거리는 그의 뺨에 꺼칠꺼칠 일어난 수염이 죽은 물고기 비늘처럼 불결했다. 부리토를 입에 미어져라 쑤셔 넣고 있는 백스터도, 먹는 둥 마는 둥 벌써 맥주를 한 모금씩 홀짝거리며 식당 안을 무의미하게 두리번거리는 더스틴도 꼴이 말이 아니었다. 눈이 썩은 구정물처럼 탁했다. 다들 청진기 앞에 앉혀보고 싶은 꼴이었다. 그 식탁에 앉은 사람들 중 꼴이 온전한 사람은 아이리스뿐이었다. 그녀는 여전히 아침의 아이리스처럼 싱싱했다.

알 수 없는 일이었으나 그녀는 한 회장의 침대 옆에서 밤을 꼬박 새우면서도 지칠 줄 몰랐다. 어떻게 감당하는 것인지 신기했다. 술을 마시지도 않았고, 약물 같은 데 의지하지도 않았다. 서울로 전화를 하여 누군가에게 하소연하는 것 같지도 않았고, 조는 것 같지도 않았다. 단정하고 무표정한 얼굴, 영락없는 가부키 분장처럼 멀쩡했다.

기홍은 고개를 끄덕였다.

"내가 바라는 것도 그겁니다, 강 전무."

"회장님 건강은 괜찮지요?"

"그럼요."

아이리스가 기홍을 빤히 쳐다보고 있었다. 그들이 무슨 얘기를 하는지 다 알고 있다는 것 같은 표정이었다. 그 얼굴이 마치 그러면 안 돼요, 아담에게 가봐야 하잖아요, 하고 재촉하는 것 같아 기홍은 넌덜머리가 났다. 그녀는 포크를 능란하게 움직여 파스타를 입 안에 깨끗이 끌어 들이고, 매운 닭고기를 한 점 찍어 입에 밀어 넣자 맛있게 씹기 시작했다. 저 여잔 멕시코 체질인가 보다. 아니, 간호사 체질? 어떻게 저다지 멀쩡할 수 있을까. 기홍은 적당한 시기에, 물론 귀국한 후에, 아이리스를 해고하는 편이 낫지 않을까, 생각했다. 아니, 이제 영영 해고할 수 없게 된 것일까. 해고는 모르지만, 다른 데로 보낼 수는 있을 것이다. 항문외과, 아니면 이비인후과나 산부인과 같은 데로. 어디를 가도 일은 잘할 것이다. 참 아까운 간호사였다.

식당을 나서며 태기는 기홍에게 다짐했다. 그것은 자신에게 들려주고 싶은 말이기도 했다. 문제는 우리가 모두 무사히 귀국하는 겁니다. 수술도 성공적으로 끝났겠다. 이제 그것이 단 하나 남은 과젭니다. 기홍은 동의했다. 언제쯤 가능할까요? 기홍은 일주일이면 될 거라고 말했다. 항공권 예약할까요? 태기가 물었다. 기홍은 신중히 고개를 저었다. 하루 이틀만 더 두고 봅시다. 그때쯤이면 언제쯤 여행이 가능할지 판단이 설 겁니다.

"아이리스는 어쩌지요?"

기홍이 묻자 태기는 갑자기 얼굴을 찌푸렸다.

"어쩌긴요. 아무 걱정할 필요 없습니다."

그러나 기홍은 걱정이 되었다. 태기는 아이리스가 어떤 여자인지 알지 못하는 것이다. 태기는 휑하니 앞서서 로비를 건너가고 있었다.

비가 쏟아지기 시작했다. 빗물이 도로 위로 넘쳐났다. 우르르, 하늘을 가르고 번개가 내리꽂혔다. 행인들이 비를 피해 가게 안으로, 차 안으로, 골목으로 뛰어들었다. 후안이 로비로 들어서자 태기는 떠들썩한 인사로 그를 맞았다. 두 사람은 서로 얼싸안고 호텔에서 나가 검정 승용차 안으로 휩쓸려 들어갔다. 기홍은 로비의 소파에 앉았다. 아직은 객실로 돌아가고 싶지 않았다. 아이리스가 분주한 걸음으로 승강기 안으로 사라지는 것을 그는 지켜보았다. 그녀는 다시 한 회장의 침대 옆에서 대기할 것이요, 결국 밤을 새울 것이다.

기홍은 문득 혼자 거리를 헤매 다니고 싶은 유혹을 느꼈다. 그러나 금지된 일이었다. 페르난도나 구스만과 동행이 아니면 호텔 밖으로 한 걸음도 나서지 말라는 것이 강 전무의 지침이었다. 이틀 전 호텔 바로 앞에서 총격전이 벌어졌을 때는 아예 경찰이 나타나지도 않았다. 트럭 한 대가 나타나 피를 흘리는 시체 네 구를 싣고 사라졌고, 낭자한 핏자국 위로 다시 아무렇지 않게 차가 달리고 행인들이 오갔다.

백스터와 더스틴이 다가왔다. 두 젊은 양반은 요즘은 어딜 다니며 재미를 보시나? 기홍이 물었다. 백스터가 호으흐으, 웃어대자 그 거대한 몸뚱이가 물침대처럼 출렁거렸다. 더스틴이 조심스럽게 물었다. 언제나 돌아갈 수 있을 것 같습니까, 박사님? 기홍은 곧, 이라고 대답했다. 백스터도 더스틴도 만족스러운 낯이 아니었다.

페르난도와 구스만이 승강기를 타고 내려왔다. 더스틴은 오늘은 나가지 말고 호텔 안에서 놀자, 이 안에도 술집 있다, 하고 권했으나 구스만은 멋진 계집애들이 기다리고 있다고 요란하게 떠벌렸다. 어쩔 수 없었다. 그들의 권고는 단순히 권고에 그치는 것이 아니었다. 같이 가시겠어요, 박사님? 더스틴은 지나가는 말로 권했으나 기홍은 두말없이 따라나섰다. 구스만이 호들갑스럽게 떠들어댔다. 엑셀렌테, 엑셀렌테!

클럽에 들어서자 멕시코의 갱들은 피로와 술에 지친 한국인들에게 테킬라와 위스키를, 대마초와 시가와 정체불명의 약물을 권했다. 기홍은 사양하지 않았다. 더스틴은 무릎에 올라앉은 여자아이의 눈을 들여다보며 국적불명의 언어로 얘기를 나누었다. 유 섹시. 유 투. 하포네스? 노. 치노? 노. 코레아노. 아, 코레아노. 기홍은 디제이들이 펄펄 뛰는 무대 옆, 번쩍이는 조명 속을 스쳐가는 사람들 가운데 얼핏 아는 얼굴을 보았다.

아담이었다. 아담? 그는 가슴이 쥐어뜯기는 충격과 함께 눈으로 그를 추적했다. 그러나 어느새 보이지 않았다. 붉게 푸르게 명멸하는 조명과 그 사이마다 빛보다 더 현란하게 파고드는 어둠, 금속으로 뒤덮인 거대한 스피커, 그 앞에서 뛰고 날며 춤추는 젊은이들의 혼돈이 밀려가고 밀려들었고, 그 혼돈의 어딘가로 아담은 사라져버

303

렸다. 그가 사라졌다는 것이 마치 운명처럼 여겨졌다. 그는 사라졌다. 그를 다시 만날 일이란 영영 없을 것이다. 당연하지 않은가. 며칠 후 그들은 이곳을 떠날 것이요, 다시는 되돌아오지 않을 것이다. 다시는. 이곳에 온 적이 있다는 사실마저 잊고 살 것이다.

기홍은 거듭 술을 들이켰다. 어린 여자아이가 그의 가슴에 손을 얹고 떠들어댔다. 열댓 살이나 되었을까. 아나벨. 아나벨? 에레스? 아니, 에렉시온이다, 이년아, 젠장. 에레스, 에레스. 기홍이다, 기홍. 여자아이는 되물었다. 히홍? 히홍도 좋다. 내 이름은 알아서 뭐 할래? 그는 전화기를 꺼내 자동번역기를 켰다. 그럭저럭 헛소리를 주고받는 데에는 쓸모가 있었다. 몇 살이냐? 열아홉. 구스만이 휴대전화를 제 입으로 끌고 가서 지껄였다. 멕시코에선 열여섯 살부터 성인이다. 무슨 짓을 해도 상관없다. 오케이, 오케이. 난 열일곱 살이다, 하고 기홍이 말했다. 여자아이가 웃어대며 그의 뺨에 얼굴을 비벼댔다. 나이란 무의미하지 않냐. 그들은 무의미한 얘기를 주고받는 중이었다. 난 영영 성인 같은 거 되고 싶은 생각 없다. 아나벨은 다시 웃어대며 그의 무릎으로 기어올랐다. 기홍은 술에, 자신의 재담에 취해 웃어댔다. 아나벨은 마그니피코, 마그니피코, 하고 외치며 그의 목을 끌어안았다. 여기 사람들은 모두 같은 말을 두 번씩 반복하는 경향이 있었다. 기홍도 두 번 불렀다. 아나벨, 아나벨. 그녀가 그의 목에 매달렸다. 기홍은 그녀의 허리를 안고 사람들 사이를 헤치며 홀로 나갔다. 강렬한 음악이 작은 동물, 박쥐나 들쥐처럼 무수히 그의 머리와 얼굴, 팔과 다리에 부딪혔다가 재빨리 사라졌고, 번쩍이는 불빛이 눈을 파고들고, 이쪽저쪽에서 사람들이 몸뚱이를 부딪혀왔다. 그는 아이리스를 잊고 싶었고, 아담을 잊고 싶었고, 한 회장을 잊고 싶었고, 멕시코를 잊고 싶었고……. 조금만, 조금만이라도 편안해지고 싶었다. 조금만 편해지면 그럭저럭 견딜 수 있을 것도 같았다. 그것이 과한 요구인가? 아나벨만이 그의 마음을 알아주는 듯했다. 그녀의 길고 긴 팔과 다리가 그의 몸뚱이를 감았고 풀어주고 그랬다가는 다시 휘감았고, 그때마다 그의 늙은 몸뚱이에서는 고름처럼 진한 쾌락의 즙이 뚝뚝 흘러내렸다.

그렇다. 과한 요구다. 누군가 따귀를 치듯 그에게 쏘아붙였다. 아이리스였다. 그는 놀라 두리번거렸다. 아이리스는 여기 없다. 병실에, 아니, 호텔에 있다. 혼자, 한 회장의 침대 옆 의자나 소파에 앉아 텔레비전을 보거나, 책을 읽거나……. 키가 커다란 아나벨의 젖가슴이 눈앞에서 흔들렸다. 기홍은 거기 얼굴을 묻었다. 땀 냄새, 싸구려 향수 냄새, 서울의 호스티스 여자아이들과 드나들던 모텔에서 나던 냄새와 비슷한 냄새가 났다. 이것은 무슨 세계 공통의 향수인가? 아니, 이런 일 하는 여자애들의 살에서는 이런 냄새가 나게 되어 있는 것인가? 아무러면 어떠냐. 내 여자냐? 내 향수냐? 아니다. 상관없다. 누군가가 소리쳤다. 인비타도, 인비타도. 기홍은 따라 소리 질렀다. 인비타도, 인비타도! 누군가 또 소리쳤다. 레볼루시온, 레볼루시온! 기홍은 따라 외쳤다. 레볼루시온! 누군가 발작적으로 웃어댔고, 기홍은 홍소를 터뜨렸고, 페르난도가 갑자기 총을 꺼내 휘둘렀고, 기홍은 여전히 웃어댔고, 사람들이 갑자기 우르르 뛰어 사라지거나, 미처 달아나지 못한 사람들은 홀 바닥에 엎드렸고, 기홍은 깔깔거리며 그들을 손가락질했고, 탁자 밑에 엎드려 있던 구스만이 일어나 페르난도, 페르난도, 하고 부르며 다가왔고, 기홍은 웃음을 참을 수 없었고, 자신이 왜 웃는지 알 수 없었으며, 아나벨의 금빛으로 번쩍이는 드레스의 옆구리가 뜯어지면서 탐스러운 젖가슴이 물처럼 흘러내렸고, 기홍은 그 달콤한 물을 두 손으로 받아 마셨으며…….

아이리스는 없다. 아담도 없다. 아무도 없다. 그는 서울로 돌아가고 싶고, 아내가 보고 싶고, 청국장과 김치와 상추쌈과 현미밥을 먹고 싶고, 잠에서 깨어나 걸터앉으면 왼쪽 허벅다리가 닿는 부분의 스프링이 내려앉은 그 오래된 침대가 그리웠고……. 그는 당장 이곳을 떠나고 싶었다.

왜 못 가지? 왜 가지 못할까? 한 회장? 그가 뭐란 말인가? 아이리스? 그녀는 또 뭔가? 아담? 강 전무? 제기랄, 그는 의사였다. 한국에서 두어 손가락 안에 꼽히는 유능한 장기이식 전문의였다. 그런데 왜 이곳에 붙들려 있어야 하는 것인가? 한국에서 환자들이 애태워 그를 기다리고 있을 것이다. 그는 억울하고 화가 나고 답답하고 슬펐다. 강 전무가 찾아와 멕시코에 같이 다녀오기만 하면 됩니다, 하고 말하며 백지수표를 건넨 날이 저주스러웠다. 그에게는 아무것도 부족한 것이란 없었다. 어째서 백지수표 따위가 탐이 난 것일까? 그는 어마어마하다고 여겨지는 금액을 써넣었으나, 지금 돌이켜보면 거기 동그라미를 두어 개 덧붙인다 할지라도, 그것은 돈일 따름이었다. 어쩌면 돈도 아니었다. 모니터에 떠오르는 숫자일 따름이었다. 이 은행에서 저 은행으로, 몇 개의 숫자가 이동한 것에 불과했다. 그에게 이미 부족할 것이 없는 돈. 쌀이 가득한 쌀궤에 쌀 한

되를 더하고 싶었는데, 쌀을 더하고 보니 별로 다를 것 없는 여전한 쌀궤일 뿐이었다. 그의 집 수영장에 물 한 바가지 더한 것에 지나지 않았다. 그리고 여기, 이 알 수 없는 기괴한 도시에 그는 붙들려 있었다.

왜? 왜? 왜? 왜? 왜? 왜? 왜? 제기랄, 제기랄. 그는 위스키를 목에 들이붓고, 혀로 아나벨의 입을 열어 그 안에서 위스키와 그녀의 침을 뒤섞고, 그녀의 혀와 함께 그 모든 것을 다시 빨아들여 꿀꺽 삼켰다. 기나긴 그녀의 팔과 다리가 뱀처럼 다시 그의 몸에 휘감겼고, 그는 기꺼이 거기 몸을 맡겼으며, 쿵쾅, 뿡빵, 음악이라 불리는 도저히 적응할 수 없는 금속성 물질이 그의 몸뚱이를 꿰뚫고 들어왔다가 사방으로 튀어나갔고……

그렇다. 그는 갑자기 깨달았다. 그들 일행이 떠나느냐 남느냐, 그것을 결정할 수 있는 사람은 그 자신, 오직 유기홍뿐이었다. 한 회장은 그런 결정을 할 수 있는 처지가 아니었다. 그의 처분을 기다리는 환자일 뿐이었다. 환자란 그에게는 아이와 같았다. 무력한 어리광쟁이였다. 강 전무는 그 무력한 어리광쟁이의 지시를 받는 졸개였다. 아이리스? 그 여자는 지금 무슨 일이 벌어지고 있는지도 온전히 알지 못했다. 아담이라니. 원 참. 백스터나 더스틴? 심부름꾼에 지나지 않았다. 자유롭게, 임의롭게, 어른으로서 판단하고 결정할 수 있는 사람은 그 자신뿐이었다. 당장 내일이라도 그가 갑시다, 하고 일어서면 그들은 열두 시간 뒤에 인천국제공항에 착륙하게 될 것이다. 왜 안 되는가? 왜 안 되는지 그는 알고 있었다. 왜 안 되는데? 아니, 그는 알고 싶지 않았다. 모르는 척하고 싶었다.

한 회장 때문이었다. 열두 시간의 비행을 무리 없이 감당할 만큼 그가 건강을 회복했는가? 회복했다고도, 회복하지 못했다고도 할 수 있었다. 그 판단은 전문적이고 미묘한 영역의 일이었다. 그 판단은 온전히 기홍의 몫이었다. 당장 내일 떠나도 큰일은 벌어지지 않을 것이다. 일등석 전체를 예약할 수도 있을 것이다. 그가 필요하다고 하면 강 전무는 그렇게 할 것이다. 젠장, 여객기 전체가 필요하다고 고집을 부리고 무슨 일이 벌어지는지 한번 지켜보는 것도 재미있지 않겠는가. 왜 머뭇거리는가?

고개를 들었을 때 그는 다시 아담을 보았다. 온몸을 뒤흔들어대는 무수한 젊은이들의 소용돌이 속에, 빛과 어둠이 멋대로 교차하고 충돌하고 파열하는 넓지만 좁고 좁지만 또한 거대한 공간 한가운데 서 있던 아담은 그와 눈이 마주치는 순간 고개를 틀어 외면하고 인파 속으로 멀어져갔다. 살아 있는 거다, 하고 기홍은 생각했다. 무사하다니까. 그러니까 벌써 이런 데 놀러 다니는 거겠지. 아담이 몇 살이었더라. 열둘이었던가, 스물둘이었던가, 쉰둘이었던가. 으하하, 그는 갑자기 웃음을 터뜨렸다. 구스만이 철썩, 그의 등을 후려치며 덩달아 웃어댔다. 그의 코끝에 코카인이 허옇게 묻어 있었다. 이런 약쟁이 양아치 자식을 봤나. 같이 다닌다고 같은 부류로 아는 건가. 옆에서 그 말을 들은 더스틴이 발작적으로 웃어댔다. 모두 취해 있었다. 모두 정상이 아니었다.

그날 밤, 호텔로 돌아간 기홍은 태기의 객실로 찾아가 문을 쾅쾅 두들겨댔다. 술과 잠에 취한 채 태기가 문을 열어주었다. 기홍은 문가에 선 채 우렁우렁 떠들어댔다. 갑시다. 돌아갑시다. 서울로 갑시다. 집으로 갑시다. 가자구요. 태기는 반색을 했다. 가도 되겠어요? 태기는 그를 객실로 끌어 들였다. 언제요? 두 늙은 주정꾼은 입이라도 맞출 듯 얼굴을 가까이하여 술 냄새를 서로의 얼굴에 마음껏 뿜어내며 말을 주고받았다. 당장 표부터 사요. 내일 표를? 그럼요. 내일, 아니, 오늘인가. 자정이 넘었으니까, 그래, 오늘 표. 아니, 오늘 표는 안 되지요. 내일 표. 내일 표? 틀림없어요, 유 박사? 그렇다니까요. 내가 헛소리하는 거 봤습니까? 좋아요, 내일 표. 태기는 전화를 꺼냈으나 곧 침대 위로 던져버렸다. 전화를 할 수 있는 시간이 아니었다. 아침에 해야지요, 아침에. 한 가지, 조건이 있어요. 뭡니까? 그러니까 일등석 전체를 예약해야 합니다. 뭐라구요? 어째서요? 회장님을 보호하기 위해서죠. 온갖 잡놈, 잡년 들이 다 탈 거 아닙니까, 여객기에. 감염의 우려가 있어요. 그래요? 그럼 귀국을 미뤄야 하는 거 아닙니까? 아니라니까. 미루긴 왜? 아니면, 항공기 한 대 전체 예약하는 건 어때요? 꼭 그래야 한다면 못 할 것도 없습니다만……. 기홍이 갑자기 웃어대자, 태기는 입을 다물고 그를 신중히 쳐다보았다. 이 양반이 지금 농담을 하는 건가, 장난을 하는 건가? 기홍은 홈바를 열어 위스키를 꺼냈다. 한잔 더 합시다. 태기는 침대에, 기홍은 소파에 걸터앉았다. 아니 아니, 내일 표는 안 되겠어요. 모레 표로 합시다. 태기는 의구심을 드러냈다. 뭡니까, 이거? 왜 이랬다저랬다 하는 거지요? 갑자기 기홍이 부르짖었다. 강 전무님, 내가 누굽니까? 이건 의학적이고 전문적이고 지극히 미묘한 판단의 문젭니다. 태기가 덧붙였다. 사람 목숨이 오락가락하는 판단이기도 하구요. 그런 판단을 내릴 수 있는 사람은 여기 나밖에 없어

309

요. 기홍이 다시 말했다. 알았어요, 알았어. 그렇고말고요. 그러니까 내일 표요, 모레 표요? 까짓것 아무거나 사요. 중요하지 않아요. 일등석 전체를…… 그게 감염을 막는 데에 얼마나 효과가 있을 것 같아요, 유 박사? 물론 나도 최선의 조처를 할 겁니다. 밀폐형 멸균 차폐 가운으로 회장님을 포장, 아니, 차폐…… 암튼 그렇게 할 거고…….

이튿날 아침 식사시간에 기홍은 이틀 후 귀국 예정이라고 발표했다. 백스터와 더스틴은 눈물이라도 쏟을 듯 반겼다. 기홍이 말했다. 다행히 회장님이 꾸준히 회복 중입니다. 부작용도 부적응도 전혀 없어요. 나도 지금 당장 공항으로 달려갔으면 좋겠습니다. 하지만 신중히 결정해야 하고, 보다 면밀히 회장님의 여행 준비를 할 필요가 있습니다. 태기는 더스틴에게 항공권을 예약하라고 지시했다. 더스틴은 놀라 부르짖었다. 일등석을 전부 다요?

이튿날 아침잠에서 깨어나 거실로 나간 기홍은 한 회장의 옆에 놓인 의자가 비어 있는 것을 보았다. 늘 거기 앉아 있던 아이리스가 보이지 않았다. 화장실에라도 간 것일까. 탁자 위에는 책과 차트, 그리고 개봉된 감자 스낵이 놓여 있었으며, 소파 위에는 그녀가 사용하던 진홍색 무릎 담요가 놓여 있었다. 한 회장은 태평스레 자고 있었다. 건강한 잠이었다. 기홍은 심전도와 바이털 모니터를 확인했다. 기분이 날 것만 같았다. 정상이었다. 내일, 그들은 서울로 돌아갈 것이다.

기홍이 쓰던 탁자 위에 깨끗이 접힌 종이가 한 장 놓여 있었다.

그것을 본 순간 기홍의 입 안이 순식간에 바짝 말라들었다. 그는 한 달음에 탁자로 가서 그것을 집어 들었다. 호텔 메모지였다. 거기, '유 박사님께'라고 쓰여 있었다. 그는 황급히 메모지를 펼쳤다. 두 줄, 인쇄한 듯 견고한 글씨체였다.

아담에게 잠깐 다녀오겠습니다.
아이리스 올림.

그것뿐이었다. 기홍은 소파에 주저앉았다. 도대체 무슨 수로 아담을 찾아가겠다는 것인가? 의사도 아닌 주제에 어떤 처치를 해주겠다는 것인가? 그는 화가 치밀었다. 누구와 상의할 것인가? 돌아오기만 하면 이 여자를…….

그는 객실을 나와 복도 끝을 내다보았다. 승강기 앞의 소파에서 구스만이 고개를 젖히고 잠들어 있었다. 어째서 저기에서 자는 것일까? 기홍은 태기에게 전화를 하고 그의 객실로 갔다. 젖은 머리칼을 털며 욕실에서 나온 그에게 기홍은 아이리스가 사라졌다는 사실을 알렸다.

"언제 나간 겁니까?"

기홍 역시 알지 못했다. 그가 마지막으로 아이리스를 본 것은 어제 저녁을 먹고 방으로 들어갔을 때, 7시 무렵이었다. 그때 아이리스는 의자에 얌전히 앉아 책을 읽다가 저녁 식사를 위해 객실에서 나갔다.

"내일 공항에 가기 전까지는 나타나야 할 텐데."

태기가 중얼거렸다. 그녀가 순조롭게 아담을 만났다면 그럴 수 있을지도 모른다. 태기는 아이리스에게 전화를 했다. 그녀의 전화는 전원이 꺼져 있었다.

"아담이 어디 있는지, 아이리스가 어떻게 알았지?"

기홍도 알 수 없는 일이었다. 짐작이 가는 일이 없지는 않았다. 그는 어제 오후 점심 식사를 마친 아이리스가 승강기 쪽이 아니라 2층의 카페로 이어진 계단을 올라가는 것을 본 적이 있었다. 카페에서 누군가를 만난 것일까? 그녀가 이 멕시코 바닥에서 만날 사람이 누가 있었을까?

태기는 아이리스가 남긴 메모를 들여다보고 또 들여다보았다. 거기 어딘가에 단서가 남아 있을지도 모른다고 생각했다. 아담에게 잠깐 다녀오겠습니다. 간결하고 자신 있는 어조였다. 그렇지 않은가? 그녀는 아담이 어디 있는지, 이미 알고 있었는지도 모른다. 누구를 통해 알아냈을까? 후안이나 페르난도, 구스만 외에 그녀가 아는 멕시코 사람이 또 있었을까?

밤이 깊도록 아이리스는 돌아오지 않았다. 연락도 되지 않았다. 그녀의 전화는 여전히 전원이 꺼져 있었다. 태기는 구스만에게 혹시 아이리스를 본 적 있는지 물어보았다. 구스만은 손을 흔들어대며 외면했다. 이번에는 백스터가 로비에서 마주친 페르난도에게 물어보았다. 그는 불량한 눈으로 곧 들이받을 듯 백스터를 쏘아보며 거칠게 쏘아붙였다. 후 더 퍽 케어? 백스터의 보고를 받고 태기는 처음으로 불길한 예감에 사로잡혔다. 아이리스에게 무슨 일인가 벌어진 것일 수도 있다는 생각이 들었다. 구스만의 반응도 페르난도

312

의 반응도 순진한 것으로는 보이지 않았다. 이 녀석들이 아이리스를 유인한 것은 아닐까.

어쩌면 후안이 저지른 짓일까. 그가 아이리스를 미인이라 찬양하던 것도 생각났다. 기회를 엿보던 그들에게 아이리스가 아담을 찾겠다는 생각으로 제 발로 접근한 것이라면……. 나방이 불을 찾아 나선 꼴이었다.

태기가 기홍에게 물었다. 아이리스에게 저놈들이 어떤 놈들인지 얘기해준 적 있어요? 기홍은 고개를 저었다. 그럴 필요를 느낀 적이 없었다는 것이 그의 대답이었다. 태기 역시 마찬가지였다. 간호사가 멕시코 갱들과 직접 접촉할 일이 어디 있으랴, 하고 생각했다. 아이리스가 그들을 병원 관계자쯤으로 여기고 아담의 주소를 물었다면? 그때 저놈들은 어떻게 행동했을까? 고분고분 아담에게 안내했을 리는 없었다. 그러나 고분고분 아담에게 안내하는 척했을 수는 있었다.

만일 아이리스가 다른 경로를 통해 아담의 주소를 알아냈다면, 그리하여 그녀가 한밤중 호텔을 떠났다면, 페르난도와 구스만은 그것을 목격하지 않았을까? 그녀가 호텔을 떠나는 것을 그들이 방치했을까? 그들의 임무는 한국에서 온 고객들을 보호하는 것이었다. 아니면 감시였는가? 아이리스가 그들 몰래 호텔에서 벗어날 수 있었을까?

태기는 육군 전투병과 지휘관 출신이었다. 그의 본능이 그에게 지시하고 있었다. 이미 벌어진 일이라면 속히 이곳을 탈출하는 편이 나을 것이다. 관건은 아이리스가 살아 있는지 죽었는지 그것을 확인, 또는 판단하는 일이었다.

　언제부터인지 페르난도와 구스만은 호텔을, 한국 손님들의 객실 앞을 떠나지 않았다. 더스틴은 그 사실을 강태기 전무에게 보고했다. 저놈들 어젯밤부터 계속 저기서 죽치고 있습니다. 아마 객실도 하나 잡은 것 같습니다. 왜? 태기가 물었으나 그가 알 리 없었다. 감시하는 것인가? 누구를? 어째서? 어느 쪽이건 기분이 좋지 않았다. 후안의 지시가 없었다면 벌어질 수 없는 일이었다.

　더스틴에게는 보고할 일이 또 있었다. 그와 승강기 앞에서 마주치자 구스만은 낯선 사람처럼 더스틴을 쏘아보며 휴대전화의 모니터를 눈앞에 들이밀었다. 거기 한국어 문장이 출력되어 있었다.

　안 가냐? 너희들 여기에서 살 거냐?

　저 붉은 흙의 사막에서 붉은 먼지를 뒤집어쓰고 낄낄거리며 사이좋게 총질을 해댄 것은 없던 일인 것 같았다. 날밤을 새우며 나이트클럽을 순회하던 일도 잊은 것 같았다.

　태기는 후안에게 전화를 했다. 후안은 전화를 받지 않았다. 일단 비행기 시간이 될 때까지는 기다리는 수밖에 없었다. 그것이 최선이었다. 그가 할 수 있는 일은 많지 않았다.

　저들의 태도가 돌변한 것은 사실상 모든 거래가 끝났다는 선언이었다. 그것은 사실이었다. 한 회장의 수술이 있던 날 밤, 거래는 끝난 셈이었다. 페르난도와 구스만이 온몸으로 말하고 있는 것, 후안이 침묵으로 말하는 것이 그것이었다. 더 이상 거래할 것이 없으니 귀찮게 굴지 말고 조용히 떠나라. 아니, 그 이상인지도 모른다. 더 무섭고 잔인한 어떤 것. 태기는 벌떡 일어나 큰 걸음으로 방 안을 서성거렸다. 이런 쓸데없는 생각이 많아지는 것은 해결에 도움이 되지 않을 것이다.

강태기 전무는 한 회장이라면 이런 때 어떻게 할까, 생각해보았다. 아마도 단호히 귀국을 결정했을 것이다. 어쩌면 한두 사람, 직원을 남겨둘지도 모른다. 아이리스를 더 찾아보고, 그녀를 찾게 되면 같이 귀국하라는 지시를 남기겠지. 소파에 앉아 있는 백스터와 더스틴을 쳐다보며 태기는 생각했다. 저 둘을 남기고 귀국해야 할까. 백스터는 휴대전화로 게임을 하고 있었고, 더스틴은 여행 안내서를 뒤적이고 있었다. 한심한 자들이었다. 저들에게 무엇을 맡길 수 있겠는가. 하물며 사람의 목숨을 맡길 수 있겠는가. 저들은 며칠 전 사막에 나가 총을 쏘았다고 했다. 총, 총이라. 저들에게 총을 마련해줘야 하는 것일까. 태기는 혼자 머리를 설레설레 저었다.

총성이 들렸다. 태기는 본능적으로 그 위치를 감지했다. 호텔 바깥이었다. 그는 창가로 갔다. 전투 경험이 있는 그에게 총성은 언제 들어도 두려웠다. 동시에 투지를 불러일으켰다. 그것이 의미하는 피와 죽음을 그의 오감은 너무나 적나라하게 이해했다. 세 발의 총성이 이어졌다. 두 정의 권총이었다. 백스터와 더스틴이 창가로 덤벼들었다. 붉은 티셔츠를 입은 한 여자를 두 남자가 붙들고 있었고, 여자는 날카롭게 비명을 질러댔다. 한 남자가 길바닥에 쓰러져 비트적거렸고, 행인들 몇은 길모퉁이에 숨어 그것을 지켜보았다. 두 남자가 붉은 티셔츠의 여자를 차에 싣고 사라졌다. 행인들이 뛰어나와 쓰러진 남자 곁으로 달려갔다. 경찰차가 나타나자 행인들은 다시 흩어졌다. 더스틴이 킬킬거렸다.

"깡패들이나 경찰들이나……."

그들에게는 공통점이 있었으니 총을 지니고 있다는 점이었다. 총을 지닌 자들은 위험했다. 오히려 경찰이 더 위험했다. 경찰은 깡패들이 지니지 못한 것, 법까지 지니고 있었고, 법은 저돌적이었으며, 언제나 돈과 총의 편이었다. 법이라는 것은 스스로가 표방하는 바대로 대단한 것도, 정의로운 것도 결코 아니었다.

페르난도가 호텔을 나가 경찰관들에게 다가갔다. 그들은 서로 악수를 나누고 포옹을 했다. 쓰러진 남자를 곁에 두고 경찰관들은 산책이라도 나선 듯 어정거렸다. 페르난도가 차가 사라진 방향을 가리켜주었고, 경찰관들은 내키지 않는 태도로 차에 올라 사라졌다. 총에 맞은 남자는 여전히 길바닥에 널브러져 있었다. 페르난도는 그 남자를 한참이나 살펴보다가 틀림없이 죽었는지를 확인해보는 듯 발로 어깨를 밀어보았고, 어디론가 전화를 했다.

"총 맞은 사람을 저렇게 내버려두는 거야?"

백스터가 중얼거렸다. 태기는 생각했다. 백스터도 더스틴도 여기 남겨지면 간단히 후안의 밥이 되고 말 것이다. 어쩌면 후안에게 돈을 더 주고, 이번에는 아이리스를 찾아달라고 부탁해야 할지도 모른다. 그렇다. 그것이 최선이라는 것을 그는 깨달았다. 돈만이 저들을 움직이게 할 것이다. 만일 아이리스를 저들이 붙들고 있다 할지라도, 만일 저들이 아이리스를 죽였다 할지라도, 그렇다면 더욱, 그들에게 돈을 줘야 했다.

이튿날 아침, 상황 보고를 들은 한창수 회장의 지시는 간단했다.

"아이리스의 행방을 찾아요. 돈을 쓰건 경찰을 동원하건. 아담을 찾으러 나갔다면서요. 그렇다면 찾는 게 그다지 어려울 것 같지 않은데."

"일단 직원들 몇을 남기고 회장님은 일찍 귀국하시는 방법도 있습니다."

한 회장은 유 박사에게 물었다.

"의사로서 판단해보세요, 유 박사. 오늘 당장 귀국해야 하는 이유가 있습니까?"

기홍은 안정적 치료를 위해서는 속히 귀국하는 편이 낫다고 말했다. 한 회장은 이번에는 태기에게 물었다. 회사에 급히 돌아가야 할 사정이 있는가? 태기는 그렇지 않다고 대답했다. 기홍이 내민 약을 손에 쥔 채 창수는 말했다.

"며칠 늦어지더라도 간호사도 데리고 갑시다."

그는 약을 삼키고 물을 마셨다. 회의는 끝이었다. 약을 먹으면 그는 잠시 후 잠들었다. 객실을 나서는 태기에게 그는 한마디 덧붙였다.

"강 전무, 단순하게 봅시다. 큰 그림만."

태기는 항공권 예약을 취소했다. 가장 쉬운 일이 그것이었다. 항공사 직원은 물었다. 다른 날로 다시 예약하시겠습니까? 태기는 대답할 수 없었다.

18

지니는 그를 미스터 트럼펫이라 부르기로 했다. 저 축제의 밤, 공연장의 포스터에서 발견한 'Bread and Circuses'라는 구호를 미스터 트럼펫이 쓴 것인지 아닌지, 그녀는 알지 못했다. 그러나 어쨌건 그는 지니가 만난 유일한 단서였다.

그녀는 같은 장소에서 그 구호를, 그리고 미스터 트럼펫을 보았다. 우연일 수도 있지만 만에 하나 우연이 아닐지도 모른다. 그 외에 무엇을 찾아야 할지 그녀는 알지 못했다.

틈만 나면 지니는 공연장 뒤쪽의 숲으로 갔다. 책을 한 권 들고, 뜨개질 바구니를 들고, 음악이 흘러나오는 리시버를 귀에 꽂고 그녀는 벤치에 앉아 그가 나타나기를 기다렸다.

그는 오지 않았다.

지니는 근처의 다른 공원에도 드나들었다. 미스터 트럼펫을 목격한 장소와 어딘가 비슷한 분위기면 거기 머물렀다. 스쳐가는 모든 사람들을 보지 않는 척, 그러나 끈질기게 살폈다. 도서관의 구석진 서고 역시 지니가 자주 찾아가는 장소였다.

찾아낸다는 것이 기적일 것이다. 그녀도 알고 있었다. 그녀 자신도 누구를 찾는지 알지 못했다. 미스터 트럼펫과 스쳐 지나면서도 그라는 것을 알지 못할 수도 있었다. 그날 공연장 뒤의 숲은 어두워 그녀는 얼굴을 보지 못했고, 보지 못한 얼굴을 그녀가 기억할 리 없었다. 만일 그를 기억한다 해도, 마침내 그를 찾아낸다 해도, 그가 PeC의 한 사람인지 아닌지, 그것마저 그녀는 알지 못했다. 그녀가 아는 유일한 것은 희미한 실루엣, 그리고 역시 실루엣처럼 희미한 트럼펫의 곡조였다. 그녀가 찾는 것은 차라리 꿈이었다. 기적이었다.

지니는 지쳐갔으나, 자신이 지친다는 것을 의식할 때마다 오히려 더욱 긴장하여 더 긴 시간 동안 그를 찾아 거리를 헤매고 다녔다. 그녀가 울트라돔의 일개 주민에 불과한 존재가 아니라는 것을 스스로에게 납득시키는 유일한 길이 그것이었다. 그녀가 빵과 서커스의 쾌감에 허우적거리는 주민들 가운데 하나일 뿐이라는, 어쩌면 이미 돌이킬 수 없게 되어버린 객관적 사실, 저 운명과도 같은 압도적인 사실을 부정할 수 있는 유일한 길이 PeC를 찾아다니는 것이었다. 찾지 않으면 죽는다, 하고 그녀는 스스로를 재촉하고 격려했다. 찾지 않으면 재선이 그를 멸시할 것이라고, 지니는 스스로를 채찍질했다.

어쩌면 안타까운 정당화에 지나지 않을 것이다. 그녀는 먹고살 길이 막막하여 울트라돔으로 기어들었다. 사실이었다. 생계를 해결하는 것이야말로 생물체로서 그녀에게 가장 긴급한 숙제였고, 그 숙제를 이곳에 들어오는 것으로 해결했다. 일견 고마운 일이었다. 적어도 생계를 유일한 목적으로 삼는 생물체에게는 그러했다. 그러나 불행인지 다행인지, 그런 생물체가 그녀의 전부는 아니었다.

왜 PeC 같은 자들을 찾는 것인가? 빵이면 어떻고 서커스면 어떻다는 것이냐? 집과 직장을 제공한 기업이 아닌가? 날에 따라 이런 목소리가 커지기도, 작아지기도 했다. 커지면 그런대로, 작아져도 그런대로, 지니는 PeC와 미스터 트럼펫을 찾아다니기를 그치지 않았다. 산다는 것은 때로 정말 하찮았다. 그렇게 하찮아질 때마다 그녀는 미스터 트럼펫을 찾는 일에 더 열중했다.

가끔 잊힌 주소로 전자우편을 보냈다.

온종일 거리를 헤맸습니다. 피로감으로 금세 온몸이 물처럼 흘러내릴 듯합니다.

그래도 잊히지 않는 이것, 이것이 그리움인지 죄책감인지 아니면 그저 미련한 집착인지 모르겠습니다.

내가 찾는 것이 당신인지 미스터 트럼펫인지 모르겠습니다. 어쩌면 당신이 미스터 트럼펫이었을까요? 당신이 조용히 날 찾아와 거기, 빵과 서커스, 라고 수수께끼를 남기고, 아름답고 슬픈 멜로디를 남기고 떠난 것일까요? 아니, 이 그리움은 이미 오래전에, 어쩌면 내가 당신을 만나기 훨씬 전에 생긴 것일까요? 어린 날 고향 바닷가 개펄에서 동무들과 발버둥 치며 놀다가 조개껍질에 발바닥을 베이고, 개흙을 떠 상처에 문지르다 문득 쳐다본 하늘, 거기 하얗게, 거침없이 피어오르는 뭉게구름을 감탄하며 바라보던 어떤 순간, 씨앗처럼 툭, 내 가슴에 떨어진 것일까요?

기이한 일입니다. 집에 돌아와 누우면 이 피로감이 조용히, 아주 조용히 위안으로 변합니다. 적어도 그 짧은 순간은 황홀합니다. 조금만 과장하면, 한 마리 번데기가 금방 눈앞에서 나비가 되어 날아오르는 것을 본 것 같기도 합니다.

요즘은 이 위안이 아니면 살 수 없을 것 같아요. 늘 제자리로 돌아오지만, 그 자리가 아침에 내가 떠난 자리는 이미 아니라는 생각이, 아주 희미하지만, 아아, 그저 내 어리석은 바람일 뿐이지만, 아침에 내가 떠난 자리는 이미 멀리 밀어 보내고 새로운 자리로 돌아온 것이라는 생각이 듭니다. 혼자, 나 자신에게 그렇게 속삭여줍니다. 그래, 그럴 거야.

옛날 당신 옆에서는 왜 이런 걸 몰랐을까요? 어째서 그다지 성급하게 욕심을 부려 당신을, 서로를 괴롭혔던 것일까요?

미안해요. 정말 미안합니다, 그리운 당신, 사랑스러운 그대.

잘 지내시기를. 꼭 무사하시기를.

당신의 지연.

잊지 않기 위해 그녀는 늘 재선을 떠올리고, 그와 함께 세상의 변두리를 병든 개처럼 헤매고 다니던 시절을 떠올려야 했다. 지니는 자신을 믿을 수 없었다. 어떻게 그런 일들이 이다지 쉽게 잊히는 것인가? 어떻게 이다지 쉽게 에너지돔에, 빵과 서커스에 적응해버리는 것인가? 나는 짐승인가? 차라리 온 세상이 에너지돔이 되었으면 좋겠다는 생각까지 하는 자신을 그녀는 믿을 수 없었다. 그런 자신을 거부해야 했다. 지니는 자신이 누구인지, 한때 살아남기 위한 유일한 길이 죽음이었던 시절이 있다는 것을, 죽음이 차라리 평화로워 보이던 시기의 절망감을 악착같이, 가까스로 떠올리며 PeC를 찾아다니기를 멈추지 않았다.

밤이 깊어 지쳐서 집으로 돌아가면 브라운은 저녁 식사를 차려놓고 그녀를 기다리고 있었다. 그의 요리 솜씨는 날로 좋아졌다. 스파게티를, 돈가스를, 고추잡채를, 프렌치토스트를 만들고, 때로는 건포도빵이나 쿠키까지 만들어 내놓았다. 텔레비전에서 요리 채널을 보며 침을 삼키는가 하면, 기대에 부풀어 요리 재료를 사 모았다.

울트라 공동체는 새로운 가족입니다. 울트라 가족을 위한 울트라 방송 UBS. 텔레비전이 명랑하게 구호를 외쳐댔다. 그 구호는 두어 시간마다 명랑한 노래를 통해 반복되었고, 현수막으로 제작되어 거리거리에서 펄럭거렸으며, 포스터로 만들어져 국밥집 입구에도, 도서관 서고의 벽면에도 나붙었다. 울트라 방송 세 개의 채널 가운데 하나가 브라운이 즐겨 보는 요리 방송이었다. 라면을 끓이는 서른여섯 가지 방법. 얼마 전에 크게 인기를 끈 꼭지였다. 인터넷 스트리밍을 통해 전국적으로 순식간에 수천만의 조회와 다운로드를 기록했으며, 해외에서 내려받은 횟수만 2억을 넘겼다. 공중파 방송에서 그 꼭지를 사들여 방영했고, 역시 높은 시청률을 기록했다.

브라운은 요리 채널을 보는 것에 그치지 않고 요리책을 십여 권이나 사들여, 집에서도 직장에서도 열중하여 읽었다.

"요즘 나에게 유일한 보람이야."

하고 그는 말했다.

"이보다 재미있는 책을 본 적이 없어."

라고도 했다. 지니는 도서관에 쌓인 무수한 책들을 생각했고, 그 책들이 모두 요리책인 세계를 상상했으며, 그녀가 읽을 수 없었던 검게 칠해진 페이지에 라면을 끓이는 서른여섯 가지 방법이 나열되어 있는 것을 상상했고, 구역질을 느꼈다.

"여기 때려치우고 나가서 빵 가게나 할까?"

여기를 때려치운다는 것이 무슨 뜻일까? 에너지돔에서 나가고 싶은 것인가? 지니가 물었다. 그는 멀뚱거리며 지니를 쳐다보다가 말했다.

"지루하잖아."

지루하다니?

"사는 게 지루하지 않아?"

테러리스트들이 출몰하는데도 지루하다는 것인가?

"나완 상관없는 일."

직장은?

그녀가 물었다. 그는 빵 가게라도 할까, 하고 되물었다. 빵 가게 따위 자영업이 전멸했다는 것을 그가 모를 리 없었다. 지니는 곧 이해했다. 그는 빵 가게를 하지 않을 것이다. 왜냐하면 나가지 않을 테니까. 그는 투정을 하는 것뿐이었다.

식탁에 앉아 허겁지겁 돈가스를 잘라 입 안에 쑤셔 넣는 그녀를 지켜보다가 브라운이 물었다. 다이어트 하는 거야? 운동이야? 그녀

323

는 소풍이라고 대답했다. 그렇게 지치도록, 그렇게 열심히, 하루도 빼놓지 않고 소풍을 다니는 사람이 어디 있어? 소풍이 아니라 극기 훈련 같잖아. 재미있어요. 바삭바삭한 고깃점을 우물거리며 지니는 말했다. 공원도 재미있고, 지치는 것도 즐거워요. 그 말이 의미하는 역설을 브라운은 이해하지 못했다. 지치는 게 즐겁다니, 원 참. 차라리 체육관에 등록을 하지그래? 그러면 일주일에 두어 번은 나도 같이 다녀도 될 거고. 걷는 게 좋아요. 덕분에 잠이 잘 와 그것도 좋구요. 당신도 같이 걸어요.

브라운이 일어나 창을 닫았다. 밖의 소음이 차단되자 공조기의 소음이 귀로 밀려들었다. 공조기의 소음이 싫으면 텔레비전을 켜거나 음악을 들어야 했다. 브라운은 텔레비전을 켰다. 요리사가 튀어나왔다. 맛있어요! 이거 조미료 맛이 아닙니다. 재료의 맛이 고스란히 살아 있어요. 여러분도 해보세요. 파와 멸치 샐러드였다. 냄새를 없앤 파가 파인가? 비린내를 줄인 멸치는 멸치인가? 와, 저거 맛있겠다. 브라운이 감탄했다. 지니는 내일쯤 그들의 식탁에 오를 메뉴를 짐작할 수 있었다.

샐러드 요리가 끝나자 텔레비전은 말했다. 울트라 공동체는 새로운 가족입니다.

가족이라니. 지니는 역겨웠다.

얼마 전 클라라가 그 공동체에서 추방당하는 것을 지니는 보았다. 클라라는 국밥집에서 콩나물을 기르는 것이 직업이었다. 갑자기 나타난 보안경비들에게 끌려간 그녀는 다시는 나타나지 않았다. 울트라은행에 다니던 그녀의 남편, 그리고 유아원에 다니던 두 아이가 한꺼번에 바로 그날 추방당했다는 사실이 알려졌다. 이유는 금지된 물품을 바깥에서 몰래 밀반입했다는 것이었다. 무슨 물건을? 지니가 묻자 주방장 조나단은 작은 소리로 속삭였다. 모르겠어. 무슨 영화라던데. 다큐멘터리 영화. 무슨 내용인데? 조나단은 잘 몰라, 하고 고개를 저었다. 에너지돔에 대한 르포라던가. 영화학교 학생들이 기업과 에너지돔 관계자, 설계자, 시공사 같은 곳을 돌아다니며 만든 영화라던가……. 나도 지나가는 말로 들어서……. 그러나 일주일쯤 뒤에 이번에는 조나단이 보안경비에게 끌려가더니 다시는 돌아오지 않았다. 그 영화를 복사하여 집에 간직하고 있었다는 것이 이유였다. 그렇게 하여 그것이 어떤 내용이었는지 지니는 영영 알 수 없게 되었다.

얼마 뒤 보안경비는 또 국밥집에 나타나 지니를 끌어갔다. 영화에서 본 것 같은 심문실이었다. 창문은 없고, 사방이 콘크리트 벽이었으며, 작은 철문으로 사람들이 드나들었고, 작은 거울이 붙어 있었다. 저 작은 거울은 이쪽에서는 거울이지만 저쪽에서는 투명한 창일 것이라고 지니는 생각했다. 저 너머에서 심문자 여럿이 이쪽을 넘겨다보고 있을 것이다. 보안경비는 위협적이고 살벌하고 지저분했다. 언제나 주민들과 마주쳤을 때 지극히 공손하고 친절한 치안경비와는 전혀 달랐다. 그 영화 봤습니까? 무슨 영화인지 압니까? 직장에서 다 같이 그 영화를 봤다고 자백한 사람이 있는데요? 다 봤잖아, 이년아. 이게 공손하게 대해주니까 앉혀놓고 눈깔 뽑으려 드네. 클라라하고 친하게 지냈어요? 클라라가 누구를 소개시켜주던가요? 남자? 여자? 학생? PeC를 만났어? 입당했어?

PeC라는 말을 들은 순간 지니는 움찔했다. PeC를 수사하는 데 그녀가 피의자가 되었다는 것인가? 그녀는 반가웠다. PeC에 한발 더 가까워진 기분이었다. 알 수 없이 눈물이 나왔다. 이런 더러운 년. 눈으로 오줌을 지리고 있잖아. 변소 정화조에다 처넣어버려야겠네, 이년.

지니는 진정 궁금했다. 보안경비는 경찰인가? 이들은 경찰 행세를 하고 있었다. 무엇을 근거로? 국가와 기업 사이에 무엇이 오간 것일까? 지니는 한마디도 대답하지 않았다. 대답할 수 없었다. 밤이 깊어갔으나 그들은 지니를 풀어줄 생각을 하지 않았다. 텅 빈 방에 그녀를 가둬두고 어디론가 사라졌다가 두어 시간 만에 나타나 삼겹살 냄새를 풍기며 고함을 질러댔다. 솔직히 자백해, 이년아. 너 같은 건 쓰레기하고 같이, 저기 에너지돔 화로에다 처박아버리면 아무도 몰라. 5초 만에 다 타버려. 내가 거기 사람을 몇이나 던졌는지 아냐? 삼겹살 굽는 것보다 간단해.

다행히 그녀는 추방되지는 않았다. 밤이 깊어서야 그들은 지니를 풀어주었다. 경비대 바깥에서 브라운이 기다리고 있었다. 지니는 부들부들 떨며 그의 품에 안겼다. 괜찮아, 괜찮아. 저 사람들이 오해한 거야. 저 사람들도 나름 일하느라고 그런 거야. 요즘 전국 에너지돔마다 테러리스트 때문에 다들 난리가 났나 봐. 올해의 목표가 에너지돔 다섯 개를 쓰러뜨리는 거라고 그놈들이 공공연히 떠들어대고 다닌다는 거야. 무서웠어? 저놈들 그런 짓 하지 말라고 우리가 몇 번이나 당부를 하는데도……. 아파? 병원 가야 하는 거 아니야?

326

브라운이 그녀를 위로하고자 애를 쓰고 있다는 것은 알 수 있었다. 그러나 그 순간 지니는 이 사람이 바보로구나, 하고 깨달았다. 브라운은 많이 배운 바보, 똑똑한 바보, 착할지는 모르지만 바보였다. 그녀가 뻔히 보는 것을 그는 보지 못했다. 그의 말은, 그의 존재 또한 공허하고 무의미했다. 그는 허깨비 같았다.

미스터 트럼펫을 찾는 일이 불가능하다는 것을 깨닫게 되면서 지니는 도서관에서 긴 시간을 보내게 되었다. 그녀는 주로 전쟁사, 그 가운데에서도 화공(火攻)에 대한 책을 읽었다. 불은 매혹적인 무기였고, 쉽게 구할 수 있는 무기였으며, 또한 효과적인 무기라는 것을 그녀는 알게 되었다.

이미 고대로부터 불은 전쟁에서 흔히 사용된 무기였다. 고전 병서의 저자로 유명한 손무(孫武)는 오래전에 다섯 가지 화공전법을 제시했다. 첫째는 사람을 태우는 것, 둘째는 곡식을 태우는 것, 셋째는 장비를 태우는 것, 넷째는 창고를 태우는 것, 다섯째는 부대를 태우는 것. 왜 사람을 태우는 것이 부대를 태우는 것과 구별되어 있는지, 사람과 부대가 어떻게 다른 것인지, 부대를 태우는 것이 어째서 마지막인지 그녀는 알 수 없었으나, 질문할 사람이 없었다. 오직 책뿐이었다.

불은 불화살이 되었다가 포탄이 되었으며, 로켓이 되고, 미사일이 되었다. 적벽대전에서 제갈공명과 손권이 조조의 백만 대군에 대항하여 구사한 화공술은 방화전술의 고전이 되었다. 고려와 조선 시대에 일본에서 넘어온 왜구들이 사용한 가장 흔한 전술은 병선(兵船)과 관아, 민가에 불을 지르고 식량을 도둑질하는 것이었다. 탐관오리에 맞선 민중들이 난을 일으켰을 때 그들이 애용한 무기 또한 불이었다. 아니, 불이야말로 그들의 거의 유일한 무기였다. 그들은 관아에 불을 지르고 창고를 깨뜨렸으며 식량을 탈취해 굶주림을 면했다.

이순신 장군이 임진왜란 때에 불태워 없앤 왜선의 수는 엄청났다. 당시 왜선이 거의 목선이었으므로 장군의 화공전술은 지대한 효과를 발휘했다.

1933년 독일 국회의사당의 화재는 결정적으로 나치 정권의 성립에 길을 열어주었다. 공산주의자로 알려진 루페가 방화를 했다고 자백했으나 그것은 고문의 결과였다. 나치는 그 사건을 기화(奇貨)로 헌법을 무력화하고 공산당을 의회에서 추방했으며, 그것은 나치의 독재와 세계대전으로 이어졌다. 그러니까 루페, 혹은 나치의 방화는 독일 의사당으로부터 시작하여 전 유럽으로 옮겨붙은 셈이었다.

1982년 3월, 한국에서 광주의 학살자 전두환 장군이 정권을 장악하고 폭압적 권력을 행사하던 무렵, 부산에서 대학을 다니던 김은숙과 문부식, 최인순과 김현장 등이 미국문화원에 불을 질렀다. 당시 학생운동 일반이 공유하고 있던 미국에 대한 반감과 전두환에 대한 극도의 혐오감이 초래한 사건이었다. 이 사건의 변호인 가운데 노무현이 있었고, 그는 나중에 한국의 대통령으로 당선되었으며, 퇴임 직후 고향에서 자살했다. 대통령의 자살이라니, 기이한 사건이었다.

지니가 만일 저 거대한 에너지돔에 불을 질러 파괴하는 데 성공한다면, 그것으로 이곳 집합거주지구는 해체될 것이다. 에너지 공급이 에너지돔의 요건이니까. 하늘 높이 치솟은 장대한 에너지돔은 현 체제의 상징이자 랜드마크였다. PeC를 비롯한 테러리스트들이 에너지돔 당국자들이 만들어낸 마녀가 아니라면, 그들이 에너지돔을 파괴하기 위해 나선 것은 당연한 일이었다.

지니는 작은 불을 만들어낼 수는 있을 것이다. 그러나 에너지돔을 쓰러뜨릴 정도의 큰불을 만들어내기 위해서는 무기가 필요했다. 그런 무기를 어디에서 어떻게 얻을 것인지 그녀는 알 수 없었다.

휴일이었다. 지니는 도서관에서 나와 날을 보내다가 오랜만에 공연장 옆의 숲으로 갔다. 이를테면 소풍이었다. 미스터 트럼펫이 서 있던 풀밭에 앉아 뜨개질을 시작했다. 털실 뭉치가 무기가 될 수 있을까? 털실 뭉치 속에 불을 감출 수 있을까? 그녀는 필요하다면 이제부터라도 화학을 공부할 각오였다. 도서관에는 그 모든 것을 위한 책이 있다는 것을 그녀는 알았다. 무기를 제작하는 방법을 가르치는 강좌를 열어줄 것을 아카데미에 요구하면 어떨까, 하고 생각하다가 그녀는 혼자 쿡쿡 웃었다.

날이 어둑어둑 저물어가고 있었다. 가로등에 불이 들어오고, 나무들 사이로 서늘한 바람이 스며들었다. 눈을 감고도 뜨개질은 할 수 있었다. 그녀는 무릎 아래까지 늘어지는 긴 머플러를 뜨고 있었다. 실이 떨어지면 풀고 다시 떴다.

어디선가 음악이 들려왔다. 트럼펫이었다. 지니는 고개를 들어 음악이 들려오는 쪽을 바라보았다. 나무들 사이, 사람은 보이지 않앉다. 그림자가 나무들 사이로 길게 떨구어져 있었다. 그렇다. 바로 그 곡, 축제의 밤에 브라운과 함께 들은 적이 있는 그 곡이었다. 왈츠, 그러나 슬픈 곡조, 호소하고 한탄하는 듯한 트럼펫의 울림. 지니는 뜨고 있던 뜨개질 거리를 놓고 그쪽으로 걸어갔다. 그때, 등 뒤에서 누군가 그녀의 팔을 슬며시 잡았다. 지니는 소스라쳐 돌아보았다.

재니스였다. 지니는 반가웠으나 한편으로는 놀랐다. 왜 재니스가 여기에 와 있을까? 언제부터 여기 있었을까? 재니스는 미소 지으며 말했다. 잠깐만요. 그녀는 지니의 팔을 잡은 채 풀밭에 앉았다. 그들이 앉은 곳으로부터 미스터 트럼펫 사이에는 풀밭과 몇 그루 나무, 가로등에서 부서져 내리는 희미한 불빛, 푸른 그림자, 그리고 지니의 가슴이 두근거리는 소리가 있었다. 그녀는 멀어질 듯 가까워질 듯 흐느끼는 트럼펫 소리와 자신의 가슴이 내는 강렬한 고동소리를 들으며, 어째서 재니스가 그녀를 제지하는 것인지, 자신이 어째서 그 제지를 받아들이는 것인지를 거듭 생각했으나, 알 수가 없었다.

재니스는 나직하게 트럼펫의 곡조를 따라 노래했다. 돈데 보이 돈데 보이 에스페란사 에스 미 데스티나시온 솔로 에스토이 솔로 에스토이 포르 엘 몬테 프로푸고 메 보이……

마침내 트럼펫 연주가 끝났다. 재니스는 기다려요, 하고 일어나 미스터 트럼펫에게 걸어갔다. 지니는 가슴을 두근거리며 기다렸다. 숲에 가려 그들의 모습은 보이지 않았으나, 그들이 나누는 얘기 소리가 희미하게 들려왔다. 오래지 않아 재니스가 돌아왔다. 그녀는

지니의 손을 잡으며 말했다. 가요. 지니가 저항하려 하자 그녀는 고
개를 저었다.

"알아요. 나중에. 가요."

그들은 숲에서 빠져나왔다. 공연장 입구에는 〈뮤지컬 윤심덕〉의
커다란 포스터가 바람에 나부끼고 있었다.

지니는 재니스가 이끄는 대로 커다란 펍으로 들어갔다. 사람들이
가득했다. 그들의 얘기 소리와 지글지글 흘러나오는 음악 소리로
거대한 홀이 소용돌이쳤다. 재니스가 맥주를 주문했다. 그녀는 지
니에게 말했다. 시끄러운 곳이 나아요. 지니는 알아들었다. 두 사람
은 묵직한 맥주잔을 부딪쳤다.

"카지모도가 당신 국밥집에 들른 적이 있다는 걸 아세요?"

재니스가 물었다. 카지모도라니? 누구를 말하는 것일까? 재니스
는 웃었다. 아까, 트럼펫 연주하던 사람. 기이한 이름이었다.

"우리 나름대로 당신에 대해 많은 것을 조사했어요."

그러니까 지니가 그들을 찾은 것이 아니라 그들이 지니를 찾은
셈이었다. 지니가 물었다. 로버트는? 재니스는 고개를 저었다. 지니
는 기다렸으나 재니스는 대답하지 않았다.

"조심해야 해요. 사람들이 체포되고 있어요."

그것이 그녀의 대답이었다. 그들은 전화번호를 교환했다. 기록하
지 마요. 그냥 기억해두세요. 재니스는 지니의 전화를 가져갔으나
전화번호를 남기지는 않았다. 짤막한 메모를 남기고 돌려주었다.

재니스는 미스터 카지모도가 연주한 노래, 〈돈데 보이〉에 대해서
도 들려주었다. 미국과 멕시코 사이의 국경, 그 국경을 넘는 멕시코

사람들, 미국 경비대에 쫓기고 안드로이드 경비대의 총탄에 쓰러지는 사람들, 그들의 총탄을 피했다 할지라도 험악한 사막을 건너다 죽어가는 사람들…… 그녀는 지니의 전화에 그 노래를 전송해주었다. 그렇게 지니의 오랜 궁금증이 하나 풀렸다.

지니는 백과사전의 먹물로 지워진 페이지들에 대해 물어보았다. 재니스는 검열, 이라고 짤막하게 대답했다.

"검열이 있는 건 몰랐어요."

"감시와 검열은 늘 같이 다닌답니다. 단짝이래요."

오늘날 검열은 더 이상 검열이라 불리지 않았다. 검열에 관한 법률 따위는 불필요했다. 언제부터인가 저작권법이 출판의 자유를 제약하는 가장 중요한 역할을 했다. 저작권법은 너무나 복잡하여 그 내용을 일목요연하게 이해하고 조정하고 통제할 수 있는 사람도 조직도 국가도 존재하지 않았다. 어떤 작품이건 저작권법으로 고소당하면 길게는 20여 년, 아무리 짧아도 5년 정도 출판이 연기되었다. 대개의 출판사는 출판을 포기했다. 저자들 역시 마찬가지였다. 그런 부작용 때문에 여러 국가에서 저작권법 관련 부서를 만들었으나, 각국의 저작권 부서가 새로운 법령을 추가함으로써 저작권법은 더욱 복잡해지고 말았다. 미국에서는 허용되는 저작물이 일본에서는 금지되고, 한국에서는 유보되었으며, 한국에서는 허용되는 출판물이 일본에서는 금지되고, 중국에서는 출판은 허용, 열람은 금지되었다. 그런 결과를 놓고 각국 정부가 단체를 만들고, 합의점을 찾으려 노력했으나, 언제나 모색에 그치고 말았고, 최악의 경우에는 거기 관련되는 새로운 법률을 내놓는 것으로 저작권법을 더욱 오리무중의 지경으로 몰아넣었다. 해결을 위해 덤벼들수록 더욱 복잡해진다는 점에서 그것은 전형적인 미로, 또는 신화적 저주를 닮아갔다.

"이미 출판된 작품에 대해서도 누군가 저작권법으로 걸면, 판매가 금지되고, 도서관에서는 열람이 금지돼요. 책 일부에 먹물이 칠해지거나, 철편으로 책장이 봉쇄되거나."

환경보호법 역시 검열을 위한 중요한 장치였다. 종이책 제작이 환경파괴의 원인이라는 사실을 근거로 2067년 환경부는 출판을 심의하고 허가하는 권한을 갖게 되었다. 얼마 후에는 이유 없이 출판이 방해받는 것을 막는다는 취지로 출판진흥부가 그 권한을 나눠 갖게 되었다. 이들이 무엇을 근거로 출판을 허가하고 불허하는지는 아무도 알지 못했다. 심의 과정에 불공정한 영향력을 미치려는 시도를 차단하기 위해서 심의 기록은 25년 동안 공개가 금지되고, 25년 동안 보관이 의무화되었다. 그 후 공개를 할 것인지 말 것인지, 폐기할 것인지 보관할 것인지를 결정하는 것은 국회였다. 국회는 누구나 알 듯, 세상에서 가장 비효율적인 기구였다. 법안이 만들어지고, 수정을 거치고, 찬반에 따라 토론하고, 타협을 하고, 타협이 이루어지지 않으면 법안 제출은 연기되고, 그렇게 한 회기가 지나고 또 한 회기가 지났으며, 관련 국회의원들이 낙선하면 법안은 차츰 잊히고, 우선순위에서 밀려나고, 새로운 의원들은 새로운 문제의식을 지니고 있었으며, 새로운 법안이 기안되었고, 새로운 토론과 새로운 논쟁, 새로운 선거로 국회는 언제나 분주했으며, 어떤 법안이 어떻게 잊혔는지 관심을 갖는 사람은 없었다. 이유? 그것이 잊혔기 때문이었다.

"출판 심의에 관한 기록은 이제껏 단 한 번도 공개된 적이 없어요."

"요즘은 나무를 재료로 해서 만든 종이가 책에 쓰이는 적이 없다면서요."

지니가 물었다. 그래도 마찬가지였다. 그런 것을 일일이 바로잡기에는 국회의원도 정부도 할 일이 너무 많았고, 그런 일을 미루기원하는 출판사 등 저작권자들은 무수했다.

그 밖에도 실질적으로 검열의 기능을 하는 기관, 단체, 법률은 무수했다. 가장 대표적인 장치가 온라인 서점과 출판사였다. 그들은 경제적 예측에 따라 작품을 선택했다. 이들은 이익을 추구하고 분쟁을 혐오했다. 분쟁의 소지가 있는 경우 출판하지 않았다. 이익이 보장되지 않는 경우에도 출판하지 않았다. 정부의 개입이 우려되는 경우에도 출판을 기피하거나 연기했다. 만일 어쩔 수 없는 사정으로 출판했다 할지라도 출판 사실을 공개하지 않고 광고하지 않고 홍보하지 않았으며, 판매도 하지 않았다. 요구하지 않으면 도서관에도 보내지 않았다. 전자책 출판과 판매는 세계적으로 열 개 남짓의 출판사와 서점이 독점하고 있었고, 그리하여 이들은 또 하나의 강력한 검열장치가 되었다.

"그나마 옛날 책들, 종이책들은 검열의 자취라도 남아요. 하지만 오늘날 발간되는 디지털 도서들은 자취도 남지 않아요. 없어져버리는 거죠. 디지털의 기호들이 잠깐 존재하다가 순간적으로 사라져버리는 거예요. 역사상 가장 완벽한 검열일 거예요. 더 심각한 것은 그것이 책에 국한된 문제가 아니라는 거예요. 영화, 음악, 미술……

모든 분야가 다 마찬가지예요."

강유임 박사의 강의에서는 들을 수 없었던 내용이었다. 재니스는 말했다. 그 강의 역시 한 마디 한 마디 다 심의와 검열을 통과했을 거예요. 언제부터 세상이 이렇게 되어버린 것일까? 지니가 묻자 재니스는 말했다. 아주 오래전부터.

같이 마셔요. 배코 친 남자가 그들에게 다가와 말했다. 저기 내 친구들이 기다리고 있습니다. 재니스는 거절했고, 배코 머리는 정중히 인사를 하고 돌아갔다.

재니스는 그때부터 간결하게, 사무적인 어조로 얘기를 시작했다. "당신은 커피예요. 난 고양이예요."

전화로 얘기를 할 때건, 만나서 얘기를 할 때건 잊지 말아야 했다. 두 사람이 마주쳤을 때 처음 주고받는 대화 가운데 지니는 커피라는 단어를, 재니스는 고양이라는 단어를 꼭 넣어야 했다. 누가 시작했건 첫 대화 가운데 그 단어가 들어 있지 않으면 비상이었다. 즉 위험이 임박했다는 신호였다. 서로 모르는 체해야 했다. 즉시 헤어져야 했다. 도주해야 했다. 첫 대화 가운데 그 단어가 들어 있으면 안전했다. 그다음 용건으로 진행해도 무방했다. 재니스가 해보라고 권했다. 지니는 말했다. 커피 값이 또 올랐나 봐요. 재니스도 말했다. 고양이 사료를 주는 걸 깜빡 잊었어요. 그들은 서로 바라보며 웃었다. 우린 안전한가요? 지니가 물었고, 재니스가 대답했다. 적어도 지금은.

재니스가 제안했다. 이번엔 그걸 넣지 말고 해봐요. 날씨가 너무 무더워요. 지니가 말하자, 재니스는 고개를 끄덕였다. 그러면 난 아무 말없이 모르는 척 외면하고 사라질 거예요. 집으로 가자마자 조직에 관련된 모든 흔적을 깡그리 지울 거예요. 지니는 고개를 끄덕였다.

이번엔 내가 할게요. 재니스는 맥주를 한 모금 마시고, 잠시 지니를 쳐다보다가 말했다. 강아지 사료 주는 걸 깜빡했어요. 이번에는 지니가 말했다. 난 아무 말없이 모르는 사람인 척 달아날 거예요. 집에 가면 그 즉시 조직에 관련된 모든 자취를 깡그리 지울 거예요. 두 여자는 서로를 바라보며 반복했다. 깡그리. 재니스가 다시 말했다. 필요하면 달아나야 해요. 만일 잡혀 조사받으면 뭐든지 모른다고 대답해야 해요.

그다음엔? 지니가 물었다. 재니스가 대답했다.

"기다려요. 아무것도 하지 말고. 날 찾지 말고. 로버트에게 묻지도 말고. 공연장 근처엔 가지도 말고. 도서관에도 오지 말고. 만일 오더라도 나를 찾지 말고. 한 달이라도, 1년이라도 기다리세요. 1년이 지나면 또다시 1년, 또다시 1년이라도 기다리세요."

지니는 기다렸다. 재니스의 얘기가 계속되었다.

"틀림없이 누군가 연락할 거예요. 내 암호를 이용해서. 직장에서 국밥을 손님에게 내놓는데, 그 손님이 이 근처에서 다리를 절룩이는 고양이 한 마리 못 봤어요, 하고 묻는 식으로."

지니는 생각해보았다. 그런 일이 갑자기 벌어진다면 뭐라 대답할 것인가? 몇 달 전부터 커피 찌꺼기를 훔쳐 먹고 다니는 고양이가 있다고 하던데요. 그쯤이면 될까? 재니스가 말했다.

"하루 이틀 사이에 승부가 날 싸움이 아니니까요."

헤어질 때 재니스는 말했다. 안녕히, 미스 커피. 지니도 말했다. 잘 가요, 미스 고양이.

돈데 보이, 돈데 보이……. 미스 고양이는 흥얼거리며 골목으로 걸어 들어갔다. 돈데 보이, 돈데 보이……. 지니도 흥얼거리며 거리의 모퉁이를 돌았다. 늘 다니던 길이었으나 전혀 새로운 거리인 듯 느껴져 그녀는 당황했다. 무엇이 달라진 것인가? 그녀는 깨달았다. 세상이 크게 달라졌다. 그녀는 미지의 세계 속으로 들어서고 있었다.

재선이 그리웠다. 찔끔 눈물이 솟았으나 그녀는 참았다.

19

  저녁 무렵, 페르난도와 구스만은 갑자기 백스터와 더스틴을 불러냈다. 그들이 로비로 내려가자 두 멕시코 갱은 어깨동무를 하는 척하다가 힘으로 그들을 호텔에서 데리고 나와 차에 태웠다. 어디 가는 건데? 더스틴이 물었으나 페르난도는 대답하지 않았다. 구스만은 웃어대며 뭐라고인지 떠들어댔으나 한국인들은 알아들을 수 없었다. 투리스모 에스페시알, 투리스모 에스페시알! 무슨 관광을 가자는 것 같은데? 더스틴이 말했다. 이 시간에 관광은 무슨 관광. 페르난도가 고함을 지르자 구스만은 그제야 입을 다물었다. 백스터는 전화를 꺼내 통역 앱을 켰다.

  교차로에서 신호를 기다리고 있을 때였다. 모퉁이에서 경찰관이 이쪽으로 길을 건너 다가오기 시작했다. 페르난도가 안주머니에서 권총을 꺼내 안전장치를 풀더니 가랑이 사이에 감추었다. 그것을 백스터가 보았다. 그는 조마조마한 심정으로 경찰관을 지켜보았다.

페르난도는 이미 태평스러운 낯이었으나, 눈으로는 경찰관을, 신호등을, 구스만을, 그리고 뒷자리의 두 한국인을 번갈아 쏘아보고 있었다. 경찰관이 접근할수록 그의 표정은 뻣뻣해졌고, 그것을 보며 백스터는 온몸이 얼어드는 것 같았다. 밖으로 고개를 빼내 경찰관에게 고함이라도 질러야 할 것 같았다. 죽기 싫으면 그냥 거기 있어. 이 새끼들 총 가졌어. 다행히 경찰이 닿기 전에 신호가 바뀌었고, 차는 다시 달리기 시작했으며, 페르난도는 총을 주머니에 넣었다.

알 수 없는 일이었다. 이들은 헤수스파, 경찰과 죽이 잘 맞아 친구처럼 지내는 관계가 아니던가. 구스만이 페르난도에게 물었다. 그 새끼 누군데 그랬어? 페르난도의 대답은 간단했다. 전에 나 잡아넣은 놈이야. 뇌물이고 협박이고 뭐고 안 통해. 백스터는 통역 앱을 통해 그들의 얘기를 엿들었다.

오래지 않아 차는 시가지를 벗어나 도로변에 단층 건물들이 늘어선 변두리로 들어섰다. 도자기처럼 생긴 단층 주택들은 울긋불긋 간판을 붙이고 희미한 조명 아래 뭔가를 팔았고, 지저분한 차우를 걸치고 솜브레로를 쓴 사람들이 유령처럼 흐느적이며 거리를 오갔다. 차도와 인도 사이에 구별이 없어 차가 접근하는데도 그들은 도로에서 비켜날 생각을 하지 않았다. 구스만은 자주 브레이크를 밟으며 투덜거렸다. 그것이 몇 차례인지 반복되었을 때 페르난도가 갑자기 차창 밖으로 팔을 내밀어 허공에 대고 총질을 해댔다. 따당, 따당. 행인들은 순식간에 거리에서 깨끗이 사라졌다. 놀랍고 서글픈 광경이었다. 그 틈을 타고 구스만은 가속기를 밟아 그곳을 벗어났다.

마을이 사라지자 이번에는 도로 양쪽으로 황폐한 언덕이 펼쳐졌다. 어둠 때문에 보이지는 않았으나 지난번 모두 함께 총질을 해댄 붉은 흙의 사막이 연상되는 풍경이었다. 차 한 대 보이지 않았다. 가로등도 없었다. 어둠이 차지한 텅 빈 공간을 그들의 차는 헤드램프로 더듬으며 꾸물꾸물 벌레처럼 기어갔다. 어디로 가는 거냐, 도대체. 더스틴은 용기를 내어 물었다. 아이리스? 엔페르메라? 페르난도는 고개를 꺾어 그를 쏘아보았다. 더스틴은 입을 다물었다. 이 새끼들 왜 이리 겁을 주는 거냐? 그는 백스터에게만 들리도록 중얼거렸다. 그것이 페르난도의 신경을 자극했다. 그는 버럭 고함을 질렀다. 셧 더 퍽 업! 더스틴은 기겁을 하여 소리쳤다. 오케이, 오케이. 노 프로블럼.

창밖에 보이는 것이라고는 오직 어둠뿐이었다. 헤드램프 빛이 어둠 속에 흔들릴 때마다 희끗희끗 비포장도로와 붉은 자갈, 흙먼지 같은 것들이 드러났다 곧 다시 어둠에 묻혔다. 구스만이 아무리 가속기를 밟아도 엔진 소리가 요란해질 뿐 속도가 올라가지는 않았다. 그는 바모스, 바모스, 하고 중얼거렸다. 백스터는 전화를 꺼내 들여다보았다. 지피에스의 푸른 아이콘이 허허벌판에 혼자 등대처럼 반짝거렸다. 지도를 한참 확대한 다음에야 그들이 떠나온 도시의 복잡한 도로와 건물 들이 만화처럼 나타났다. 지피에스 아이콘 앞쪽의 지도는 완벽한 공허였다. 외줄기 길이 뻗어 있을 뿐 시가지도, 심지어는 등고선 같은 것도 전혀 보이지 않았다. 벌판, 사막과도 같은 공허한 벌판이 분명했다. 백스터는 며칠 전 그들이 총질을 해댄 붉은 사막을, 바위에서 튀어나온 붉은 시신을 떠올렸다. 조마조

340

마한 마음으로 그는 아무것도 보이지 않는 창밖에 눈을 들이댔다.

페르난도는 한마디 하지 않았다. 늘 떠들어대는 것을 즐기던 구스만 역시 입을 꾹 다물고 있었다. 그들은 한국인들에게 더 이상 친절하지 않았고, 친절하고 싶은 생각이 전혀 없음을 감추려 하지 않았다. 차는 어둠 속으로 허우적거리며 달려갔다.

멀리 어둠 속에 두어 개 불빛이 보였다. 어둠이 삼켜버릴 듯 불빛은 작고 희미했다. 가까이 다가가자 십여 가구의 집들이 엎드린 마을이었다. 백스터는 전화를 꺼내 지도를 보았으나, 지도에 그런 마을은 없었다. 지피에스는 텅 빈 허공에서 반짝거리고 있었다. 벌판 한가운데, 지도에도 없는 동네가 나타난 셈이었다. 이정표라도 찾기 위해 두리번거렸으나 그런 것도 보이지 않았다. 지명도 없었고, 도로명도 없었다. 그는 지도를 강 전무에게 전송했다. 왠지 그래야 할 것 같았다.

흙과 판자, 천막, 타이어 같은 것들로 얼기설기 꿰어 맞춘 집들이 스쳐갔다. 차는 집의 처마를 스칠 듯, 벽을 밀어붙일 듯 아슬아슬하게 지나갔다. 사람은 보이지 않았다. 집 같은 것이 늘어서 있기는 했으나 불빛을 보기 힘들었다. 집들이 차의 헤드램프 불빛으로 겨우 드러났다가 곧 어둠 속에 잠겼다. 아이들 두엇이 파이프 같은 것을 피우며 가면처럼 무심한 낯으로 차를 쳐다보았다. 아이들의 입과 코에서 연기가 뭉클뭉클 피어 나와 허공에 흩어졌다. 더스틴이 물었다. 저거 담배 아니냐? 구스만은 그제야 한마디 했다. 너희도 담배 피워봤냐? 한번 피워볼래? 더스틴과 백스터는 동시에 말했다. 네버. 그러나 페르난도가 그의 뒤통수를 후려치는 것으로 대화는 끝났다. 아이들은 쓰레기통을 둘러싸고 있었고, 쓰레기통에서는 이따금 불꽃이 널름거렸다. 페르난도가 창을 내리자 먼지와 함께 습기 찬 바람이 밀려들었다.

골목 끝에 높은 담이 보였다. 구스만이 경적을 울리자 푸른 페인트칠이 거의 다 벗겨진 철문이 찌그덕거리며 열렸다. 그래 봬도 자동문이었다. 철문 밑의 바퀴가 금세 부서질 듯 아슬아슬 미끄러졌다. 문이 열렸으나 안에 보이는 것 역시 어둠뿐이었다. 그 어둠 속에서 소총을 든 남자들이 서넛 튀어나왔다. 구스만은 차를 철문 안으로 끌고 들어갔다. 캄캄했다. 넓은 빈터였다. 헤드램프가 더듬더듬 어둠을 밀어내며 집 안의 광경이 조금씩 드러났다. 여기저기 검은 그림자들이 총을 들고 서 있었고, 반대쪽 끝에 건물이 하나 보였고, 창으로 두어 명의 남자들이 고개를 내밀고 있었고…… 악취가 코를 찔렀다. 지독했다. 육고기 같은 것이 오랜 세월 방치되어 썩어 문드러지는 듯한 냄새라면 이럴까. 도저히 무슨 냄새인지 상상하기도 끔찍스러운 냄새, 고통스러운 냄새였다.

차는 건물 옆으로 완만히 경사진 뜰을 올라가 멎었다. 페르난도가 차에서 내리며 고함을 질렀다. 어둠 속에서 누군가 고함으로 그를 맞았다. 마체테를 든 남자들이 어둠 속에서 꾸역꾸역 나타났다. 차에서 내린 순간 백스터는 허공에 손을 짚으려다 넘어질 뻔했고, 그 자리에서 급히 허리를 꺾고 구역질을 했다. 구스만이 돌아보고 웃으며 미라 에스토, 하고 소리쳤다. 무슨 뜻인지 알 수 없었다. 구스만에게 떠밀려 백스터와 더스틴은 건물 안으로 들어갔다. 콘크리트 벽돌을 쌓아 올려 함부로 지은 건물이었다. 건물이라기보다 그저 공간을 나누어놓은 것뿐이었다. 천장에 매달린 알전구 두 개가 흙먼지와 그림자로 뒤덮인 그 넓은 공간을 희미하게 비추었다. 가구라고는 아무것도 없었다. 커다란 책상, 드럼통난로, 텔레비전, 냉장고, 의자 같은 것들이 자리를 잡지 못한 채 공간 아무 데나 멋대로 놓여 있었다. 콘크리트가 엉성하게 발린 바닥은 곳곳이 깨어져 흙이 드러나 있었고, 여기저기 구정물이 고여 있었으며, 쓰레기, 깡통, 빈 병 같은 것들이 뒹굴었다.

악취는 강해졌다 희미해졌다 농도를 달리하면서 끈질기게 공간을 떠돌았다. 짠 것도 같고 신 것도 같은 냄새. 하루 이틀이 아니라 오랜 기간 동안 무엇인가 지독한 냄새를 피우며 부식되고 또 부식되는 사이 그곳에 배어든, 찌들대로 찌든 냄새. 그 냄새는 수천 개의 바늘처럼 코 안을 파고들었다. 귀와 혀까지 따끔따끔 아파오는 것 같았고, 갈증이 났다. 그러나 물 한잔 권하는 사람이 없었다. 누가 물을 권했다 하더라도 마음 놓고 마실 수 있을 것 같지 않았다.

구스만이 뭐라고 떠들어대더니 빠른 걸음으로 건물에서 나갔다. 페르난도는 이미 보이지 않았다. 카우보이모자를 쓴 남자가 한국인들에게 다가와 병따개로 멋들어지게 뚜껑을 따 맥주를 한 병씩 건넸다. 베베르. 그는 무뚝뚝하게 내뱉고 멀어져갔다. 물이 아닌 것이 천만다행이었다. 맥주는 적어도 밀봉되어 있었을 테니까. 한 모금씩 천천히 맥주를 마시며 백스터는 주위를 살펴보았다. 바닥에 탄피가 몇 개 굴러다녔다. 벽에 탄환 구멍이 숭숭 뚫려 있었고, 그런 구멍으로 바깥의 어둠이 스며들었다. 벽면 여러 군데에 창문은 없이 창문 구멍만이 휑하게 뚫려 있었다. 한쪽 벽 높이 멕시코 대통령 사진과 어떤 불량한 눈초리의 남자 사진이 나란히 붙어 있었다. 노타이셔츠에 푸른 양복을 걸친 그 남자를 어디선가 본 적이 있는 것 같아 기억을 뒤적거리다가 백스터는 놀라 더스틴의 옆구리를 찔렀다. 저거 후안 아닙니까? 후안이었다. 페르난도와 구스만의 두목 후안, 후아레스 공항에서 그들을 맞은 후안, 깡패 두목 후안의 사진이 대통령 사진과 나란히 걸려 있었다. 카우보이모자는 책상에 느른히 걸터앉아 맥주를 마시며 한국인 남자들을 지긋이 쏘아보고 있었다. 다른 일은 아무것도 하지 않았다. 끈질기게 백스터와 더스틴을 쏘아볼 뿐이었다.

제 키 못지않은 기다란 총을 멘 어린 소년이 철커덕거리며 다가와 더스틴의 얼굴을 빤히 쳐다보았다. 케 에스 에스토? 케 에스 에스토? 더스틴이 쓰고 있는 야구모자를 가리키며 그는 자꾸 물었다. 그것이 탐이 나는 것 같았다. 더스틴은 저리 가라, 하고 말했으나 소년은 가지 않았다. 케 에스 에스토, 에스트랑헤로? 저리 가, 이 자식아. 물론 한국어로 더스틴은 말했다. 소년의 왼쪽 뺨에는 새 모양의 붉은 반점이 커다랗게 자리 잡고 있었다. 열다섯 살쯤이나 되었을까. 그러나 이미 눈빛은 구정물 같았다. 케 에스 에스토, 에스트랑헤로? 더스틴은 질려 모자를 소년에게 주었다. 제기랄, 가져가라, 이 얼룩송아지 새끼야. 소년은 모자를 제 머리에 올려놓고, 그라시아스, 하더니 비로소 사라졌다. 카우보이모자는 그 모든 것을 지켜보며 맥주를 한 모금 마시고 딱, 소리와 함께 병을 내려놓았다.

더스틴의 눈에 물기가 고였다. 저 꼬마가 사람을 몇이나 죽였을 것 같냐? 백스터는 그런 생각은 하고 싶지 않았다. 더스틴이 다시 물었다. 여기가 어딘지 모르겠냐? 제기랄, 이 냄새가 뭔지 모르겠어? 시체 썩는 냄새야. 틀림없어. 여기가 바로 사람 끌어다 죽이는 데야. 저 씨발 놈들이 우릴 왜 여기로 데려왔겠냐? 특별 관광이라고? 개새끼들. 아이리스도 여기 끌고 와서 죽여버린 거 아닌가 모르겠다. 아, 씨발, 아, 씨발. 여기서 우리가 살아나갈 수 있겠냐? 부들부들 다리가 떨렸다. 백스터는 옆에 뒹구는 의자를 세워놓고 거기 엉덩이를 붙였다. 그러나 의자가 무너지는 바람에 바닥에 나동그라졌다. 엉덩이와 팔꿈치가 구정물에 젖어 고약한 냄새가 다시 코를 찔렀다. 악취가 온몸 구석구석을 파고들어 몸이 여기저기 일제히 부식되기 시작하는 듯 근질거렸다. 아아, 나가고 싶었다. 백스터는 다시 일어나 벽에 기대었다. 그럴 리 없다고 그는 말했다. 이유 없이 어째서 그들을 죽인단 말인가? 더스틴은 비웃었다. 이놈들이 살인하는 데 무슨 이유 같은 걸 필요로 하는 놈들로 보이냐? 이놈들 사는 세상이 아직 이유니 목적이니, 죄니 벌이니, 이렇게 움직이는 것 같아? 이놈의 세상이 아직 그렇게 굴러가는 걸로 보여? 이놈의 세상이 왜 생겨났냐? 이유가 있냐? 넌 왜 생겨났냐? 이유 아냐? 넌 왜 백스터고 난 왜 더스틴이냐? 이유 있어? 이유가 없는 게 이유다, 이놈의 데에선. 이유가 없는 게…… 참 소름 끼치네, 젠장.

카우보이모자가 그들을 쏘아보며 집게손가락을 세워 입술을 가렸다. 닥치라는 소리였다. 백스터와 더스틴은 입을 다물었다. 더스틴은 벽 쪽으로 몸을 틀어 전화를 꺼냈으나, 카우보이모자가 어느새 다가와 말없이 빼앗았다. 더스틴은 저항하지 못했다. 카우보이모자가 백스터에게 손을 내밀었다. 백스터는 휴대전화를 꺼내 그에게 건네주었다. 카우보이모자는 전화기를 책상에 던지고, 다시 거기 앉았다. 더스틴이 갑자기 물었다. 너 현금 가진 거 얼마나 있냐? 강 전무는 그들에게 매일 한 뭉치씩 멕시코 돈을 주었다. 불행히 그들은 그 돈을 다 지니고 다니지 않았다. 있는 대로 다 꺼내봐. 이놈들한테는 돈밖에 안 통할 거야. 백스터는 주머니를 털어 돈을 다 꺼내놓았다. 더스틴도 이 주머니, 저 주머니를 뒤져 돈을 꺼냈다. 그들이 보기에도 멋쩍을 정도의 액수였다. 더스틴은 그 돈을 둥글게 말아 한 손에 움켜쥐었다. 어떻게 할까? 어떻게 해야 할까? 누구에게 줘야 할까? 더스틴은 눈을 굴려 드나드는 사람들을 관찰했다. 커다란 드럼통을 벽에 붙여 쌓는 일에 네 사람이 매달려 있었고, 솜브레로를 쓴 남자 한 사람이 그 작업을 지휘하고 있었다. 소총을 멘 남자 서넛은 탄약처럼 보이는 작은 나무 상자와 철제 상자를 날라들였다. 일을 할 뿐 그들은 백스터와 더스틴을 돌아보지 않았다. 카우보이모자만이 끈질기게 그들을 쏘아보고 있었다.

갑자기 바깥이 소란스러워졌다. 남자들이 창구멍으로 바깥을 내다보았다. 트럭이 한 대 들어와 있었다. 헤드램프 불빛으로 공터의 모습이 비로소 드러났다. 빈터 곳곳에 커다란 사각형의 철제 뚜껑이 덮여 있었다. 카우보이모자가 리모컨을 작동하자 삐걱대는 소리와 함께 철제 뚜껑 하나가 서서히 열리기 시작했다. 냄새의 진원지는 그곳이었다. 악취가 더욱 강해져 눈을 뜨고 있기가 힘들 지경이었다. 배 속의 모든 것이 구역질로 치밀고 올라왔다. 그것은 거대한 수조(水曹)였다. 뿌연 액체가 가득 담겨 있었다. 트럭 뒤에서 두 남자가 커다란 가방을 하나 메고 나오더니, 가방째로 수조에 던졌다.

346

부글거리는 소리와 함께 가방이 타들어가고, 액체 속에 잠기기 직전 잠깐의 사이, 사람의 머리가 순식간에 두개골만 남기고 녹아내리는 것이 보였으며, 이내 그것마저 액체 속에 잠겨 사라졌다. 백스터는 자신도 모르는 사이 창구멍을 등지고 돌아서서 눈을 질끈 감았다. 여기 지옥이 있었다. 여기 아수라가 있었다. 여기, 여기…… 아아, 도대체 무엇인가? 가야 한다. 가야 해. 여기 있을 수 없어. 서울로 가야 해. 그는 휘청거리며 문을 향해 걸었다. 윽윽, 배 속이 부글거리더니 구역질이 밀려 나왔다. 그는 엎어져 배 속의 모든 것을 게워냈다. 땅을 짚은 손으로 토가 쏟아졌으나, 그는 손을 치우지 않았다. 치울 수 없었다. 손을 치우면 그 위로 쓰러져버릴 것 같았다. 카우보이모자가 무표정하게 그것을 지켜보았다. 더스틴은 눈물을 흘리며 백스터의 등을 쓸어주면서도 창밖의 광경에서 눈을 옮길 수가 없었다. 얼핏 트럭에서 또 하나의 가방이 수조에 던져지는 것이 보였고, 다시 지독한 냄새가 뭉클거리며 피어올라 주변의 모든 것을 뒤덮었으며, 더스틴은 바닥에 주저앉아 입으로 주먹을 가져가 깨물었다.

　카우보이모자가 두 사람에게 맥주를 한 병씩 건넸다. 고분고분, 백스터와 더스틴은 맥주를 받았다. 카우보이모자는 이번에는 뚜껑을 따주지 않았다. 그들은 뚜껑을 따달라고 요구하지 않은 채 맥주를 들고 앉아 있었다. 찬 맥주병에서 이슬이 떨어져 손을 적시고 바지를 적셨다. 오늘 여기서 죽는 거냐? 더스틴이 중얼거렸다. 그는 그렇게 믿었다. 죽이지 않을 거라면 왜 여기로 끌고 왔을 것인가? 백스터가 말했다. 우리가 혹시, 인질인가? 어쩌면 후안은 지금쯤 한 회장에게, 강 전무에게 연락하여 몸값을 요구하고 있는 것은 아닐까? 죽이려면 여기 들어서자마자 수조 속에 처넣었을 것 아닌가. 더스틴은 이를 악물었다. 죽을 바에야 이 새끼들 한두 놈 모가지를 꽉 붙들어 끌고 들어갈 거다. 야구모자를 쓴 소년이 나타나 그들을 물끄러미 쳐다보고 있었다. 저리 가, 더스틴이 말했다. 잠시 후 다시 나타난 소년은 큰 인심이라도 쓰듯 뚜껑 따개를 내밀었다. 그들이 맥주병을 따자 소년은 뚜껑 따개를 받아 들고 사라졌다. 두 사람은 맥주를 마셨다. 맛을 알 수 없었다. 더스틴이 중얼거렸다. 봐라, 저 어린놈이 얼마나 태연하냐. 바로 뒤에서 무슨 일이 벌어지고 있는데. 이 맥주 다 마시면 이번엔 우리 차례 아닌지 모르겠다. 그 순간부터 백스터는 맥주가 목으로 넘어가지를 않았다.

트럭이 떠나고 공터가 다시 어둠에 잠겼다. 남자들이 건물 안으로 밀려 들어왔다. 그들은 탁자에 타코와 콜라, 주스와 핫도그를 산더미처럼 쌓아놓고 둘러앉아 먹기 시작했다. 맥주를 마시고 테킬라를 마셨다. 모두 목청이 커서 서로 얘기를 나누는 소리가 고함지르며 싸우는 것 같았다. 카우보이모자가 텔레비전을 켰다. 텔레비전이건 수조건 리모컨을 만질 수 있는 사람은 오직 카우보이모자뿐인 것 같았다. 텔레비전에서 여자아이들이 벌거숭이 엉덩이를 흔들어대며 노래하고 춤을 추었다. 빌드 유어 파라다이스, 마이 디어 배드보이, 테이크 미 투 유어 파라다이스, 테이크 미 필 미 오운 미 잇미……. 카우보이모자가 백스터와 더스틴에게 타코를 하나씩 권했다. 그들은 타코를 받았으나 먹을 수 없었다. 그들이 먹는 꼴을 보는 것만으로도 온몸의 털이 다 곤두서는 것 같았다. 백스터는 용기

348

를 내어 물었다. 페르난도, 페르난도. 돈데 에스타? 카우보이모자는 대답하지 않았다. 솜브레로가 쏘아붙였다. 셧 업 머더퍼킹 머더퍼커. 백스터는 복종했다.

마침내 구스만이 나타났을 때 백스터와 더스틴은 벽에 의지하여 땅바닥에 앉아 있었다. 백스터는 고개를 들 수가 없었다. 맥이 없었다. 입을 열어 말을 할 수도 없을 것 같았다. 구스만이 그의 손을 잡아 일으켜 세웠다. 레츠 고, 레츠 고, 아미고. 그가 소리 질렀다. 더스틴이 벽에 의지하여 일어서는 것이 보였다. 백스터는 저 무시무시한 수조에 그가 처박히는 꼴을 상상했고, 다리가 부들부들 떨려 발을 떼어놓을 수가 없었다. 공포에 질린 그의 얼굴을 보고 구스만은 떠들어댔다. 오텔, 오텔! 호텔로 가자는 것이었다.

빈터는 캄캄했다. 수조의 뚜껑이 열려 있는지, 닫혀 있는지 보이지 않았다. 더듬더듬 발끝으로 땅을 디디며 백스터는 조심스럽게 발을 떼어놓았다. 누군가 걷어차면 수조에 처박히게 될 것이라는 생각이 들어 그는 벽에 바짝 달라붙은 채 움직였다. 수조가 있다고 여겨지는 곳으로부터 멀어지기 위해 안간힘을 다했다. 더스틴이 그의 손을 잡아끌었다. 구스만이 뒤에서 그를 떠밀었다. 그는 둔중한 몸을 천천히, 신중히 움직였다. 누군가 킬킬 웃는 소리가 들렸고, 그 소리는 어둠 속으로 퍼져나가, 그곳에 있는 모든 남자들이 킬킬거리는 것 같았다.

차가 달리기 시작한 다음에야, 하나의 긴 골목으로 이루어진, 지도에도 존재하지 않는 마을을 벗어난 다음에야 더스틴은 비로소 죽음의 덫에서 벗어났다는 것을 믿을 수 있었다. 백스터는 아직도 혼이 나간 듯 입을 열려 하지 않았다. 우나 오라, 우나 오라. 구스만이 떠들어댔다. 한 시간이 지났을 뿐이라는 것이었다. 한 시간일 뿐이었다는 것을 백스터는 믿을 수 없었다. 시간이라는 것이 얼마나 무의미한 것인지 그는 알 것 같았다. 삶과 죽음 사이에는 시간 따위는 존재하지 않았다. 죽음과 삶 사이에는 하나의 수조가 있을 뿐이었다. 묵직한 리모컨으로 그 수조가 열리고 닫히는 사이, 그 잠시가 존재할 뿐이었다.

페르난도는 아무 설명도 하지 않았다. 더스틴도 백스터도 묻지 않았다. 물을 필요가 없었다. 오늘 관광의 목적이 무엇이었는지는 이미 명백했고, 그 목표가 1,000퍼센트 달성되었다는 것도 확실했다. 설명도 변명도 필요치 않았다. 더스틴은 그저 혐오스럽고 넌덜머리가 날 뿐이었다.

백스터는 아직도 믿을 수 없었다. 죽음이 그의 뒷덜미에 달라붙어 있다고 여겨졌다. 혼자서라도 서울로 돌아가야 한다고 그는 다짐했다. 골드카드? 반환해야 한다면 반환할 것이다. 그까짓 거 없어도 살 수 있었다. 그런 것 없이 사는 사람들이 서울 거리에 넘쳐났다. 불과 얼마 전까지만 해도 그 역시 종이카드를 소중히 품고 살았다. 더스틴은 저승사자들로부터 멀어질수록 더 치가 떨렸다. 이 개새끼들, 총이 있다면 당장 쏴 죽여버릴 건데. 그가 중얼거렸다. 백스터는 그런 소리를 하는 그가 무서웠다. 못 볼 것을 본 나머지 그 역시 제정신이 아닌 것이 분명했다.

페르난도가 휴대전화를 내밀었다. 모니터에 한국어 문장이 떠올라 있었다.

내일은 프레지던트 한과 닥터 유를 초대할까, 계획 중입니다.

더스틴은 저리 치워, 하고 밀어버렸다. 구스만은 스페인어와 영어와 한국말을 뒤섞어 떠들어댔다. 저게 돈이 되는 사업이다. 하나 처리하는 데 정가가 1,000달러에서 때로는 1만 달러까지 받는다. 비용은 얼마가 드는지 아냐? 25달러다. 그는 킬킬 웃어댔다. 저 공장이 페르난도와 나의 공동 소유다. 1년 수입이 얼만지 아냐? 내가 이래 봬도 비즈니스맨이다. 연 수익이……. 페르난도가 고함을 질렀다. 시, 시. 그러나 구스만은 입을 다물지 않았다. 당신들 한국인 비즈니스맨이 투자를 원한다면 내가 멋진 사업을 하나 추천할 수 있다. 널려 있다. 저런 공장이 또 하나 있는데, 그 주인 놈이……. 페르난도가 그의 목을 후려쳤다.

호텔에 도착하자 백스터와 더스틴은 곧 강 전무를 찾아갔다. 부들부들 떨며 그들은 그날 저녁의 관광 코스에 대해 설명했다. 얘기가 끝났을 때 두 남자의 눈에는 눈물이 맺혀 있었다. 강 전무는 덩치가 커다란 두 사내가 눈물을 흘리는 청승맞은 광경을 묵묵히 지켜보고 있다가 말했다.

"너희들 위험수당 500퍼센트 아니다. 1,000퍼센트다. 고생했다. 회장님께 생명수당까지 건의하겠다."

그로부터 일곱 시간 뒤 그들은 후아레스 국제공항을 통해 멕시코시티를 떠났다. 강 전무의 보고를 받은 한 회장이 즉각 귀국을 결정했고, 강 전무가 후안에게 귀국하겠다고 알리자, 후안은 기꺼이 세 시간 뒤 이륙하는 항공권을 특별히 마련해주었으며, 그들은 여객기를 놓치지 않기 위해 부랴부랴 짐을 꾸려 공항으로 향했다. 여객기가 인천공항에 착륙하기까지 그 길고 지루한 비행 동안 아이리스 얘기를 꺼내는 사람은 아무도 없었다.

20

유기홍 박사에게는 비밀이 있었다. 아무에게도 말할 수 없는, 말하기가 무섭기도 하고, 우습기도 한 비밀이었다. 어쩌면 누구에게 고백한다 해도 싱거운 사람 취급이나 당할지 모르지만, 그에게는 틀림없는 비밀이었다. 그 생각만 해도 그는 낯이 뜨거워지고, 때로는 무서웠으며, 자신에 대한 혐오감으로 입 안에 악취가 가득 찬 기분이었다.

그렇다. 가장 큰 문제는 그것이었다. 혐오감, 자신에 대한 도저히 억제할 수 없는 혐오감. 그러니까 그것은 어쩌면 바로 그 자신에게야말로 비밀이었다.

비밀을 아는 사람은 자신뿐인데, 바로 자신에게 비밀로 해야 하다니. 이런 어처구니없는 노릇이 어디 있단 말인가. 세상에 그런 비밀이 있을 수 있다는 것을 그는 처음 알았다.

멕시코에서 귀국한 뒤 이틀쯤 지났을 때였다. 그는 휴대전화에 담긴 사진들을 혼자 살펴보다가 비명을 지르며 전화를 떨어뜨렸다. 후아레스 공항을 떠나면서 찍은 사진, 거기 아이리스가 그의 어깨 너머에서 음울한 낯으로 카메라를 쳐다보고 있었던 것이다. 아무리 보고 또 봐도 틀림없이 아이리스였다. 착각도, 빛의 장난도, 카메라의 실수도, 오류도 아니었다. 옛날 식민지 시절 영화에 등장하는 첫 세대 신여성처럼 단정한 검정 투피스 차림에 꾸미지 않은 단발머리, 희고 엄격한 얼굴, 그녀는 분명 아이리스였다.

강 전무에게 알려야 할까. 그러나 무엇을 알린단 말인가? 20분쯤 그는 망설였다. 당장 지워버릴까. 아이리스가 디지털의 화상에만 나타나는 것은 아닐까. 출력을 하면 사라지지 않을까. 출력은 뭐고 알리는 건 또 뭐란 말이냐. 한 장만 출력해보고 지워버릴까. 증거를 남겨야 하니까. 증거라니? 무슨 증거? 무엇에 대한 증거? 내가 제정신이 아니라는 증거?

그는 결국 사진을 지워버렸다.

그는 십여 명의 인턴을 거느리고 아침 회진 중이었다. 간을 이식받은 환자의 병실로 들어가 예후를 살피고, 몇 마디 덕담을 늘어놓고 돌아서는데, 눈앞에 아이리스가 서 있다가 말했다.

"아담에게 가보셔야죠."

아담, 아담? 아담…… 꿈속의 기홍은 그를 기억하지 못했다. 그러나 꿈 밖의 기홍은 그를 기억했다. 꿈과 자각몽 사이, 칼날처럼 아슬아슬한 위치에 그는 서 있었다.

아이리스는 기홍과 인턴 무리를 이끌고 앞장서서 복도를 걸어갔다. 아담이 누구일까? 꿈속의 기홍은 기억해내려 애쓰고 있었으나, 또 아담이라니. 꿈 밖의 기홍은 그녀를 원망하며 그 자리를 모면할 궁리를 하느라 바빴다. 어두운 계단을 내려가 아이리스가 별관으로 통하는 문을 밀었다. 기홍은 그 뒤를 따라 복도로 들어섰다.

그 순간 그는 놀라 멈춰 섰다. 후아레스 공항이었다. 앞장섰던 아이리스도, 뒤따르던 인턴들도 보이지 않았다. 기홍 혼자 서 있었다. 아이리스 이년, 하고 그는 이를 갈아붙였다. 멀리 한 대의 세단이 탱크처럼 육중하게 굴러오는 것이 보였다. 그는 본능적으로 그 차를 피해야 한다는 것을 알았다. 그가 돌아서서 공항 건물로 들어서려는데, 이미 세단이 그의 앞을 막고 서더니 문이 열렸다. 페르난도가 고개를 내밀었다. 웰컴, 닥터 유. 앞문이 열렸다. 이번에 고개를 내민 사람은 아담이었다. 기홍은 뒷걸음질했다. 아담은 기홍에게 한 손을 내밀며 소리쳤다. 다미 암브르게사, 다미. 그것이 내 햄버거 내놔, 하는 소리라는 것을 기홍은 알아들었다. 스페인 말을 한마디도 하지 못하는 그가 어떻게 알아들었을까. 그는 알 수 없었다.

어떤 과정을 통해서인지, 그는 호텔 인터컨티넨탈의 객실에서 사진을 들여다보고 있었다. 존재하지 않는 아이리스가 그를 쳐다보고 있는 사진, 그들이 후아레스 공항을 떠나며 찍은 사진이었다. 꿈속에서 그는 모든 사달의 원인이 그 사진이라고 믿고 있었고, 그것을 없애버려야 한다고 생각하면서도 계속 들여다보고 있었다.

아이리스의 남자친구가 그녀를 찾아 나섰다는 것을 알게 된 직후

꾼 꿈이었다. 그때만 해도 별로 걱정하지 않았다. 그런 꿈도 꿀 수 있겠지, 하고 생각했다. 다만 그 사진이 어디엔가 남아 있는 것은 아닌지 걱정이 되어 집 안의 모든 전화, 컴퓨터, 노트북을 탈탈 털어보고서야 그는 안심이 되었다. 또한 어딘가 후회스러웠다. 기이한 일이지만, 한 장이라도 남겨뒀어야 하는 것 아닐까, 한 장이라도 출력을 해뒀어야 하는 것 아닐까, 하는 생각이 드는 것이었다.

수술은 성공적으로 끝나가는 중이었다. 마지막으로 배의 절개부를 봉합하면 와이파이로 작동하는 간은 적어도 3년 동안 아무런 문제 없이 건강히 역할을 수행할 것이다. 봉합 같은 것은 후배 의사에게 맡겨도 무방했다. 그가 환자로부터 돌아섰을 때 수술실 문이 벌컥 열렸다. 이런 조심성 없는 녀석이 누굴까. 그는 눈살을 찌푸리며 쳐다보았다.

거기 들어선 사람은 시커먼 얼굴의 아담이었다. 배에서 피가 주룩주룩 흘러내리고 있었다. 기홍은 그를 속히 끌고 나가야 한다고 생각했다. 그러나 그럴 틈이 없었다. 아담은 나뭇가지처럼 마른 시커먼 손을 뻗어 그의 옷깃을 움켜쥐었다. 그는 뿌리치려 했으나 아담의 손길은 억세었다. 그가 또렷한 한국어로 부르짖었다. 내 간땡이 내놔, 내 간땡이. 기홍은 그 순간 꿈이라는 것을 알았다. 눈을 뜨면 그만이었다. 그러나 꿈은 계속되었고, 그는 아담에게서 벗어날 수 없었다.

이놈은 날 볼 때마다 햄버거 내놔라, 간땡이 내놔라, 난리네. 기홍은 억울했다. 왜 그걸 나에게 요구하는 것인가?

356

아담이 다시 내 간땡이 내놔, 하고 소리치자 기홍은 있는 힘을 다해 소리쳤다. 그걸 왜 나한테 와서 찾아? 한창수한테 가서 내놓으라고 해.

어떻게 연결된 것인지는 모르나, 그가 연구실에 앉아 인턴을 꾸짖고 있는데, 그 인턴이 가운 주머니에 손을 넣더니, 슬그머니 사진을 한 장 꺼내놓았다. 바로 그 사진이었다. 그 순간 기홍은 가위에 눌리며 잠에서 깨어났다. 으으으아아아, 아무리 발버둥 쳐도 가위는 그를 놓아주지 않았다.

가장 최근의 꿈이었다. 간땡이 내놓으라니. 아무리 꿈이라고 해도 너무 심하지 않은가.

요즘은 꿈이 시작되면 곧 아, 그런 꿈이로구나, 하고 알아챘다. 꿈속에서 이미 지긋지긋해졌다. 그런데도 꿈은 가차 없이 제 이야기를 다 풀어놓은 다음에야 그를 놓아주었다. 잠에서 깨어나면 기분이 더러웠고, 화가 났고…… 걱정이 되었다. 언제까지 시달려야 하는 것일까? 그 사진이 어디엔가 남아 있는 것은 아닐까? 꿈은 마치 그의 안에 들어와 있는 아이리스, 그의 안에 들어와 사는 아담 같았다. 그처럼 이물스럽고 징그럽고 무서웠다. 아무리 해도 쫓아낼 수가 없었다.

정신과 의사를 찾아가봐야 하는 것인가, 하는 생각까지 해봤다. 그러나 그럴 수 없었다. 그는 한 회장을 따라 멕시코에 간 이유를, 거기 아이리스까지 데려간 이유를 자백해야 할 것이다. 그것은 안될 일이었다. 그것은 스스로 범법 행위를 자백하는, 어리석은 짓이

었다. 그의 빛나는 경력은 끝장나고, 식구들과 더불어 치욕의 구렁
텅이에 빠지고 말 것이다.

혼자 있는 시간, 그는 자신도 모르는 사이 부르짖는 버릇이 생겼
다.

오, 꿈이여. 오, 사진이여. 오, 아이리스. 오, 아담.

"도대체 아담이 누구고, 아이리스가 누구예요?"

그의 혼잣말을 우연히 들은 그의 아내가 물었다. 기홍은 고개를
저었다. 비밀이야.

"비밀? 무슨 비밀?"

"나에게도 비밀이야. 그러니 내가 어떻게 알겠어?"

그렇다. 그날 캄캄한 멕시코시티의 어둠 속으로 떠났던 아이리스
는 마침내 아담을 찾아냈고, 그리하여 그 아이를 데리고 기홍에게
돌아온 것이 분명했다. 그러니 아담이 한국어로 내 간땡이 내놔, 하
고 소리 지른다 해도 단순히 놀랄 일만은 아니었다.

21

지니는 울트라돔 하남에 입주한 지 2년여 만에 처음으로 외출을 했다. 어디 가는데? 거울 앞에 서 있는 그녀에게 브라운이 물었다. 그녀는 애매하게 대답했다. 친구 만나러. 어떤 친구? 친구, 라고 만 지니는 대답했다. 브라운은 불안한 기색이었다. 그 불안의 이유 가 무엇인지 지니는 궁금했다. 그녀가 돌아오지 않을 것을 염려하 는 것인가? 왜? 가지 마요? 그녀가 묻자 브라운은 고개를 저었다. 무슨 소리야? 갔다 와. 차도 가져가든지. 지니는 차는 필요 없다고 말했다.

"왜? 요즘 전철 위험하다고 하던데."

"나 위험한 거 좋아하잖아."

브라운은 낯선 사람 쳐다보듯 고개를 갸웃거리며 그녀를 쳐다보 았다.

"왜? 내가 이 나이까지 살면서 친구 하나 없을 줄 알았어요?"

어쩌면 그가 불안한 것은 지니의 외출이 불온하다고 생각하기 때문일지도 모른다는 생각이 들었다. 언젠가 브라운이 밤늦게 귀가하여 그날 간부회의의 의제를 얘기해준 적이 있었다. 그들이 주민들의 역외 외출이 늘어난 이유를 분석했고, 어떻게 하면 역외 외출을 줄일 것인지, 그 방안을 논의했다는 것이었다. 그게 어째서 간부회의의 주제가 될 정도로 중요한 사안인지 지니가 묻자 브라운은 통계를 내놓았다. 외출이 잦으면 최악의 경우 소리 소문도 없이 실종되거나, 범죄나 사고를 당하거나, 범죄에 연루되거나, 집합거주지구에서 퇴거하게 된다는 것이었다.

"실종이라구요? 그런 적이 있어요? 밖으로 도망을 가서 사는 게 아니라 실종이라구요?"

브라운은 이미 그런 경우가 두 건 있었다고 말했다. 왜 보도가 되지 않는가? 브라운은 웃었다. 기자나 독자 들이 이런 데서 일어나는 사소한 사건, 관심이나 갖겠어? 울트라돔 내에 방송국도 신문사도 있지 않은가? 브라운은 더 이상 대답하지 않았다. 그는 굳이 대답할 필요가 없었고, 그 이유를 지니는 알았다. 울트라돔 내의 방송국이나 신문사의 역할은 보도가 아니라 홍보였다. 옛날 학교 다니던 시절 만들던 학급신문 같은 것.

"어떤 대책들이 나왔어요?"

대책은 무슨, 하는 것으로 브라운은 대답을 대신했다. 브라운이, 어쩌면 울트라돔의 간부들 일반이 주민들의 역외 외출을 불온한 것으로 인식하는 경향이 있다는 것을 지니는 그날 처음 알았다. 어쩌면 오래지 않아 역외 외출을 하려면 비자 같은 것이 필요하게 될 수도 있겠다는 생각이 들었다.

지니는 마지막으로 루주를 살짝 빨며 거울 앞을 떠났다. 난 실종
되지 않아요. 지니가 말하자 브라운은 으하하, 과장스럽게 웃음을
내놓았다. 그 역시 그때의 대화를 상기하고 있었던 것이 분명했다.

전철이 위험하다는 것은 어쩌면 사실이었다. 플랫폼으로 내려가
자 겉늙은 소년 둘이 슬그머니 다가와 지니를 스쳐가며 나직하게
말했다. 약 있어요. 지니가 대꾸하지 않자 그들은 돌아서서 다시 그
녀를 스쳐가며 중얼거렸다. 담배도 있어요. 그들은 구석진 벤치로
걸어갔다. 그곳에 비슷한 차림의 외국인 소년이 두엇 더 앉아 있었
다. 플랫폼의 양쪽 끝, 기둥과 기둥 사이가 넓어 벤치가 설치되어
있는 지점, 계단 밑에 있는 벤치 같은 곳은 수상쩍은 거래를 하는
사람들이 차지하고 있는 경우가 많았다.

2년 사이 전철은 지니가 알고 있던 것보다 더 낡고 더 어둡고 더
무더워졌다. 적자가 누적되면서 머지않아 민간업체에 매각하기로
결정이 난 것이 1년 전이었다. 민간업체들은 가격을 내리기 위해 버
티고 있었고, 정부는 입찰을 할 때마다 가격을 인하하고, 정책 대출
금을 상향 조절하는 등 조건을 완화했다. 그럼에도 아직 낙찰은 되
지 않았다. 그렇게 시간을 끄는 사이 지하철의 서비스는 엉망이 되
었다. 충돌 사고에 소매치기가 들끓었고, 시체가 유기된 적도 있었
다. 노동조합은 무력하여 가끔 시청 앞에서 현수막이나 깃발 몇 개
들고 시위를 하는 시늉을 했으나, 시민도 시청도 아무런 관심을 나
타내지 않았다.

종로3가에서 전철을 내려 지상으로 올라서자 그간의 변화가 한

눈에 들어왔다. 빈 건물은 더 늘었다. 이미 붕괴를 앞둔 건물도 눈에 띄었다. 비닐을 주렁주렁 늘어뜨린 15층 건물에는 언제 붙인 것인지 알 수 없는 맥주, 미용, 학원, 구두 수선 따위의 간판들이 비끄러매어져 있었다. 미용이니 구두니 하는 간판을 통해 그것들이 얼마나 오래된 것들인지 짐작할 수 있었다. 지니가 어릴 때는 아직 그런 식의 간판이 이따금 남아 있는 경우가 없지 않았다. 그러나 어느새 미용은 헤어드레서가 되고, 구두 수선은 슈즈 케어가 된 지 수십 년이었다. 더러운 코트를 걸치고 백팩을 메고 긴 우산을 짚은 노인이 그 건물에서 나왔다. 그 건물이 노숙자들의 근거지가 되어 있다는 뜻이었다.

그 옆 건물도 비어 있었다. 성한 유리창은 하나도 남아 있지 않았고, 한때 커튼이었는지 실내장식이었는지 알 수 없는 검은 천이 창구멍을 통해 기다랗게 흘러나와 바람에 나부꼈다. 그 아래 술과 튀김을 파는 노점을 둘러싸고 노인들과 중년의 여자들이 토막의자에 앉거나 선 채 잔술을 마시고 있었다. 중년 여자들의 붉은 입술이 사기 컵에 피 같은 자취를 남기고, 그 잔을 받은 늙은 남자들이 그 피를 빨았다. 노인이 입으로 가져가던 튀김을 떨어뜨리자 어느새 나타난 팔뚝만 한 쥐가 그것을 물고 달아났다.

한 건물 너머가 빈 건물이었다. 서울 한복판이 그 지경이었다. 도심의 인구가 줄고, 일자리가 줄고, 불황이 깊어지고, 파산한 기업이 늘고, 도심을 찾아드는 사람들이 줄고, 자영업이 거의 전멸하고, 건물의 공실률이 늘어나고, 건물을 포기하는 업자가 생기고……. 악순환이 계속 중이었다. 정부가 무슨 대책을 세워도 불황의 골은 더 깊어졌다. 기업들이 에너지돔을 지을 때마다 정부가 적극 지원하는 데에는 그런 원인도 있었다. 정부가 궁리해낸 대책이란 오직 에너지돔을 건설하고, 인구와 권력을 사기업에 양도하는 것뿐인 것 같았다.

좁고 어둠침침한 골목 끝에 카페 마제석기는 빼꼼히 불을 밝히고 있었다. 안으로 들어서자 탁자 예닐곱 개가 놓인 작은 공간이 나타났다. 커피 냄새가 손이라도 잡을 듯 짙은 공간에 첼로 음악이 낮게 깔리고 있었다. 사람들이 마치 극장에서 영화가 시작되기를 기다리기라도 하는 듯 나직한 음성으로 얘기를 주고받는 것도 기이했다. 머리에 붉은 스카프를 쓴 여자가 다가와 지니 앞에 커피를 놓아주었다. 오래 걸리셨어요? 지니는 놀라 여자의 얼굴을 쳐다보았다. 그녀가 말했다.

"네, 우린 모두 미스 커피를 기다리고 있었어요."

체크무늬 남방셔츠를 입은 남자가 일어나 가게의 문을 닫고 자물쇠를 걸었다. 그와 같이 있던 땅딸막한 남자는 가방에서 몇 가지 기계 장비를 꺼내 문과 창, 카페의 선풍기 위, 그리고 가운데 탁자에 설치하고 모니터를 들여다보았다. 단추를 이리저리 돌리던 그가 고개를 들고 실내를 둘러보며 말했다.

"차단됐습니다."

그와 함께 붉은 스카프가 여기저기 다니며 휴대전화를 걸었다. 실내에 앉아 있던 여덟 명의 남녀가 모두 아무 말없이 그녀에게 휴대전화를 꺼내 내밀었다. 그녀가 지니에게 다가오자 지니 역시 누가 지시한 것도 아니건만 휴대전화를 꺼내주었다. 붉은 스카프는 휴대전화를 카운터에 놓았고, 땅딸막한 남자는 휴대전화를 하나하나 꺼내 확인했다. 그가 지니의 탁자로 와서 앉으며 말했다.

"완벽해."

체크무늬 남방도 지니의 탁자에 와서 앉았다. 붉은 스카프가 그들을 하나하나 소개했다. 작은 가위, 큰 가위였다. 키가 큰 체크무늬가 작은 가위, 땅딸막한 남자가 키가 작은데 큰 가위였다. 붉은 스카프는 하이힐이었다.

"이름은 필요치 않아요. 이름은 적들이 우리에게 접근하는 통로가 될 뿐이에요."

"모를수록 좋아요."

"여길 나가면 그 순간부터 우린 만난 적 없는 사람들입니다."

"더구나 얼마 전 조직의 핵심 일부가 돔 행정 당국에 체포되는 일이 벌어졌거든요."

브라운에게서도 들은 적이 있는 얘기였다. 그들은 법적 절차 없이, 물론 영장도 없이 이미 두 달째 구금 중이었다.

"개자식들이 치외법권적 지위라니까."

"울트라돔 하남 행정 당국이 사용하는 감방이 어디 있는지 혹시 알아요?"

있다는 것은 알았다. 그러나 위치는 알지 못했다.

"다시 한번 커피에 대해 조사를 해봤습니다."

지니는 기다렸다.

"이해해주시기 바랍니다. 첫째도 보안, 둘째도 보안입니다."

그들은 지니가 몇 년 전 갑자기 직장을 그만둔 뒤 사라졌다는 것도 알았다.

"어디에서 뭘 한 겁니까?"

지니는 간단히 설명했다. 죽어버리려고 전화고 뭐고 다 없애버리고 서울을 떠났다가 뜻을 이루지 못하고 돌아왔다……. 그런 식으로 요약될 수 있다는 것이 참혹하여 그녀는 잠시 말을 잇지 못했다. 나도 그런 생각, 한 적 있어. 무슨 생각을? 죽어버리려고. 그런 생각 안 해본 사람 있겠어? 작은 가위, 큰 가위가 주고받았다. 그들은 어찌 보면 형제 같았고, 어찌 보면 부부 같았다. 맞물린 톱니처럼 잘 어울렸다.

하이힐이 맥주와 커피를 가지고 와 그들의 탁자에 놓았다. 큰 가위는 두툼한 입술 사이로 맥주병을 쑤셔 넣고 꿀꺽꿀꺽 단숨에 맥주를 마셔치웠다. 그는 컴퓨터 공학박사였다. 컴퓨터와 전자공학에 관한 온갖 기술 자격증을 소유하고 있었다. 먹고사느라고 그렇게 되었다고 했다. 그가 가게 곳곳에, 탁자에 설치한 기기들은 지니가 짐작한 대로 전자파를 차단하는 장치들이었다. 직장은? 아무도 알지 못했다. 모를수록 좋다니까요. 작은 가위는 다시 한번 강조했다.

"우리 동지들 가운데 태반이 컴퓨터 기술자들입니다."

해커들이 무수했다. 해커들 없이는 아무것도 할 수 없었을 것이라고 작은 가위는 말했다.

"21세기 전후 시기부터 변혁운동의 역사는 해커들의 역사라고 해도 과언이 아닙니다. 감시와 도청이 전자화되면서 그에 대처하기 위해서 해커들이 전면에 나서게 된 겁니다. 앞으로도 그럴 겁니다."

적의 정보를 얻기 위해서도, 이쪽의 정보를 은폐하고 교란하기 위해서도 해킹은 절대적으로 필요했다. 체제가 전자적으로 발달할수록 반체제 역시 그렇게 대처해야만 했다. 주민카드, 작업카드, 안드로이드와 드론 장비 들, 위성추적 장비, 항공기와 전철, 전투기와 군사용 첩보위성 장비 등 모든 것이 해킹의 대상이었다.

그들은 물론 브라운에 대해서도 잘 알았다. 그가 어떻게 울트라돔 하남에 이르게 되었는지를 지니보다 더 잘 알았다. 그의 두 아이들이 어디에서 무엇을 하고 있는지, 그의 전처가 어디에서 무엇을 하며 사는지도 알았다. 지니로서는 처음 듣는 얘기들이었다. 그의 전처는 이미 결혼했으며, 지금 남편과 함께 출국을 준비 중이었다. 어디로? 오스트리아. 남편의 직장이 빈에 있는 원자력 박물관이었다.

그날 지니는 처음으로 무기를 사용하는 법을 배웠다. 큰 가위가 제작한 시뮬레이션을 통해 사격 연습도 했다. 하이힐의 사격은 백발백중이었다. 벽에 붙인 커다란 모니터에서 피를 뿜으며 쓰러지는 사람들을 보며 하이힐은 환호했다. 지니는 몇 번이나 적의 총탄에 쓰러졌다. 사망, 중상, 사망, 중상, 이라는 문자가 모니터 위에서 수없이 번쩍였다. 하이힐은 곧 익숙해질 것이라 격려했으나 지니는 별로 익숙해지고 싶은 생각이 없었다. 총 쏘는 연습을 해야 한다는 것에 기가 질렸다. 그것이 정말 사격 훈련인지, 장난을 하는 것인지 혼란스럽기도 했다.

사격 연습을 하기는 한다만, 쓸데없는 짓 아닌지 몰라. 무장투쟁, 소문만 돌지 뭐, 시작할 수나 있겠어? 갑자기 시작될지도 몰라. 정세가 악화되고 있잖아. 정말? 정세가 악화되면 무장투쟁이 저절로 일어나는 거야? 어쩌자는 건데? 작은 가위, 큰 가위가 주고받았다.

저쪽 탁자의 남자가 하는 얘기가 들려왔다. 최근 국회에서 논란이 되고 있는 종합인적자원조정회사법안을 봐. 정부는 노동자와 주민 들을 장기적으로 자본가들에게 팔아먹고 있어. 주민들 관리를 기업과 자본가 들에게 전가하는 거야. 국가권력의 양도지. 그런 권한이 정부에 있을 리 없잖아. 아예 전국을 준에너지돔, 준집합거주지구로 만들겠다는 더러운 야심의 두 번째 단계라 할 수 있을 거야. 이 법안의 처리가 어떻게 되느냐에 따라 거리에 바리케이드를 세우게 되는 날이 올지 몰라. 무장투쟁 외에 다른 길이 없는 정황이 되어버릴지도 모른다니까. 무장투쟁을 해야 한다면 이겨야지. 과거처럼 돌멩이에 화염병 몇 개 던지다가 쫓겨나고 다치고 죽고 체포되고 와해되는 일이 반복되어서는 안 돼. 지긋지긋하고 넌덜머리 나. 정부가 시위 진압용 안드로이드와 최루탄 살포용 드론을 엄청난 양을 주문하여 쌓아놓았다는 건 다들 알지 않아? 더 이상 물러설 여지가 없어. 신봉건 농노냐, 자유냐. 선택할 시점이 오고 있는 거야. 바로 눈앞이야.

그들 가운데 하나가 큰 소리로 물었다.

"하이힐 아줌마, 삼국사기는 얼마나 구했답니까?"

"스무 권쯤."

다듬지 않은 머리칼과 수염으로 얼굴이 뒤덮인 그 남자는 실망한 기색이었다.

"스무 권? 약속한 건 백오십 권이라고 들은 것 같은데."

"나머지도 곧 올 겁니다."

"끝이라는 게 언제일까……."

하이힐은 더 이상 대답하지 않았고, 털보는 더 이상 묻지 않았다. 그쪽 탁자의 사람들은 이쪽으로 다가올 생각을 하지 않았다. 하이힐은 지니를 그들에게 소개하지 않았다. 더 이상 서로 얘기가 오가지도 않았다. 얼굴을 알 뿐 이름을 알지 못하는 것을 그들은 아무렇지 않게 생각했다. 따로 떨어져 각기 다른 주제를 놓고 얘기를 했지만 그것 역시 이상하게 여기지 않았다.

그들과 카페 마제석기를 드나들며 몇 차례 만나는 사이 지니는 네댓 명의 조직원들을 더 알게 되었다. 마침내 그들로부터 에너지돔 파괴, 라는 얘기를 들었을 때 지니는 골목을 나와 대로로 들어선 듯한 기분이었다. 지니는 방법을 알지 못했으나, 그들은 알고 있었다. 그들에게는 무기도 있었다. 클레이모어라는 무기에 대해 설명한 것은 칸트였다. 칸트는 지니가 처음 마제석기에서 본 적이 있는 털보였다. 한 개를 설치함으로써 몰려드는 적을 최소한 10여 분 방어할 수 있어요. 복도나 사무실 같은 폐쇄된 공간이라면 더 오랜 시간도 가능합니다. 위치를 잘 선정하기만 하면. 그는 손가락으로 물을 찍어 탁자 위에 그림을 그렸다. 이렇게 생겼고, 이 안에 철 파편이 무수히 들어 있습니다. 클레이모어를 하나의 호로 가정한다면, 아군은 그 호 안에, 적은 그 호 바깥에 있을 때 사용해야 합니다. 이런 무기가 얼마나 준비되어 있어요? 한 개뿐입니다. 과거 한국 육군에서 사용하던 물건인데, 고물시장에 나와 있던 것이 어찌어찌 내 손에 들어오게 되었습니다.

재래식 무기들은 고물시장에서 가끔 거래되었다. 전쟁에 대비해 쌓아둔 무기들은 지천인데, 새로운 무기는 꾸준히 개발되었다. 폐기된 무기 가운데 일부가 은밀히 고물시장에 흘러들었다. 팔아먹는 놈들이 있다는 얘기지요. 그놈들이 장군인지 하사관인지는 모르지만, 용돈이나 벌어 쓰자는 놈들이 왜 없겠습니까? 그놈들도 알고 보면 뻔한 봉급쟁이들인데.

M18C9. 개량형이었다. 가볍고 파괴적이었다. 조직원 한 사람이 스텔스 페인트를 도포했다. 그래서 폭발물 스캐너에도 포착되지 않았다.

칸트는 책을 한 권 들어 보여주었다. '삼국사기'라고 인쇄된 커다란 책이었다. 하이힐이 말했다.

"바로 문제의 삼국사기야."

"페이퍼샌즈로 만들었지요."

페이퍼샌즈는 물론 종이도 모래도 아니었다. 그러나 쉽게 종이로 위장할 수 있었다. 감쪽같았다. 무게는 만만치 않았으나, 적어도 겉으로는 책으로도 신문으로도 위장이 가능했다. 책처럼 신문처럼 들고 다닐 수 있었다. 최신형 폭발물 스캐너도 잡아내지 못했다. 시리아에서 개발되어 전 세계의 테러 조직 사이에서 애용되기 시작한 지 한 해가 채 지나지 않았다. 종이처럼 타버리고, 재처럼 흩어져버려 그 자취마저 쉽게 찾을 수 없다고 칸트는 말했다. 다른 폭발물과 비교하면 별로 무겁지도 않았다. 그러나 파괴력은 강력했다. 삼국사기 한 권 정도의 분량이면 항공기 한 대를 간단히 잿더미로 만들어버릴 수 있었다.

1년 전 뉴델리의 국회의사당 건물을 폭파한 것은 인디아수드라연합이었다. 그들이 사용한, 방송이 떠들썩하게 보도한 '정체불명의 폭발물'이 바로 페이퍼샌즈였다. 칸트에 따르면 스무 권의 바가바드기타가 사용되었는데, 국회의사당만이 아니라 근처의 대통령궁 건물이 반쯤 날아가고, 국립박물관 전시실의 거의 모든 유리창이 산산조각 났다. 그 사건으로 인디아수드라연합은 궤멸되었으나, 1년 사이 더욱 은밀한 수드라조직이 이미 태동 중이었다. 새로운 수드라조직은 더욱 전투적, 더욱 맹목적이 되었다. 그들은 이념은 사치다, 하고 선언했다. 어떤 이념을 지닌 조직이건, 현 체제를 파괴하겠다는 의지가 확고하기만 하다면 누구와도 협조하는 것이 그들의 정책이었다. 그들은 법도, 인권도, 역사나 전통도, 국가나 민족도 상관하지 않겠다고 선언했다. 그따위는 체제의 오케스트라가 연주하는 인기 있는 변주곡에 불과하다는 것이 그들의 주장이었다. 무자비한 파괴, 현 체제가 붕괴할 때까지. 그것이 그들의 단 하나의 목표였다. 수천 년이 흐르도록, 세계가 디지털을 넘어 안드로이드 문명으로 변화해가는데도 오직 완고할 뿐인 신분의 벽을 넘어서기 위해서는 그 길뿐이라는 것이 그들의 판단이었다.

그들은 수드라연합과 어떤 관계인가? 또 PeC와는 어떤 관계인가? 지니가 묻자 칸트가 대답하기 전에 큰 가위가 나섰다. 같은 계급이잖아. 우리가 다름 아닌 수드라니까. 우린 더 이상 프롤레타리아도, 프레카리아트도 아니야. 말하는 동안 그는 점점 더 흥분하여 부르르 떨며 부르짖었다. 그렇게 부르는 새끼가 있다면 내가 그 새낄 먼저 죽여버릴 거야. 그런 개수작 때문에 얼마나 오랜 세월, 얼마나 많은 시행착오가 벌어졌는지, 얼마나 많은 희생이 있었는지 아직 몰라? 유럽의 먹물 빨아먹는 개새끼들이나 프롤레타리아 같은 거 하라고 해. 우린 그런 거 안 해. 그놈의 철학하고 논쟁하느라고 진 다 빼먹고, 철학 안 하겠다는 놈들 다 몰아내고, 지들끼리 뭘 했어? 운동을 내부에서 무력화시키고 분열시킨 것뿐이야. 지겹고 옹졸한 먹물 새끼들. 칸트가 그를 막았다. 여기 유럽 먹물 하나도 없는 것 같으니까 좀 참으면 안 되겠냐. 큰 가위가 바로 옆에 유럽의 먹물이 앉아 있다는 듯 사방을 두리번거리는데, 작은 가위가 넌지시 말했 다. 그러면서 너 집에서 맨날 몰래 마르크스만 읽는다면서. 칸트와 하이힐이 웃음을 터뜨렸다. 읽는 거하고 거기 빠져 허우적거리는 거하고 같냐.

그것은 수드라조직이나 PeC와의 관계에 대해서는 아무런 답도 되지 않았으나 지니는 추궁하지 않았다. 그보다는 걱정이 앞섰다. 에너지돔에서 일하는 사람들은 어떻게 되는 것일까? 그들 역시 에 너지돔과 함께 죽어야 하는 것인가? 브라운에 따르면 에너지돔에 서 일하는 직원은 백삼십구 명이었다. 그 많은 사람들을…… 죽여 야 하는 것인가? 작전을 휴일에 하면 어떤가? 그러나 에너지돔에 휴 일이란 없었다. 대부분의 직원이 삼교대였고, 이교대제로 근무하는 직원이 이십여 명이었다. 당연히 하루 24시간 가동했다.

미스 커피, 물론 망설여질 겁니다. 하지만……. 큰 가위가 말했 다. 천만에. 지니는 단 한 순간도 망설이지 않았다. 그녀는 에너지 돔을 파괴할 것이다. 그것은 언젠가부터, 그녀가 조직을 만나기 전 부터 그녀의 삶의 목표가 되었다. 그녀 개인의 죽음 같은 것은 그 목표와 견주면 하찮았다. 그녀의 삶은 언제나 이미 죽음 못지않았다. 매일 매 순간이 거듭되는 죽음, 새로운 죽음, 더 고통스러워지는 죽음이었다. 아무리 살기 위해 발버둥 쳐도 죽음의 덫에서 빠져나갈 수가 없다는 것을 그녀는 깨달았다. 울트라돔 집합거주지구에 들어와 살기 시작하면서 그녀의 목표는 더욱 확고해졌다. 쓰레기로 가득 찬 슈퍼마켓 건물을 불태우는 짓 따위로는 그녀의 생각을, 의지를, 분노를, 아아, 오랜 세월 그녀의 목 밑에 깊이 잠겨버린 말들을 쏟아낼 수 없었다. 그녀의 절망과 분노는 에너지돔 하나를 파괴하는 것 따위로도 다 표현할 수 없을 것이다. 온 세상의 에너지돔을 모조리 파괴하는 것으로도 오히려 부족할 것이다. 세계 전체를 밑바닥으로부터 제거해버릴 수 있다면, 사람이 아닌 모든 것을, 삶을 불가능하게 만드는 모든 것을, 그녀와 재선 사이를 가로막은 모든 것을 파괴해야만 비로소 조금쯤은 말문이 열려 하고 싶었던 말을 시작할 수 있을지 모른다. 그녀의 삶은 그때 비로소 시작될 것이다.

망설이다니. 지니는 결코 망설이지 않았다. 걱정이 될 뿐이었다. 저들의 목숨은 어쩔 것인가? 에너지돔에서 일하는 사람들 대부분이 사실은 지니와 마찬가지로 고통스러운 우여곡절 끝에 거기 이르렀을 것이다. 저 무고하고 억울한 사람들, 세상에 떠밀려 간신히 이곳에 이르러 비로소 한숨을 돌리고 있을 그들에게 그녀가 줄 수 있는 것이 죽음이라니. 그들에게 무슨 죄가 있는가?

미스 커피, 당신도 우리도 재판관은 아니야. 착각하지 마요. 지니에게 쏘아붙인 사람은 작은 가위였다. 우린 심판하는 게 아니라 파괴하는 거야. 죄가 있다 없다, 따위는 우리가 하는 일과 아무런 상관도 없어. 어쩌면 사람이냐 아니냐, 백 명이냐 천 명이냐, 같은 것

하고도 상관없어. 체제냐 아니냐, 그것이 문제일 뿐이야. 우리가 지금 왜 이 짓을 하는지 잊지 말란 말이야. 우리가 지금 주목할 것은 사람이 아니라 체제야. 사람이 아니라 체제를 파괴하는 것. 초점을 맞추지 않으면 사진 한 장도 제대로 찍을 수 없어.

그러나 사람이 없는 체제라는 것이 무슨 의미가 있는가? 바로 그거야, 미스 커피. 사람이 없는 체제를 파괴하는 거야. 사람을 죽임으로써? 아니, 체제를 죽임으로써. 사람 속에 체제가 있고, 체제 가운데 사람이 있어. 속 편히 분리되어 있지 않아.

미스터 트럼펫, 그러니까 카지모도는 지니가 가장 마지막으로 소개받은 사람 가운데 하나였다. 말끔한 푸른 양복에 하늘색 셔츠, 진홍색 타이의 정장 차림으로 그는 나타났다. 그는 가끔 고개를 끄덕일 뿐, 지니를 두둔하지도 않았고, 작은 가위의 말을 반박하지도 않았으나, 지니는 묵묵히 그녀를 지켜보는 그의 시선만으로도 충분히 지원을 받는 듯한 기분이었다. 그 눈을 보고 있으면 많은 말들이 생각났다. 이를테면, 이런 말. 나는 지금 논쟁을 하자는 게 아닙니다. 무고한 사람들의 목숨이 희생될 수도 있으니까 마지막 순간까지 더 나은 방법이 있는지 알아볼 필요가 있지 않는가, 하는 거지요.

작은 가위는 투덜거렸다. 무고한 사람이라니. 그런 건 없어. 무고한 사람은 여기, 이 세상에 단 한 사람도 없어. 당신이 무고해? 내가 무고해? 세상 꼬락서니가 이 모양인데 어떻게 무고해? 평생 무고한 사람으로 살고 싶어? 나도 그런 거 좋아하니까 방법 좀 가르쳐주라.

그렇다면 누구라도 다 죽여도 무방하다는 것인가? 지니가 묻자 작은 가위는 웃었다. 우린 그런 재주 없어. 당신 그런 재주 있어? 어디 브래드포드 수류탄이라도 몇 개 감춰놨어?

브래드포드 수류탄이란 소형 블랙홀을 이용한 무기였다. 작동시키면, 수류탄의 규모에 따라 최소 반경 20킬로미터 내의 모든 사물이 사라졌다. 함부로 쓸 수 없는 이유는 지하 공간까지 파괴되어 사라져버리기 때문이었다. 거대한 공동(空洞)만이, 브래드포드홀과 함께 남았다. 미국과 중국, 러시아, 독일과 한국이 제조기술을 지니고 있었으나, 사용된 적은 없었다. 그럼에도 불구하고 미국과 중국, 러시아는 브래드포드 수류탄을 꾸준히 제조하여 쌓아두고 있었다. 일부에서는 그것이 인류의 재앙이 될 것이라고 주장했다. 결국 지구가 있었던 자리에 이백 개의 브래드포드홀이 검은 아가리를 벌리고 떠돌게 되리라는 것이 그들의 우려였다.

카지모도는 나중에 말했다. 내가 일하던 오케스트라가 민영화되는 바람에 정리해고당했을 때, 바이올린을 연주하던 여자 연주자가 한 사람 생각납니다. 빼어난 연주자였지요. 이혼을 하고 두 아이를 혼자 키우고 있었는데, 직장을 잃자 생계가 막연해졌어요. 커피숍에서 알바로 일을 시작했는데, 이 사장이라는 자가 괜스레 시비를 걸기 시작하는 겁니다. 이 여자를 좀 어떻게 해보려고. 커피숍을 나오는 수밖에 없었어요. 다음엔 종합병원에서 보조 요리사로 일을 시작했는데, 이번에는 요리사가 지가 훔친 쇠고기 몇 덩이를 이 여자가 훔쳤다고 누명을 씌웠어요. 쫓겨났지요. 어찌어찌 학교에 보조 교사로 들어갔는데, 음악 교사가 아이들 차별하는 걸 항의하다가 쫓겨났어요. 이 직업, 저 직장을 전전하다가 다시 보조 교사로 들어갔어요. 이 학교에서도 음악 교사가 아이들을 차별했어요. 성

374

적까지 조작했답니다. 이번엔 눈 꾹 감고 모르는 체했어요. 나중에 학부형들이 항의하는 바람에 음악 교사도, 보조 교사도 해고되었어요. 그 와중에 이 바이올리니스트의 아이 하나가 결핵이라고 판명이 났는데, 그 뒷바라지하느라 집을 팔고, 셋집으로 옮기고, 부채를 감당하지 못해 결국 지하 월세방으로 이사를 갔어요. 큰아이가 요양원에 들어가 있으니, 작은아이는 매일 집에 혼자 남아 엄마를 기다리게 되었지요. 그 아이가 집에 혼자 있을 때 이웃집에서 부부 싸움 끝에 불이 나는 바람에…… 아이가 죽었어요. 이 여자 연주자는 실성한 상태로…… 아무도 도와줄 수가 없었어요. 다들 여유도 없고, 돈이 없고……. 다시는 그 여자의 아름다운 〈치고이너바이젠〉을, 그 시원한 〈샤콘〉을 들을 수 없게 되고 말았어요. 물론 〈치고이너바이젠〉이나 〈샤콘〉을 연주할 수 있는 사람은 많아요. 요즘은 안드로이드 연주자도 많으니까요. 음원 파일은 아무 데서나 구할 수도 있고. 하지만 그 여자의 연주는 오직 그 여자가 아니면 안 되는 겁니다. 누가 그걸 대신하겠어요? 귀신이 와도, 절대자가 와도 안 되지요.

카지모도는 지니를 쳐다보며 말했다. 게다가 이런 일이 너무나 흔합니다. 특별할 것도 없는 사연입니다. 이걸 누군가 체계적, 지속적 살인이라고 주장한다면 그것이 완전히 틀린 주장일까요? 어떤 자들이 선전포고 없이 세상에서 가장 약한 사람들을 향해 이미 전쟁을 하고 있는 것이라 주장한다면 그게 많이 잘못된 주장일까요? 그게 사실이라면 이건 얼마나 비열한 전쟁입니까? 얼마나 잔인한 전쟁입니까?

지니는 대답할 수 없었다. 그녀가 평생 겪어온 일이기도 했다.

물론 전쟁이라 하여 사람을 죽이는 것이 무작정 다 허용된다고 할 수는 없겠지요. 사람을 죽이는 일에 대한 죄의식을 어떻게 할 것인가, 한 사람 한 사람에게 다 어려운 문제일 겁니다. 저에게도 물론 답은 없습니다.

일행과 헤어져 집으로 돌아오는 길에 지니는 그와 함께 전철을 탔다. 그는 이런 얘기를 했다. 이런 생각이 듭니다. 난 음악을 좋아하지만 음악은 날 좋아하지 않는 것 같다는. 난 이 세상을 사랑하지만 이 세상은 날 좋아하지 않는다는. 그러니까 카지모도와 에스메랄다의 관계 같다고 할까요. 내가 붙잡으려 해봐도 에스메랄다는 근위대장 페뷔스에게, 아니면 시인 그랭구아르에게 한눈을 팔 뿐이지요. 하지만 어쩌겠습니까. 난 에스메랄다 없이는 살 수가 없으니. 그녀를 사랑하다 보니 신 같은 프롤로 주교를 죽여야 하는 사태도 벌어지는 거지요.

지니가 정체를 아는 유일한 사람이 카지모도였다. 그는 울트라돔 하남 집합거주지구 내에 설치된 울트라 하남 중학교에 근무하는 음악 교사였다. 전직 서울시립교향악단의 연주자였으나, 오케스트라가 민간업체에 매각되면서 쫓겨나 한 학기짜리, 또는 두 학기짜리 임시 교사로 이곳저곳을 떠돌아야 했다. 7년 전 울트라돔 집합거주지구로 들어왔다.

우리는 PeC와 관련이 되어 있는 건가요? 아니면 독자적으로 활동하는 조직인가요? 우리뿐인가요? 지니가 묻자 카지모도는 고개를 저었다. 모르는 게 나아요. 미스 커피를 위해서, 날 위해서도. 나도

376

잘 모릅니다. 하지만 이런 말은 할 수 있을 것 같습니다. 이 지경이 된 세상을 변화시키려는 사람이 우리뿐이라면 그것이야말로 이상한 일이 아닐까요.

마지막 날, 지니에게 클레이모어를 전달한 것은 카지모도였다. 주홍색 스텔스 페인트로 도색된 영어사전 크기의 쇠붙이 표면에 'M18C9'라는 글자가 선명했다. 호 안에서 호 바깥으로. 다시 한번 환기시키고 그녀의 미스터 트럼펫은 공연장 뒤 어둠 속으로 사라졌다.

22

멜라니가 평양에 가야겠다고 했을 때 제임스는 할 말을 잃었다. 아까 얼핏 그가 평양 얘기를 꺼낸 것이 전혀 농담만은 아니었던 것일까.

"부탁이 있어. 회사에 보고하지 말아줘."

보고해야 했다. 보고하지 않으면 그는 처벌받을 것이다. 어쩌면 이 알량한 직장마저 잃을지 모른다. 제기랄, 이 여자는 최악의 조수였다.

"나도 하산으로 갈 거야. 평양에 잠깐만 들렀다가 곧장 되짚어 하산으로 간다니까."

제임스는 믿지 않았다. 그녀가 하산에 가느냐, 안 가느냐는 중요치 않았다. 트럭 6869를 타고 그들이 같이 하산으로 가서 배달을 완료하는 것이 중요했다. 그것이 아니라면 그녀가 하산을 내일 가건 모레 가건 제임스와도 회사와도 아무 상관이 없었다. 그것을 멜라니가 모를 리 없었다. 제임스는 이유를 물었다. 멜라니는 서울클라우드익스프레스의 작업카드를 꺼내 치켜들었다. 제임스는 알아들었다. 그가 보고하는 순간 멜라니의 작업카드는 사용이 불가능해질 것이다. 그러나 그는 불법카드들을 무수히 지니고 있지 않은가.

"목숨이 달린 일이라면 어때?"

목숨이라. 제임스는 그녀가 하는 말이 전혀 믿기지 않았다. 합법적 작업카드를 취하기 위해 온 것일까. 그녀는 다시 말했다.

"어쩌면 내가 이 트럭을 따라잡을 수 있을지도 몰라. 평양에 잠깐만 들르면 되니까. 하산에 내가 먼저 도착할지도 몰라. 아까 나 운전하는 것 봤지?"

멜라니는 화물 상자에 붙은 스티커를 카메라로 찍어 제임스에게 보여주었다. 주소를 아니까 찾아갈 수 있다는 제스처였다. 속임수에 지나지 않을 것이다. 평양에서 하산을 오가는 고속도로가 있다는 것은 제임스도 알고 있었다. 그러나 아무리 빨리 달려도 네 시간은 걸릴 것이요, 원산에서 곧장 하산으로 달려가는 제임스보다 먼저 도착할 수는 없을 것이다. 게다가 눈보라가 흩날리고 있었다.

멀리 바닷가 관광지에는 불빛이 휘황했다. 한반도의 명소 원산이었다. 바닷가 어딘가에 제임스가 틈이 날 때면 가끔 들르던 카페가 있었다. 케이크 카페였다. 티라미수나 카스텔라, 화과자 같은 것을 팔았으나 송화다식이나 연근정과, 곶감쌈 같은 한과도 팔았다. 제임스는 그쪽으로 차의 방향을 틀었다. 원래 계획에는 없던 일이었다. 눈이 내리고 있었고, 잠시 쉬어간다 한들 큰 지장은 없을 것이다.

원산 바닷가는 언젠가부터 세계적 체인 호텔의 각축장이 되었다.

수출입이 늘고, 화물선과 여객선이 증가하면서, 동해 쪽의 항구가 변변치 않았으므로 이곳에 항구가 건설되었고, 그러자 입항하는 여객선과 화물선이 함께 늘었고, 화물 처리량이 폭발적으로 증가했다. 컨테이너 처리도, 벙커링도 오래지 않아 한계에 이르렀다. 항구를 확장할 것인지, 아름다운 해변을 지킬 것인지를 놓고 조계 당국은 어려운 논쟁에 빠져들었다.

즐비한 호텔 거리를 다 지나 야산 쪽으로 모퉁이를 돌아서면 소나무 언덕에 작은 카페가 있었다. 제임스가 앞서 나무 계단을 쿵쿵 울리며 올라갔고, 멜라니가 등산화를 질질 끌며 어슬렁어슬렁 뒤를 따랐다. 손님은 많지 않았다. 프랑스인 일가족이 한가운데에 앉아 맛있다고 호들갑을 떨며 꿀인절미와 만두과를 즐기고 있었고, 일본인 커플이 구석진 자리의 촛불 밑에서 탐색하듯 조금씩 떼어낸 약식을 오물거리고 있었다.

제임스는 창가에 남은 두 자리 가운데 하나를 선택했다. 멜라니는 털썩, 온몸을 의자에 부려놓고 창밖을 내다보았다. 창 가득 바다였다. 울긋불긋한 호텔은 창 오른쪽 벽으로 넘어가 보이지 않았다. 검은 바다가 눈앞까지 넘실거렸다. 방풍림과 가로수, 희끗하게 방파제가 보이고 그 끝에 등대가 높다랗게 솟아 막막한 바다를 향해 깜빡거렸다. 쏟아지는 눈발 너머 어두운 하늘과 더 어두운 바다 사이의 수평선이 보일 듯 말 듯 희미했고, 가까운 바다에 띄엄띄엄 하얗게 등을 밝힌 배들은 오징어잡이 어선들이었다. 파도가 허옇게 몰려들어 방파제에 부딪혔으나 그 소리는 여기에서는 들리지 않았다. 이따금 관광객들이 해변가에서 쏘아 올리는 폭죽이 어두운 하늘을 날아올라 눈보라와 뒤섞였다. 바람이 강하게 덤벼들어 창이 흔들렸다.

제임스는 생강차, 그리고 곶감쌈과 생강정과를 주문했다. 멜라니는 메뉴를 들여다보며 이게 다 뭐냐, 하고 물었다. 그를 위해 제임스는 수정과와 흑임자다식, 약식을 주문해주었다.

멜라니는 한입에 흑임자다식을 다 털어 넣고 맛있네, 하고 중얼거렸다. 처음 맛보는 음식이었다. 약간 매운맛이 강한 수정과도 입에 잘 맞았다. 어딘가 어린 시절 무당네 집에서 얻어먹은 음식 냄새가 나는 것 같았다. 그는 냉수처럼 단숨에 마시고 한 잔 더 줘요, 하고 소리쳤다. 다시 한번 가격을 주욱 훑어본 멜라니는 비싸다, 하고 중얼거리더니 메뉴판을 동댕이쳤다. 좀 비싸기는 했다. 차 한 잔이 밥 한 끼 값이었다. 관광지 물가였다. 조용하게 저 바다와 하늘을 구경할 수 있는 이 자리와 여기서 보낼 수 있는 시간의 가격인 셈이었다.

"어머니는 내가 아주 어릴 때 돌아가셨어."

멜라니는 갑자기 얘기를 시작했다. 제임스는 별로 듣고 싶은 생각이 없었다.

"이제까지 어머니를 딱 세 번 만났어. 어머니 돌아가신 뒤에."

이번엔 귀신 얘긴가. 제임스는 조금 웃었다. 멜라니는 그의 얼굴을 냉정하게 쳐다보았다. 웃을 일이 아니라고, 그녀의 냉정한 얼굴이 말하는 듯했다. 그녀는 얘기를 계속했다.

처음 죽은 어머니를 만난 것은 그녀가 마릴린이라는 이름으로 창녀 짓을 하고 있을 때였다. 그녀의 나이 열하나. 어머니는 시도 때도 없이 나타나 그녀의 횡격막을 짓찧어대며 기둥서방 제리를 죽이라고 들들 볶았다.

열한 살, 창녀, 기둥서방. 이런 말들이 제임스는 참혹하고 징그러웠다. 들을 필요가 없는 얘기였다. 그녀와는 일회용 관계에 불과했다. 속속들이 알 필요가 없었다. 그가 반응을 보이지 않는데도 그녀는 아랑곳없이 얘기를 계속했다.

두 번째는 예수님 사랑의 학교에서 살던 시절이었다. 밤마다 어머니는 그녀를 깨웠다. 불을 질러. 죽여버려라. 이놈들을 다 죽여버려. 그게 순서다. 니 순서를 놓치면 그놈들 순서가 되고 말아. 그놈들이 널 죽일 거라니까. 안 봤냐. 니 애인한테 그놈들이 뭔 짓을 하더냐.

결국 멜라니는 교사들의 숙소에 불을 놓았다. 이번에는 달아나지 않았다. 제자리로 돌아와 누웠다. 불이야, 불이야, 외치는 소리가 들리고, 사람들이 황급히 자매들의 숙소로 달려와 자매들을 깨우고, 같이 잠들었던 자매들이 벌떡벌떡 일어나 밖으로 뛰쳐나가고, 나오미, 나오미, 일어나, 나와, 밖으로 나와, 하고 그녀를 깨우는 것을 그녀는 고스란히 들으면서도 누워 자는 척했다.

세 번째는 멜라니가 마지막 감옥살이를 할 때였다. 출감을 1년쯤 남겨둔 무렵, 한낮이었다. 아침부터 비가 내리는 바람에 작업 출역이 중단되었다. 나탈리라는 이름으로 방장 노릇 하는 재미가 썩 나쁘지 않아 그녀는 일찌감치 감방 뒤쪽에 누워 대마초를 빨며 휴무의 시간을 게으르게 즐겼다.

그 무렵 그녀가 출역하던 작업장은 지퍼 공장이었다. 지퍼 공장에 비가 오건 눈이 내리건 무슨 상관이란 말인가? 알 수 없는 일이었으나 비가 내리면 어김없이 출역은 중단되었다. 비가 내리는데도 작업을 나가는 날이 전혀 없는 것은 아니었다. 일이 바쁘면 국경일이 되어도, 비가 내려도 출역을 나갔다. 교도소에서 금기로 여기는 야간작업을 하는 경우도 있었다. 규칙은 없었다. 교도소의 임의가 최고의 규칙이었고, 그 규칙은 작업 시간표가 좌지우지했으며, 작업 시간표는 제품의 재고 여부에 따라 달라졌다. 말하자면, 외학ASIS 생명설계 센터(주)의 작업을 좌우하는 것은 시장이었다.

대마초를 빨던 안영희—마릴린—나오미—프랭크—나탈리는 깜빡 잠이 들었다. 으이그, 이년아. 어머니가 갑자기 그녀에게 소리를 쳤다. 잠에서 깨어난 나탈리는 그곳이 감방이라는 것을 깨닫고 다시 눈을 감았다. 어째서 갑자기 어머니가 나타나는 것인지 알 수가 없었다. 또 누구를 죽여야 하는 것일까? 감방에 죽일 만큼 원한이 쌓인 사람이란 없었다. 그녀는 돈이 생기는 대로 대마초를 사고 빵을 사고 속옷을 사서 동료 수인들에게 나눠주었다. 돈 몇 푼 아끼기 위해 인심을 잃는 것은 감옥에서나 사회에서나 어리석은 짓이었다.

나탈리는 돈이란 어떻게 해봐도 자신의 것이 되지 않는다고 믿었다. 늘 그렇게 생각하고 살았다. 그녀는 평생 불법적인 방법으로 돈을 벌었다. 훔치거나 빼앗았다. 일하여 벌지 않았고, 세금도 낸 적 없었다. 언제든 빼앗길 수 있다는 것도 잘 알았다. 빼앗겨도 억울할 것도 없었다. 억울하게 생각한다면 바로 그놈이 도둑놈이었다. 제리 같은 놈이 그런 놈이었는데, 그런 놈들은 세상에 무척 많았다. 가랑이 벌리고 일하는 것은 마릴린이었는데 돈은 그놈이 차지했다.

차지한다 해도 그 돈이, 그것이 제 돈일 리가 없었다. 일시적으로 차지하고 있는 것뿐이었다. 제리는 혼자 차지하려 발버둥 쳤고, 결국 목숨으로 그 대가를 지불해야 했다.

감옥에서 그녀는 일을 하고 임금을 받았다. 그래도 그녀의 돈이 아닌 것은 마찬가지였다. 합법을 가장하는 데 능란한 도둑놈들, 즉 법까지 훔칠 줄 아는 큰 도둑놈들이 그녀에게 일을 강요하고 티끌만 한 돈을 나눠주는 것뿐이었다. 결국 그 돈마저 장사를 가장하여 이런저런 유혹과 핑계로 다시 빼앗아갔다. 빼앗기기 전에 써버리거나 나눠주는 것이 최선이었다.

그날도 나탈리는 복도로 찾아온 매점 수레에서 찐빵을 사고, 족발을 사고, 박카스와 비타민을 사 동료 수인들에게 나눠주었다. 박카스에 비타민을 부숴 넣고, 거기 밥알을 발효시켜 만든 액체를 적당히 혼합하면, 술맛 비슷한 썩은 냄새가 났는데, 수인들은 그것을 즐겨 마셨다. 이른바 감옥 막걸리였다. 저녁 무렵 다 만든 감옥 막걸리를 한두 잔 나눠 마신 수인들은 저마다 기분이 거나해져서 노래를 부르는가 하면, 헤어진 남자친구와의 사연을 늘어놓으며 시간을 보냈고, 대마초에 취한 나탈리는 잠깐 잠에 빠졌다.

어머니의 장례식이었다. 시커먼 남자들 서넛이 무덤을 파고 있었다. 무덤 주위에 무당이 서 있었고, 동네 사람이 두엇 서 있었으며, 어린 영희가 아니라 어른이 된 프랭크가 서 있었다. 무덤 파는 남자들은 구덩이를 파고 또 팔 뿐, 어머니의 관을 거기 넣을 생각을 하지 않았다. 구덩이가 그 주변에 늘어선 모든 사람을 다 파묻고 남을 정도로 깊어졌으나 여전히 그들은 땅을 팠다. 무덤을 파는 남자들은 군모처럼 생긴 모자를 쓰고 있었고, 군복 같은 제복을 입고 있었는데, 어느 순간부터 총을 어깨에 메거나 허리에 차고 있었다. 가끔 철커덕거리며 탄창을 박아 허공에 대고 총질을 했다. 비가 쏟아지고, 무당 아주머니가 커다란 우산을 펴 아가, 이리 들어와라, 하고 프랭크의 어깨를 잡아 그 밑으로 끌어 들이고, 파도가 쳐 물이 구덩이에 차오르고, 총을 멘 남자들이 구덩이의 물을 퍼내고, 다시 무덤을 파고, 술을 주지 않으면, 돈을 내놓지 않으면 더 파지 않겠다고 생떼를 쓰는 바람에 무당이 돈을 내놓고, 술과 돼지머리를 내놓고 애으애애으으, 너도 먹고 물러가라, 소리를 한바탕 하고, 깽쇠도 치고, 장구도 치고, 넋인 줄을 몰랐더니 인자 보니 넋이로세, 소리를 하고, 또 무덤을 파고…… 프랭크는 무척 슬프고 지루하고 무섭고 고통스러웠다.

무덤 파던 남자들이 갑자기 비명을 지르며 구덩이에서 튀어나왔다. 수십 미터의 땅속까지 파헤친 검은 구덩이에서 사람이 꾸물꾸물 기어 나오고 있었다. 흰 저고리, 흰 치마를 입고 산발을 한 여자가 한 손을 내밀고, 또 한 손을 내밀고, 머리를 내밀고, 다리를 내밀고, 남은 다리마저 끌어 올리고, 빗줄기를 헤치며 프랭크에게 다가왔다. 뒷걸음질하는 그의 머리를 두 손으로 꽉 붙잡으며 그녀가 영희야, 하고 소리쳤다. 프랭크는 기겁을 하여 달아나려 했으나 발이 움직이지 않았다. 프랭크, 하고 다시 그녀가 소리쳤다. 프랭크의 눈앞으로 얼굴을 들이미는 그녀는 바로 아이리스였다.

비명을 지르며 프랭크는 울부짖었다. 그때 무덤 속에서 또 한 사람이, 이번에는 날렵하게 튀어나왔다. 어머니였다. 그녀는 날듯 프랭크에게 덤벼들어 소리 질렀다.

"죽여! 다 죽여!"

"프랭크!"

어머니와 아이리스는 번갈아가며 소리쳤다. 죽여! 프랭크! 죽여! 프랭크! 죽여! 프랭크!

나탈리는 비명을 지르며 잠에서 깨어났다. 텔레비전이 켜져 있었고, 늘 변함없이 남녀가 만나고 연애하고 섹스하고 싸우고 헤어지는 연속극이 방영되고 있었으며, 동료 수인들은 언제 봐도 재미있고 언제 봐도 무의미한 그 연속극에 열중하고 있었다.

잠에서 깨어났으나 나탈리는 꿈에서 헤어날 수는 없었다. 무슨 일인가 벌어졌다는 것을 그녀는 직감했다. 아이리스에게 좋지 않은 일이 벌어진 것이 분명했다. 어머니가 죽여, 하고 날뛰는 것을 보면…… 아이리스는 죽은 것인가? 누가 왜 그녀를 죽였을까?

꿈은 그것으로 그치지 않았다. 그날 밤, 새벽에 나탈리는 누군가 우는 소리를 들었다. 이 밤중에 누구야? 됐다가 아침에 울어. 투덜거리며 그는 돌아누웠다. 우는 소리는 더 커지고, 더 가까워졌다. 나탈리는 일어나 앉았다. 그 순간 얼어붙었다. 아이리스가 서 있었다. 감방 철문 바로 앞, 신발을 벗는 자리였다. 그녀의 온몸이 푸르게 빛났다. 꿈인가 아닌가. 아이리스 옆에 한 소년이 서 있었다. 낯선 소년이었다. 두 사람은 손을 잡고 서서 말없이 나탈리를 쳐다보았다. 아이리스는 울 뿐, 말이 없었다. 아이리스가 내 아이를 낳은 것인가, 하고 나탈리는 걱정했으나, 곧 그것이 터무니없는 걱정이라는 것을 깨달았다. 저 아이는 그럼 누구일까. 아이리스의 아이일까. 아이리스와 소년은 푸르게 빛나다가, 희미해지다가, 사라졌다.

귀신을 본 것인가? 그저 꿈이었을까?

"몰라. 난 지금도 모르겠어."

출감한 뒤 멜라니는 아이리스를 수소문했다. 그녀가 일원동의 서울종합병원에서 근무했다는 것을 알아냈다. 병원으로 찾아갔으나 그곳에 아이리스는 없었다. 아이리스가 그곳에 4년 근무했다는 사실은 확인할 수 있었다. 어디로 옮겨갔는가? 아무리 수소문해도 아는 사람이 없었다. 다시 기독교 공동체 같은 곳으로 들어간 것은 아닐까?

며칠 공을 들인 끝에 멜라니는 한 늙은 간호사에게서 희한한 이야기를 들었다.

"아이리스가 유기홍 박사님을 따라서 멕시코에 휴가를 갔는데……."

"휴가요? 무슨 휴가를 병원 의사하고 갑니까?"

"휴가가 아니라 출장이지, 출장. 출장을 갔는데……."

"출장을 멕시코로? 가끔 그런 일이 있나요?"

"몰라요. 암튼 그 뒤로 소식이 끊겼어요."

그것으로 끝이었다. 늙은 간호사는 더 얘기하려 하지 않았다. 아이리스는 멕시코로 갔다. 그 뒤로 그녀를 본 사람이 없었다. 멕시코에서 돌아오지 않은 것인지, 돌아왔으나 병원을 옮긴 것인지, 아니면 소식도 없이 시집을 가버린 것인지, 아무도 알지 못했다. 아는 사람이 없었다. 유기홍은 돌아왔는가? 물론 돌아왔다.

"그게 언제였어요?"

"그게……."

간호사의 대답을 들은 순간 멜라니는 알았다. 아이리스는 죽었다. 그가 감옥에서 그 기묘한 꿈을 꾼 바로 그날이었을 것이다. 날짜를 꼽아볼 필요도 없었다. 그는 알았다. 그의 모든 예감이 그것을 확인해주었고, 그의 어머니가 확인해주었으며, 꿈속에 나타나 그의 얼굴을 틀어쥐고 그의 이름을 울부짖은 아이리스가 확인해주었다.

어처구니없는 얘기 같았으나, 제임스는 웃을 수 없었다. 그 얘기의 어느 부분인가 그의 마음을 파고들었다. 멜라니는 다시 말했다.

"내 여자를 찾아야 해."

죽은 여자를 어디 가서 찾는단 말인가? 그가 묻자 멜라니는 그를 멀뚱멀뚱 쳐다보다가 말했다.

"죽인 놈들이라도 찾아야 해."

멜라니가 '내 여자'라고 하는 바람에 제임스는 다시 한번 그를 쳐다보았다. 그는 곧 이해했다. 멜라니는 남자였다. 모습만 여자였다. 아니, 모습도 남자 같았다. 기이하게 여겨졌던 그녀의 모든 것이 한꺼번에 이해가 되었다. 제임스는 대마초를 붙여 멜라니에게 권했다. 그녀는 고개를 저었다.

"벌써 몇 달째 찾아다니는 중이야. 어떤 새끼들이 죽였는지도 대강 알겠고……."

제임스는 더 이상 묻지 않았다. 그는 냉정해져야 한다고 생각했다. 보고하지 않으면 그는 처벌받을 것이다. 어쩌면 백스터를 통해 무마할 수 있을지 모르지만, 그것은 멜라니가 저 카드를 들고 나가서 무슨 짓을 벌이는지에 달려 있었다. 멜라니가 카드 한 장을 탁자에 던졌다. 선물이야. 그녀가 말했다. 선물?

"한 번도 사용하지 않은 물건이야."

그 말을 남기고 멜라니는 일어섰다. 그의 허락 따위는 필요치 않다는 태도였다.

"가야겠어. 당신이 지금 회사에 보고를 한다 해도 어쩔 수 없어. 하지만 몇 시간만 미뤄주면 그동안이라도 내가 덜 힘들겠지."

제임스는 대꾸하지 않았다. 멜라니는 떠났다. 그는 대마초 기운에 취하여 입이 요구하는 대로, 카페에서 공짜로 주는 감잎차를 한 잔 더 마시고, 흑임자다식을 더 주문해 먹고, 생강정과도 하나 더 먹었다. 작업카드로 지불했다. 대마초는 식욕을 돋우는 부작용이 있었다. 백스터란 놈, 이 정도는 봐줄 것이다. 까짓것 몇 푼이나 된단 말이냐. 눈이 다시 거세게 쏟아지고 있었다. 이 눈을 뚫고 어떻게 평양까지 가겠다는 것인가. 생각하지 않으려 했으나 어느새 그는 멜라니를 생각하고 있었다. 트럭을 빌려줘야 하는 것일까. 같이 가줘야 하는 것일까. 그런 생각까지 하고 있는 자신이 우스웠다. 그는 곧 깨달았다. 그녀는 차를 훔칠 것이다. 트럭 6869보다 훨씬 더 좋은 차, 더 잘 달리는 차를, 어쩌면 이 휘황한 관광지에서 가장 값비싼 차를 훔칠 수도 있을 것이다. 그런 생각을 하자 그 자신의 일도 아닌데, 왠지 신이 났다.

내 여자가 사라져버렸어. 나 감옥에서 나온 지 얼마 안 됐어. 멜라니의 말이 대마초 기운에 젖은 그의 머릿속을 떠돌았다. 지연을 찾기 위해 헤매고 다니던 시절이 생각났다. 서울의 온갖 편의점, 슈퍼마켓, 백화점 같은 데를 돌아다녔다. 서울 남동부는 거의 다 찾아보았다 할 수 있었다. 서남부를 찾아볼 차례라 생각하면서도 아직 엄두를 내지 못했다. 지연은 평양에 가 있지는 않을 것이다. 서울에 남아 있을 것이다. 그는 그렇게 믿고 싶었다. 만일 찾는다 해도…… 어차피 헤어진 여자였다. 지연이 그를 반길 것인가? 이미 다른 남자를 만나 재미나게 살고 있을지도 모른다.

회사에 보고하는 일이 남아 있었다. 그는 전화를 꺼냈다. 회사와 연결되어 있는 텍스트 센터에 문자를 보내면 끝이었다. 그의 의무였다. 회사에 대한 의무. 회사에 대한 의무라기보다는 그의 밥줄이 그에게 강제하는 짓이었다. 그는 멜라니가 남긴 카드를 들여다보았다. KG스탠더드은행 카드였다. 어쩌면 차를, 어쩌면 집이라도 살 수 있을지 모른다. 사자마자 팔아치울 수만 있다면. 어쩌면 현금이나 잔뜩 뽑아놓는 편이 나을지 모른다. 카메라가 없는 현금인출기를 어디 가면 찾을 수 있을까. 하산 공업지구에 가면 있지 않을까. 그는 카드를 주머니에 간직했다. 현금이다, 하고 생각했다. 아니, 좀 더 궁리를 해봐야 할지도 모른다. 더 좋은 방법이 생각날 수도 있으니까.

아아, 멜라니를 따라 평양으로 가버리는 편이 나을까. 거기 가서 트럭 같은 것은 던져버리고, 어딘가 건설 현장 같은 데서 막일이라도 할 수 있게 되면, 아니면 편의점 같은 데 들어가 시간제 일자리라도 얻게 되면 남는 시간에는 지연을 찾아다닐 수 있지 않을까.

전화가 왔다. 멜라니였다.

"나야, 친구."

친구라니. 제임스는 물었다. 어디야?

"평양행 고속도로."

벌써? 멜라니가 물었다.

"보고했어?"

"아직."

"고마워, 친구."

제임스가 뭐라 대꾸하기도 전에 그녀는 전화를 끊었다.

23

현재까지의 모금액을 알려드립니다. 38만 6,000달러입니다. 앞으로 한 시간, 한 시간 남았습니다. 테러로 무너진 문화회관을 다시 짓기 위한 모금입니다. 재계가 나서서 우리 대한민국의 문화를 이끌어갈 아름다운 시설을 마련하는 뜻깊은 모금에 많은 참여 바랍니다. 모금이 시작된 지 3개월, 누계 금액은 265만……. 모니터에 이미 떠오른 금액을 아나운서가 무대 위에서 다시 알리고 있었다. 귀 기울이는 사람은 많지 않았다. 실내악단의 연주가 잠시 멎었다가 다시 이어졌다. 오늘 숭어가 참 많이 뛰노네. 낚싯대 가져올 걸 그랬나. 한창수가 농담을 건넸다. 아까부터 몇 번째 거듭 슈베르트의 〈숭어〉가 연주되고 있었다.

저 양반 어떻게 얼굴 들고 여길 왔을까. 심 사장이 중얼거렸다. 청우금융 장 이사와 애기를 나누고 있는 5선 의원 케빈 황을 그는 눈짓으로 가리켰다. 그가 바하마의 페이퍼 컴퍼니를 통해 유출, 은

폐한 재산이 15억 달러에 달한다는 보도로 며칠 동안 세상이 시끄러웠다. 여긴 안 올 수 없지요. 장 이사가 아니었다면 저 자리에 있을 수 없는 사람입니다. 장 이사야 워낙 마당발이잖아요. 저 자리가 그렇게 대단해요? 창수는 시큰둥했다. 기자들을 피해 도망 다니는 처지라던데. 한때지요. 곧 다시 의회에 들어가 법안을 주물럭거릴 사람 아닙니까. 좋은 자리만 골라 다니는 재주도 있고. 저런 양반 한둘만 손아귀에 넣을 수 있다면 사업한다고 눈치 볼 필요 없을 겁니다. 대금업까지 한다는 게 사실인 모양이군요? 알 만한 사람은 이미 다 압니다. 물론 바지를 내세우긴 했지만. 이자만 매달 수십만 달러랍니다. 그게 단순히 이자만은 아니라는 설도 있더군요. 글쎄요. 그러니까 저런 사람에게 돈을 빌리면 그놈의 게 이자인지 뇌물, 아니, 선물인지, 주고받으면서도 애매하니까…… 그것참 복잡하겠네요. 편한 점도 많아요.

청우금융이 설립 80주년을 기념하는 자리였다. 문화부 장관이 대통령 축하 메시지를 대신 읽고, 총리와 경제부 장관, 에너지 장관, 5선 의원 케빈을 비롯한 여러 의원들이 저마다 한 차례씩 무대에 올라가 축사를 했다. 100주년이 올 때까지 모두들 건강하게, 행복하게, 사업 번창하시고, 즐겁게 사시기 바랍니다. 100주년 기념식 때 이 자리에서, 저기 실내악단의 〈송어〉도 같이, 다시 즐겁게 만나게 되기를 진심으로 기원합니다. 북미 대륙에서, 지중해에서, 북극의 양어장에서, 프랑스와 우크라이나에서 날라온 고기와 생선, 알젓과 샴페인, 요리와 디저트로 식탁은 호사스러웠으나, 식탁 주위에 남아 있는 사람은 드물었다. 총리나 장관을 붙들고, 의원과 함께, 은

393

행장과 함께 얘기에 바빴다. 서로가 만나기 힘든 처지였으므로 이런 기회를 놓칠 수 없다는 것을 그들은 잘 알고 있었다. 한창수 회장 옆에는 강태기 사장이 따라다녔다. 얼굴을 익혀두라는 것이 한 회장의 권고였다.

2차 가자. 장 회장이 다가와 은밀하게 속삭였다. 구 회장이 2차 마련하겠다고 나섰어. 장관이랑 의원 몇만 데려간다니까 너도 와. 먼저 가서 차 보낼게. 니 차는 보내버려. 두 사람은 고등학교와 대학교 동기 동창이었다. 학교 다닐 때부터 각별히 친하게 지냈다. 구 회장이 스스로 화류계 출신이라고 떠벌리고 다니는 자니까 재미있을 거야. 얼굴 흉터는 그게 뭐야? 좋은 병원 많은데 아직도 정리가 덜 됐네. 괜찮아. 내가 무슨 새장가 들 것도 아니고, 완벽하게 하려고. 그는 창수의 얼굴을 들여다보며 혀를 찼다. 어디 흉악한 놈들이 이런…… 그런데 바깥에 시위대 없냐? 차가 제대로 빠지겠냐? 이쪽으로는 괜찮아. 그러니 차 보내라는 거 아니냐. 오늘 시위는 한밤중까지 계속될 모양이니까. 구 이사가 다가왔다. 오늘 경제부 장관이랑 총리한테 진지하게 밀어붙여야 할 것 같습니다. 이런 기회가 또 오겠어요? 술이나 마시지 뭘 밀어요, 밀기는. 다음 법안 말입니다. 세금투표법안. 오늘 같은 날은 그냥 좀 놉시다. 회장님은 일만 생각하십니까? 허, 이런. 그거 없으면 오늘 통과된 종합인적자원조정회사법안도 반쪽짜립니다. 둘이 같이 가야 상승작용이 나타나요.

30분 전, 그들은 국회로부터 연락을 받았다. 종합인적자원조정회사법안이 국회 본회의를 통과했다. 날치기였다. 야당 의원들이 농성을 하고, 본회의장 문을 폐쇄하고, 국회의장을 감금하고, 단식투쟁을 하고 있었으나, 여당 의원들과 일부 무소속 의원들은 회의장을 강당으로 옮기고, 부의장을 의장으로 내세워, 개회한 지 2분 만에 토의 없이 만장일치로 법안을 통과시켰다. 야당 의원들이 분기탱천하여 강당으로 쇄도했을 때는 이미 여당 의원들은 박수를 치며 삼삼오오 짝을 지어 회의장을 떠나는 중이었다.

케빈이 다가왔다. 한 회장님, 에너지돔 평양, 잘되어가지요? 네, 고맙습니다. 곧 시공에 들어갈 수 있을 겁니다.

오전에 설계 도면을 보았으나 창수는 에너지돔과 윤심덕 문화궁전 사이에 지하 통로를 설치하라는 요구를 덧붙여 수정을 지시했다. 전기차로 오갈 수 있을 정도의 통로, 거리는 2킬로미터가 채 되지 않을 것이다.

케빈은 샴페인 잔을 휘두르며 떠벌렸다. 중요한 일입니다. 북한을 위해서도, 우리나라의 재통일을 위해서도. 언제까지 갈가리 찢겨 이 나라, 저 나라 놈들이 말아먹는 꼬락서니를 지켜봐야 하는 건지……. 저야 장사꾼에 지나지 않습니다. 중요한 일은 의원님 같은 분들이 해주시리라 믿습니다. 그런 말씀 마세요. 에너지돔은 이미 기업이나 국가의 경계로부터 라이즈 어버브한, 트랜센드한 영역이라고 난 생각합니다. 미국에서 10여 년 공부를 하고 귀국한 창수에게 이런 식의 영어는 낯간지러웠다. 익숙해질 수도 없었다. 아, 그런가요. 노력하겠습니다. 그는 케빈 의원으로부터 벗어나기 위해 뒷걸음질했다. 그에게 말 한마디라도 건넬 기회를 엿보는 기업가들이 구름처럼 몰려들어 차례를 기다리고 있었다. 필요한 일 생기면 언제라도 연락 주십시오. 만사 제치고 돕겠습니다. 케빈의 혓바닥

395

은 미꾸라지처럼 유연했다. 고맙습니다, 의원님.

그가 사람들에게 에워싸인 채 멀어지자 창수는 태기에게 말했다. 메모해둬요, 저 사람. 관리합시다. 저게 무슨 소리겠습니까. 주고받을 거 없냐는 소리지. 에너지돔이 걸려 있는데 주고받을 게 왜 없겠어요. 우리 입장이야 뻔하고, 그러니 저 사람 말뜻은 더 뻔하고. 강 사장은 휴대전화를 꺼내 일단 음성으로 메모를 남겼다.

창수는 와인 셀러 옆으로 그를 데려가며 물었다.

"하산으로 간 차는?"

하산, 머나먼 북녘의 공업지대였다. 두만강 하류, 한국과 중국, 러시아의 접경 지역이었다. 세 나라가 출자하여 국제자유공업지대를 설치한 것이 20여 년 전이었다. 독일과 일본, 캐나다와 인도, 베트남의 기업들까지 몰려들어 러시아는 확장을 계획 중이었다. 트럭 6869의 최종적 목적지가 그곳이었다. 마침내 오늘, 그들이 멕시코에서 귀국하면서 미처 닫지 못한 문을 닫게 될 것이다.

"아직은 7번 국도에 있는 모양입니다. 곧 고속도로에 오르면 기상이변이 벌어지지 않는 한 늦어도 0300시 전후에는 결말이 날 겁니다."

창수는 과학기술부 장관과 함께 무리를 지은 기업가들 쪽으로 멀어져갔다. 태기는 포도주 잔을 단숨에 비우고 물을 한 모금 더 마셨다. 어째서 아직 7번 국도일까? 그는 휴대전화에 한반도 지도를 띄우고 기상청의 정보를 내려받았다. 눈. 예상 강설량은 50밀리미터. 기온은 섭씨 영하 4도. 크게 추운 날씨는 아니었다. 하산은…… 영하 10도였다. 역시 크게 추운 날씨라 할 수는 없었다. 바람이 좀 부는 것 같았다.

그는 로비로 나와 소파에 걸터앉았다. 그러나 앉자마자 전화가 진동을 했다. 더스틴이었다. 그는 밑도 끝도 없이 대뜸 물었다.

"1번입니까, 2번입니까?"

마침내 그 지점에 이르렀다. 태기는 망설였다. 아직 그는 결정을 내리지 못했다. 최종적 결정을 내리는 것은 그가 아니라 한 회장이었다. 그가 할 수 있는 결정은 한 회장의 지시를 전할 것이냐, 말 것이냐 하는 것에 지나지 않았다. 그에게는 그 결정 역시 중요했다.

"기다려."

더스틴이 다시 물었다. 기다려요? 기다리라니까, 하고 그는 전화를 끊었다. 마지막으로 한 회장의 지시를 다시 확인해야 한다는 생각이 들었다. 연회장 쪽에서 이제 사람들이 로비 쪽으로 밀려 나오고 있었다. 저들 사이를 헤치고 들어가 한 회장을 찾아, 그에게 다시 살인이냐 아니냐, 질문해야 한다는 것은…… 어리석은 짓일까. 이제 그가 결정을 내리는 일만 남은 것일까.

그는 소파에서 일어서지 않았다. 그는 군인으로 사회적 경력을 시작하여 경력 사원으로 서울클라우드익스프레스에 입사했고, 이후 전투에 임한 전투병처럼 맹목적으로, 군화를 신은 채 침상 끝에 엎어져 자겠다는 태세로 일에 임했으며, 그렇게 하여 회사의 임원으로 승진할 수 있었다. 육군을 떠나면서 그는 다시 살인 같은 일에는 관련되지 않을 것이라 믿었다. 그런데 살인을 위해 이제껏 만난 가장 괴물 같은 살인자를 샀고, 이제 최종적으로 살인을 지시해야 하는 처지였다. 이 방법밖에는 없는 것일까? 그는 한 회장에게 다시

397

한번 묻고 싶었다. 꼭 이렇게 해야 하는 겁니까? 다른 방법을 찾아
보는 게 어떨까요? 무슨 방법? 한 회장은 차고 건조한 낯으로 그를
쳐다볼 것이다. 좋은 생각입니다. 그럼, 무슨 방법이 있는지 한번
들어봅시다. 가둬두는 것은 어떨까요? 그가 말하면 한 회장은 뭐라
대답할까? 팔다리를 부러뜨려 복수 같은 건 꿈도 꿀 수 없도록 만들
어 저기 시베리아 같은 데 내던져버리는 것은? 한 회장의 일그러진
얼굴이 보이는 듯했다. 혀를 뽑아 말을 못하게 만들면? 돈을 주면?
골드카드를 안겨주고, 종신고용을 약속하면? 아아, 아이리스 대신
코코 같은 계집을 이놈에게 안겨주면? 죽이지만 말자구요. 나는 사
업을 하려고 회장님 밑에 들어온 거지, 살인을 하러 들어온 게 아니
란 말입니다.

　누군가가 태기에게 그런 권고를 한다면 그는 그자를 정신 나갔다
고 생각할 것이다. 다른 길은 없었다. 후안에게 다시 연락을 하고,
며칠 뒤 입국한 페르난도에게 현금 뭉치를 건넸을 때, 이미 결정은
내려졌다.

　도로 건너편에 편의점이 문을 열어놓고 있는 것이 보였다. 그는
빠르게 로비를 빠져나가 거리로 나섰다. 축축한 거리에 싸늘한 바
람이 몰아쳤다. 그는 편의점에 들어서자 미니어처 위스키 두 병을
사서 그 자리에서 들이켰다. 배 속이 후끈해졌다. 골리앗이 거대한
주먹으로 머리를 강타한 듯 알코올의 충격이 온몸으로 퍼져나갔다.
그 충격 가운데에서 그는 자신도 모르는 사이에 중얼거렸다. 아담
은 죽었어. 그는 놀라 주위를 두리번거렸다. 이제껏 그는 아담 생각
을 해본 적이 없었다. 어째서 갑자기 아담이 생각났을까? 편의점 안

398

에는 종업원이 한 사람뿐이었고, 그녀는 휴대전화를 들여다보고 있었다. 다음 순간 그는 또 중얼거렸다. 아이리스도 죽었어. 네? 종업원이 그를 쳐다보았다. 태기는 빈 미니어처 병을 그녀에게 건넸다.

다른 방법이 뭘까? 편의점에서 나왔으나 그는 호텔로 돌아가지 않았다. 한 회장이 그를 찾을지도 모른다는 생각이 들었으나, 발길이 호텔로 움직이지를 않았다. 그는 호텔을 등지고 걷기 시작했다. 진눈깨비는 그쳤다. 젖은 도로 위로 차들이 타이어가 찢어지는 듯한 소리를 내며 달려갔다. 차라리 군인으로 살다가 어디 전투에 나가 적의 총탄에 배가 갈라져 죽는 것이 나았을까. 어쩌면 평양에 가서 산적 같은 놈들을 거느리고, 산적 같은 놈들을 상대로 전투를 하며 살아야 할지도 모르는 처지가 역겹고 넌덜머리가 났다. 제기랄, 아이리스는 그 무시무시한 괴물들의 거리로 아담을 찾기 위해 혼자 나섰단 말이다. 그런데 난 지금 무슨 짓을 하려는 것이냐.

그제야 그는 깨달았다. 그가 자신에게 하고 싶은 말은 바로 그것이었다. 그 작고 연약한 여자. 유 박사도, 한 회장도, 태기 자신도 전혀 생각하지 않았는데, 그녀는 혼자서 저 위험으로 가득 찬 캄캄한 멕시코시티의 거리로 아담을 찾아 나섰다. 그리고 돌아오지 않았다. 그렇다. 그들에게 테러를 하고 협박을 하는 것은 아이리스의 남자친구도, 범죄자도 아니었다. 바로 아이리스였다. 당연한 일이었다. 진정 당연한 계산이었다. 그래야 차변(借邊)과 대변(貸邊)이 균형을 이루는 것이다. 그들은 빚을 졌다. 빚이란 갚기 전까지는 늘 재앙이었다. 그들은 빚을 갚지 않기 위해 또 사람을 죽이려 하고 있었다. 아이리스를 두 번째 죽이는 셈이었다.

그는 골목으로 접어들어 목적지도 없이 걷고 또 걸었다. 인기척이 보이면 방향을 틀었고, 환한 곳이 보이면 그곳을 등졌다. 그는 제주도 전투와 판문점 전투를 상기했다. 그는 많은 적을 죽였다. 제주도 전투의 육박전에서는 한 시간 사이에 군용 대검으로 적들의 목을 베고 배를 가르고 허리를 찔러 여섯을 죽였다. 솟구쳐 나오는 뜨거운 피, 펄떡이는 근육, 생명을 밀어내고 그 자리로 무자비하게 밀고 들어오는 죽음의 실체를, 그의 손이 만들어낸 그 돌이킬 수 없는 주검을 온몸으로 보고 느꼈다. 그때는 죄책감 같은 것은 없었다. 청년 장교인 그의 혈관은 오직 투지와 적개심, 전우애와 애국심으로 들끓었다. 지금은 어떤가? 어째서 아이리스도, 아담도 죽인 적이 없는데, 아직까지, 아니, 벌써, 아니, 아직까지, 이다지 마음이 무거운 것인가? 어딘가 차변과 대변의 균형이 어긋나 있는 것 아닌가? 그가 지불하지 않아도 좋은 부채를 짊어진 것은 아닌가?

한 회장의 명령을 거부한다면 어떤 일이 벌어질 것인지 그는 생각해보았다. 그는 해고될 것이다. 서울클라우드익스프레스 사장이라는 그의 후광이 없다면 아이는 취직하기도 쉽지 않을 것이다. 오래지 않아 거리에 우글거리는 저 종이카드 소지자들과 다름없는 처지에 떨어지게 될 것이다. 그는 이제껏 그런 자들을 온전한 사람으로 취급해본 적이 없었다. 그는 잘 알고 있었다. 직장은 없었다. 거리에서 직장을 얻을 수 있는 경우는 그야말로 만에 한 명, 십만에 두 명 정도에 지나지 않을 것이다. 에너지돔에서, 그리고 생명설계센터에서 거의 모든 고용을 해결할 수 있게 될 것이다. 거의 모든 기업들이 그것을 꿈꾸고 있었다.

그렇다. 이것은 전투였다. 테러리스트가 죽느냐, 내가 죽느냐. 죽이고 죽는 것이다. 먹이사슬이었다. 먹이사슬이 새로운 일이냐? 천만에. 사자가 얼룩말의 창자를 파먹는 꼴은, 거대한 뱀이 사슴을 통째로 삼키는 꼴은 마음 편히 구경할 수 있는 광경은 아니었다. 그러나 엄연한 생태계의 방식이요, 질서였다. 내가 만들었냐? 결코 아니었다. 그는, 그들은 아이리스를 먹었고, 아담을 먹었다. 이제 아이리스의 남자친구를 먹을 차례였다.

억지다. 개수작이다. 그러나 세계가 억지요, 개수작이 아닌가. 그걸 내가 만들었는가? 아니, 그 역시 그 세계에서 살아남기 위해 발버둥 치고 있을 뿐이었다. 누구나 그런 세계에서 태어나 성장하고 살아남아야 하는 것이다. 생존이다. 생태계다. 먹이사슬이다.

누군가 어둠 속에서 불쑥 나타나 그의 다리를 걸었다. 그는 넘어져 젖은 땅에 얼굴을 처박았다. 발길질이 덤벼들었다. 시커먼 그림자가 셋 한꺼번에 덤벼들어 그를 걷어차고 짓밟았다. 이빨이 부서지고 입술이 터졌다. 그는 비명을 지르지 않기 위해 이를 악물고 버둥거렸다. 번쩍, 칼이 목을 겨누었다. 이것도 아이리스의, 그 남자친구의 테러냐? 그는 자문했다. 피의자가 멀리 7번 국도의 북한 영역 어딘가를 달리고 있다는 것을 그는 알고 있었다. 그렇다면 이놈들은 공범이냐? 그는 기억하고 있었다. 또한 각오하고 있었다. 한 회장에게 벌어진 일, 유기홍에게 벌어진 일이 그 자신에게도 언젠가는 닥쳐올 것이다.

내놔. 그림자가 명령했다. 걸걸한 남자의 음성. 술 냄새와 입 냄새가 한꺼번에 덤벼들었다. 뭘? 다 내놔. 그는 지갑을 꺼내주었다.

더러운 손이 그의 주머니를 뒤적여 푼돈까지 훑어갔다. 이것은 아이리스와 관계없는 일인가? 다른 손이 그의 바지에서 전화기를 꺼내갔다. 태기는 부탁했다. 전화 한 통화만 하고 나면 가져가라. 이 새끼 죽고 싶냐? 누런 이를 드러내고 그림자는 으르렁거렸다. 딱 한 통화만 해야겠다. 안 되겠냐? 지금 꼭 전화를 해야 할 일이 있어서 그런다. 이 새끼 왜 반말이냐? 죽고 사는 전투에서도 그는 정신을 잃은 적이 없었다. 이까짓 입 냄새 피우는 노상강도쯤이야 장난이었다. 넌 왜 반말이냐? 그가 되묻자 그림자들은 낄낄거렸다. 이 새끼 똥배짱이 제법이네. 좋아. 시계도 풀어. 태기는 시계를 풀어주었다. 전화 한 통화만 하자. 그림자가 전화를 내밀었다. 5초 안에 끝내. 태기는 전화를 받아 더스틴의 번호를 찾았다. 네, 사장님. 더스틴이 나오자 태기는 말했다.

"1번이다."

살인이었다. 살인이다. 살인. 그는 외치고 싶었다. 살인이 여기가 아니라 저 멀리, 그가 가본 적도 없는 낯선 외국 땅에서 벌어진다는 것은 그나마 얼마나 다행이냐. 그림자가 그의 손에서 전화를 낚아챘다. 태기는 사지를 쭉 뻗고 땅바닥에 드러누웠다. 차라리 편안했다. 얼굴로 무자비하게 덤벼드는 진눈깨비들이 보였다. 이 빌어먹을 도시도 치안이 개판이 되어가는구나. 축축한 땅바닥을 걷어차며 그림자들은 어둠 속으로 달아났다.

24

울트라돔 집합거주지구를 나선 지니는 전철에 올랐다. 모든 것이 마지막이라 생각하자 마음이 낯설게 출렁거렸다. 온갖 사소한 것들이 다 눈에 들어왔다. 전철역 입구에 호박잎과 오이 따위 푸성귀를 늘어놓고 온종일 손님을 기다리는 노파에게서 지니는 한두 번 풋고추와 깻잎을 산 적이 있었다. 그 후로 노파는 지니와 마주치면 주름으로 뒤덮인 작은 얼굴에 억지 미소를 짓고 사가요 새댁, 하고 말했다. 그날은 노파가 보이지 않았다. 알 수 없이 서운했다. 전철역의 자동 출입구는 여전히 한 개가 고장 나 있었다. 사람들은 카드를 거기 밀어 넣었다가 뽑아 옆 출입구로 자리를 옮겨야 했고, 그 바람에 고장 난 출입구의 양옆 출입구까지 늘 사람들의 줄이 꼬여 작은 혼란이 벌어졌다. 아는 사람들은 그 세 개의 출입구를 피해 다녔다. 하나의 출입구를 수리함으로써 세 개의 출입구를 정상화할 수 있는 기회였으나, 역 직원들은 그런 것은 대수롭지 않게 생각하는 것 같았다. 어쩌면 대수롭지 않았다. 여전히 전철은 달리고 손님은 들끓었으니까.

올림픽공원역에서 내려 다시 버스를 탔다. 마음이 바쁘고 속이 부들부들 떨렸다. 누군가 눈여겨 쳐다보는 시선이 어깨쯤, 뒤꼭지 어딘가, 뒷등쯤 달라붙어 있는 듯 여겨졌다. 아니면 긴 머리칼이, 깨끗하지 못한 머리칼이 등짝 어딘가 달라붙어 있는 듯 몸이 근질거렸다. 시야가 5센티미터 정도만을 남기고 닫혀버린 것 같은 기분도 들었다. 눈을 아무리 크게 떠도 앞이 온전히 보이지 않는 것 같아 답답했다. 횡단보도 앞에 섰을 때는 신호등을 쳐다볼 생각도 않고 서 있다가 행인들이 길을 건너기 시작하는 것을 보고 비로소 그 뒤를 허겁지겁 따랐다. 재선을 봐야 한다는, 그를 보고 싶다는, 어떻게든 그를 만나야 한다는 생각에, 그러나 결코 그를 볼 수 없으리라는 절망감에 시달리면서 그녀는 마치 쫓기는 사람처럼 허둥거리고, 길을 잃은 사람처럼 황망스러웠다.

이둔산 입구에서 버스를 내려 그녀는 산책로를 걸어 올라갔다. 한때는 숲이 우거지고, 연못과 약수터가 있고, 피크닉 탁자가 곳곳에 놓인 공원 겸 야산이었다. 동네 주민들이나 유치원 아이들이 즐겨 찾았다. 풍력발전기들이 늘어서기 시작하면서부터 공원은 허울만 남았다. 찾아오는 사람이 드물어지자 영리하고 기민한 공무원들은 재빨리 예산을 다른 용도로 전용했고, 그렇게 되면서 공원 시설들이 망가지고 등산로가 무너져도 손질하는 사람이 없었다. 밤중에 간간이 청소년들이 몰려들어 대마초를 피우거나 싸움질을 하고 술 취해 자는 중년 남자의 지갑을 빼앗아 달아나는 일이 벌어지기도 하더니, 종내는 살인 사건이 발생하고 그것이 텔레비전에 보도가 되면서 그나마 드문드문 이어지던 사람들의 발길마저 끊겼다. 약수터가 무너져 물줄기가 멋대로 흘러 개울이 생겨났고, 그 물줄기가 흘러내리다 길을 잃어 한때 구청이 정성 들여 가꾸던 잔디밭에 고이면서 거기에 습지가 형성되었으며, 숲은 천천히 되살아나 인간들이 거기 만든 모든 조형물들을 잠식하고 무너뜨리고 풍화시켰다. 산철쭉, 만병초 따위가 우거졌고, 아카시아가 왕성히 자라나자 담쟁이덩굴과 칡이 그 둥치를 타고 뻗어 올랐으며, 짐승들이 몰려들었다. 들개와 고양이, 청설모와 쥐, 고라니와 너구리가 드나들고, 올빼미와 까마귀, 직박구리 등이 깃들었다.

정상 부근의 전망대는 무너져버렸으나, 처음부터 그 전망대의 구실은 전망이라기보다는 지방자치단체장의 행정과시였다. 당연한 일이지만, 전망은 전망대가 있을 때나 없을 때나 한 푼어치도 달라질 것이 없었다. 썩어 주저앉은 피크닉 탁자 아래 누군가 버리고 간 노트북 컴퓨터가 뒹굴고, 그 안에 흙과 잡초가 수북했다.

해발 100여 미터의 야트막한 산이었다. 전망이랄 것이 따로 없었다. 다만 북쪽 사면이 낮아서 그쪽으로 펼쳐진 동네를 내려다볼 수 있었고, 그쪽에 서울클라우드익스프레스의 하남 출장소가 자리 잡고 있었다. 바람이 불 때마다 지니가 입은 바람막이 점퍼가 한껏 부풀어 올랐다. 동북쪽으로 멀리 울트라돔 하남의 에너지타워가 하늘을 꿰뚫고 서 있는 것이 눈에 들어오자 지니는 얼른 되돌아섰다.

서울클라우드익스프레스 주차장이 한눈에 내려다보이는 곳에 이르자 지니는 무너진 계단에 걸터앉았다. 한낮의 태양 아래 태양광 집열판이 일제히 방향을 틀었다. 타일로 장식한 본부 건물은 커다란 선물 상자처럼 알록달록 반짝거렸다. 그 옆에 울창한 나무로 경계를 만들고 주차장과 정비창이 자리 잡고 있었다. 정비창 아래에서 남자들이 차의 부속품을 땅바닥에 늘어놓고 있었고, 그 옆으로 커다란 트럭이 해부당한 짐승처럼 엔진룸을 드러내고 자빠져 있었으며, 지게차 두 대가 들들거리며 부품 상자를 운반하고 있었다. 오(伍)와 열(列)을 맞춰 가지런히 늘어선 차량들 사이로, 때로 운전기사들이 나타나 차에 올랐고, 차는 활짝 열린 정문을 빠져나가 도로의 차량들 사이로 사라졌다.

저 가운데 재선이 있을지도 모른다. 어쩌면 재선이 다시 서울클라우드익스프레스로 돌아와 있을지도 모른다. 만일 그렇다면 우연히라도 그가 드나드는 것을 볼 수 있지 않을까. 두어 번 이둔산에 오를 때마다 그녀는 늘 그런 생각을 했고, 떠날 때에는 다시는 오지 않으리라 마음먹었다. 오늘은 그녀가 원치 않아도 마지막이 될 것이다.

그날도 마찬가지였다. 서울클라우드익스프레스 주차장이 내려다보이는 순간 그녀는 곧 싱거운 짓이라는 것을 깨달았고, 여기 올 때마다 맛본 모든 실망감이 되살아났다. 그가 여기 돌아와 있을 리 없었다. 만일 그가 여기에서 다시 일을 하고 있다 할지라도 이 먼 거리에서 그를 알아본다는 것은 불가능할 것이다. 거리가 멀어 내려다보이는 사람들은 작대기처럼 가늘고 희미했다. 아니, 그녀는 알아볼 수 있을 것이다. 조금 굽은 등, 구두를 벗어 던지려는 듯한 발걸음, 무엇보다도 그 뭉툭한 코……. 알아보지 못할 리 없었다.

그러나 그가 여기로 다시 돌아왔을까? 이곳은 그의 삶을 탕진시키고 파괴한 곳이었다. 그럼으로써 그녀의 삶까지, 그들의 관계까지 소모시키고 파괴했다. 어쩌면 바로 이곳에 폭발물을 설치해야 할 것이다. 재선과 함께라면, 그녀는 어렵지 않게 그에게 물을 수 있을 것이다. 당신은 울트라돔 하남의 에너지타워를, 나는 서울클라우드익스프레스 하남을 파괴하는 것은 어떤가? 그러나 재선은 없었다. 이제 그녀는 영영 재선을 볼 수 없다는 사실을 받아들여야 했다.

그들을 세상 끝에서 몰아낸 중일전쟁은 반년 만에 휴전으로 끝났으나 그들이 세상 전체와 맞붙어 발버둥 쳐야 하는 매일의 전쟁에는 휴전이란 없었다. 날이 갈수록 더욱 가혹해지는 전쟁터에서 그들은 길을 잃었다. 서로에게 돌아가는 길마저 잃었다.

지니는 주머니에서 그것을 꺼냈다. 색동 장갑이었다. 그것을 어떻게 처리해야 할지 결정할 수 없었다. 마지막 순간까지 지니고 있다가는 불타 없어지고 말 것이다. 그렇다 하여 누군가에게 맡기려면 긴 얘기를 해야 할 것이다. 카지모도가 생각났으나 이제 다시 그를 만날 기회는 없을 것이다. 지니는 마치 삶의 경계를 넘어선 듯한 기분이었다. 그들은 남고 나는 죽는다. 그들은 존재하고 나는 사라진다. 이 생각은 과녁을 꿰뚫은 화살처럼 날카롭게, 너무도 강렬히 그녀의 의식을 지배하고 있었다.

작전이 결정된 날부터 이미 그랬다. 그녀는 잠을 잘 수 없었고, 먹을 수 없었다. 브라운과의 섹스도 뜻대로 되지 않았다. 이미 살아 있는 모든 것들과의 사이에 돌이킬 수 없는 경계가 세워진 것 같은, 그들은 저쪽에, 자신은 이쪽에 서 있는 듯한 기분이었다. 이곳은 그녀의 자리가 아닌 것 같았고, 오래전, 어쩌면 그녀가 이 세상에 대해 의문을 품기 시작한 까마득한 날 이미 그녀를 위해 마련된 경계 저편의 자리로 속히 옮겨가야 할 것 같았다.

몇 시간이 남았을 뿐이다, 하고 그녀는 생각했다. 몇 시간, 이 세계에서의 마지막 몇 시간. 그사이에 난 재선을 만나러 와 있고, 그는 오래지 않아 날 찾아 여기 올라올 것이다.

하늘이 차츰 구름으로 뒤덮이고 바람이 강해졌다. 울트라돔 하남의 에너지타워가 구름으로 덮였다. 청설모가 쪼르르, 튀어나와 그녀를 빤히 쳐다보다가 재빨리 나무 위로 달아났다. 최선은 그때, 세상의 끝에 이르렀을 때 재선과 더불어 조용히 죽어버리는 것이었다. 저 콘크리트가 매일 부서져 내리는 낡은 아파트에서라도 죽어버리는 편이 나았을 것이다. 그때는 이런 기묘한 격절감 같은 것은 없었다. 죽음을 작정하고 있으면서도 이쪽과 저쪽의 경계 따위는 전혀 느끼지 못했다. 죽음은 내일쯤 그들이 선택할 수 있는 저녁 식사의 메뉴 가운데 하나처럼 아무렇지 않게 그들 곁에 다가와 있었다. 아마도 재선이 늘 옆에 있어서였을까.

비가 흩뿌리기 시작했다. 먹구름이 울트라돔 하남의 에너지타워 정상에서 거대한 짐승처럼 꿈틀거리는 것이 보였다. 서울클라우드 익스프레스 주차장의 노동자들이 비를 피해 창고 속으로 뛰어들었다. 사람이 사라진 텅 빈 주차장에 빗줄기가 날리고 바람이 휘몰아쳤다. 지니의 주위로 바람에 휩쓸린 나뭇가지들이 몰려들고, 가지를 떠난 이파리들이 바람과 함께 허공으로 날려갔다. 지니는 후드를 쓰고 지퍼를 올렸다. 아직 시간은 남아 있었다. 재선은 아직 오지 않았다. 노동자들이 몇 주차장으로 걸어 나와 차에서 꺼낸 부품을 들고 창고 안으로 사라졌다. 빗줄기가 쏟아지는 허공을 향해 한 사람이 두 팔을 치켜들고 큰 소리로 웃어댔고, 다른 남자들도 따라 웃었다. 빗줄기는 더욱 굵어지고, 먹구름으로 세상이 어두워지고, 번쩍 번개가 하늘을 가르고, 주차장 군데군데 물이 고이고, 트럭 한 대가 물을 차며 주차장으로 달려 들어갔다.

어쩌면 저 트럭에 재선이 앉아 있을지 모른다. 지니는 그 트럭을 눈으로 좇았다. 트럭은 주차장을 가로질러 정비창으로 접근했다. 운전석에서 뛰어 내린 남자가 빗줄기를 피해 창고 안으로 뛰어들더니, 이내 또 한 사람의 남자와 함께 나왔다. 그들은 빗줄기 가운데 선 채 엔진 뚜껑을 열고 안을 들여다보며 얘기를 나누었다. 그는 재선이 아니었다.

또 한 대의 트럭이 주차장 안으로 들어갔다. 지니는 다시 그 트럭을 좇았다. 이번에는 재선일까? 트럭은 주차장에 멎었다. 두 남자가 내렸다. 그들은 주차장 귀퉁이에 세워진 컨테이너를 향해 달려갔다. 그 순간 컨테이너의 작은 창에 반짝, 불이 들어왔다. 대낮이었으나 하늘도 세상도 캄캄했다. 그들 역시 재선이 아니라고 지니는 결론지었다.

차들은 꾸준히 드나들었다. 차에서 내린 남자들은 어김없이 컨테이너에 들어갔다가 잠시 후 다시 나와 뿔뿔이 흩어졌다. 정비창으로 가는 사람도 있고, 정문을 빠져나와 주차장 옆의 긴 골목으로 사라지는 사람도 있었다. 재선은 없었다. 지니는 그렇게 생각했다. 아직 오지 않았다. 주차장 안에 깊은 어둠이 자리 잡고, 여기저기 전

409

등이 켜지고, 가로등에 불이 매달리고, 젖은 도로가 차들의 헤드램프로 번쩍거렸다.

시간이 흐르는 것도 잊은 채 지니는 젖은 바위 위에 앉아 있었다. 그래, 재선은 여기로 돌아오지 않았어. 지니는 혼자 중얼거렸다. 기이한 안도감과 함께 슬픔이 밀려들었다. 돌아서자 푸른 고리를 번쩍이며 어둠을 높다랗게 꿰뚫고 선 울트라돔 하남의 에너지타워가 눈에 들어왔다. 저 괴물이 거만하게 번쩍이는 것도 오늘로 마지막이 될 것이다.

빗줄기가 좀 가늘어지는 것 같았다. 지니는 일어나 주차장을 내려다보았다. 컨테이너 건물 안으로 제복을 날카롭게 차려입은 두 남자가 뛰어 들어갔다. 잠시 후 다른 두 남자가 컨테이너 건물에서 나와 넓은 주차장 가득 정연히 자리 잡은 차들 사이의 통로를 걸어갔다. 모자를 쓰고 후드를 쓴 그들은 비를 피할 생각 같은 것은 하지도 않고 작은 트럭 옆에 서서 한동안 얘기를 나누다가 차 안으로 들어갔다. 너무 멀어 얼굴을 알아볼 수 없었으나, 알 수 없이 깊은 친근감을 느끼며 지니는 그들을 지켜보았다.

아이들이 주차장 옆의 길고 긴 언덕길에서 롤러블레이드를 타고 있었다. 저 아이들은 언제 저기 나타난 것일까? 으으아아아, 아이들의 환호에 그녀가 고개를 돌렸더니, 이미 아이들은 빗줄기 사이로 우르르, 달리고 있었고, 개들이 아이들을 따라 달리며 컹컹 짖어댔으며, 아이들의 쟁쟁한 웃음소리, 말소리가 어두운 하늘 가득 울려 퍼졌다. 거대한 방울나무들이 아이들을 보호하기 위해 나선 거인처럼 바람과 빗줄기를 막아섰고, 롤러블레이드 바퀴 소리는 결코 끝나지 않을 듯 경쾌했으며, 메아리라도 만들어내는 듯 지니에게까지 거침없이 덤벼들었다.

헤드랜턴과 손전등을 든 노동자들이 어느새 정비창 지붕 위에 올라서 있었다. 비옷을 입은 그들은 연장을 들고 태양열 집열판에 덤벼들어 집열판을 분리하고 있었다. 저들 가운데 어쩌면 재선이 있지 않을까, 생각하며 지니는 그 광경을 열중하여 지켜보았다. 비에 젖은 옷이 등에 달라붙어 팬티 속으로 물이 흘러들고 있었으나, 그녀는 꼼짝도 하지 않았다. 집열판 옆에 웅크린 저 남자일까. 거친 바람으로 집열판 한 장이 허공으로 날아올랐다 땅바닥에 곤두박질쳤다. 몸집이 작은 한 남자가 부리나케 사다리를 내려갔다. 저 사람은 아닐 것이다. 지붕에서 내려다보며 손짓을 하는 저 남자일까. 요란한 망치질 소리가 이곳까지 건너왔다. 시간이 다가오고 있었다. 울트라돔으로 돌아가야 했다. 그러나 그녀는 그 자리를 떠날 수 없었다. 그녀가 그곳을 떠나면 바로 다음 순간, 저기 재선이 나타날 것만 같았다.

후드와 모자를 쓴 두 남자가 탄 작은 트럭이 주차장을 빠져나와 기우뚱거리며 출입문으로 향했다. 압도적인 어둠과 빗줄기를 아슬아슬한 헤드램프 불빛으로 헤치며, 그 작은 트럭은 늙은 말처럼 버둥버둥 젖은 주차장을 가로질렀다. 제복을 입은 두 남자가 컨테이너에서 나와 어색하게 꿈틀거리며, 서로 장난이라도 치는 듯 밀고 당기며, 서로를 방해하는 듯 기이한 움직임으로, 기우뚱거리며, 비틀거리며 거대한 주차장을 가로질러 출입문 쪽으로 움직이고 있었다. 으으으아아아아, 아이들이 바로 옆의 언덕길을 내달리며 환호했다. 방울나무들이 커다란 나뭇잎을 손뼉 치듯 흔들어댔다. 그들이 출입문에 가까워진 다음에야 지니는 기묘하게 움직이던 두 남자 사이에서 버둥거리고 있는 비닐 커버를 쓴 남자를 알아보았다. 경비원 둘이 한 남자를 끌어내고 있었다. 끌려 나오면서도 비닐 커버를 쓴 남자는 고함을 질러대고 있었다. 경비원들은 그 남자를 문밖으로 동댕이치고 그 자리에 버텨 섰다. 그들 사이로 빗줄기가 쏟아졌다. 비닐 커버는 빗물 웅덩이 속에 엎어졌다가 무릎을 세우고 일어나 경비원들에게 덤벼들었다. 경비원들이 다시 그를 밀어냈다. 번쩍, 번개가 비와 어둠을 갈랐다. 아이들은 그 모든 것에 아랑곳없이 롤러블레이드를 타고 언덕을 내달렸고, 그 뒤를 경쾌하게 짖으며 개들이 따라 달렸다.

지니는 무엇을 보고 있는지 안다고 생각했다. 만일 지금 여기 재선이 있었다면, 그는 바로 저 비닐 커버의 남자였을 것이다. 더 이상 머뭇거릴 시간이 없었다. 내려가 저 남자를 안아줘야 하는 것이다. 저 남자를 데려가 정성 들여 키운 콩나물로 끓인 국밥을 한 그릇 먹여야 하는 것이다. 지니는 산에서 내려가기 시작했다. 재선을 보았다고 그녀는 생각했다. 재선을 만났다고 생각했다. 아아, 재선에게 마지막으로 뜨거운 콩나물국밥을 먹이고 싶었고, 그가 후룩후룩 국밥을 들이마시는 것을 그 앞에 앉아 지켜보고 싶었다. 마지막으로, 꼭 한 번만이라도. 빗줄기와 바람, 어둠과 슬픔, 분노와 그리움이 한꺼번에 덤벼들어 그녀의 등을 떠밀었다.

412

25

하산행 고속도로는 한가했다. 오가는 차량은 대형 화물 트럭이 대부분이었다. 지루한 운전자들은 드문드문 마주 오는 차들이 스쳐 지날 때마다 헤드램프를 깜빡거리며 인사를 건넸다. 개중에는 요란한 음악을 이쪽 차의 와이파이에 쏘아 차 안에 돌연 엉뚱한 음악이 터져 나오는 경우도 있었다. 더 짓궂은 자들은 남녀가 벌거벗고 어우러진 지독한 영상을 쏘아 이쪽 모니터를 잠시 마비시키는 경우도 있었다. 그것을 막기 위해서는 매번 와이파이를 조절해야 했으나, 그 또한 귀찮은 짓이었다. 법으로 금지된 짓이었으나 운전자들은 장난으로, 졸음을 몰아내기 위해 그런 짓을 즐겼고, 오직 그 짓을 즐기기 위해 첨단의 새로운 장비를 구입하기를 마다하지 않았다. 한때는 백스터도 그런 부류 가운데 하나였다. 그는 다가오는 차량에 지독한 포르노를 쏘아댄 다음, 스쳐가는 차량에 대고 중얼거렸다. 실컷 봐라, 자식아. 왕고참 아저씨의 선물이다. 졸고 다니지 말고. 어쨌건 졸음이나 지루함을 몰아내는 데에 얼마간 도움이 되는 것은 사실이었다.

눈은 그쳤으나 날씨는 더욱 차가워졌다. 얼어붙은 북국의 하늘 아래 멀리 침엽수들이 늙은 장수들처럼 음울하게 서 있었고, 그 사이로 이따금 깜빡이는 불빛이 스트로보 조명처럼 흘러갔다. 그가 몇 차례 지난 적이 있는 국도의 차량들이었다. 처음 이곳으로 올라왔을 때, 10여 년 전에는 차들이 거의 보이지 않았다. 도로는 죽은 짐승처럼 무의미하게 펼쳐져 있었고, 이정표는 기울어지거나 녹슬어 있었다. 사람도 별로 보이지 않았다. 길가에 손수레 같은 것을 놓고 지나가는 차들을 향해 손을 흔들어대는 사람들은 감자나 옥수수를 팔기 위해 나선 장사꾼들이었다. 오래지 않아 장사꾼들의 나이는 훨씬 더 어려졌고, 그들의 수레에 놓인 품목들도 바뀌었다. 와이파이 차단기, 미니어처 위스키, 마약, 그리고 근처의 매음굴을 광고하는 명함과 함께 담긴 한두 개비의 대마초 같은 것들을 늘어놓고 아이들은 트럭을 향해 손짓을 했다. 어린 여자애들이 나타나기 시작한 것은 그 후였다. 다리와 허리를 한껏 드러낸 아이들이 길가에 줄지어 늘어서 있었다. 도로 밑으로 내려가면 어설픈 텐트가 있고, 그 안에 더러운 담요와 베개가 뒹굴고 있었다. 몇 살이냐고 물으면 알아듣지 못한 척, 아이들은 옷을 벗으며 재촉했다. 스피시체, 스피시체. 그 여자아이들은 몸만 파는 것이 아니었다. 총을, 탄환을, 수류탄을 팔았다. 북한 인민군의 병기창이나 파산한 공장에서 흘러나온 물건들이었다. 이건 원 달러, 이건 텐 달러. 아카보 소총을 들고 텐 달러, 하는 데에는 기가 질렸다.

414

러시아 조계 당국이 단속을 강화하면서 그런 아이들은 사라졌다. 어쩌면 매춘마저 일부 깡패들이 독점하기 시작한 것인지도 모른다. 독점이 빠르게 돈을 버는 길이라는 것은 사업가도 깡패도 다 아는 사실이었고, 그들을 통해 거둬들이는 두툼한 세금에는 모든 권력이 침을 흘렸다.

어느새 이정표의 첫 줄을 차지한 것은 키릴 문자들이었다. 다행히 두 번째 줄은 한글, 그다음이 영어였다. 하산 공업지대까지는 한글이 명맥을 유지한다는 것을 재선은 알고 있었다. 하산을 넘어가면 한글은 사라졌다. 키릴 문자와 영어, 그리고 한자가 이정표를 차지했다.

재선은 휴게소로 차를 몰고 들어갔다. 주차장 경계에 제설 작업으로 쌓인 눈이 시커멓게 얼어붙어 있었다. 대기는 훨씬 차가워졌다. 바다는 보이지 않았으나 바람에서는 짠 소금 냄새가 났다. 기골이 장대한 러시아 처녀에게서 커피 한 잔을 사 들고 그는 나무 탁자로 가서 앉았다. 자꾸 졸음이 쏟아지는 것은 혼자가 된 탓인 것 같았다. 자도 무방할 것이다. 그러나 그는 지금 혼자였다. 세 명의 남자가 벽면에 설치된 거대한 수족관을 들여다보며 얘기를 나누고 있었다. 한국인 둘 사이에 러시아 남자가 하나 끼어 있었다. 재선은 커피 잔을 들고 그쪽으로 갔다. 수족관 안에서는 거대한 갈치 한 마리가 게으르게 헤엄치고 있었다. 인식표에는 길이가 450센티미터라고 적혀 있었다. 2096년 11월 남포 앞 3킬로미터 해상에서 어업 노동자 장기훈에 의해 포획되었다. 이놈 조리면 1년은 먹겠다. 얜 이 안에서 뭘 먹고 살지? 남자들이 주고받았다. 황해 쪽에서 요즘 흔

415

히 발견되는 기괴한 물고기들 가운데 하나였다. 갈치라기보다 괴물 같았다. 갈치 창자 안에서 사람 뼈가 발견되는 것은 아주 흔한 현상입니다. 러시아 남자가 또박또박 말했다. 정말? 한국인 남자가 묻자 러시아 남자는 고개를 여러 번 끄덕거렸다. 키가 작은 한국인 남자는 믿을 수 없다는 듯 머리를 저어댔다. 그런데 우리가 그걸 먹고 살았단 말이야? 러시아 남자는 말했다. 그래서 맛있는 겁니다. 키 작은 남자가 소리쳤다. 이반, 그런 엉뚱한 소리 마.

갈치는 지느러미를 게으르게 꾸물거리며 움직이다 수족관을 들이받았다. 눈이 보이지 않는 것인지, 벗어나고 싶은 것인지 알 수 없었다. 그놈은 오직 지루해서 자살이라도 하고 싶은 것 같은 표정이었다. 뒷걸음치듯 갈치는 지느러미를 꾸물거려 뒤로 물러났다가 다시 수족관을 들이받았다. 할 일이 없으므로 벽을 들이받아 죽어보기라도 해야겠다는 듯 무심하고 지루한 낯. 이놈이 나이는 얼마나 됐을까? 키 큰 남자가 물었다. 백두 살? 열두 살? 얼굴 봐라. 노인이야, 노인.

재선은 멜라니가 떠났다는 것을 회사에 보고하지 않았다. 하산까지 네 시간 정도 남아 있었다. 그때까지만 보고를 미루기로 했다. 나중에 왜 즉시 보고하지 않았는지 추궁하면 전화통 핑계를 댈 작정이었다. 문자로 보고했는데, 어째선지 문자가 가지 않았다. 그런 일로 직장을 잃는 일은 벌어지지 않겠지만, 만일 직장을 잃는다 해도 어차피 회사와 그 사이에는 종이카드 한 장뿐이었다. 어디 간들 이따위 종이카드를 구하는 데 큰 어려움은 없을 것이다. 만일 회사에서 잘린다면 그때는 정말 세상천지를 떠돌며 지연을 찾아다닐 것이다.

재선은 트럭으로 돌아와 잠을 청했다. 피로했으나 잠은 쉬 오지 않았다. 불편하고 불안했다. 몸속의 내장기관 하나가 쇠사슬 같은 것으로 꽁꽁 묶인 것 같은 기분. 아무리 편하게 누워봐도 편해지지 않았다. 내 여자를 찾아야 해. 멜라니가 남긴 말들이 머릿속에서 메아리쳤다. 내 여자. 제기랄, 나는 왜 지연을 찾아 떠나지 못하는가. 멜라니가 사라진 이래 내내 그는 그 생각에 시달렸다. 어딘가에서 지연이 험악한 지경에 빠져 애타게 그를 찾고 있을지 모른다는 생각이 들었다. 그는 벌떡 일어나 앉았다. 왜? 어쩌다가? 그는 멜라니의 용기와 무모함이 부러웠다. 트럭이고 배달이고 다 내던지고 지금 당장에라도 지연을 찾아 떠나고 싶은 충동으로 몸이 떨렸다. 그러나 그는 트럭 안에서 꼼짝 않고 잠을 청하고 있었다. 못난 놈이다, 하고 그는 자조했다. 못난 놈이 잠은 무슨 잠이냐. 운전석과 화물칸 사이 비좁은 공간에 그는 몸뚱이를 쑤셔 넣고 두 무릎을 세웠다. 거기 누우면 절로 그런 자세가 되었다. 그런 자세가 아니면 거기 누울 수 없었다. 익숙한 자세였다. 그 자세가 오늘따라 불편했다. 바깥에서 차들이 달려가는 소리, 바람이 우우, 밀려가는 소리가 들려왔다. 지연아, 그는 불러보았다.

잠깐, 지연이 말했다. 그녀는 차가운 코끝을 재선의 뺨에 대고 그의 목에 팔을 감았다. 그가 안으려 하자 뿌리쳤다. 작은 나라를 찾았어, 그녀가 말했다. 음? 작은 나라. 정말? 그가 되묻자 그녀는 대답했다. 음. 무척 편안하고 자신 있는 어조였다.

가자, 하고 말하면서 재선은 깨어났다. 작은 나라를 찾았어, 하는

417

그녀의 음성이 아직 귀에 삼삼했다. 꿈에서만이 아니라 정말, 찾은 것일까? 꿈이었다는 것이 아쉽고, 순식간에 그녀가 사라져버렸다는 것이 아쉬웠다.

작은 나라에 가고 싶다고 그녀는 종종 말했다. 어디에 있는데? 그가 묻자 지연은 말했다. 없으면, 못 찾으면 우리들만의 작은 나라를 만드는 수밖에. 세상 끝에서 되돌아와 도봉산 근처 무비베드를 헤매고 다니던 시절이었을 것이다. 물을 포함하여 벽면까지, 집 안의 모든 것이 썩어가는 아파트나마 구한 것은 훨씬 나중의 일이었다.

지니는 고향을 작은 섬나라, 하고 불렀다. 아주 작고 아담한 섬이었다. 자전거로 몇 시간이면 섬을 한 바퀴 돌아올 수 있었다. 동쪽과 남쪽으로는 모래사장이 있었고, 북쪽으로는 벼랑이었다. 서쪽으로는 작으나마 펄도 있었다. 펄에서는 세발낙지가 나오고, 꼬막도 나왔다. 펄을 벗어나면 조그만 굴 양식장이 있었다. 여름이면 학교 동무들과 개펄에서 뒹굴며 물놀이를 하고 흙장난을 하고 놀다가 자칫 발바닥이나 종아리를 베이기 일쑤였다.

북쪽 벼랑 끝에서 내려다보면 바다가, 부풀어 오르는 바다가 한눈에 들어왔다. 풀처럼, 나무처럼, 보리밭처럼 바람에 춤을 추고, 뒤흔들리고, 꿈틀거리는 바다가. 거대한 짐승의 근육처럼, 앙가슴처럼 꾸물거리는 바다가. 하늘이, 아아, 하늘이 보였다. 그녀가 진정으로 처음 하늘을 본 것은 그 벼랑 끝에서였다.

"하늘을 처음 보다니?"

그 이전에는 하늘은 바위나 나무 같은 것, 빤한 눈으로 보는 빤한 사물 가운데 하나였다. 하늘 고유의 무엇인가를 그녀가 목격하고

418

발견한 곳이 그곳이었다.

"하늘 고유의 무엇인가, 라는 건 뭔데?"

세상에 어떻게 저런 것이 생겼을까, 정녕 알 수 없는 그 하늘. 불가사의하게 푸르고 크고 투명한 하늘. 아마도 세상 그 자체일 것 같은, 크다거나 눈부시다거나 하는 따위의 말로는 도저히 얘기될 수 없는 그 하늘……. 나중에 하늘이 푸르게 보이는 이유가 빛의 파장이니 산란이니 가시광선이니 하는 것으로 설명될 수 있다는 것을 알게 되었으나, 그것은 과학적 사실일 뿐, 그녀가 하늘이라는 하나의 존재와 마주친 어린 시절 그날의 경이에 대해서는 아무런 설명도 되지 않았다.

"하나의 존재? 하늘이 존재일까? 더구나 하나의 존재?"

그 벼랑 위 풀밭에 누워 있던 어느 날 한낮이었다. 하늘이 슬며시, 아주 조용히 다가와 그녀를 들어 올렸다. 아니, 삼킨 거라 해야 할까. 아무튼 그녀는 벼랑을 떠나 하늘의 입인지 손인지 가슴인지 알 수 없는 무엇인가에 의해, 왜냐하면 하늘에 입이 있는지 손이 있는지 가슴이 있는지 알 수 없었으니까, 그 하늘로 들어 올려졌다. 무섭지 않았다. 이상하지도 않았다. 낯설다는 생각마저 들지 않았다. 언젠가 이런 일이 일어나리라는 것을 예상이라도 한 듯 그녀는 그저 황홀감과 함께 그 사실을 받아들였다.

"꿈 얘기야?"

"아니. 나에게 벌어진 일, 그대로야."

하늘은 그녀를 들어 올려 여기저기 데리고 다녔다. 섬이 눈 아래 보였다. 파도의 흰 갈기가 거품처럼 자글거리는 것을 보았다. 비탈에 아슬아슬 조개껍질처럼 붙어 있는 그녀의 집을 보았다. 그 집에서 어머니가 진흙 화덕에 공책장과 나무 부스러기를 쑤셔 넣어 불을 피우는 것도 보았다. 바다, 푸른 공처럼 둥글고, 푸른 짐승처럼 변덕스러운 바다를 보았고, 아버지가 낙엽 같은 배 위에 앉아 그물에서 게를 떼어내는 것도 보았다.

그렇게 얼마나 시간이 흘렀는지 모르지만, 하늘은 그녀를 다시 벼랑에 내려놓았다. 아마 두어 시간쯤은 흐르지 않았을까.

"꿈이었다, 이거지?"

지연이 이 얘기를 하면 대개 사람들은 꿈을 꾼 것이라고 했다. 아버지, 어머니도 그랬다. 그녀는 차츰 그 얘기를 하지 않게 되었고, 잊어갔다. 하지만 꿈이 아니었다. 그녀에게 벌어진 일이었다. 그 섬에서 지연은 하늘과 아주 친했다. 그녀가 특별한 존재여서는 아니었을 것이다. 그 섬에서 산 사람들 가운데에는 하늘과 그처럼 친하게 지낸 사람들이 종종 있었을 것이다.

"무섭지 않았어?"

전혀 무섭지 않았다. 흐뭇하고 멋졌다. 하늘이 그녀를 벼랑에 내려놓을 때마다 늘 서운했다. 하늘에 더 머무르고 싶었다. 내려오고 싶지 않았다. 영영 하늘을 떠돌고 싶었다.

"한 번이 아니었다는 거네?"

아마 열두어 번쯤이었을까.

"비 오는 날 같은 때도?"

"그런 날은 하늘이 잘 보이지 않잖아."

돌이켜보면 늘 눈부시게 맑은 날이었다. 그녀는 강조했다.

420

"하늘과 만난 거야. 사람과 사람이 만나 친구가 되는 것처럼, 나하고 하늘이 만난 거야."

"그런데 어떻게 하늘과 헤어지게 됐어?"

"글쎄. 하늘이 섬을 떠났다고 해야 하나."

그날도 지연은 벼랑 끝 풀밭에 누워 하늘을 기다리고 있었다. 그런데 갑자기 짐승이 울부짖는 소리, 괴물이 발악을 하는 것 같은 소리가 들렸다. 그녀가 놀라 눈을 떴을 때 본 것은 용, 거대한 용이었다. 푸른 하늘에 시커먼 용이 한 마리 떠 있었다.

"용이라고? 진짜 용?"

용 한 마리가 길고 시커먼 다리 끝에 새끼 용 하나를 매달고 울부짖고 있었다. 그녀가 그때껏 들어본 모든 소리 가운데 가장 크고 가장 끔찍스럽고 가장 무시무시하고 흉악한 소리였다. 뭔가 너무 악착같고 더럽고 추악하고…… 그런 소리였다. 세상에 있어서는 안 되는 소리. 머리에 거대한 날개가 달려 있었는데, 그 날개가 회전을 하면서 나무들을 날리고 흙을 날리고 하늘을 뒤집어엎고 갈가리 찢어발겼다.

"헬리콥터 아니야?"

아니었다. 용이었다. 용은 날이 어두워지기까지 새끼들을 계속해서 물어다 언덕 정상에 떨어뜨렸다. 새끼들은 땅에 닿자마자 시커먼 기계 덩이로 변태했다. 포클레인으로, 기중기로, 캐터필러로, 굴착기로, 로더와 불도저로, 덤프트럭으로 속속 변태하여 섬을 조각조각 찢어발기기 시작했다. 용은 바닷가 모래사장에도 새끼들을 물어 날랐다. 그곳에서도 새끼들은 포클레인과 기중기와 불도저로 변

421

태했다. 그놈들은 꿱꿱거리며 언덕을 뒤엎고, 모래사장을 뒤엎었다. 보리밭을, 마늘밭을, 옥수수밭, 깨밭, 콩밭을 뒤엎었다. 펄을 뒤엎고 바다를 뒤엎고 하늘을 뒤엎었다.

오래지 않아 여기저기 팻말과 간판이 섰다. SS 울트라개발, 파라다이스건설, 도로 신설공사 현장, 무슨 무슨 발주기관, 무슨 무슨 수주, 언제가 기공이고 언제가 완공인지 따위를 기록한 커다란 표지판들이 바닷가에도, 마을 고샅에도, 지연이 하늘을 만난 벼랑에도 버텨 섰다. 그제야 주민들은 그 섬 전체가 어떤 회사에 판매되었고, 그곳에 휴양 시설이 건설될 예정이라는 것을 알게 되었다.

"그러니까 용이 아니라 헬기잖아. 용의 새끼들이 아니라 중장비들이고."

그때 지연은 물었다. 내가 용과 헬기를 구별 못 할 사람 같아? 그렇게 보여? 내 눈을 봐. 잘 들여다봐. 아직 그 하늘이 남아 있을 거야. 재선은 말했다. 꿈이야. 환상이야. 미화된 기억일 뿐이야. 우리의 현실은…… 이 지루한 시간, 곧 따로따로 들어가 잠들어야 하는 곽 같은 무비베드, 그런 것들이야.

지연은 항변했다. 그게 전부는 아닐 거야. 재선은 고집했다. 전부야. 지연은 다시 항변해보았다.

"난 아직 그 하늘을 떠돌고 있어."

재선은 어째선지 심술이 나서 투덜거렸다.

"고물 트럭을 타고 이놈의 넌덜머리 나는 세상을 떠돌며 뭔지도 알 수 없는, 참말 무의미한 장난 같은 일을 하는 것으로 근근이 연명하는 거야."

지연은 입을 다물었다. 그들은 지치고 피로했으며 화가 났다.

"우린 연명하고 그사이 저놈들은 큰돈을 버는 것, 언제부터 그렇게 된 거야?"

우리가 누구인지, 저놈들이 누구인지 굳이 설명할 필요는 없었다. 그는 알아들었다. 글쎄, 언제부터였을까. 수천 년 전부터? 어쩌면 그렇지 않았던 때를 찾기가 힘들 것이다. 잠깐 인간의 집단적 저항으로 양보와 타협이 이루어지지만 이내 그 오래된 추세로 되돌아갔고, 다시 꾸준히 악화되는 일이 반복되었으며, 반복될 때마다 더욱 발달한 과학기술의 힘으로, 법적·제도적·문화적 장치의 힘으로 우리와 저놈들 사이의 거리는 더 멀어졌다.

"우린 작은 나라를 만들어야 해."

지연은 말했다. 작은 나라로 문제가 해결되지는 않을 것이다. 작은 나라가 있다면 큰 나라가 밟아 차지할 것이요, 그렇게 하여 더 큰 나라가 될 것이다. 작은 나라 같은 것은 남아나지 않을 것이다.

"너와 나만이 사는 작은 나라?"

만들 수 있을까. 하나의 태도가 하나의 나라가 되는 세상. 누구나 하나의 생각으로, 이를테면 월요일이 없는 나라, 그런 생각으로 월요일이 없는 나라를 만들 수 있는 세상. 나에겐 나의 태도, 너에겐 너의 태도, 오늘은 오늘의 태도, 내일은 내일의 태도, 그렇게. 우리 팔에 올가미를 들이밀고, 우리 다리에 차꼬나 채우는 나라가 아니라, 그럴 힘도 없는 나라.

"우리 손에 색동 장갑을, 우리 발에 색동 양말을 선물하는 나라."

지연은 배낭에서 대롱거리는 재선의 색동 양말을 만지작거렸다.

"이렇게 작은 나라."

"이를테면, 내가 기침 한번 하면 깜짝 놀라 병원에 입원하는 나라, 당신이 눈물 한 방울 흘리면 그만 슬퍼서 홍수가 지는 나라."

오늘은 이 나라, 내일은 저 나라, 내키는 대로 떠나고 돌아올 수 있는 나라. 그렇게 임의로 바꿀 수 있는 나라.

그렇게 작은 당신의 섬나라는 어떻게 되었는가? 재선은 묻고 싶었으나 참았다. 지연이 가장 잘 아는데 물을 필요가 무엇이랴. 그녀는 꿈꾸고 있었고, 때로는 오직 꿈만이 줄 수 있는 위안이 필요한 법이었다.

그런 나라를 만들 수 있을까? 만들 수 있고말고. 재선은 터무니없이 큰 소리로 대답했다.

그러나 얼마 후 그는 떠나는 지연을 말리지도 못하고 지켜보았다. 그들은 서로를 감당할 수 없었고, 서로에게 한 약속도 감당할 수 없었다. 서로에게 주는 상처가 두려웠고, 날이 갈수록 더 큰 상처와 더 큰 절망을 주고 있는 것 같아 두려웠다. 그 두려움은 날이 가면서 더 커져 이제 그들은 같이 죽는 것이 아니라, 각기 따로따로 죽어버리기를 원했다. 어쩌면 그들은 서로에게 조금만, 아주 조금만 더 무관심해져야 했을지도 모른다. 그랬더라면 서로에게 주는 상처가 조금은 덜 두렵지 않았을까.

옆으로 트럭이 스쳐가자마자 차의 오디오에서 고함 소리가 터져 나왔다. 아임 어 크리프 아임 어 위어도 와트 더 헬 엠 아이 두잉 히어……. 재선은 얼른 소리를 죽였다.

다시금 지연이 떠나던 무렵의 절망감이 생각났다. 고스란히, 저

424

기 멀어져가는 그녀를 창을 통해 내다보던 날의 비참하고 참혹하던 기분, 두렵지만 뛰어나가 그녀를 붙잡을 수는 없던 그 기분까지 생생히 떠올랐다. 그들은 다시는 떠나온 자리로 돌아갈 수 없었다. 과연 감당할 수 있을 것인가? 그는 버럭 소리쳤다. 감당하는 것이 운명이야.

감당하는 것이 운명이었다. 그로 하여 그가 지연을 미워하게 된다 할지라도, 그렇게 지연이 그를 미워하게 된다 할지라도, 그리하여 마침내 두 사람이 서로를 미워하게 된다 할지라도, 그것마저 감당해야만 하는 것이다.

자동주행장치가 말했다. 전방 10킬로미터에 고속도로 출구입니다.

자유공업지구 입구에는 간판들이 빽빽이 늘어서 있었다. 어둠 속에 새하얗게 빛의 벽을 세우고, 거대한 한글과 한자, 키릴 문자와 로마 문자, 일본 문자들이 회사와 제품을, 풍요로운 현재와 더 풍요로운 미래를 웅변하고 있었다. 어두운 허공에 쌓아 올린 빛의 벽은 장대했고, 기실은 허공에 불과한 빛의 벽에 새겨진 문자들은 경이로웠다. 당신을 위해 미래를 준비합니다. 아름다운 배우가 서서 말했다.

멜라니는 오지 않았다. 연락도 없었다. 그녀가 오겠다는 말을 처음부터 믿지 않았으므로 놀랄 것은 없었다. 그가 붙잡는다 하여 멜라니가 고분고분 다시 트럭에 올랐을 리도 없었다. 서로 기분만 상했을 것이다. 남은 문제는 회사에 어떻게 알릴 것인가, 하는 것뿐이었다.

재선은 자동주행장치를 느린 속도로 조정하고, 내비게이터를 들여다보았다. Y 블록 2348. C 블록 1713. 화물을 배달할 주소였다. Y 블록은 공업지구 마지막 블록이었다. C 블록에 들러 Y 블록으로 가는 것보다 Y 블록에 먼저 가서 짐을 내려놓고, 나오는 길에 C 블록으로 가는 것이 나을 것 같았다.

재선은 자동주행장치를 끄고 공업지구 안으로 트럭을 몰고 들어갔다. 직선의 도로가 끝도 없이 이어져 있었다. 강바람이 휘몰아쳐 트럭이 불안하게 기우뚱거렸다. 졸음을 쫓기 위해 창을 조금 내리자 얼음 조각 같은 바람이 이마를 쳤다. 그는 얼른 문을 닫았다. 드문드문, 야간작업을 하는 공장이 내부에 흰히 불을 밝히고 있을 뿐, 거리는 한적했다. 사람을 찾아보기 힘들었다. 내비게이터가 알렸다. 1킬로미터 전방에서 우회전입니다.

우회전을 하자 Y 블록이었다. 띄엄띄엄 건물이 서 있기는 했으나, 아직 빈터가 많이 남아 있었다. 불을 밝힌 보안등도 많지 않았다. 2348호 앞에 이르렀을 때 재선은 당황했다. 컨테이너식 가건물이 하나 세워져 있을 뿐, 보안등도 하나 없었다. 회사 간판도 보이지 않았다. 사람도 눈에 띄지 않았다. 화물을 누구에게 어떻게 전할 것인지 알 수가 없었다. 서울클라우드익스프레스 서비스의 요체는 세계 어디건, 어느 때건, 고객에게 직접 화물을 배달하는 것이었다. 언제나 사람 대 사람이었다. 사람이 없다면 전화번호라도 붙어 있어야 했다. 광고 속에서 서울클라우드익스프레스의 멋진 배달기사는 헬기에서 플라잉 재킷을 입고 뛰어내려 북극곰이 엎드린 빙하를 지나, 부글부글 끓어 넘치는 화산 위를 날아, 바위에 엎어져 그 화산을 망원경으로 지켜보는 과학자 곁에 사뿐히 내려서서 뜨끈뜨끈

한 커피를 전하고, 환한 미소와 악수를 교환했다.

　트럭에서 내리자 칼날 같은 바람이 그의 빰을 베고 지나갔다. 온몸이, 솜털까지 순간적으로 얼어붙는 것 같았다. 그는 얼굴을 옷깃에 깊이 묻고, 화물을 옆구리에 꽉 끼고, 가건물로 다가갔다. 발밑에서 얼음이 부스러지는 소리가 경쾌했다. 계세요? 그는 가건물 입구처럼 보이는 곳에서 소리쳤다. 대답이 없었다. 바람 소리뿐이었다. 그는 문을 두들겼다. 헬로? 여전히 대답은 없었다. 문 앞을 떠나 가건물 벽을 끼고 움직이며 그는 더 큰 소리로 외쳤다. 헬로. 애니바디 데어? 그는 가건물 벽을 두들겼다. 낡은 생철 껍데기를 두들기는 소리가 났다. 어둠과 눈과 얼음으로 더 이상 그쪽으로 움직일 수가 없었다. 그는 다시 문 앞으로 돌아왔다. 얼굴이 얼어드는 것 같았다. 헬로, 헬로. 아무도 없어요? 대꾸가 없었다. 문을 밀자 경첩이 망가진 듯 문이 비스듬히 꺾이면서 안이 드러났다. 캄캄했다. 썩은 냄새, 비린내, 먼지 냄새 같은 것이 훅 끼쳤다. 아, 이건 뭐가 잘못됐다는 생각이 들었다. 오랫동안 사람이 드나든 적이 없는 공간이 분명했다. 이런 곳에 무슨 회사가 있었을 리가 없었다. 그는 손전등으로 화물을 비춰 주소를 찾았다. 인터클래스 테크놀로지. 그러나 그가 본 것은 무너져가는 낡은 퀸셋에 불과했다. 인기척 같은 것은 전혀 없었다. 딜리버리, 딜리버리. 어둠 속에 대고 그는 외쳤다. 디스 이스 서울클라우드익스프레스. 하이. 바람이 어둠 속을 질주하는 소리뿐이었다. 입 안이 얼어붙는 것 같았다. 바람 소리가 살벌했다. 왠지 꼭 추위 때문이 아니라, 몸이 부들부들 떨렸다.

　무슨 일이 벌어질 것이다. 아니, 이미 무슨 일이 벌어졌다. 그의 예감이 말해주었다. 그는 다시 소리쳤다. 아무도 없냐고, 아 씨발. 그는 다시 손전등을 꺼내 전화번호를 찾았다. 이상한 일이었다. 인터클래스 테크놀로지, 라는 회사 이름 옆에 기록된 번호는 서울클라우드익스프레스 하남 출장소의 전화번호였다. 제기랄. 그는 이 어둠 속에 화물을 내던지고 달아나고 싶었다.

　그때였다. 어둠 속 저편 깊은 곳에서 인기척이 느껴졌다. 누군가 알아들을 수 없는 소리를 중얼거리는 것 같았다. 헬로? 헬로? 재선은 계속 소리쳤다. 잘못 들은 것일까. 더 이상 대꾸가 없었다. 그가 돌아서는데, 말소리가 들려왔다. 아, 조용히 좀 해. 한국어였다. 귀에 익은 음성이었다. 멜라니? 그녀의 음성 같았다. 멜라니, 거기 있어? 벌써 왔어? 재선은 손전등을 그쪽으로 비췄다. 거기, 멜라니가 사지를 쭉 뻗고 거의 누운 자세로 앉아 있었다. 조용히 좀……. 그녀가 투덜거렸다. 재선은 그녀에게 다가갔다. 피비린내가 먼저 덤벼들었다. 그다음에야 재선은 멜라니의 피에 젖은 하복부를 보았다. 뭐야, 이게? 어떻게 된 거야? 물, 물을……. 재선은 트럭으로 달려가 물을, 그리고 감춰두었던 소주까지 챙겼다. 그의 손과 손전등, 그리고 옷자락이 어느새 피에 젖어 있었다. 어디선가 피를 만진 것 같았다.

　멜라니의 모습은 참혹했다. 흙과 시멘트와 먼지로 뒤덮인 플라스틱 상자에 기대앉은 그녀의 온몸이 피투성이였다. 옷을 갈아입어 남자인지 여자인지 알 수 없는 차림이었다. 배에서 피가 뭉클거리며 쏟아졌다. 모자가 벗겨져 머리칼이 드러나 있었으나, 그 머리는 짧게 잘려 있었고, 머리에서도 피가 흐르고 있었다. 재선은 그녀를 일으켜 세웠다. 안 돼, 안 돼. 멜라니는 비명을 질렀다. 어쩌다 이렇게 된 거야? 총을 맞았어? 어디서 총을 맞아? 멜라니의 얼굴에 희미하게 웃음이 떠올랐다. 두 놈을 죽여버렸어. 그녀가 턱짓을 했다. 그쪽으로 손전등을 비추자 땅바닥에 엎드린 한 남자의 모습이 드러났다. 덩치가 우람했다. 옷이 갈가리 찢기고 목이 기묘하게, 있을 수 없는 자세로 꺾인 자세였다. 피와 상처로 얼굴을 알아볼 수 없었다. 한쪽 눈알이 튀어나오고, 코가 반쯤 떨어지고, 뺨이 찢기고, 입술이 너덜거리고…… 처참한 꼴이었다. 날 죽이겠다고 멕시코에서 여기까지 날아와 숨어 있었던 놈이야. 멜라니가 말했다. 재선은 전혀 알아들을 수 없었다. 멕시코에서 왜 그녀를 죽이기 위해 사람이 온단 말인가? 멜라니가 말했다. 내 여자를 죽인 놈이야. 내 여자를 강간했어. 그 시체 가까이 커다란 소총이 하나 놓여 있었다. 이 여자는, 도대체 이 여자의 정체는 무엇일까? 재선의 몸이 부들부들 떨려오기 시작했다. 추워서가 아니었다.

저놈들이 여기에서 기다리고 있다는 것을 멜라니는 어떻게 알았을까? 그녀는 소주를 벌컥벌컥 들이켰다. 목숨 내걸어놓고 평생 길바닥에서 산 놈의 예감이지. 그녀는 웃으려 애썼으나, 목구멍에서 쇳소리 같은 것이 새어 나올 뿐이었다. 또 한 놈 저기 있어. 재선은 손전등으로 가건물 안을 이리저리 비췄다. 널찍한 가건물 중앙에 젊은 남자가 하나 너부러져 있었다. 그는 아직도 손에 권총을 쥐고 있었으나 손목이 반쯤 베어져 홍건한 피 속에 잠겨 있었다. 어떻게 여자가 혼자서 총을 든 두 남자를 저 지경으로 만들 수 있었을까? 멜라니는 안간힘으로 소리쳤다. 아 씨발, 내가 아직도 여자로 보이

429

냐? 아니, 그녀는 더 이상 여자로 보이지 않았다.

재선은 휴대전화를 꺼내 근처의 병원을 검색했다. 공업지구 입구에 병원이 있었다. 가자. 그는 멜라니를 부축하여 일으켜 세웠다. 그녀는 뿌리쳤다. 됐어. 이러다 죽을 거야. 재선은 그녀를 억지로 트럭으로 끌고 갔다. 차 안이 순식간에 피로 범벅이 됐다. 잠깐, 저거, 저거……. 그녀가 손가락으로 가건물 쪽을 가리켰다. 문 근처에 뭔가 번쩍이는 물체가 보였다. 재선은 트럭에서 내려 그것을 집었다. 그것은 일종의 채찍, 강철로 만든 면도날처럼 예리한 채찍이었다. 2미터가 넘는 길이였다. 하나가 아니라 둘이었다. 그것을 질질 끌어 멜라니에게 가져다주자 그녀는 그 물건을 천천히 공을 들여 접었다. 이내 그것은 연필 정도의 길이가 되었다. 그것을 소중히 움켜쥐고 멜라니는 숨을 몰아쉬었다. 살고 싶지도 않은데, 병원은 왜 가냐? 병원 가면 다음 정류장이 어딘지 아나? 감옥이다. 나온 지 얼마나 되었다고, 씨발.

시동을 걸자 내비게이터가 종알거렸다. 목적지 하산보트킨병원. 10분 거리입니다. 1.5킬로미터 앞에서 좌회전입니다. 멜라니는 자꾸 창을 열었다. 얼음장 같은 바람 속에 얼굴을 내밀고 그녀는 알 수 없는 소리들을 끝도 없이 늘어놓았다. 이 채찍 너 줄까? 난 이제 필요 없을 것 같아. 니 여자 꼭 찾아. 아 씨발, 세상에 그것보다 좋은 게 어디 있냐. 사랑하는 여자랑 하는 거. 살 붙이고 누워 게으름 피우는 거. 안 그러냐? 제일 그리운 것도 제일 아쉬운 것도 그거더라. 병원 가지 마. 안 돼. 그냥 가. 서울로 가. 죽여야 할 놈이 아직 남았어. 내가…… 귀신이 되더라도 그놈들을 죽여야 해.

430

맞바람이 몰아쳐 작은 트럭 6869는 자꾸 기우뚱거렸다. 창으로 얼음 같은 바람이 밀려들어 손이 시렸다. 멜라니는 전혀 의식하지 못했다. 하얀빛의 광고판이 다시 나타났고, 거기 밍크로 하체만을 살짝 가린 여자가 떠올랐다. 차디찬 칼바람을 향해 여자는 환히 미소 지었다. 여기 당신의 꿈이. 밍크를 떨어뜨리는 순간 그녀는 벽에서 사라지고 커다란 로고가 화면 가득 확대되었다.

뉴스, 뉴스 들었어? 멜라니가 물었다. 무슨? 서울에서…… 에너지돔이 몇 개…… 폭파되었다고 하더라. 에너지돔이? 재선은 잠깐 놀랐으나 지금 그런 데 오래 신경을 쓸 겨를이 없었다. 신호등을 넘어가자 한 블록쯤 너머에 푸른 병원 십자가가 보였다. 그는 가속기를 한껏 밟았다. 테러리스트들이, 노동자들이……. 그놈의 종합인적자원조정회사법안 때문에 요즘 들어 노동자들의 시위가 격렬해진 것은 사실이었다. 시위에서 시가전으로 넘어가는 것일까. 서울로 돌아가면 아아, 거리거리 바리케이드를 세우고 한판 싸움을 벌이게 되는 것일까. 멜라니가 다시 그의 팔을 잡았다. 병원, 안 돼. 병원, 소용없어. 이번엔 순서가, 순서가…….

재선은 신호등을 쳐다보고 있었다. 붉은 신호등이 깜빡거렸다. 도면과 계획으로 이루어진 낯선 거리, 공간은 인위적인 직선과 직선으로 구성되어 있었다. 도로도, 건물도 직각으로 날카롭게 부딪쳤다. 거대한 직육면체의 건물이 한 블록 전체를 가득 채우고 서 있거나, 한 블록 전체가 텅 비어 눈과 얼음과 어둠으로 차 있었다. 병원 역시 견고한 직육면체였다. 병원이 아니라 교도소에 어울릴 것 같았다. 도로 끝에 번쩍, 빛의 벽이 나타나고 그와 함께 반쯤 벗은 아름다운 여인의 미소가 떠올랐다. 서울클라우드익스프레스 기사들이 미스 클라우드라 부르는 광고 모델이었다. Wherever, Following you. 서울클라우드익스프레스의 로고가 반짝이고, 빛과 함께 은은히 사라지다가 폭발하듯 번쩍 다시 나타나 화면을 가득 채웠다. Wherever! Whatever!

　신호가 바뀌었다. 재선은 출발하지 않았다. 갈 것인지, 말 것인지, 과연 어디로 갈 것인지 알 수 없었다. 내비게이터가 종알거렸다. 전방 700미터에 목적지입니다. 전방 700미터에 목적지입니다. 바람이 눈과 함께 도로 위를 질주했다. 길 끝에 다시 빛의 벽이 나타났고, 빛 속에서 미스 클라우드는 환히 웃으며 말했다. Wherever! Whatever!

26

클레이모어에 스무 권의 페이퍼샌즈를 결합했다. 클레이모어에서 도화선을 끌어내고 큰 가위가 만들어준 스위치에 연결했다. 준비를 끝내자 지연은 큰 가위에게 전화를 했다. 커피콩 다 빻았어요. 큰 가위는 대답했다. 가위 하나 사러 나가야 하는데. 커피와 가위는 그렇게 서로의 동정을 확인했다. 지연은 휴대전화의 배터리를 제거했다.

8시 반에 도화선에 불을 붙인 다음 에너지돔에서 탈출하라는 것이 카지모도의 제안이었으나 지연은 한 번도 탈출을 생각해본 적이 없었다. 그녀는 스위치를 누르고 에너지돔과 함께 사라질 것이다. 두려움도 미련도 없었다. 그녀가 기꺼이 떠맡은 과제, 해묵은 과제였다. 이 과제를 수행하는 데 너무 오랜 세월이 흘렀다는 것이 안타까울 뿐이었다.

섬에서 나와 뭍으로 올라왔을 때 그녀는 SS 울트라가 약속한 대로 SS 울트라베이커리에 들어갔고, 그와 함께 공장에서 운영하는 SS 울트라 산업체 부설 중학교에 입학했다. 그녀의 봉급은 고스란히 아버지, 어머니의 통장에 입금되었다. 일은 힘들고, 학교 공부는 재미가 없었으나, 지연은 참았다. 누가 그런 터무니없는 믿음을 심어준 것인지 알 수 없었으나, 고등학교 정도는 졸업해야 세상을 온전히 살 수 있을 것이라고 그녀는 믿었다. 그녀의 형편으로서는 학교를 졸업하는 단 하나의 길이 SS 울트라베이커리에서 일하면서 SS 울트라 중·고등학교, 공식적으로는 SS 울트라베이커리 산업체 부설 고등학교에 다니는 것뿐이었다. 다른 학교는 등록금이 비싸서 다닐 수도 없을 것이라 생각했다.

그녀는 어리석었다. 그녀의 부모 또한 어리석었다. 중학교도 고등학교도 등록금 같은 것은 없었다. 먹고살 수만 있으면 누구나 다닐 수 있었다. 그녀도, 그녀의 부모도 알지 못했다. 섬에는 학교가 없었고, 뭍으로 공부를 하러 다니기 위해서는 엄청난 돈이 필요했으므로, 그러려니 하고 믿었다.

아버지는 SS 울트라건설의 경비로 취직했다. 밤낮으로 도둑놈들이 철근이나 시멘트를 훔쳐가지 않는지 감시했다. 어머니는 SS 울트라패션에서 포장을 했다. 국회의원도 대통령도 몇 년 만에 한 번씩 바뀌었으나 SS 울트라 회장은 바뀌지 않았다. 그들은 대통령 이름은 잊어도 회장 이름 감병준은 잊지 않았다. 회장의 이름을 말할 때면 저절로 허리와 머리가 앞으로 공손히 굽었고, 한없는 고마움과 존경으로 가슴이 벅차올랐다. 감 회장이 1년에 한 번 개교기념일에 학교를 방문하면 전교생이 모두 교문 앞에 늘어서서 오색 깃발과 함께 SS 울트라의 로고가 새겨진 깃발을 휘두르며, 발을 구르며 환호하며 맞아들였다. 전교생이, 부모들과 더불어 그를 맞아 노래와 춤으로 환영하고, 감 회장이 전교생에게 나눠주는 영어사전, 책가방, 개인용 컴퓨터, 옷과 구두 같은 선물을 고맙게 받았다. 어떤 집에서는 감 회장에게서 받은 선물은 쓰지도 않고 선반 위에 고이 모셔두었다.

문제는 나중에, SS 울트라베이커리가 식품 산업에서 철수하면서 벌어졌다. SS 울트라베이커리는 대선식품에 매각되었다. 지연도 지연의 부모도 그런 일이 어떤 결과를 초래할지 알지 못했다. 그러나 학교에서는 변화가 생겼다. 교사들이 하나둘 떠나갔다. SS 울트라는 학교까지 대선식품에 넘겼으나, 대선식품은 처음부터 학교에는 관심이 없었다. 학교의 부지, 건물을 속히 팔아치워 회사운영 자금을 마련하려는 생각뿐이었다. 교사들이 떠나는데도 대선식품은 새로운 교사를 초빙할 생각을 하지 않고 방치했다. 결국 교육청은 대선베이커리 산업체 부설 학교의 인가를 취소했다. 대선식품은 기다렸다는 듯 학교의 문을 닫았다. 지연은 고교 2학년이었다.

지연은 여전히 같은 공장, 그러니까 대선식품에서 달걀 껍데기를 치우고, 비스킷을 만들었다. 공장에 다니면서 학교에 다닐 수 있는 방법은 이제 없었다. 공장이거나 학교거나, 둘 가운데 하나를 택해야 했다. 그녀의 부모는 어떻게든 방법을 찾아보리라 궁리하다가 그만 시기를 놓치고 말았다. 그렇게 지연은 학교를 떠났다.

지연의 그런 학력은 일자리를 찾는 데 큰 약점이 되었다. 나중에 서울에 올라온 후 SS 울트라마켓에 취직할 때는 SS 울트라 산업체 부설 고등학교 출신이라는 점이 약간 도움이 된 것은 사실이었다. 그렇게 하여 그녀는 구멍 난 학력에도 불구하고 어렵게 취업에 성공했다. 계약직 2년짜리였다. 정규직 같은 것은 꿈도 꾸지 않았다. 이미 실업률이 실질적으로는 45퍼센트를 넘어가던 시절이었다. 그나마 시간제 일자리, 단기직 같은 것들도 취업한 것으로 간주한 통계가 그러했다.

지연과 SS 울트라 사이를 악연이라 할 수 있을까. 그녀는 SS 울트라의 그늘에서 평생을 살았다고 할 수 있을 것이다. 섬나라에서 쫓겨난 계기부터 그러했다. 그녀가 잠깐 대선베이커리에 다닐 때에도 부모는 여전히 각기 SS 울트라 계열사에서 일하고 있었다. 죽음을 결심한 뒤에 지연은 비로소 잠시 SS 울트라에서 벗어날 수 있었으나, 오래지 않아 되돌아와야 했다. SS 울트라는 그녀를 쉬 놓아주지 않았다.

어쩌면 스텔라가 한 얘기가 맞는 것 같았다. 그녀는 다리의 스타킹을 집어 올리며 우린 이런 식으로 갇혀 있다고 말했다. SS 울트라는 따로 그녀의 바깥에 존재하는 것이 아니었다. 세계와 삶 가운데에, 시간과 존재 가운데에 이미 SS 울트라가 자리 잡고 있었다. 피할 수 없었고, 벗어날 수 없었다. 생존의 바로 다음 껍질이 SS 울트라인 것 같았다. 아니, 어쩌면 SS 울트라의 다음 껍질이 생존이었을까. 과육을 싸고 있는 외피처럼, 그녀의 생존을 싸고 있는 것은 어쩌면 SS 울트라였다.

어린 시절, 섬나라에서는 지연은 SS 울트라를 알지 못했다. 그 섬이 파괴되면서 비로소 SS 울트라가 그녀를 지배하기 시작했다. 그

섬으로 돌아갈 수 있다면, 다시 낡은 자전거를 타고 천천히 섬을 한 바퀴 돌고, 벼랑 위에 앉아 바다를 바라보다가 풀밭에 누우면 하늘이 그 넉넉한 품으로 다시 그녀를 안아줄 것이다. 어쩌면 그것이 지연이 아는 유일한 작은 나라였다.

하늘은 보이지 않았다. 먹구름과 어둠, 그리고 눈보라가 흩날리는 것이 보였다. 죽기 좋은 날이다, 하고 그녀는 혼자 중얼거렸다. 이 혼란스러운 바람을 타고 그녀는 기꺼이 이 세계를, SS 울트라를 떠날 것이다.

지연은 한 가지, 카지모도와 상의하지 않은 일을 하기로 마음먹었다. 전망대 벽면에 비상벨이 설치되어 있다는 것을 그녀는 알고 있었다. 8시 25분, 그녀는 플라스틱 커버를 열고 비상벨을 눌렀다. 돔 전체에 요란한 벨이 울려 퍼졌다. 그녀는 전망대의 전등을 다 끄고 기다렸다. 5분만 더. 5분이면 그녀는 영영 이곳에서 벗어날 것이다. 전망대 밑을 내려다보니 직원들이 부산스럽게 에너지돔에서 뛰쳐나가고 있었다. 안드로이드 경비들은 분주히 그들 사이를 오갔다. 남녀 직원들은 멀찍이 떨어져서 에너지돔을 올려다보았다. 저기 어디 브라운이 서 있을 것 같았다. 미안해요, 브라운. 미안해요. 드론이 나타나 창으로 접근하자 지연은 얼른 소파 밑으로 내려앉았다. 사방이 창이었으므로 드론을 피할 길은 없었으나, 다행히 전망대 안은 캄캄했다. 드론이 결국 그녀를 찾아내어 사진을 찍어 데이터 센터로 보내고, 그리하여 그녀의 신분이 드러난다 할지라도 어쩔 수 없는 일이었다. 지연의 세계는 이제 2분 남짓이 남아 있을 뿐이었다. 시간이 갑자기 빽빽이 접근해오는 것 같았다. 한순간, 한순간이 흐르는 것이 무겁게 의식되는 것이 신기했다.

생애의 마지막 순간들을 이렇게 어둠 속에서, 소파 뒤에 몸을 감추고 보내야 한다니. 그런 생각이 들자 지연은 벌떡 일어섰다. 전망대 밖에 대기하던 드론이 번쩍 탐색등으로 그녀를 찾아냈다. 카메라가 번쩍거리며 사진을 찍었다. 지연은 피하지 않고 드론을 쏘아보았다. 드론이 더 날아들었다. 네 방향에서 드론이 쏘아대는 탐색등으로 어둡던 전망대 안이 환해졌고, 드론들은 영상을 촬영하여 보안경비실로 전송했으며, 브라운은 옆에 서 있는 안드로이드의 모니터를 통해 지니를 발견하자 깜짝 놀랐다. 지니, 지니. 그는 전망대를 올려다보며 소리쳤다. 지니, 지니. 그녀에게 들릴 리 없었다. 그는 전화를 했다. 통화가 되지 않았다.

지연은 주머니를 뒤적거려 색동 장갑을, 재선의 색동 장갑을 꺼내 팔목에 걸었다. 두 개의 작은 방울처럼 장갑은 그녀의 손목에서 달랑거렸다. 그녀는 색동 장갑을, 재선은 색동 양말을. 그렇게 나눠가지던 날을 그녀는 기억하고 있었다. 재선은 아직 그 색동 양말을 지니고 있을까. 그녀는 휴대전화에 배터리를 넣고 마지막 편지를 썼다.

더 이상 당신을 기다릴 수 없어요. 용서해주세요.
당신을 떠난 것을 얼마나 후회했는지 몰라요. 마음으로는 날마다 당신에게 돌아갔어요.
아파트가 철거된 것을 보았어요. 나의 섬나라처럼 우리 아파트도 역시 파괴당하고 말더군요.

안녕히, 내 사랑.

가장 큰 우주를, 그리고 가장 작은 나라를 나에게 선물한 분, 안녕히.

당신의 지연.

더 이상 쓸 수가 없었다. 바로 그의 앞에서 얘기를 하는 듯 가슴
이 두근거리고 손이 떨렸다. 편지를 보낸 다음, 그녀는 다시 전화의
배터리를 제거했다.

디지털 벽시계가 29분 50초를 넘겨 세계를 묵직하게 앞으로 밀어
나가고 있었다. 51초, 52초……. 지니는 스위치에 손가락을 올리고
기다렸다. 바람이 창을 뒤흔들고, 눈송이들이 달려와 부딪쳤다. 이
상한 일이지만, 눈송이들의 아우성이 들리는 것 같았다. 드론은 일
제히 어디론가 사라졌다. 무장(武裝)을 하기 위해 떠난 것인지도 모
른다.

마지막으로 듣게 될 소리가 폭발음이라는 것은 서운한 일이었다.
지연은 재선의 음성을 떠올리려 애썼다. 그가 뭐라 했던가. 신속배
달 안전보장입니다. 그때 웃을 듯 말 듯하던 그의 얼굴이 고스란히
생각났다. 그러자 그의 속삭임이 전망대 안에 나직하게 흘러들었
다. 하나의 태도가 하나의 나라가 되는 세상. 누구나 하나의 생각으
로, 이를테면 월요일이 없는 나라, 그런 생각으로 월요일이 없는 나
라를 만들 수 있는 세상. 오늘은 이 나라, 내일은 저 나라, 내키는
대로 떠나고 돌아올 수 있는 나라. 우리 손에 색동 장갑을, 우리 발
에 색동 양말을 선물하는 나라…….

439

지연은 세상 끝에서 그들이 맞은 무수한 밤들을 생각했다. 그가 무한히 장엄하고 그녀는 무한히 성스러웠던 그 밤들을. 그녀가 더 이상 피조물이 아니고, 그는 스스로 조물주와도 같던 그 밤들을. 그녀의 머리칼 사이로 별이 흐르고 성운이 소용돌이치던 그 밤들.

벽시계의 초침이 59를 향해, 마침내 00을 향해 깜빡이는 것이 마치 쿵쿵 큰 소리로 접근하는 거인의 발걸음처럼 여겨졌다.

죽기 좋은 날이다, 하고 그녀는 생각했다.

에필로그

　사람들이 사는 동네 같지 않았다. 누군가 심심하여 진흙으로 장난을 하다가 아무렇게나 내던지고 떠나버린 것 같은 골목이었다. 골목도 흙, 집도 흙, 담도 흙이었다. 담에 기대어 서 있는 사람들, 창 앞에 쪼그리고 앉은 사람들 역시 흙으로 빚은 듯 붉고 검었다. 흙처럼 굵은 먼지가 흩날려 하늘도 붉었다. 어둠마저 검다기보다는 붉었다.

　구스만의 차는 그녀가 내리자 곧 꽁무니에서 먼지를 흩날리며 사라졌다. 그가 가리켜준 집을 향해 아이리스는 다가갔다. 흙으로 빚은 야트막한 담장 사이로 나무판자가 얼기설기 가로막은 틈이 있고, 그것이 대문인 것 같았다. 굳이 그 안으로 들어설 필요가 없었다. 담장은 낮아 다가서면 집 안이 훤히 들여다보였다. 사람은 보이지 않았다. 작은 알전구 하나가 하얗게 뜰을 비추고 있었다. 흙으로 빚은 듯한 방 안에 붉은 먼지를 뒤집어쓴 식기들이 두엇 뒹굴고 있었고, 텔레비전 속에서 비키니를 입은 여자가 우렁우렁 노래를 쏟아내고 있었다. 아이리스는 한참 들여다보고 나서야 텔레비전 앞에 붉은 곱슬머리 아이 하나가 시리얼 같은 것을 손으로 집어 입으로 밀어 넣고 있는 것을 발견했다. 아이의 얼굴도 붉고, 눈도, 손도 붉었다. 터무니없이 큰 텔레비전이 쏟아내는 울긋불긋한 불빛이 아이의 얼굴에서 분주히 작열했다. 아이리스는 아이에게 물었다. 아담 비베 아키? 아이는 듣지 못한 것 같았다. 텔레비전을 쳐다보는 아이의 붉은 얼굴에 말라붙은 눈물 자국을 아이리스는 보았다. 아담 비베 아키? 그녀가 다시 묻자 방 안에서 한 여자가 나타났다. 금이 간 질그릇처럼 금세 부서질 듯 주름진 얼굴에 입술이 붉게 칠해져 있었다. 그녀는 손을 흔들어대며 아이리스를 밀어낼 듯 바삐 다가왔다. 아이리스는 다시 물었다. 아담, 아담 비베……. 붉은 입술의 여자가 험상궂은 얼굴로 손가락을 들어 옆을 가리켰다. 노 아키, 노 아키. 에사 카사, 에사 카사.

아이리스는 물러나 그녀가 가리킨 쪽을 바라보았다. 여전한 붉은 어둠과 골목이 펼쳐져 있었다. 골목 양쪽으로 비슷한 생김생김의 집들이 늘어앉아 있었고, 그 끝에 콘크리트 담을 높다랗게 친 요새처럼 큰 건물이 하나 서 있었다. 아이리스는 걸음을 옮겼다. 골목은 캄캄했고, 비좁은 창으로 흘러나오는 전등 빛은 골목의 어둠을 더욱 짙게 만들 뿐이었다. 저편 모퉁이에서 누군가 튀어나와 재빨리 사라지는 것을 본 것 같았으나, 어쩌면 그녀가 본 것은 더 깊은 어둠일 뿐이었다. 어둠이 어둠을 만들고, 그 어둠이 다시 더 짙은 어둠을 만들어내는 곳 같았다. 세상 모든 것이 그 어둠 속에 함몰되어 어둠으로, 더 짙고 끈끈하고 더 암담한 어둠을 반죽해내고 있는 것 같았다.

야트막한 진흙 담장, 그리고 얼기설기 판자를 엮은 대문이 있었고, 그 너머에, 이번에는 한 남자가 손에는 커다란 칼을, 다른 손에는 아직 살아 있는 닭을 쥐고 서 있었다. 닭이 호들갑스레 퍼덕거리며 꽥꽥거리는 소리는 그가 닭의 목을 바짝 움켜쥐자 끊겼다. 그는 주름으로 뒤덮인 붉은 얼굴로 아이리스를 쳐다보았다. 그는 입을 열지 않았으나, 그의 얼굴에 말이 새겨져 있었다. 왜 왔어? 어서 꺼져. 아이리스는 한 걸음 뒤로 물러서며 물었다. 아담, 아담 비베아키? 그 남자는 고개를 저으며 돌아섰다. 남자의 칼이 떨어져 닭의 머리와 두 다리를 절단했다. 아이리스는 충격을 받아 잠시 그것을 내려다보았다. 아직 퍼덕거리는 닭의 몸통을 남자는 옆의 함지박에 던졌다. 그 안에 목이 잘린 닭들이 가득 담겨 있었고, 그 옆 땅바닥에는 잘린 목과 다리 들이 쌓여 있었다.

몸서리치며 아이리스는 다음 집으로 걸어갔다. 아담이 이 동네에 살기는 하는 것일까. 호텔로 돌아가야 하는 것 아닐까. 그러나 구스만은 분명히 이 골목이라고 말했다. 붉은 입술의 여자도 옆집이라고 하지 않았던가. 아이리스는 다음 집으로 다가섰다. 담장 너머 두 아이가 대마초를 주고받으며 빨고 있었다. 대기에 짙은 대마초 냄새가 퍼져나갔다. 그녀가 말을 꺼내기도 전에 아이들은 어느새 그녀 앞으로 다가와 앞다퉈 소리쳤다. 오예 바스탄테 푸타, 푸타……. 아이들은 당장 담을 뛰어넘을 듯 덤벼들어 낄낄거리며, 허리를 앞뒤로 음란하게 흔들어댔다. 아이리스는 뒷걸음질하며 물었다. 아담, 아담 비베 아키? 아이들은 입을 모아 소리쳤다. 노 로 세, 노 로 세. 푸타. 포르. 부에나 코히다, 코히다. 마마다, 마마다, 오케이? 작은 악마들처럼 아이들은 낄낄거리기를 그치지 않았고, 그들이 낄낄거릴 때마다 아이리스는 고통스러웠다.

다음 불빛이 흘러나오는 집을 찾아 아이리스는 걸음을 옮겼다. 누군가 그녀의 팔을 잡았다. 허리가 고부라진 늙은 남자였다. 주름진 얼굴에 작은 눈이 그녀를 쳐다보고 있었다. 그 남자는 고개를 저으며 손을 들어 어둠 속을 가리켰다. 그녀가 가고 있던 쪽과는 반대 방향이었다. 헐떡이며 그 늙은 남자가 말했다. 바야. 바얀세. 아이리스는 알아듣지 못한 채 물었다. 아담 비베 아키? 그녀는 물으며 휴대전화를 꺼내 그의 입으로 가져갔다. 그 남자는 숨을 몰아쉬었다. 베떼. 베떼…… 그때였다. 젊은 남자 둘이 갑자기 나타나 늙은 남자의 어깨를 붙들고 떠밀었다. 그들은 아이리스의 얼굴은 쳐다보지도 않고 늙은 남자를 떠밀어 어둠 속으로 사라졌다. 늙은 남자는 끌려가면서도 손으로 반대 방향을 가리키며 말했다. 베떼. 베떼…… 젊은 남자들은 그를 끌고 어둠 속으로 사라졌다. 에스타스 로코 올드맨! 에스타스 로코! 그들의 고함 소리가 희미해질 때까지 아이리스는 그 자리에 서 있었다. 웅얼웅얼, 노인의 대꾸가 들려왔으나, 그마저 사라졌다. 휴대전화 모니터에는 이런 글귀가 남아 있었다. 가, 가버려.

가다니? 어디로 간단 말인가? 그녀는 아담을 찾아야 했다. 아이리스는 다음 집으로 다가갔다. 아담, 아담 비베 아키? 그녀가 소리쳤으나 창의 불은 곧 꺼져버렸다. 그녀가 본 것은 콩을 들이마시던 남자의 얼굴에 두껍게 창궐하는 부스럼이었다.

골목은 어둡고, 붉고, 사람들의 대답은 중구난방이었으며, 휴대전화를 들이대보아도 알아들을 수 없었다. 한 집, 또 한 집 이동할 때마다 절망감이 더 무거워질 뿐이었다. 찾지 못하면 아담은 죽는다. 아이리스는 그 생각만 하기로 했다. 오늘 아니면 영영 기회는 오지 않을 것이다.

어느 순간 그녀는 깨달았다. 그들은 알고 있었다. 유 박사도, 한 회장도, 강 전무도, 이 수술을 주선한 저 멕시코 사람들도 다 알고 있었다. 아담은 버림받았다. 오직 그녀만이 알지 못했다. 그 어린 소년이 드러낸 배를 유 박사가 가르는 것을 보면서도 알지 못했다. 그녀는 미련하고 잔인했다.

커다란 개가 한 마리 튀어나와 그녀에게 짖어댔다. 날카로운 이빨 사이로 짐승의 침이 튀어나왔다. 개가 아니라 맹수 같았다. 아이리스는 주춤 물러났다. 그러나 개일 뿐이다. 그녀는 스스로에게 타일렀다. 아니, 늑대인가? 개와 늑대는 얼마나 비슷한가? 얼마나 다른가? 그녀는 주춤주춤 개, 또는 늑대를 피하여 걸음을 옮겼다. 개한 마리, 늑대 한 마리. 개? 늑대? 그녀가 돌아보았을 때 개, 또는 늑대는 어느새 사라져 보이지 않았다. 그녀는 알고 있었다. 사자 굴에 던져져도 살아남을 수 있는 것이 사람이었지만, 소년의 돌팔매질 한 번에 죽어 나자빠질 수도 있는 것이 또한 사람이었다. 사람이 그러했다. 살고 죽는 것이 그러했다. 신이라는 최고의 질서는 아직 도래하지 않았다. 도래하지 않았으므로 그는 신이 되었고, 도래하지 않았으므로 그녀에게는 신이 필요했다.

신이여, 구하소서. 그녀는 부르짖고 또 부르짖었다. 때로는 절망적으로, 때로는 간절하게, 때로는 적개심에 차서 호소했다.

아이리스는 골목을 걸어 올라가 또 다른 집의 담을 기웃거렸다. 혼자 맥주를 마시고 있던 남자가 그녀에게 병을 던지며 고함을 질렀다. 픽, 픽, 픽! 그의 고함 소리가 맥주 거품과 함께 골목에 낭자하게 흩어졌다. 아이리스는 얼른 뒤로 물러났다.

아담을 데려가 치료하면 그만인가? 그렇지 않다는 것을 그녀는 잘 알고 있었다. 아담을 찾기 위한 노력이 위선에 불과한 것은 아닌가? 그녀는 스스로에게 추궁하고 또 추궁했다. 어쩌면 지극히 사소한 문제가 아닌가. 무엇이 문제인지 이 골목이, 이 세계가 천둥처럼 웅변하고 있지 않는가. 그러나 그녀는 작고 무력했다. 할 수 있는 일이란 겨우 이런 정도에 불과했다. 무력하다니, 무슨 소리냐. 그녀 자신이야말로 위선과 불경의 덩어리였다. 그녀가 이 골목보다 먼저 고꾸라질 것이다. 악인들보다 먼저 심판받을 것이다. 그러나 아이리스는 지금은 아담을 찾아야 한다고 생각했다. 심판받고 고꾸라질지라도 지금 할 일은 아담을 찾는 일이었다. 바로 그녀의 눈앞에서 벌어진 일, 그녀의 손에 피가 묻은 일이었다.

무엇인가 발에 걸려 금속성을 내며 밀려갔다. 망가진 가위 토막이었다. 그 옆에 붉은 피로 물든 붕대가 흙 속에 묻혀 있었다. 마치 그것이 아담의 자취인 듯 아이리스는 가슴이 무너져 내렸다. 아담, 아담, 어디 있어? 어디 있는 거야? 돈데 에스타 아담? 여기저기, 어둠 속에서 늙고 젊은 목소리로 온갖 대답이 넘어왔다. 이르 알 인페르노. 라르가테. 노 로 세, 노 로 세. 마마다, 마마다. 치카. 보이 아마타르 아 토도스. 코히다, 베니르 이 코히다……. 그 모든 대꾸들이 장애물처럼 그녀의 발걸음을 가로막고 무릎을 꺾고 어깨를 짓눌렀다. 더 가고 싶지 않았다. 그녀는 한 걸음 앞으로 걸으며 더 큰 소리로 부르짖었다. 아담, 아담, 돈데 에스타? 아담 비베 아키? 더 이상 담 안쪽에 대고 찾지 않았다. 골목도 집도 사람들마저 모두 깨어진 질그릇 같은 세상과 그 어둠을 향해, 이 붉은 먼지와 어둠 속에서 흘러나오는 알 수 없는 말들과 낄낄거리는 웃음을 향해, 그 모든 것을 향해 그녀는 소리쳤다. 아담, 아담, 돈데 에스타? 아담, 어디 있어?

어둠 속에서 성난 짐승이 으르렁거리는 소리가 들려왔다. 발이 붙어 떨어지려 하지 않았다. 그러나 그녀는 가야 했다. 거기 아담이 있을지 모른다.

알 수 없는 일이었다. 불현듯 프랭크가 생각났다. 그가 여기 함께 있다면……. 물불을 가리지 않고 앞으로 나아갔을 것이다. 그는 처음 얼마나 작은 소녀였던가. 그 작은 소녀가 그 장대한 남자로 자라나다니. 아니, 남자는 아니었다. 남자는 아니었으나……. 그는 무엇일까? 무엇이라 해야 할까? 프랭크, 나의 프랭크. 그가 면회를 거부했다 할지라도 아이리스는 더 끈질기게 그를 찾아가야 했다. 매일이라도 가서 면회를 신청해야 했다. 그 오랜 세월이 흐른 뒤, 이 머나먼 멕시코시티 변두리의 골목에서 그녀는 비로소 그것을 깨달았다. 헤어지지 말아야 했다. 아아, 프랭크와의 사랑은 그녀의 생애에서 꼭 한 번, 오직 한 번 기적처럼 생겨난 일이었다. 아이리스도, 프랭크도 무력하고 어리석었다. 그러나 그 둘 사이에 벌어진 일은 결

447

코 무력하지도 않았고, 어리석지도 않았다. 그것은 기적 같았다. 그 기적을 파괴한 것이 그녀 자신이었다. 후회로 목이 꺾이는 것 같았다. 그때는 그것이 기적 같은 일이라는 것을 미처 알지 못했다. 생명설계 센터라 불리던 교도소에 면회를 가고 또 가고, 하루에 두 번이라도 가야 했다. 그가 나타날 때까지, 그가 아이리스를 향해 그 천연덕스러운 미소와 함께 걸어 나올 때까지.

아이리스는 그를 생각하며 어둠 속으로 한 걸음 더 걸어갔다. 아담, 아담. 짐승이 으르렁거리는 소리는 더 가깝고 더 거칠어졌다. 아이리스는 외쳤다. 아담, 아담. 짐승은 보이지 않았으나, 그 냄새는, 피비린내와 고기가 썩어가는 듯한 냄새, 모든 것을 부패시킬 것 같은 악취는 더욱 지독해졌다. 그 어둠과 악취 자체가 짐승인지도 모른다는 생각이 들었다.

프랭크가 같이 있다고 상상하며, 아이리스는 그 어둠을 향해 더 큰 소리로 부르짖었다. 아담, 어디 있어?

빵과 서커스로 통치되는 세계에 맞서는
아나키스트의 존재학

_홍기돈(문학평론가)

1. 호흡하는 세계의 인간과 매매하는 세계의 기계

최인석은 장편소설 《강철 무지개》의 제목을 이육사의 시구에서 따왔다. 차례 바로 뒤의 페이지를 〈절정〉 마지막 행이 차지하고 있고, 소설은 다음 페이지로 건너간 뒤에야 시작되고 있으니 틀림이 없겠다. "겨울은 강철로 된 무지갠가 보다." 이 한 줄의 진술에는 《강철 무지개》가 담아내고 있는 작가의 현실 인식이 집약되어 드러나 있다. 음양론(陰陽論)에 따르면 도(道)는 멈춰 서는 법 없이 부단히 변화하며, 만물은 이로 인하여 유행(流行)하게 마련이다. 그러니 겨울 따위야 응당 봄의 기운에 의해 밀려날 터이지만, 도대체 이육사/최인석을 둘러싸고 있는 엄혹한 현실은 옴짝달싹할 조짐이 없다. 순간을 상징하는 '무지개'와 견고를 상징하는 '강철'의 조합은 이로써 가능해진바, 《강철 무지개》는 그러한 의지와 절망 사이의

450

깊은 심연에서 인양해낸 세계라 할 수 있겠다.

　미래 사회를 다루고 있으나 《강철 무지개》가 묵시록 따위로 빠져들지 않을 수 있었던 근거도 의지와 절망의 팽팽한 긴장을 통해 확보되고 있다. 소설의 시간 배경은 2100년 앞뒤로 10여 년 동안이다. '재선'과 '지연'이 행복했던 시절을 제시하는 장면에서는 8,000톤 급 중국 컨테이너 화물선이 침몰했던 2075년으로부터 20년 이상 지났다는 진술이 나타나며(132쪽), 사건이 본격적으로 진행될 즈음에는 윤심덕 음반 표지의 발매 연도를 보며 "1926년이라구요? 이게 그럼 180년이 된……. 이게 골동품이군요!"(54쪽)라고 놀라는 '유 박사'의 대사가 끼어 있으므로, 이에 근거하여 추론할 수 있다. 주지하다시피 묵시록은 미래에 펼쳐질 사건과 분위기를 절대화함으로써 현실에 대한 냉담함을 유포하는 경향이 강하며, 종말론과 쉽게 결합하는 특징을 내보이기도 한다. 《강철 무지개》가 묵시록 경향으로 떨어지는 사태를 방지하기 위하여 작가가 환기시켜놓은 장치는 인간의 존재 형식이다.

　《강철 무지개》 1장은 인간의 존재 형식을 되새기는 내용으로 채워져 있다. 가령 다음과 같은 구절. "섭취와 배설이 살아남기 위해 필수적인 생리적 과정이라면, SS 울트라마켓에서 벌어지는 진지하고 기계적인 행사 역시 살아남기 위해서는 누락시킬 수 없는 사회적·기계적 과정이었다."(13쪽) 인간은 숨을 내쉬면 들이마시고[呼吸], 눈을 한번 감았다가 한번 뜨고, 음식물을 섭취했으면 배설해야 하는 존재이다. 그런데 2095년 즈음에 이르러서는 SS 울트라마켓의 질서가 이를 대체하고 있다. 먼저 질서에 적응해 있는 인간의 형상을 보자. 식사는커녕 화장실에 갈 짬도 없이 마켓 직원들은 계산대에 올라온 무수한 상품들에 각각 붙은 바코드를 찍고, 계산기의 단추를 누르고, 총액을 확인하고, 카드를 받아 들고, 기계적으로 할부인지 일시불인지 묻고 나서 사인을 부탁하고, 인사를 하고, 다시 계산대에 올라온 각 상품들의 바코드를 찍고……를 반복한다. 그러니 "바코드 판독기와 계산기는 팔의 연장일 리가" 없으며, 오히려 마켓 직원이야말로 "그 기계들의 연장이었다"(13쪽).

　SS 울트라마켓의 고객이라고 다를 바 없다. "고객들마저 그 기계들의 연장이었다. 그게 아니라면 어찌 이다지 정연하게 그 크고 무겁고 불편한 수레를 끌고, 그 온갖 상품들을 스스로 운반하여, 그 비좁은 통로로 찾아들어, 줄을 지어 늘어서서 순서를 기다리다가, 고분고분 때로는 은행 신용카드를, 때로는 작업카드를, 때로는 현금을 지불하고 사라질 수 있을 것인가."(13쪽) 인간의 생태에 근거한 음-양의 관점은 이 지점에서 상품의 판매-구매(소비)란 쌍으로 변형되고 있다. 상품 매매에 입각하여 인간을 기계의 연장으로 재편성하는 SS 울트라마켓의 질서는 사회 전체를 관통하는 원리이기도 하다. 2095년의 인간을 기계 범주의 존재로 파악할 여지는 여기서 마련된다. "어쩌면 그들은 SS 울트라마켓이라는 거대한 플랜트에서 기획, 행정, 생산 또는 유통, 판매, 소비 따위의 각기 다른 부문을 담당하고 있는, 역할이 다르고 생김새가 다른 안드로이드에 불과한 것은 아닐까."(18쪽)

　기실 2095년의 인간은 현재, 즉 2014년의 인간이기도 하다. 노동자가 빅데이터를 통해 분석된 매출 결과로 추궁당하고, 작업장 천장에 붙은 카메라를 통해 일거수일투족 감시받으며, 자신의 감정까지도 판매를 위해 강요당하는 것은 비단 SS 울트라마켓에서의 상황만이 아니다. 텔레비전에서 흘러나오는 쇼에 몰입하거나 나이트클럽의 휘황한 조명 아래 몸을 맡기는 방편으로 현실의 고단을 겨우 지워나가는 사람도 SS 울트라마켓의 직원 '지니'만이 아니다. 예컨대 다음과 같은 지니의 행동은 현시대를 살아가는 감정노동자들의 처지와 일치하지 않는가. "혼자 있을 때도 무심코 입을 열면 사인해주세요, 안녕히 가세요, 따위의 말이 치약 거품처럼 밀려 나왔다. 더 상냥하게, 더 부드럽게. 어서 오세요. 할부인가요?"(17쪽) 따라서 작가는 인간의 존재 형식이란 큰 그림을 제시하면서 그 안에 2014년의 실태를 2095년의 상황 위에 겹쳐놓았고, 이로써 현실의 중력을 《강철 무지개》에 담아내고 있다고 할 수 있다.

2014년의 현실로부터 한 발짝 더 나아간 미래 사회의 모습은 2105년 무렵의 상황으로 제시되고 있다. SS 울트라마켓이 성장하여 국가의 권력을 일정 부분 이양하는 데까지 나아간 것이다. 집합거주지구인 SS 울트라의 에너지돔이 이를 상징적으로 보여준다. SS 울트라돔에 사는 주민들은 120만인데(178쪽), 이곳에서는 회장의 고용인들이 합법적으로 경찰·군대의 역할을 담당한다(155쪽). 국가가 주민들에게 세금을 부과하지만, 그 세금은 국가로부터 행정과 조세의 권한을 일부 양도받은 에너지돔이 대신 납부한다(178~179쪽). 따라서 '재선'이 다음과 같이 투덜대는 것은 당연하게 파악된다. "기업에 봉건 영토를 준 것과 다름없어. 그 영토에서 무슨 일이 벌어지는지 온전히 아는 사람은 회사의 고급 간부들뿐이야."(180쪽) 2105년의 세계에서는 SS 울트라마켓의 노동자들이 SS 울트라돔의 속민(屬民)으로 전락하고 마는 셈인데, 이러한 흐름은 역사가 진행하는 경로로 굳어지고 있다.

> 결국 세계는 에너지돔과 에너지돔이 연결된 네트워크로 이행될 것이다. 시간은 걸리겠지만, 결국 국가는 조정기구 정도로 축소될 것이다. 국가가 네트워크 속으로 흡수될지도 모른다. 에너지돔 집단을 대표하는 기구, 즉 기업집단의 이익을 대변하는 기구, 그 기구는 대외적으로는 국가로 유지되겠지만, 실질적으로는 기업의 대리인 역할이 가장 중요한 기능이 될 것이다. 과거 한때 부르주아는 국가를 건설했지만, 앞으로 오래지 않아 부르주아는 국가를 매입하여 소유하게 될 것이다. 그것이 기업과 국가의 운명, 부르주아의 운명이었다.(185~186쪽)

《강철 무지개》는 이러한 방향으로의 역사 전개에 맞서고 있는 작품이다. 인간의 존재 형식이 섭취-배설의 순환 속에 자리하고 있다는 사실을 환기시키는 한편, 그 반대편에서 시장 질서로 작동하는 판매-구매(소비)의 논리가 인간을 한낱 기계 부품으로 전락시키고 있음을 고발하며, 그 길을 따라 펼쳐질 미래는 암울할 수밖에 없으리라 경고하고 있는 것이다. 물론 작품에는 작가가 경고하는 세계에 맞서 자신이 기계가 아님을, 살아 있는 인물임을 증명해나가는 고투가 치열하게 펼쳐지고 있다. 작가의 사상은 등장인물들이 고투를 펼치는 방식을 통하여 제시된다. 먼저 밝혀놓고 시작하자면, 작가 최인석이 현 질서에 맞서는 방식으로 채택한 사상은 아나키즘이라 할 수 있다.

2. 신기루처럼 어른거리는 자유·자치·자연의 공동체

SS 울트라마켓의 직원 '지니'(차지연)와 서울클라우드익스프레스의 화물 배달기사 '제임스'(윤재선)는 나이트클럽에서 만나 사랑에 빠졌다. 그런데 두 사람 모두 직장에 나간다 해도 연인으로서, 부부로서 살아가기에 생활비는 턱없이 부족하고, 시간도 허락되지 않는다.(135쪽) 그래서 직장을 그만둔 두 사람은 폐허가 되어버린 서해의 마을로 거처를 옮겼다. 마을이 폐허가 된 것은 컨테이너에 핵 폐기물을 가득 담고 있던 중국 화물선이 2075년 황해 공해에서 침몰했기 때문이다. 이후 핵 유출에 따른 환경 파괴가 심각하게 벌어졌고, "당국은 안산 이남의 전 해안에서 어업을 금지하고 주민들을 소개(疏開)하는 포고령을 발령했다"(146쪽). 이들이 폐허가 된 마을로 찾아든 시기는 그로부터 20년 이상이 흐른 뒤이며, 다행히 바다는 조금씩 회복 중이었다. 호미를 쥔 재선과 지연이 "잠시 자갈을 뒤적이고 펄을 뒤적이면 어렵지 않게 맛조개나 세발낙지 같은 것을 찾아낼 수 있었다. 그것들은 잠시 후 국이나 구이가 되어 그들의 저녁 식탁에 올랐다"(131~132쪽).

작가가 꿈꾸는 사회 운영의 질서는 폐허에서의 삶을 통하여 제시되고 있다. "펄은 그들의 무궁무진한 사냥터가" 되었으며, 이를 근거로 재선과 지연의 삶은 가능해진다(132쪽). 직장에 묶여 각자의 삶을 마냥 마모시켜나가던 그들은 이곳에서 비로소 "인간이 어떻게 살 수 있는 존재인지를, 인간이 무엇일 수 있는지를 온몸으로 깨달았다"(143쪽). 그렇다면 폐허에서의 삶은 어떠한 것이었던가.

> 서늘한 바닷바람 속에 나가 앉아 조개나 낙지를 구워놓고 마시는 막걸리는 달고 흐뭇했다. 해가 기울 무렵 해먹 위에 몸을 포개듯 누워 바라보는 석양은 아름답고 슬펐다. 그것은 충만이었다. 세상의 모든 것을 버리기로 작정한 뒤에야 비로소 그런 충만을 맛볼 수 있다는 것은 서글펐으나, 그런 충만이 여기 존재한다는 것을, 그들 스스로 만들어낼 수 있다는 것을 깨달은 것은 참으로 다행스러운 일이었다. 그들은 세상의 끄트머리, 세상의 벼랑 끝에 아슬아슬하게 서 있었고, 비로소 저녁놀처럼 충만은 다가왔다.(132쪽)

폐허라고는 하지만, 오히려 그래서 자연의 생명력이 복원되었고, 그 안에서 인간의 행복한 삶이 가능해지고 있는 풍경이다. 주지하다시피 인간은 근대로 접어들면서 자연 바깥으로 빠져나왔고, 자연을 무분별한 개발 대상으로 설정하였으며, 생명체의 존재 가능성을 적극적으로 훼손해왔다. 그런 점에서 《강철 무지개》의 충만한 풍경은 근대에 입각한 가치관에 맞서는 작가의 의식을 드러내는 장면에 해당한다. 이때 근대의 대안으로 제시하고 있는, 충만한 삶이 가능해지고 있는 세계의 모습이 아나키즘에서 지향하는 바와 일치하고 있음은 눈여겨볼 필요가 있다.

아나키즘(Anarchism)은 흔히 무정부주의로 번역되지만, 지배가 없는 상태를 뜻하는 그리스어 아나르코스(anarchos)에서 유래한 용

어이므로 모든 지배에 반대하는 사상으로 이해하는 편이 낫겠는데, 이 또한 부정접두어 무(無)를 통해 개념을 규정하고 있어서 소극적이란 비판에 직면하기 십상이다. 그래서 박홍규는 다음과 같이 주장하고 있다. "아나키즘을 그 내용에 따라 긍정적, 적극적으로 **자유롭게, 자치로, 자연과 더불어 사는 사회**를 지향하는 것이라고 보는 것이 적절하다고 나는 생각한다."* 아나키즘은 시민의 자치에 의한 자발적 결정을 적극적으로 옹호한다. 그런데 근대 체제에서는 자본의 가치를 최우선으로 설정하는 까닭에 그러한 자유와 자치는 훼손당할 수밖에 없다. 또한 같은 이유로 자연은 자본에 착취당하는 대상으로 전락하고 만다. 그래서 대부분의 아나키스트들은 자연의 질서 속에 인간의 자리를 배치하며, 자연과의 공존 속에서 인간의 자유와 자치를 확보해나가려는 경향을 나타낸다.

재선과 지연이 살아가는 해변 풍경은 아나키즘에서 추구하는 세계를 형상화한 것에 해당한다. 여기에는 그들을 억압하는 어떠한 지배 권력도 없으며, 그들은 충만한 자유 속에서 인간의 존재 의미와 가치를 스스로 만들어가고, 자연의 흐름에 순응하면서 삶을 이어나가고 있다. 요컨대 자유, 자치, 자연이 조화롭게 추구되는 세계라는 것이다. 따라서 여기 제시된 장면은 《강철 무지개》를 통하여 작가가 지향하는 바의 정점에 해당한다고 볼 수 있다. 그런데 이는 '강철'로 축조된 세계로부터 격리된 신기루와 같은 세계라는 사실을 묵과해서는 곤란하다. 즉 최인석은 자신이 지향하는 바를 드

---

* 박홍규,《아나키즘 이야기: 자유·자치·자연》, 이학사, 2004, 46쪽, 강조는 원저자.

러내기 위하여 이러한 장면을 창출해냈고, 그로 인하여 이 세계는 현실과의 긴장감이 제거된 진공 상태로 존재할 수밖에 없다는 것이다. "세상의 끄트머리, 세상의 벼랑 끝"에서 이어가던 재선과 지연의 삶이 파탄을 맞는 까닭은 여기서 빚어진다.

타이완과 통일하여 그곳에 공군기지·해군기지를 건설한 중국과 댜오위다오(釣魚島)에 군사기지를 마련한 일본이 충돌함으로써 중일전쟁이 발발하였고, 한국은 중립 원칙을 발표하는 한편 만일의 사태에 대비하기 위하여 기지 건설과 방어망 구축에 나서게 되었다. "당연히 동중국해를 마주 보는 서해안 중남부 지방이 후보지로 상정되었다. 더구나 그 지역은 핵폐기물 오염으로 주민들이 소개된 후 방치된 지 20여 년이 지난 텅 빈 땅이었고, 군사기지로는 최적이었다."(251쪽) 재선과 지연은 한밤중 집 안으로 들이닥친 병사들의 총구(국가권력의 폭력)에 떠밀려 다시 인간을 기계의 연장으로 재편성하는 세계 한가운데로 휩쓸리게 된다. 자, 이제 자연 속에서 자유와 자치를 충분하게 맛본, 그럼으로써 인간의 가치를 확인하였던 재선과 지연은 자신들을 둘러싼 현실과 어떻게 맞설 수 있을까. 이는 근대-체제에 맞서는 방편으로 아나키스트의 이념을 구현해나갈 작가 최인석 나름의 방식을 묻는 일이기도 하다.

3. 투사의 길과 성녀의 길, 사이에서 닦는 도(道)

부르그(bourg, 城)에서 파생한 부르주아(bourgeois)는 본디 성벽으로 둘러싸인 상공업 도시에 거주하는 자본가를 가리키는 용어였다. 성벽을 해체하고 자신들의 이념을 전 세계로 확산시켰던 부르주아지는 2105년 무렵에 이르러 다시 견고한 성채를 쌓아 올렸다. SS 울트라의 에너지돔이라는 집합거주지가 이에 해당한다. 거주지 바깥에서의 삶은 불안정하기만 하다. 일자리 얻기가 어려우며, 일자리를 얻는다 해도 비정규직 신세에서 헤어 나올 수 없기 때문이다. 그럼에도 불구하고 비정규직 노동자들의 신분조차 분할되어 있는데, 이를 가르는 것은 회사에서 발행한 작업카드(장판)다. "그들의 운명은 카드와 더불어 세분되어 있었다. 한 달짜리, 석 달짜리, 여섯 달짜리, 1년짜리……. 2년짜리가 가장 긴 장판이었다."(39쪽) 작업카드의 종류가 소비의 내용과 규모를 결정한다. 그러니 작업카드는 결국 비정규직 노동자들의 신분 차이를 드러내는 지표가 되는 셈이다.

SS 울트라의 에너지돔에 입주하면 집과 직장을 얻게 된다. 그렇지만 자유와 자치를 포기해야만 한다. 먼저 SS 울트라는 "사기업이었고, 이윤은 그들을 추동하는 유일한 엔진"인 만큼 에너지돔을 운영하는 목적이 분명할 터인데, 에너지돔의 수익과 분배에 관한 사실은 거주민 누구도 알 수 없다(234쪽). 또한 에너지돔 내의 언로(言路)는 통제, 조작되고 있다. "에너지돔 행정 당국은 스스로 운영하는 신문과 방송사를 만들어 뉴스와 여론의 생산자가 되는 길을 택했으며, 그리하여 뉴스는 더 밝고 더 깨끗하고 더 재미있고 더 화려해졌다."(234쪽) 뿐만 아니라 원형감옥(Panopticon)을 연상시키는 관측실은 90여 미터 높이로 우뚝 솟아 있다. 도시 상공을 날아다니는 로켓의 인간 감시도 있으니, 관측실의 기능은 이중 감시에 해당하겠다. "처음 로켓을 쏘아 올린 자들은 인류에 대한 감시가 우주개발의 가장 중요한 임무가 되리라고는 상상도 할 수 없었을 것이다. 그러나 그렇게 되고 말았다."(238쪽)

이러한 상황에서도 인간의 구원이 가능할까. 종교의 가능성에 관한 탐구는 이 지점에서 요청된다. 구원을 약속한 이는 언제 재림할 것인가. 믿음이 깊은 자는 "인간의 시계로 예수 그리스도의 시간을 잴 수는 없습니다. 한 달, 10년…… 이런 것은 불완전한 인간의 어리석은 계산입니다"(95쪽)라고 말하겠으나, "인간의 시간에 존재하지 않는 예수나 천국"은 믿음이 없는 자에게 "무한의 기다림, 혹은 무한의 실망"일 따름이다(95쪽). 재림과 함께 진행될 최후의 심판이 타락에 대한 징벌이라면, 불신자에게 이는 참혹한 현실의 파괴 이상의 의미를 획득하기 힘들어진다. "심판이라구요? 분노, 이 세계에 대한 돌이킬 수 없는 무시무시한 분노와 복수, 절대적이고 최종적이고 회복 불가능한 파괴, 그런 것을 심판이라는 이름으로 포장한 거지요."(206쪽) 현실에 적극적으로 맞서려면 굳이 미래의 일로 유보시켜야 할 필요가 없어지게 된다. 《강철 무지개》의 아나키즘적인 투쟁은 이러한 논리 위에서 펼쳐지고 있다.

무장한 군대에 쫓겨 '세상의 끄트머리'에서 세상 한가운데로 밀려 돌아온 재선과 지연은, 다시 폐허로 찾아들 수밖에 없었던 경제 조건과 맞닥뜨렸고, 결국 갈라지고 만다. 화물 배달기사 재선을 통하여 SS 울트라돔 바깥의 양상이 제시되는 한편, SS 울트라돔 내부의 상황은 지연의 생활을 통하여 전달된다. 그리고 이들과 함께 2105년의 세계를 보여주는 동시에 인간 구원의 방법을 각각 다르게 제시하는 '나오미'와 '에스더'가 등장한다. 나오미는 "예수님을 지키는 결사대"의 일원으로 육성된 인간 병기인 반면(91쪽), 에스더는 나오미와 같은 학교에 다녔으나 "예수 그리스도가 사랑이라" 여기는 인물이다(206쪽). 자신을 둘러싼 완고한 현실에 맞서면서 자신이 추구하는 세계로 나아가려는 최인석 나름의 방법은 이들 인물들을 통하여 모색되고 있다.

먼저 에스더를 보자. 그녀는 서울역 근처에서 노숙하는 나오미를 발견하자 따뜻한 손을 내밀어 '예수님 사랑의 학교'로 이끌었다. 석연치 않은 이유로 학교에서 쫓겨난 그녀는 간호사가 되어 환자를 돌보던 중 내막도 모른 채 멕시코로 출장을 떠나게 된다. 멕시코는 어떠한 땅인가. 폭력 조직에 의한 납치, 살인, 폭발물 테러가 흔하게 벌어지고, 경찰은 폭력 조직과 이권을 다퉈 수시로 총격전이 펼쳐지는 국가이다. 이곳에서 에스더는 '유기홍 박사'가 진행하는 '한창수 회장'의 간 이식수술을 도왔는데, 장기 밀매로 한 회장에게 간을 이식한 소년이 걱정되어 행방을 쫓다가 멕시코 현실 속으로 사라져버렸다. 자신의 안위는 내팽개친 채 생지옥의 풍경 속으로 뛰어드는 면모라든가, 첫 번째 완전한 인간과 이름이 겹치는 '아담' 찾기를 마지막까지 포기하지 않는 태도는 예수(사랑)의 길로 향해 있을 것이다.

나오미의 선택은 정반대다. 학교를 떠난 그녀는 살아남기 위하여 "적의 다리를 부러뜨리고, 팔꿈치를 부쉈다. 신분카드와 작업카드를 훔치고 위조하고 밀매하였으며, 마약을 운반하고 팔고 수출하여 한때는 제법 큰돈을 만진 적도 있었다"(196쪽). 시위 현장 옆을 이동하는데 진압대가 폭행해오자 현란한 무력으로 응징하는가 하면, 사라진 에스더의 행방을 찾기 위하여 한창수 회장을 테러하고, 유기홍 박사의 집에 화염병을 던지기도 한다. 물리력·공권력·자금력을 기반으로 하는 부도덕한 폭력에 맞서 똑같이 부도덕한 방식과 폭력으로써 맞서는 셈이다. 구원이 사라진 마당에 이제 남은 것은 야만에 찌든 현실일 뿐, 살아남기 위한 방편으로 폭력의 길도 출현할 수 있음을 작가는 나오미를 통해 암시하고 있다.

그렇지만 에스더, 나오미의 길은 여러 가지 가능성 중의 양극단일 따름이다. 결국 에스더, 나오미가 죽음으로써 그들이 걷는 길이 단절되고 마는 데서 보건대, 작가가 추구하는 방식도 극단과 극단 사이 어느 지점에 놓여 있을 것이다. 작가의 선택은 반체제 단체 'PeC'의 지연이 나아가는 길로 열려 있는 듯하다. 로마의 시인 유베날리스는 빵과 서커스로 로마가 통치된다고 풍자한바 있는데, 빵과 서커스의 로마자 표기가 'Panem et Circenses'이며, 그 약자가 PeC다. 그러니까 PeC에는 빵과 서커스로 인간을 길들이고 있는 체제에 맞서겠다는 의지가 담겨 있는 셈이다. SS 울트라돔에 거주하는 지연은 그 질서에 적응하지 못하고 PeC에 가담한다. 아마 '세상의 끄트머리, 세상의 벼랑 끝'에서 보낸 삶의 기억이 작용했기 때문일 터이다.

PeC는 폭력 투쟁을 배제하지 않는다. 그러한 선택의 정당성은 '카지모도'의 발언에서 드러난다. 그는 오케스트라가 민영화되자 정리해고당한 바이올린 주자의 비참한 말로를 전한다. 그러고 나서 단독자로서 치환이 불가능한 인간의 존엄을 다음과 같이 표현하고 있다. "그 여자의 연주는 오직 그 여자가 아니면 안 되는 겁니다. 누가 그걸 대신하겠어요? 귀신이 와도, 절대자가 와도 안 되지요." (375쪽) 그런데도 이런 일은 특별할 것 없이 너무나 흔한 사연이 되었다. "이걸 누군가 체계적, 지속적 살인이라고 주장한다면 그것이 완전히 틀린 주장일까요? 어떤 자들이 선전포고 없이 세상에서 가장 약한 사람들을 향해 이미 전쟁을 하고 있는 것이라 주장한다면 그게 많이 잘못된 주장일까요? 그게 사실이라면 이건 얼마나 비열한 전쟁입니까? 얼마나 잔인한 전쟁입니까?"(375쪽) PeC의 에너지돔 파괴는 이러한 논리로써 결정되었다.

에너지돔 파괴에 나선 지연은 파괴 직전 에너지돔의 비상벨을 누른다. 직원들이 에너지돔 바깥으로 뛰쳐나갈 수 있도록 배려한 것이다. "에너지돔에서 일하는 사람들 대부분이 사실은 지니와 마찬가지로 고통스러운 우여곡절 끝에 거기 이르렀을 것이다. 저 무고하고 억울한 사람들, 세상에 떠밀려 간신히 이곳에 이르러 비로소 한숨을 돌리고 있을 그들에게 그녀가 줄 수 있는 것이 죽음이라니. 그들에게 무슨 죄가 있는가?"(372쪽) 그리고 그녀는 죽음의 순간을 기다린다. 시곗바늘이 00을 가리킬 때 폭탄은 터지도록 조작되어 있다. "벽시계의 초침이 59를 향해, 마침내 00을 향해 깜빡거리는 것이 마치 쿵쿵 큰 소리로 접근하는 거인의 발걸음처럼 여겨졌다." (440쪽) 죽음에 앞서 지연이 환청처럼 듣고 있는 것은, SS 울트라마켓에서 SS 울트라돔으로 진행하는 역사의 흐름에 균열을 내는, 또 다른 역사의 도래 가능성을 암시하는 발걸음 소리일 것이다.

야만이 범람하는 현실에 대한 거친 분노를 유지하되 인간의 가치를 마지막까지 끌어안아야 한다. 지연의 선택을 통하여 작가가 전달하고 있는 메시지의 골자는 그렇게 정리할 수 있겠다. 에스더(사랑)와 나오미(폭력) 사이에서 마련된 이 길은 아나키즘에서 설정하고 있는 기본 방식과 일치한다. "아나키즘은 소수가 다수를 지배하는 경제사회 관계는 불가피하게 착취로 이어지므로 오늘날의 자본주의 사회야말로 구조적으로 폭력적이라고 본다. 따라서 그 폭력에 반대하는 아나키즘은 폭력적일 수가 없다. (중략) 그러나 폭력에 대한 마지막 저항권으로서의 불가피한 폭력(예컨대 폭력적 권력에 대한 정당방위로서의 폭력)까지를 부정하는 것은 아니다."* 아나키스트로서 작가 최인석의 면모는 이 대목에서도 확인할 수 있다.

4. 아나키스트의 귀신들

대중문학 장르의 특징으로 흔히 언급되는 기법을 《강철 무지개》가 적극 활용하고 있다는 사실도 눈여겨볼 지점이다. 창작 방법상의 이러한 특징은 작가의 진중한 주제 의식을 흥미롭게 펼쳐나가는 동력이 되고 있다. 소설에 나타나는 대중문학 서사의 기법들을 하나씩 찾아보면, 가장 두드러진 것은 추리 양식의 차용이라 할 만하다. 반정부 테러리스트로 지목된 아이리스(에스더) 남자친구의 정체, 아이리스의 행방, PeC 조직의 실체 등 작품 전체가 추리 기법을 통하여 구축된 양상이기 때문이다. 나오미가 양손에 채찍을 하

---

* 박홍규, 같은 책, 48쪽.

나씩 쥐고 테러하는 장면, 시위 진압대를 응징하는 장면에서는 언 뜻 무협 요소도 발견할 수 있다. 또한 팩션(faction) 개념을 활용하 되 그 틀을 넓히고 있는 모습도 나타난다. 팩션이란 사실(fact)에 허 구(fiction)를 덧붙인 장르를 가리키는바, 이때 사실은 주로 역사와 관련하여 논의된다. 그런데 최인석은 현재의 사실에 허구의 미래를 덧붙여서 암울한 세계를 실감 나게 형상화하는 데 성공하고 있다. 악몽을 꾸는 듯 생생하게 전달되는 멕시코의 현실, 여러 국가의 조 계지로 분할된 북한 상황, 핵 유출, 중일전쟁 발발 등이 이에 해당 한다.

《강철 무지개》의 추리 기법 활용과 연관하여 흥미를 끄는 점은 작가가 한 인물에게 여러 개의 이름을 부여하는 측면이다. 예컨대 가출한 '안영희'는 매춘을 강요당하는 장소에서 '마릴린'이란 이름 을 부여받고, '예수님 사랑의 학교'에 들어갔을 때는 '나오미'로 불 렸으며, 매매춘 업소를 운영할 때는 '프랭크'로 자신을 드러낸다. 뿐만 아니라 SS 울트라기업의 교도소에 갇히자 '나탈리'가 되고, 서 울클라우드익스프레스에 들어가 재선의 조수가 될 때의 이름은 '멜 라니'다. 추리해나가는 흥미를 불러일으킬 수 있을 터이나, 이는 자 칫하면 독자로 하여금 혼동을 일으키는 요소로 작용할 수도 있다. 그래서 작가는 혼동이 우려되는 장면에서마다 이에 대하여 다음 과 같이 자연스럽게 정리해주는 모습을 보여준다. "아이리스는 속 옷을, 처음에는 남성용 속옷을, 한동안 망설인 끝에 여성용 속옷까 지 잔뜩 사서 모두 그/그녀의 이름으로 영치해준 다음, 이제 전과 8 범이 될 안영희—마릴린—나오미—프랭크—나탈리를 저 거대한 벽

465

너머에 남겨둔 채 돌아서야 했다."(215쪽)

단지 기법의 효과만을 염두에 두고 작가가 등장인물의 작명에 몰두했을 리 만무하다. 그런 점에서 앞서 인용한 바 있는 카지모도의 발언을 다시 떠올려볼 필요가 있다. 바이올린 연주자는 많다. 음원 파일은 아무 데서나 구할 수 있다. "하지만 그 여자의 연주는 오직 그 여자가 아니면 안 되는 겁니다." 모든 인간은 단독자로서 존엄하며, 그 가치를 존중받을 수 있어야 한다는 것이다. 그런데 등장인물들을 둘러싸고 있는 세계는 그러하지 못하다. 만인을 향한 만인의 투쟁을 효과적으로 수행해나가기 위한 방편 속에서 나오미에게는 많은 이름이 들러붙었다. 인간이 기계로 취급받는 세계에서 차지연은 지니가 되고, 윤재선은 제임스가 되며, 에스더는 아이리스가 되었다. 공자는 모든 일을 이루기 위하여 먼저 이름을 바로 세우겠노라고 밝힌 바 있다. 이른바 '정명(正名)' 논리이다.* 그러니 갑옷처럼 두터운 위명(僞名)이 요구되는 세계에서 바로 서기란 얼마나 어려울까. 혼란을 감수하면서도 작가가 이름 짓기에 매달린 까닭은 이러한 사실의 지적에 있을 터이다.

《강철 무지개》에서 한 가지 더 언급할 점은 작가가 귀신을 활용하는 맥락이다. 안영희의 어머니는 무당이 되고자 작두 타는 연습을 하다가 고꾸라져 목이 베어진 채 죽음을 맞았다. 무당이 되지 못했으나, "세상이 연꽃 한 송이다. 연꽃 한 송이가 이 세상이고 우주야"라고 영희에게 말을 할 때는 무당과도 다를 바 없었다(78쪽). 그

---

* 《논어》의 〈자로(子路)〉 편 참조.

렇게 죽은 어머니는 영희의 꿈에 나타나 복수를 독려한다. 예컨대 첫 번째 꿈에서는 '제리'를 죽여버리라고 강권하고 있다. 제리는 어린 안영희를 잡아다가 '마릴린'이라 이름 붙이고 매춘을 강요하는 인물이다. "일월성신(日月星辰)이 뜨고 지는 데에도 순서가 있고, 처녀귀신 몽달귀신 과부귀신 홀아비귀신이 사잣밥을 먹는 데에도 순서가 있다. 니가 그놈을 죽이지 않으면 그놈이 널 죽이고, 그렇게 순서가 바뀌면 내일 뜨는 일월성신이 더 이상 오늘 같지가 않을 거다. 그래서야 되겠냐."(85쪽) 귀신이 된 어머니가 꿈에 나타나 복수의 시점을 알려주는 것은 모두 세 번이다.

프로이트에 따르면 억압된 것은 귀환한다. 과거에 받은 심각한 충격은 시간이 지났다고 사라지는 것이 아니라, 무의식에 트라우마로 남았다가 어느 순간 의식의 틈을 비집고 분출한다는 것이다. 근대의 시간 의식이 과거-현재-미래로 직선을 이루고 있는 반면 과거와 현재를 착종 상태로 파악한다는 점에서 프로이트의 시간관은 근대 전복의 가능성을 내장하고 있다. 우리 선조들은 무의식이란 개념을 몰랐지만 억압된 것이 현실 한가운데에 귀신의 형태로 귀환하리란 사실을 알았다. 그래서 해원상생(解冤相生)의 길을 열고자 무당을 내세웠다. 최인석은 이러한 무당의 역할에 일찍 주목한 작가다. 리얼리즘 문법이 완고하게 작용하던 1990년대 중반 환상은 현실로부터의 퇴각이 아니라 현실의 연장이며, 환상으로써 현실 너머를 꿈꿀 수 있음을 《내 영혼의 우물》(고려원, 1995)로써 제시하였으며, 이를 무당이라는 존재와 결합하여 밀어붙인 세계가 《아름다운 나의 鬼神》(문학동네, 1999)이었다.

    그러니까 귀신 어머니의 출몰은 《강철 무지개》가 《내 영혼의 우물》, 《아름다운 나의 鬼神》의 계보를 잇는 특징이 되겠다. 꿈을 통해 현현한 어머니는 마치 천체의 운행과 땅 위의 질서를 잇는 존재처럼 이야기한다. 일월성신이 뜨고 지는 순서는 음양 조화의 순리(順理)에 따르는 것, 그 순리를 현실 위에서 이뤄내라고 딸을 다그치고 있는 것이다. 그런데 구현 방식이 개인 차원의 복수에 머무를 뿐이라는 데 심각성이 있다. 이를 통하여 해원(解寃)이 가능할지도 의심되거니와 상생(相生)하는 질서를 가늠하기에는 지난(至難)하기 때문이다. 이는 우리네 현실이 너무도 각박하게 돌아가는 탓에 사적인 복수를 넘어설 만큼의 여유조차 허용되지 않기 때문이 아닐까. 분명한 점은 문제가 해결되지 않는 한 최인석의 귀신은 《강철 무지개》 이후에도 꾸준히 출몰할 것이라는 사실이다. 그러고 보면 데리다 역시 비슷한 방식으로 《마르크스의 유령들》이 배회할 수밖에 없는 까닭을 예상한 바 있다.

    자신의 사상이랄까, 이념을 가지고 현실과 대결해나가는 소설을 읽은 건 오랜만이다. 현실과 대결하려는 작가가 줄어들었고, 자신의 웅숭깊은 사상으로써 대결 의지를 가다듬을 수 있는 작가는 드물기 때문이다. 현실과의 팽팽한 길항이 벼리고 벼린 사상을 나침반으로 삼아 소설적 형상화의 성공에까지 이르렀다면 문학사에 등재될 만한 작품으로 평가할 수 있지 않을까. 《강철 무지개》는 그러한 평가를 부여하기에 인색할 필요가 전혀 없는 수작(秀作)이다.

참혹, 또는 가을의 노래

가을이 깊다. 온갖 단풍으로 물든 숲, 낙엽이 뒹구는 길은 어떤 봄날보다 찬란하여 그만 사는 일 죽는 일, 다 잊어도 좋을 것 같다.

옛날엔 어땠는지 기억이 나지 않지만, 요즘은 산에 오르내리다 보면 소실점이 자주 눈에 들어온다. 길 끝, 계단 끝, 나무들이 길게 늘어서 마주 보는 사이 그 너머, 능선이 하늘과 맞닿아 멀어지는 오솔길 끝 저기, 내 마음이 더 이상 따라가지 않으려 하는 데 거기 어디. 때로는 서둘러 가보고 싶기도 하지만, 숨은 턱에 차오르고 아직 멀기만 한 저기 어디.

동학 전쟁에 나선 농민들의 심사를 상상해본 적이 있다. 대부분 평생 땅에 엎어져 농사짓고 살던 이들이었다. 관(官)을 두려워하고 양반을 두려워하고 지주를 두려워하고 굶주림을 두려워하고 죽음을 두려워하고…… 두려운 것 빼면 세상도 삶도 없다 할 수 있을 이들

469

이었다. 그들이 돌연 그 모든 것에 대적하고 나섰다. 왜 그랬을까?

세상은 늘 괴물로 들끓었다. 온갖 신화와 전설이 얘기해주는 바가 그것이다. 이무기와 지네, 아르고스와 스핑크스……. 오늘날이라 하여 별로 다른 것 같지 않다. 저 괴물들은 악착스레 한 마리 양을 추적할 것이다. 마침내 곳간에 백 마리, 천 마리, 만 마리를 꿰어맞추기 위해. 마지막 한 마리 양을 찾아 양이라고는 구경해본 적도 없는 백 사람의 배를 가르고 천 사람의 창자를 찢을 것이다.

매일의 햇빛이 어제보다 더 부끄럽다. 평생 반복되다 보니 인사라도 건넬 듯 수치가 차라리 친근하다. 나는 대개 변명거리를 주민등록증처럼 안전하게, 또는 치질처럼 조심스럽게 챙겨가지고 다니지만, 그것이 변명거리에 불과하다는 것을 잘 알고 있으므로, 면목은 어쩔 수 없이 늘 참혹하다. 안녕, 수치여.

조지 오웰이 사그라다 파밀리아 대성당에 대해 저주를 퍼부은 심사를 능히 알 것 같다. 도대체 왜 기회가 있을 때 폭파시켜버리지 않았을까? 못난 아나키스트들 같으니.

470

책 끝에 사족처럼 가볍게 덧붙이는 '작가의 말'치고 너무 멀리 와 버리지 않았는가? 소실점은 아직 멀었지만, 여기 어디 멈추는 것을 부디 허락해주기를.

안녕, 수치여.

2014년 11월
최인석

강철 무지개

ⓒ 최인석 2014

초판 1쇄 인쇄 2014년 11월 19일
초판 1쇄 발행 2014년 11월 25일

지은이 최인석
펴낸이 이기섭
편집인 김수영
책임편집 이지은
기획편집 김윤정 김준섭
마케팅 조재성 정윤성 한성진 정영은 박신영
관리 김미란 장혜정

펴낸곳 한겨레출판(주) www.hanibook.co.kr
등록 2006년 1월 4일 제313-2006-00003호
주소 121-750 서울시 마포구 효창목길 6, 4층(공덕동)
전화 02) 6383-1602~1603 **팩스** 02) 6383-1610
대표메일 munhak@hanibook.co.kr

ISBN 978-89-8431-854-0   03810